血沃
朝鮮半島

李浩白——著

1592

大明帝國 的榮光

抗日援朝決定三百年東亞新格局
壯懷激烈譜就中日朝鐵血三國志

王立群｜熊召政｜小橋老樹｜史杰鵬

聯袂推薦

目錄

目錄
CONTENTS

打開塵封的歷史（序言）

「明之亡，實亡於萬曆」，這是史學界長期以來的定論。但黃仁宇先生在《萬曆十五年》一書中，透過大歷史的新穎視角，從看似細枝末節的小事入手，分析出明朝體制上不可根治的痼疾，指出了明朝必然滅亡的命運。也就是說，萬曆皇帝朱翊鈞，只是明朝滅亡的那一隻無奈的替罪羊。

這告訴我們，歷史的真相，與以往的認知，也許相去甚遠。對於萬曆一朝歷史的了解，正是這樣。萬曆皇帝是明代在位時間最長的皇帝。提起他在位的四十八年間，人們往往只記得張居正變法、清算張居正、奪嫡之爭、黨爭興起、努爾哈赤崛起遼東等大事件，其中有一件大事卻被人們遺忘在故紙堆裡。

這件事，就是萬曆三大征之一的援朝平倭戰爭。

1592 年，日本實際統治者豐臣秀吉發兵侵略朝鮮。在朝鮮國王的請求下，萬曆皇帝派遣李如松率數萬明軍入朝作戰，經過幾番奮戰，最終漂漂亮亮地打敗了日本侵略者。這場戰爭集中體現了中華民族扶弱濟困、不畏強暴的民族精神；是一段振奮人心、可歌可泣的輝煌歷史。正所謂「我國家仁恩浩蕩，恭順者，無困不援；義武奮揚，跳梁者，雖強必戮」。

同時，萬曆援朝平倭戰爭對中、日、朝三國的影響又極為深遠。朝鮮，作為最大的戰爭受害者，在日本侵略軍的蹂躪下，人民流離失所、百業蕭條，戰後經過很多年才恢復元氣。日本，作為戰爭的發動者，也受到了慘痛的教訓，豐臣秀吉歷經艱辛奠定的基業，在這場戰爭中分崩離析，政權最終落到了德川家康的手中。中國明朝，則在這一場長達七年的戰爭中耗費過多，加速了本就走下坡路的大明帝國的滅亡。

但就是這樣一段意義重大、影響深遠的歷史，四百年來卻被人們遺忘，許多研究者甚至不得不去日本和朝鮮尋找資料。先不去分析被遺忘的原因究竟是明朝的迅速滅亡還是清朝的刻意封鎖，相信有很多人都想了解這段歷史，想讓這段塵封的歷史重見天日。

序言

值得欣慰的是，就在翹首以盼的時刻，我看到了作家李浩白創作的這一部洋洋五十萬字的《大明帝國的榮光》。

這部作品以小說的形式，為我們藝術再現了這一段塵封已久的歷史。這雖不是唯一反映萬曆朝鮮戰爭的作品，卻是迄今為止最為精彩的一部。

二月河小說的筆法，讓這部作品具有了很高的藝術性。全書結構嚴密、故事緊湊，既分頭講述中、日、朝三方的動態，布局宏大，又統一於援朝平倭的主線，主幹鮮明。同時，作者構思精巧，情節抓人，常常在貌似波瀾不驚之時宕開神來之筆，帶給讀者愉悅的閱讀享受。作者刻畫人物眾多，且形象豐滿、真實可信，如書中的萬曆皇帝朱翊鈞，就是一個雖然只有中人之資卻有擔當的青年，不同於以往的「昏君」定位。此外，中方的李如松、申時行、石星、沈惟敬；日方的豐臣秀吉、德川家康、石田三成、小西行長；朝鮮國王李昖、大臣柳成龍等人，也個個栩栩如生，立體可感。

藝術性之外，這部作品的歷史性也值得肯定。從文學作品的歷史性這一點來說，我認為《大明帝國的榮光》的追求從學於熊召政的《張居正》一書：有虛構但不戲說，以歷史進程為主線，以人物命運與事件衝突為經緯，虛實相生，以虛補實，以實現藝術性與歷史性的高度統一。比如書中描寫豐臣秀吉與德川家康這兩位日本梟雄之間的鬥爭，步步玄機，處處機關，豐臣秀吉的霸氣與陰險、德川家康的隱忍與智慧，躍然紙上，比起日本國內司馬遼太郎等歷史小說大家的手法，亦大有可觀，且符合這些人物的歷史形象。難能可貴的是，本書不同於以往常見的一些抗日題材作品，對日方人物肆意醜化、矮化，而是尊重歷史的本來面目，不偏不倚。另外，書中不但再現了萬曆朝鮮戰爭的來龍去脈，而且點出了明朝、日本、朝鮮、努爾哈赤女真幾方的歷史走勢及未來命運。

作者還秉承「文以載道」的理念，揭示導致明朝衰亡的原因與弊端，為後世提供前車之鑒。書中借申時行之口寫道「我恐大明之憂，不在倭寇，而在朝廷之內」，這一句話讓我印象頗深，表達出中國人只要自己不折騰自己、外族永遠不可能打敗我們的深切含義，在國際競爭領域越來越廣、手段越來越高的今天，這一點非常值得讀者感悟和反思。

正因為具有以上優點，本書帶給我們的是一場藝術盛宴，也是一桌歷史大餐，可以讓讀者在愉快的閱讀享受中去了解萬曆朝鮮之役這一段塵封已久而彌足珍貴的歷史。

打開本書，就打開了一段塵封的歷史。而我，希望更多的讀者去打開這段歷史。

王立群

序言 ————————————————————————

第一章　風起日本國

豐臣秀吉驀地從榻席上站起身來，「錚」的一聲抽刀出鞘，寒光一閃，竟將面前茶几的一塊木角一刀劈落！然後，他陰寒無比的目光盯在地板上那塊木角之上，一動不動，口裡卻一字一句說道：「這次御前會議，用不著再議下去了。此番西征朝鮮、大明之役，本關白認為能贏就一定會贏！誰若再敢有所質疑，便如此木！」

▍豐臣秀吉的野心

凜冽的寒風揚起層層海濤，在一望無際的沙灘上粉碎開來，濺起漫天飛沫，人們的視野一派迷蒙。

順著那一片片浪花直望過去，在很遠很遠的海天相接處，幾個黑點若隱若現。許多日本人都知道，那些黑點便是對岸朝鮮國的島嶼了。但他們也僅僅是從別人的傳言中知道這一點而已──對於這個一海相隔的鄰國，他們從來都不曾親身踏上它的國土，對那裡的風土人情自是陌生得很。

距離海灘三四里外的荒野上，「叮叮噹噹」的響聲此起彼伏，一隊隊穿著緊身裝束、戴著尖頂小笠的日本足輕士卒正拿著鑽頭、手錘，揮汗如雨地埋頭打磨著一塊塊黑亮如漆的混合土城磚。這些城磚是用最堅硬的黑黏土摻進白石灰，混合著糯米汁攪拌蒸煮，然後加壓密實而成的。

「我說，桃四郎，這關白大人為何要在這兒修建一座號稱『最堅固、最壯觀、最華麗』的『名護屋』？」一個胖胖的日本足輕抬起頭來，隨手揩了一把臉上橫流的熱汗，有些疑惑地問身旁另一個足輕，「我先前以為，關白大人會把天皇陛下居住的京都修成『最堅固、最壯觀、最華麗』的城池呢！」

「犬半助！你沒事亂嘀咕什麼？」桃四郎頭也沒抬，一邊繼續俯身握著手錘、鋼鑽，專心致志地打磨著自己面前那塊黑色城磚，一邊冷冷說道，「關白大人頒布的命令，我們只能一絲不苟地執行，誰也不能多問什麼！你還是專心把你手頭的這十塊城磚打磨好吧！」說到這裡，他忽地仰臉看了犬半助一眼，加重了語氣說道：「你別怪我沒提醒你──關白大人說了：『一定要把這座名護屋的每一塊城磚都打磨得堅不可摧……』」

「好了，好了，我不打擾你了！你也別嘮叨了……」犬半助討了個沒趣，只得又埋下頭彎下腰「叮叮噹噹」打磨起自己腳下那塊堅硬異常的黑色城磚坯料來。

正在這時，一陣震耳欲聾的車馬喧嘩之聲轟然而來，驚得那些正在打磨黑色城磚的足輕士卒們不禁停下了手頭的活，紛紛扭頭看去。

只見東面那條黃土大道上塵土飛揚，一面面繡著「三株桐」花紋的旌旗迎風獵獵招展。而那些旌旗之下，便是一列列車輛和一隊隊騎兵飛馳而來。

一看到那「三株桐」花紋旗，士卒們便慌忙丟下手中的鐵錘、鋼鑽，一個個就地埋頭伏下身來，也顧不得地上碎石硌得身上生疼，一齊朝著這些馬車、騎兵拜迎不起。

「嘩嘩嘩」一陣雜響，那數不清的馬車、騎兵一直馳到這個城磚打磨場的周邊才停下。在他們眾星拱月般的簇擁下，一輛頂上插著五彩描金孔雀翎團扇的馬車逕自駛到了場地中央。然後，馬車的珠簾掀了開來，一位身著金亮緞袍的禿髮老者在兩名絕美侍姬的攙扶下，踏著八個躬身伏地的武士脊背，就像踩著一塊塊寬闊的「墊腳石」一樣悠然自得地緩緩走了下來。

在場中眾人眼裡，這個禿髮老者已年近六旬，卻顯得精神矍鑠，一雙三角眼更如夜空寒星一般灼灼閃光，眼神凌厲得讓人不敢對視。在他舉止顧盼之際，一股咄咄逼人的氣勢掩蓋了他本人的醜陋相貌。剝去那股戾氣的掩飾，他其實是尖嘴猴腮、額角狹窄、顴骨高聳，活脫脫一隻瘦猿的模樣。

禿髮老者雙腳剛一落地，便使了個眼色，讓攙扶他的那兩名侍姬放手退了開去。他整了整衣襟，在那片空地當中負手而立，犀利的目光向四周環視著，彷彿一個凜然不可接近的霸主，那麼高傲，又那麼威嚴。

就在那些打磨城磚的士卒們驚疑不定之時，卻聽那老者身後一列手持長刀的侍衛突然齊聲高呼：「關白大人駕到！」

這聲音宛如一陣驚雷在士卒們的心頭滾滾而過 —— 原來，這個金袍老者就是當今日本國內連天皇陛下都要禮敬三分的關白大人豐臣秀吉！

對於這些士卒來說，有關被日本人譽為「亂世第一奇男子」的豐臣秀吉的各種傳說實在就像神話一般扣人心弦、引人入勝：三十七年前，二十歲的

豐臣秀吉還只是織田信長府中一個卑微的奴僕；三十七年來，豐臣秀吉在織田信長的一手提拔之下，異軍突起，先後打敗了明智光秀、柴田勝家、瀧川一益、北條氏政等強宗大藩，收服了德川家康、前田利家、小早川隆景等各方梟雄，終於一飛沖天，成了駕馭諸侯、一統日本的「關白」！

在日本的歷史上，「關白」一職相當於中國古代官制裡的丞相，是「一人之下，萬人之上」的極高職位。自古以來，日本的「關白」只能由出自上古藤原一族的近衛、鷹司、一條、二條、九條等所謂「五攝政」家族人員出任。

而豐臣秀吉挾降服諸侯、肅清日本之赫赫功勳，打破了這千百年來由「五攝政」世族壟斷「關白」之職的傳統，凌駕於諸侯、百官之上，被正親町天皇封為日本國歷史上第一位平民出身的「關白」。所以，關於豐臣秀吉的一切，都被日本士民視為莫大的奇蹟，士民無不對他敬畏臣服。

可是今天，就是這位近似於天皇陛下一般擁有巨大權勢和傳奇色彩的大人物，居然駕臨他們的身邊！這讓士卒們心頭既狂喜又惶恐——狂喜的是，他們竟然能目睹關白大人赫赫不凡的威勢和風采；惶恐的是，他們還不清楚關白大人猝然駕臨所為何事，一個個都禁不住戰戰兢兢起來。

這時，從另一輛馬車上下來一位三十出頭的文官打扮的青年。他舉手投足之際顯得十分精幹，剛一下車便左顧右盼，仔細地打量城磚打磨場裡的情形，不時滿意地微微點頭。然後，他緩步來到豐臣秀吉身旁停下，沉吟了片刻，問道：「請問關白大人，現在就把鑄刀室鍛造好的新刀發放給他們？」

「三成，你先把車廂裡的新刀拿出來讓本關白看一看。」豐臣秀吉的目光定在那一塊塊黑亮泛光的城磚上，面無表情地說道。

眾士卒聽到豐臣秀吉把這個青年文官喚為「三成」時，心頭又是一驚：原來他就是豐臣秀吉手下「五奉行」之首、心腹謀臣——石田三成。

石田三成恭恭敬敬地點了點頭，轉身向那些下馬而立的武士們打了個手勢。

武士們得令，便將馬車車廂裡裝著的那一口口大木箱抬了下來，紛紛打開，從中取出了一柄柄寒光閃閃的嶄新長刀，放在了地上。

　　豐臣秀吉慢慢走到堆放在一起的那些長刀前，俯身拿起了一柄長達四尺有餘的斜月形彎刀，握在手中，靜靜地凝視著。

　　「關白大人，這些利刃是鑄刀室的師傅們嘔心瀝血鍛造出來的，」石田三成滿臉堆笑地跟過來說道：「他們還說『我們日本的寶刀，必然能像關白大人的眼神一樣無堅不摧！』」

　　「呵呵呵……本關白的眼神有這麼犀利嗎？」豐臣秀吉乾瘦如猴的臉頰上慢慢現出了一絲笑容。他認真看了看手中長刀的鋒刃，輕輕往刀身上吹了一口氣，淡淡地問道：「不過，本關白還是有些懷疑：這些利刃當真如他們所說的那樣能『無堅不摧』？」

　　「是的！是的！」石田三成連忙點頭哈腰。

　　豐臣秀吉也不言聲，右手提著那柄長長的倭刀，讓刀鋒劃在地面上，然後邁步向離他最近的桃四郎這邊走來。

　　「刺啦啦」一陣刺耳的銳響傳了開來，豐臣秀吉手中長刀的刀鋒拖在他身後的地面上，如同分波破浪般在黃土地上劃開了一道深深的槽印 —— 這柄長刀當真是鋒利之極！

　　他就這樣拖著長刀緩緩走到桃四郎面前止住，用左手指了指桃四郎面前那塊剛剛打磨好的黑色城磚，沉聲問道：「這就是名護屋城牆的城磚嗎？」

　　桃四郎早已驚得連話都說不出來，只是伏身在地戰戰兢兢地點了點頭。

　　「很好！那麼，就用這塊城磚來驗證本關白手中這柄利刃是不是真的『無堅不摧』吧！」豐臣秀吉哈哈一笑，說時遲，那時快，右手的長刀閃著一道弧光向那塊黑亮亮的混合土城磚劈了下去！

　　「噹」的一聲巨鳴，餘音嫋嫋，久久不絕。眾人定睛看去：豐臣秀吉一卜將手中長刀劈在了城磚之上，片刻之後慢慢移了開去，卻見那塊城磚除了磚面上略略現出一縷淡得幾乎看不見的刀痕之外，竟是絲毫無損。

　　豐臣秀吉把目光從那城磚面上收回來，投在了自己手中長刀的刀身上 —— 那柄長刀的刀刃竟被劈得朝後卷了起來！

　　「關白大人……」石田三成一見，頓時嚇得跪伏在地，渾身哆嗦個不停，「這……這……」

　　「這樣的刀算得上『無堅不摧』嗎？這樣的刀能夠幫助我們大日本國的武士們勢如破竹地劈開朝鮮和大明國的城牆而後長驅直入嗎？」豐臣秀吉緊緊地盯著那柄長刀卷起來的刀刃，半晌之後才突然像怒獅一樣咆哮起來，「馬上傳本關白的命令下去，把鍛造這柄長刀的那個鑄刀師立刻斬首示眾！還有，要用他的腦袋警戒所有的鑄刀師 —— 一定要鍛造出真正『無堅不摧』的利刃來！」

　　「是……是……卑職馬上照辦。」石田三成把頭磕得就像搗蒜一樣。

　　「噹」的一響，豐臣秀吉將那柄長刀丟在了地上，俯身伸手在那塊黑色城磚上撫摩了片刻，然後抬頭注視著桃四郎，帶著淡淡笑意讚道：「看來，你蒸築打磨的這塊城磚還真是堅固嘛！ —— 你可知道，剛才本關白那一刀若是劈開了這塊城磚，恐怕今天要掉腦袋的就不會是那個鑄刀師，而會是你了！」

　　桃四郎嚇得魂不附體，全身大汗淋漓，只是「咚咚咚」地叩著頭，不敢答話。

　　「這些士卒把城磚蒸築打磨得很好！」豐臣秀吉慢慢站起身，環視了全場一圈，向石田三成吩咐道：「你下來之後，立刻獎賞他們每人二十石大米！」

　　這二十石大米足夠一個足輕士卒全家老小吃一年多了，在日本算得上是很大的一筆獎賞。那些打磨城磚的士卒們聽了，不禁紛紛叩頭高聲謝道：「多謝關白大人！」

　　豐臣秀吉淡淡一笑，大手一揮，止住了眾士卒的山呼之聲，肅然說道：「各位武士：你們一定要把這座名護屋城修建成全天下最堅固、最壯觀、最華麗的城池！這個城池竣工之日，便是本關白將關白府從大阪遷移在此指揮你們飲馬海濱、揚威域外、俯取朝鮮、征服大明之時！」

　　「飲馬海濱、揚威域外、俯取朝鮮、征服大明！」那一隊隊騎兵立即高舉戰刀揚聲大呼，「萬歲！萬歲！天皇陛下萬歲！關白大人萬歲！」

　　在他們這種無比狂熱的氣氛感染之下，那些打磨城磚的士卒們也像著了魔似的跟著狂呼起來，聲浪越掀越高。

　　傾聽著這狂濤般的呼聲，豐臣秀吉臉上慢慢綻放出滿意的笑容。他將目光投注在大海的西邊，眸中頓時燃起了萬丈烈焰……

血星耀夜

　　名護屋內城新建關白府中的「黃金室」裡，豐臣秀吉和一位鬚眉如雪、面容慈祥的玄袍老僧在榻榻米上對面而坐，正慢慢地品著茶。

　　這座「黃金室」是一間由黃金鑄造而成的寬大會客廳室：它的牆壁、地板、天花板都是由整塊整塊的純金鍛成的，甚至連紗門、紗窗的骨架也是金質的。人們一坐進這座廳室，立刻便會被裡邊金燦燦的光華晃得幾乎睜不開眼。

　　喜好奢華的豐臣秀吉正是用它來向別人炫耀自己無與倫比的權勢與財富的 —— 確實，在全日本，就連天皇所居的殿堂也只是由上好的花崗石砌成的。

　　「西笑大師！本關白親手為您沏的這壺『櫻花茶』味道還可以吧？」豐臣秀吉滿臉謙笑地望著正舉杯品茶的玄袍老僧，話語間透著一絲難耐的期待。原來，這老僧便是日本第一高僧、京都相國寺住持 —— 西笑承兌。

　　「當然！當然！關白大人親手泡的『櫻花茶』當世實在無人能及啊 —— 它的味道馥鬱清醇，令人滿口留香，妙不可言！」西笑承兌捧著茶杯，睞著雙眼，深深地回味不已，「想當年織田信長將軍在世之時，就一直對關白大人的茶藝讚不絕口 —— 老衲能品嘗到您沏的寶茶，實在是不勝榮幸！」

　　「哪裡……哪裡……大師謬讚了！」豐臣秀吉聽了西笑承兌的誇獎，只是淡淡一笑，點頭謙謝而已。

　　然而，他今夜邀請西笑承兌前來，終究不僅僅是為了品茶。於是，隔了片刻，他才緩緩說道：「西笑大師不愧為我日本國首屈一指的禪教領袖啊！您上知天文、下知地理，且又精通星相占卜之術，本關白一向都欽佩得很！」

　　一聽此言，西笑承兌捧著茶杯的雙手頓時一頓，他的目光凝視著杯裡那碧綠如玉的茶水，一動不動。半晌之後，他才悠悠開口說道：「關白大人碰到什麼難解之事了嗎？老衲靜待垂詢。」

　　豐臣秀吉卻不言聲，從榻榻米上慢慢站起身來，緩緩踱到黃金室的西窗前，「嘩啦」一聲將那扇水晶薄絲紗窗推開了。

西笑承兌聞聲微一抬頭，向他這邊望來。二人的目光一齊投向了窗外群星閃爍的夜幕，沉默不語。

隔了許久，豐臣秀吉仍靜靜地立在那西窗邊，彷彿是自言自語，又彷彿是在對西笑承兌說道：「今天上午有一個術士告訴本關白，說昨天夜裡天空東北角有一顆碩大的流星，像血球一樣鮮紅奪目。它倏地便劃向了西北角的夜空……這是一場百年難遇的『天降異象』啊！」

「本關白當時便細問那術士這場『天降異象』的含義……可那術士似乎也是一知半解，對本關白支支吾吾，答得模模糊糊……唉，看來本關白心中的疑問，只有大師您才能剖析得清了……」

西笑承兌仍看著那窗外深深的星空，面色如古井沒有半分波動，顯得十分沉鬱。

他緩緩捧起了茶杯，送到自己唇邊，慢慢呷了一口「櫻花茶」，輕輕長嘆了一口氣，道：「老衲昨夜也曾看到了這一幕……今天即便關白大人不屈尊請老衲，老衲也會不請自來告知關白大人的……」

豐臣秀吉慢慢轉過身，靜靜地看向西笑承兌。

西笑承兌透過面前那茶杯上的縷縷白氣，盯著窗外燦爛星空的深處，慢慢道：「請恕老衲直言，這『血星耀夜』之象，乃不祥之兆啊！」

「哦？」豐臣秀吉的唇角掠過一絲驚愕，「此話怎講？」

「關白大人，此『血星耀夜』，象徵著明年年初我日本國必會發生一場慘烈的刀兵之災。老衲在此提醒關白大人要多加小心才是啊！」西笑承兌講到此處，方才將自己的目光慢慢從窗外收了回來，直直地望著豐臣秀吉的臉，「不過，您無須過慮。老衲的心底還有一絲疑惑：這『血星耀夜』的天象，來得很是蹊蹺。它和我大日本國目前的國情絲毫對應不上啊！」

豐臣秀吉面色平淡如水，毫無表情地說道：「本關白願聞其詳。」

「當今我日本國內，關白大人披堅執銳，歷時二十餘年，用兵如神，肅清四域，降服諸侯，正本清源，一統天下，海內升平，國勢蒸蒸日上……」西笑承兌一臉疑惑地說道，「老衲冥思苦想，也猜不出哪一個『大名』竟敢罔顧天意民心公然興兵作亂……這『血星耀夜』所預示的刀兵之災又會從何而

起呢？……老衲百思不得其解啊！」

西笑承兌口中所言的「大名」，就是指盤踞在日本國各州郡那些擁兵自重的封建領主和藩臣。一百多年前，正是由於他們在四方割據稱雄，才釀成了日本歷時百載的「戰國時代」。而今，豐臣秀吉已然收服了各地「大名」，戰國亂世自是一去不復返了，刀兵之災又從何而來？難怪西笑承兌搖頭不解了。

豐臣秀吉靜靜地聽他說完，乾瘦的猴臉上突然浮起了一絲深深的笑意。

他踱回到西笑承兌對面的茶几前盤膝坐下來，轉換了話題，淡淡地問道：「本關白相信，西笑大師的博學多才，在我日本國堪稱『超群絕倫』了。卻不知大師您的佛學造詣，和遠在海疆之外的大明國少林寺高僧們相比如何？」

「唉！老衲才疏學淺，在日本國已是『井底之蛙』，又焉敢與皇皇天朝的聖僧相提並論？」西笑承兌緩緩搖了搖頭，又無限憧憬地望向窗外西邊的夜空，「老衲其實一直盼望著自己在有生之年能乘舟越海西去大明國，前往嵩山少林寺恭聆諸位聖僧的點化呢……」

「嗯……西笑大師的這個願望，本關白很快就可以幫您實現了。」豐臣秀吉深沉地一笑，笑得有些神祕。在西笑承兌驚愕的目光中，他又道：「你們佛教的前輩高人吉田兼俱曾講過：『神佛之學，根源生於日本，舒枝展葉於中土大明，開花結果於天竺。』現在，本關白已下定決心，要將鄰邦朝鮮、大明國逐一吞併於我日本國版圖之內，實現織田信長將軍『天下布武』的遺志！」

「什……什麼？」西笑承兌一聽，心頭頓時一陣狂震：這關白大人今夜怕是吃錯了東西吧！怎麼突然講起「瘋話」來了？不錯，豐臣關白的確是雄才大略、英武超凡，僅僅花了二十餘年工夫，便掃平了國內六十六州的動亂和積寇——可是，豐臣關白大概還不懂得這區區的日本國六十六州，在那皇皇大明天朝的疆域之中，不過是小小的一角！照他們漢人的說法，豐臣關白時常炫耀的「削平六十六州積寇」的偉績，大概只相當於平定了明朝版圖之內六十六個鄉鎮的動亂而已！他們大明朝一個省的疆域就不知道要比我們日本

國大多少 —— 然而，豐臣秀吉居然想將鄰邦朝鮮、大明國逐一吞併，還要做什麼「實現織田信長將軍『天下布武』的遺志」，這豈不是在痴人說夢嗎？

他認真地盯了盯豐臣秀吉的眼神 —— 那是一雙燃著熊熊欲焰的眼睛，彷彿在向外噴射著灼人的戾氣，非常狂熱，非常亢奮。看來，豐臣關白的的確確有幾分「走火入魔」了。

雖然知道得罪豐臣秀吉的後果很可怕，西笑承兌還是暗暗咬了咬牙，鼓起勇氣說道：「老衲記得，我日本國一百多年前那位曾經掃平群雄、肅清海內、一統天下的征夷大將軍足利義滿，是何等神勇無敵，又是何等威武雄壯 —— 然而，面對無比強大的大明天朝，他也只能俯首稱臣、送表朝貢……難道一向心高氣傲、不可一世的足利大將軍是甘居人下的鼠輩嗎？連他都對大明國如此畏服，請關白大人亦要三思啊！」

「本關白的武功才略豈是區區一個足利義滿所能比擬的？」豐臣秀吉聽了他這番話，唇角頓時掠過一絲不屑，滿臉不以為然，冷冷說道，「他秉承祖蔭、坐擁雄兵，憑著世代貴胄之資，自然可以輕輕巧巧掃平諸藩，這又何足道哉？本關白以一介僕隸之身，投袂而起，一呼百應，戰無不勝，攻無不克，故能在二十年間肅清天下，豈非天命所歸？」

說罷，他頓了一頓，雙目一抬，直直地盯著西笑承兌，肅然道：「不瞞西笑大師，家母當年懷本關白時，曾經夢見一輪紅日破窗飛入她腹中。她醒來之後，請相士占卜吉凶。相士對她講：『夫人所懷之子，貴不可言，乃是天照大神之嫡子，將來其赫赫威勢，必如日光普照，無處不及，無人能敵。』西笑大師請看，本關白今日所建之豐功偉業，不正應驗了那術士的預言嗎？現在，本關白就是將相士當年的預言全部實現 —— 征服朝鮮、大明，將四海八荒盡行收入掌中！」

西笑承兌哪裡會信他這番神神道道、自欺欺人的謊話，卻不敢反駁他，只得垂頭深深嘆道：「戰端一啟，兵連禍結，我日本臣民再無寧日矣。一切還請關白大人三思啊！」

頓時，黃金室中倏地靜了下來，靜得令人有些窒息。

豐臣秀吉沉默著，也不抬頭看西笑承兌，只是盯著他面前茶几上的那個

茶杯，隔了許久才道：「本關白聽說近來京都中西洋天主教的餘孽們又死灰復燃、蠢蠢欲動……西笑大師身為佛門領袖，對這些異教徒破壞了我日本佛門正統的行為只怕也是頭痛得很吧！」

「是啊！近來，這些異教徒們大倡妖言邪說，擾得我日本國內的善男善女人心浮動、歧念橫生……老衲恭請關白大人施以雷霆手段，盡行驅除日本境內的西洋異教徒，還我佛門一片清淨之地！」西笑承兌急忙雙掌合十恭敬地講道，「我日本四萬佛門弟子必將對您感恩戴德、沒齒難忘！」

「驅除西洋異教徒，維護日本佛門正統，這個好說。本關白明晨便可頒下一道手令，費不了多少工夫便可徹底解決。只是──」豐臣秀吉忽地拖長了聲音，似笑非笑地抬眼看向西笑承兌，悠悠說道，「此番征伐朝鮮、入主大明之事，本關白志在必行。為了團結我日本臣民上下一心共同對敵，本關白希望作為我日本國鎮國之教的佛門眾弟子，能夠在您的領導之下，廣開法壇，在民間多多宣講我日本國凌駕於朝鮮、大明之上的正當性，多多發動各州郡的青壯男子捨身為國投入到這場『聖戰』之中！西笑大師對此意下如何？」

「這……」西笑承兌臉色一僵，在猶豫之際，抬頭一瞥，卻見豐臣秀吉雙眸之中的凜凜寒光已似利劍一般直逼而至！他心頭一跳，只得戰戰兢兢俯首答道，「老衲知道應該如何去做了。」

聽到西笑承兌這般回答，豐臣秀吉鐵青著的臉色才緩和了下來。他哈哈一笑，端起茶壺，親手又為西笑承兌斟上一杯熱茶，顯得十分和氣地說道：「來，來，來，請西笑大師繼續品茶……」

西笑承兌推辭謙謝之際，心中一個念頭卻是閃電般一掠而過：看來，這「血星耀夜」的凶象並沒有顯錯──從今夜起，日本國一場慘烈的刀兵之災果然是在劫難逃了！

忍者德川家康

一面黑綢織成的嶄新旗幟上，用雪白絲線精緻地繡著一朵水桶口般大的

「三葉葵」。

這面繡著「三葉葵」家紋的旗幟，在日本是僅次於豐臣氏「三株桐」家紋旗的另一個赫赫有名的大藩 —— 德川一族的標誌。日本關東、關西各州郡的戰場上，這面「三葉葵」家紋戰旗只要凌空順風揚起，所有的敵人都會望而生畏、退避三舍 —— 只因它的主人便是素有「不死神龜」之稱的德川家康。

德川家康是誰？稍為年長一點兒的日本武士們都知道，他曾經是全日本唯一一個在「小牧長久手之役」中擊敗過豐臣秀吉的「大名」。豐臣秀吉後來耍盡了手腕，不惜將自己的親妹妹嫁給他為妻，才將他籠絡在自己手下。

但即便他們兩大家族結成了姻親，豐臣氏還是一直對他深懷忌憚，從不賦予他軍政實權。所以，名噪一時的德川家康在大阪的府邸裡，現在卻只能像一位即將退役的老兵一樣，凝望著自己鋪放在桌幾上的這面「三葉葵」家紋旗而唏噓不已。

正在這時，室門外被人「篤篤篤」地敲了數聲。德川家康穩了穩情緒，恢復了平靜，緩緩將家紋旗卷了起來，擱放在桌幾一邊，向外慢慢說道：「進來。」

「嘩啦」一聲，室門被輕輕推開到左側。德川家康的首席家臣本多正信恭恭敬敬地垂手走了進來，稟道：「啟稟大人，關白府總管黑田如水大人前來拜訪。屬下請問，您見還是不見？」

黑田如水是追隨豐臣秀吉東征西戰了十餘年的老臣，堪稱他帳下第一謀士。在一向自命不凡的德川家康眼裡，能看得上的人才在整個日本國中屈指可數，他算是難得的一位。一聽到是他前來拜訪，德川家康想也沒想便答：「見！且慢，家康我要親自前去迎他！」說罷，迅速站起身，舉步往外走去。

本來，就豐臣秀吉麾下所有的官階而論，德川家康身為關白府中僅次於豐臣秀吉的核心輔臣「五大老」之首，比身為關白府總管的黑田如水高了兩個級別。

然而，今天因為黑田如水的來訪，他居然「屈尊降貴」親自跑到府門口處去迎接 —— 這也忒多禮了！本多正信一時按捺不住，就出聲提醒道：「主君不必如此……還是由屬下前去將他迎進來吧……」

「怎麼？你認為黑田君（日本人在戰國時代對有身分、地位的某人一般尊稱為『某某殿』。然而，在中國人的禮儀用語中『某某殿』顯然是極不恰當的。故而作者在本書中將日本人口頭所稱的『某某殿』一律改為中日共通共用的『某某君』，方便讀者理解閱讀）當不起家康我親自出迎之禮？」德川家康聽了腳下一停，目光一轉，盯在他臉上冷冷說道，「你有所不知，以黑田君的謀略才智，倘若不是他當初淡泊名利、主動讓賢，而今在關白府中像家康我一樣擔任一位輔政大老都綽綽有餘！我豈敢失敬於他！？」

說罷，他顧不上多言，徑直向前院小跑著去了。

只見一位身形高瘦的黑袍長者，此刻剛剛走進府門站在前院，就那麼神態孤傲地在院壩上負手仰天而立，舉手投足中自有一派卓爾不群之氣，令人難以接近。

輕輕走近這黑袍長者身旁，德川家康急忙欠身行禮道：「黑田君尊駕光臨，家康我實在是不勝榮幸啊！」

彷彿是習慣了別人的恭敬作禮，也彷彿是從來不在意別人的殷勤和「客套」，黑田如水仍然那麼負手站著，只是淡淡地「嗯」了一聲，點了點頭，大搖大擺地由德川家康在前引路進了府中會客廳。

由於當年黑田如水在「賤岳之戰」中為保護豐臣秀吉而受了腿傷，所以他走起路來至今還是一瘸一拐的，甚是吃力。

德川家康見狀，一臉謙笑著，退到他身邊便要來攙扶。黑田如水卻並不領情，沒有伸手來接，自己一瘸一拐地走入廳中，和德川家康分賓主兩側對面而坐。

坐定之後，黑田如水的臉色便一下變得嚴峻起來。他肅然向德川家康說道：「德川公，如水今日前來叨擾，是奉關白大人之命邀您起程趕到名護屋，參加明日下午的『關白府御前大會』的。」

「哦？關白府御前大會？」德川家康一聽，不禁愣住了。所謂的「關白府御前大會」，即是指由豐臣秀吉以天皇陛下的名義在自己府中主持召開的全國軍政要務決策大會，屆時朝中文武百官和各州大名全部都要參加。一般來說，這樣的大會在日本每年只會召開一兩次。它召開的次數愈少，就愈加凸

顯了它的重要性和權威性。但是，這一次關白大人事先一個招呼都不打，便突然決定迅速召開「關白府御前大會」，身為輔政大老的德川家康自是驚訝不已。

德川家康定下心神，靜靜思忖片刻，才緩緩問道：「黑田君，關白大人此番召開『關白府御前大會』，莫非又是為了要調兵征伐哪一個謀反作亂的大名嗎？」

「德川公有所不知：關白大人在他府中召開的這次『御前大會』，實是非同小可。不過，您猜對了，他確實要調兵大舉征伐。但他這一次的對手，並不是某一個小小的大名……」黑田如水皺了皺眉頭，臉上憂色淡淡而現，「而是遠在海峽對岸的朝鮮和大明國！」

「啊？」德川家康一聽，頓時面色大變，一副匪夷所思的模樣，「關白大人好大的抱負啊！他居然想起兵征伐朝鮮和大……大明國？這樣驚人的雄圖大志，恐怕我日本國千百年來也唯有他一人敢這麼去想、這麼去做吧！」

「德川公……您也覺得這件事不可思議吧！」黑田如水臉上的憂色愈來愈濃，「實不相瞞，如水就是為了這件事才親自前來貴府與您私下一議的。」

「承蒙黑田君如此看重，本將軍感激不已，」德川家康急忙謝了一禮，同時伸手撫了撫自己的短鬚，微眯著雙眼，深沉地看著黑田如水道，「那麼閣下對關白大人意圖起兵征伐朝鮮、大明又是何意見呢？」

黑田如水迎視著德川家康深不可測的目光，竟是毫不回避，侃侃說道：「如水的意見十分明確：當今日本，剛剛結束了百年戰亂，正是人心思安、人心思和之際。關白大人當順應民心，息戈銷兵，同時廣施富國惠民之仁政，使我日本百廢俱興，開創一代太平盛世。這才是我日本國的當務之急。」

「倘若關白大人棄此良策而不顧，輕啟戰端，前去攻打朝鮮、大明……那可真是捨本逐末，將來必會追悔莫及啊！當然，如水也相信關白大人之武功謀略，拿下一個朝鮮應該不是什麼難事。但是，朝鮮背後所依恃的宗主國——大明朝，才是我日本國最可怕的勁敵啊！它的國力、疆域，哪裡是我們日本國能望其項背的！又哪裡是我們日本國冒犯得起的！關白大人竟要發兵攻打大明——真是想一想都令人膽寒啊！」

「這個……黑田君，您將自己這番意見進獻給關白大人了嗎？」德川家康聽完，不動聲色地緩緩接上一句。

「唉……」黑田如水聞言，卻是深深一聲長嘆，垂下頭來，半晌沒有答話。

終於，他仰起臉來，黯然答道：「這幾月來，如水一直在不厭其煩地勸諫關白大人不要挑戰朝鮮和大明國。但關白大人執意不聽，反而認為如水在動搖他的決心，近來對如水也是冷眼相對、冷語相向……明天的『關白府御前大會』，他都不讓如水參加了……大概也不願讓如水這番意見擾亂了百官和大名們的立場吧……唉！如水此刻也只能前來懇求德川公，從我日本國百年大計出發，出面勸諫關白大人不可對大明國輕舉妄動啊……」

「石田三成、宇喜多秀家等這些關白大人的寵臣們，又是什麼意見呢？」德川家康沉吟了許久，方才緩緩答道，「這些人對關白大人的決策也頗有影響啊！」

「唉！這些年輕人……」黑田如水一聽，便禁不住憤憤地說道，「一個個沒有半分直言抗上的風骨！私下裡，他們每個人都認為如水的意見是對的。可是，到了關白大人面前，他們畏於關白大人的虎威，又一個個噤若寒蟬！如水在關白府中實是孤掌難鳴啊！」

「黑田君的耿耿風骨，家康我很是欽佩啊！」德川家康閉目沉思良久，才睜開眼來看著他，沉聲說道，「不過，請恕家康直言：如果關白大人真固執己見的話，誰又能勸諫得了呢？ —— 其實黑田君也不必急於一時……明諫不行，可以暗諫嘛；正諫不行，可以反諫嘛；直諫不行，可以曲諫嘛；急諫不行，可以緩諫嘛……來日方長，您完全可以順勢而諫嘛……」

「呵呵！德川公不愧是智謀超群的一代人傑！」黑田如水聽了，頓覺豁然開朗，不禁面露微笑，緩緩點頭道，「在下受教了！在下受教了！」

德川家康含笑不語，只是一味謙謝，待得黑田如水轉身告辭，卻和先前迎他進府一樣，仍是謙恭有禮地將他送出了本府大門。

目送著黑田如水騎馬的身影漸漸遠去，德川家康像木像一樣久久佇立府門口一動不動。

過了一盞茶的工夫，德川家康才慢慢轉過身，看著像自己的影子一樣悄無聲息趨上來的本多正信，深深嘆道：「他真是一位足智多謀而又不計得失、勇於犯顏直諫的忠臣賢士啊！你們今後都應該向他學習啊！」

「是！屬下記住了。」本多正信連忙點頭答道。

「你且下去收拾行李，稍後我就要啟程趕往名護屋了，」德川家康肅然吩咐道，「另外，你去通知一下德川秀忠，讓他到府中的『心齋室』內單獨來見我，不得讓閒雜人員前來打擾。」

「心齋室」裡，四壁如玉，潔淨無塵。

德川家康將那面「三葉葵」家紋旗重新平鋪在幾案之上，背著手站著，靜靜地凝視著它。

門被輕輕向左推開，一個高高胖胖、相貌敦厚的赤衣青年走了進來。他雖體態臃腫，舉止顧盼之間卻有一股英武之氣撲人而來。

「父親大人……」赤衫青年無聲地關上了室門，緩步上前稟道。

「嗯……是秀忠來了嗎？」德川家康將目光慢慢從「三葉葵」家紋旗上抬了起來，正視著這個赤衫青年 —— 自己的嗣子德川秀忠，「你進來的時候，沒發現這『心齋室』周圍有其他閒雜人員在逗留吧？」

「沒有，沒有。孩兒連自己的侍衛都沒帶進來，」德川秀忠急忙躬身答道，「本多正信還在前院守望著呢！不會有任何人前來打擾我們的。」

「這就好，」德川家康聽了，很是滿意地點了點頭，「最重要的事情，就應該在最安全的地方辦才行啊！ —— 怎麼？你對為父今日的舉動，感到很詫異是嗎？」

德川秀忠默默地點了點頭。

「也怪不得你會深感詫異。只因為父今天要和你在這『心齋室』裡講的話，將是我德川家族百餘年來頂尖的機密！」德川家康微微俯身伸手按著幾案兩側，低頭看著那面「三葉葵」家紋旗，沉聲說道，「如果這些話洩露出去，將會給我德川一族帶來滅門之災！所以，為父今天才不得不這麼謹慎、如履薄冰啊！」

「父親大人，孩兒懂得了，」德川秀忠急忙跪伏在地，「父親大人今日在

這裡對孩兒所講的每一個字、每一句話，孩兒發誓永遠都不會向外洩露的。」

「不可能『永遠不向外洩露的』！」德川家康抬眼望著他，深沉地笑了，「在今後的二三十年內，我們總有一天會挺胸抬頭當著全天下的人揚眉吐氣地宣布今日『心齋室』裡這番談話的！那個時候，所有的日本人都會俯首恭聽、傾身折節的！」

聽到這裡，德川秀忠驚得瞠目結舌，一時什麼話也答不上來。德川家康突然伸起手掌拍了幾聲。

只見密室的緋紗屏風後面，緩緩轉出了一個腰佩長刀的魁梧青年——赫然正是德川家康當年送給豐臣秀吉的人質兼養子：羽柴秀康。德川秀忠見了，不由得大吃一驚：這個羽柴秀康，原來曾經是他同父異母的兄長。但他在十歲時就被德川家康作為人質送給了豐臣秀吉當養子，從而失去了在德川家的嗣子身分。而且，在較長一段時間裡，羽柴秀康還受到了豐臣秀吉的深深寵愛。豐臣秀吉贈他為河內國一萬石，任從五位下侍從兼三河守，後又讓天皇授任他為左近衛權少將，並曾經當眾說過：「倘若本座將來沒有親生子嗣，本座就會讓秀康繼承大業的。」所以，在德川家族內部，幾乎所有的人都認為羽柴秀康就已經是豐臣氏真正的心腹親信了，對他素來是疏而遠之。然而，今天德川家康居然把他帶入自己的密室，豈非咄咄怪事！

德川家康很是親熱地讓羽柴秀康在自己身邊坐下，道：「秀忠，秀康雖然被為父送入豐臣氏內多年，但他永遠是為父的親生兒子、你的嫡親兄長！他的心，是永遠向著我德川家的！即使豐臣秀吉用再多的功名利祿來誘惑他、羈繫他，都是毫無用處的。」

德川秀忠雖然只有十四歲左右，但早熟的他在父親德川家康多年的薰陶指教下，已經懂得了不少權謀計策。他在轉念之間，已經隱隱明白過來：父親大人這是在用「親情牌」把羽柴秀康收攬回來，藉以作為自己的「楔子」深深打入豐臣氏的內部。

德川家康又轉頭向著羽柴秀康意味深長地說道：「養子畢竟是養子。別人說什麼『把大位繼承給你』，那都是謊話！你看，豐臣鶴松剛一出生，豐臣秀吉就放出風聲，要把你送給別人家當養子——而豐臣鶴松早夭後，你依然

還是被他隔離於權力中心之外。你知道嗎？從我的『眼線』得來的消息是：豐臣秀吉將會把關白之位傳給他的親外甥豐臣秀次！」

羽柴秀康臉色一白，把手指深深地掐進了地板的板縫裡，沉沉地答道：「父親大人，孩兒生是德川家的人，死也是德川家的鬼——願為德川家付出一切！」

德川家康把他和德川秀忠的手拉了過來，將它們緊緊握在一起，鄭重說道：「秀忠，你也要向你的兄長秀康多多學習啊！他在你這個年齡的時候便親身參加了九州之役，圓滿完成了身為武士的初陣！秀忠，你也要隨著秀康的步伐好好拓進啊。要記住：兄弟同心，其利斷金！」

德川秀忠和羽柴秀康一齊躬身低頭恭然答道：「孩兒等謹遵父親大人的教誨！」

德川家康欣慰地看著他倆，靜了靜心神，小心翼翼地用雙手將「三葉葵」家紋旗當胸提了起來，輕輕展開。他又望了一眼跪坐在對面的德川秀忠、羽柴秀康，緩緩說道：「秀忠、秀康啊！你們可知道我德川一族的家紋為何要選定『三葉葵』嗎？」

「父親曾經多次給孩兒說過，我們德川一族，也就是松平一族的家紋選定為『三葉葵』，是象徵著我們德川家族永遠能像葵花一樣始終仰承著天照大神的靈光普照而結出累累碩果！」德川秀忠看了看羽柴秀康，先行恭恭敬敬地答道。

「不錯。你能記得這麼清楚，也真不枉我立你為德川家族的嗣子了！」德川家康目光中飽含著讚許地對他點了點頭，「可是現在，只有關東八州的領地上插著我們德川家族的『三葉葵』家紋旗幟……這讓為父的心裡一直是鬱鬱不歡哪！」

「父親大人……」德川秀忠聽出了父親話中那一絲悖逆之意，頓時滿臉漲得通紅，不敢接話。羽柴秀康眼底卻是波光一閃，亦無多言。

「唉……為父心底藏了太多太多的話，而如今卻只能向你們暢懷傾訴了！這些話，我在你們的母親面前都不會吐露半個字啊，」德川家康悠悠地說道，「你的祖父當年也曾只對為父一個人說過——那就是，身為名門貴族苗裔的

德川一族，傳承了世世代代的雄圖大志：要始終如一堅持不懈地奮鬥下去，直至有一天讓整個日本的國土都插滿我們德川家的三葉葵之旗！」

「父親大人！」德川秀忠聽到這番話時，如遭雷轟電擊一般 —— 父親大人所說的話可是犯上作亂的大逆之言啊！

「你很吃驚吧！你萬萬沒有料到一向以恭謹自守、謙卑待人的為父在心底深處居然會有這等雄偉的抱負吧！」德川家康近乎自嘲地說道，「唉！是到了該告訴你一切的時候了！ —— 其實，如果沒有眼下這個天賜良機降臨到我德川家族的頭上，為父這一輩子也許只有在臨終之際才會告訴你這些話啊！秀康，你說呢？」

「天賜良機？什麼天賜良機？」德川秀忠聽得雲裡霧裡的。羽柴秀康卻淡淡言道：「父親大人果然是明察秋毫。」

「是的！為父隱忍潛伏、苦心孤詣等待這麼多年，終於等來了振興我德川一族『百年難遇』的天賜良機了！」德川家康的眸子中射出了狂熱的興奮的光芒，「既然機遇已經降臨，為父就應該及時告訴你這些話了！ —— 從現在起，身為德川家族嗣子的你，要馬上站到為父的身邊，一齊為我德川氏『獨攬天下』的大志而去奮鬥打拚！」

「父親大人……」德川秀忠囁嚅道，「父親大人的這番教訓，孩兒自然是牢記在心了 —— 但是父親大人，如今豐臣關白大人執天下諸位大名之牛耳，勢力如日中天，我們德川一族憑什麼和他爭雄？」

「憑什麼和他爭雄？」德川家康冷冷地說道，「為父就憑他竟敢妄自尊大去興兵挑戰大明！你可知道剛才黑田如水來告訴了為父什麼消息？他是來告訴為父：豐臣秀吉一味好大喜功，居然心比天高，想發兵征服大明！他真是昏了頭了！」

「哦？豐臣關白大人決意要去征伐大明國？」德川秀忠若有所思地說道，「難怪這半年來豐臣關白大人一直在整編各州大名的軍隊和急速修建名護屋城啊！前幾日我們德川家被關白大人抽調過去蒸築打磨名護屋城牆磚的那些士兵們回來報告，說豐臣大人曾當面向他們宣稱要『飲馬海濱，揚威域外，俯取朝鮮，征服大明』……孩兒還以為這是豐臣關白大人向大家口出戲言呢！

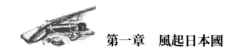

沒想到他真的決意西征大明……」

「不錯。為父相信豐臣秀吉這一次挑戰大明應該是動真格的，」德川家康沉吟道，「不過依為父之見，關白大人這次發兵挑戰大明，實是不自量力，必會碰壁而歸！」

「父親何出此言？」德川秀忠心有不甘地問道，「我大日本國的武士無一不是天生神勇的精銳之士，素來攻無不克、戰無不勝……料那大明也難攖我鋒！」

「哼！蠢材！」德川家康冷冷地說道，「我們大日本國有天生神勇的精銳之士，難道大明國就沒有？我們大日本國的武士一向是攻無不克、戰無不勝，難道他們大明國的武士就是草包飯桶？只知己，不知彼……像你這樣盲人摸象，必會因驕致敗！」

「是，父親大人訓斥得是。」德川秀忠雖不甘心，也只得低頭認錯。

「為父問你，豐臣秀吉用了多少時間才基本平定了日本全境？」德川家康見他似有不服之意，便又問道。

「豐臣關白大人東征西討，浴血奮戰，總共耗費了三十年時間才基本平定了日本全境。」德川秀忠答道。

「你也許並不清楚：那個遠在大海彼岸的大明國，它的疆域比我們日本全境整整要大二三十倍！」德川家康淡淡說道，「為父再問你，征服一個日本就耗去了豐臣秀吉三十年的生命，那麼現在已經年近六旬的他還會有多少個三十年能用來征服大明？」

「這……父親大人的思維視角總是這麼巧妙啊！」德川秀忠頓時恍然大悟，「您總能想到孩兒所不能想到之處……孩兒佩服！看來豐臣關白大人就是歷盡畢生之力，也無法征服大明啊！」

羽柴秀康卻是靜靜地看著父親，什麼話也沒有多說。

「其實，為父在心底也一直在懷疑豐臣秀吉是否真的有可能徹底占領大明國……」德川家康喃喃地說道，「所以，為父一直在思考和揣度豐臣秀吉發起的這場西征大明之戰的用意……為父斷定他這麼做，如果不是他一時頭腦發熱之舉，則必定含有極大的陰謀……」

「極大的陰謀？」德川秀忠大惑不解，「關白大人莫非真正要對付的敵人並不是朝鮮和大明？」

「是啊，為父也有這個懷疑 —— 他或許是想借刀殺人！」德川家康慢慢伸手撫摩了一下「三葉葵」家紋戰旗，滿面憂色地說道，「如果不出為父所料，豐臣秀吉此番征伐朝鮮、大明，應該不會過多地動用自己嫡系家將的兵力，而會從各州大名手中抽調人馬出來為他效命 —— 這是他極為陰險的『一箭雙雕』之計，既損了朝鮮、大明的國力，又傷了各州大名的元氣。對他這一招，為父不可不防啊！」一直似木頭人一般沉默著的羽柴秀康這時又點了一句：「關白大人，可能還覺得日本國內的土地不夠分封給手下的大名們了，所以打起了開拓海外疆域的主意……」

「父親大人真是神機妙算！想得如此周密、深遠……」德川秀忠聽了他倆的話，頓時驚得出了一身冷汗，「關白大人既然用心如此陰險毒辣，父親大人……那……那我們該怎麼辦呢？」

「不要擔心，為父自有安排，」德川家康沉吟了一會兒說道，「這樣吧，秀忠我兒，你今晚立刻易服祕密潛回我們德川家所轄的關東，讓武藏、上野、伊豆等地的家臣們伺機起兵攻打盤踞在本地的那些浪人、流寇 —— 但是，你要記得吩咐他們：對那些浪人、流寇的攻勢既不能太重，亦不能太輕。要恰到好處，要鬧得『雷聲大，雨點小』……這樣的話，為父就可以名正言順地以『征外必先安內』的理由來保存實力，半推半就地讓豐臣秀吉無法抽調我們德川家的兵力了……」

「是！」德川秀忠在榻榻米上伏下了身，恭恭敬敬地應道，「孩兒一定切實照辦！」

「秀康我兒，你就繼續潛伏在豐臣府裡，為我刺探各種密情。」德川家康又向羽柴秀康吩咐道，「他一有異動，立刻給我稟報！」

羽柴秀康彎下了腰，無聲地磕了磕頭。

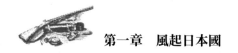

▌關白御前大會

　　關白府的議事廳裡，豐臣秀吉昂然端坐在首席榻位上。他右手邊坐著被他收為養子的當今日本國周仁天皇之皇弟——年輕的八條宮親王。因為豐臣秀吉主持召開的是「關白府御前大會」，所以不得不請八條宮親王這樣的皇室成員代表天皇陛下列席。

　　不過，誰都懂得：無論豐臣秀吉裝出一副多麼尊重日本皇室的姿態，他在骨子裡實際上一直都把周仁天皇、八條宮親王等人當作傀儡來操縱和利用的。

　　前來參加此次「關白御前大會」的人很多：日本國內第一流的大名們基本都已到齊，日本朝廷從三品以上的要員亦無一缺席。

　　德川家康就坐在豐臣秀吉左側首席。自他以下，分別是前田利家、毛利輝元、小早川隆景、宇喜多秀家等另外四位輔政大老。豐臣秀吉右側，坐著豐臣秀吉的外甥兼養子豐臣秀次以及石田三成、小西行長、福島正則、加藤清正等豐臣氏的家臣、家將。

　　而豐臣秀吉對面席位上坐著的便是島津義弘、大友義統、龜井茲矩、伊達政宗、上杉景勝等諸位大名和朝廷要員。

　　見到各位大名和朝臣都差不多到齊了，豐臣秀吉這才端起日本關白的架子，舉手揚了一揚。

　　「噹」的一聲，廳門處懸著的那座羊脂玉鐘被他的家臣大野治長舉起金棍輕輕地敲了一下。清越悠長的鐘鳴過後，會場裡頓時鴉雀無聲。

　　豐臣秀吉抬頭環視了會場一圈，這才不緊不慢地說道：「諸位大人，今日本關白奉天皇陛下之命，召集諸位前來，是為了共同商議決定一件關係我日本國數百年、數千年國運的大事！」

　　一聽他開篇講話便是這般聳人聽聞，會場中那些不明底細的大名和朝臣們不禁一驚，一個個把詫異的目光投向豐臣秀吉，恭敬地聽著他繼續說下去。

　　豐臣秀吉停頓一下，舉目四顧，看到各位大名和朝臣們都是一副肅然關注的樣子，心底甚是滿意，便又繼續說道：「這件大事，就是傾我日本舉國之

力，在數年之內，飲馬海濱、揚威域外、俯取朝鮮、征服大明！」

「啊？！」會場中那些事先並不知情的大名和朝臣們一個個失聲長呼，下巴都驚得快要掉下來了。

在這一片亂哄哄的驚呼聲中，豐臣秀次肅然出列，跪伏在大廳當中的地板之上，奏道：「屬下懇請關白大人三思：如今我日本國戰亂剛息、天下初定，關白大人應當念念以與民更始、休養生息為重才是！此刻，您若勞師遠征，只怕人心不安、四方擾動，反而會得不償失啊！」

他此言一出，議事廳內頓時靜了下來，靜得連地板上掉一根羽毛都可以聽得清清楚楚。

因為豐臣秀次與豐臣秀吉有著特殊的親戚關係，他自然可以不像別的大名和朝臣那樣由於敬畏豐臣秀吉而緘口不言──於是，他一下便將昨夜黑田如水指點他反對出征的理由拋了出來勸諫豐臣秀吉，以求先聲奪人。而廳中各位大名與朝臣見狀，便一個個只是盯著豐臣秀吉，也不跟風進言，且看他如何反應。

豐臣秀吉高高地坐在首席榻位之上，臉上如無波的古潭，讓人測不出深淺來。

他聽完豐臣秀次的話，沉默了許久，並不正面作答，只是伸手向其他大名和朝臣虛招了一下，淡淡地說道：「本關白說了，這是一件關係到我日本國數百年、數千年之國運的大事。這件事成功與否，與在座諸君都有著莫大的關係。你們也都談一談自己的想法嘛！無論你們今天在這裡說什麼，本關白都不會怪罪的。」

終於，在一片沉默之中，前田利家和小早川隆景兩位大老開口了：「秀次君言之有理。關白大人須三思啊！」

這時，另一位輔政大老兼豐臣秀吉的養子宇喜多秀家也講道：「據屬下所知，朝鮮有海峽天險可恃，大明有百萬雄師可用──我日本國武士縱神勇過人，但眾寡懸殊，也難有勝算啊！」

聽到三位輔政大老都不贊成出征，廳下的各位大名和朝臣們頓時竊竊私語起來，個個搖頭皺眉，亦是為難之極。

　　豐臣秀吉見此情形，再也按捺不住，直接點了手下素有「鐵膽虎將」之譽的小西行長的名：「小西君！你一向最是驍勇善戰、不畏強敵——這西征之事，你的意見如何呢？」

　　小西行長是關西堺港鉅賈家族出身，他父親當年就是靠與朝鮮、大明走私的海盜們暗通貿易才大發橫財的。由於從小在父親身邊耳濡目染，小西行長對朝鮮、大明的情形比較熟悉。而且，尤為難得的是，他會講幾句生硬、拗口的漢語，這在日本國已屬難能可貴了。

　　他聽得豐臣秀吉猝然點名向自己發問，絲毫不敢大意，急忙深思片刻，方才小心翼翼地說道：「關白大人，您也許看過一本大明國的奇書吧？」

　　豐臣秀吉面無表情，冷冷問道：「什麼奇書？」

　　小西行長屏氣斂息，躬伏在地，緩緩說道：「這本奇書的名字叫《三國演義》，是大明國一位姓羅的師傅寫的。」

　　「《三國演義》本關白沒閱過，但是聽西笑大師講解過，」豐臣秀吉蹙起眉頭回憶了片刻，悠悠說道，「本關白記得，那書裡邊那個諸……諸葛亮當真是計謀百出，了不得、了不得啊！」

　　「還有關羽、張飛的『萬夫不當之勇』啊！」小西行長急忙接過話頭說道，「我日本國的武士哪個比得過他倆的厲害？」

　　「你這是什麼意思？」豐臣秀吉聽出了一些弦外之音，不禁有些不悅，「不要彎彎繞繞的，有話直說。」

　　「關白大人！」正在這時，豐臣秀次插話進來說道，「其實小西君的言下之意已經很清楚了：大明國地大物博、人才濟濟，其中必然不乏像諸葛亮、關羽、張飛這樣的賢臣良將……若是貿然與之為敵，我日本國豈有十足的勝算？」

　　「這……」豐臣秀吉頓時語塞了一下，沉吟片刻，仰天深深一嘆，「是啊！今日之大明國，還會有諸葛亮、關羽、張飛這樣的賢臣良將嗎？如果有的話，我日本國自然不會輕易出兵了。」

　　他講到這裡，話音一頓，用手撫了撫自己領下那綹稀疏的鬚髯，忽又哈哈一陣大笑，道：「實不相瞞！諸君！十年前，本關白就已打探到大明國曾經

有一位像諸葛亮一樣神機妙算的『關白』……哦，用他們的漢文來講，應該是『丞相』——他叫張居正！他手下還有一位像關羽一樣智勇過人的大將，名叫戚繼光！」

「戚繼光？！」在座的日本關西一帶年老的大名們聽了，彷彿觸電般失聲驚叫起來，「他的確很厲害啊！二十年前，他把我們那些先行潛入大明國境內的浪人、武士們打得一敗塗地……他們逃回來後，提起他的名字就嚇得直哆嗦……大明國有他在，誰……誰敢再去送死啊？……」

豐臣秀吉看著他們一個個驚恐萬狀的表情，頓時十分惱火，便提高了嗓門兒喝道：「你們怕什麼？他們都已經死了！」

「死了？」那些年老的關西大名有些不相信自己的耳朵，「真的死了？」在看到豐臣秀吉一臉認真地點了點頭後，他們一個個又不禁鼓掌歡呼起來：「太好了！太好了！那真是太好了！」

「十年之前，張居正就病死了；五年之前，戚繼光也病死了。大明國目前當政的，只是一個和秀次君、石田君他們年齡一般大的小皇帝，」豐臣秀吉坐在榻席上，仰天縱聲哈哈大笑，「天照大神垂恩於我日本國，一下便為我們除去了兩個大敵……這是千載難逢的良機啊！我們千萬不能再錯過了！」

德川家康坐在一側聽得清楚，心中不由一動：古語講「知己知彼，百戰不殆」。這豐臣秀吉是從哪裡打探到這些消息的？他看起來對大明國朝廷的情況瞭若指掌啊！

看到諸位大名和朝臣驚疑不定的模樣，豐臣秀吉笑容一斂，臉色一肅，緩緩舉起手掌，「啪啪」地拍了兩下。

掌聲剛落，他身後的灑金櫻花屏風背面，無聲無息地轉出兩個人來！

這兩個中年漢子驀地一現身，竟令在座的諸位大名猛吃一驚！只見其中一位身穿黑色勁裝，面目冷峭，眉宇之際煞氣逼人；而另一位則是身著青色寬袍，圓臉胖頭，憨態可掬，一雙瞳仁卻如鼠目一般轉動生光，頗有幾分商賈之氣。

他倆繞行到廳堂當中，恭恭敬敬地坐到豐臣秀吉對面席位之上，伏地行禮，不敢抬頭。

「來！來！來！」豐臣秀吉向他倆招了招手，朝著在座的各位大名介紹道，「這兩位可是為我日本國進擊朝鮮、大明而立下頭功的功臣啊！——你們就向各位大人介紹一下自己吧！」

那個黑服壯漢半跪著抬起頭來說道：「多謝關白大人抬愛。各位大人，在下在日本國的名字是服部正全，在朝鮮國的名字是金完用，在大明國的名字是何全忠。」

「服部正全？」小早川隆景聽罷，不禁抬眼看了他一眼，詫然問道，「原來閣下是服部忍者世家的人。服部半藏正成是你什麼人？」

「正是家父。」黑服壯漢恭敬地答道。

他這一答，在場諸人都是吃了一驚。原來，當今日本國中，忍者界內分四大流派，各有四大統領執掌：伊賀一派，由百地丹波執掌門戶；服部一派，由服部半藏正成執掌門戶；風魔一派，由風魔小太郎執掌門戶；雜賀一派，由雜賀孫一執掌門戶。而四大忍者世家流派之中，尤以服部一派最為著名。服部正全既係服部半藏正成的嫡子，其人的忍術自然遠非常人能及。大家剛才又聽到他自稱在朝鮮、大明均有化名，由此可見他實是行蹤詭祕，更是高深莫測了。

他們正在驚詫之間，卻聽那另一個青袍胖漢躬身說道：「各位大人，在下在日本國的名字是來島通明，在大明國的名字是胡圖漢。至於朝鮮國那邊，在下倒從未涉足過。」

「來島通明？」小西行長頗感意外，「關西大名來島通久是閣下的什麼人？」

「正是家兄。」青袍胖漢緩緩答道。

原來，來島世家是關西一帶靠與朝鮮、大明進行走私貿易而逐漸壯大起來的海盜家族。來島通明既是來自這一家族，自然可以在大明國內來去自如了。

望著來島通明全身上下一派漢人打扮，諸位大名和朝臣亦是驚疑莫名，面面相覷。

這時，卻見豐臣秀吉滿面含笑，向他們說道：「諸君有所不知，服部正

全、來島通明都是本關白在二十年前派駐在朝鮮、大明的兩個間諜首領……若不是他們二十年如一日地給本關白送有關朝鮮、大明的各種情報，本關白何來『俯取朝鮮、進擊大明』的底氣？」

「二十年前他們就已經潛入朝鮮和大明瞭？」在座的大名和朝臣們大吃一驚，「關白大人二十年前就開始謀劃『俯取朝鮮、進擊大明』了？」

「不錯，」豐臣秀吉面色凝重地點了點頭，「早在二十年前，織田信長大人在世的時候，本關白身為他的首席輔臣，就已經向他提出了『養精蓄銳、窺伺天下、俯取朝鮮、進擊大明』的方略。織田大人對這一方略十分贊成，當時就讓本關白物色了許多日本國的『忠臣衛士』，捨身為國，拋家離鄉，易服改容，潛入朝鮮、大明等國，刺探敵情，伺機而動。現在，我日本全國兵精糧足，完全可以騰出手來『飲馬海濱、揚威域外、俯取朝鮮、進擊大明』了！所以，在今日御前大會上，本關白專門召回了服部君、來島君，為在座各位大人詳細介紹朝鮮、大明的內情，然後再請大家共同商議如何調兵遣將、擇機進發！」

德川家康聽到豐臣秀吉二十年前便已開始窺伺朝鮮、大明，心中頓時微微一震：此人為了西征朝鮮、大明，竟是這般苦心孤詣、費盡心機，倒是不可小覷了！且看服部正全、來島通明打探到的朝鮮、大明消息如何？一念及此，他屏住了聲息，只在一旁靜觀其變。

這時，服部正全先是向豐臣秀吉伏身行過一禮，然後轉身面向各位大名與朝臣，侃侃而談：「諸位大人，在下這二十年的大部分時間是潛伏在朝鮮，所以對朝鮮的情形更清楚一些。現在，在下就斗膽向各位介紹一下朝鮮的內情。」

「朝鮮李朝近二百年一直臣屬於大明國，為大明國東北之外藩。自其開國之君李成桂主政時起，每一代朝鮮君臣都對大明國忠心不二。朝鮮國中的禮儀、典章、圖籍、制度，無一不是效法大明，素有『小中華』之稱。」

「然而，在這二百年間，朝鮮自恃有大明國蔭庇，所以軍事不修、武備廢弛，居安忘危，歌舞昇平。尤其是近五十年來，朝鮮大臣分為『東人黨』與『西人黨』，離心離德，內訌不已，綱紀紊亂。目前的朝鮮國君李昖，年約四

旬，為人驕奢淫逸，毫無剛健中正之德，內不足以消弭朋黨之爭，外不足以強兵富國，實乃庸才之主。他所任用的水師總督元均更是怯弱無能，和我日本水師相比，堪稱鼠與貓鬥，焉能取勝？而且，朝鮮的士兵以矛戟刀劍為武器，若是與我日本武士從西洋各國購置的無堅不摧的『火繩槍』對抗，必會不堪一擊！」

「所以，在下一直毫不動搖地堅信：我日本雄師揮幟進兵之日，便是朝鮮舉國臣服之日！這一點，在下敢當著關白大人和諸位大人的面立下軍令狀 —— 在下此言若誤，甘願剖腹自殺以謝諸位！」

聽罷了服部正全的發言，在場的大名和朝臣們一個個半信半疑，只是抬眼看向豐臣秀吉，觀他有何話說。

豐臣秀吉並不評論服部正全的彙報，而是面沉如水地向來島通明揮了揮手：「來島君，請向在座的諸位大人介紹一下你所知道的大明國的情形吧！」

來島通明急忙應了一聲，從地板上抬起頭來，平視著各位大名，一臉凝重地說道：「大明國要比服部君口中所說的朝鮮國複雜得多。它不是短短幾個時辰能完全說清楚的。在下唯有粗粗淺淺地敘述一下大明國的輪廓給諸位大人知曉。」

「大明國的兵力在兩百年前絕對是天下無敵的 —— 那個疆域遼闊無邊的蒙古王朝，就是被大明國開國之君朱元璋率領的一批農民擊潰的。那個朱元璋，從一個一無所有的遊丐，赤手空拳地開創了大明朝這樣一個龐大的國家！這簡直是一個神話啊！」

豐臣秀吉聽到這裡，眉頭皺了一皺，卻是大不相信，冷冷地問：「哦？這世上還有像朱元璋這樣『從乞丐變為帝王』的奇人？他建立大明國用了多少年時間？」

「這個……」來島通明蹙著眉回憶了好一會兒，恭恭敬敬地答道，「他……他建立大明國好像只用了二十餘年的時間……」

「你胡說！」豐臣秀吉的心裡突然冒起了一股邪火，大手一揮，有些失態地對著來島通明吼道，「本關白身不離鞍、東征西戰，不知費了多少工夫，不知冒了多少危險，好不容易用了近三十年的時間才堪堪平定了日本全境。

他朱元璋僅用了二十年時間就建立了比我日本大二三十倍的大明國 —— 中華人氏真有這麼厲害嗎？這不可能吧！你竟敢胡編出來欺騙本關白！本關白要治你的罪！」

「關白大人恕罪啊！關白大人恕罪啊！」來島通明一聽他話中之意甚是不善，頓時嚇得伏倒在地板上「砰砰砰」地直磕響頭，「在下說的句句都是史實啊！那朱元璋以一介遊丐之身而成為大明天下之主，也確有其卓異過人之處……當然，他能『小人得志』，是因為像關白大人您這樣的蓋世英雄沒有降臨到中土。所以，『山中無老虎，猴子稱霸王』，那朱元璋才僥倖成功……在下堅信：若是關白大人您與那朱元璋同生於世，互為敵手，朱元璋唯有向您望風臣服而已……」

「嗯……你這些話倒還說得有理。」豐臣秀吉這才緩和了臉色，轉怒為喜，對來島通明說道，「好了，本關白恕你無罪，你繼續向諸位大人介紹大明國內情吧！」

「是……是……在下遵命，」來島通明聽到豐臣秀吉這話，方才鬆了一大口氣，伸手抹了抹額頭上沁出的冷汗，抬頭繼續說道，「在朱元璋死後的近二百年裡，大明國再也沒有出現過幾個像樣的皇帝。當今的大明皇帝朱翊鈞，今年才剛滿三十歲，生於深宮之中，長於婦人之手，不過是一個乳臭未乾的娃兒罷了。現在，他手下張居正、戚繼光等賢相良將先後逝世，又加上朱翊鈞曾對去世的張居正進行了種種清算，傷了天下不少士民的心 —— 紛紛抨擊他只知收權、攬權卻不擅治國理民。據此看來，大明國亦是外強中乾，不足為懼。」

豐臣秀吉聽了，不禁暗暗高興，只是捋著鬚髯，含笑點頭不已。這時，卻見服部正全雙眉驀地往上一挑，臉色一緊，突然開口打斷了來島通明的話：「來島君，您不能當著諸位大人的面『只報喜不報憂』啊！不錯，張居正死了，戚繼光也死了，但是目前大明國內能真正威脅到我日本將士的還有幾個仍然活在世上啊……」

「這……」來島通明抬眼看了看服部正全，似乎也懂得了他話中所指的是誰，頓時有些口吃起來。

「誰？這幾個人是誰？」豐臣秀吉冷冷地看著服部正全。

「在下在朝鮮潛伏日久，探知如今大明國朝中文有太子太師申時行，武有甯遠伯李成梁、李如松父子，俱是棟梁之臣，不可小覷啊！」服部正全伏在地板之上，憂心忡忡地說道，「且不說申時行為政行事之深沉宏大、中正篤實，便是那李成梁、李如松父子踞守遼東多年，北抗蒙古，東禦女真，英勇善戰，戰功赫赫，委實不在戚繼光之下，堪稱我日本國日後進取大明之勁敵啊！在下不敢將此重大敵情隱瞞，特此稟告關白大人，還望您早做提防才是！」

「李成梁、李如松父子？」豐臣秀吉聽罷，卻並不動怒，而是沉吟片刻，眼珠倏地一轉，突發奇想，「這樣吧！本關白就派你們服部忍者一派的頂尖高手，不惜一切代價、不擇手段，潛入大明國內，將他們伺機刺殺，如何？」

「這……這……」這一次輪到服部正全語塞了。他支吾了半晌，才垂頭說道：「在下等也曾多方探察過，據查李成梁府中蓄有死士數千名，個個都是武林高手，我們日本忍者與之對敵，只怕難以取勝……另外，李如松更是出身中華少林正宗，武藝超群，在下亦是自愧不如……」

「啊？」諸位大名聽了，個個驚得直吐舌頭，面面相覷。

「其實關白大人和服部君都不必太過在意申時行、李成梁、李如松三人，」來島通明臉上深深一笑，緩緩說道，「在下剛剛得到消息：申時行、李成梁二人於本月已因年壽太高而告老離職，李如松等遼東名將也被調離遼東，任山西總兵官去了。這是大明國自撤遼東屏障啊！此機不乘，更待何時？」

「可是，只要我們日本武士一入朝鮮，李如松等人便會立刻從山西馳援而來——那時，來島君又有何計可御？」服部正全不以為然，冷冷反問他道。

「嗯……看來服部君對大明國此刻的內情還知之不深啊！」來島通明微微笑了一笑，緩緩說道，「根據在下從大明國有關官吏那裡得到的消息：近來大明國西部的寧夏副總兵哱拜，本係韃靼族人，暗中與蒙古河套部族內外勾結，企圖擁兵自立，叛君作亂。大明皇帝急調李如松及其手下遼東鐵騎趕赴山西上任，也多半是為了對付哱拜而去。」

「但目前哱拜尚在勾結外族叛亂的密謀籌備之中，大明國尚在靜觀其變，伺隙而動。不過，依在下之見，三個月內，哱拜必會發兵叛亂，李如松等人自然便被牽制在了大明西疆一帶……那個時候，就是我們日本武士『飲馬海濱、揚威域外、俯取朝鮮、進擊大明』的絕妙良機了！── 這也正是在下一接到關白大人的命令便十萬火急地趕回名護屋來見各位的原因了。」

豐臣秀吉決意侵朝

來島通明和服部正全稟報完畢之後，關白府議事廳內仍是一片沉寂。大名和朝臣們沉默著，誰也不願先行開口發表意見。

豐臣秀吉等了半晌，見場中無人呼應，不禁仰天嘆道：「我大日本國臣民身為天照大神的子孫，本應享有這世上最高的榮華與福澤，難道一個個自甘雌伏 ── 要窩在這海島荒野之中默默無聞地了卻殘生嗎？唉……這真是身為天照大神子孫的莫大恥辱啊！」

聽到他這般慨嘆，他手下的著名驍將加藤清正不禁雙眉一豎，亢聲說道：「關白大人休要煩惱！在下自孩提時起便追隨您出生入死、建功立業，素來堅信關白大人所謀之事無一不成 ── 這一次您準備西征朝鮮、大明，一定也能馬到成功！我加藤清正甘願聽從您的一切調遣 ── 在西征之役中一定再立新功！」

「很好！很好！難得虎之助擁有這份忠勇之心啊！」豐臣秀吉頓時大喜，向加藤清正連連讚道，「本關白也堅信，以虎之助迥異常人的驍猛，在西征之役中必能再立新功！」

關西大名島津義弘新近歸附了豐臣秀吉，正想著立下戰功來討取這位喜怒無常的關白大人的歡心，便也附和著加藤清正說道：「對！加藤君的話顯出了我大日本武士傲立群雄、迎難而上的錚錚風骨！在下也相信：關白大人旌旗所指，朝鮮、大明的敵軍必會望風而潰！我們島津氏願為您的西征大業而誓死效力！」

看到豐臣秀吉聽了加藤清正、島津義弘的話而高興得手舞足蹈的樣子，

關白府家臣大野治長也一臉諂媚地笑道：「是啊！是啊！我們日本國萬千武士，個個身經百戰、所向披靡，豈是朝鮮、大明兩國內的那些散兵冗卒所能抵擋的？在鄙人眼裡，朝鮮、大明兩國不過是兩個婀娜多姿的弱質美女，終究會成為我日本國這樣威武蓋世的猛漢的掌中之物的。」

「你這個比喻不錯！」豐臣秀吉聽了，揚聲哈哈大笑起來，「既是如此，那就要看你們諸位大人誰能『捷足先登』，先行享受到這兩個『婀娜多姿的弱質美女』的美妙滋味了。」

聽著大野治長和豐臣秀吉的話，德川家康、前田利家、小早川隆景等老成持重的大名們都不禁微微皺了皺眉頭，只是低下頭並不吭聲。豐臣秀次卻是按捺不住，大聲說道：「大野君！你真是可笑！你真的以為朝鮮、大明兩國似『兩頭待宰的羔羊』那麼好對付嗎？如果你是真的這麼認為，那就證明你太愚蠢、太無知了；如果你這番話是口是心非，那就證明你竟敢當眾欺騙和愚弄關白大人 —— 應該拖下去重重杖責！」

大野治長聽到豐臣秀次說得這般聲色俱厲，頓時嚇出了一身冷汗，急忙跪伏在榻席上連叩響頭：「哎呀！秀次大人這話真是冤枉鄙人了！請關白大人明鑑！鄙人豈敢當眾欺騙、愚弄您啊！鄙人就是有天大的膽子也不敢啊！……」

豐臣秀吉拉下了臉，右手一抬，止住了大野治長的叩頭哭訴。他面色陰沉地盯著豐臣秀次，隔了半晌，才緩緩說道：「本關白並不認為大野君在愚弄、欺騙我們！本關白很快就能讓你們清清楚楚地看到：他的話，其實是說出了一個鐵的事實！」

接著，他驀地從榻席上站起身來，「錚」的一聲抽刀出鞘，寒光一閃，竟將面前茶几的一塊木角一刀劈落！然後，他陰寒無比的目光盯在地板上那塊木角之上，一動不動，口裡卻一字一句說道：「這次御前會議，用不著再議下去了。此番西征朝鮮、大明之役，本關白認為能贏就一定會贏！誰若再敢有所質疑，便如此木！」

他這番舉動一出，在座的大名和朝臣們誰還再敢提出異議？即便是豐臣秀次，也只得垂下了頭，閉上了口，滿面畏服之情。

「好了！」豐臣秀吉左手用倭刀拄在地板上，右手卻向石田三成一招，肅然說道，「將本關白昨夜親手擬定的那篇詔書，現在就當眾頒發了吧！」

石田三成恭恭敬敬地應了一聲，雙手托起一卷紫絹，站了起來，然後緩緩展開念道：

「為實現我日本國『飲馬海濱、揚威域外、俯取朝鮮、進擊大明』之宏圖偉業，特此詔告諸位大名及朝臣：須得同心同德、同進同退，同赴西征大業，進有功則論功行賞，戰有失則嚴懲不貸，個個勿生異心、勿懷歧念。在此，奉天皇陛下御旨，本關白號令：

『一、各大名均須按自己所享年俸之多寡出兵：每萬石則出兵一百人，每百萬石則出兵一萬人；』

『二、各大名均須按自己所享年俸之多寡出船：每十萬石則出船二隻，同時自行提供水手、糧草，於五十日內於大阪港灣集中；』

『三、西征大軍以松浦郡名護屋為大本營，以對馬島為第一線前沿，擇日西進朝鮮，伺機再取大明。』」

聽到豐臣秀吉早已以天皇陛下的名義擬好了這篇西征詔令，其語態之蠻橫霸道實是無以復加，在場的大名和朝臣們一個個心懷暗怨，卻又不敢形之於外，只得唯唯諾諾、垂頭稱是。

豐臣秀吉也沒把他們大多數大名的反應放在眼裡，而是目光一轉，射向了德川家康臉上，若有心似無意地淡淡說道：「德川公，你是關東第一大名，享有年貢二百六十萬石俸米 —— 那麼算起來，你就要投出二萬六千兵馬和五十二艘戰船……你不會感到不痛快吧？」

「哪裡！哪裡！」德川家康畢恭畢敬地答道，「家康我能為關白大人的西征偉業稍盡綿薄之力，已是倍感榮幸，怎會感到不快呢？」

「嗯……很好！很好！」豐臣秀吉雖然並不相信德川家康這話是完全源自真心的，但畢竟他在口頭上表示了支持，這已是足夠了。於是，他伸手摸了摸自己的下頜，微微笑了：「德川公不愧為我日本國的棟梁之臣，能始終如一地做到憂公忘私，難得！難得啊！你帶頭為諸位大名獻身於西征朝鮮、大明之戰做出了榜樣，本關白感到十分高興啊！」

前田利家、小早川隆景等其他大名見狀，也只得紛紛應道：「我等誓死效忠關白大人，願以德川將軍為榜樣，按時足額配齊兵馬、戰船、糧草。」

豐臣秀吉頓時心花怒放，哈哈笑道：「好！好！好！你們的盡忠為國之心，本關白都知道了。打下朝鮮、大明之後，本關白一定會裂土分封、重重有賞！」

說至此處，他忽然又如想起了什麼似的，轉頭向德川家康說道：「本關白深知德川公足智多謀、深通兵法，在此便將一個重任託付於你——請你及時為我日本武士『飲馬海濱、揚威域外、俯取朝鮮、進擊大明』好好謀劃出一套征伐方略來，讓本關白和諸位大名遵而行之！」

「關白大人此語嚇殺在下了！」德川家康一聽，面色大變，急忙跪伏在席位上叩頭驚道，「關白大人之謀略才智，實乃舉世無雙，家康豈敢在您面前獻醜？」

「這段時間裡，本關白要忙著理清內政、招兵買馬，實在是無暇分神啊！」豐臣秀吉擺了擺手，長長一嘆，「德川公就為本關白分擔這一點兒憂慮吧！本關白不勝感激。」

德川家康推辭不掉，只得應允道：「既然關白大人這麼說了，家康唯有鞠躬盡瘁了！」

豐臣秀吉抬眼看了看下面坐著的那些表情各異的大名們，沉吟了許久，才揮了揮手，吩咐道：「御前大會就這樣結束了吧！除了豐臣秀次、宇喜多秀家、石田三成、小西行長、加藤清正、福島正則和八條宮親王殿下留下來之外，諸位大人請自便吧！」

德川家康、前田利家、島津義弘等大名一聽豐臣秀吉這麼說，便很知趣地紛紛起身垂手退了出去。

沒多久，偌大的議事廳裡，只剩下了豐臣秀吉和他剛才指定的那七個人。待得豐臣秀吉揮手讓兩側的侍姬們也退下去之後，八條宮親王便恭恭敬敬地從他身邊的席位上站了起來，退坐到他的右手下方，俯首問道：「父親大人有何明示？」

豐臣秀吉見八條宮親王這個養子倒也懂得「人前是君臣，人後是父子」

這個禮數，心底頗是受用。他急忙伸手虛扶了一下，道：「八條宮親王多禮了！本關白擔當不起啊！」

「關白大人是孩兒的再生父親，孩兒施再大的禮也是應當的，」八條宮親王不敢抬頭，只是屏住氣息，小心翼翼地說道，「您一手扶起了在戰亂之中搖搖欲傾的日本皇室，這一份恩情，天皇陛下和孩兒除了對您敬之若父之外，實在是無以為報啊！」

豐臣秀吉聽了他這番話，久久地端坐在榻席上欲言卻止，他抬眼又望向豐臣秀次、宇喜多秀家、羽柴秀康等其他養子，悠然說道：「對著你們向為父的這一片純孝之心，為父也要挺身而上，在這場西征大戰中，為你們拚得萬里江山來！」

「父親大人！」「關白大人！」……八條宮親王、豐臣秀次、宇喜多秀家、羽柴秀康還有石田三成、小西行長、加藤清正、福島正則等人齊齊伏在榻席上跪了下去，一個個的眼眶裡泛出了瑩瑩的淚光。

「為父今年五十五歲了……在這個能活到四十歲便算老年人的戰亂年代，為父可算是『老人中的老人』了……」豐臣秀吉抬起了頭，望向議事廳那高高的屋頂，自顧自地喃喃說道，「在這垂暮之年，為父何嘗不想躺下來好好休息一場？……可是，我日本國『威加四海、總齊八荒』的大業還沒實現啊！為父害怕萬一有一天自己撒手西去之後，你們會僅僅滿足於這日本國的區區六十六州，坐困海島一隅，不思進取 —— 那就真是辜負了天照大神對我日本子民的深寵厚愛了！」

聽著豐臣秀吉這不無深情的表白，八條宮親王、豐臣秀次、宇喜多秀家、羽柴秀康等人只是伏地不起，叩首無語。

「秀次！你抬起頭來看看我！」豐臣秀吉靜了片刻，突然開口說道。豐臣秀次聽得養父驀地點到了他的名，心頭不禁一跳，急忙抬頭

仰面看向豐臣秀吉。

「秀次啊！你是為父膝下最為年長的孩兒，這麼多年來陪著為父南征北戰，吃了許多的苦，也歷練出了許多的本事，」豐臣秀吉深切地盯著他，緩緩而道，「這一次西征朝鮮、大明，比在國內以前任何一場大戰都更為慘

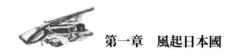

烈……秀次啊！你要多多為為父分憂解難才是啊！」

「父親大人……」豐臣秀次頓首伏地，忍了又忍，終於還是禁不住開口囁嚅道，「您為孩兒們開疆拓土這一片苦心，孩兒們自是感激不盡。但西征朝鮮、大明，那是何等艱險！孩兒就是到了此刻，仍然懇求您要慎思啊……」

「你呀！到眼下這個時節了，竟還如此猶豫！」豐臣秀吉沉下了臉，將手一擺，止住了他的繼續勸說，「佛說：『我不入地獄，誰入地獄？』為父心意已決，你就不要再多說了。再難再險，為父也要爭取在有生之年親自踏上大明皇宮的御座，實現我日本國千百年間歷代英主雄君所不能企及的宏圖偉業！哪怕為此粉身碎骨，為父也在所不惜！」

「父親大人……」豐臣秀次見到豐臣秀吉的決心如此堅定，只得閉住了口，叩首在地，不再多言。

「另外，為父要先向你們宣布一件事，」豐臣秀吉深沉地凝望著遠方，緩緩說道，「三日之後，為父就要向天皇陛下辭去關白之位，同時轉任『太閣大臣』……你們不要驚訝，為父這麼做，完全是為了從朝廷政事堆中抽出身來，一心一意投入西征大業中……」

「關白大人怎可忍心輕棄天皇陛下而退居『太閣大臣』之位？」八條宮親王一聽，不禁含淚說道，「關白大人要三思啊！」

「沒什麼。親王殿下，請你轉告天皇陛下，」豐臣秀吉沉沉靜靜地說道，「我豐臣秀吉無論是進也罷，是退也罷，一切的良苦用心都是為了使我日本國能『威揚四海、總齊八荒』，成為『無敵之國』！請天皇陛下體念老臣這一片苦心而忍痛割捨了吧！」

說著，他伸手指了指跪伏在地的豐臣秀次，又道：「秀次擔任老臣的副手有不少年頭了，治國理民有章有法 —— 老臣特意向陛下推薦他擔任關白之職，則老臣在朝中也可謂是『雖去猶在』了！」

正為勸諫西征之事失敗而暗暗沮喪的豐臣秀次一聽，只覺得萬分意外，耳朵裡「嗡」地一響，竟再也聽不清豐臣秀吉往下說什麼了……

他心中只有一個聲音在迴響：「父親大人，終於讓我接任關白之職了……終於讓我接任關白之職了……」這個聲音，淹沒了他腦海裡的所有想法……

跪在他身後的羽柴秀康頓時全身微微一震，始終沒有抬起頭來。只是，誰也沒看到他冷厲的目光足以把地板刺穿！

▌宋風診局

松浦郡的「宋風診局」是日本關西一帶著名的民間診所。這家「宋風診局」的生意好，主要是由於診局的主人許儀是一名中醫高手，精通針灸和藥膳之術，療效神奇，令前來就診的日本百姓無不滿意。加上許儀一向樂善好施，賣的藥又實惠，所以他的診局門口常常是來者如雲。

這一日下午，他見天色已晚，正準備吩咐弟子朱均旺去關門收局，卻見一個青年武士略彎著腰，一步一步緩緩挪近了門口邊。

「桃四郎──平時都是你母親生病了由你扶著來，今天你怎麼一個人來了？」朱均旺站在門口一看，原來是診局裡的常客桃四郎。見到他彎腰駝背的樣子，坐在店中醫案後面的許儀亦是一驚：「桃四郎有什麼地方不舒服嗎？且過來讓許某瞧一瞧。」

桃四郎伸手在後背上輕輕捶著腰，也不立刻答話，只是吃力地在朱均旺的攙扶下走上前來，倚著醫案前的椅子坐下，聲音沉悶地說道：「在下倒沒得什麼病。只是近日忙著為關白大人修建名護屋城牆，好像在抬城磚時扭傷了腰──許醫生，你開點兒治療跌打損傷的藥膏讓在下敷一敷再看吧……」

「哦？抬城磚時扭傷了？」許儀急忙從醫案後面轉了出來，走到桃四郎的身後，撩起他的衣裳，仔細察看了一下他背上的傷勢，沉吟著說道，「你這傷並非一朝一夕所致，恐怕有了些日子吧？……唉！依許某之見，你的體質本屬上乘……能讓你累成這般的，必是極繁重的苦差事啊……」

許儀一邊說著，一邊退回醫案後邊坐下，提筆寫了一張處方，交給朱均旺去抓藥。同時，他從案頭的一方紅木藥匣裡取出一隻青瓷小瓶來，倒出六粒朱紅色的藥丸，拿了一張乾淨的白紙包了，遞給桃四郎說道：「這是原產我們大明國的『虎骨麝香丸』，對治療跌打損傷極有療效的……你拿回去服用吧！」

「這……這怎麼使得？」桃四郎似是感動至極，連連用手推辭，「許醫生，這藥丸既是大明國原產，想來一定很珍貴吧？在下哪有米錢購買得起？謝謝了……」

「不收你的米錢！」許儀呵呵一笑，揮了揮手，一臉的和藹可親，「我大明國人行事，一向是『義利分明』『濟人為本』。你家境困難，購藥治病實屬不易，這『虎骨麝香丸』就當是許某送給你的了……」

「許醫生……許醫生，您真是菩薩心腸啊！」桃四郎的眼眶裡頓時浮起了晶亮的淚花，「在下的母親這麼多年來身患痼疾，常常到您這裡問診求醫……您幾乎每一次都減免了我們的藥錢……算起來，您怕是為我們家省掉了近千石米錢……您……您真是在下的恩人啊！桃四郎我實在是無以為報！」

「哪裡……哪裡……我中華儒宗孔子曾教導我們：『仁者愛人。』許某雖是一介庸醫，卻也不敢忘了此語，」許儀聽了，急忙拱手謙遜地答道，「桃四郎，這是許某應該做的。你不必如此多禮。」

「中華人氏果然是『謙謙君子、仁者風範』啊……」桃四郎感慨萬分地看著許儀和藹的面容，「那大明國裡像許醫生這樣高風亮節的人一定很多吧！」

「那是當然，」許儀雙目從店門口望出去，投向那遙遠的西方，彷彿帶著一絲深深的思念，悠悠說道，「許某的所作所為，在『禮儀之邦』的大明國裡，三歲童子亦能做到 —— 這又何足稱道？只可惜，當年一別故鄉，至今已二十餘年，不知何時才能重新踏上大明國的土地啊！」

「噢……如您所說，這大明國也真不愧為『禮儀之邦、鼎盛之國』了……」桃四郎也無限憧憬地舉目遙望西方，喃喃說道，「可是，唉……也不知豐臣關白大人心底裡怎麼想的，卻要『飲馬海濱、揚威域外、俯取朝鮮、進擊大明』！」

「哦？許某近來也曾聽到松浦郡裡的僧人在大辦法壇，宣揚要興兵征伐朝鮮、大明……」許儀面色微微一變，卻又迅速平靜下來，若有所思地說道，「今天聽到桃四郎也這麼說 —— 看來，豐臣關白大人真是要發兵征伐大明國了！」

「是啊！」桃四郎沉沉一嘆，點了點頭。

「這會不會是流言呢？豐臣關白大人最喜歡空嚷嚷了……」許儀按捺住心頭的緊張，臉上仍是裝著若無其事地說道，「他說了好多大話從來沒兌現過……這一次喊什麼『飲馬海濱、揚威域外、俯取朝鮮、進擊大明』，只怕又是他的夢話吧！」

「噓……噤聲！」桃四郎做了個手勢打斷了許儀的話，瞧了瞧店門外四下無人，便探頭湊到許儀耳邊，壓低了聲音說道，「許醫生日後千萬不可在別人面前評說關白大人什麼事了 —— 萬一被一些奸佞小人聽到後舉報上去，是要殺頭的呀！」

「這一次『俯取朝鮮、進擊大明』，他倒真的不是在只喊不做了。他是認了真的了。實不相瞞，讓在下累得扭傷了腰肌的這座名護屋城池，就是為豐臣關白大人親自坐鎮指揮西征大業而修建的。還有個消息告訴你，聽我們的首領大人小西殿說：關白大人連下了三道手令，讓各位大名出兵出船限期集結出征呢！三四個月後就要向朝鮮、大明發兵宣戰了……唉！我們在國內才剛剛休戰了不到半年……又要被關白大人徵調出去渡海遠征朝鮮和你們的大明國……」

說到這裡，桃四郎語氣停頓了一下，仰臉看了看許儀，深深感慨道：「本來，許醫生是我家的恩人，和你同族同根的那些中華人氏應該也算是我家的恩人。在下豈願與他們為敵啊？！唉！真不知道豐臣關白大人是怎麼想的，突然就逼著我們背井離鄉踏上異域之地跋涉萬里西征大明……只是這一去之後，我那可憐的老母親又有誰來照顧她呢？……這件事，讓我桃四郎一直是念茲在茲、難以釋懷啊……」

「唉！豐臣關白大人也真是……」許儀開口剛說了半句，忽然想起方才桃四郎的提醒，便又閉口打住了，在藥案後面靜了片刻，才悠悠說道，「算了，算了，事已如此，我們黎民百姓又能再說什麼？大戰將至，也唯有勉力自保了！桃四郎……你放心 —— 此番你若被徵調離去，照顧你母親的事兒，就擱在許某身上吧！她的米錢、藥物，許某會及時派朱均旺給她送去的……」

「朱均旺在一旁聽到了，也微笑著點頭說道：「就是就是！桃四郎，你就不要為你母親的事兒煩惱了……」

「許醫生這麼說，不知讓在下怎樣報答才好呢？」桃四郎聞言，雙眸中淚光瑩瑩，「撲通」一聲跪倒在地，哽咽著說道，「許醫生，你們的大恩大德，在下沒齒難忘！我們日本人有句古話：『志士報恩，在行而不在言。』——日後，許醫生只要發一句話，我桃四郎就是上刀山、下火海，也不會皺一皺眉頭的！」

「哎呀！使不得！使不得！」許儀急忙起身向他擺了擺手，「我們這所診局先前也曾被那些無恥浪人騷擾過，若不是桃四郎挺身而出仗義解圍，許某又豈會有今日之餘力來照顧你母親？說起來，這也是桃四郎平日裡行善積德的報應啊！」

「許醫生這番話可就令在下無地自容了……」桃四郎伏在地上，只是連連叩頭，「那些浪人不敢把您怎麼樣的……朱均旺兄弟的身手，當時在下曾見過，他們哪能在您手底下占得了便宜？在下當時拔刀相助，也實在是對他們的無恥言行看不下去了……沒想到許醫生卻一直將這事兒掛在心上……」

「呵呵呵……你就別再謙謝了……」許儀舉步上前將他扶了起來，又將朱均旺抓齊包好的藥物遞到了他手上，含笑說道，「扶危濟困、助人為樂，本是我中華人氏的立身之本！你我平等相待、真誠相助，本就是分內之事，談不上什麼報答不報答的……你且拿藥回去好好調理自己的腰傷才是……」

桃四郎慢慢伸手接了許儀遞來的藥包，雙目噙著淚光，深深地鞠了一躬，帶著謝意轉身而去。

許儀站在店門口處，目送著桃四郎走出了很遠很遠，方才折身緩緩走回店中。

他坐到藥案後邊的木榻上，面色一下凝重起來，靜靜地深思了許久。然後，他才輕聲吩咐朱均旺道：「把店門關了，順便看一看門外有沒有什麼閒雜人……」

朱均旺一愕：此時剛近黃昏，離關門收店還有些時間呢！但他看到許儀的面色，便不再多說什麼，應了一聲，急忙上前探頭在門口處四下裡探望了一番，見周圍並無人影，這才緊緊關上了店門，轉身回到許儀面前站住。

「均旺……」許儀抬眼深切地看了他許久，突然開口用漢語說話了，聲音

顯得有些沙啞低沉，「記得二十三年前，為師帶著你隨那批日本浪人乘船遠來這日本松浦郡行醫謀生時，你才剛滿六歲……一轉眼二十三年過去了，你今年也是二十九歲了，明年你就三十，該獨立了……為師也有意放你出去懸壺坐診……」說著，他語氣驀地一頓，沉沉又道：「為師本來還想好好為你慶祝一番，但現在看來怕是不成了……」

「師父怎麼說這樣的話？」朱均旺大吃一驚，「您身體好好的，說什麼『成』呀『不成』的……這讓均旺聽了很是惶恐啊！」

「該來的終究要來……今天也到了該告訴你一切真相的時候了……」許儀喃喃自語著，站起身，慢慢地走到店中照壁掛著的那幅巨大的華佗畫像前，他靜默了片刻，忽然一伸手，將它掀了上去。朱均旺一見之下，驚得張大了嘴幾乎要脫口喊出聲來：那張華佗畫像背後還懸掛著一張微微發黃的畫像，上面畫著的是一位金盔銀鎧、持刀而立的漢人將軍。他在畫中虎目環睜、鬚髯如戟，睥睨之際威風凜凜，令人肅然起敬。

「戚大帥……」許儀站到那幅畫像前，恭恭敬敬地抬臉仰望著，眸中閃起了點點淚花，聲音也哽咽了，似有無限感慨地說道，「您真是料事如神啊……二十三年過去了，您的預言果然應驗了……倭寇果然是狼子野心，又要對我大明朝下手了……許某真希望您還能活在世上，還能帶著我和兄弟們奔赴海疆『壯志飢餐胡虜肉，笑談渴飲倭寇血』啊！……」

「師父……」朱均旺遲疑著說道，「您……您……」

許儀背對著他，一動不動地望著畫像，哽咽著流淚，沒有立刻答話。半晌過後，他才漸漸平復了心情，卻仍是一言不發。

在朱均旺驚疑交加的目光中，只見許儀忽然伸手解開了腰間絲條，慢慢脫下了身上的白衫——在他健壯結實的肢體上，一道道傷痕深深長長、斑斑駁駁，令人觸目驚心。

「均旺……你先別吃驚……」許儀依然沒有回頭，仍是低沉地說道，「其實為師在二十三年前便是大明抗倭第一名將戚繼光大帥手下的一員游擊將軍。二十三年前，大明朝福建、浙江一帶的倭寇被戚大帥一舉蕩平、驅除淨盡之後，他並沒有對潰退回日本國的倭寇們放鬆警惕。那時他就預言：倘若

日本國有朝一日內戰平息，難免會有狂妄之徒野心驟發，糾集倭寇捲土重來犯我大明。為了及時做到『知己知彼、百戰不殆』，他密令為師和其他數十名深通倭情的得力幹將偽裝成海盜、游商，隨著潰退回去的倭虜半挾半攬地進入了日本國內。然後，為師等就潛伏下來，隨時伺察倭情，若是發現他們對我們大明稍有異動，便要及時傳送消息回國，讓大明朝廷能『防患於未然』……」

言至此處，許儀的語氣頓了片刻，瞧了一眼正聽得張口結舌的朱均旺，又道：「如今，豐臣秀吉這狗賊野心勃勃，蓄謀進犯我大明，大戰已然難以避免。我大明實是不可不防啊！──值此千鈞一髮之際，為師須得千方百計將這消息送回國內以備不測！可是，這裡的形勢波譎雲詭，隨時會有令人意想不到的變化，為師又不敢輕易離去，生怕誤了自己的伺察之責……唉……為師真是左右為難啊！……」

「師父，您的意思徒兒已經懂了，」朱均旺聽到這裡，頓時從一片驚愕轉回清醒中來，「師父這麼多年來在日本為了我大明朝的安危而屈身隱忍，這一份苦心孤詣之精神，委實令徒兒敬佩不已！您經常教導徒兒要『奮不顧身以殉國家之急』──如今我大明朝是『山雨欲來』，您若有什麼事需要徒兒做的，儘管吩咐吧！徒兒拚了這條小命也要圓滿完成……」

「很好！很好！」許儀聽罷，無限欣慰地看著朱均旺，伸出手來在他肩頭上拍了數下，高興地說道，「均旺，你真不愧是為師的好徒兒！其他的話也就不多講了！為師希望你能儘快收拾一下行裝，明天以購買藥材的名義乘船先到琉球國去，然後再從琉球國轉乘商船趕回大明境內向朝廷報送倭寇即將來犯的消息……」

說著，許儀又轉身到藥案案頭上那個紅木匣中摸索片刻，拿出一塊巴掌大的虎頭銅牌來，遞給了朱均旺：「到了大明的寧波港後，你立刻帶上這塊虎頭銅牌到福建總兵衙門找游擊將軍吳惟忠和駱尚志，報上為師的姓名，他們都是為師在『戚家軍』中的刎頸之交……他們也知曉當年為師奉戚將軍之密令潛入日本伺察倭情一事……只要你把為師的口信帶到，剩下的一切事情他們應該知道怎麼辦了……」

　　「師父儘管放心，徒兒一定不辱使命，」朱均旺伸手接過了那塊鋥亮的虎頭銅牌，含淚看著師父，動情地說道，「不過，徒兒這一去之後，師父孤身一人留在狼窟，想來定是凶險萬狀，還望師父您要多多保重才是……」

　　許儀暗暗一咬牙，忍住了幾乎奪眶而出的眼淚，臉上綻出淡淡的笑容，揮了揮手，滿不在乎地說道：「傻徒兒！你又不是不知道，為師這一身武藝，只怕十幾個倭賊也近不了身來！……倒是你這一路舟車勞頓、萬里遠航，才要時時謹慎啊！——你放心去吧！為師每天夜裡都會在戚大帥的英靈前為你焚香祈禱的……」

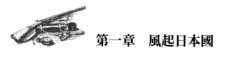

第二章　倭寇侵朝鮮

「義州府！」柳夢鼎正色侃侃奏道，「大王只有趕緊遷到我國與大明天朝接壤的義州府，進可以光復朝鮮，退可以憑恃大明！──數月之前，微臣奉命出使大明，大明皇帝陛下已經降下玉音，隨時準備助我抗倭。大王此刻還不求援於大明天朝，卻待何時？」

「柳愛卿真是一語驚醒夢中人啊！」李昖聽了，頓時喜出望外，激動地從龍椅上跳了起來，臉上陰雲一掃而光。

朝鮮國王壽誕

朝鮮的王宮，基本是仿照大明國的紫禁城修建的，但其中的各種殿宇規格、規模卻相當於大明朝藩王府邸。然而，由於朝鮮又是與大明關係最為密切的一個藩國，在大明各大藩國中漢化最深，對明廷執禮最恭。所以，經大明成祖皇帝朱棣特別下詔批准：允許朝鮮國君在自己的金鑾殿上配有一座雕飾五爪金龍的王椅，但體積要比大明紫禁城中的龍椅小許多。

對明成祖這一恩典，朝鮮歷代國君自是感激不盡。他們平時便供著那龍椅不敢入座，只有每逢盛會大典之時，他們才會登上金鑾殿的龍椅，召集百僚、宣詔發令，以示本國的赫赫威儀。

這一日，朝鮮王宮的金鑾殿上，忽然沒了往日的靜穆凝重，竟是歌姬如雲、酒宴鋪陳，一派熱鬧非凡的氣象。

原來，今天是朝鮮國君李昖的四十歲生日。一向喜好繁華、熱鬧的他，突然狂性大發，竟在金鑾殿上大辦宮宴，與文武百僚同樂共娛。一些恪守禮法的老臣認為他此舉有失體統，上奏勸他不住，只得由他去了。

席間，朝鮮內閣領議政李山海、左議政柳成龍等恭恭敬敬舉起手中玉杯，率文武群僚祝道：「臣等恭祝大王與天同壽、安享永樂！」

「好！好！好！眾卿不必多禮。」李昖坐在那張純金龍椅上，胖胖的圓臉笑意盈盈。他也不起身，一舉金杯正欲歡喜答謝，忽然腦中靈光一閃，憶起剛才群僚的祝詞當中有「永樂」二字，急忙放下了金杯，走下龍椅，俯身便向西方拜倒──原來柳成龍在無意中提到了朝鮮宗主國明成祖朱棣的年

號，這是對宗主國大明的不敬。而李昖急忙向大明國的北京方向拜倒，則是以自己虔誠禮敬來彌補剛才眾僚犯諱的失禮之處。

見到本國大王這般舉動，李山海、柳成龍一愕之餘，立刻醒悟過來，急忙率領群僚離席紛紛向西而拜，戰戰兢兢地說道：「臣等愚魯無知，冒犯了大明天朝上國先帝的年號，實在是罪該萬死！罪該萬死！」

李昖君臣等人向西行過三拜九叩大禮之後，這才心有餘悸地紛紛平身。李昖抬眼看了看李山海、柳成龍，驚魂未定地說道：「李愛卿、柳愛卿，今後你們談吐措辭之際，須得多加留意才是！倘若大明天朝上國聞知今日此等失敬之事，一紙御詔斥責下來，那可如何是好？本王聽說當今的大明皇帝陛下春秋正茂，剛正明決，馭下甚嚴——只怕他一怒之下，遣使來問，本王也回護不了愛卿你們了……」

「是！是！是！大王訓斥得是！愚臣等日後再也不敢造次了！」李山海、柳成龍伸手抹了一下額上的冷汗，起身急忙和文武群臣一道退回座席邊跪下。

李昖站在王座前靜了片刻，穩住了自己的心神，輕輕咳嗽一聲，然後走回到王宴上坐了下來。

「你們也入席吧！」他向跪伏在席位邊上的群臣吩咐了一聲，逕自提起了銀箸，開始用膳。

隔了片刻，李山海便告稱自己年邁力衰，不堪久勞，委託柳成龍留下代為打理宴會，拜退而去。君臣上下倒也吃得熱熱鬧鬧、一團祥和。

驀然，只聽到殿外宦官揚聲稟道：「本國撫倭正使黃允吉、撫倭副使金誠一，現在殿外守候，急速請求大王賜見。」

「黃愛卿和金愛卿回來了？」李昖聽了，正伸向那盤「五香爆炒白虎肝」的銀箸頓時停在了空中，沉吟一下，道，「速速召他二人上殿覲見。」

這黃允吉、金誠一是李昖日前以鄰國使臣的身分專門派往日本國祝賀豐臣秀吉「肅清四方、一統扶桑」的。當然，在明面上，黃允吉、金誠一是前去祝賀的；在暗地裡，李昖卻是讓他倆打探日本關白豐臣秀吉對待朝鮮的態度。他久聞豐臣秀吉深懷異志，若不先行派人予以暗查摸清實情，心中無底又豈能隨機應變？

殿門開處，只見黃允吉、金誠一二人面無人色，滿頭大汗，氣喘吁吁奔到王宴之前，「撲通」一聲跪倒在地，似是累得筋疲力盡，一個勁兒地搖頭吐舌，連話都說不出來了。

「歇一歇……歇一歇再說吧！」李昖見他二人這等模樣，豈好意思再加催問？只得揮手讓兩名宮女各自端了一杯溫茶給黃、金二人遞了過去。

黃、金二人叩頭謝過，仰起身來，也顧不得什麼禮儀，「咕嘟咕嘟」將杯中的茶一飲而盡，然後靜息片刻，這才平復了心情，跪正了姿態，準備開口奏事了。

正使黃允吉咳嗽了一聲，語氣中仍掩不住激烈的驚慌和激憤，急促地說道：「大王，倭國關白豐臣秀吉野心勃發，『獅子大開口』，竟然想要侵吞我朝鮮三千里江山了！」

此語一出，大殿之上頓時一片死寂，連那些翩翩起舞不問國事的朝鮮歌姬們也立刻停住了動作，木然而立。大殿兩側奏樂的樂師們也放下手中的樂器，一個個瞠目結舌地看著李昖，不敢再演奏下去了。

在生日大宴上驟聞這等禍事，李昖再也無心娛樂了，將手中的銀箸「啪」地一丟，沉著臉向外揮了揮手。歌姬、樂師們急忙知趣地匆匆退了下去。

金鑾殿上的空氣就像一下凝固了似的沉悶起來。

許久，許久，才聽到李昖有些有氣無力的聲音打破了這一團沉悶：「黃愛卿！他莫非是在虛言恫嚇爾等？他是不是嫌本國送給他的賀禮太少了？本王這一次送給他的是十八株珊瑚樹、六斗夜明珠和五張白虎皮──件件都是稀世珍寶，價值也等同於我們奉送給大明天朝的貢品了……他難道還不知足？」

聽了李昖這麼說，黃允吉和金誠一二人都有些哭笑不得，張了張嘴想說什麼，但看到李昖自顧自在王座上喃喃說著，卻又不敢出聲打斷了他，只得捺住性子默默地聽著。

「算了！算了！想那倭國不過是蠻夷之邦，本王也不和他們計較了……柳愛卿，你待會兒下去再備一份厚禮，派一個口齒伶俐、官職在二品以上的

大臣，擇日急赴倭國與他們說和，不可激起事變！」李昖沉浸在自己的臆想之中，對柳成龍吩咐道，「黃允吉、金誠一辦事不力，不能為本王調和外夷關係，暫且退下去聽候發落……」

「冤枉啊！冤枉啊！」黃允吉和金誠一聽了，驚得跪在地上連連磕頭，齊聲喊道，「倭虜實乃狼子野心，不噬我朝鮮入腹而絕不甘休……無論大王再送多少的珍品厚禮，豐臣秀吉那狗賊都會跨過海峽直撲過來啊！……」

大殿之上一下沉沉地靜了下來，只剩下他倆嘶啞而淒厲的呼喊在大殿上空久久迴響著。

「你們有何證據能切實證明倭國一定會來侵犯我朝鮮？」過了許久，柳成龍終於開口打破了殿上的沉默。他到底閱歷豐富，性格也要沉穩一些，揮手止住黃、金二人的嘶聲呼喊，緩緩說道：「兩國交戰，茲事體大，容不得你倆在此虛聲鼓噪！」

「柳……柳大人，臣等豈敢虛聲鼓噪、擾亂君心？大……大王，豐臣秀吉托臣等二人給您送了一封信來……」黃允吉不顧自己的腦門被磕出了一顆顆血珠，雙手托起一封黃色絹函，膝行著呈上前來，「大王只要看過這封信，一切就會明白了……」

柳成龍從王宴右首席位上站起，接過了豐臣秀吉那封黃絹信函，急忙捧給了李昖。

李昖的心跳得「咚咚」直響，將那封黃絹信函握在手中，竟似握著一塊灼熱的赤炭一樣，臉色鐵青。

他定了定心神，緩緩噓了一長口氣，然後將信函慢慢拆開，認認真真閱了起來：

日本國關白豐臣秀吉致書朝鮮國王閣下：

雁書薰讀，舒卷再三，多謝貴國美意。我日本國雖擁六十六州之地，比年各藩林立，亂朝綱、廢禮法、不奉天皇久矣。故吾奮志投袂，三四年之間，伐叛臣、削逆藩，聲威波及異域遠島，終於安定全國，天下太平。

吾深夜捫心自思：竟有何德能成此大業？憶及吾當年托胎之時，吾母

夢見赤日飛入懷中。相士據此斷曰：「此兒係日神之子，故世上凡日光照臨之處，無不歸其掌握。待其成年之後，威震四海、權傾八荒，宇內唾手可得也。」吾有此等天賦異稟，何敵不可滅？何功不可建？何事不可為？

吾一念及此，遂生鷹揚之志，豈能鬱鬱乎久居海隅之國？故而，吾不惜以年過半百之身，不顧國家之隔、山海之遙，乘勢長驅直入大明國，易吾朝之風俗於其千百餘州，施吾仁政以化育其民直至億萬年。

爾國既已聞風來朝，吾心嘉之，特賜爾等為我日本國屬下大藩，優禮以待。爾等自接吾書函之日起，便須屬兵秣馬、織衣修甲，助吾日本武士飲馬海濱、征服大明！若有怠慢，吾當執四尺青鋒興師問罪！

讀著讀著，饒是一向生性懦弱的李昖，竟也不禁氣得「咯咯」咬牙，漲紅了臉。他突然一下發作起來，「嘩啦」一下將豐臣秀吉的那封黃絹信函摔在地上，失聲怒喝道：「欺人太甚！欺人太甚！豐臣秀吉這狗賊欺人太甚！」

「大王息怒！」柳成龍一見，急忙帶領文武群臣齊齊跪下泣請不已，「主辱臣死——倭虜欺我大王，臣等誓與倭虜永不兩立！」

「卿等平身！」李昖在殿上急速踱了好幾圈，這才慢慢平靜下來，抬手指了指被自己摔在地上的那封黃絹信函，憤憤地說道，「卿等看一看那封信函內容……便知本王今日為何憤怒失態了……」

柳成龍聞言，急忙上前拾起了那封信函，展開一看，也是氣得直吹鬍子！他跺了跺腳，正欲開口大罵，見到將軍李鎰、申砬二人探過頭來也想看看這封信函，便忍住怒氣把信遞給了他們。

李鎰、申砬把頭湊在一起，不看則可，一看之下亦是怒不可遏：「這倭虜實在是狂悖之極！臣等願意竭盡全力以報大王所受之辱！」李昖伸出手指緩緩掐按著自己的太陽穴，空空洞洞的目光又投向了跪伏在下面的金誠一、黃允吉二人，有氣無力地問道：「你倆再說一說：豐臣老賊是不是真的會來侵略我朝鮮和大明？他恐怕沒有這麼大的狗膽吧！」

這個時候，在下面跪奏著的這兩個使臣的心理活動已經暗暗發生了微妙的變化：原來，朝鮮廷臣一向分化為「東人黨」、「西人黨」兩大派系，素來

以黨同伐異、互相攻斥為能事。而金誠一正屬於「東人黨」，黃允吉則出身「西人黨」。先前，他們因對豐臣秀吉同仇敵愾而暫時放下分歧、視倭寇為公敵，所以一致認定倭寇必來侵朝。現在，揣摩到李昖懼敵畏戰的心思後，金誠一馬上開始了迎合：「微臣細細想來：那豐臣老賊實有侵略我國和大明的野心，但也未必確有侵略我國和大明的實力和行動。大王但可防而備之，不必為之深憂。」

黃允吉一聽，大吃一驚：「金誠一，你這是什麼話！豐臣老賊不單單是徒有侵略野心而已，他已在日本各地大肆徵調兵馬了……這可是你我都在日本耳聞目睹的呀！」

「那是他在虛張聲勢罷了！他就是想把我們先嚇倒！」金誠一佯裝不屑地說道，「你們『西人黨』真是畏倭如虎！」

「你……你……你這是欺君誤國！……」黃允吉氣得結結巴巴地講不出話來。

「好了，好了，不要再爭吵了！」李昖把大袖向外一拂，「柳愛卿，你將豐臣老賊這封『恫嚇書』傳給廷上諸位愛卿看一看吧……」

柳成龍應了一聲，便將它遞送給在座的各位大臣一一看了。大臣們個個捶胸頓足，激憤不已。

李昖看到文武大臣們群情激憤的樣子，在心底裡十分滿意，他靜了靜心神，緩緩說道：「難得眾位愛卿如此忠心護國！本王很是高興。豐臣秀吉不過是一狂妄小兒耳！蠻夷之徒，不足與講禮法。依本王之見，還是由柳愛卿選一位能說會道的大臣，攜重禮重返日本與他修和。」

「另外，我朝鮮乃大明天朝的『附藩』，也不是豐臣秀吉膽敢輕易侵犯的。禮曹柳夢鼎愛卿，你今日便攜這封豐臣秀吉寫來的信函，速速奔赴大明天朝的北京，面見大明皇帝陛下陳情備倭。」

「還有，李鎰將軍、申砬將軍，從明日起便奉本王詔令前往釜山、東萊、慶州等地整兵積糧，以防不測。」

「臣等領命。」柳夢鼎、李鎰、申砬等人急忙離席跪答道。

「臣有一事要奏，」卻見禮曹尚書申朝平也出席跪奏道，「大王，今年為

各位王子殿下擇嬪立妃而開展的『秀女擢選盛會』還如期舉辦嗎？微臣恭請大王示下。」

「你這個申朝平……到了這等緊要關頭你來提這事幹什麼！」柳成龍一聽，便不禁沉下了臉，「如今本國大敵當前，危在旦夕——朝廷豈有餘力去辦這『秀女擢選盛會』？」說罷，又轉身向李昖奏道：「依微臣之見，此事唯有懇請大王暫停不辦以安民心了！」

「這……這個……」李昖猶豫一下，慢慢站起身來，負手在背，踱了數步，還是開口說道，「倭寇尚且遠在海疆之外，還不能算是迫在眉睫……倘若本王為防萬一便停辦『秀女擢選盛會』，反而會為倭寇所笑——他們認為本王倒是真的怕了他們！我朝鮮國倚有大明天朝為恃，諒他暫時不敢輕舉妄動的！」

「為顯示我朝鮮國雍容宏大、鎮靜沉實的升平氣象，本王決定：今年的『秀女擢選盛會』如期舉辦，不容怠緩！」

「大王……大王……」柳成龍伏在地上叩頭勸道，「據微臣自全羅道水師節度使李舜臣那裡得到的軍情急報：倭虜這幾個月來，天天都有賊船出沒我朝鮮海域，似在刺探軍情，居心險惡呀！只怕豐臣秀吉所言的『飲馬海濱、揚威域外、征服大明』之事絕非停留在一紙空文之上而不見行動啊！倭寇離我朝鮮太近，朝發而夕至……我等若不時時小心、全力防備，只怕屆時難免會有噬臍之悔啊！」

「柳愛卿不可自亂方寸，」李昖緩緩說道，「本王心意已定，無須再變。依本王之見，一則有本王派出使臣奉上重金厚禮以示殷勤，二則又有我朝鮮國依恃的大明天朝在我們身後屹立如山——豐臣秀吉暫時還是不敢逞凶的！」

▎明廷驚變

大明萬曆十九年（1591）的八月，雖已是初秋，天氣卻仍是十分酷熱。太陽火辣辣的，炙烤得北京滿城街道兩旁楊柳叢中蟬鳴吱吱。

明朝的兵部堂院掩映在一片綠雲似的樹蔭之中，隔開了陽光的灼射，顯

得涼幽幽、靜悄悄的，倒成了一個清淨涼爽的佳處。

此刻，兵部右侍郎宋應昌坐在僉事房內，一邊悠然自在地呷著清茶，一邊漫不經心地流覽各方軍鎮送來的文函。和往常一樣，這些公函大都還是離不開索糧、索餉的老套路。不管他們在文字上做得何等

「彎彎繞繞」、「遮遮掩掩」，一篇篇文牘「曲徑通幽」的最終目的，仍然不外乎想從國庫中多要些銀兩來借機「揩油」罷了。宋應昌看在眼裡，只是連連冷笑：國庫如今雖也有些「底子」，但那可是當年內閣首輔張居正拚著文武百官的百般斥罵一文一厘地省下來的，是用來應付國中不測之變的，哪裡是各方藩鎮想要就要得去的！他一邊這麼想著，一邊伸手將那些亂七八糟的文函拂到書案一邊去。「嘩」的一聲，卻見底下一份蓋著火漆封印、黏著七寸白翎的八百里快騎急函映入了他眼簾！

宋應昌面色一緊，急忙擱下手中托著的茶盞，抓過那急函拆開一看，頓時一下驚住了！

臣福建巡撫趙參魯緊急呈文如下：

近日，據琉球國尚寧遣使來報：倭國諸酋數月來於琉球國內廣購木材、火藥，並在各港與西夷奸商頻頻接洽，購有火銃、槍炮等甚多軍械。依尚寧之見，倭酋此舉大是可疑。

更有數日前，本省游擊將軍吳惟忠、駱尚志攜一曾寓居倭境之青年朱均旺來稟：其人奉前薊鎮總兵戚繼光麾下遣倭密使許儀之命，萬里越洋，歸國送訊，聲稱倭國關白豐臣秀吉於松浦郡修建名護屋城郭，屯兵積糧，修整兵械，耀武揚威，妄圖伺機進犯朝鮮、大明。

臣等反覆核驗，以為琉球國尚寧及朱均旺所言不虛 —— 倭寇確有跳梁狂逞之心，不可不防。茲事體大，臣等不敢滯留，以八百里快騎火速呈報，擬請兵部與內閣疾送陛下裁奪。

宋應昌看罷，又驚又怒，不敢耽擱，急忙拿起這封八百里快騎加急呈文，往兵部尚書石星的審簽房匆匆而來。

沒料到他剛奔至審簽房門口，卻見一位宮中的內侍正在裡邊向石星傳達口諭：「陛下有旨，朝鮮國使臣柳夢鼎入宮稟報要事，涉及藩國軍務事宜，急宣石星、宋應昌二人速速進宮會商。」

宋應昌急忙跪在門邊，和石星一道接了旨，不敢稍事停留，跟在那名內侍後面，出了堂院，在門口等著坐轎。趁著這個空當，宋應昌將手中趙參魯的八百里快騎加急呈文遞給了石星。

石星見他神情異常緊張，自是懂得這份呈文非常重要，便一把拿在手中，進了乘轎坐下，細細看了起來。

一看之下，石星也是面色驟變，掀開轎簾，吩咐外邊的轎夫道：「快！快！本部堂有要事進宮面呈聖上！你們不可耽誤！」

轎夫們聽這位老爺風風火火地催得甚急，抬著坐轎，一個個連忙運步如飛，向前一溜煙兒似的奔去了。

紫光閣裡的那尊八寶嵌珠鑲玉金猊香爐內，縷縷香煙嫋嫋上升，在半空中飄蕩成千姿百態。

今年剛滿三十歲的大明皇帝朱翊鈞此刻正肅然端坐在龍椅上。他雙手撐著御案，蹙著兩道濃眉，圓圓胖胖的臉龐上彷彿籠罩著一層淡淡的陰雲，嘴唇也抿得緊緊的。

他一雙黑亮亮的大眼裡射出灼灼逼人的精芒來，只是定定地投注在御案上一份絹帛製成的奏稿上 —— 那正是從朝鮮呈上來的那封豐臣秀吉恫嚇信的漢文譯稿。

他對面兩側的杌子上分別坐著內閣首輔趙志皋、許國、張位等人。面前的水墨色大理石地板上，卻跪著朝鮮使臣柳夢鼎。

「石星和宋應昌怎麼還沒到呢？」朱翊鈞沉沉地說道。

「陛……陛下……請稍候片刻，他倆應該已經在趕往宮中的路上了，」躬身站在紫光閣門口處的秉筆太監陳矩急忙向裡邊恭聲應道，「奴才這就派人再去催一催……」

他話猶未了，閣門外一陣急促的腳步聲匆匆走近，只見石星和宋應昌的身影一閃而入，雙雙拜倒在地，顧不得擦去滿額的汗珠，齊聲道：「臣等接詔

來遲，請陛下恕罪。」

朱翊鈞面無表情，揮了揮左手，讓他倆平了身。然後，他一語不發，用左手手指隔空點了一點御案上那份豐臣秀吉恫嚇信的漢文譯稿。陳矩會意，趨步上前將它拿去交給石星、宋應昌傳閱。

石星、宋應昌二人細細看罷那份譯稿，俱是大吃一驚，愕然對視了一下：皇上對這倭虜來犯的消息真是知曉得好快！

「你們兵部是專管封疆軍務的。朕現在想知道：朝鮮藩國送來的這個消息，你們可曾有所察知？」朱翊鈞冷冷地開口了，「倭賊們是不是已經在磨刀霍霍、蠢蠢欲動了？又或許只是豐……豐臣秀吉這個倭酋一個人在『狂犬吠日』而已？」

「陛……陛下！關於倭酋豐臣秀吉妄圖犯我大明之事，臣等已有察覺，正欲入宮面稟陛下……」石星聽到朱翊鈞問得犀利，急忙一步跨出，跪倒在地，雙手捧著趙參魯的那封八百里快騎急函呈上，顫聲說道，「這是福建巡撫趙參魯送來的倭情急報，恭請陛下閱示……」

「哦？福建省和你們兵部的耳目竟有這等靈通？」朱翊鈞頗感意外地瞅了石星一眼，一邊從轉遞過來的陳矩手中接過了那份八百里快騎急函，一邊不無嘲諷地說道，「如此看來，那些御史、言官們彈劾你們兵部裡的人大多是『尸位素餐』，倒是有些錯了……」

石星臉上倏地一下紅了，卻不敢答話，只是垂著頭默不作聲。

朱翊鈞細細看完了那份八百里快騎急函，微微閉目凝思了片刻，方才睜眼開口說道：「依趙參魯來報，這倭酋豐臣秀吉當真是在蠢蠢欲動了！哼！西漢名將陳湯有云：『敢犯我強漢者，雖遠必誅。』——我大明連當年一代巨梟鐵木真創下的赫赫蒙元都能一舉掃滅，又何懼他只有區區一掌之地的扶桑島國？他豐臣秀吉倘若膽敢來犯，朕必讓他有來無回！」

「陛下英明神武，威震萬里，臣等敬服。」趙志皋等內閣輔臣一聽，急忙個個起身拜倒，山呼萬歲。

柳夢鼎聽到朱翊鈞這等豪言壯語，不禁激動得熱淚盈眶，在地板上連連叩頭，泣道：「陛下如此神勇蓋世、恩及海外，我朝鮮藩國君臣上下感激涕

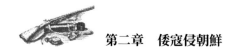

零，永世不忘天朝上國的大恩大德。」

聽了他這番陳詞，石星和宋應昌都是心頭一跳，互視一眼，甚是驚訝：這朝鮮使臣當真是精明圓滑得很，借著陛下的話頭立刻便揪到了保衛他們朝鮮國的角度上去了！陛下可是說「倭寇來犯我大明朝」才出兵讓他們有來無回，可沒有講「倭寇來犯朝鮮屬國」也會發兵相助啊！

這時，朱翊鈞似是尚未覺察出由於自己年輕口快一時被柳夢鼎抓了個「話柄」去，看著他伏在地下一副感激異常的模樣，也不禁有些惻然。他揮了揮手，吩咐陳矩將柳夢鼎扶了起來，緩緩說道：「柳卿且回朝鮮告訴你們大王：我大明天朝雖不會坐視爾等遭到倭寇侵犯，但爾等切不可以此為恃，忘了固本自強之道。依朕之見，倭寇虎視眈眈，伺機發難，只在這數月之間耳！爾等若不謹慎提防、小心戒備，只怕屆時措手不及啊！」

「微臣謹記陛下聖訓。回到朝鮮之後，必定將陛下聖訓一字不漏地轉呈本國大王。」柳夢鼎聽得連連點頭。

「扶他下去休息吧……」朱翊鈞覷見柳夢鼎已是累得聲嘶力竭，便不再讓他待在紫光閣裡苦撐，吩咐陳矩從閣外喚來幾個內侍把他扶了出去。

聞聽柳夢鼎有些跟蹌的腳步聲漸漸走遠，朱翊鈞那剛毅沉著的表情一瞬間便崩裂開來，露出了深深的憂色。

他抬眼看了看趙志皋、石星、宋應昌等人，聲音低沉了下來，慢慢說道：「朕剛才是為了穩住他們朝鮮藩國君臣的心，才不得已而故作雄豪之語……唉……身為他們的宗主之國，朕不能損了皇皇天朝的威風啊！」

「陛下既做這等雄豪之語，想那朝鮮藩國上下必會據此而有恃無恐，反倒會不加警惕、文恬武嬉……只怕他日難免『移禍遼東』！」內閣次輔許國素來以剛直忠正聞名於朝，面對朱翊鈞也是直言不諱。

朱翊鈞聽了，面色一沉，端坐在龍椅之上，並不搭話。

「是啊！陛下，昨日內閣又收到了陝西巡撫黨馨和寧夏鎮總兵張惟忠聯名寫來的密函，」內閣第三輔臣張位也禁不住憂心忡忡地奏道，

「他們聲稱寧夏鎮副總兵哱拜與其子哱承恩近來與韃靼胡虜勾結日深，似有借夷作亂之逆謀……陛下不可不防啊！」

　　「這個事情，朕安排在寧夏鎮的錦衣衛密探早已呈報上來了。石星、宋應昌，你們兵部也速速下去暗查一番，及時在陝西境內布兵設備，以防不測！古語講：『欲攘外，必先安內。』眼下我大明朝東北有倭虜潛伏之患，西北又有哱拜父子包藏禍心……倘若二虜同時興兵作亂，我大明將面臨兩線作戰啊……」朱翊鈞的眉頭緊緊皺了起來，沉吟片刻，終於袍袖一揮，加重了語氣蕭然道，「看來，寧夏哱拜之事不能久拖……兵部下去後先擬一道調令，將哱拜轉任到瀋陽城協助薊遼總督顧養謙備倭籌戰……他若是拒不奉詔，便由朝廷下詔公示其犯上抗旨之罪狀，立即發兵征剿，不留後患！」

　　聽到朱翊鈞當即便決定以鐵腕手段對付哱拜父子，石星不禁吃了一驚：這位青年天子當真是剛毅異常，做事如此咄咄逼人，卻不知他胸中究竟有何成熟方略？他雖是心中驚疑不定，但這時在紫光閣內，當著朱翊鈞的面，也只得俯下身去，便欲應聲領旨。

　　「陛下，依老臣之見，此刻不宜對哱拜驟施狠招啊！『不戰而屈人之兵』方為削寇平亂的上上之策……」年滿七旬的趙志皋終於按捺不住，顫顫地斜身離了杌子，跪下奏道，「況且哱拜在西疆一帶經營多年，勢力深厚，只怕我大明天兵倉促之際也難獲全勝啊！不如賜他厚幣、牛羊、綢緞，多方籠絡於他，而不可將他逼得『狗急跳牆』……」

　　「趙閣老此言差矣！」宋應昌一聽，急忙挺身站出，向朱翊鈞躬伏著奏道，「哱拜包藏禍心，實非綾羅綢緞、金銀珠寶所能籠絡得了的。若不及時加以征剿，則他日潛伏構亂之患發愈緩而勢愈驟；若是及時施以征剿，則他日潛伏構亂之患發愈早而勢愈弱。此事，還請閣老詳思。」

　　「這……」趙志皋沒料到身居從二品的宋應昌竟會公然在內閣御前會議上出言反對他的意見，不禁遲疑一下，有些惱怒地盯了宋應昌一眼，開口便欲駁斥。

　　朱翊鈞卻似對宋應昌的話十分滿意，微一抬手止住趙志皋，接過話來便道：「宋愛卿所言甚是。石愛卿，你們兵部在哱拜一事上，就按照朕剛才的口諭去辦吧！記住——要『見機而作，不俟終日』！」

　　「臣等遵旨。」石星和宋應昌急忙跪答。

朱翊鈞這時才似覺得朝務已畢，微微打了個哈欠，正欲開口讓他們退下，不料許國忽然跪到御案之前奏道：「陛下，老臣有要事欲奏。」

「許愛卿請講。」朱翊鈞見他滿面漲紅，鬚髮俱動，似是心情激動得很，不由得有些詫異。

「王恭妃所生之皇長子常洛，已年滿九歲。臣等恭請陛下及時下詔冊立其為東宮太子，以早正其位、早安國本。」果然許國一開口，講的便是震驚全場的大事。他此語一出，紫光閣內頓時一片沉寂。

朱翊鈞坐在龍椅之上，立時面現不悅之色。他靜默了片刻，站起身來袍袖一拂，冷冷說道：「此事容後再議，朕今日有些乏了，卿等自退吧！」

他就在拂袖欲去之際，忽又想起了什麼似的，回身伸手拿起放在御案上那封趙參魯寫來的八百里快騎急報，重新翻開看了看，對石星肅然吩咐道：「哦……朕差點兒忘了：趙參魯這本摺子上提到的那個青年朱均旺，能夠不遠萬里漂洋過海，歷經艱險返回我大明報送倭情 —— 這份精神，也實在是難能可貴了！你們兵部下去之後要重重嘉賞他 —— 留著他這麼一個深通倭情的人，日後未必沒有用處。」

話說至此，他又抬起眼來，從閣樓的雕花窗戶望了出去，目光深深投注在那遙遠的東方，緩緩說道：「另外，你讓趙參魯帶信給琉球國尚寧，讓他及時派人與戚繼光先前派出的那個遣倭密使許儀聯繫，就說：讓他多加小心、謹慎自保，同時又要對倭情多加留意，及時搜集送回。待有朝一日平倭成功之後，朕要給他封爵賜賞！」

▌朱翊鈞與鄭貴妃

皇宮的御花園裡，疊著嵯峨的怪石，種著一簇簇的奇花異卉。草坪上，兩隻天竺進貢來的孔雀正展開了屏翎爭奇鬥豔。一溜兒的桂花樹下吊著各色籠子，裡邊的珍禽異鳥們正一聲接一聲地淺唱低吟著。

朱翊鈞負著雙手，正慢慢地在花間小道上散著步。太醫們說了，他近來身體有些發胖，若不多多走動走動，難免會有膏粱之疾。朱翊鈞聽取了他們

的建議，每天都要抽出半個時辰到宮中的花苑林廊裡散心漫步。

雖說是在散步，但朱翊鈞此刻的心情卻並不平靜。一想到自己剛才在紫光閣裡拍板決定對寧夏哱拜、扶桑豐臣秀吉兩個賊酋動武，他的心中便是激蕩不已，竟忍不住脫口吟出了蘇東坡的那首名詞《江城子・密州出獵》：

老夫聊發少年狂，左牽黃，右擎蒼。錦帽貂裘，千騎卷平岡。為報傾城隨太守，親射虎，看孫郎。

酒酣胸膽尚開張，鬢微霜，又何妨？持節雲中，何日遣馮唐？會挽雕弓如滿月，西北望，射天狼。

在他揚聲高吟之際，頓感胸中豪氣頓生，彷彿自己也和數百年前的那位蘇大學士一樣「左牽黃，右擎蒼」，縱馬引弓賓士在西北的茫茫沙場之上！

「陛下好興致啊！」一個溫婉動聽的聲音忽然在他身後響起。

朱翊鈞急忙回頭一看，原來竟是鄭貴妃。他的臉上立刻浮起了一片燦爛的笑意。

這鄭貴妃二十六七歲，生得窈窕大方、體態秀逸，尤其是眉棱間於端莊沉靜之中透著一股隱隱的清靈之氣，宛若冰峰蠟梅一般高潔明豔，只是讓人覺得有些不敢接近。她見朱翊鈞回過頭來，便嫋嫋婷婷地施了一禮，柔聲道：「臣妾打擾了陛下，還請陛下恕罪。」

朱翊鈞哈哈一笑，道：「愛妃何時竟也變得這般多禮了？平身，平身。朕有要事和妳談一談。」

鄭貴妃是大明皇宮中唯一一個可以不經通稟便能直接見到朱翊鈞的妃嬪。宮中的內侍和宮女們都知道，這是因為朱翊鈞太過寵愛她了，以致祖宗家法都被這位青年天子拋到了腦後。而鄭貴妃七年前便與朱翊鈞互有肺腑之交，多年來寵愛不衰，早已視朱翊鈞的恩遇為平常，聽了他的吩咐，便站起身來，離他二尺開外立定，靜聽他的發話。

「朕今日在紫光閣裡向藩國使臣和內閣、兵部大臣們議定了兩件大事……」朱翊鈞便將自己決定東平倭虜、西剿哱拜之事細細說給了鄭貴妃聽。

鄭貴妃靜靜地聽完了朱翊鈞的話，歪著腦袋，沉思了片刻，伸手指了指

腳下的花間小道，輕輕說道：「陛下，請和臣妾一道邊走邊談，好嗎？」

朱翊鈞「嗯」了一聲，便陪同鄭貴妃沿著鋪滿了七彩卵石的花園小道慢慢向前踱去。

「陛下的英明神武，臣妾實在敬佩，」鄭貴妃緩緩前行了數步，轉過身來，一臉真誠地對朱翊鈞說道，「大明能有您這樣的英主賢君，實乃社稷之福、萬民之幸！」

「溢美之詞、溢美之詞啊！」朱翊鈞呵呵一笑，連連擺手說道，「朕哪裡當得起！不過，無論是什麼樣的溢美之詞，在愛妃口中說出來，朕都會覺得心花怒放……但是，今天在沒有預先準備的情況下，朕就決定了『東平倭虜，西剿哱拜』的兩件大事……不瞞愛妃呀！朕的心裡還是頗有幾分忐忑的……」

「是啊！請恕臣妾直言：臣妾也覺得陛下當著朝鮮藩國使臣的面許諾幫助他們『東平倭虜』有些輕率了！」鄭貴妃略略拿眼瞟了一下朱翊鈞，也是毫不隱諱地說道，「陛下不應該讓他們對我大明朝的支援懷有太多的僥倖和依賴之心……」

「這……」朱翊鈞身形一定，面色一滯，停住了腳步，緩緩說道，「妳當時沒有在場看到那幕情形：一是倭酋豐臣秀吉的書信言辭之間太過狂悖無禮了，二是朝鮮藩國使臣一把鼻涕一把淚哀求哭訴的可憐樣兒……朕心一軟，就允了……」

「陛下天性仁厚，不愧有明君之風，」鄭貴妃微微含笑，抬眼正視著朱翊鈞，深深讚道，「臣妾最敬服您的就是這一點。」

被自己心愛的女人這麼誇讚，朱翊鈞的臉頰「唰」地一下紅到了耳根子。他感到自己的心彷彿在半空中猛地虛蕩了一下，似乎有些飄飄然起來。

然而，這樣的感覺只是在他心底一掠而過。他一瞬間便定住了心神，恢復了平靜。

沉默了片刻，朱翊鈞才悠悠說道：「愛妃一向博學多才，深明經史，今日可有什麼諍言裨益於朕的嗎？」

「朝中自有趙閣老、許閣老、石尚書、宋侍郎等重臣輔弼，」鄭貴妃急忙

辭謝道，「臣妾焉敢壞了宮中『婦人不得干政』的祖訓來越矩進言呢？」

「這有什麼？太祖高皇帝還有孝慈高皇后時時拾遺補闕呢！」朱翊鈞笑了笑，不以為然地說道，「愛妃有何建言，但講無妨！」

「其實要想打消朝鮮藩國渾渾噩噩、得過且過、不思自立的心態，並不是沒有辦法，」鄭貴妃玉容一斂，靜思片刻，正色說道，「陛下若真是對倭虜來犯有所警惕，本應該派出一名智勇雙全的大臣駐入朝鮮擔任監軍，及時幫助他們整頓軍務、操練兵馬以抗倭虜才是！而不能僅僅是一番口諭訓示其自強保國之後便撒手不理了……」

「妳……妳……」朱翊鈞沒料到鄭貴妃年紀輕輕，竟有這等明智果斷的見識，倒是大吃一驚，心道：可惜這鄭貴妃身為弱質女流，倘若她是鬚眉之輩，只怕那些袞袞諸公的器識也難望其項背。唉！她雖有這等賢才，卻因時運不濟，也只得滯留於貴妃之位，終難「母儀天下、總領六宮」啊！

一想到這裡，朱翊鈞在心底便深深嘆了口氣。他抑制住自己心情的浮動，將思緒拽回到鄭貴妃剛才所講的那番話上，細細思忖了起來。

「怎麼？臣妾剛才的話講得有些不妥嗎？」鄭貴妃見朱翊鈞沉吟不語，不由得微一蹙眉，目不轉睛地盯著他問道。

「沒有……沒有……」朱翊鈞急忙搖了搖頭，緩緩開口肅然說道，「愛妃此言甚是。不過，我大明朝雖為宗主之國，素來極少插手藩邦內部事務，以示寬仁。況且，朕亦久聞朝鮮藩國朋黨交爭、內亂難弭，只怕貿然派遣監軍大臣入駐，反會引來諸多事端……再說，朝鮮藩國自身也未提出申請天朝大臣協助抗倭之要求，朕縱是萬乘之尊、四海之主，豈能執意強加於人？妳這番建議，朕先緩過一陣子再看吧！——朝鮮藩國總不至於『全無根基、一擊即潰』吧！」

鄭貴妃靜靜地聽罷，在心底裡思忖了片刻，卻是微微一笑，淡淡地說道：「臣妾聽陛下這麼一講，覺得還是您想得周全！唉……罷了，罷了！陛下既是來這御花園裡散心，就不必再過於勞神苦思了！先到『小天湖』那邊觀魚戲水，休憩一下如何？」

「好吧！」朱翊鈞臉上的表情鬆弛了下來，仍是背著雙手慢慢向前踱了過

去。沒走幾步，他忽然又似想起了什麼似的，轉頭向鄭貴妃說道：「對了！妳記得要提醒一下內務府——明年將會有兩場硬仗要打，從今日起，內務府裡的開支一律從簡！首先便從節約朕的膳食和衣飾做起……」

「陛下！」鄭貴妃卻驀地打斷了他的話，語氣裡帶著一絲隱隱的嗔意，「您又忘了！臣妾只是一介妃嬪，恭妃娘娘有位有德、居宮在前，似乎還輪不到臣妾來指令內務府啊！」

「哦……」朱翊鈞一怔，圓胖的面龐上慢慢泛起了一絲窘意。他避開了鄭貴妃幽幽的目光，將自己的眼神投了在鞋尖上，低聲說道：「朕待會兒吩咐陳矩傳旨給內務府去辦這件事……」

是啊！朱翊鈞在心中暗想：恭妃只因生了皇長子，就在名分上似乎順理成章地被人看成了未來的皇后、未來的「六宮之主」——儘管她的才德遠遠不及「母儀天下」的標準。然而，鄭貴妃再有賢德，再有才略，再有自己寵愛，她也只能屈居於妃嬪之位，始終不能公開站到六宮之首的位置上協助自己打理內外事務。一念及此，他也只得在心底深深嘆了口氣，當下無言無語，和同樣也是心事重重的鄭貴妃一道悶悶地往「小天湖」那邊踱去。

▎豐臣秀吉西征方略

站在名護屋城樓尖閣頂的窗戶眺望出去，廣闊無垠的海面上，掀起了層層白浪，推到岸際濺成漫天水花，宛若碎瓊玉屑，紛紛散落。

這樣壯觀而絢麗的海景，倘若落在高僧名士的眼中，那該是何等的愜意！但是，在豐臣秀吉看來，它們卻毫無美感——他久久地注視著它們，心底裡卻只是在暗暗盤算如何巧妙地在這片海面上行舟布陣，以迅雷不及掩耳之勢登上彼岸「俯取朝鮮」！

「太閤大人……」石田三成走到正憑窗遠眺的豐臣秀吉身旁，恭恭敬敬地呈上了一封帛書，「這是德川公為我日本國『飲馬海濱、揚威域外、俯取朝鮮、進擊大明』精心擬寫的一套西征方略，請您過目。」他見豐臣秀吉只顧望著窗外似是沒有反應，便試探性地問道：「需不需要屬下拆開讀來讓您聽一聽？」

「先別拆開，」豐臣秀吉慢慢開口說話了，聲音凝滯，「讓本太閣先猜一猜他在這套西征方略裡寫了什麼 —— 如何？」

石田三成聞言，停住了正在拆開那封帛書的手，躬身說道：「屬下恭聽太閣大人垂教。」

「無論德川家康在這帛書裡怎樣洋洋灑灑、堆砌辭藻、賣弄才智，」豐臣秀吉靜默了片刻，方才慢吞吞地說道，「他這套所謂的『西征方略』其實也只能濃縮成三句話 —— 」

「三句話？」石田三成一愕。

「是的，」豐臣秀吉仍是眺望著那一片蔚藍的海面，神情淡然，

「這第一句話就是『集中兵力，雷霆出擊，以強壓弱，摧枯拉朽』！」

「嗯……」石田三成微微點了點頭，「請太閣大人再行賜教！」

「這第二句話就是『不宣而戰，出其不意，以快打慢，速戰速決』！」豐臣秀吉這時才回轉頭來，雙目深處閃出鷹一般凌厲的光芒，「我們要找到一個既能讓朝鮮麻痺大意，又能讓大明國措手不及的時機來將他們『一劍穿喉』 —— 不容易！不容易啊……」

「是啊！為何兩個月過去了，來島通明所說的『大明國西疆哱拜叛亂』之事還未發生呢？」石田三成深深地憂慮道，「難道我們還要繼續等待下去嗎？」

「大明國離我們太遙遠了……來島君他們傳送消息來得再快，也需要很多時間嘛……」豐臣秀吉不緊不慢地說道，「我們該等還得等啊！不過，只要大明國西疆一旦爆發叛亂之事，他們就無暇抽身東顧朝鮮了……這個機會，我們一定要按捺住所有的煩躁來咬牙等待……」

「太閣大人定力過人，臨事不亂，在下佩服。」石田三成深深一躬，讚嘆不已。

「還有，這最後一句話就是『水陸並進，緊密協作，此呼彼應，各盡其妙』！」豐臣秀吉的思緒又回到了先前的話題上，緩緩說道，

「你現在可以拆開德川家康的帛書 —— 看一看他書中的主要內容是不是本太閣這三句話……」

「屬下遵命。」石田三成應聲拆開了德川家康的帛書，細細閱看起來。看罷，他非常驚愕地仰起臉來望著豐臣秀吉，顫聲嘆道：「太閤大人真是料事如神！依屬下看來，德川家康將軍在帛書上所寫的『西征方略』完全可以總結成您這三句話！」

豐臣秀吉的眼角裡頓時掠過了一縷隱隱的得意之色。他故作平靜地擺了擺手，目光仍是投在那茫茫海面之上，換了一個話題說道：「眼下各地大名對本太閤分配下去的兵馬、糧草、戰船等任務都完成了多少？」

石田三成沉吟了起來，在心底裡暗暗盤算了一會兒，才面有憂色地答道：「唉！大名們對此番徵兵調糧的事兒，沒有幾個認真落實的。他們大多是『能拖則拖、能推則推、能賴則賴』──只有德川公完成得最好。但是，像他那樣一味剛猛的做法，屬下又有些擔憂他會激起民變啊……」

「激起民變？怎麼？德川家康把徵兵調糧的事兒搞得很猛嗎？」豐臣秀吉臉色倏地變了，驚疑異常地向石田三成問道，「你且講來讓本太閤聽一聽：他到底是怎麼個猛法？」

「哦……德川公是這樣做的：先是到處張貼告示，宣稱此番西征是為日本而戰、為太閤大人而戰，他自己還帶人親自深入到鄉村山野的農戶家中去反覆演說發動，」石田三成一邊蹙著眉回憶著，一邊緩緩講道，「在進行了多日的宣傳發動之後，他便對那些不按期限供役納糧的士民們施行株連重罰之法：哪一戶農民完不成供役繳糧的任務，就由他那一族的親人來分攤……唉！搞得關東那裡是雞飛狗跳……」

「哦……他這麼積極地投入這徵兵調糧的任務，倒是本太閤始料未及啊！」豐臣秀吉沉吟著點了點頭，冷冷而道，「不過，不像他這樣搞猛一點兒也不行啊！我們日本有一句俗話說得好：『羊兒不用鞭子抽，是不會乖乖進羊圈的！』……」

石田三成聽到豐臣秀吉這麼說，便也不敢再多說什麼了。

卻見豐臣秀吉還站在那裡自言自語地說道：「那些逃避西征之役的士民們真蠢！難道他們生來就注定是賤命嗎？注定要一輩子窩在這幾個島嶼裡了此一生嗎？本太閤要帶領他們打進朝鮮、殺進大明，那裡的珠寶堆積如山，那

裡的美女眾多如雲，都是他們唾手可得的呀 ── 他們居然還不願意？！」說這些話的時候，他把自己的兩隻拳頭捏得緊緊的，一雙眼睛射出了野獸般凶狠的光芒，那神態便似欲擇人而噬！

石田三成生怕一個不小心觸了他的怒焰，急忙把頭垂得低低的，大氣也不敢多出。

豐臣秀吉發洩了這一通怒氣之後，轉過身去，雙手負在背後，仰視著閣中照壁上懸掛著的當年織田信長親筆賜寫「天下布武」四個金字的橫匾，神情蕭重地說道：「本太閣今年五十五歲了，如果不能親眼看到我日本國的武士踏進大明國京都的紫禁城 ── 本太閣死不瞑目啊！……」

一語方盡，他才略顯無力地向背後招了招手。兩個侍立在閣簾下的侍女見狀，急趨上前，扶著他退坐到閣內的榻榻米上。

正在這時，樓閣門外的侍婢們向門裡稟道：「太閣大人，澱姬夫人前來謁見。」

豐臣秀吉聽了，面色一動，這才又高興了起來：「哦？讓她進來！」

他話音剛落，便聽得一個嬌滴滴的聲音傳入閣內：「太閣大人，賤婢快要悶死了，悶死了……」

隨著這個聲音進來的，是一個滿身珠翠、濃妝豔抹的妖媚女子。她一扭蛇腰，便倏地偎到了豐臣秀吉身邊，嬌嗔道：「您這麼多天忙於政事，把賤婢一個人拋在名護屋的偏殿裡悶死了……」

豐臣秀吉見了澱姬，卻是哈哈一笑，順手將她一把摟在懷裡，說道：「是啊！澱姬，本太閣近來忙於西征大業，倒真的有些冷落妳了……」

看到豐臣秀吉和澱姬二人這般輕浮放肆的舉動，石田三成不言不語，立刻知趣地伏在地板上輕輕叩了一下頭，躡手躡腳地退了出來。

豐臣秀吉用眼角餘光瞥見他悄悄退出，也不以為意，仍是抱著澱姬哈哈笑道：「怎麼？妳在名護屋的偏殿裡不好玩嗎？那些下人對妳侍奉不周嗎？他們若是惹妳不開心，本太閣馬上下令把他們殺了！」

「那倒沒有，」澱姬用雙手勾著豐臣秀吉的脖子，和他正面對視著，目光裡透出深深的幽怨來，「這個地方太偏僻、太冷清了 ── 沒有京都的繁華，

沒有大阪的熱鬧，街上窮人又太多，兩邊的樓房也是破破舊舊的……賤婢覺得自己好像是被流放到這裡受苦來了……」說著，眼眶裡還眨出了幾顆淚珠兒來。

「別煩，別煩，」豐臣秀吉急忙和顏悅色地安慰她，「我們在這裡待不了多久的……妳很快就可以離開了……」

「回京都去？那太好了！」澱姬聞言，伸手揩了揩臉頰上的淚，破涕為笑，「太閤大人可不要騙賤婢……」

「嗯……不是回京都去，」豐臣秀吉臉上露出深深的笑容，「本太閤要帶妳到一個比我們日本京都繁華一百多倍、比我們大阪熱鬧一千多倍的地方去——那就是海峽對岸的大明國的京都！」

「本太閤聽說，那裡的皇宮比我們天皇陛下現在居住的皇宮還寬闊、氣派……妳不是最喜歡珍珠和翡翠嗎？大明國皇宮裡面的珍珠一顆顆都有鵝蛋那麼大，翡翠一塊塊都雕成了各式各樣漂亮的花朵……到時候，任妳挑、任妳選、任妳佩戴……」

「真的啊？！」澱姬驚得目瞪口呆，清醒過來之後更是滿臉狂喜之色，「這世界上竟還有這麼好玩的地方？那裡還有這麼多的珍寶？太閤大人，那您就趕快帶賤婢去吧！」

「好啊！在帶妳到那裡之前，你今天先得把本太閤帶到另一個極樂世界裡去！」豐臣秀吉兩眼放著淫邪的光芒，像餓狼一般將澱姬一下撲倒在榻榻米上，撕開她的衣裳，露出她白狐般的胴體，粗暴地壓了上去……

▎哮拜之亂

「爝火之方微也，一指之所能息也，及其燎原，雖江河之水，弗能救矣。鴻鵠之未孚也，可俯而窺也，及其翱翔浮雲，雖蒲且之巧，弗能加矣。人心之欲，其機甚微，而其究不可窮，蓋亦若此矣……禁於未發，制於未萌，此豫之道也，所以保身保民者也。」

朱翊鈞一邊慢慢吟誦著這段話，一邊在御書房裡緩緩踱來踱去。站在房中御案一側侍立著的鄭貴妃靜靜地聽他誦完，隔了片刻，

方才微微笑道：「陛下，您剛才吟誦的這段話實是精妙。請恕臣妾無知：這等精妙之語，臣妾還是第一次聽聞，卻不知是哪位賢哲所著？」聽了鄭貴妃的疑問，朱翊鈞並未立即回答，而是將自己幽幽的目光投向了御書房裡間那緊閉著的扉門上。過了一會兒，他才有些表情複雜地說道：「朕也記不清是哪位賢哲說的了。朕小時候背誦過這段話，今天不知怎的便憶了起來 —— 也就隨口吟出了……」

「哦……」鄭貴妃便不再多問了。

「愛妃……」朱翊鈞有些吞吞吐吐地問道，「依妳之見，朕將來能成為何等樣的君主？」

「陛下自即位以來，仁德久彰，天資英斷，革除弊政，」鄭貴妃不假思索地脫口答道，「將來必成我大明中興之主！」

「妳這又是在謬讚了！」朱翊鈞悠悠地嘆了口氣，臉上現出一絲苦笑，「朕希望妳要對朕講真心話！哪怕妳的真心話再難聽，朕也聽得下去！」

「陛下何出此言？」鄭貴妃一聽，急忙雙膝跪下，面頰微微變色，「臣妾字字句句出自真心，絕無謬語。臣妾記得七年之前，京師一帶久旱不雨，民不聊生。陛下當時身患熱症，舉止無力，卻仍決定親自帶病登壇為民祈雨。您為示對上天虔敬，先是在宮中齋戒了三天，然後步行數十里親臨天壇，頂著炎炎烈日，自省自責，祈求上蒼降雨澤民……」講到這裡，她不禁眼圈一紅，淚珠兒大顆大顆地掉了下來，哽咽著又道，「終於，在您這一片愛民如子的仁慈之心感動之下，沒過幾天，上蒼便降下甘霖，解了旱災……從那時起，臣妾就斷定陛下日後必能成為大明朝的中興賢君，亦必能賜予天下萬民一個太平盛世！」

「謝謝愛妃的期許和誇讚。」朱翊鈞被她這番話感動得熱淚盈眶，連忙上前扶起了她，用手輕輕拭去她頰邊的淚痕。他靜了片刻，定住了心神，才幽幽說道：「朕若真能成為大明中興賢君，那就太好了……那也算對得起他們對朕寄予的殷殷厚望了……」

「他們？」鄭貴妃一愕，失聲問道，「陛下口中所說的『他們』是誰？」

「沒……沒什麼……」朱翊鈞意識到自己一時口快失了言，面色微微一

窘，沉吟著答道，「朕剛才所說的『他們』是我大明朝的列祖列宗啊！除了他們會對朕寄予厚望，還能有誰啊？！」

鄭貴妃聽他這麼一說，自是再無疑惑，便沒多問什麼了。

朱翊鈞轉身走到御案之前，提起了一支狼毫細筆，蘸了蘸紫石硯中的朱紅墨汁，便欲批閱司禮監送過來的文牘。

正在這時，只聽得御書房外的內侍急聲宣道：「啟奏陛下：內閣大學士趙志皋、許國、張位及兵部石星、宋應昌等大人有十萬火急的軍情訊報面呈陛下，懇請陛下恩准。」

「十萬火急的軍情訊報？」朱翊鈞握在手中的狼毫朱筆頓時在半空中一定，竟落不到筆下文牘的紙面上去。他喃喃地輕聲自語道：「莫非倭虜這麼快就打到朝鮮了？」

「陛下，臣妾懇請回避。」鄭貴妃聞聽有內閣大臣前來商議國事，連忙欠身施了一禮，便欲退出。「慢著……」朱翊鈞面色微動，將手中狼毫朱筆擱回到那座青玉筆架之上，輕輕對她說道，「愛妃且到這張屏風背面坐下，聽一聽我們如何商議軍國大事……如若朕有缺漏之處，還望愛妃直言相諫……」

「這……」鄭貴妃一聽，不禁遲疑了一下。朱翊鈞用充滿期盼的目光迎望著她，深切地說道：「愛妃……妳……妳還是留下來在這屏風後面陪一陪朕吧！……朕……」

「陛下……好吧！」鄭貴妃被他那目光看得心頭倏地一暖，便不再堅持，輕輕轉身去了御書房裡那張「百鳥朝鳳」屏風背面，拉過一張杌子，靜靜地坐了下來。

「宣！」朱翊鈞面容一肅，正了正衣襟，向正在御書房門外恭候旨意的內侍吩咐了下去。

只聽得一陣急促的腳步聲匆匆趨近，御書房房門開處，趙志皋、許國、張位、石星、宋應昌等人逕自進來，一個個臉色凝重，當場跪倒。

「有何軍情訊報？」朱翊鈞此刻倒是顯得十分平靜，從容問道。

「陛……陛下，哱拜真的反了！」首輔趙志皋跪前一步，滿面愁容地奏道，「臣等叩請陛下聖裁！」

　　朱翊鈞臉色一凝，將目光倏地投向了正跪在他身後的石星。

　　石星會意，輕咳一聲，補充奏道：「臣啟稟陛下：那哱拜父子一接到兵部下發的調任令，自知其勾結胡虜興兵作亂的陰謀已被陛下洞察，便鋌而走險，逼死了巡撫黨馨和總兵張惟忠，驅走了朝廷派去的使臣，關門閉城，擁兵自守——居然反了！」

　　「朝鮮那邊倭寇有何舉動？」朱翊鈞在心底緊張而迅速地思忖著，趁著石星講話稍停的空當，插了一句問道。

　　「這……這，兵部暫時還未接到朝鮮那邊有何軍情訊報，」石星一怔，回憶了一陣兒，才小心翼翼地答道，「微臣已經行文函告薊遼總督顧養謙、遼東建州女真部都督僉事努爾哈赤等密切關注鴨綠江對岸的一切動態……」

　　「很好！很好！」朱翊鈞聽了，這才暗暗鬆了一大口氣，緩和了臉色，向輔臣們吩咐道，「你們且下去擬旨吧：即刻先派陝西駐兵圍住寧夏，不要讓哱拜他們與朔方韃靼勾結成勢，再調精兵良將火速剿滅之！」

　　「臣等叩請陛下聖裁：調誰前去主持征剿大事？」趙志皋和石星對視了一眼，急忙問道。

　　「你們的意見呢？」朱翊鈞目光一閃，反問了他們一句。

　　御書房中頓時靜了下來。推薦何人征寧夏，確實令趙志皋他們有些頭痛：勝任者自是不必多說了，不勝任者卻會連帶舉薦者同過同罰——倘若自己推薦的將領萬一喪師誤國了呢？於是，趙志皋和石星等人跪在地下你看看我、我瞧瞧你，誰也不肯開口多言。

　　朱翊鈞見他們這般舉動，心頭亦是一陣憤然：平日裡朝廷裡有了什麼「肥差」空缺出來，這些輔臣們哪個不是你舉我薦、好不熱鬧？到了今日這般兵凶戰危之事，他們卻個個緘口不語、袖手旁觀，生怕自己推薦的人選一不勝任便牽累於己！

　　「依微臣之見，唯有調派山西總兵李如松前去平叛，」宋應昌按捺了半晌，終於膝行出列脫口奏道，「李如松出身將門，智勇雙全，又在遼東抗擊蒙古土蠻之時戰功卓著，完全可以勝任征剿哱拜之大任！」聽罷宋應昌這番奏言，朱翊鈞卻沒有馬上回答，而是沉默了一會兒，才淡淡說道：「調誰過去

征剿哱拜……這個事兒，朕兩日之後便會給你們手諭的。你們且退下吧！」

京師的李府，掩映在濃濃密密的綠蔭之中，那朱紅大門上的銀釘獸環和門前的一對花崗石獅，顯出了這個府邸的豪華與氣派。

府中的一座紫竹亭下，一青衣一紅衣兩位白鬚老者正靜靜地坐著對弈。

「哎呀！李大帥！你當真是戰將出身，下起棋來也是大刀闊斧，老夫實在是吃不消啊！」青袍老者看著那棋枰蹙眉沉思有頃，呵呵笑道，「你這幾著下來，老夫的腰都快被你的棋勢壓彎了！」

「申閣老！你這棋風也是符了你的名字的！」那被稱為「李大帥」的紅袍老者仰起臉來看著他，竟是生得面如重棗、鬚垂及腹，笑聲裡透著一股異乎常人的雄豪之氣，「本帥豈敢大意啊！」

「哦！李老兄！老夫的棋風竟與老夫的名字相符？」青袍老者微微一愕，從棋枰上抬起頭來有些疑惑地看向紅袍老者，「你此話怎解啊？」

紅袍老者用手一指他手中所執的白子，朗朗笑道：「你的名字叫『時行』——『時行』、『時行』，即是『與時偕行』。申閣老，你下棋落子，那可是該硬的時候一點兒也沒軟，該軟的時候也一點兒沒硬啊！這算不算是『與時偕行』？本帥一味強攻猛擊，倒多次被你這不溫不火的路數『吞』了好幾個子兒去！」

「呵呵呵……原來你是這麼理解的呀！……」青袍老者聽了，禁不住「噗哧」一聲噴出笑來，「那麼……你的名字叫『成梁』，老夫是不是應該講你的棋著每一步來得就像『木樁打地』，扎扎實實呢？……」

正在他倆捧腹談笑之際，卻聽得竹亭邊上一個有些尖細的聲音突然響起：「申閣老、李大帥兩位大人好興致啊！談笑對弈之間，盡顯英雄本色與名士風流——實在令咱家敬服不已啊！」

聽到這個聲音，兩位老者俱是一驚，急忙斂起了笑容，轉頭一看，卻是皇宮大內司禮監秉筆太監陳矩在亭門處躬身而立。他的身後還站著一位身形高大的青年，全身卻披了一件玄色斗篷，連面容也遮掩在頭罩之中。

「陳公公！」兩位老者一怔，急忙放下棋子，站了起來。紅袍老者驚詫道：「您大駕光臨老夫府中，為何竟不讓人前來通稟一聲？也好讓老夫稍盡待

客之道⋯⋯」

　　他正說之間，目光往亭外一掠，不禁詫異地發現：不知何時，院壩裡竟已密密麻麻地站滿了百十位錦衣衛，將這座紫竹亭團團圍護了起來！

　　「是朕不讓他喊你們府上的下人來通報的。」在他莫名驚詫的目光中，陳矩身後那位高大青年將頭罩慢慢掀開，露出自己的真面目來 —— 赫然正是大明天子朱翊鈞。他微微帶笑說道：「朕聞聽兩位卿家正在甯遠伯府中對弈取樂，便特意讓陳矩帶著朕微服尋訪而入，卻不知擾了兩位卿家的興致否？」

　　「啊呀！原來是陛下大駕光臨 —— 臣等有失遠迎，」兩位老者一見之下，甚是驚訝，急掀袍角，跪了下來，「申時行、李成梁懇請恕罪。」

　　「快快平身，」朱翊鈞看著這一文一武兩位已經告老在家的元老重臣，急忙上前親自伸手來扶，「今日在朕面前，卿等不必多禮。」

　　前任內閣首輔申時行和甯遠伯李成梁不勝感激地謙謝著，連忙在朱翊鈞伸手未及之前，順勢站了起來，躬著身答道：「陛下如此體念老臣，臣等感激不盡。」

　　陳矩這時卻在二人方才對弈的棋枰邊一張太師椅上鋪了一片從宮中帶出來的黃絹，扶著有些虛胖的朱翊鈞坐下，自己則規規矩矩地垂手侍立在一旁。

　　朱翊鈞用一幅銀絲手帕輕輕擦了一下自己額上的細汗，正了正臉色，向申時行、李成梁緩緩說道：「朕今日微服出宮前來訪問兩位卿家，實乃為我大明社稷的長治久安而來。還望兩位卿家傾心授朕以奇謀大略⋯⋯」

　　「陛下此言甚令老臣等惶恐不已！」申時行二人聽了，極為震駭，又倒身下拜奏道，「老臣等年衰智竭，豈敢勞陛下大駕降臨垂詢！」

　　「兩位卿家免禮！」朱翊鈞擺了擺手，止住了他倆，轉身向陳矩吩咐道，「陳矩，拿過椅子，讓兩位卿家坐下說話。」

　　「是！」陳矩聞言，很麻利地拉過了兩張太師椅，分別放在竹亭門口左右兩側，先是攙扶著申時行去坐了下來，然後伸手又來扶李成梁。李成梁自恃體健氣壯，哪裡肯讓別人攙扶，他呵呵笑著擺了擺手，謝絕了陳矩的好意，逕自退到左側的那張太師椅上坐了。

　　待兩位老臣千恩萬謝坐定了之後，朱翊鈞才開口說道：「朕就有話直說

了──兩位卿家都已經看過寧夏鎮哱拜起兵叛亂的邸報了吧？」本來，依照朝廷慣例，告老致仕的官員是無權閱看載有朝廷事務的邸報的。但朱翊鈞對像申時行、李成梁這樣的元老重臣卻格外看重，特令內閣與各部務必將每期邸報派專人送呈他倆閱看，並賜予他倆「密折進言」之權。所以，朱翊鈞才問起申、李二人是否閱超載有寧夏哱拜叛亂之事的邸報。

「啟奏陛下：哱拜起兵叛亂之事，剛才老臣還和甯遠伯議論呢……」申時行沉吟了一下，轉頭和李成梁交換了一下眼神，又朝向朱翊鈞緩緩奏道，「看到那份寫著他罔負聖恩、叛君作亂的邸報，老臣和甯遠伯不禁義憤填膺……想那哱拜，本乃胡虜出身，當年先帝之時因韃靼內亂，他們一族備受排抑，為求我天朝庇護，方才歸順了我朝。唉……古語有云：『非我族類，其心必異。』我大明朝對他封爵賜賞、立為藩鎮，施恩倚重之情不可謂不深。卻不料他妄生逆志，居然勾結韃靼犯上叛亂！若不對他大加撻伐，我朝日後何以立威四夷、懲惡揚善？！」

聽得申時行這般剛毅果斷之語，朱翊鈞面色一暖，深有同感地點了點頭。

申時行見皇帝頷首表示讚許，便又款款言道：「自古歷朝西疆之亂不易平定──唐末有沙陀李克用雄踞河東而稱霸一時，北宋有西夏李元昊占據銀川而坐大成患，前車之鑑，不可不慎啊！今日哱拜勾結塞外韃靼悖君叛亂，實乃效仿李克用、李元昊之所為，企圖擁兵自立稱霸，其志不小……陛下不可輕視了！」

「是啊！申師傅所言甚是！不過，欲斬封豕長蛇，須恃倚天神劍……」朱翊鈞臉色一動，伸手拍了拍雙膝，深深嘆道，「如今寧夏巨寇逞凶作亂，朕之『倚天神劍』何在？朕實在是焦心不已啊！……」

「陛下勿憂！」李成梁在一旁聽得是義憤之氣大作，一時按捺不住，長髯一掀，高聲奏道，「老臣雖年近七旬，自信身負廉頗之才，甘願立下軍令狀，親身率我遼東鐵騎直驅寧夏，只需百日為期，便可掃平哱拜！」

「好！李愛卿豪氣沖霄、神勇蓋世！」朱翊鈞一聽，不禁拊掌微微笑道，「朕心嘉之！」

「陛下！直驅寧夏、掃除哱拜，何勞甯遠伯親征？」申時行卻是捋鬚一

笑，在旁進言道，「甯遠伯的長子、山西鎮總兵官李如松，智勇雙全、膽略過人，用兵之才不在甯遠伯之下 —— 老臣堅信他代父出征，必能旗開得勝！」

「申師傅所言極是。李愛卿意下如何？」朱翊鈞聞言，沉思片刻，微微點頭而道，「朕還想請李愛卿留居京師、鎮撫朔方呢！」

「也罷！既然陛下著意挽留，老臣便留守京師為陛下坐鎮六師……」李成梁聽朱翊鈞這麼一說，也只得抑下胸中勃然的鬥志，斂容緩緩答道，「老臣稍後便給犬子如松修書一封，責成他盡心竭力掃平哱拜，建成大功以謝皇恩！若有閃失，老臣必以家法懲戒於他 —— 不獲全勝則不許再進我李府一步！」

「呵呵呵……李愛卿滿門忠良、家風嚴謹，朕實是深感欣慰，為我大明朝有這等柱石之臣欣喜不已！」朱翊鈞聽得李成梁此番表態，這才暗暗放下心來，一直緊鎖著的眉頭也在不知不覺之中舒展開來。

「陛下真的不必過慮，」李成梁聲如洪鐘，侃侃談道，「哱拜此人老臣也曾見識過，不過是一個只有幾分梟勇的狂徒罷了！想那十年之前，張閣老在世之時，哪有他這小小狂徒撒野的地方？！那時候，他對朝廷是俯首聽命、任君驅使，焉敢生此逆志？哼！……」

申時行、陳矩見他心直口快提到了已被皇上剝奪了一切榮寵的「權相」張居正時，不禁都為他捏了一把冷汗，急忙暗暗拉他的袍角，向他連使眼色勸止。李成梁一見之下，也立刻意識到自己此話觸犯了皇帝朱翊鈞的忌諱，急忙從太師椅上跪下地來自責道：「老臣無意中提及『專權怙寵、有負聖恩』的張……張居正，請陛下諒解老臣的失言之過！」

「無妨！無妨！李愛卿這話何錯之有？」朱翊鈞端坐在那太師椅上，臉上一陣微微的抽搐，眉角掠過一絲複雜的感情，他輕輕一擺右手，沉沉嘆了一口氣，「事實便是如此：十年之前，哱拜亦曾謹守臣節 —— 朕宮中的青海大玉佛都是他親自貢獻上來的。他那時候焉敢逞肆今日這般狼子野心？是朕自己文弱有餘而威武不足，沒能鎮住他這頭梟獍啊……」

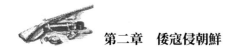

▍倭寇出師

凜冽的海風呼呼地從日本武士們的頭頂掃過，諸位大名那一張張圖案各異的家紋旗被刮得獵獵作響，在陰沉沉的天幕下猶如一隻隻巨大的蝙蝠張揚而怪異。

戴笠裹甲的武士們整整齊齊地站在海灘邊的沙場上，列成了大大小小數十個方陣，舉著樹林般的火繩槍，神情凝肅地目視前方。

豐臣秀吉在各位大名的簇擁下，檢閱著準備渡海西征的武士隊伍。西征大軍的總統領宇喜多秀家率著先鋒大將小西行長與加藤清正在前面一邊為他領路，一邊恭敬地介紹著：「這是黑田長政君麾下的一萬一千名武士，他們組建成右翼衝鋒營……這是福島正則君麾下的二萬五千名武士，他們組建成左翼衝鋒營……這是島津義弘君麾下的一萬四千名武士，他們組建成後衛儲備營……」

看到士卒們飽滿的士氣和精良的軍械，豐臣秀吉微微頷首，滿臉溢出了得意的笑容。當他和眾位大名走到豎著「三葉葵」家紋旗的德川氏軍陣前，驀地停住了腳步 —— 他伸手指著站在前排的那幾個士卒，有些驚詫地問道：「你們臉上的傷疤好像還是新的！看起來才剛剛結了血痂嘛！咦？一個個還滿身汗漬的模樣……這到底是怎麼回事？」

場中靜默了片刻，眾人都將詫異的目光投向了立在豐臣秀吉身側的德川家康，卻見他一臉的躊躇之情，猶豫著沒有答話。終於，德川氏軍陣中一個年長的武士向豐臣秀吉低低地開口答道：「我……我們剛剛才參加過激戰……為了不耽誤太閣大人的閱兵大典，我們拚命及時地趕到了……」

「參加過激戰？什麼激戰？」豐臣秀吉面容一肅，轉頭將凌厲的目光倏地射向了德川家康，「嗯？本太閣怎麼不知道？這是怎麼回事？」

德川家康似是不敢與他對視，低下了頭仍是躊躇著囁嚅答道：「沒什麼大問題的。太閣大人不必多問了。為了太閣大人『飲馬海濱、揚威域外、俯取朝鮮、進擊大明』的雄圖偉業，我們德川氏無論付出多大的犧牲都是應該的。」

豐臣秀吉見德川家康不肯正面回答原因，便問其他的大名道：「你們知道這是怎麼回事嗎？」

就在那些大名面面相覷之際，黑田如水跨前一步出列說道：「太閣大人近來忙於西征大業——您可能不知道：由於德川公命令他的部下以鐵腕手段去完成徵糧任務，直接造成了他治轄下的關東十三郡內有數萬名浪人、流寇和飢民發生暴亂。德川公這些部下很顯然是剛剛參加了平息暴亂的戰鬥後才趕過來的……太閣大人！向國中百姓徵糧太多，他們若是不堪重負，只怕對西征大業大大不利啊！您要三思而行啊！」

「就是掏光他們米缸裡的最後一撮米粟，本太閣也要發動這場西征！」豐臣秀吉不理黑田如水的勸諫，把臉一板，冷冷地說道，「本太閣才不怕他們暴亂不暴亂呢——德川公，你們的徵糧任務足額完成了嗎？」說著，將詢問的目光投向了掌管此番西征後勤供給事務的石田三成。

「德川公早已超額完成了徵糧和供船任務……」石田三成恭恭敬敬地答道。

「這就好……這就好……」豐臣秀吉聽了，很是滿意地點了點頭，這才向德川家康淡淡地問了一句，「那些刁民的暴亂平定下去了嗎？」

「在下正在竭力平定當中。」德川家康臉上隱有憂色，「只是，在下的大部分部下目前尚在關東平亂，此刻怕是難以及時趕到，請太閣大人降罪！」

「那就是還沒徹底平定嘍？」豐臣秀吉不禁眉頭一皺。

「請太閣大人不要擔心。在下自己造成的暴亂，自己能夠解決，」德川家康一副驚慌失色的樣子，急忙垂手答道，「在下不會耽誤太閣大人西征大業的——一定會按時配齊二萬六千名精壯武士趕赴前線的……」

「算了。西征朝鮮、大明是大事，平定暴亂、安邦甯國也是大事啊！」豐臣秀吉有些無可奈何地一擺手，「你暫時先調撥五千精銳武士趕赴前線吧！剩下的二萬一千名武士，你自己留著投入關東各郡平定暴亂去吧！……」

「太閣大人，這怎麼行？」德川家康一臉懇切地說道，「您只要稍緩幾天，在下便能……」

「不要再多說了！就這樣定了吧！本太閣可不想因為等待你把士卒們慢

慢配齊而延誤了戰機！也不想因為『後院失火』，釀成內亂而誤了大局！」豐臣秀吉以不容爭辯的語氣吩咐道，「你們德川氏的大隊人馬隨下一批隊伍開赴前線吧！」

說著，他將有些焦灼的目光投向了遙遠的西方，喃喃地說道：「大明國的西疆果然爆發了哱拜之亂，這天賜良機已經降臨到了本太閣的頭上！ —— 本太閣是一刻也不想再拖了！我們要爭分奪秒地先行奪下朝鮮！」

然後，他收回目光，瞥了德川家康一眼，又緩緩移了開來，深深地盯向了黑田如水，肅然道：「本來，這次西征大軍的軍師之職，本太閣想讓德川公去擔任的……現在看來，只有拜託黑田君接下這個重任了……」

黑田如水聞言，不禁面色微變。他在心底裡思忖了一會兒，自知此事難以推脫，只得沉沉應道：「屬下遵命。」

這時，石田三成靠近過來，向豐臣秀吉輕聲提醒道：「太閣大人：快到您登臺發布西征命令的吉時了！」

豐臣秀吉微一點頭，深深地吸了一口氣，斂住了心神，表情顯得無比肅重，在無數道含意不一的目光注視之下，一步一步獨自向場中的耀武臺上登去。

終於，他站到了高高的雲梯之上，俯望著地面沙場上黑壓壓一大片烏雲般集合的武士，一股睥睨天下的狂傲之氣頓時從他胸中溢然而生！他定了定神，將自己的聲音提到了有生以來最響亮的程度，一字一句地緩緩說道：「戰無不勝、攻無不克的武士們：為了日本國『天下布武、總齊八荒』的宏圖大業，為了日本國千百年來代代相傳的偉大抱負，為了不負天照大神對我們日本君民的深寵厚愛，為了讓我們出類拔萃的日本子民獲得普天之下『人上之人』的崇高地位 —— 我們要團結起來，抱著『殺身成仁、捨生取義』的決心，帶著天照大神的靈光佑護，萬艦齊發，乘風破浪，所向披靡，俯取朝鮮、橫掃大明！」

載歌載舞的朝鮮王宮裡，四處彩帶飄揚，鮮花鋪地。宮中的廣場上更是人頭攢動，熱鬧非凡 —— 原來，三年一度的全國「秀女擢選盛會」正在鑼鼓喧天地舉行著。李昖和他的長子臨海君李珒、次子光海君李琿、三子義安君

李珹等王室貴冑高坐於禮臺之上，一邊飲酒取樂，一邊仔細觀賞著各位秀女登上對面的舞臺獻藝比賽。按照往屆「秀女擢選盛會」的慣例，獲得冠軍殊榮的秀女，將被李昖納為妃嬪；其餘剩下的秀女，則由王子們自行擇入府中成為侍妾。

秀女們登臺所獻之藝，無外乎是歌舞蕭瑟、琴棋書畫之技。李昖和諸位王子早在宮中看過了千百遍，再加上一路觀來，今年的這些秀女中間似乎並無秀色出眾之輩，頓時令他們大為乏味——有幾個王子竟禁不住當眾打起了哈欠！

忽然，只聽得禮儀官高聲宣道：「東萊府節度使宋象賢大人的長女宋貞娥登臺獻藝，以供擢選。」

聞聽「宋貞娥」三個字，幾乎懨懨欲睡的李昖和諸位王子立刻精神一振，雙目放光——據說宋象賢的這個女兒不但美貌驚人，素有「朝鮮第一美女」之譽，而且自幼便拜著名高僧休靜大老為師，練得一身卓異超群的武藝，甚是了得。對於她這樣一個富有傳奇色彩的女子，李昖和諸位王子焉能不怦然心動？一個個不禁定睛向對面舞臺上看去。

舞臺上的宋貞娥看似二十左右，手執一柄青鋒長劍，身著一襲緊身裝束，亭亭而立。但見她生得長髮披肩，細眉如月，雙眸如星，面如美玉，舉止顧盼之間更是英姿颯爽，別有一種清冽冷豔的高華氣質，令人望而傾心。臺下一聲鑼響過後，宋貞娥朝著坐在對面禮臺上的李昖和諸位王子不卑不亢地抱劍行禮，聲如銀鈴，清朗非常：「小女子出身將門之後，情願揮劍起舞以顯巾幗英姿，懇請大王恩准！」

「這……」禮儀官遲疑著將詢問的目光投向了李昖。

李昖聽了她這話，卻是微微一笑，頗有興致地點了點頭。

「大王有旨，准宋貞娥舞劍獻藝！」禮儀官見狀，連忙高聲宣道。宋貞娥應聲躬身謝過，然後站直身來，皓腕一揚，手中長劍直指向天。忽聽「錚」一聲，宛若鳳鳴九天，清越入雲，餘音嫋嫋。隨著這一聲劍鳴，她玉腕又是倏地一擰，燦燦然挽出了磨盤大小的一輪白亮亮的劍花，將她整個嬌軀掩藏在森森劍芒之中，令人看不分明！

　　但聞「呼呼」風響之際，這一輪劍花已然離地升上半空，滴溜溜團團流轉，看得臺下諸人無不目眩神馳、讚不絕口——乍然又聽「嘩啦」一聲，萬道流光散射開來，向四面八方飛逝而盡：當中那宋貞娥凌空長身玉立，手中寶劍當胸而持，猶如玄女臨凡，寶相莊嚴，徐徐降下，那一份綽約風姿端的是曼妙絕倫、美不勝收。

　　舞臺之下頓時爆起了一片雷鳴般的掌聲，經久不息。

　　李昖看得也是滿面微笑，馬上伸手招來禮儀官，向他低聲吩咐了幾句。

　　那禮儀官聽了他的口諭，笑呵呵地走了上前，待得觀眾們的掌聲稍稍低了，方才欣然揚聲宣道：「大王有旨：宋貞娥才貌不凡，堪稱『巾幗英傑』，擢選為本國第一秀女，即日進宮聽封。」他話音一落，舞臺之下又是一片鼓掌稱讚之聲。

　　宋貞娥聽了，卻似不以為意，反而蛾眉微蹙，神色一變，緩緩收劍入鞘，在舞臺上欠身謝了一禮，然後開口肅然奏道：「啟稟大王：小女子有一懇求，還望恩准……」

　　「哦？宋愛卿有何請求？」李昖見她表情異常，不禁微微一愣，「妳且稟來……」

　　就在這時，只聽得獻藝場外傳來一陣混亂的喧嘩之聲，打破了場內喜慶祥和的氣氛。

　　李昖等人循聲望去，卻見是領議政柳成龍帶著一個滿臉血污的將領急匆匆推開人群直奔上來！

　　在一片茫然中，李昖定神一看，見那員將領乃是東萊府左兵使李鈺。他正自驚愕之際，柳成龍已是在他面前一頭跪下，急聲稟道：「大王！倭寇四日前不宣而戰，猝然發難，偷襲了釜山、巨濟島、東萊府，如今正直逼尚州而來！李鈺將軍是殺出重圍進京報訊來的……大王可向他詢問詳情以早做決斷！」

　　他的聲音非常急促也非常響亮，場內場外的人都聽得清清楚楚——全場一下靜了下來，只剩下他一個人的聲音在場地上空迴響著。李昖在聽到這個消息的一瞬間，便像被人當頭打了一記悶棒，頹然跌坐在王座之上，立時面

無人色。許久，許久，李昖顫抖著的聲音響了起來：「怎麼會這樣？怎麼會這樣？七天前他們日本不是派出了使臣前來表示要與我朝鮮結為友鄰嗎？他們怎麼會這樣？……」

「大王！」李鈺跪在地上聲淚俱下，哭號起來，「大王！倭寇出動戰船千百艘、兵馬二十萬，猝然殺來，三日之內便攻陷了釜山、巨濟島、東萊府……我們朝鮮將士浴血奮戰，可是……可是倭寇的武器太厲害了！── 我們的刀槍再鋒利，也比不過他們的槍彈來得像雨點一樣密集啊！我們朝鮮將士死得慘啊！一大片、一大片地中彈倒地……」

「我爹爹呢？」宋貞娥在舞臺上聽得分明，急忙身形一縱，躍下臺來，飛步衝到李鈺身邊失聲問道。

李鈺在涕淚橫流中抬臉一看，見是宋貞娥，不禁大放悲聲道：

「宋……宋姑娘，宋……宋大人他……他已經壯烈殉國了！」此語一出，全場的人頓時都驚得呆住了！

「爹爹！」宋貞娥驀地紅了眼圈，拔劍出鞘，「嘁」地削落了自己的一綹秀髮，一手握在掌中，哀哀哭道，「女兒若不能為你報仇雪恨，立誓有如此髮，絕不獨生！」說罷，她一抹眼淚，長嘯一聲，竟是越眾而出，逕自往場外飛身去了。

「宋……宋愛卿！宋……」李昖急忙大聲呼道，卻也喚她不回。

「看來這宋姑娘性情剛烈，一定是去找倭寇報殺父之仇去了！」柳成龍望著宋貞娥遠去的背影，不由得深深嘆了一口氣，「不過，似她這般只逞血氣之勇，實在是凶多吉少啊！」

「柳……柳愛卿！」李昖面色漲得通紅，雙手緊捏著王座兩側的扶手，勉力撐直了上身，哆哆嗦嗦地下令道，「馬……馬上發詔給李鎰將軍，讓他率……率領舉國二十萬大軍，急赴尚州城，與倭寇決……決一死戰！」

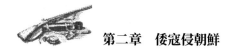

敗績尚州城

尚州城外寬闊的陣地上空，殺氣騰騰，彌漫了整個天際，連正午的太陽也彷彿被蒙上了一層淺灰，讓人朦朦朧朧地瞧不分明。

白衣黑甲、持刀仗劍的一列列朝鮮士兵在尚州城池之下，猶如森林一般整整齊齊地肅立著。

朝鮮宿將李鎰身著金盔銀甲，騎著高頭大馬站在陣前，神情沉峻，目光凜凜地注視著前方。而宋貞娥則是一身戎裝打扮，頭戴束髮玉冠，乘著戰馬，護持在李鎰身畔，把手中劍柄握得緊緊的，向著前方的敵陣投去仇恨的目光。她從「秀女擢選盛會」下來後，便立即主動投奔到李鎰麾下要求從戎抗倭復仇。李鎰和其他將帥費盡唇舌，一直勸阻不住，便也只得任她隨軍出戰而來。

在他們的對面，是手持火繩槍和長矛彎刀的日本武士們。他們戴著各式各樣的頭盔：五角星形的、牛頭形的、立桃形的、黑圈帽形的、鐵鍬形的……而且，他們那些家紋旗也是怪模怪樣、異態紛呈：有繡著長長蜈蚣的，有繡著盤成團狀的毒蛇的，有繡著一隻禿鷹的，也有繡著一個狼頭的……遠遠望去，彷彿是一大群牛鬼蛇神從地獄之中殺到了人世間。

這一次尚州之戰，李鎰帶來的是二十萬朝鮮主力大軍。而他們的敵人，卻是剛剛從釜山、東萊府、朝鮮南濱道三個方向會合過來的三路日軍，分別由小西行長、加藤清正與黑田如水的嗣子黑田長政率領，共計八萬七千餘人。

由於西征日軍大統領宇喜多秀家此刻尚在巨濟島殿後，他事先便明令與他關係較為親密的先鋒大將小西行長擔任登陸大軍代統領，全權指揮陸軍對朝作戰事宜。所以，這三路日軍剛一會合，小西行長便當仁不讓地行使了自己的指揮權，把作戰計畫部署了下去：他自己率領三萬三千人馬居中直取朝方主將李鎰，加藤清正率領二萬八千人馬負責攻擊朝軍右翼，黑田長政則率領二萬七千人馬負責攻擊朝軍左翼。雖然心高氣傲的加藤清正並不甘心屈居偏將之位，躍躍欲試要與人稱「朝鮮第一名將」的李鎰當面決一雌雄，但面對小西行長以登陸日軍代統領的身分硬壓下來的命令，也只得咽著一肚子悶氣勉強接受了。

　　望著小西行長在中軍戰旗下遲遲未動的身影，加藤清正等得有些心焦了。他打著戰馬在原地兜了半晌圈子，終於禁不住向身邊一員副將抱怨起來：「小西君怎麼還不下令進攻？他莫非還想和李鎰在陣前磨嘰一番嗎？對這些朝鮮賤民廢那麼多囉囉唆唆的話幹什麼？」

　　那副將知道加藤清正和小西行長一向擰著勁兒，只是在一旁沉默著，不敢從中插言。

　　加藤清正又提拉著胯下的駿馬兜了一個圈子，劈頭又問那副將道：「你知道他們那邊是採用什麼樣的『槍擊法』？」

　　「好像是織田信長大人當年傳下來的『三段射擊法』。」那副將側頭看了看小西行長那邊的列陣狀態，小心謹慎地答道。

　　所謂織田信長的「三段射擊法」，即是將日軍陣中執有火繩槍的士卒分為三組，一組士卒在前射擊時，另外兩組的士卒退在後面往槍膛填彈引火隨時替代而上。按照這樣的槍擊陣法，每一輪槍擊之間有七八秒的間隔時差。他們三組士卒輪番上陣，連續性很強，殺傷力也很大。

　　「那麼我們這邊的槍隊就全部採用鈴木重秀先生創下的『筒炮狙擊法』！」加藤清正略一思忖，眼珠一轉，逕自向那員副將吩咐道：「你馬上把本將這道命令傳下去！」

　　他口中所謂的鈴木重秀「筒炮狙擊法」，則是指將每一桿大型筒炮由四名士卒一齊協作使用：在射擊手身後左右兩側各設一人，另有一人專門在射擊手後面為他端槍。當前面的射擊手射出一發槍彈之後，他身後左側的士卒負責立即給槍膛填入子彈，右側的士卒隨即填入火藥，後面端槍的士卒負責及時點火。每一次射擊之間，這四個士卒緊密配合，只需四五秒便可完成，實在是日本國目前最快速的槍擊之術了。

　　副將聽了他這般吩咐，不禁一愣：加藤大將採用這「筒炮狙擊法」，分明就是在想「以快爭先」，和小西代統領搶功嘛！他正沉吟之際，加藤清正已是拉長了臉有些不悅地大聲喝道：「你還在這裡磨磨蹭蹭幹什麼？快給本將傳令去！」

　　見到加藤清正如此聲色俱厲，那副將只得急忙拍馬向右翼軍陣中傳令而去。

那邊，只聽得小西行長用朝鮮話向對面陣前的李鎰他們喊道：「諸位朝鮮將士們：你們這李氏王朝腐敗無能、黨爭不斷，以致天怒人怨、災患叢生。我日本國為救爾等脫離水深火熱之境，不惜跨海過峽，大舉義師，前來征討李氏昏君！爾等若是順應大勢、棄暗投明，我日本武士必保爾等一切安然無恙。倘若爾等冥頑不靈、執迷不悟，就休怪我日本武士刀下無情了！」

他的話音猶如梟鳴一般，尖利異常，刺人耳膜。像暴風驟雨來臨之前而深深靜默著的朝鮮軍隊用無言的蔑視回答了他滿嘴花言巧語的誘降。

李鎰不願與他多費唇舌，唰的一聲拔劍出鞘，朝天一舉，揚聲喝道：「我朝鮮兒郎們！為了保家衛國、驅除倭虜，衝啊！」

他簡短有力的衝鋒號令剛一出口，千萬名朝鮮將士齊齊怒吼一聲，便如離弦之箭一般向著敵人陣前衝殺過來！

小西行長目光陰冷地望著朝鮮將士們如怒潮般咆哮而來，在心底暗暗嘆了一口氣，緩緩地將手中倭刀舉到了半空。

正當他準備猛地朝下一劈向己方軍陣中發出攻擊之令時，卻聽得右翼那邊「啪啪」一片爆豆般的脆響驟然而起——原來是加藤清正手下的部眾不遵他的號令已經搶先動了手！

「這個加藤清正！……」小西行長面色倏變，驚怒交加地朝著右翼那邊瞪了一眼，在心底暗暗罵了一句，同時急忙將手中倭刀劈了下去！

看到小西行長也發出了攻擊令，他麾下的中軍武士們和左翼黑田長政的部卒們這才紛紛開槍出擊，一條條火舌流竄著，射向了直衝過來的朝鮮將士們！

剎那間，怒潮般狂卷而來的朝鮮將士在倭軍陣前十餘丈開外驀地一滯——衝在最前面的一大批朝鮮士兵捂著胸口紛紛倒了下來！

「砰砰砰」爆響連天，倭寇的火繩槍和長短銃猶如毒蛇吐芯般一刻不停地噴射著火舌——朝鮮將士們一批又一批地跌倒下來，一批又一批地猛衝過來！

然而，儘管他們前仆後繼、毫不退卻，卻始終不能扭轉這種形同送死的局面——戰鬥進行了半個時辰，朝軍除了在雙方對峙的中間線上留下了一堆

堆小山丘似的屍體外，一絲一毫也未能沖亂倭寇的陣腳！

「怎……怎麼會是這樣？」李鎰在事先已經聽李鈺講過倭寇火繩槍的厲害，心頭本還有些不以為然，如今目睹之下，頓時他的聲音亦因驚懼與憤怒而失常地顫抖了起來，「他……他們怎麼會有這等可怕的武器？」

護持在他身畔的宋貞娥也是一臉的焦慮，幾欲放馬衝上前去，但又擔憂自己離開之後會對李鎰的人身安全不利，只得拉著馬韁心神不定地來回兜圈，手中的劍柄幾乎被她捏得斷裂開來！

李鎰沉思片刻，猛一振臂，舉刀在手，高呼道：「朝鮮兒郎們！為了朝鮮三千里江山和二百萬士民的安危存亡，讓我們以身報國吧！」語畢雙腿一夾馬腹，往前直衝而上！

本已有些退卻的朝鮮士卒們聽到李鎰的吶喊，又見到他策馬趕來，一個個立時又鼓起了鬥志，持刀放箭地向前奮不顧身地衝去！

小西行長蹙緊了眉頭看著那一隊隊踏著戰友屍體拚命前進的朝鮮士卒，深深嘆了一口氣：「這些朝鮮傻瓜勇氣可嘉、其志可憫！罷了，罷了，為了讓你們免遭無謂的傷亡 —— 本將還是來個『射人先射馬，擒賊先擒王』，一槍斃了你們的李鎰將軍再說！那個時候，你們就會放棄這無謂的送死了吧？！」

他一邊喃喃地說著，一邊拿起了自己那一支射程最遠的長銃，遙遙地隔空瞄準了騎馬衝刺在朝軍「李」字帥旗下的李鎰，「砰」地開了一槍！

「不好！」宋貞娥耳力過人，聽得這一發子彈挾著尖利的嘯聲迎面直射李鎰而來，急忙將他的上身往前疾速一推，伏平在馬背之上 —— 然而，只聽「噹」的一響，李鎰雖是伏身險險避過了這一槍，而他身後的宋貞娥頭上那頂束髮玉冠卻被小西行長那枚子彈擊了個粉碎！

剎那間，她的烏亮長髮便似瀑布一般垂垂而下，飄散在她玉頰兩側，迎風一吹，那姿態更顯得翩翩如仙子，英武之中平添了無盡的嫵媚！

小西行長在對面一看，頓時大吃一驚，眼珠都快彈出了眼眶：「咦！朝鮮軍隊裡竟有這等絕色的女將？嘖嘖嘖……」他隨手一把扯過侍候在一旁的那個昨天從漢城府那裡投降過來的朝鮮叛徒，急聲問道：「她是誰？」

那名朝鮮叛徒望了宋貞娥一眼，然後一臉諂笑地答道：「她就是前天剛剛從朝鮮各地美女當中擢選出來的『朝鮮第一秀女』宋貞娥！」

「原來是『朝鮮第一秀女』！」小西行長貪婪地盯著宋貞娥，口中淫笑了一聲，「如果我們能把她擒住後送回日本名護屋，我想太閤大人一定會很喜歡的！」

然後，小西行長手中長銃一舉，朝天鳴了一槍，下達了衝鋒號令！

隨著他這一聲槍鳴，戰陣前沿的槍手們倏地向兩邊讓了開來，上萬名日本騎兵掄著長矛大刀狂馳而出，猶如風卷殘葉，直向已經被槍林彈雨打得陣腳大亂的朝鮮軍隊橫掃而來！

夜色已經很深了，朝鮮王宮的金鑾殿裡卻仍是燈火通明、人聲嘈雜，全無平日雍容肅穆的氣象。

李昑背著雙手，在朱階龍椅之前焦躁地來回走動著，臉上滿是潮紅之色，一雙眼睛也如蛛網一般爬滿了密密麻麻的血絲。

諸位王子和六曹要員們在朱階之下戰戰兢兢地張望著，一個個顯出一籌莫展的樣子。

「咚」的一聲悶響，那兩扇殿門被猛地推開了。幾個內侍扶著全身盔甲殘破不堪、肩頭插著一支斷箭、鮮血浸溼了衣襟的李鎰急趨而入，慌慌張張地徑直到朱階下跪倒。

看到這般情形，殿上諸人的心都驀地一沉 —— 看來白天大家聽到的傳聞是真的了：尚州城失陷，二十萬朝軍慘敗。

「真的一敗塗地了？」李昑在朱階上身形一停，呆了片刻，方才神色木然地看著李鎰，怯怯地問道。

李鎰在地下把頭磕得「砰砰」直響，以無聲的哽咽做了回答。

「怎……怎麼會是這樣？」李昑有些呆呆地自言自語道，「二……二十萬大軍啊！怎麼說敗就敗了？對了，還有申砬呢？他在忠州守得怎麼樣？」

「申砬將軍也在忠州彈琴臺全軍覆沒了！大王，我們真的一敗塗地了！倭虜正在一路追殺而來，」李鎰哽咽著斷斷續續地說道，「用不了多久，他們就會兵臨漢城府外……形勢萬分危急啊！」

「對啊！大王！」站在六曹要員之首的柳成龍已從最初的驚慌失措中冷靜下來，沉吟著向李昖奏道，「值此倭虜逼近之際，我軍或戰、或迎、或守，大王須得儘快拿一個主意啊！」

「這……這……」李昖跌坐回龍椅之上，只是一個勁兒地唉聲嘆氣，「欲戰，只怕如今已無精兵可用；欲守，而今尚州失陷，王京門戶洞開，亦已無險可守……卿等竟來逼著本王速決大計 —— 本王此刻又決得了什麼大計？唉……」

眼見著李昖垂頭喪氣的模樣，柳成龍和李鎰面面相覷，也是無話可說。

「大王，依微臣之見，如今戰亦不能，守亦不能，那就只有先行遷都避敵，然後再謀『捲土重來』！」這時，卻見禮曹侍郎柳夢鼎出列奏道。

「遷都？遷往何處？」李昖沉沉一嘆，「在我朝鮮三千里疆幅之內，總有無處可遷之時啊……」

「大王，我們終究還有一處可以遷得。」柳夢鼎肅容說道。

「哪一處？」李昖和柳成龍、李鎰等聽了，都不禁有些莫名其妙。

「義州府！」柳夢鼎正色侃侃奏道，「大王只有趕緊遷到我國與大明天朝接壤的義州府，進可以光復朝鮮，退可以憑恃大明！—— 數月之前，微臣奉命出使大明，大明皇帝陛下已經降下玉音，隨時準備助我抗倭。大王此刻還不求援於大明天朝，卻待何時？」

「柳愛卿真是一語驚醒夢中人啊！」李昖聽了，頓時喜出望外，激動地從龍椅上跳了起來，臉上陰雲一掃而光，揚聲下令道，「本王即刻下令：一、著柳夢鼎為遣明使臣，今晚馬上動身，急赴天朝上京求援；二、著柳成龍總領各曹臣僚，速速收集圖章、典籍、器物，儘快辦妥遷都事務；三、著李鎰將軍帶傷立功，調兵遣將，再振雄威，全力阻擊倭虜逼近王京漢城府！」

「臣等遵命。」柳成龍、李鎰、柳夢鼎等人連忙叩首應道。

安排好了這三件大事之後，李昖方才心頭一鬆，漸漸恢復了平時的莊敬平和。他緩過神來，忽然心頭一動，似乎想起了什麼，嘴巴張了幾張，還是忍不住向李鎰問了出來：「對了！李愛卿……那個……那個和你一道上陣殺敵報仇的宋……宋貞娥怎麼樣了？」

　　李鎰聽到李昖擱開敵我雙方情勢不問，反而單單朝他打聽一個宋貞娥的情形，不由得暗暗一怔，憶了片刻，答道：「那日尚州之戰中，倭虜的萬餘騎兵往我們陣內一衝，本將和宋貞娥姑娘就被沖散了……」

　　「她現在怎麼樣了？」李昖瞪大了兩眼急切地追問道。

　　「本將實是不知她的下落，」李鎰老老實實地回答，「宋姑娘身手不凡、武藝高強，本將起初還能看到她連連劈翻了四五個倭虜騎兵……後來，倭虜越來越多，我們就失散了……她目前是生是死，本將也甚為掛念啊……」

　　「唉！當初本王就該直接下詔讓你拒絕她上陣！」李昖緩緩地搖了搖頭，滿臉懊惱之色，「可惜了！可惜了！倭虜萬騎鐵蹄之下，只怕她也是凶多吉少了……唉！『佳人難再得』！……李鎰呀李鎰！你讓本王折損了一位『巾幗英傑』……你罪責不小！」

　　李鎰聽得李昖語意有些不善，急忙跪地叩首致歉不已。

　　李昖卻沒心思聽他的道歉和辯解，只是痴痴地將目光投向了尚州所在的方向，戀戀難忘之情赫然流露……

　　柳成龍跪在朱階之下瞧著李昖這副痴相，卻是隱隱悲痛：想當年那大唐天子李隆基貪戀女色、荒淫無道、朝政廢弛，以致釀成「安史之亂」，險些丟了江山社稷──而今，這位當初在倭虜虎視眈眈之下猶自舉辦「秀女擢選盛會」的大王，又何嘗不是如此！看來，「得道者昌，荒淫者危」實是歷朝歷代用鮮血凝成的慘痛教訓啊！

第三章　大明定策

「罷了，罷了。趙愛卿！你『戰事不可輕啟、戰端不可妄開』這些話講得還是沒錯的。戰者，軍國大事也，不可不慎，不可不謹，」朱翊鈞揮了揮袖讓他平身，深深凝望著殿上肅然而立的群臣，吩咐道，「朕意已定：擇日便發兵入朝平倭。眾卿家散朝之後，須得為朕分憂──且將各自心中籌謀的平倭方略寫成奏本，呈進宮來！朕要『博採眾長、集思廣益』，與眾卿家一道『運籌帷幄之中，決勝於千里之外』！」

▌努爾哈赤請纓

「籲！」一聲勁斥猶如利箭一般劃空而過──一位身後垂著長辮、一襲貂皮緊袍的青年將官一把勒緊了胯下的駿馬，在大明建州女真部都督僉事府的大門前倏然停了下來！在他馬後，一匹赤馬隨即賓士而至，上面乘著一名頭戴寬簷高帽的中年朝鮮男子，卻是帶著一臉的憂懼之色。

「都督僉事大人回來了！」站在府門口一直張望著的一名漢人侍衛急忙下階迎了上來，「龔先生正在議事堂裡等著您呢！」

「易寒，你去把本汗的弟弟舒爾哈齊喊來！」那青年將官飛身躍下了馬背，順手將韁繩遞給了身側的一個女真衛兵，一邊向那名漢人侍衛──易寒吩咐道，一邊朝身後跟來的那朝鮮男子示意，帶著他疾步往府門口裡走去，「就對他講：本汗和龔先生要與他一道在議事堂共商大事！」

這位神采奕奕、英氣勃勃的女真族青年將官正是大明建州都督僉事愛新覺羅·努爾哈赤。雖然此刻的努爾哈赤才剛滿三十三歲，但他舉止顧盼之際所流露出來的那一份沉敏幹練，已然迥非同齡青年所能比擬。

他健步如飛地跨進了都督僉事府的庭院，一眼便見到一位鬚髮蒼然的白袍老者正立在議事堂門口的屋簷下靜靜地迎視著自己。

這位白袍老者，正是他的漢人師傅龔正陸。龔正陸本是浙江紹興府一位儒商，自中年時起便出入遼東經營馬匹，資產頗豐。後來，努爾哈赤見他博學多才、品行端重，便聘請他為本人及自家子弟的師傅，極盡恩禮厚待。龔正陸見這名女真青年頗有幾分英豪之氣，實乃可造之才，便也「傾囊相

授」，意欲將他鍛造成為朝廷一代名將，立功於世，揚名於後。於是，在他的輔弼和指點之下，努爾哈赤的勢力從當初起兵時僅有的「盔甲十三副、部眾三十人」漸漸發展壯大，直至橫掃遼東女真族棟鄂部、蘇克蘇護河部、朱舍里部、納殷部等各部族，據有方圓數千里之疆域，儼然以一方諸侯雄立於遼東白山黑水之間。女真族各部落見他勢力龐大，亦紛紛推戴他為「女真國大汗」。

但努爾哈赤並未接受他們奉上的「女真國大汗」這一尊號，卻是極為看重大明朝廷為了招撫他而封賜的「從二品都督僉事」之職位，一直以遼東邊臣的身分忠心耿耿地為大明朝盡到自己的藩衛之責。

今天，他從鴨綠江畔急急趕回建州首府佛阿拉城裡自己的都督僉事府，就是向龔正陸、舒爾哈齊共商邊境緊急軍情的。

努爾哈赤帶著那名朝鮮男子，上了議事堂的臺階，向龔正陸抱著施了一禮，恭然道：「龔師傅，學生有重要軍情和您商議，請入內再談吧！」

他正說之間，他的胞弟、建州都督副僉事愛新覺羅‧舒爾哈齊也疾步而至，滿面驚疑地看著他和那名朝鮮男子，張了張口，想問什麼卻又止住了。

龔正陸瞧了努爾哈赤身後的那個中年朝鮮男子一眼，彷彿猜到了什麼似的，深深一嘆，默默地點了點頭，轉身先行邁步進了議事堂。

努爾哈赤站在門檻之外，一直待到龔正陸先進堂門之後，方才恭恭敬敬地和舒爾哈齊一道跟在後面走了進去。

站在一側的那名朝鮮男子看著努爾哈赤兄弟的這般舉動，不禁大吃一驚：想不到這兩個被視為「蠻夷野人」的赳赳武夫般的女真族將領，居然如此尊師重禮，絲毫不遜於朝鮮國內第一流的謙謙君子。一念及此，他頓時對努爾哈赤兄弟刮目相看。在努爾哈赤的招呼之下，他才急忙收斂了心思，隨後而來。

進得議事堂後，努爾哈赤先扶著龔正陸在上座坐下，自己坐在了他的右下首，正了正臉色，說道：「龔師傅真乃神人也！您事先料得不錯：倭虜果然悍然出兵侵入了朝鮮！」

「唉！……數月之前，兵部就來了公函，告知我們建州要及時預防倭寇侵

朝作亂……當時為師還就此事親赴瀋陽城與顧養謙大人商議了一番邊防部署事務……顧大人卻認為為師是在『杞人憂天』，過於多慮了……」龔正陸伸手撫了撫自己頷下白鬚，長長一嘆，「如今看來，為師果是預料得不錯！——只是，這又如何？為師倒是希望自己料錯了……唉！朝鮮和大明的百姓又要遭受刀兵之災了……」

「師傅真乃慈悲心腸……」舒爾哈齊聽了，不禁慨然說道，「您放心！有我和大哥在，絕對不會讓建州百姓遭到倭虜侵害的！」

「舒爾哈齊說得對！我們女真族的勇士是誰也打不怕、誰也打不倒的——那矮冬瓜似的倭虜算個什麼東西？」努爾哈赤也點頭讚許著舒爾哈齊的話，同時轉過頭來看向坐在他身後的那名朝鮮男子，對龔正陸介紹道，「師傅，這位是從朝鮮和我們建州接壤的咸鏡道府衙門的尹思恩先生……他是逃到我們建州來避難的……他應該比較熟悉倭虜侵入朝鮮的情形了……」

「原來是朝鮮國尹大人……老夫龔正陸這廂有禮了。」龔正陸聽了，面色一正，忙從堂中太師椅上站起來向尹思恩拱手一禮。

尹思恩一臉哀傷地起身回禮道：「小國難民尹思恩，惶惶如喪家之犬，能夠得到大明建州都督僉事大人的援手，已是感激不盡……龔老先生對倭虜情形但有所問，尹某知無不言。」

「尹大人在朝鮮咸鏡道官居何職？」龔正陸問道。

「尹某靦顏屍居咸鏡道左府使之職。」尹思恩臉上一紅，囁嚅道。龔正陸聽了，心底不禁一驚：咸鏡道左府使之職，乃是朝鮮國內

正三品的官秩，亦是咸鏡道的首席副職長官……如果連他這樣的官員都落荒而逃了，看來咸鏡道應該已是陷落了！……他沉吟了一會兒，右手拍了拍膝蓋，喟然嘆道：「想不到倭虜來得如此之快——連咸鏡道都失守了……看來，他們逼近建州也就在這幾天了……」

「呃……」尹思恩語氣滯了一滯，臉龐漲得通紅，暗暗咬了咬牙，半晌才道，「龔老先生……實不相瞞——咸鏡道暫時還沒失陷，但依尹某看來，也不過是遲早的事兒……所以……所以尹某就急忙投到建州來了……」

「哦？想不到尹大人倒很會『見機而作』啊！」龔正陸沉默了片刻，靜靜

地看著他，臉上掠過了一絲深深的嘲笑。

努爾哈赤兄弟在一旁聽了，也是不禁面露鄙夷之色。

「孟子有云：『知命者不立乎岩牆之下。』唉……尹某也是迫不得已，」尹思恩低低地垂下了頭，囁嚅著為自己辯解道，「您是沒見過那倭虜的厲害……那倭虜的『神兵利器』實在可怕……只需一點火繩，便『砰』的一響，奪人性命於千百步之外啊……」

「他們的武器真有這般厲害？」舒爾哈齊半信半疑地問道，「居然能傷人於千百步之外？那豈不是妖術、妖物了？」

「那他們的武器可有我們女真人的『連環弩』厲害嗎？」努爾哈赤卻在一旁沉思片刻，忽然向尹思恩問道。

「連環弩？」尹思恩聞言，不禁一怔，「那是什麼武器？」

努爾哈赤見狀，便知他並未見過自己女真族的「連環弩」，於是站起身來，走到議事堂的照壁之前，伸手取下壁上懸掛著的一把弓弩，握了掌中。

尹思恩定睛看去，卻見這把弓弩的形狀有些怪異：它的握柄比普通的弓弩要小巧得多，弓翅彎曲的幅度則更大，原來放箭的直木上沒有刻箭槽，下端憑空多了一塊枕木。細看之下，可見這弓弩似是硬木所製，弓翅卻為牛角打磨而成。

努爾哈赤拿起那弩在尹思恩面前展示了一番，讓他仔細觀看了一遍，然後從腰間箭袋中拔出一把羽箭來，一支支塞進了弩下的枕木之中。

塞完了羽箭後，努爾哈赤執起了那弓弩，對準大堂照壁旁的一根大柱，手指猛地一下扣住了弩枕木前端的機簧 —— 剎那間，尹思恩只覺眼前一花，數束白光連成一道銀流，「嗒嗒嗒」一陣疾響，一串羽箭從弩腹中猛射而出，倏地深深釘入了那大木柱之中！

「厲害！厲害！」尹思恩看得目瞪口呆，半晌才回過神來，誇讚不已，「都督僉事大人這『連環弩』倒也確是可以和那倭虜的『妖物妖器』一抗！……」

努爾哈赤聽了他這番驚嘆，臉上頓時露出了得意之色，微微笑道：「那是自然……我這『連環弩』一樣也可奪人性命於數百步之外……」

「都督僉事大人，您部下有多少人擁有這樣的『連環弩』？」尹思恩驚喜之下，不禁從木椅上「騰」地一下站了起來，「難怪都督僉事大人能橫掃遼東蠻族、巍然雄立朔方……」

「嗯……這種弩製造工藝繁雜，極費匠人功夫……」努爾哈赤低頭瞧了瞧自己手中緊握的「連環弩」，沉吟有頃方才說道，「本將部下只有二百親兵配備了這『連環弩』，他們組建成了一個『神弩營』……」

「才二百多名親兵配備了這種神弩？……僅僅只有一個營的兵力？……」尹思恩一聽，立時便如被人兜頭澆了一盆冷水，木然跌坐回木椅之上，喃喃說道，「那真是太少了！……他們倭虜人人手裡都配有那『妖物利器』……唉！還是寡不敵眾啊！」

龔正陸聽到了這裡，亦是心頭一震。他靜坐在紅木太師椅上微閉著雙目凝思許久，又站起來在堂上負手踱了幾個來回，才對努爾哈赤兄弟說道：「努爾哈赤、舒爾哈齊，依為師之見，如今大敵當前，唯有『三管齊下』，方能防患於未然！」

「怎麼個『三管齊下』法？」努爾哈赤一聽，神色隨即一斂，直視著龔正陸，極為認真地問道。

「第一，你倆要馬上派出探子，隨時守在建州與朝鮮的邊界線上，隨時打探倭情，隨時上報遼東撫衙與朝廷兵部……」龔正陸緩緩說道。

「這是自然。」努爾哈赤點了點頭。

「第二，乘著倭虜暫時還未侵近建州，你倆要讓匠人們儘快多多製造一些『連環弩』來，以備急用。」龔正陸緩緩又道。

「這也行！學生下去後馬上吩咐匠人們做這件事！」努爾哈赤頷首說道，「只要他們造得快、造得多、造得好，本將重重有賞。」

「第三嘛……」龔正陸語氣稍稍一頓，肅然言道，「努爾哈赤，由為師給你起草一份奏稿，然後你以『大明建州都督僉事』身分親筆書寫一份奏章正文，呈給朝廷表白自己一心忠順守邊、恭謹奉貢……」

「寫這道奏章幹什麼？」舒爾哈齊有些驚疑地問。努爾哈赤也將疑惑不解的目光投向了師傅龔正陸。

「哎呀！都督僉事大人還沒明白過來？」尹思恩禁不住出語點醒，

「倘若倭虜真的一舉侵吞了我朝鮮，下一步必會乘勢直逼建州、遼東，形勢岌岌可危……到了那時，唯有大明天朝方能擊敗倭虜……此刻您若不及時向大明天朝『輸款獻誠』，事到臨頭豈能獲得他們的鼎力相助？」

「師傅原來是這個意思。學生懂得了，」努爾哈赤埋頭沉吟了好一會兒，才緩緩說道，「這道奏章確是應該寫，而且寫得越早越好。但學生有一個請求：希望師傅把我的另一層意思也寫到奏章裡去……」

「哦！另一層意思？」龔正陸一愕。

「學生這一層意思是：學生意欲進京陛見大明皇帝陛下，剖白忠順守邊之心跡，同時懇求陛下恩准賜予本將『龍虎大將軍』的稱號，讓本將成為抗擊倭虜的先鋒大將……」努爾哈赤面色一動，意氣風發地慨然言道，「本將要學那戚繼光大將軍，以卓異赫然的抗倭功勳留名青史！」

朝鮮使臣哭明廷

五月十八日，素來不喜御駕臨朝的朱翊鈞這一次卻異乎尋常地召集臣僚上朝理政了。在京的所有四品以上官員被通知進金鑾殿共議朝鮮來使求援抗倭之事。

在金鑾殿上，朝鮮來的陳情使柳夢鼎一身白衣，滿面淚痕，跪伏在玉階之下，嗓子已然哭得又嘶又啞，眼睛也腫成了兩個紅桃，一副痛不欲生的模樣。

朱翊鈞高高地端坐在盤龍金椅之上，雙眉緊蹙，面色猶如銅澆鐵鑄一般凝重至極。他無聲地拂了拂袍袖，讓陳矩站到陛前宣布了這場關於朝鮮來使求援抗倭之事的公開朝議正式開始。

由於事前朱翊鈞已經給了各位臣僚充分準備此次朝議的時間，所以他們一個個自有主見，都準備著在今天上朝後一吐為快。

然而，看到朱翊鈞那副凝重如山的表情，大臣們在摩拳擦掌之餘，又都不禁繃緊了心弦 —— 這次朝議可是關係到本國安危治亂的大事、要事啊！豈

能掉以輕心為逞口舌之長而罔顧皇皇天朝的利弊得失？心中既有此念，他們反而一個個緘默閉口，誰也不敢第一個站出來陳奏自己的意見。

坐在龍椅之上的朱翊鈞面色沉凝，心底裡又是好氣又是好笑：平時這滿朝的「清流之臣」和禮法之士，最是喜歡無中生有、引經據典、高談闊論，到了今天這般真要「集思廣益、群策群言」的時候，他們卻都「謙讓」起來了！

他心中暗想：這也怪不得他們——兩個月前朕剛剛派出了李如松前去征討寧夏哱拜，戰況如何現在還不得而知；如今朕便又要讓他們就東面援朝平倭之事表態發言——他們面對如此重大的軍國之事，豈敢空談妄言？朕自己不也是覺得心底並不踏實才來搞這個公開朝議以求「兼聽則明」嗎？

在腦際裡轉了無數個念頭之後，朱翊鈞終於臉色一緩，輕輕咳嗽了一聲。

聽著這一聲咳嗽，熟知朱翊鈞脾氣習性的殿上諸臣們立刻懂了：皇帝要開始點名進言了！

果然，朱翊鈞那清清朗朗的聲音在空闊的金鑾殿上空響了起來：「石愛卿，你是兵部尚書——對於此番朝鮮求援抗倭之事，你有何見解？」

石星聽了，遲疑了一下，慢步出列，在朱陛之下站定，沉吟著奏道：「回稟陛下：微臣既然身為兵部尚書，對朝鮮來使求援抗倭之事，自是責無旁貸而應有所建言。然而，『天下大事須與天下之人共議共決』，微臣焉敢恃兵部尚書之職而妄行自專？大殿之上，朝臣共議曰『可援可抗』，微臣便盡力去援、去抗；朝臣共議曰『不可援、不可抗』，微臣便俯首遵從，不援、不抗而已——且請諸位大臣各抒己見，微臣洗耳恭聽。」

聞到他這番話，金鑾殿上頓時靜得連一滴水珠掉在地上都聽得見。

朱翊鈞不禁怔了一下，深深地盯向了石星，心頭暗道：好個石星！講起話來八面玲瓏、滴水不漏，卻全然空洞無物、一無可取！聽他之言，大有撇清責任、務求自保之意，毫無奮發圖強、勵志有為之心！這樣的臣子，實在可惡！他想到這裡，正欲勃然發作。就在這關頭，他忽又轉念一想：其實石星身為兵部尚書，也確有為難之處——他若曰「出兵援朝平倭」，則言官們難免會攻擊他興兵生事；他若曰「閉關自守不出」，則言官們又難免會指責

他畏縮無能。站在石星和兵部臣僚的位置之上，他們確實也不便就「戰」與「守」兩個問題直接表態。一念及此，朱翊鈞這才緩和了面色，又將目光掃視著金階之下站著的諸位臣工，等待著中間有人出列建言。

過了半晌，金殿之上仍是鴉雀無聲。

朱翊鈞有些無奈，只得輕咳一聲，打破了殿上的沉寂，自己慢慢開口言道：「罷了！你們一個個既然『揣著明白裝糊塗』，朕也不想再一個一個地點名逼著你們發言了。這樣吧！薊遼總督顧養謙，他是掌管遼東邊防之事的……在探察和辨析朝鮮遭到倭虜侵犯一事上，顧養謙對真情實況的了解比我們在金鑾殿上的每一個人都更多一些……早在這位朝鮮陳情使柳夢鼎柳愛卿入京求援之前，他就給朕送了一道專門辨析如何處置朝鮮之事的奏章……就讓列位愛卿們聽一聽他在奏章中到底說了些什麼吧！」

說罷，他微一轉首，目光一掠，向侍立在一旁的司禮監秉筆太監陳矩示意。

陳矩躬身而應，輕輕打開了一直拿在自己手上的顧養謙那份奏摺，尖聲尖氣而又有節奏地讀了起來：「微臣顧養謙進言陛下：朝鮮藩國近日遭遇倭難，誠為可慮。但微臣素聞四方藩國之守，專為拱衛我皇皇天朝，從未曾聞我皇皇天朝反為四方藩國而守邊。朝鮮雖然堪稱忠順我朝，但其國朝綱敗壞、百務廢弛，一遇倭虜來侵，隨即望風逃竄、自棄基業，實不可援也！」

「而今我大明西疆又猝生哱拜之亂，朝廷不得不勞師遠征，豈有餘力餘財可以援朝平倭乎？倘若內閣執政諸君聽信浮言，誤投兵力於朝鮮，以致我大明朝東西交困，豈不危哉？微臣懇請陛下三思而後明決，免生左支右絀之憂。」

待得陳矩念罷之後，朱翊鈞隔了一會兒才淡然而道：「諸位愛卿以為顧養謙這封奏摺所言如何？」

他話音剛落，都察院御史許弘綱、吳道隆等數人立刻應聲出班奏道：「臣等啟奏陛下：顧大人此奏鞭辟入裡，字字句句道盡臣等心聲 —— 臣等再無他言，只求陛下採納！」

朱翊鈞面無表情，微微點頭答道：「朕知道了。爾等退下。列位卿家，有

何異見速速道來！」

　　內閣首輔趙志皋臉色一變，緩步出列，沉吟著奏道：「老臣也有直言欲諫，只是有些刺耳，還請陛下先恕老臣放言無忌之罪。」

　　朱翊鈞有些驚訝地看了他一眼，只是默然地點了一下頭。

　　趙志皋舉起手笏，兩眼只盯著手笏頂尖之處，毫不旁睨，緩聲而道：「當日陛下下詔欲將哮拜調任異地以削其根本之時，老臣就料到哮拜必會借機而反。結果，此事被老臣不幸而言中。」

　　「這也罷了。哮拜起兵作亂之時，老臣又料到：倭虜必會乘此機會而發兵朝鮮、大明。結果，老臣又一次不幸言中。唉……事雖如此，老臣至今仍然以為：亡羊補牢，猶未為晚！這一次，老臣懇請陛下降心抑志，視朝鮮之亂為悠悠浮雲，任其自生自滅——依老臣看來，即使倭虜吞併了朝鮮，也不過是『此夷而代彼夷』，我大明天朝仍然可以以宗主國之身分凌駕其上，諭之以禮法，束之以訓化，令其稱藩納貢。陛下以為如何？」

　　他話音一落，金鑾殿上頓時又是一片沉寂。

　　在這一片幾乎令人喘不過氣來的沉寂之中，突然間一陣揪心的抽泣之聲憑空響起。明朝君臣循聲看去，卻是柳夢鼎趴倒在冰冷的金磚地板下，「砰砰砰」連連叩頭哽咽，額角已被磕得血流如注。

　　朱翊鈞默默地看著他這一幕情形，不由得在心底裡深深一嘆。他正欲開口發話，忽又聽得宮門外「咚咚咚」遠遠傳來了一陣沉

　　悶而抑鬱的鼓聲，震得殿上每一個人的心頭都為之顫抖不已。

　　這是朝廷在午門外特設的「登聞鼓」，專為臣民及時上報緊急大事而置的。

　　「何人在敲『登聞鼓』？」朱翊鈞臉色微微一變，轉頭向陳矩說道，「你且去午門看來！」

　　金殿御前議事之際，竟有人中途敲捶「登聞鼓」，自然非同小可。陳矩一瞬間也緊張起來，急忙便欲飛步出殿查看。卻見午門守衛太監何平匆匆走上殿階，他身後有兩名羽林軍挾著一個氣喘吁吁、搖頭吐舌的朝鮮官員跟了進來。

何平一入殿內，便一頭叩下奏道：「啟奏陛下：茲有一名朝鮮官員力敲『登聞鼓』，自稱有十萬火急的倭情要稟報陛下……臣等已將他拿來，但憑陛下處置。」

聽得何平這麼一說，兀自叩頭不已的柳夢鼎頓時身軀一僵，停住了動作，慌忙扭頭看去──那名朝鮮官員正是兵曹右侍郎鄭昆龍。

「鄭……鄭大人……」柳夢鼎的心驀地一下提緊了，臉色變得驚疑莫名，「你……你怎麼來了……」

鄭昆龍有氣無力地抬起頭來，有些神情呆滯地看了柳夢鼎一眼，突然眸中一亮，認出他來，同時號啕大哭！

陳矩、何平見他竟是這般失態，甚是不耐，便欲上前喝止。朱翊鈞看在眼裡，右手一抬，向外擺了一擺。陳矩二人見狀會意，只得止住，任他在金鑾殿上如喪考妣般痛哭流涕。

「鄭大人……鄭大人節哀啊！節哀啊！」柳夢鼎急忙爬了過去，連聲勸慰著鄭昆龍。過了一盞茶的工夫，鄭昆龍才慢慢止住了痛哭，仰起身來抬頭望著朱翊鈞，帶著哭音急切地奏道：「朝鮮罪臣鄭昆龍，謹奉本國大王之命，冒死陳情於天朝皇帝陛下：七日之前，倭虜猖獗撲噬，我朝鮮王京漢城府已然失陷，宗廟被毀，王室被奪，士民遭殃，生靈塗炭──本國大王和國中大臣不得已倉皇北遷，避難於義州之境。值此千鈞一髮之際，本國大王懇求天朝皇帝陛下速速調兵馳援，否則我朝鮮旦夕之間便會社稷丘墟、萬劫不復矣！」

「漢城府陷落了？！」柳夢鼎聽罷，立時如遭雷擊，一頭跌伏在地，竟是昏了過去！

鄭昆龍瞧著柳夢鼎的情狀，不禁心如刀絞，又向朱翊鈞號啕哭道：「罪臣前來天朝上京求援陳情之時，本國大王專門委託罪臣向陛下轉稟其泣血陳情之詞。本國大王言：『朝鮮，天朝上國之子也；倭虜，亦天朝上國之子也。然而，我朝鮮實乃天朝大國忠心不二之孝子；倭虜，卻是天朝上國居心險惡之逆子。天朝上國素為我等偏邦屬國之慈父，還望嚴懲倭虜逆子，而扶濟我朝鮮孝子也！』……」

聽到這裡，殿上已有一些明室大臣不禁情動於衷，紛紛含淚發出了唏噓感慨之音。

朱翊鈞臉色亦是一片惻然。他沉默了一會兒，方才開口吩咐道：「陳矩、何平，你們讓人把這兩位朝鮮使臣扶下去休息吧！」

「皇帝陛下……皇帝陛下……」鄭昆龍仰起頭來凝望著他，眼眶裡又溢出了瑩瑩淚光。

「朕已經聽到爾等的泣血陳情了。朕和天朝眾臣自會考慮的，」朱翊鈞的語氣顯得十分慎重，「爾國國君李昖，始不自立圖強於承平無事之時，終至哀號哭救於大禍臨頭之日，何其悲也！朕此刻也不欲多說爾等了。希望爾等回國之後，將今日今時這幕情景永永遠遠銘記於爾朝鮮君臣上下每一個人的心中，念念不忘，臥薪嘗膽，自立圖強——或許還有一線復興之機……否則，縱是蒼天來佑，亦難再救此等災厄……」

鄭昆龍聽了，只是伏倒在殿中地板之上，把頭磕得「砰砰」直響，涕淚橫流，嗚咽著什麼話也說不出來了。

待宮中內侍上前將他和柳夢鼎攙扶下殿之後，朱翊鈞才慢慢從龍椅上站起身來，仰望著那高高的金碧輝煌的藻井穹頂，負手而立，靜靜地站了許久許久。玉階之下的每一位大臣都已看出：這位青年皇帝雖外表看似雍然平靜，而胸中實則暗潮洶湧、難以自抑。

終於，朱翊鈞沉沉地噓出一口長氣，重又走回龍椅之上坐下，目光一抬，慢慢盯向趙志皋問道：「趙愛卿，你聽了剛才鄭昆龍他們的泣血陳情，有何看法？」

趙志皋臉色一凝，沉默了片刻，才緩緩答道：「請恕老臣直言，老臣依然認為：戰端一開，國無寧日！且我大明朝近來各省天災連綿，而寧夏鎮哱拜之亂正緊，李如松數千里遠征亦是勝負難料……我朝僅有恩准朝鮮君臣『避難內附』一途而已……」

「你的建議到了此時此刻還是『恩准朝鮮君臣避難內附』？」朱翊鈞冷冷地笑了一笑，轉頭吩咐陳矩道，「把那七個月前由日本關白豐臣秀吉寫給朝鮮李昖的那封威脅信給殿上的眾位卿家每人一份讀一

讀，然後朕再與眾卿共議一下此信……」

「奴才遵旨……」陳矩細細地應了一聲，右手輕輕一揮，四名宮女各自捧著厚厚一疊信箋從金殿兩側走了上來，一一分發給殿上諸臣閱看。

趙志皋、石星、宋應昌、許國等人都曾看過那封信，這時卻見朱翊鈞突然當眾公開了那信的抄件，頓時一個個心中惴惴不已。

大約過了半盞茶的工夫，朱翊鈞估計著殿上諸臣應該看完了那信，他才慢慢地說道：「本來，朕起初以為這封信不過是一介狂徒的一篇瘋話罷了！卻不曾想到豐臣秀吉這倭賊居然狼奔豕突，真的侵入了朝鮮 —— 眾卿家結合眼下情形，談一談此事須當如何因應……」

他話音剛落，殿上百官已是群情激憤，一個個面現怒色，憤憤不已。

只見山西道御史彭好古第一個出列說道：「啟奏陛下：臣等萬萬不曾料到豐臣秀吉那倭賊竟有所謂『飲馬海濱、揚威域外、征服大明』之野心！看來，即使我皇皇天朝不欲與他這蠻夷倭虜計較，他亦會如同瘋狗一般撲噬而來，『不食人肉而不止』！—— 為今之計，唯有懇請陛下乾綱獨斷，奮起天威，大舉義師，對倭虜大加撻伐！」他此言一出，各部的官員們紛紛出列站到了他身邊，同聲附和，一致要求對倭虜發兵征討。

其中，禮部右侍郎劉道明更是激動不已，顫抖著白花花的鬍鬚亢聲而道：「只要陛下詔令一發，老臣甘願捐出全年俸祿充作征倭軍餉！……」

……

然而，金殿之上，仍有趙志皋氣喘吁吁的聲音在沉沉響起：「陛下！陛下！……請聽老臣一言：戰事不可輕啟，戰端不可妄開啊！……諸位大人，為了拯濟偏藩朝鮮一國之安，而將我天朝萬千將士拖入兵禍之中……值得嗎？值得嗎？……」

他這番話講得如此尖刻，使朱翊鈞不由得微微變了臉色 —— 這個趙志皋，當真是連鐵錘也敲之不破的「花崗石腦袋」！果然固執得很！他心念一動，暗暗咬了咬牙，終於沒有當場發作 —— 只是微一抬手示意，讓全場靜了下來。他的目光在每一位大臣的臉上緩緩掃視著，慢慢開口說道：「其實今日上朝，朕讓眾卿一同觀聽朝鮮使臣的泣血陳情，是有深意的。眾卿有所不

知，數月之前，豐臣秀吉那倭賊的這封威脅信送到之時，朕就苦心教誨朝鮮君臣不可掉以輕心，務要查漏補缺、以備不測。然而，朕是『言者諄諄』，朝鮮君臣卻是『聽者藐藐』，一個個禍在眉睫而渾然不覺、荒淫度日——唉！他們落到今日這般呼天搶地哀號求援的地步，又怨得了誰？」

「如今朝鮮八道幾乎盡皆陷沒，其宗廟被焚，王宮被擄掠一空，兩位王子被擒，國中男子幾乎盡皆淪為倭寇之奴，女子也幾乎盡皆淪為倭寇之婢……真是令人痛心疾首！耳聞目睹此情此景，朕實是不安！朕相信——今日殿堂之上，耳聞目睹此情此景而不心生戒懼修省之念者，亦必非我大明朝之忠臣！」

他講到這裡，朝中大臣頓時盡行跪下，齊聲應道：「臣等誓與陛下同心同德、休戚與共、不敢有二！」

「很好！很好！你們都平身吧！」朱翊鈞揮手止住了他們，又抬眼看著趙志皋說道，「所以，趙愛卿，你勸朕讓李昖『避難內附』，朕實是不能聽從——朝鮮固然可以依賴我大明朝『避難內附』，而這倭寇倘若在占據朝鮮全境之後，仍然狼奔豕突、侵我遼東而來……萬一禍發如崩，你讓朕和在殿眾卿又到哪裡『避難內附』呢？……」

聽得朱翊鈞把話講得這般切直，趙志皋心頭一震，自知此刻不宜再僵持下去，急忙跪伏在地，眼睛眨了幾眨，臉上便是老淚縱橫：「陛下！老……老臣柔懦無剛、臨危怯敵，還請陛下恕罪……」

「罷了，罷了。趙愛卿！你『戰事不可輕啟、戰端不可妄開』這些話講得還是沒錯的。戰者，軍國大事也，不可不慎，不可不謹，」朱翊鈞揮了揮袖讓他平身，深深凝望著殿上肅然而立的群臣，吩咐道，「朕意已定：擇日便發兵入朝平倭。眾卿家散朝之後，須得為朕分憂——且將各自心中籌謀的平倭方略寫成奏本，呈進宮來！朕要『博採眾長、集思廣益』，與眾卿家一道『運籌帷幄之中，決勝於千里之外』！」

倭寇長驅入漢城

朝鮮國王李昖的龍椅是由純金鍛造而成的，只不過比大明朝北京紫禁城裡的龍椅小了許多。但椅背上那條盤龍仍然雕刻得栩栩如生，在夕陽斜暉的映照之下，圓睜著雙眼，揚鬚舞爪，似乎也在為朝鮮王京漢城府的陷落而憤怒。

宇喜多秀家、石田三成、小西行長、黑田如水、加藤清正、鍋島直茂等倭軍將領站在這座龍椅面前，或喜或思，神情各異，卻又全都沉默不語。

過了半晌，加藤清正才輕輕嘆道：「二十天！二十天！我大日本武士就一舉攻占了朝鮮的王京！——太閣大人『揚威域外，俯取朝鮮』的目標已然實現了！」

「是啊！小西君和加藤君真乃我大日本國的兩柄『神劍』，所向無敵啊！」宇喜多秀家點了點頭，深深讚道，「本統領要馬上呈文將你們二位攻破朝鮮王京漢城府的功績稟報給太閣大人，請太閣大人給予你們二位應得的封賞。」

「哪裡！哪裡！還是宇喜多大統領指揮有方啊！」小西行長滿面謙恭地說道，「宇喜多大統領才是『揚威域外、俯取朝鮮』的頭號大功臣啊！您才應該得到太閣大人隆重的封賞！」言至此處，他目光倏地一轉，瞥向了站在一邊的石田三成：「不過，這種向別人表白自己功勞的事兒，宇喜多大統領本人來做卻不太合適……石田君，還是由你執筆將宇喜多大統領的赫赫功勳寫成密折報送給太閣大人吧！」

石田三成聞言，向小西行長微微頷首說道：「小西君說得很對！在下待會兒下去後便準備擬寫這份請功密折——不過，在下已想到了一個能夠真實證明宇喜多大統領這樁蓋世奇功的方法了……」他伸手一指李昖的那張龍椅，有些得意地說道：「不如把這張龍椅和在下為宇喜多大統領寫的請功密折一道送回名護屋去！在下相信：太閣大人在看到這張龍椅和那份請功密折之後，一定會『聖顏大悅』的！」

聽著小西行長和石田三成如此露骨地向宇喜多秀家「拍馬屁」，加藤清

正雙臂抱胸站在一旁從鼻孔裡「嗤」地哼了一聲出來：這兩個傢伙終究不過是商販出身啊！只知道一味地向高位者獻媚邀寵！他倆若是能把這份多餘的心思放到如何謀劃好下一步殲滅殘敵的事情上來，該有多好啊！

這時，鍋島直茂卻插話進來哈哈笑道：「石田君、小西君，平日裡在下看到你們兩位品茶吟詩頗具風雅，一向對此仰慕得緊。今天在下一路從全羅道攻來，殺敵砍頭猶如切瓜削菜一般爽快著呢……不知怎的竟也詩興大發！但在下才疏學淺，只作了兩句——」說到這裡，他停頓了一下，搖頭晃腦地吟道：「力劈滄海無人敵，秋風掃葉奪朝鮮！——你們覺得在下這兩句詩作得怎麼樣？」

小西行長聽他寫得這般直白膚淺，不禁「噗哧」一聲笑了出來，一想又不能過分打擊鍋島直茂的虛榮心，又急忙咬牙忍住，繃緊了臉皮「嗯」了一聲，道：「這個……這個……鍋島君的這兩句詩確是作得蠻好的……」

他正說之間，宇喜多秀家和加藤清正已是捂著肚子彎下腰去笑得前仰後合。

石田三成瞧著鍋島直茂，臉上笑意卻是一掠而過，淡淡地問道：「哦？你『殺敵砍頭真如切瓜削菜一般爽快』？那你今天一共割下了多少朝鮮士兵的鼻子和耳朵？」

原來，豐臣秀吉規定：對諸位將領的獎賞，完全由他們及其手下割來敵人的鼻子或耳朵的數量多少而定。鍋島直茂先前被宇喜多秀家和加藤清正一番嘲笑，臉上表情有些掛不住了。這時他聽得石田三成這般問來，自知是石田三成在幫他「解窘」，便接過話頭答道：「噢……這個嘛，在下一時也記不清了！反正割下來的那些朝鮮士兵的耳朵和鼻子一共裝了好幾十麻袋……在下待會兒就讓手下把它們扛過來請閣下過一過目、點一點數吧！」

「哦！這麼說——你割的一定很多嘍？在下倒希望鍋島君給我們帶來一個嶄新的驚喜！」石田三成眉梢之間盡是淡淡的笑意，「鍋島君有所不知啊：加藤君一共已經割下敵人七萬六千七百隻耳朵和鼻子了！小西君也割下敵人七萬八千五百隻耳朵和鼻子了！鍋島君割的可有他兩位多嗎？」

鍋島直茂聽罷，驚得吐了吐舌頭，老老實實地回答：「在下好像沒有加藤

君和小西君割得多啊！實不相瞞，在下大概最多只割到了三四萬隻……」

　　這時，卻見加藤清正眉毛一揚，板起了面孔，冷冷地向石田三成問道：「石田兄怕是記錯了吧！小西君割的好像並沒有本將多喲！……」

　　「什麼？加藤清正！你欺人太甚！」小西行長一聽，勃然大怒，「你憑什麼說本將軍割的沒有你多？」

　　「哼！就憑你素來在戰場上採用的是『三段射擊法』攻打敵人，而本將軍一向採用的卻是『筒炮狙擊法』攻打敵人！」加藤清正毫不退讓，語氣生硬地迎了上來，「根據這一點，大家心底都應該清楚：到底是你在戰場上出手更快還是本將軍出手更快！」

　　「你……你……你竟敢誣衊本將『冒功竊賞』？」小西行長憤憤地說著，一手伸向腰間按住了刀鞘，「你再說這樣的話，我就和你決鬥！」

　　「決鬥就決鬥！你以為我會怕你？我向來都是憑事實說話的……」加藤清正滿臉橫肉漲得通紅，也握緊了腰間的刀柄直逼上來，「本來嘛……有些人就只會用舌頭和紙筆去吹噓自己的戰績，而我卻是真刀真槍地砍下敵人的頭顱的……」

　　他這麼一說，石田三成和宇喜多秀家都頓時微微變了臉色，彷彿被黃蜂蜇了一下，臉上表情顯得有些難堪——加藤清正這個「愣頭青」，口無遮攔，一竿子把他們也「掃」了進去！

　　此時，只有黑田如水見加藤清正和小西行長二人劍拔弩張一觸即發，便「咄」一聲猛喝，站到中間用自己的身體隔開了他二人，厲聲斥道：「大敵未滅，身居險境，你這兩個小子居然還有這份勁頭搞『內鬥』？來！來！來！——你倆可有本事敢把老夫先一刀劈成兩半再去決鬥？！」

　　見到黑田大軍師這般疾聲厲顏，加藤清正二人不由得臉上微微一紅，互相狠狠地盯了一眼，腳下卻不自覺地都向後退開了一步。

　　黑田如水就那樣直直地站在他倆當中，緩下了語氣，深沉地說道：「老夫給你倆一個舉行『決鬥』的建議——老夫記得德川公給我們提供的西征方略裡有一條是『以快打慢，速戰速決』。老夫認為，目前只有儘快抓住朝鮮國君李昖，不讓他趁勢逃到大明國裡獲得喘息之機，這才算是真正的『速戰速

決』！你倆暫時也不必去爭什麼誰比誰割下的敵人的耳朵和鼻子多了！──
依老夫之見，誰能搶先抓到李昖，誰就是此番西征之役的第一功臣！這才是
你二人該做的真正的『決鬥』！」

「好！」加藤清正和小西行長同時應了一聲，他倆的目光在半空中一碰，
立時火花四濺！然後，二人又同時把頭往側一扭，你不願瞧我，我也不願
瞧你！

黑田如水見狀，眉頭微皺，又冷冷開口而道：「老夫不管加藤君和小西君
私下裡是何等的不睦──但老夫以三軍元老的身分在這裡要毫不隱諱地代太
閣大人警告你們：我大日本武士，從來都是為了國家而獻身的英雄，而絕不
應是為了賭氣爭勝而『內鬥』的小人！──今後，大家的刀刃要一致對外，
絕對不能砍向自己的同胞手足！」

他這段話一落地，可謂錚錚有聲：加藤清正和小西行長各自面有慚色，
微微垂下頭去！場中一下便靜了下來──大家都在默默地「咂摸」著黑田如
水的這番話。

隔了片刻，石田三成才開口打破了這一片沉默，沉吟著問道：「黑田軍
師……在下有一個問題想請教一下……」

「石田君但問無妨。」黑田如水淡淡地說道。

「在下認為，無論是加藤君或小西君，只要擒住了李昖，這都很好，」石
田三成正視著黑田如水，緩緩言道，「但是，倘若那李昖萬一越過鴨綠江逃
進了大明國內去了呢！我們還追不追進大明國裡去？」

黑田如水聽了，撫了撫頷下的鬚髯，蹙緊了眉頭，半晌沒有答話。石田
三成卻是緊緊地盯著他的面龐，耐心地等著他回答。

許久，許久，黑田如水將目光抬了起來，遠遠地投向西方的天際，慢慢
地開口了：「你們不要以為這麼順利就拿下了朝鮮，那麼直接挑戰大明國似乎
也沒什麼可怕的。其實，這段時間裡大明國沒有抽出手來支援朝軍，只不過
是由於他們本國內部西邊邊疆寧夏鎮韃靼人的叛亂牽制了他們而已。在大明
國尚未傾注全力轉向遼東的這段空隙裡，我們應當積極鞏固自己在朝鮮已經
取得的戰果：掃蕩餘敵，屯兵積糧，加固城池，以備不測。」

「萬一李昖逃進了大明國，我們也不要輕舉妄動，更不能在時機尚未成熟之前去冒險觸犯大明國。現在，無論如何也只能是『走一步、瞧一步』！其實，不瞞諸位，本軍師此刻最擔心的便是大明國突然從西疆順利抽身直接介入了朝鮮局勢當中……唉……本軍師真希望大明國西疆的寧夏叛軍能夠與我們遙相呼應，把大明國的大軍拖在那裡越久越好啊！……」

聽了黑田如水的這番意見，全場立時又靜了下來。隔了好一會兒，宇喜多秀家有些遲疑的聲音在這一片沉默中響了起來：「黑田軍師……可是，可是太閣大人發給本統領的密令是『馬不停蹄，乘勝追擊，直搗遼東，深入大明』啊……」

他的嘀咕之聲，在場諸將聽得明白，場中又是一片沉寂。

「黑田軍師深謀遠慮，知利知弊，縝密至極，我石田三成愧不能及也！」卻見石田三成一步跨出，俯首向黑田如水讚道，「在下現在就將您這番指教寫成我西征大軍全體將領根據現實情形而發的建議書送給太閣大人定奪！」

黑田如水聽了，沉吟了一下，雙瞳深處倏地一亮，在石田三成臉上盯了片刻，方才淡然說道：「石田君可謂才識內斂、深藏不露啊！本軍師剛才所談到的一切，只怕石田君也早就料到了吧！石田君巧妙地將本軍師這番意見引出來，並行文呈給太閣大人，恐怕也是為了將來在發生意外之後能將這個責任推到本軍師頭上吧！」

「這……這……」石田三成沒料到黑田如水的目光竟是如此犀利，一下便洞悉了自己心底最隱祕的念頭，頓時驚得背上冷汗涔涔而流，顫聲而道，「您……您錯怪在下了……」

「錯怪你了？呵呵呵，沒關係。石田君今年才三十歲，前程遠大，怎麼會為了拂逆太閣大人的某些『瑕疵之見』便公然和太閣大人針鋒相對呢？」黑田如水一邊仍是淡淡地說著，一邊伸出手去緩緩撫摩著李昖那張龍椅上雕的那條金龍凌空飛揚的絡絡龍鬚，「太閣大人的『龍鬚』，誰敢亂捋啊？——本軍師已經老了，在利害得失之際也看淡了許多。得罪太閣大人的事兒，還是推在本軍師身上更適當一些吧！石田君，你就把本軍師這番意見原原本本抄給太閣大人，文尾就只簽署本軍師一個人的名字，一切與其他將領無關！」

大明定策援朝平倭

　　在紫禁城的御花園裡，朱翊鈞召來了趙志皋、許國、張位、石星和宋應昌等人共議援朝平倭之事。

　　令趙志皋、石星等人深感意外的是，本已致仕在家的甯遠伯李成梁和前任首輔申時行二人竟早已在朱翊鈞身旁陪侍。

　　趙志皋一見這兩位元老重臣，頓時在心底深深一嘆：難怪近日這位青年天子面對倭虜侵朝這等大事謀斷之際顯得胸有成竹、有章有法、底氣十足，原來在他背後竟有這兩位高人指點！一念及此，趙志皋心底暗暗慚愧：自己也太小瞧了這位春秋鼎盛的青年天子，他的知人善任、剛明英武其實絲毫不在漢武帝劉徹與唐玄宗李隆基兩位中興明主之下啊！……

　　朱翊鈞坐在花園裡的御座上，眼圈似乎有些紅，眉宇之間也隱隱帶著一絲疲倦。他用手指了指放在身邊玉几上的那厚厚一摞奏本，又拿手指輕輕揉按著自己的「太陽穴」，開口說道：「朕這幾日都在認真閱看眾位卿家呈遞上來的援朝平倭方略，昨夜裡不知不覺竟挑燈閱到了三更時分……今天上午召七位卿家前來，就是希望能替朕『博採眾長，精益求精』，選出一個最穩便的援朝平倭方略，趕快施行……」

　　他頓了一頓，彷彿想起了什麼似的，問石星道：「對了，這幾日朝鮮國內的局勢如何？你們兵部是如何應對的？李昖君臣還安好否？」

　　石星聽問，表情微微一滯，斜眼看了看宋應昌，答道：「啟稟陛下：這幾日微臣在忙西疆寧夏平亂之事……東邊朝鮮之事是宋侍郎在打理……微臣認為，宋侍郎曾任山東巡撫，做過海疆邊防長官，通曉東夷之事，在對付倭虜方面應該比微臣懂得更多一些……」

　　朱翊鈞沉吟著點了點頭，便把詢問的目光轉向了宋應昌。

　　宋應昌剛才聽到石星開口就是那麼圓滑地推諉著，心底不禁掠過了一絲隱隱的不快。但他素來不以此類纖芥小事為意，便不多言，向朱翊鈞奏道：「陛下，目前我兵部已向顧養謙處發去了急令，要求他們每日向兵部報送一次朝鮮倭情……若有緊急事態，他們可以隨時上報……」

「據今天上午剛剛收到的消息，朝鮮國君李昖和他手下的一些大臣已經逃到義州府城內安頓了下來。朝鮮全羅道巡察使權慄在平壤城暫時擋住了倭虜的瘋狂進攻⋯⋯」

說到這裡，宋應昌臉上忽然綻開了興奮的笑容，說道：「其實朝鮮將士也並非皆是無能之輩：五月七日，朝鮮全羅道水師節度使李舜臣在巨濟島大敗倭虜的艦隊——取得了焚毀倭艦二十六艘、擊沉倭艦十八艘的戰績！」

「好！好！好！」朱翊鈞聽了，高興地用右掌一拍御座的扶手，點頭笑道，「朝鮮的水師這麼厲害，朕倒是有些始料未及！看來，即便朝鮮靡弱到了今日這般地步，也自有其過人之處令倭虜不能全勝啊！」

「是啊！」宋應昌深深嘆了口氣，不無感慨地說道，「倘若李昖君臣在倭虜渡海欲侵之前，積極於沿海一帶布下水師艦隊，嚴陣以待，拚死以爭，力遏倭艦於海峽中途，又豈有今日這般『兵敗如山倒』的慘狀發生？」

「嗯⋯⋯宋侍郎這番話講得很對，」申時行在一旁聽了，不禁微微點頭，向朱翊鈞提醒道，「陛下，『以人為鑑，可明得失』。如今既有朝鮮前車之鑑歷歷在目，老臣建議可否立即發文指示山東、浙江、福建等沿海地域嚴整水師，時時防備倭虜如嘉靖年間一般自海上乘舟來襲？」

「不錯。你們兵部今日下去後立刻把申先生這個建議用詔令行文給山東、浙江、福建等巡撫衙門，以八百里加急快騎傳送下去！」朱翊鈞聽他講得有理，當即便將此事吩咐給了石星、宋應昌。

「陛下能從善如流，未雨綢繆，臣等佩服，」石星、宋應昌急忙應聲站起身來垂手答道，「關於向魯、浙、閩三省行文嚴令注重海防之事，臣等立刻切實照辦。」

「其實，朕這『嚴整水師、注重海防』之見也沒什麼新奇之處，」朱翊鈞丟過來一本奏摺給宋應昌，淡淡說道，「太僕寺少卿張文熙在這個摺子裡提得還要大膽許多——他建議要施展圍魏救趙之計，集結山東、浙江、福建、廣東等四省水師之精銳，以攻為守，乘風破浪，搗擊日本島國之『巢穴』！卿等以為如何？」

「老臣以為此計甚好，」李成梁聽了，略一沉思——他本就是喜好「兵

行險著」的猛將出身，思忖片刻，不禁撫鬚讚道，「倭虜以勁悍之賊，興起傾國之兵侵入朝鮮，其國內勢必空虛──張大人此計若能施行，則倭虜腹背受敵、內外交困、進退失據，必能一戰而潰。」

「李大帥豪氣凌雲、鋒芒萬丈，老臣亦是心儀，」申時行靜思了一會兒，側頭看了李成梁一眼，淡淡說道，「不過，老臣以為張文熙此奏『剛猛太過、蓄勢不足』──我皇皇天朝豈可為一小小倭虜而致使瀕海數省舟師『空壘而出』？一撮倭虜便弄得我朝四方雲擾、舉國出動──蒙古、韃靼、南蠻等伏莽之賊豈不因此而以為我朝中無人？逢大敵則以大軍迎之，遇小敵則以小軍迎之──何必亂了分寸、庸人自擾？依老臣之見，只需下詔責令瀕海諸省『嚴整水師、注重海防』──已先立於不敗之地，又何懼乎倭虜來犯？倘若倭虜來犯，再行迎頭痛擊！」

宋應昌也道：「申閣老所言甚是。欲破倭虜，遼東一鎮之兵足矣！倭虜尚遠在朝鮮，我朝不必惴惴然如臨大敵而自亂陣腳！」

朱翊鈞聽罷，也沒說什麼，只是抬眼看了看李成梁。李成梁急忙躬身而道：「老臣一介武夫，只知逞強好勝，不及申閣老思慮縝密、深謀遠圖。老臣自願收回剛才的意氣之詞，衷心懇請陛下採納申閣老的老成謀國之言。」

「李愛卿行事磊落大度，朕很是欣賞，」朱翊鈞十分滿意地點了點頭，又轉頭向申時行笑道，「你們兩位元老和衷共濟、匡我大明，不以私情而亂公務，朕也在此謝過你們了。張文熙之奏，失於輕躁，那就不予採納了！」

他此言一出，申時行和李成梁都不禁連忙站起了身，垂手恭然答道：「陛下過讚，臣等愧不敢當！臣等唯有一腔丹心以報社稷！」

「二位愛卿何必這麼拘於禮節？陳矩，甯遠伯和申閣老年歲都有些大了，你且扶持著他倆落座為安！」朱翊鈞見狀，急忙向陳矩招手示意，對申、李兩位老臣的寵待優禮之情顯現無餘。

這時，一直站在一旁論政議事的趙志皋瞧著這一幕情形，臉頰的肌肉不自覺地暗暗抽搐了一下，雖然也是陪著一副乾笑，眼角卻倏地掠過了一絲隱隱的妒意──他身為現任內閣首輔，然而在皇上面前所受的寵禮竟遠遠不及申時行、李成梁這兩個早已致仕的老臣，你讓他這張「宰輔顏面」在文武百

官面前怎麼擺？！一時之間，他悶住了聲只是一味地緘默起來，不再主動開口進言。

朱翊鈞道：「眾位卿家，浙江道御史田德忠提了個點子有些古怪：倘若倭艦從海疆侵來，他建議由朝廷從民間採購三萬筐雞蛋，裝到我大明戰船上去，在交戰之際把那些雞蛋全部擲到敵人戰艦的甲板之上，用黏糊糊的雞蛋漿滑倒摔死倭寇們……」

他話猶未了，場中諸人都是「哄」的一聲齊齊大笑了起來！

朱翊鈞自己也忍俊不禁，捂口「嗤嗤」笑了半晌，方才斂起了笑意、端正了表情，又向宋應昌遞過來一份奏摺，道：「當然，像田德忠這樣古怪伶俐的點子，嗤笑歸嗤笑，能用得上的地方也不是不可用。不過，這也說明了他對援朝平倭之事想得蠻細嘛！你們下去後可不要隨意取笑他。」

「另外，這份奏摺是南京刑科給事中徐桓寫的。他認為平倭之策有四：『先聲以奪其氣，用間以離其黨，迎擊以挫其鋒，伏奇以躡其後。』……卿等認為如何？」

「好！好！好！」宋應昌一聽，眸中不覺一亮，忍不住拍掌而讚，「徐桓這『平倭四策』甚是精妙，甚是切實！不瞞陛下，微臣心中所想竟與他不謀而合，豈非奇事？！」

他這番話純係興之所至隨口道來，沒想站在自己身旁的石星聽了卻是暗暗蹙了一下眉頭：這個宋應昌，今日在御前應對之際真是口不擇言、「大出風頭」，未免有些太不顧及旁人的感受了！簡直把一場御前議政搞成他自個兒的「獨角戲」了！——然而，石星此刻這般心思亂想開去，竟一時忘了起初是他自己在朱翊鈞面前把「東征平倭」這個球踢給宋應昌的：只不過，眼下他看到宋應昌接過這個球踢得有聲有色，反而讓他又有些不高興了！

這邊，朱翊鈞聽到申時行、李成梁、許國、趙志皋等諸位大臣也紛紛對徐桓這道奏章點頭稱妙，便深有同感地頷首道：「朕在這數百份奏章中也認為他這『平倭四策』寫得最好！你們兵部就把他這份奏章帶回去好好研究一番，去粗取精，儘早定下平倭方略！」

說罷，他略一沉吟，又吩咐陳矩道：「徐桓建言有功，朕要重重賞

他──獎他四百兩白銀！」

陳矩連聲應道：「是！是！是！奴才記下了。待會兒奴才便擬賞銀詔書去！」

朱翊鈞吩咐完畢，又側身從玉几上那摞奏章當中拿起了一本，托在手中，緩緩說道：「此番準備援朝平倭，朕幾日前在金殿上已給在座的朝臣們諄諄教誨了一番。在京的朝臣們已經都理解了朕發兵援朝平倭的一片苦心。然而，四方各省外官不明內情，難免會生浮情雜念……俗話說：『各人自掃門前雪，莫管他人瓦上霜』，有些臣僚說不定也是認為朕在多管閒事。」「唉！治國之難，在於統一人心、一致對敵。人心不一，則各懷歧念；各懷歧念，則諸事不成。朕正欲親筆撰文將決定援朝平倭的緣由宣示天下……」

他說到這裡，將手中那份奏摺在諸臣面前晃了一晃，微微笑道：「恰在此時，朕讀到了刑部右侍郎呂坤寫的這封《論平倭援朝不可怠緩疏》，朕當場就擱筆不寫了。正所謂：『眼前有景道不得，崔顥題詩在上頭。』朕也對他這篇鞭辟入裡之文甘拜下風，就借用它來替朕宣示天下、悅服人心！眾卿家且先聽一聽吧。」

在他示意之下，陳矩接過了他手中那份奏摺，打開之後向在場諸臣緩緩念道：

微臣呂坤啟奏陛下：

如今倭虜東來，侵入朝鮮，甚者將以危亂我朝，故絲毫不可怠緩也。

朝鮮屬國，在我東陸，近吾肘腋。平壤西鄰鴨綠，晉州直對登、萊。倘若倭虜取而有之，借朝鮮之眾為兵，就朝鮮之地為食，生聚訓練，窺視天朝。進則斷漕運、據通倉，而絕我餉道；退則營全慶、守平壤，而窺我遼東。不及一年，京城坐困，此國家之大憂也。夫我合朝鮮，是為兩力，我尚懷勝負之憂；倭如合朝鮮，是為兩倭，益費支持之力。

臣以為朝鮮一失，其勢必爭。與其爭於既亡之後，孰若救於未敗之前？與其單力而敵兩倭，孰若並力而敵一倭乎？乃於朝鮮請兵，而二三其說，許兵而延緩其期，或謂屬國遠戍，或言兵餉難圖，甘心剝膚之災，袖

手燃眉之急。諺曰：「小費偏惜，大費無益。」今朝鮮危在旦夕矣，而實刻不容緩矣！臣願陛下早決大計，並力東征，而屬國之人如久旱盼得甘霖，必歸心於天朝，永為藩衛。

聽完了這篇奏疏，在場的諸位大臣無不點頭稱是，聽得心悅誠服。趙志皋在一旁亦是暗暗驚詫：他在朝中素來聽聞呂坤在刑部以清正廉明而揚名京師，卻不料此人見識如此卓異、剖理如此明晰，倒真是不可小覷！從這封奏疏來看，他堪稱社稷之臣、宰輔之器了！一念至此，趙志皋更是禁不住心頭一震：如今這滿朝之內當真是「臥虎藏龍」──居吾之前者，有申時行、李成梁等元老重臣，深沉恢宏以鎮朝局；居吾之後者，有呂坤、徐桓等新秀俊材明敏精幹以襄朝政；而自己確實是未免有屍居首輔、求穩守位、不思精進之態，長久下去只怕難逃眾人之指摘啊！想到這裡，他頓時心頭一涼，微微嘆了口氣，不敢再多想下去了。

「趙愛卿……」朱翊鈞喚了他一聲，讓陳矩把呂坤的奏疏遞了過來，吩咐道，「這道奏疏你們內閣且拿去。朕的朱批是：『呂坤之所言，正是朕心之欲言。當宣示天下，群臣不得妄生歧念。』你們把朕的這朱批之語懸在他奏疏文首之處，認真抄寫數千份，送天下正七品以上官員人手一份以明朕心，自今而後對東征平倭之役勿再生異議。」

「是。老臣立刻照辦。」趙志皋急忙小心翼翼地從陳矩手中接過了呂坤的《論平倭援朝不可怠緩疏》。

朱翊鈞今天上午一氣講了這麼多，也有些累了，在御座上品著茶靜靜休憩了片刻，又緩緩開口言道：「朕昨日收到了一份奏摺，也是談平倭援朝的。它的特別之處在於　它是第一份前來主動請纓抗擊倭虜的奏摺……」

聽了他這話，在座的諸位大臣個個面面相覷，心中皆道：連身居遼東第一線的顧養謙，尚且懷有「闔門自守」之意，哪個將領居然還有這等「越位請纓」之舉？

「遼東建州都督僉事愛新覺羅・努爾哈赤這個人，你們熟悉吧？」朱翊鈞的話雖是面向趙志皋、石星他們問的，兩道深沉的目光卻投向了坐鎮遼東多

年的「寧遠伯」李成梁。

　　李成梁也不回避，在杌子上欠了欠身，大大方方地說道：「啟奏陛下，老臣比較熟悉努爾哈赤。此人頗為年輕，三十餘歲，是建州女真族的首領。他曾多次協助老臣剿滅了不少蒙古土蠻，戰功卓著。說起來，他這個『建州都督僉事』的官爵，也是老臣上奏朝廷賞賜給他的。」

　　「是了！是了！」石星這時也憶了起來，沉吟道，「剛才微臣心底還在嘀咕：是哪位將領竟能做出這等『越位請纓』之舉呢……原來是這個建州女真酋長啊！細細想來，也只有這樣不懂禮法的蠻夷之徒才會不知天高地厚，誇下如此海口……」

　　他正說之際，目光一瞥，竟看到御座上的朱翊鈞唇邊不知何時掛上了一抹冷冷的笑意——他心頭猛地一顫，頓時知道自己給努爾哈赤扣上「越位請纓」的帽子，只怕眼前這位青年天子是有些不以為然的！他深思：此刻倭虜來侵，皇帝其實在心底裡非常盼望有一位大將能夠意氣慷慨地主動站出來請纓，借此激勵天下臣民奮發對外之心——他這時貶斥努爾哈赤，皇帝自然是不滿的了。想到這裡，他急忙識趣地閉上了口，沒有再說下去。

　　朱翊鈞也不理他，逕自又將頭轉向了李成梁，繼續問道：「此人能得李愛卿舉薦而加官封爵，想來也是有幾分真本領的。依李愛卿之見，他的謀略、才能、兵法堪與倭虜一戰否？」

　　「這個……他的能力是否堪與倭虜一戰，老臣實是不知。因為老臣此前從未與倭虜交過手，所以不好評斷此事，」李成梁撫了撫胸前垂髯，沉吟片刻，方才答道，「然而，依老臣之見，此人謀略超群、勇猛過人，與老臣之子李如松不相上下。他既上奏主動請纓抗擊倭虜，陛下亦可順他之欲，讓他大顯身手與倭虜決一雌雄！」

　　這個時候，趙志皋有些再也按捺不住了，咳嗽一聲，臉一板，開口奏道：「陛下，寧遠伯此言差矣！想那努爾哈赤雖有我大明『建州都督僉事』之職，但他終究還是遼東建州女真蠻夷。古語有云：『非我族類，其心必異。』陛下忘了寧夏韃靼醜虜哱拜嗎？依臣觀之，難保這努爾哈赤將來不會成為第二個哱拜！老臣懇請陛下肅明華夷之辨，不可重用努爾哈赤！」

石星看到首輔趙志皋站出來反對李成梁，心底的膽氣這才又壯了幾分，想一想還是不能讓努爾哈赤這等善於投機邀寵的蠻夷之徒就此順心得意，也附和著趙志皋的意思奏道：「微臣之意與趙閣老相同——西晉初年，匈奴劉淵起先亦曾身任晉朝官職，待他羽翼豐滿，卻反噬於晉，自立稱雄。陛下派這努爾哈赤去征伐倭虜；若是敗了，實在有損我天朝神威；若是勝了，只怕又是引虎驅狼，反而壯了他的淫威。此事確當請陛下三思！」

「這……」朱翊鈞聽了趙、石二人之言，心中不禁有些猶豫起來：這趙志皋才識雖並不出眾，但他素來端方質直、深通禮法典章，剛才所言有章有據，不由得自己不再三慎思啊！自己倘若一時聽信的是努爾哈赤的虛飾自炫之詞，那時候才是「誤君事小，誤國事大」啊！

「陛下：漢武帝時，還曾以匈奴小王子金日為托孤重臣呢！金日後來不也成了漢朝著名的社稷之臣嗎？」李成梁聽了趙志皋、石星這番話，大是不服，當場駁斥道，「陛下身為華夷共主，安南、朝鮮、烏思藏、吐蕃等藩國之人亦皆是陛下子民，豈可疑此信彼、妄生猜忌？老臣認為，陛下既是萬乘之尊、天下之主，便須胸懷四海，唯才是舉，讓四方之才為我所用，不可摒棄四方英才，逼良為寇、驅忠為逆啊！」

朱翊鈞靜靜地聽著，雙目微閉，只是若有所思，半晌無語。他伸出手指又揉了揉自己的太陽穴，慢慢睜開了眼，徐徐說道：「這樣吧！努爾哈赤在奏章中聲稱自己一心要為天朝忠順守邊，並願意親自赴京恭謹朝貢、『輸款獻誠』……朕就允了他，讓他前來朝貢。待朕與眾卿親眼辨識此人一番之後，再決定派不派他參加東征平倭之役吧……」

「陛下聖明。」李成梁和趙志皋、石星同聲讚道。

朱翊鈞略伸了伸懶腰，抬頭看了看日頭，見其時已近中午，便道：「眾卿家今日就和朕一道用膳，如何？」

「多謝陛下隆恩。」在場的諸位大臣急忙垂手謝道。

▍聽琴紫禁城

「欽差大人，李將軍此刻正在練兵場上操練麾下諸將士，」提督府的一名侍衛親兵向呂坤抱拳稟道，「您且在軍帳中稍息片刻，待小人即刻去將李將軍喚回聽旨？」

「老夫只是替陛下傳幾句口諭而來，並未攜有黃絹詔書。你們也不必急在一時，用不著即刻將他召回，」呂坤淡淡一笑，輕輕擺了擺手，悠然說道，「你去傳話，讓他操練完畢後回帳來見老夫。」

「屬下遵命。」那親兵躬身行一禮之後，出帳而去。

呂坤這才轉過身來，仔細打量著這軍帳中的一切。只見正面帳壁之上，高高地懸掛著兩幅軍事地圖：一幅乃是西疆寧夏鎮周圍一帶形勝要塞之軍事地圖，而另外一幅則是遼東、朝鮮一帶形勝要塞之軍事地圖！兩幅地圖之上都被人用細毛筆劃出了一條條線路，縱橫交叉，密如蛛網——有的地方還被批上了密密麻麻的蠅頭小字，細細看去全是行軍布陣之要訣！

見到這兩幅軍事地圖，呂坤清臒的面龐上不禁露出了一絲深深的笑意：看來，這位李如松將軍果然是「常思奮不顧身以殉國家之急」啊！他當真是一邊在寧夏鎮這裡指揮若定、圍殲哱拜，一邊卻又時時刻刻密切關注著朝鮮那裡的倭寇動向，隨時準備著旋旌迎戰啊！想到這兒，呂坤幾乎覺得自己今天專程奉了皇帝旨意前來傳達要李如松備戰平倭的口諭好像也是一種多餘了。

正在這時，帳中的窗簾突然「嘩嘩嘩」地暴響起來：原來，外邊刮大風了！呂坤從窗簾口看了出去：一陣陣乾燥的朔風，帶著淒厲的嘯聲，像難聽的戰馬嘶鳴；朔風之中，還夾著一蓬蓬塵沙，刮在臉上如同刀割般疼痛。而且，隨著這朔風刮起，天空就變得昏黃昏黃的，暗沉得很。李如松他們就是這樣年復一年地在這苦寒至極的邊塞之地浴血沙場、東征西戰，委實是精忠可感！

窗簾口外，就可以看到那塊軍營中的練兵場了。其實，這個時候它改稱「練將場」還差不多——西征軍中百十名將尉在場上齊齊整整地列隊立著，雖風沙撲面力可撼石，一個個卻站得筆直筆直的，紋絲不動，任由鎧甲緊衫被朔風刮得「啪啪」作響！

　　軍隊前方，有一個似鐵槍一般兀然挺立的清瘦身影赫然映入了呂坤的眼簾：不用細看，這樣的風骨、這樣的氣質必是西征主將李如松無疑了！也只有他這般清峻剛毅、號令嚴明才能一絲不苟地親身率領手下諸將校風沙無阻地在練兵場上真刀實劍地操練，並以此激勵和帶動全體軍士！

　　一念至此，呂坤不禁熱淚盈眶，竟情不自禁「撲通」一聲朝著京師方向屈膝跪了下來，雙掌合十，喃喃念道：「陛下……微臣在這裡向您遙遙賀喜了：國有干城，軍有名將，東征平倭之事您可以高枕無憂了！」

　　「昨日朕終於下詔了：為使朝鮮國君李昖免落倭人之手，令遼東副總兵祖承訓率師一萬先行進入朝鮮義州府親護李昖君臣，」朱翊鈞坐在御書房裡，對鄭貴妃淡淡地說道，「朕要求祖承訓他們務必不可妄自挑戰倭虜；此番入駐義州，只是專門護衛李昖君臣而已……現在就和倭虜貿然開戰，時機還不夠成熟啊！待到李如松在寧夏平定了哱拜之亂後回馳遼東，朕才可以下詔讓他們痛痛快快打上一仗……」

　　「陛下想得如此周全，臣妾也沒什麼可說的了，」鄭貴妃微低著頭坐在御書房一張玉几前，慢慢地調弄著幾上一具玲瓏古樸的瑤琴，「只是不知寧夏那邊的局勢怎麼樣了？」

　　「嗯……朕已經派呂坤攜徐桓的『平倭四策』赴寧夏與李如松切磋交流。他發來密奏盛讚李如松乃『大將之才，忠勇無雙；朝廷有將如此，實係社稷之福』！他讚得沒錯：在這八十天內，李如松大顯神威，先是一舉擊潰了前來馳援哱拜的韃靼賊酋著力兔帶來的八千人馬，並乘勝追擊，不但搗毀了他們的全部營壘，還將他們盡行驅出了賀蘭山外！」朱翊鈞一談起寧夏的戰況，就不禁眉飛色舞、喜形於色，「現在，李如松已率大軍將寧夏城團團圍住，哱拜、哱承恩父子孤立無援、坐困愁城，猶如釜中之魚，殲滅之期指日可待！」

　　「難怪陛下敢下詔派遣祖承訓等遼東勁旅進入朝鮮保護李昖君臣，」鄭貴妃在說話之間，已經調好了那具瑤琴，仰起臉來看著朱翊鈞，「看來寧夏確是大局已定，陛下今夜可以睡個安安穩穩的好覺了。」

　　「是啊！李如松不負朕望、連戰連捷，這讓朕決定援朝平倭的底氣更足

了！」朱翊鈞點了點頭，欣喜地說道，「天生良將於我大明，實乃我大明之洪福啊！」

鄭貴妃抬頭看著朱翊鈞因這段時間裡輾轉難眠而微微發黑的眼圈，不禁眼眶倏地一熱，淚水頓時模糊了眼簾。她忍了片刻，才硬生生地將即將滑出眼眶的淚水忍住，含笑而道：「臣妾有一個請求：陛下，咱們暫且不要再談國事了；您聽臣妾彈奏一曲，給您散散心、解解乏如何？」

朱翊鈞聽了，臉上現出微微的笑意，不勝欣慰地說道：「好啊！愛妃深知朕意，朕很是高興。妳且撫奏一曲，讓朕好好聽一聽。」

鄭貴妃身形立刻一正，雙手放在琴上，白玉般的纖纖十指撫動琴上銀弦，輕攏慢撚，款款奏來。

她撫奏的正是《漁樵問答》，音律悠閒平暢，如明月映江，似清風拂嶺，輕鬆自然。漸漸地，琴音竟與房外豐茂樹林間的鵲吟鶯歌和節和拍，宛然水乳交融、妙韻天成。

朱翊鈞倚在幾旁，聽得甚是入神。想他自幼便居帝王之位，日理萬機，一身重負，竟是鮮有一日能像今天一般真正舒心愉悅過。細細浸入這琴音意境之中，倒覺得自己雖貴為華夷共主、天子之尊，身受萬眾瞻仰，卻委實不能與江上漁翁、山中樵夫那般清逸曠達的悠然自得相比。一念至此，朱翊鈞禁不住喟然而嘆，眼角竟有幾滴清淚沿頰緩緩流下。

鄭貴妃在撫琴之際，不覺抬眼一瞥，見到了朱翊鈞這般表情，暗暗心道：「臣妾本欲以《漁樵問答》來使陛下寬心舒暢，卻不料引得他心生隱逸悠閒之念，反倒消磨了他的慷慨奮勵之氣……須得將他那心思撥轉過來才好……」於是，她撫在琴弦之上的手指一攏，琴音隨之一斂，稍一流轉低回，兀然便又巍峨峭拔──竟是轉為《滿江紅》了！

《滿江紅》係南宋抗金名將岳飛的那首名詞《滿江紅》化入曲譜而成的一部琴曲，音律最是激昂壯麗、高亢入雲。

果然，這琴聲飛揚而起，直奔雲霄，大有「刺破青天鍔未殘」之勢，令人悚然心動。接著，琴音又變，猶如萬騎奔騰、千獅咆哮，四下裡金戈相擊，鏗鏘不絕，彷彿是岳飛元帥正率領十萬雄師奮勇斬殺金人，「駕長車，

踏破賀蘭山缺」，令人凜然而生無限豪情！

「好！好！好！」朱翊鈞伸手一拍玉几，慨然而起，輕嘯一聲，道，「朕也要『駕長車，踏破賀蘭山缺。壯志飢餐胡虜肉，笑談渴飲倭寇血』！」

鄭貴妃微微一笑，伸出玉手輕輕拭去額上沁出的涔涔細汗，推琴而起，欠身說道：「陛下天縱英才、聖明雄斷，有漢武帝、唐玄宗威震四夷之才，而無漢武帝、唐玄宗荒淫偷惰之弊，豈能自甘與岳飛等將帥相比？陛下要把自己放到史冊之中和太祖皇帝、唐太宗、漢光武帝相比才是！」

「愛妃不但能用琴曲為朕舒心解乏，而且還能用娓娓言辭喚起朕的豪情、激起朕的壯志，」朱翊鈞滿是深情地注視著她，悠悠說道，「朕很是感激妳啊！」

他正說之際，御書房門外內侍稟道：「啟奏陛下，戶部尚書何致用稱有急事面見陛下！」

「何致用？」朱翊鈞略一沉吟，看了看鄭貴妃道，「朕這幾日派他籌措東征平倭的糧餉……莫非他碰到了什麼棘手之事？」心念一定，向房門外開口答道：「宣他進來！」

門外內侍應了一聲，急忙傳旨去了。

鄭貴妃亦是會意地站了起來，轉進房內那座屏風後面的机子上坐了下來。

不多時，便聽得腳步聲匆匆走近。頭髮花白的何致用一臉憔悴，有些跟跟蹌蹌地進了御書房，倒頭便拜，道：「微臣叨擾陛下，罪過、罪過！」

「既有急事來奏，便無罪過，」朱翊鈞坐在御案後面擺了擺手，淡淡說道，「究竟是何急事？何愛卿且速速講來。」

何致用抬起頭來，眉頭緊擰，看著朱翊鈞欲言又止。

朱翊鈞瞧了瞧他，有些詫異：「你既稱有急事來奏，為何卻是吞吞吐吐？」

何致用聽他話中口吻似是頗為不滿，只得臉色一正，長長一嘆，終於開口奏道：「微臣今日特來面見陛下，是懇請陛下恩准臣辭去戶部尚書之職。」

「什麼？你要辭去戶部尚書之職？」朱翊鈞一怔，「近來為我東征平倭大軍徵糧籌餉固是繁忙，但朕也知道自推行新政以來國庫中尚有存銀近千萬

兩……何愛卿居然還覺得難以籌措而不惜辭官卸責嗎？」

「這……這……不錯，我大明朝今日國庫殷實、糧餉充足，確為亙古少有……東征平倭大軍自是後顧無憂，」何致用囁嚅道，「然而微臣老邁無能、不耐煩劇，勝任不了戶部尚書之職，還望陛下另擇賢能才是！」

「一派推託搪塞之詞！」朱翊鈞拍案而起，眉豎如劍，憤然喝道，「如今大敵當前，遼東局勢岌岌可危，朕正欲與諸位愛卿齊心協力共除倭難……而你身為朝中重臣，竟然遇難即退、優遊而去，絲毫不念君父之憂，全然不顧社稷之危，簡直令人難以忍受！朕要重重罰你！」

何致用見這位青年皇帝竟被自己激得暴怒如雷，氣勢咄咄壓人而來，亦不由得心頭劇震！他急忙將頭在地板上磕得「砰砰」連響，淚流滿面、悲慟至極地喊道：「陛下此言真是冤殺微臣了！微臣縱萬般無能，哪敢有這種『忘君忘父，棄國棄民』的可恥念頭？陛下這麼說，微臣唯有一死以明心跡啊！」

「你……你……」朱翊鈞雖是怒火沖天，但耳中聽到何致用方才這番話，不禁微微一怔，又見他哭得真切、不似作偽，便定下心神，冷冷問道，「朕哪裡冤枉你了？哼……既然你口口聲聲說自己沒有這樣的可恥之念，那你為什麼要無故辭官卸責而去？」

何致用把心一橫，咬了咬牙，昂起頭來硬聲硬氣地說道：「反正微臣『裡外不是人』了，要死也死得讓陛下明白：微臣前來辭官，其實是被國舅爺逼的！」

朱翊鈞聽了，頓時愣住了。何致用口中所說的「國舅爺」，其實就是他的生母李太后的親弟弟——武清侯李高。這個李高，一向極為專橫跋扈。但今天聽何致用說來，他居然膽敢逼迫一個堂堂的正二品朝廷命官辭職，當真有些無法無天了！朱翊鈞想到這兒，臉色一沉，當場便要發作。轉念一思，他又冷靜下來，問何致用道：「你堂堂戶部尚書，還怕他武清侯逼迫？難不成你還有什麼把柄被他捏住要脅？」

「哪裡有這樣的事兒？」何致用聽了，急忙辯道，「國舅爺近段時間裡是天天纏著微臣不放，微臣罵也不是、避也不是，所以才生了辭官之念的。」

「他天天纏著你幹什麼？」朱翊鈞一愕。

何致用見朱翊鈞逼問得緊，只得豁了出去，從衣袖中取出一隻小小的布包，捧在手上，奏道：「微臣有一物懇請陛下過目。」

朱翊鈞揮手讓內侍拿了上來。內侍打開小布包，托在掌心裡給他觀看。

朱翊鈞垂目一看，只見那個小布包裡攤著一把說不出是什麼的東西。那裡面有糠屑，有穀殼，有沙粒，有黑黑的鼠屎，雜著星星點點的碎米。

「這是怎麼回事？」朱翊鈞立刻變了臉色，「你給朕看這東西是何用意？」

「陛下……這次為籌措東征平倭大軍的糧食，戶部決定從國庫裡先行支出三十萬兩白銀到江浙一帶『魚米之鄉』採購上好的白米以供軍需，」何致用含著眼淚哽咽道，「我們戶部這麼做，本意也是想讓東征的將士們吃得飽飽的，才好上陣為國家多斬殺幾個倭虜啊！……」

他說到這裡，抬起頭來淚眼朦朧地看了朱翊鈞一眼。

「你說，你繼續說下去，」朱翊鈞眼圈也有些微微發紅，「朕正認真聽著呢……」

「……也不知國舅爺從哪裡打聽到了我們要對外採買優質軍糧的事情，他便找上了微臣，」何致用繼續哽咽著說道，「初時，我們戶部想：反正這三十萬兩白銀都是用來購買軍糧，只要糧食顆粒飽滿、白皙細膩，在誰的手頭採購都一樣。所以……所以，微臣也就應允了。」

「然而，到了驗收所購大米那天，沒想到國……國舅爺要賣給我們的大米都是陛下……陛下面前這個布包裡的碎穀陳米！微臣禁不住去質問國舅爺，國舅爺卻滿不在乎地答道：『那些當兵的都是泥腿子出身，哪裡會吃不慣這些米呢？不礙事兒的……』」

「嗯……這東西還能吃嗎？」朱翊鈞聽到這裡，瞧了一眼那個小布包，臉色漸漸變青了，「武清侯怕是一心要把自家糧倉裡那些不知陳腐了多少年、壓了倉底多少年、老鼠麻雀也不吃的碎穀爛米賣給你們戶部了……呵！呵！他的算盤打得好精啊！……」

「微……微臣一見之下，當場便拒絕了從他那裡買進這些陳米。」何致用

聽得朱翊鈞剛才那番話明面上是在調侃似的嘲諷李高，骨子裡卻透著一股刺骨的冷峭凌厲之氣。他心頭頓時不禁打了個寒噤，但也顧不上那麼多了，反正自己是摘下頭頂官帽不要的了，便繼續說道：「從那以後，國……國舅爺就像牛皮糖似的黏上了微臣，天天纏著微臣去買他那些陳糧……甚至還說：只要微臣答應從他那裡買糧，他還要送微臣三萬兩白銀！微臣沒敢答應。他又威脅微臣：倘若微臣不從他那裡買糧，他就要讓微臣當不成戶部尚書！……微臣昨天想了一夜，與其昧著良心和天理從他那裡買來這些陳穀爛米坑害我大明東征將士、危及我大明國本，倒不如自己辭官而去，保全微臣一個清白。」

說罷，何致用跪在地上，一邊流淚而泣，一邊叩首無言。

朱翊鈞輕嘆一聲，微靠在御座上靜靜地看著他，半晌沒有發話。御書房內一下靜得連掉一根針都聽得見。

過了許久許久，朱翊鈞才慢慢開口了：「原來這就是你向朕辭官的原因？你大概事前掂量著朕和國舅爺是一家人，橫豎都會為他說話 —— 你終究也擰不過要買進他家倉裡的陳米爛穀……於是，你便跑來向朕辭官，以求保全自己的清白？於是，你就自以為能免遭良心、天理的譴責？於是，你就自以為免了自己在史冊上留下罵名？」

說到這裡，他目光一亮，一下將自己的聲音提高了起來：「可是，你這樣一辭了之，卻將我東征平倭大業置於何地？將我大明存亡之本置於何地？將朕外平倭虜、內安社稷的苦心置於何地？你把朕當成了隋煬帝、陳後主那樣的無道昏君了！在你眼中，朕竟然會是那種徇私情而廢大義的君主嗎？ —— 你這樣來忖度朕的為人，朕好不氣惱！」

「朕這麼說你，你還別不服氣！倘若你是我大明朝真正的忠良之臣，便不應該有這般『顧盼不定、自護清白』之心！你完全可以坦坦蕩蕩、無私無畏地向朕揭發武清侯這件事兒嘛！你要相信朕自會秉公而斷的！」

「皇上聖明！皇上訓斥得是，」何致用聽得淚流滿面，叩頭不已，「微臣知錯了，微臣知錯了。」

朱翊鈞看著他，沉默了良久。然後，他擺了擺手，道：「何愛卿，你把這

個小布包留下。你回去吧！回戶部之後，給朕抓緊時間採購上好的軍糧送到遼東去……武清侯那裡，你不必再有絲毫的顧忌。」

「陛下聖明！」何致用一步一叩頭地倒退著出去了。

待他遠去之後，朱翊鈞才「騰」地一下從御座上跳了起來，一把抓起那個小布包，狠狠地往地上一摔！

「嘩啦」一聲，小布包摔在地上，那些碎穀陳米撒落了出來，掉了一地。

過了一會兒，兩隻白若凝脂的纖纖玉手伸到了地板上，將那些撒落開的碎穀陳米一點一點拾了起來，重新裝回了小布包中。

朱翊鈞愕然看去，卻見是鄭貴妃屈膝拾完了那些碎穀陳米，全部裝回了那小布包中。

「愛妃！你這是……」朱翊鈞有些驚疑。

鄭貴妃雙手捧著那個小布包，緩緩走了進來，淡淡笑道：「臣妾認為，這布包裡的陳穀爛米現在還摔不得。它們留著還大有用處……」

▌「黑穀天米」

武清侯李高一大早就被內侍傳諭召進宮來。一路上，他有些驚疑不定，悄悄給傳諭的內侍塞了幾錠銀子，那內侍都推辭不收。李高偷偷問他陛下是為何事緊急召見，內侍也是搖頭直答不知。

李高的心一下倏地提緊了：他是很了解自己這個皇帝外甥的。別看這個外甥才三十歲，近四五年間也很少親臨金殿上朝理政，但他和他的爺爺世宗皇帝一樣，深居皇宮大內而暗操四海於掌中，手段端的是高深莫測。這一次他緊急召見自己，想必又有什麼不利之事被他捏住了拿來訊問自己 —— 莫不是前幾天自己讓順天府擅自劃撥給自己六百頃良田的事兒被外甥的「錦衣衛」偵查到了？他一念及此，背上頓時冒出了一層冷汗，只得暗暗咬了咬牙，下定決心先低頭服軟「熬」過和朱翊鈞見面再說。

然而進了紫禁城，那內侍卻沒和往常一樣徑直帶他去紫光閣或御書房，而是領著他直往御膳房而來。

一見是去御膳房，李高的心頓時一下又放鬆起來了。看來，這皇帝外甥也並不是那麼冷酷無情啊！應該又是在召集皇親國戚們一起品嘗藩邦進貢的美味佳餚吧！心頭這麼一想，李高的腳步都有些飄飄然了。

內侍在前邊推開御膳房的門，李高興沖沖地走了進去。卻見裡邊靜悄悄的，朱翊鈞正端坐在一張五色大理石圓桌前，面無表情。他身邊就是陳矩一個人侍著。

看起來，朱翊鈞似乎早就用過膳了，兩道深深亮亮的目光凝注在面前大理石圓桌上一隻銀碗裡。那銀碗上冒著熱騰騰的氣，李高離得有些遠，沒看清裡邊盛的是什麼美味佳餚。

內侍上前向朱翊鈞通稟了一聲。朱翊鈞其實早就用眼角餘光瞥見李高了，卻是裝作不理，這時才緩緩抬起頭來，意味深長地看了一眼李高，道：「朕這麼早還要叨擾舅舅冒寒而來，實在是有些過意不去啊！舅舅且近前來坐下吧！」

「陛下太……太客氣了……」李高一邊扭扭捏捏地答著，一邊在內侍引領下來到圓桌前斜著身落了座，不敢正對朱翊鈞。

「今天朕這麼早喊舅舅來，其實也沒別的什麼事兒，」朱翊鈞平靜地看著他說道，「朕久聞舅舅是『膳食品味』的高手，最是能吃天下美食的 —— 聽說舅舅還曾把鹿茸、人參、燕窩和著猴腦一齊清蒸著來吃過，那一頓就花了三百兩銀子，是也不是？」

「微……微臣貪吃美味倒是沒錯，」李高一聽，心想這皇帝外甥怎麼連這件事兒也知道了？卻在口頭上辯解道，「但……但是像陛下所說的把鹿茸、人參、燕窩、猴腦一齊清蒸了來吃，微……微臣豈敢似這般暴殄天物？這個事兒是謠傳……謠傳……」

朱翊鈞見他腦門上都緊張得沁出一顆顆汗珠來，唇邊不禁掠過一絲深深的笑意，他伸手指了指面前圓桌上那個熱氣騰騰的銀碗，緩緩說道：「昨日有人給朕送上了幾兩稀世罕見的『黑穀天米』，據說是千百年來天下最鮮美的佳味。朕今晨就讓御膳房把它熬成了粥 —— 舅舅今天來得早，應該還沒用早膳吧？您嘗一嘗這碗『黑穀天米』粥如何？」

「什麼『黑穀天米』？微臣真是聞所未聞啊！」李高聞言，半驚半喜，「多謝陛下賞賜！微臣感激不盡。」

「是啊！舅舅可別只顧著說話啊！」朱翊鈞唇邊的笑意愈來愈深，「您先嘗一嘗這碗稀世奇粥吧！」

李高連忙點頭，接過內侍送來的小玉匙，端起了銀碗，見那粥黑乎乎的一大團，也就顧不上多想，更不怕燙口，挖起滿滿一匙就往嘴裡一送！

剎那間，李高臉上興沖沖的表情就僵住了：這一匙粥剛一入口，味道當真是奇怪無比——非常苦、非常澀，還帶著一股濃濃的餿味，嚼起來像是鳥屎鼠糞般難吃！他「哇」的一聲，也顧不得失儀，「啪」地丟下玉匙，捧著肚子就是一陣乾嘔！

待他嘔盡了一肚子清水後抬起頭看時，滿面肅然的朱翊鈞竟已離座走到他面前正冷冷地盯著他。

「這『稀世奇粥』你怎麼不吃了？你吃啊！你給朕繼續吃啊！」朱翊鈞目露寒光，語氣裡透著一股冰刀般的凌厲，「這就是用你一直死死纏著黏著戶部要賣給朕的東征平倭大軍的『黑穀天米』熬成的！你自己倒是當著朕的面，給朕的東征平倭大軍先帶個頭吃下去啊！」

一瞬間，李高腦際裡若有一個霹靂驀地炸過——「嗡」的一陣耳鳴之後，他一下便明白了一切！

李高急忙面無人色地「撲通」一聲跪倒在地，「砰砰砰」連連叩頭，一把鼻涕一把淚地說道：「陛下息怒！陛下息怒！微臣知罪了！微臣知罪了！陛下恕罪！陛下恕罪啊！」

朱翊鈞見李高竟被嚇得臉色慘白、淚如泉湧，頓時心頭一陣波動，看來自己剛才那番話也忒重了些。這舅舅真像膿包一個，一嚇就散了骨架！他心頭又是一陣好氣，又是一陣好笑，又是一陣憐憫，翻騰了幾番之後，方才慢慢定住了心神。

在如山的沉默中，朱翊鈞緩步走回了御座坐下。看著李高跪在地上一個勁兒地叩頭求饒，朱翊鈞向侍立在一側的陳矩擺了擺手。

陳矩會意，雙手捧著一個藍布包袱走了過來。

「打開。」朱翊鈞只是盯著跪倒在地的李高，瞧也沒瞧陳矩，淡淡地說道。

陳矩輕輕打開了那藍布包袱，取出一件絎棉的箭衣來。

「舅舅還認得這件棉衣嗎？」朱翊鈞緩緩問道。

李高聽得皇帝問話，豈敢怠慢？他急忙止住了號哭，抬起滿是涕淚的臉來，看了那件棉衣一眼，茫然地搖了搖頭。

「難怪舅舅近日會犯這樣的過失了！」朱翊鈞深深地嘆了一口氣，「你把這件棉衣都忘到爪哇國去了……自然會『舊病復發』了……」然後，他抬手又向陳矩示意。

陳矩雙手拎起棉衣衣領，輕輕抖了開來，只見這棉衣到處都是破爛的窟窿，棉花有一搭沒一搭，再細看之下這些棉花都已發霉。

「現在您可記起了？」朱翊鈞又問。

在這件棉衣抖開的一剎那，李高的目光閃了一閃，似乎回憶起了什麼，不禁黯然垂下了頭。

「這是萬曆七年您賣給薊鎮士兵五萬件棉衣中的一件，」朱翊鈞緩緩說道，「就在那一年的冬天，薊鎮士兵穿上你賣的這些棉衣，一日一夜間居然凍僵了三百零八個和朕年紀一樣大的站崗的士卒！」

李高深深地伏下頭去，不敢抬起。

「如果不是當時聖母皇太后為你求情，」朱翊鈞繼續緩緩說道，「恐怕你這身侯爵冠帶早就不保了！……朕沒想到，你居然把這件事兒給忘了……」

李高猛一咬牙，雙手一摳地板上的大理石磚縫，仰起頭來辯道：「陛下！這件事，是當年張居正、戚繼光他們陷害微臣的呀！張居正為了給自己立威，故意拿微臣這點兒小事來『開刀』的呀！」

他一抬眼，卻碰上了朱翊鈞那滿是嘲諷的目光，他的心頓時便像掉進了冰窟。

「張師傅……不，張居正當年沒有削你的爵號，對你已是天大的寬仁了。看來，你並沒有做到恐懼修省、小懲大誡啊！」朱翊鈞沉聲說道，「朕今天要給你一個『大懲而後大戒』的機會！」

　　他伸手向陳矩一擺，肅然吩咐道：「傳旨：查武清侯李高，驕奢淫逸，徇私誤國，屢教不改，著立即削去其侯爵，罰俸十萬兩白銀，充作東征平倭大軍糧餉。」

　　聽罷這番話，李高當場便似一堆爛泥般癱倒在地。他心裡暗罵道：好你個朱翊鈞！你怎麼和你那個臭師傅張居正一樣六親不認啊？！

 第三章　大明定策

第四章　會戰朝鮮

在桃四郎驚駭的目光中，小西行長猛地抽刀抬頭看著他，臉上如同戴了一層青銅面具般冷酷猙獰。他冷冷地吩咐道：「你馬上傳令下去：所有武士即刻守好城中的據點，再把平壤城的城門大大敞開，然後派一支隊伍出去專門引誘大明騎兵，佯敗而退，將他們引進城來

—— 我們要像他們大明國有一句成語講的那樣 —— 來個『甕中捉鼈』！那時候，我們就是為太閣大人立下了『西征大明』第一奇功了！」

柳成龍之謀

「天朝大軍來了！我們有救了！」

「倭虜們只怕要嚇得丟盔棄甲逃回日本去了吧！」

「他們可要替我們朝鮮的百姓報仇啊！我家死了七個親人……」

……

大明萬曆二十年（1592）六月十七日，看著一隊隊鎧甲鮮明、氣概非凡的大明遼東騎兵發出一陣陣雷鳴般的馬蹄聲響，從義州城大街上昂然而過，街道兩旁歡迎著的朝鮮士民們議論紛紛，一個個都欣喜若狂。

大明遼東副總兵官祖承訓乘著自己的栗紅戰馬，目光平視前方，緩緩行在大軍前頭。他左邊是麾下參將戴朝弁，右邊是游擊將軍史儒。戴、史兩位將軍亦是神色凜然，策馬隨著祖承訓前行。

在大街的盡頭，便是義州府的府衙了。現在，這府衙已被朝鮮君臣改成了避難的「行宮」。衙門口處，柳成龍、李鎰、權栗等朝鮮文武重臣個個悲喜交加，恭恭敬敬站在那裡迎接著祖承訓一行人馬。

祖承訓走近前來，一躍下馬，卻見柳成龍已是疾步迎了上來，躬身含淚謝道：「大明天朝神兵降臨，我朝鮮君民感激不盡。臣等有失遠迎，失禮、失禮了。」

祖承訓一瞥之間，看到柳成龍雙眼淚花閃閃，不禁生出了幾分感動，便微微點了點頭，問道：「貴國國君李昖殿下尚安好否？」

柳成龍用袖角拭了拭臉上的淚，答道：「我國大王連日來屢遭驚嚇，已經

病倒在床。否則，今日他必會親自前來迎接天朝神兵的。」

祖承訓的目光在柳成龍、李鎰、權慄等朝鮮大臣們的面龐之上一一掠過，慨然言道：「我大明既已派出一萬精兵前來護衛你們君臣，你們自是可以高枕無憂了。煩請柳大人轉告李昖殿下，請他安心養病，於平倭之事不必過慮。」

柳成龍淚流滿面，躬身又道：「祖將軍此言甚是。不過，倭虜焚我宗廟、毀我城邦、殺我百姓、掠我財寶，與我朝鮮有百世不解之仇！大王身為國君，痛心疾首、日夜所憂者全在驅除倭虜、還我河山……臣等冒死叩請天朝神兵速速大顯天威，蕩平倭虜，光復我朝鮮社稷！」

「這個……」祖承訓聽了這話，不覺猶豫了一下，按照事前兵部交代的文書的說法，文縐縐地說道，「我天朝皇帝陛下早已決定大舉東征、平倭援朝，待西疆寧夏鎮之亂平定之後，雄師勁旅自會源源而來。你等朝鮮君臣不必太過急躁，還望靜以俟之。」

柳成龍聽得仔細，雙眉不禁微微一蹙，目光倏然一轉，便換了一個話題，向祖承訓道：「也罷！臣等先恭迎天朝神兵前往城東行營駐紮休息吧！」說罷，他轉頭吩咐權慄道：「權將軍，你且帶領祖將軍他們先過城東去。柳某和李鎰元帥在行宮安排好了犒勞天朝大軍的牛羊酒食之後便馬上過來。」

權慄微微一怔，心道：這準備牛羊犒勞之事哪用柳領議政和李元帥親自過問？這柳領議政對天朝大軍實在太過禮敬了！但他一轉眼看到祖承訓他們大是受用的樣子，只得在心底暗暗嘀咕了幾句，掛起一副熱情洋溢的笑臉領著祖承訓和他帶來的一萬精兵往城東行營去了。

柳成龍和李鎰目送祖承訓他們漸去漸遠，慢慢地看不清蹤影了。然後，柳成龍才轉過身來對李鎰說道：「李元帥……成龍想和您商量一件事兒……」

「什麼事兒？」李鎰見柳成龍今日的舉止有些神神祕祕的，不禁十分疑惑。

柳成龍將他拉到一邊，對他附耳低聲說道：「您速速派出一支人馬，立刻趕往倭虜占據的離此最近的城池前去挑戰，把倭虜引過來！」

「嗯？」李鎰聽了，更是驚疑，也低聲答道，「柳大人，我們和大王逃到

義州城的這段時間，倭虜從沒前來騷擾過。您幹嘛還主動讓士兵們去把他們招惹過來啊？」

柳成龍斜著眼瞥了他一下，暗暗跺了跺腳，只得又附耳對他低聲說道：「李元帥！你剛才都聽到了：大明天朝神兵目前只是來保護我們大王的，似乎還沒下定堅決平倭援朝的決心。您若想光復我朝鮮社稷，就必須把倭虜引來挑釁天朝神兵……只有這樣，天朝神兵才會為了維護天朝聖威而被迫出擊，替我們光復河山！」

「柳大人，您……您這是在故意挑起大明和倭虜的直接衝突啊！」李鎰喃喃地說道，「本帥覺得如此做法似乎有些不妥啊！……」

柳成龍見李鎰猶豫不定，只得咬了咬牙，將一些內幕消息透露了出來，告訴他道：「成龍聽到柳夢鼎送來的密報：『大明內閣首輔趙志皋曾建議大明皇帝陛下降心抑志，視朝鮮之亂為悠悠浮雲，任其自生自滅 —— 即使倭虜吞併了朝鮮，我朝仍可以宗主之國的身分，諭之以禮法，令其稱藩納貢。』這說明了什麼？這說明大明朝廷內部對是否堅決平倭援朝也有些搖擺不定。」

「還有，這段時間裡，成龍聽到倭虜方面傳來的消息亦是這樣：他們中間有一部分最陰險的詭詐之徒，準備偷偷和大明議和，想讓大明國承認倭國對朝鮮的占領，並且在明確要求大明國放棄我朝鮮李氏王朝的前提下，願意向大明國稱藩納貢。這就是原本凶悍無比的倭虜，為何遲遲不對避到義州府的我們痛下殺手的原因。他們害怕稍有不慎，便會觸犯大明國，從而導致局面一發不可收拾 —— 這對我們朝鮮才是最厲害的一記毒招啊！」

「唉！柳大人多慮了，」李鎰聽了，甚是不以為然，「依李某看來，大明國乃皇皇天朝，大明皇帝陛下乃華夷共主，最是公正無私，絕不會容許倭虜恃強凌弱的。您看，他們已派出了一萬精兵特來護衛我們大王。而且，您剛才也聽到祖將軍說了：只要大明國西疆寧夏之亂一平定，他們就會調遣更多精兵強將來助我們驅除倭虜、光復社稷的啊！……」

「李元帥！別人的承諾，不可不信，亦不可全信，」柳成龍深深一嘆，「世事無常，人心難測。你我都不是神機妙算的諸葛亮 —— 誰敢斷言大明國就會始終如一、不離不棄地扶持我們？只有讓倭虜和大明儘快交戰，我們才

有光復三千里河山的希望啊！這件事兒，拖不得，拖不得啊！」

「柳大人……這件事兒您事前向大王稟明過了沒有？」李鎰還是不敢自行決斷，沉吟著開口，「我們還是先去請示一下大王再做吧！」

柳成龍無奈，只得又向他附耳低聲說道：「李元帥不必多慮。成龍所言之事，其實全都是按大王的旨意而為。你只需一切照辦，今後的所有事情由柳某一人承擔。你若是還不信成龍，成龍馬上給你寫一張字據如何？」

「這……這……這倒不必了……」李鎰見柳成龍把話挑明到了這個地步，知道自己是只能遵從了。聯想到李昖忽然託病不出退居幕後的種種情形，看來挑起大明國與倭虜的戰事，已是「箭在弦上，不得不發」了！他深深嘆道：「柳大人，你讓李某派兵前去挑引倭虜，李某可以去做。但是，你想沒想過：大明天朝神兵此番只來了一萬之眾，而盤踞在平壤城和咸鏡道的倭虜足足有八萬人馬……而且，他們又有那麼多火繩槍和鐵炮銃……祖將軍他們只是騎兵裝備，且又寡不敵眾，如何能夠取勝？我們這是在推他們到前邊去……去送死啊！」

「不要再說了！」柳成龍有些失態地大吼了一聲。周圍的親兵們沒料到這兩位正在交頭接耳低聲的大人會突然大聲嚷嚷起來，都不禁將驚疑的目光投了過來。

柳成龍抑住胸中心情的激蕩，向外拂了拂袍袖，讓那些親兵們退得遠遠的。然後他轉頭靜靜地看向李鎰，眼圈竟慢慢紅了，哽咽著說道：「為了使我朝鮮能逃過這場亡國滅種之大劫，柳某和大王也只能這麼做了！將來，柳某縱為此身墮十八層地獄，亦心甘情願地俯首贖罪！而所有為拯救我朝鮮而犧牲的天朝將士亡靈，則一定會被我朝鮮君臣世世代代供奉在宗廟、祠堂中，永享我們如同對待再生父母般的敬意與謝意！」

▌遼東鐵騎

這日中午，朝鮮諸位文武大臣在義州城「鳴鳳樓」裡設宴款待祖承訓、戴朝弁、史儒等大明將領。

　　筵席之上，只見觥籌交錯，精美豐盛的菜肴流水般由美麗的侍女奉上，並不時地更換著花樣。像白虎肉、人參湯、鹿茸丸等，全是明朝將領聞所未聞的美味佳餚。祖承訓、戴朝弁、史儒等在一大群朝鮮重臣的輪番舉杯勸飲間應接不暇。饒是他們三人的酒量頗大，也喝得有些頭重腳輕飄飄然起來了。

　　恰逢大家飲酒正酣之際，忽聽義州城南門外憑空響起「砰」的一聲大爆響，恍若一個晴天霹靂，震得「鳴鳳樓」的門窗「嗡嗡」顫響！

　　祖承訓一愕，不禁放下了酒杯，問柳成龍道：「這是怎麼回事？」柳成龍舉目望著城南方向，喟然而嘆：「這是南門守城的將士們在鳴炮示警呢！大概又是倭虜來犯了吧？」

　　「咦？」祖承訓吃了一驚，「你們不是已經在南門城樓上懸掛起了大明旗幟嗎？他們怎麼還敢這麼放肆前來挑釁？」

　　柳成龍正欲開口答話，卻聽樓梯處「噔噔噔」急步跑上來一名親兵，逕自向李鎰躬身稟道：「李元帥，數百名倭虜正在南門外挑戰！權栗將軍往南門城樓趕去坐鎮指揮守城事宜了……」

　　李鎰點了點頭，拿眼瞥了祖承訓一下，問道：「這批倭虜難道沒看到我們城樓頂上懸掛的天朝『明』字大旗嗎？他們怎敢還來逞凶？」

　　「這……」那名親兵抬頭看了一眼祖承訓，欲言又止。

　　祖承訓瞧得分明，心頭酒勁一湧，一股熱血「噌」地衝上了腦門兒。他右掌一拍酒桌，喝問道：「當著我們大明將領的面，你支支吾吾什麼？南門是什麼情形就直說吧！」

　　那親兵聽祖承訓這般喝問，又有些怯怯地看了李鎰一眼，見他微微點頭，這才躬身行了一禮，向祖承訓稟道：「祖將軍有所不知——那些倭虜在城樓下百般叫罵天朝神兵，令我等朝鮮士卒聽了也義憤填膺，個個躍躍欲試，準備出城替你們去教訓他們一下！」

　　「他們罵些什麼話？」祖承訓氣得直吹鬍子瞪眼。戴朝弁早已是一副恨得牙癢癢的表情，只有史儒沉吟了一下，勸了一句：「祖兄！罷了！罷了！倭虜嘛……犬豕之徒，乾號幾聲而已，何必多加理睬……」

　　「他們罵天朝神兵的話可難聽了……」那朝鮮親兵這時又道，「小的不敢

在此複述。」

「你但講無妨。是他們罵天朝神兵，又不是你。不怪你。」祖承訓忍著怒氣，緩緩說道。

「他們……他們大罵天朝神兵是『酒囊飯袋』，只曉得整日躲在義州城裡花天酒地、無所事事，連『縮頭烏龜』都不如！」那親兵結結巴巴地複述道，「他們還罵：朝鮮請來了這樣一群飯桶，用不著他們來攻打，你們就可以把義州城『吃光』『耗光』了！」

「呀呀呀！」祖承訓一聽，勃然大怒，猛地一掌拍在酒桌上，震得滿桌杯盞橫飛！他大吼一聲：「這倭虜好生猖狂！本將軍要讓他嘗一嘗我『天朝神兵』的厲害！」

卻見史儒倏地身形一閃，擋上前來，向祖承訓拱手勸道：「祖將軍息怒。您莫非忘了此番起兵東征之前陛下的詔令和兵部的命令了？還有李如松將軍從西北戰營裡寫來的告誡信——『戒急用忍，以守為上；大兵未集，則不得貿然與倭虜開戰』！」

「這……這……」祖承訓一聽，頓時猶豫起來，又慢慢坐回了座位，喃喃說道，「我們難道就真的只有這麼忍了？只怕要損了我皇皇天朝的威名啊……」

「唉……如今大軍尚未到齊，我們暫且忍耐一下吧！」史儒帶兵入朝之前，私下裡已得到李如松的信函指示：鑑於祖承訓一向勇猛好勝，只恐犯躁進之失，便囑託他隨時注意，好好勸諫，不可冒險。他今日連勸了祖承訓兩次，早被一旁的朝鮮重臣們「白眼」視之，但他也只得遵李如松之囑而盡力去做，倒沒把別人的偏見放在心上。

大家好不容易又坐回筵席，準備繼續開懷暢飲。就在這時，樓梯處「咚咚咚」再次快步跑上來一個朝鮮親兵，一進席間，便氣喘吁吁地伏地稟道：「李大帥——南門軍情十萬火急，那些倭虜們號道：如果天朝神兵還不開門應戰，他們就要用炮銃把城樓上懸掛著的天朝『明』字大旗轟斷了！他們還說：一炷香過後，他們就要開始攻城了！」

「他奶奶的！」祖承訓罵了一句髒話，一下從座位上跳了起來，「這狗日

的倭虜實在是欺人太甚了！戴朝弁，你馬上回城東行營把弟兄們召集起來，一刻鐘內到南門口開門迎敵！」

「屬下遵命！」戴朝弁早已按捺不住，急忙應聲一躍而起。

「祖將軍不可意氣用事啊！」史儒卻上前苦苦勸道，「乘怒出兵，容易為人所陷啊！忍一忍再說吧！」

「忍！忍！忍！你就知道忍！」祖承訓也不顧情面地對他喝道，「這倭虜竟敢當著藩邦群臣的面如此折辱我天朝神兵的威名！你讓祖某如何咽得下這口氣去？祖某就是要讓他們曉得我天朝神兵是不好惹的！」

他一邊說一邊大步流星地下樓去了。

義州城南門口處的沙場上，數百名倭兵腰掛火繩槍，手握戰刀，一邊嘰嘰喳喳地叫罵著，一邊打著坐騎左蹦右跳地耀武揚威！

倭虜的首領正是桃四郎。他進入朝鮮以來，因為屢立戰功，已被任命為百夫長了。這時，他抬頭望著義州府南門的城樓，眼裡掠過一絲隱隱的憂色。

剛才他們被朝鮮士卒且戰且退地招引到義州城下，還未站定腳跟，便聽得一聲炮響，那南門城樓上便猝然升起一面寫著大大的「明」字的旗幟！

這讓桃四郎心頭頓時一震：原來大明天朝的援軍已經進了義州城！同時，他也清清楚楚地憶起了小西行長大將下的一道死命令：在沒有徹底占領朝鮮後方之前，所有武士不得擅自冒進，更不能主動追擊已躲入義州城內的朝鮮君臣。小西行長還特別交代：萬一碰上大明的軍隊，一定要先行退避三舍，絕對不能上前主動挑釁。

桃四郎想到這裡，心亂如麻：如今要進攻吧，大明國援兵已經雲集義州城，豈能冒冒失失前去主動送死？眼下要撤退吧，他手下這數百名武士一路上早已殺得性起，豈會甘心「不戰而退」？他默默地在心裡計算了一下時間，手下的倭兵們已經叫罵了足足三刻多鐘，也該收兵回營了！

於是，桃四郎大喝一聲，掄起手中那柄長長的戰刀，下令道：「收兵！收兵！改日再來！」

眾倭兵罵也罵累了，鬧也鬧夠了，一個個便撥轉了馬頭，準備應聲而撤。

正在這時，卻聽得南門城樓上又是「轟轟轟」幾聲炮響，接著那巨大的

城門「吱吱嘎嘎」地開了：一隊隊銅盔鐵甲、手持短銃長矛的大明遼東騎兵如萬丈怒潮奔湧而出，一瞬間便把這數百名倭兵團團圍住了！

「嘭嘭嘭」一陣銃鳴槍響，倭兵當中有不少人頓時中彈落馬身亡！桃四郎雙眼血紅，揮著戰刀，嘶聲叫道：「快！快！快突圍！」在他的呼喊聲中，倭卒們看到明朝騎兵越來越多地從義州城門殺出，一個個這才回過神來，號叫著像瘋狼一般開槍的開槍、舞刀的舞刀，拚命向南方衝殺出去！

祖承訓戴著虎頭銅盔，手執一柄金背大砍刀，一馬當先，衝到桃四郎面前，怒聲喝道：「你這倭虜？竟敢辱罵我天朝神兵！也罷，祖某也不願以眾凌寡，免得你們輸了不服！祖某瞧你這廝好像是這群倭虜的頭領，便和你單槍匹馬『一對一』較量一番如何？」

桃四郎看著祖承訓，頭腦裡倏地一下閃過了許儀的影子 —— 看來自己終究還是避免不了和許醫生一類的中華人氏為敵了！他雙目微閉，摒除雜念，也不多言，雙手掄起倭刀，「唰」的一聲劃起一股寒光，就向祖承訓當面直劈過來！

祖承訓勁斥一聲，手中金背大砍刀一揮，「呼」的一響，隱隱挾著風雷之聲，迎向了桃四郎劈來的倭刀！

「噹」的一聲巨鳴，二人雙刀相交，頓時火星四濺 —— 祖承訓和桃四郎連人帶馬竟各自被對方刀上傳來的勁力彈退了八尺有餘！

「這倭虜好大的腕力！」祖承訓心中暗暗嘆道，瞥眼一看手中大砍刀刀身，上面竟被那倭刀砍缺了一個深深的裂口！

他吃了一驚，抬眼卻見桃四郎手中的倭刀竟分毫未損！心念一轉之下，祖承訓急忙從背後牛皮鞘筒中抽出一條黑鐵方鐗，「呼」的一下揮擊過去。

桃四郎毫無懼色，手中倭刀劃起一道銀色亮弧，「唰」的一聲，硬接了上來！

「噹」的一響，震耳欲聾。桃四郎緊握刀柄的雙手頓時一陣劇痛，幾乎握不住手中倭刀。他皺了皺眉，又見祖承訓手中那條黑鐵方鐗僅僅被自己手中這銳利異常的倭刀劈出了一道淺淺的刀痕，自知此物堅硬難損，倘若再打下去難占上風，只得拍轉馬頭，倉皇向南而逃。

祖承訓看到這倭虜落荒而逃，不禁意氣風發，便舉鐧追打過去——那桃四郎卻如狡鼠一般只顧拚命逃竄，一時間竟讓祖承訓追之不及。

倭兵們見自己的百夫長都逃去了，便丟下近百具戰友的屍身，慌慌忙忙，且戰且退，隨著桃四郎去了。

祖承訓將手中方鐧在半空中舞得呼呼直響，高聲下令道：「弟兄們！倭虜潰敗而逃，正是我們奮勇追擊、一舉全殲的良機！弟兄們，且回城去帶足乾糧——『一不做，二不休』，追到平壤城去，殺他個痛快，好為我大明天朝爭光！」

▌祖承訓初戰平壤

「什麼？大明國的士兵真的打過來了？」小西行長聽到狼狽逃回的桃四郎報來的這個消息時，不禁大吃一驚，對他大發雷霆，「我多次警告過你們不要擅自挑釁他們——可你們就是不聽！現在，宇喜多大統領、黑田軍師和石田大人都帶領大軍返回漢城府鎮壓那些朝鮮『刁民』去了……眼下我手頭只有兩萬人馬，哪裡是他們的對手？」

「啟稟將軍：依屬下所見，大明國的騎兵似乎也不過才四五千人，」桃四郎思忖了一下，叩頭稟道，「我們平壤城裡有兩萬多武士，他們從這裡占不了什麼便宜……」

「哦？大明國只來了五千騎兵？」小西行長一聽，這才放鬆了臉色，伸手摸了摸自己的下巴，目光裡又閃過一絲戾色，「他們簡直是沒把我們日本武士放在眼裡啊！」

「小西大將：大明騎兵大概還有兩個時辰就要撲到平壤城下了，」桃四郎有些心焦，禁不住提醒道，「您欲戰或欲守，都必須儘快拿個主意啊！」

「你催什麼……且讓我好好想一想！」小西行長一聲暴喝叱斷了他的講話，背著手在議事堂急速地踱起步來：眼下大明國只來了四五千騎兵，而自己平壤城裡的日本守軍就有兩萬多人——很明顯，我們在這裡占了數量上的優勢。如果我下令閉門守城——那麼，加藤清正他們知道了就會更加嘲笑

我：以兩萬武士之眾，居然因畏懼四五千明軍而閉門不出，簡直是十足的懦夫！而且加藤清正他們還會抓住這個機會向太閣大人寫密函「添油加醋」地抨擊自己！萬一太閣大人大發雷霆，派遣使臣來訓斥和懲罰我，這可怎麼辦啊？……小西行長轉念又一想：可是黑田軍師、石田大人已經再三下令不能貿然和大明開戰！

……如果自己一時頭腦發熱和他們一戰之後，卻引來了更多的明軍攻打，又當如何呢？……

小西行長像無頭蒼蠅一樣在議事堂裡亂轉了很久。終於，在這紛紛擾擾的胡思亂想中，他從懷中摸出一塊護心銅鏡來，仰望議事堂的房頂，在心裡默默地祈道：「我懇求天照大神給予啟示：待會兒我將這銅鏡拋向半空——倘若它落地時鏡面朝上，我就拉開陣式和大明騎兵決一死戰；倘若它落地時鏡背朝上，我就緊閉城門，絕不出擊！」

看到這番情形，桃四郎也懂得了小西行長是準備乞求「神諭」了，他頓時緊張地屏住了呼吸，不敢亂說一句話！

祈告完畢之後，小西行長右手一揚，那銅鏡牽引著他驚疑不定的視線，在半空中無聲地翻轉著，最後「噹」的一聲，掉在了地板上！

在這銅鏡掉在地上的一刹那，小西行長心頭一緊，閉著眼睛沉吟了片刻。終於，他慢慢睜開了雙眼，一看之下大吃一驚：那銅鏡竟是鏡面朝上，亮晃晃地映出了自己那張漸漸扭曲的臉！

難道我們和大明國的交戰真的不可避免嗎？小西行長耳朵裡「嗡」的一響，坐回了虎皮帥椅之上，怔怔地看著那護心銅鏡，沉默不語。

隔了半晌，他突然瘋了似的從虎皮帥椅上一躍而起，抓起地上那塊銅鏡又往半空中一拋！在銅鏡脫手拋出的那一瞬間，他又緊緊地閉上了雙眼，木然直立不動。

「噹」的一聲，銅鏡又落在了地上。

這一次，小西行長沒有立即睜開眼看，而是顫聲問道：「龜田……龜田，你替我看一看，這一次是鏡面朝上還是鏡背朝上？」

「小……小西大將，」桃四郎戰戰兢兢地答道，「它……它和上一次完全

一樣——又是鏡面朝上？怎麼？神的這個啟示不太吉利嗎？」

「啊！——」小西行長號叫一聲，雙目圓睜，抽出腰間的倭刀，掄在手中，一步衝了上前，手起刀落，「嚓」的一聲將那塊護心銅鏡一劈為二！

在桃四郎驚駭的目光中，小西行長猛地抽刀抬頭看著他，臉上如同戴了一層青銅面具般冷酷猙獰。他冷冷地吩咐道：「你馬上傳令下去：所有武士即刻守好城中的據點，再把平壤城的城門大大敞開，然後派一支隊伍出去專門引誘大明騎兵，佯敗而退，將他們引進城來——我們要像他們大明國有一句成語講的那樣——來個『甕中捉鱉』！那時候，我們就是為太閤大人立下了『西征大明』第一奇功了！」

看著倭兵們哭爹叫娘「嗷嗷」亂叫著爭先恐後地往平壤城的北大門裡逃竄而去，祖承訓不禁心花怒放，覺得自征戰沙場以來殺得從沒像今天這麼痛快淋漓過！——二十餘時辰裡疾馳數百里，飢時蘸著倭虜鮮血啃一啃乾糧，飽時躍馬橫刀如砍瓜切菜一般追殺倭虜，當真是愜意至極！

他手中方鐧向前一指，對身後的數千遼東騎兵揚聲下令道：「弟兄們！讓我們殺進城去，一舉光復平壤城，立下東征平倭第一大功！」

「祖將軍……祖將軍……」乘著戰馬與他並肩而馳的史儒再也忍耐不住，急聲勸道，「這一路殺來，弟兄們都有些疲憊了！而且天色已晚，還是休整一下再說吧！」

祖承訓卻對他的話置若罔聞，舉鐧在手，大聲問道：「弟兄們！你們累不累？」

「不累！」遼東眾騎兵齊聲響亮地回應。

「史兄！您看——弟兄們此刻士氣正旺著呢！」祖承訓這時才轉頭對史儒說道，「氣可鼓而不可泄啊！待我們殺進平壤城，一舉掃平倭虜之後，再來好好休整一番，如何？」

「祖將軍！屬下並非不想破倭立功而歸……只是，依屬下看來，這些倭虜一路上且戰且退，餘勁未盡，似有誘我入城之意，謹防其中有詐啊！」史儒急切地說道，抬頭望瞭望平壤城樓上一片異乎尋常的死寂，又道，「況且我們大明將士對平壤城內的地形毫不知曉，萬一他們設了伏兵狙擊……」

「倭虜愚鈍之極，哪裡懂得這般精妙的用兵之道？」祖承訓哈哈一笑，「就算他們設有伏兵狙擊，我遼東鐵騎來去如風，縱橫自如 —— 他們又能把我們怎麼樣？……史兄，你怎麼也和那些沒用的朝鮮君臣一樣『畏倭如虎』了？」

「祖將軍！千萬不可輕敵大意啊！」史儒臉色漲得通紅，仍是懇切地勸說道 —— 只因李如松少帥曾有諄諄告誡與深深提醒，值此緊要關頭他焉能不盡忠諫之責？！

「這樣吧！你帶兩千弟兄在城門口處殿後，」祖承訓很不耐煩地說道，雙腿一夾胯下坐騎，一溜煙衝上前去 —— 他的聲音已是遠遠傳了回來，「我和戴朝弁帶領三千弟兄先行殺進城去……」

戴朝弁應了一聲，招呼手下騎兵緊緊跟在祖承訓身後追殺著那些倭兵們一路進了平壤城北大門。

那倭兵們一進平壤城，便東一夥西一簇地四下逃散開來，紛紛鑽進了城裡的大街小巷。

祖承訓見狀，便讓戴朝弁和自己各領一支騎兵，一左一右各自沿著一條大街追殺下去。

往前追趕了沒多久，祖承訓發覺街上的倭兵似乎越來越少 —— 四下裡更是靜得可怕！他心頭微微一動，一閃念間憶起了史儒的勸告，急忙勒住了坐騎，正欲停下來冷靜觀察前面的情況。

就在這時，斜刺裡火花一閃，「砰」的一聲，一顆飛彈疾射而至，正中他手裡高高揚起的那柄黑鐵方鐧！「錚」的一響，他只覺右腕一麻，一股強大的震彈之力險些讓他那柄方鐧脫手飛了出去！

「有伏兵！弟兄們小心啊！」祖承訓還沒喊完，他的聲音就被淹沒在鋪天蓋地的槍彈嘯聲之中了！

遼東騎兵們一個個身在明處，且又不易下馬躲避 —— 連人帶馬竟被埋伏在暗處的倭兵們當成了「活靶子」打得毫無還手之力！

祖承訓見敵人的槍彈來得這般密集，手下的弟兄們短短一刻鐘工夫被擊得人仰馬翻地倒了一大片！他頓時急得雙眼通紅如血，大聲喝道：「退！快

退！快退！」撥轉馬頭，沿著來路，揮著方鐗，帶著大家倉皇而退。

倭兵們此刻藏身在各個沿街的土堡和民房裡，採用「筒炮狙擊法」，用雨點般密集的槍彈猛烈地封鎖了各個路口。祖承訓他們每闖過一個路口，就要付出犧牲上百個兄弟的代價！

終於，眼看著離北大門越來越近了——祖承訓和從另一條大街拚殺過來的戴朝弁會合後，慌慌張張向前疾馳而去。

正在這時，兩邊小巷裡猝然殺出兩支日本騎兵，從中攔腰一剪，將祖承訓和他手下的大部分弟兄們截斷開來！戴朝弁也被日本騎兵阻斷在他後面！

祖承訓急忙回馬欲來搶救，奈何倭卒一個個兵強馬壯攔在前面，終是衝不過去！而戴朝弁在倭虜的包圍圈中左衝右突也不得脫身——他一瞥到從巷口裡湧出的倭兵越來越多，便揚聲向祖承訓道：「祖將軍！不要管我們了——你快快去吧！我們等著你和李如松大帥今後來給弟兄報仇啊！」

他話音方落，一陣槍響猝然而起——戴朝弁胸前頓時應聲濺開了碗口大小的一朵血花！他一咬牙，用盡最後一股勁力「呼」的一下擲出手中大刀，砍在一名倭兵的頭上——二人同時落馬身亡！

「戴兄——」祖承訓嘶聲號哭起來，兩眼淚水頓時奪眶而出！他正在猶豫之際，身後北大門處突然傳來一陣喊殺之聲。他回頭一看，原來是史儒帶領守在城外的兩千人馬前來接應了！

不料，在平壤城裡的大街小巷中，無數倭兵如同從地底下冒出的幽靈一般，一下便向祖承訓、史儒和遼東騎兵們飛撲包抄而來！

「祖將軍快走！」史儒一拍戰馬，帶領手下騎士向著瘋狂撲來的倭兵們迎去，「我和弟兄們掩護你！」

祖承訓望著史儒撲向敵群的背影，眼前立時被淚水模糊了——他重重地一點頭，撥馬轉身，胯下坐騎一躍數丈，片刻間便衝近了北大門！身後，馬蹄聲、喊殺聲、槍響聲、驚呼聲交織在一起，把平壤城變成了一座鮮血橫溢的地獄！

眼看著祖承訓就要衝出北大門了，桃四郎端起了火繩槍，瞄準了他的背心，正欲開槍——斜刺裡一柄倭刀伸過來將槍身往上一挑！

「砰！」桃四郎這一槍頓時失去了準頭，一下便打偏了 —— 子彈貼著祖承訓頭盔頂上射了過去！

「你……」桃四郎怒衝衝扭頭一看，不由得呆住了 —— 用倭刀挑起他槍身的人竟是小西行長！

小西行長沒有瞧他，仍是自顧自地冷冷看著祖承訓飛馳而去的背影，緩緩說道：「這個人竟有那麼多的手下願意保護他 —— 看來，他是個大人物。我們要活捉他，並把他獻給太閣大人作為我們此次伏擊大獲全勝的證據！」

死裡逃生

祖承訓倉皇逃出平壤城時，手下只剩了幾百名遼東騎兵，一個個都是傷痕累累、渾身鮮血。

他們絲毫不敢停留，馬不停蹄地往義州城方向奔逃。不料，倭虜卻毫無罷手之意，竟也派出了一支精銳騎兵，由小西行長親自帶領，隨後緊追過來！

祖承訓被倭兵們追得「叫天不應，呼地不靈」，幾欲揮鐧自碎天靈 —— 但一想到戴朝弁、史儒等將士臨死之前的呼喊與囑託，他又停住了舉鐧自絕的手：自己真不能死啊！眼下，只有自己親眼見識到了倭虜的狡詐與陰狠，也只有自己以數千兄弟的性命為代價換來了對倭虜戰術的了解 —— 而這一切，都是不久後即將前來赴朝平倭的李如松大帥所必需的啊！自己為圖一時義憤而自殺了，那麼誰又來把這一切告訴朝廷和李大帥呢？一念及此，祖承訓便咬緊了牙關，拚命向前逃去！

然而，他們的馬匹經過這二三十個時辰幾乎沒有間斷的賓士，早已是累得口吐白沫、步履艱難！日本騎兵緊跟在後，亦是越來越近了！

正在這時，前邊出現了一片樹林。祖承訓他們剛一奔進樹林，便聽得道邊樹叢之中也傳出一片馬蹄之聲！

「哎呀！想不到倭虜在這裡也設了伏兵！」祖承訓長嘆一聲，拔出鞘中寶刀，便要往脖子上抹去，「罷了！罷了！史兄！戴兄！祖某到黃泉下陪你們來了！」

「嗖」的一聲，側面一支飛鏢破空疾射而來，「噹」的一聲，將他抹向脖子的那柄寶刀擊落在地！

祖承訓茫然轉首，卻見是一位英姿颯爽的朝鮮女將率領一群朝鮮義士飛馬馳近，抱拳一禮說道：「天朝將軍大人！小女子宋貞娥聞得天朝大軍攻打平壤城，與眾義士馳援來遲——還望恕罪！」

祖承訓呆呆地看了她一眼，深深嘆道：「宋姑娘，我等攻打平壤城時中了倭虜伏兵狙擊，已經輸了！——倭虜眼下正在追殺我們，你們也快快逃命去吧！」

宋貞娥先前在尚州之戰被打散之後，就一直和朝鮮義士們四處游擊倭寇。今日她得知有大明騎軍突襲倭寇占領的平壤城，便連忙和一隊朝鮮義士趕來支援，此刻見了祖承訓他們，才知道明軍已然敗了。她當下沉吟有頃，急忙向祖承訓說道：「既是如此危急，事不宜遲，古語云：『事急從權。』天朝將軍大人，你們快快和我們換了馬匹和衣甲——我們掩護你們撤退……」

「這……這可使不得……」祖承訓和他手下的騎兵們頓時口吃起來。宋貞娥甚是著急，一拍坐騎，逕自上前，皓腕一揚，倏地一把摘下了他的虎頭銅盔，又一下扯下了他身後的大紅披風，拿在自己手中。然後，她右肘往祖承訓脅下一撞，將他一下摔下了戰馬。

祖承訓若不是因為先前戰得精疲力竭，豈能這般容易被她奪盔扯衣、摔下馬來？他一個跟蹌站定了身形，正自驚詫之際，宋貞娥又是凌空飛躍而起，坐在了他的栗紅戰馬之上！

就在宋貞娥飛身躍上祖承訓戰馬的這一瞬間，她已以極快的速度戴上了他的虎頭銅盔，披上了他的大紅披風。而後，她腳下一磕馬鐙，向著祖承訓深抱一禮，道：「天朝將軍大人！珍重！」說罷，胯下戰馬已向著來路疾馳而去！

淚水頓時再一次模糊了祖承訓的眼簾——他突然對手下那數百名遼東騎兵喊道：「我們走！我們今後一定要重整旗鼓奮勇殺回，狠狠地替朝鮮百姓們打跑這些倭狗！」他的聲音喊到後來，竟哽咽得有些嘶啞了。

樹林外，小西行長等人飛馬追至，陡然見眼前紅影一閃，那個「祖承

訓」伏在栗紅戰馬上從林中直衝而出，揚手之間「嗖嗖」數聲，幾支飛鏢迎面射了過來！

小西行長急忙揮起倭刀，一下便砍落了向自己面門射來的那支飛鏢！然而，他身後的幾個日本騎兵身手卻沒有他這般靈敏，「啊啊」幾聲慘呼過後，已是中鏢落馬了！

「大明國的『大人物』也是狡獪狡獪的！」小西行長低低地怒吼了一聲，看到「祖承訓」撥馬往右邊一條小道疾馳而去，便用手中倭刀一指，率著日本騎兵們追了過去。「一定要將他活捉！」

追著追著，到了林間一片空地之上，「祖承訓」胯下的戰馬終於不勝勞累，驀地仰天長嘶一聲，兩隻前腿便似折斷了一般「撲通」一聲跪倒在地！

這一下馬失前蹄，將那個「祖承訓」甩得從馬鞍上飛了起來！卻見「他」猶如靈燕掠空般飄然而起，借著那一甩之力飛出四丈開外，方才輕輕巧巧地落下地來！

然而，「他」身手再是敏捷，也比不過倭兵的追風駿馬來得快 —— 片刻間，小西行長和手下的日本騎兵已追上來將「他」團團圍在了當中。

小西行長看了一眼和他一同追來的日本忍兵首領服部正全。在這群人馬當中，只有他是懂得漢語的。

服部正全會意，向著垂頭不語的那個「祖承訓」用漢語講道：「大明天朝大將閣下，我們小西行長大將希望您能停止無謂的逃跑與廝殺，和我們一道返回平壤城吧！在那裡，您將會受到我們日本武士隆重的禮遇！」

那個「祖承訓」久久地站在那裡一動不動，只是沉默著。

服部正全仔細地觀察著「他」，忽然在心底冒起了一縷不祥的預感 —— 果然，只見「祖承訓」身形一動，身後披著的大紅披風便如一片赤雲般旋舞開來，幾乎使在場日本騎兵的雙眼眩暈！

在他們感到眩暈之時，那片赤雲之中猝然有束束寒光迸射而出 —— 一陣慘呼之聲隨即響起，又有七八個日本騎兵中鏢跌下馬來。

「破月一刀斬！」服部正全大喝一聲，手中倭刀凌空一舉 —— 連人帶刀從馬背上沖天而起，化作一道寒電「唰」的一下朝著那片赤雲直劈而下！

「服部君不可傷他性命！」小西行長急忙大喝。

卻聽「嗤」一聲裂帛破竹似的聲響，那片赤雲被一劈而開──服部正全的倭刀刀鋒緊緊貼在了「祖承訓」的頭盔之上定住，一動不動。而服部正全雙手執刀，也是一動不動地站著。他的脅下卻有一縷鮮血沁出──一支鋼鏢深深插了進去！

少頃，那頂虎頭銅盔突然「嘶」的一響，自上而下裂成了兩半，往兩邊落了開去！

隨著兩半頭盔分墜而下，裡邊烏雲般的秀髮飄然而下，一張瓊雕玉琢般清麗脫俗而又英氣盎然的面龐赫然而現！

「是妳？」小西行長一眼便認出了她是那位「朝鮮第一秀女」，不禁興奮得有些失態地叫了起來！他打馬上前，用火繩槍逼住宋貞娥，嘻嘻笑道：「雖然沒能抓住那個大明國的大將給太閤大人當禮物──但是，我想：倘若把妳送給太閤大人，他會更加喜歡的。」

聽到這段話時，宋貞娥的雙眸忽地閃了一閃，緊握在掌心那最後一支準備用來刺喉自盡的鋼鏢「叮」的一聲鬆手落在了地上。她自幼生活在與日本國對馬島一水相隔的東萊府，見慣了倭商出入來往，多多少少還是聽得懂一些倭語的。

她的神情忽然變得無比鎮定和超脫，輕輕抬手攏起遮擋在頰邊的幾絡長髮，那白玉無瑕的臉龐隱隱掠過了一絲莫名的堅毅。

▌倭寇屠城

「哦？小西行長在平壤城伏擊消滅了三千五百餘名大明國的騎兵？」站在朝鮮晉州城下指揮日軍攻城作戰的加藤清正聽到自己布置在小西行長身邊的「眼線」送來這個消息時，表情有些複雜地往平壤城所在的方向望了一眼，眸中掠過了一絲嫉妒之色。

他慢慢轉身看著福島正則，冷冷說道：「福島君，小西行長那傢伙現在一定十分得意吧？他讓宇喜多秀家把我倆調遣到晉州這樣偏遠的城池來作

戰，卻拚命將立功揚名的機會緊緊抓在自己手裡……對你我實在是太不公平了……」

福島正則深深嘆了一長口氣，搖了搖頭，有些無奈地說道：「加藤君……石田三成和小西行長現在很受太閣大人的寵信，我們還是不要和他們再爭執什麼了！……正則很擔心他們會到太閣大人那裡偷偷說我們的壞話呢！……」

「哼！一群只知道圍著太閣大人拍馬吹牛的小人！」加藤清正不屑地撇了撇嘴，「太閣大人也真是的——難道他不懂得要想真正征服大明，非血流成河、屍積如山不可嗎？小西行長和石田三成都是『前怕狼，後怕虎』的懦夫——他們不想去惹大明國，結果大明國還是派了騎兵過來『不宣而戰』了嘛！」

福島正則望瞭望屹立在前方的晉州城，忽然心中一動，似乎想起了什麼似的，對加藤清正說道：「哎呀！加藤君！小弟忽然想起來了——這晉州城南臨渤海，和大明國的登州府、萊州府隔海相望……如果我們和大明國開戰的話，他們的戰船從渤海對面的登州、萊州駛過來，路程太近，『朝發而夕至』，會讓我們措手不及啊！……」

「嗯……福島君說得很對啊！」加藤清正目光一閃，朝著西南面的海灘遠遠望去，深深地點了點頭，「是啊！現在看來這小小的晉州城也並不是地圖上一個無足輕重的偏遠城池了！」

說到這裡，他的鼻音重重地一頓，一下握住了腰間的刀柄，冷冷道：「哼！小西行長不過是擊斃了三千五百名大明騎兵——而我加藤清正卻能『防患於未然』，一舉拔掉晉州城這個令大明國垂涎不已的水師戰艦登陸要地——讓太閣大人來親自評判一下，究竟我們兩個誰的功勞更大？！」

「是啊！加藤君——咱倆也要在晉州城裡一舉打響咱倆的名頭！」福島正則聽得有些興奮起來，不禁臉放紅光，躍躍欲試，向加藤清正說道，「你吩咐吧！我們該怎樣拔掉這座晉州城？」

「集中我們全部的兵力，以泰山壓頂之勢，晝夜不停地猛攻，」加藤清正捏緊了腰間的刀柄，陰森森地說道，「而且是不惜一切代價、不擇手段地

猛攻……架火雲梯、射火舌箭、挖地道灌『五毒水』……什麼招數都給我用上！我加藤清正不相信這樣做了之後還攻不下來……」

「不惜一切代價、不擇手段？」福島正則看了加藤清正一眼，感慨地說道，「加藤君真是一個可敬可畏的『拚命三郎』啊！」

「你不要學小西行長和石田三成那樣油嘴滑舌地來討好我 —— 本人『可敬』根本談不上，『可畏』倒是有那麼一點點兒。」加藤清正手腕一抖，「錚」的一聲，那窄長的倭刀刀身有大半脫鞘而出 —— 在半空中一彎弦月清冷光華的襯照之下，那倭刀刀身反射起一片森森寒芒，映在他花崗岩一般的冷峻面龐上，顯出一種可怖的鐵青之色！他的口吻仍是那麼陰沉：「當然，這可能會讓我們的武士承受非常艱辛的代價。不過，我們今天付出的代價，將來要讓他們朝鮮人百倍、千倍、萬倍地償還！—— 等我們打下晉州城之後，就立刻毫不留情、毫不手軟、毫不拖延地把城裡所有的朝鮮人統統殺光，一個活口也不要留！」

聽到這些話，福島正則只覺得渾身一寒，不禁汗毛直豎 —— 這個加藤清正的殺氣真是太濃烈了！

他隔了半晌，才鼓起勇氣囁嚅道：「加藤君，你真的要把晉州城裡的朝鮮人都殺光？那裡面可有八萬多個朝鮮人啊……還有，加藤君難道連那些老人、婦女和兒童都不願放過嗎？」

「當然。清正我就是要血洗晉州城 —— 倘若這樣做了，一定會讓其他地方企圖負隅頑抗的朝鮮人不寒而慄，他們一想到這件事就會魂飛魄散，就會向我們日本武士望風臣服的！」加藤清正用狼一樣殘忍的目光盯著晉州城，緩緩地開口了，「而且，遠在千里之外的大明國知道了，也一定會對我們日本國望而生畏的 —— 也許，他們就不敢再來援助朝鮮了吧！」

「這當然是我們最希望看到的結果啦！」福島正則也抬眼遙望著西南方的海灘，喃喃說道，「可是……加藤君，你想過沒有？我們一定會被大家唾罵成劊子手和殺人狂的……背著這樣的惡名，你……你承受得了嗎？……」

「哼！這有什麼承受不了的？被罵成劊子手和殺人狂又怎麼啦？我們這是在為大日本國『天下布武、總齊八荒』的萬世偉業掃清一切障礙啊！所

有的日本同胞都會永遠感激我們的！」加藤清正有些詫異地橫了福島正則一眼，非常平靜、非常自然地說道，「福島君！我的一切行為動機都十分清晰明瞭！」

「首先，說實話，我從不相信那些被我們征服了的朝鮮人會真正徹底地臣服在我們腳下⋯⋯這個世界上，只有死了的朝鮮人才會讓我真正放心，因為他們絕對不會再反抗了。這是我喜歡『屠城』的一個根本理由。」

「還有，既然晉州城是大明國水師戰船登陸的必需之地，那麼它反過來也正是我們日本國水軍停駐的最佳要塞！我們的水師今後倘若要進攻大明 —— 它可是大大的有用啊！所以，晉州城只能牢牢掌握在我們日本將士手裡，絕不能出任何意外。但是，福島君您想過沒有？如果我們不把城裡所有的朝鮮人殺光，他們萬一和前來進攻我們的大明國士卒內外勾結怎麼辦？那時候，我們腹背受敵，實在是太危險了！所以，為了一勞永逸地消除這個隱患，我們就只有毫不手軟地殺盡這些朝鮮人了！」

世間已無張居正

在白色的天空之下，朱翊鈞茫然地行走在荒原之中，無數的明軍屍體橫七豎八地躺在地上，鮮血「汩汩」地流成了一條條小溪 —— 把一面面「明」字軍旗浸得通紅通紅⋯⋯

朱翊鈞呼喊著，奔跑著，卻無人回應。他第一次感到了孤獨無助。突然，他腳下一滑，險些跌倒在地 —— 天空冒出一條巨大的烏蟒，瞪著火球般灼亮的眼睛，吐著長矛般銳利的毒芯，劈頭向他一口咬來⋯⋯

「啊 ——」一聲大喊在乾清宮內的寢室裡猝然響起。朱翊鈞睜開雙眼，一下掀開御榻上的金色緞被猛地坐了起來 —— 原來剛才那一幕可怕的情景是一場噩夢啊！

他「呼呼」地喘著粗氣，全身上下冷汗淋漓。和他同榻而眠的鄭貴妃也被驚醒了，急忙拿過枕邊的雪絨毛巾為他擦拭著臉龐上的汗珠。

「陛下⋯⋯別怕，別怕⋯⋯」鄭貴妃雖然自己的心臟也是驚得怦怦亂跳，

卻不形之於色，柔聲寬慰著朱翊鈞，「您是真龍天子，自有百靈佑護，那些妖邪鬼魅近不了您的……」

「不是妖邪鬼魅！」朱翊鈞一把握住了鄭貴妃的玉手，他那胖圓的面龐在紗簾外幽幽燭光映照之下顯得煞白，「朕夢見有好多的大明將士戰死在荒野裡……」

他正向鄭貴妃說著，寢宮門口處傳來了司禮監秉筆太監陳矩怯怯而又慌張的聲音：「陛下！奴才該死！奴才叨擾您了—— 薊遼總督顧養謙有兩道八百里加急快騎軍情訊報剛剛送到！奴才等不敢怠滯，連夜便呈來請您閱示。」

「軍情訊報？」朱翊鈞一把掀開黃帳，便欲起身出去。鄭貴妃急忙將他拉住，披了一件九星曜日銀色衣袍在他身上。

朱翊鈞三下兩下穿好了銀色衣袍，邁步來到寢宮外殿，揚聲吩咐道：「你且將那軍情訊報呈送進來！」

只見陳矩將兩份打了火漆黏了雉羽的文書高舉過頂，雙膝跪地，垂著頭，以膝代步，急急挪了進來。

朱翊鈞快步上前，伸手拿過了那兩份軍情訊報，正欲打開來看，忽又停住了手，向陳矩命道：「你且到宮門外等著去！」

陳矩應了一聲，躬著腰、垂著手、低著頭急忙退了出去。

朱翊鈞這才匆匆將那兩份軍情訊報翻開，傍著外殿中的粗大銀燭細細看了起來。

看完了第一份軍情訊報，他面色忽地一青。看完了第二份軍情訊報，他面色又是一紅。然後他靜立有頃，驀然「啊」的一聲大叫，將手中兩份軍情訊報一齊拋在了地板之上！

「陛下……」已經穿戴整齊的鄭貴妃此刻正巧出了內殿，看到這一幕情形，不禁失聲驚問，「您千萬不可因怒傷身啊……」

朱翊鈞垂頭坐在外殿的御座上，沉默了片刻，才抬眼看著鄭貴妃，深深一嘆，目光裡溢出了無限的悲涼：「看來，朕今晚做的這個噩夢成了真了 —— 顧養謙送來了緊急訊報，說遼東副總兵祖承訓貪功冒進，在平壤城遭

到倭虜伏兵狙擊，參將戴朝弁、游擊史儒遇難，一共折損了三千五百餘名遼東精銳騎兵。還有，倭虜於近日攻陷了朝鮮晉州城，猶如瘋狗惡狼一般，竟將城裡八萬多名朝鮮百姓殺光，做到了『婦孺不留，死無噍類』！……」

「啊？！」饒是鄭貴妃一向沉靜自恃，她聽到這裡亦禁不住玉容失色、驚呼失聲！

「這倭虜在平壤城殺害了我大明三千五百多名健兒之後，隨即又大肆屠殺了朝鮮晉州全城八萬無辜百姓 —— 他們這是在向朕示威！是在向我大明天朝示威啊！」朱翊鈞在御座上仰起頭來望向寢宮外殿那高高的藻井穹頂，兩行清淚從腮邊無聲地緩緩流下，「看來，無論朕多麼奮起振作、無論朕多麼勵志有為 —— 朕畢竟不是漢武帝、唐玄宗那樣的中興明君啊！朕始終不過是中人之才罷了！依靠朕的赫赫天威，終究彈壓不住那如狼似虎、殘暴陰毒的倭虜啊！……朕……朕真是無能啊！……」

「陛下……」鄭貴妃噙著熱淚，上前款款勸慰道，「勝敗乃兵家常事……您切切不可妄自菲薄、自責自卑啊！……」

朱翊鈞卻彷彿沒有聽到一般，只是沉浸在自己的深深思索裡，久久沉默不語。

驀地，他一拍御座的扶手，挺直了身，向寢宮門口處大呼道：「陳矩！你們立刻給朕備駕！朕要到御書房去！」

御書房裡燭火通明。朱翊鈞一步一步走了進來，步履顯得沉緩而艱難。身後，鄭貴妃和陳矩也心事重重亦步亦趨地跟著。

朱翊鈞突然停住了腳步，卻不回頭，沉聲吩咐道：「陳矩，你退出去吧……同時給朕交代下去：朕要在御書房裡籌思軍國大事，任何人不得近前打擾。」

「奴才遵旨。」陳矩應了一聲，恭恭敬敬地垂手退了出去。在退出房門的時候，他輕輕地為朱翊鈞閂上了門。

鄭貴妃雖然覺得朱翊鈞今夜的反應有些異常，但她也懂得這是朱翊鈞得知朝鮮那邊兩大凶訊所致，便很有分寸地控制著自己的表情和舉動，絲毫不敢去貿然觸動朱翊鈞那繃緊的心弦。她看到，自從朱翊鈞進了御書房後，他

的目光就一直盯在房中裡間那個緊緊關閉的小門上。她的心頭不禁浮起了一絲驚疑，卻又不敢問話出口。

朱翊鈞也沒顧她，緩緩邁步上前，一直走到了那扇小門前，他一步一步向它走近，每向前走近一步，他臉上的表情波動就更加強烈一分。

終於，朱翊鈞走到那扇小門前不足半尺的地方停了下來。他緩緩伸出了手，像推開一座千斤巨閘一般緩緩推開了這扇小門。

然後，他頭也不回地邁步走了進去。隔了片刻，他的聲音才從裡間內低低地傳了出來：「愛妃 —— 妳且進來……」

鄭貴妃連忙輕輕應了一聲，微低著頭，蓮步輕移，走了進去。只見裡間的房頂上懸掛著一顆碗口大小的夜明珠，光芒四射，照得房內亮堂堂的。朱翊鈞卻跪坐在東面牆壁上的一幅圖像之下，恭敬至極地叩著頭。

待他叩首完畢後抬起頭來，已是滿面淚光。他哽咽著說道：「愛妃，妳過來，也給朕的師傅叩頭行禮。」

鄭貴妃依言走近跪下，仰面一看，卻見那圖上畫著一位頎面秀目、鬚長及腹、不怒自威的紫袍長者。那長者畫得是面目如生，雙眸中流溢出一股躍然紙上的勃勃英氣，讓人不敢正視。

鄭貴妃沒有多問，伏地便給那圖中長者連叩了九個頭。

看到鄭貴妃做得如此自然、毫不勉強，朱翊鈞很滿意地向她投來了一縷深深讚許的目光。然後，他慢慢地開口道：「愛妃，你知道朕适才所拜的這位師傅是誰嗎？」

鄭貴妃無聲地搖了搖頭。

「他就是朕一生之中最為敬佩的張居正師傅，」朱翊鈞的眸中閃出了瑩瑩的淚光，「你也許不知道：每當朕軟弱、彷徨、無助的時候，朕都會來到這裡向他傾訴、向他請教 —— 讓他陪朕安然渡過一個又一個難關……」

「張居正？」鄭貴妃大吃一驚。她聽到宮中年長的內侍和宮女談起過：張居正是一代「奸雄」，竊操國柄近十年，當年對皇宮大內的管制也極為嚴屬，竟逼著皇帝省盡一切無益之費，把所有的錢財銀兩統統收繳進了國庫，說什麼要「導君從儉而致國富」，十分「摳門」。所以，皇帝在他患病身歿之

後，立刻便以「專權亂政、罔上負恩」的罪名削了他先前的官秩、抄了他的家。從那以後，陛下再也不許任何人在他面前提起張居正。

然而，她沒想到的是：這個朱翊鈞當著別人的面把張居正貶斥到「萬人之下」，在暗地裡卻將他畢恭畢敬地供奉在自己御書房的密室裡頂禮膜拜，實在是匪夷所思！

朱翊鈞側過頭來瞥了她一眼，彷彿看透了她心底的疑問一般，悠然說道：「愛妃，你莫不是在心裡驚訝朕為何對張師傅『明貶暗褒』吧？」

鄭貴妃一言不答，只是緩緩點了點頭。

朱翊鈞抬起了頭，深切地望向那畫像上彷彿正靜靜地看著他的張居正，慢慢說道：「如果朕告訴你，朕的這一切做法，其實都是張師傅自己生前的意思—— 你相信嗎？」

鄭貴妃一聽，不禁驚得秀目圓睜，愕然地看著朱翊鈞。

「說實話：外面的人說朕自二十年前登基以來一直遭到張師傅的壓抑、一直對張師傅心懷忌恨、一直在暗中敵視張師傅—— 這些都是無稽之談，」朱翊鈞深情地望著張居正的畫像，彷彿沉浸到了對悠悠往事的追憶之中，不知不覺中淚水竟慢慢溢了眼眶，「朕怎麼會恨張師傅？……朕剛滿十歲的時候，先皇就駕崩了，他臨終前為朕指定了張師傅任『顧命大臣』，希望他像蜀相諸葛亮輔佐幼帝劉禪那樣誠心輔佐朕……而張師傅不負先皇所托，的的確確做到了諸葛亮那樣的『鞠躬盡瘁、死而後已』！……」

他抬起金黃色的袍袖，擦拭了一下自己眼角的淚珠，又慢慢說道：「張師傅可是朕小時候認識的第一個師傅。朕記得四五歲時有一次讀書讀乏了，他便讓朕騎在他脖子上到御花園裡觀看白玉片兒似的槐花，朕一不小心竟被槐樹的樹枝碰壞了頭皮，他慌著又是揉按摩挲又是用口輕吮……還有一次，他手把手地教朕寫字兒—— 朕的書法能夠寫得差強人意，那都是張師傅一筆一畫地嚴格教出來的。教朕練字的時候，他長長的鬍鬚常常垂拂在朕的手膚上。朕覺得有些癢癢的，一調皮，便伸手拿筆抹了他那鬍子一團溼瀝瀝的墨汁。他也不惱，就托那一鬍子的墨汁子笑著看朕，還說『陛下這是不想看到老臣的白鬍鬚啊』！逗得朕心頭那個樂啊！……想到這些，朕這心底就暖暖

的……張師傅對待朕，可真是比對他自己的親生兒子還好啊……」

他若喜若悲地自語了一陣兒，又似乎有點兒自嘲地向鄭貴妃莞爾一笑，轉瞬間又恢復了身為帝王之尊的莊重：「前邊說的，都是朕與張師傅之間的私情。單從大明朝的社稷永固來看，朕也不會憎恨張師傅的：在他輔政治國的這十年間，他力挽狂瀾，不恤人言，不避艱險，不畏豪強，勇於任事，肅清綱紀，浚通政令，整頓史治，裁撤冗員，廣行新政，為國積財，為朕留下了上千萬兩白銀積蓄和可支十餘年的太倉之粟……且說這近期討剿哱拜、東征平倭兩件大事，若無張師傅為朕夯實的牢固基礎，朕哪有底氣敢力排眾議、迎難而上？所以，朕對他沒有絲毫恨意，只有無窮的敬意……」

鄭貴妃聽到這裡，卻是秀眉微蹙，心底暗道：你口口聲聲說自己對張居正無比敬仰，為何卻在他逝世之後便將他削爵抄家？這樣回報自己最敬佩的師傅，倒是聞所未聞！

朱翊鈞又自顧自緩緩說道：「十年之前，張師傅身患沉屙，自知大限已到，便拖著病體，讓人用乘輿抬著，深夜進宮，欲見朕最後一面。朕當時已擬好了晉升他為『安國公』的詔書，準備以此略表心意。」

「不承想，他在乘輿之上見到朕親手書寫的這道詔書之後，卻苦笑著搖了搖頭，淡淡說道：『陛下，老臣已為自己身後之事代您擬寫了一道詔書的草稿。您就用它作為今天在老臣病中送來的一份心意吧！……』──朕以為張師傅是嫌朕給他的這個『安國公』爵號太低微了，心中便想：以張師傅安邦治國的赫赫功勳，無論他今日向朕提出什麼願望和要求，朕都會毫不猶豫地答應他的。於是，便接過了他擬寫的那道詔書草稿仔細閱看……」

他說到這裡，語氣驀地一頓，站起身來，走到那幅圖像下的一張紫檀木几前，打開几上放著的一方錦匣，從中拿起了一卷詔書手稿，輕輕遞給鄭貴妃道：「愛妃！妳且看一看張師傅自己臨終前為朕擬寫的最後一道詔書草稿是何內容……」

鄭貴妃急忙接過，見這詔書稿紙已然有些微微發黃，便小心翼翼地打開一看，只見裡邊這樣寫著：「老臣張居正臥病為陛下草擬詔書如下 ── 奉天承運，皇帝詔曰：查原太師、內閣首輔張居正，專權亂政，罔上負恩，挾

君作威，雖無丞相之名而已行丞相之實，違背太祖高皇帝『永不設相』之聖訓，罪大惡極。現削去其封爵、抄家充公，以儆效尤。欽此。」

看罷，鄭貴妃頓時恍然大悟。以她的聰明才智，已豁然明瞭張居正的良苦用心。她抬頭凝望著懸掛在牆上張居正畫像左右兩側的那副對聯：「願以深心奉社稷，不為自身謀得失」，熱淚頓時奪眶而出。

看到鄭貴妃的反應，朱翊鈞也失聲抽泣了起來。隔了許久，他才哽咽著說：「當時朕就嚇壞了，問他：『張師傅您為什麼要為朕擬寫這樣一道詔書草稿啊？』」

「張師傅卻慈祥地看著朕，淡淡地問道：『陛下……老臣此病難癒，大概不久便要捨你而去了……你可知道：老臣這一生所做的一切事情當中最為驕傲的是什麼？』」

「朕那時便傻乎乎地含淚答道：『大概是您十年之間填補了朕登基之時國庫裡八百萬兩白銀的虧空，同時為朕留下了近千萬兩白銀的積蓄和可以預支十年有餘的太倉之粟，從而開創了足以與唐朝『開元盛世』相媲美的『萬曆之治』……」

「他聽了之後，卻搖了搖頭，深情地笑了：『陛下，你說錯了。老臣這一生中最驕傲的事兒是：精心培育出了你這樣一位英明睿智、從善如流的賢君啊！老臣堅信：你今後一定會成為我大明朝中興之主的！』」

「朕聽了，頓時感動得淚流滿面。他撐起身來，從乘輿上伸出枯瘦如柴的手，替朕輕輕拭去了腮邊的淚，笑著說道：『你身為天子，應當『莊敬自持，凝重如山』，哭什麼啊？老臣寫這道詔書草稿，是為了掃清你將來乾綱獨斷、君臨天下、安內攘外的障礙啊！老臣在這十年之間，為了推行新政，不得不『在非常之時，行非事之事』，在朝中培植了不少羽翼。他們素來只服老臣的駕馭而不甚了解陛下的天縱之才。老臣擔心自己撒手一去之後，這些門生故吏會打著老臣的『幌子』來阻撓干擾陛下乾綱獨斷。同時，老臣也知道：你又最是敬重老臣的，自然不便與他們公開辯駁。唉……為了我大明朝蒸蒸日上，為了陛下你的脫穎而出、大顯天威，老臣願以自貶來助你一臂之力。這大概也是老臣最後一次為陛下盡忠了。只要時機一到，你將老臣草

擬的這道詔書宣示天下，此後就沒有人再敢以老臣的名義來掣肘了。你就可以放手去施展自己的雄圖大略了……」

「聽到這裡，朕當時已是泣不成聲。張師傅趕忙又用袍袖為朕拭去了滿面淚痕，寬慰朕道：『佛說：「我不入地獄，誰入地獄？」老臣生前所行，無一不是為了大明社稷；老臣身後之貶，亦是為了大明社稷。只要大明社稷能夠長治久安，老臣一己之榮辱又何足道哉！陛下，你一定要記著：老臣在九泉之下，亦將始終注視著你繼往開來、恩澤華夷，成為我大明朝中興明君啊！」

講至此處，朱翊鈞突然掩面失聲痛哭：「張師傅！可是朕終究是辜負了您的殷殷期望，也沒有照顧好您的家人：您身前為大明立法改制而得罪的豪強、清流太多了！遼王妃、張四維、吳中行、羊可立等人，蜂擁而上，攻訐不已，最後連朕也壓制不住，害得您的孩子被流放邊荒！朕有負於您啊！」

「到了今日，想那區區倭虜，竟敢橫生逆志，侵進我朝屬國朝鮮不說，居然使得我大明天朝援軍損兵折將，而且他們還大肆屠殺無辜百姓，向朕公開示威……朕之才德，恐不足以鎮服倭虜逞凶作亂之心，難以擔當大明中興之重任，更是愧對您生前的殷切期望啊！……」

「陛下！」鄭貴妃聽他越講越哀切，擔憂他從此一蹶不振，不禁暗暗著急，心念一轉，便揚聲而諫道，「您此刻在這裡哭哭啼啼、悲悲切切，只怕更不會是張師傅心中所願的了！想那漢高祖劉邦當年與西楚霸王項羽爭雄天下，屢敗屢戰，九死一生，歷盡坎坷，終於反敗為勝，一舉殲滅大敵，成就帝業；我大明太祖高皇帝，以皇覺寺遊僧之身，投袂奮起，內平諸寇，外驅胡虜，身經百戰，不屈不撓，終於肅清四海，總齊八荒！這些史實，您亦是熟記在心的 —— 相比之下，您現在據有四海之眾，坐擁萬乘之威，若能廣求英傑、擇賢而任、用人得宜，自有韓信、白起一流的良臣名將脫穎而出，區區倭虜何足懼哉？！」

她這一番話講得鏗鏘有力、擲地有聲，慷慨激昂之氣溢然而來 —— 朱翊鈞聽了，便似有一串驚雷在他心頭滾過，禁不住悚然動容，抬起頭來深切地看著她：「愛妃……」

「張居正師傅對陛下的期望是一定能成為現實的。依臣妄觀之：陛下自從接到倭虜欲犯我大明的消息以來，始終當仁不讓、勇於擔當，內修軍備，外求良將，並無朝鮮李昖那樣的荒淫廢弛之舉。由此可斷定，陛下不愧為我大明中興明君！天下有心有目者誰不心服？」鄭貴妃講得甚是豪放大氣，「此番平壤失利，不過是偶一戰敗耳！所謂『塞翁失馬，焉知非福』！陛下若能以此為戒，拾遺補闕，與申太傅、甯遠伯、李總兵、趙閣老、石尚書、宋侍郎等文武大臣齊心協力，重整旗鼓，再興義師——倭虜之敗，指日可待也！」

「謝謝愛妃這一番『醍醐灌頂』之言！」朱翊鈞臉上頓時放出了異彩，精神煥發，中氣十足——他抬頭仰望著張居正的畫像，高興地說道，「張師傅，上天奪走了您這樣一位輔國良臣，令朕遺憾不已；幸運的是，上天又給朕送來了鄭妃這樣一位『巾幗英雄』，朕實在是不勝感激。您於冥冥之中亦在為朕歡慶吧！……」

鄭貴妃也凝望著畫像中張居正那彷彿微微含笑的面容，在心底暗暗言道：「張師傅！您在九泉之下放心吧！我會牢牢記住您『願以深心奉社稷，不為自身謀得失』的銘訓，盡心竭力輔弼陛下成為一代英主明君的……」

梟雄出陣

義州城下，小西行長、服部正全率領數千日本騎兵又來挑戰了。然而，這一次義州城卻是城門緊閉，始終無人出來應戰。城樓上的「明」字大旗在風中獵獵作響。

小西行長得意揚揚地乘馬立在陣前，叫手下幾名倭兵用矛尖挑著祖承訓那被劈成兩半的虎頭銅盔和大紅披風，分別用朝鮮話和漢語叫罵著：「兀那明朝大將，打仗輸得一塌糊塗，逃起命來卻是鞋底抹油、溜得飛快，結果還是被我大日本武士奪了頭盔、扒了衣服，灰溜溜的無臉見人……你們明朝將士算什麼英雄好漢！一個個全是膿包、飯桶，還不乖乖出來受死！……」

城樓上的明軍們聽得清清楚楚，一個個捏緊了拳頭，把牙齒咬得「嘣

嘣」直響，幾乎便要衝下城去。祖承訓站在那裡也是怒髮衝冠，滿臉漲得通紅如血，卻也只能忍著不敢下去再與倭虜交戰。

下邊的倭卒們一連罵了兩個多時辰，罵得有些累了，聲音都有氣無力了。小西行長抬頭瞧了瞧天空，一大片淡淡的烏雲正從一洗如鏡的蔚藍天際直掠過來，轉瞬間便蓋到了他們的頭頂上。

「夏季裡的天氣，真像孩子的臉，變化得真快啊！」他身旁駐馬立著的一個百夫長松下犬一不禁咕噥了一句。

「看來，這天上真是要下雨了！」小西行長望著天空上的烏雲愈來愈濃，不由得皺起了眉頭，他在朝鮮已經多次遇到這樣的狀況了 —— 天一下雨，朝鮮的道路立時便是一片泥濘，戰馬前行甚是艱難。而今天他帶來的恰恰是騎兵居多，沒奈何，只得先行撤了吧！於是，他對松下犬一吩咐道：「罷了！罷了！你傳令下去，天要降雨，鳴金收兵吧！我們改日再來！」

松下犬一應了一聲，正欲拍馬上前傳令，突然間卻聞得東北角上一片喊殺之聲喧天動地而來！

小西行長等人愕然一驚，急忙循聲望去，卻見一大群頭上結辮、身披貂皮、面目精悍的騎兵猶如風捲殘雲般奔襲而至！這些騎兵們個個手上還端著一把奇怪的弓弩 —— 他們手指一扣那機簧，登時萬箭齊飛！

「嗒嗒嗒」幾聲悶響過後，小西行長扭頭一看，身邊幾個日本武士各各慘叫一聲，用手捂著胸口，紛紛跌下了馬！他們均是胸口中箭，幾乎被射穿了心！

「哪來的蠻賊？」小西行長正自驚疑之際，那領頭的一個青年已是乘馬飛馳到他面前，「呼」的一聲，掄起一柄厚刃重劍向他當頭劈下！小西行長驀地覺得臉頰上一涼 —— 原來是天空中下了黃豆般大的雨點來！在他驚得猝然睜圓的雙眸中，分明看到那青年劈來的這一劍宛若一道挾風帶雨的黑色閃電，迅猛至極！

「錚」的一聲，服部正全一刀橫架過來，死命接下了青年這一劍！

只見他倆刀劍碰撞之下，火星四迸 —— 那一聲響震得小西行長耳鼓裡一陣隱隱作痛！

他急忙撥轉馬頭，倉皇後撤了一丈二尺，這才從服部正全與那青年的戰團之中抽身逃脫出來！

「你是何人？」服部正全用漢語喝問道。

「本將軍乃是大明天朝建州衛都督僉事愛新覺羅・努爾哈赤！」那青年一勒馬韁，英氣勃發，持劍護在胸前，目光緊緊地盯著服部正全，揚聲答道，「爾等倭虜，竟敢辱我天朝、犯我天威，本將軍誓必誅之！」

「哼！那就放馬過來在手底下見真章吧！」服部正全也不示弱，揮刀如電，便又迎了上去！

小西行長在一旁聽得清楚，心裡暗暗一驚：莫非大明的後續援軍到了？這千餘名騎兵是他們的先鋒部隊？他正思忖之際，突又聽得身旁又傳來一聲淒厲的慘呼——只見拍馬殺出的松下犬一竟被對方的三支弩箭一齊射在胸膛之上，那一股巨大的勁道竟將他偌大的身軀射得離鞍飛起，像斷線風箏一般懸空直跌出去！

一見此狀，小西行長不敢大意，急忙喝令道：「各位武士快快開槍還擊！」

他話猶未了，瓢潑似的暴雨已兜頭兜腦淋了下來！這樣一來，日本武士們用火石哪裡還能點燃自己手中的火繩槍？剛一點燃，那火花便被雨點打熄了！

眾倭兵無可奈何，只得改用矛刀迎戰。不料，那些騎兵個個英勇異常，在努爾哈赤和舒爾哈齊的指揮之下，以一敵十，愈戰愈勇——竟把日本騎兵們殺了個落花流水！

義州城牆上的大明將士和朝鮮士卒看到這裡，一個個不覺士氣高漲，又見日本武士使不得火繩槍而改為近身肉搏戰了，便紛紛在祖承訓和李鎰率領之下衝出城來，加入戰團之中！

小西行長見對方士卒愈湧愈多，而己方若單憑近身肉搏根本占不了便宜，便急忙收兵，丟下六七百具日本武士的屍體，倉皇南逃而去！

「追啊！」努爾哈赤手中重劍往前一揮，向眾勇士高聲呼道，「弟兄們——殺盡倭虜便在今日！」

　　祖承訓聽了，亦是豪情大發，提著黑鐵方鐧，帶著手下遼東鐵騎，和努爾哈赤等將士們並肩追殺上前！

　　服部正全和他手下的日本忍兵們團團護持著小西行長且戰且退，正在擔心如何擺脫追擊、突出重圍，忽聽得後方一陣渾厚而悠長的鑼聲遠遠傳來──他們聽後，一個個面露喜色，但見各色家紋旗在遠處迎著風雨高高招展著，竟是黑田如水、石田三成他們帶著大隊倭兵馳援而來！

　　祖承訓抬頭向前一看，見到日軍猝然間湧來了黑壓壓一大片，急忙停住廝殺，乘馬奔到努爾哈赤身旁，疾聲道：「建州都督，眼下敵眾我寡，我們還是暫且退回義州城再作打算！」

　　努爾哈赤也往前遙望了片刻，看到倭寇確是人多勢眾，只得沉沉一嘆：「唉！本都督本欲乘這天賜良機將這股倭虜一網打盡……唉！可惜！退兵吧！」

　　說罷，他撮起嘴唇，打了一個悠長清越的呼哨，剎那間他手下的女真勇士立刻變換陣形，分為前中後三隊，以「神弩營」的射手們斷後，掩護著祖承訓、李鎰和他們的中朝聯軍依次退回。

　　服部正全和日本忍兵們正欲策馬追擊，卻被他們一陣密集的凌厲箭雨壓得抬不起頭來，只得眼睜睜看著他們安然退去了。

　　「這些弩箭好厲害！」小西行長把這一切瞧在眼裡，暗暗驚懼，「比起我們日本國槍手的『火繩槍』來也毫不遜色！」他正自驚疑之際，黑田如水和石田三成已雙雙躍馬奔到了他的身邊。

　　望著努爾哈赤和他手下騎士們遠去的背影，黑田如水撫著鬍鬚，自言自語道：「這些一身蠻夷打扮的明兵好彪悍啊！他們實在是我日本武士的勁敵！……」

　　而石田三成看著泥濘地上橫七豎八地倒著的本國武士屍體面色驟變，咬了咬牙才忍住胸中怒焰，向小西行長說道：「小西君，接到你平壤大捷的消息之後，黑田軍師和本奉行起先甚是高興，但又擔心你會遭到明軍的猛烈回擊，便帶了三萬大軍前來支援，幫助你守好平壤城……」他講到這裡，到底還是發作了，話鋒一轉，板起了臉訓斥小西行長道：「沒想到你卻因好勝心

切，違反了當初黑田軍師和本奉行『不可妄自挑釁大明』的指令，被一時的僥倖勝利沖昏了頭，竟不顧自己守好平壤城的分內之事，反而主動跑到義州城下向明兵挑戰……今日若非我們大隊人馬趕到，你和你手下這數千騎兵能否全身而退都有些難說……」

「在下……在下覺得現在我們既然大軍雲集，乾脆『一不做，二不休』，還是應該殺到義州城下反擊一番……」小西行長漲紅了臉，咕噥了幾句，忍不住囁嚅道。

聽到小西行長還不甘心就此認輸撤退，黑田如水皺了皺眉，冷冷說道：「小西君，你也看到明軍的真正實力了，我們和他們硬碰硬地交手，是占不了多大的優勢的。本軍師還是堅持原定的策略：暫時不要主動挑釁大明，退回平壤城，靜觀其變。我們必須先在朝鮮站穩腳跟，之後再圖進擊大明！」

石田三成的臉上亦露出了深深憂色：「是啊！小西君……你不知道，眼下我們在朝鮮後方的形勢嚴峻得很啊！──自六月初二到七月初八，那個朝鮮全羅道的水師節度使李舜臣，已經在泗川洋、巨濟島等地擊毀了我們二百多艘戰船……龜井茲矩、來島通久等大名都已經先後壯烈殉國了……」說到這裡，石田三成的眼眶裡頓時閃起了點點淚光。

「什麼？龜井君和來島君都是我日本國第一流的海將啊！……」小西行長大吃一驚，「朝鮮水軍這麼厲害？連他倆都遭了毒手？」

「不錯，」石田三成一談到這些事，臉上的愁雲便愈來愈濃，「我日本水師損失這麼慘重，最直接的危害便是影響了糧草補給！原來可以動用四百艘戰船運送糧食，現在一下被他們擊毀了二百多艘，只剩下一百八十多艘運輸……還要時時提防李舜臣的水軍偷襲……唉！我們各路大軍想從日本本土得到後勤補給，今後只怕是越來越難了……」

「既然不能從日本本土順利獲得糧草補給，我們可以『以戰養戰』嘛！」小西行長不以為然地說道，「石田君、黑田軍師，我們可以派軍隊到朝鮮各郡縣徵糧征餉嘛……」

「不勞你費心提醒，石田三成仍是雙眉緊鎖，愁雲難消，「你又不是不曉得──從殺進朝鮮的第一天起，我們就抽調了不少武士深入朝鮮農莊『徵

糧征餉』。可是朝鮮各地暴民也多，武士們進莊入村挨打、遇害總是不可避免！最可恨的是很多朝鮮百姓寧可把自己家中積儲的糧食燒光，寧可餓死自己，也不願留給我們……」

「他們怎麼會對我們這麼殘酷？」小西行長深深嘆了一口氣，「行長我是信奉天主教的，從來不願殘殺無辜之人。他們這麼做是在逼著我們成為『劊子手』啊！」

「已經有人不用逼就主動跳出來搶著當『劊子手』了！」石田三成咬了咬牙，狠狠地說道，「朝鮮百姓拚命和我們作對，說起來還有加藤君的『功勞』啊──他一下就屠盡了晉州全城八萬朝鮮人……對此，哪一個朝鮮人不感到徹骨穿心之痛？他們心想：順從我們是死路一條，反抗我們也是死路一條，不如拚個『魚死網破』算了……正是存有這樣的念頭，朝鮮各地的暴民才越殺越多啊……」

黑田如水亦深深嘆道：「加藤君屠盡晉州八萬百姓之事，確實給我們造成了大麻煩！他自己現在日子也有些難過嘛……前幾天他在晉州還發函給本軍師，要求我們給他送一批朝鮮奴隸過去。現在晉州成了一座空城，他在那裡連個伙夫和僕人都找不到了……」

「加藤君也真是太衝動了……」小西行長素來不喜加藤清正冒冒失失的德行，便有些不屑地說道，「他好像已經殺紅了眼，完全不顧大局，還叫嚷著要直撲大明、立下頭功呢！」

「哼！他給我們惹的麻煩還少嗎？」石田三成咬牙切齒地說道，

「這個『狂人』，只顧自己殺人痛快，卻壞了太閣大人奪朝入明的大事！本奉行自會稟明太閣大人，讓太閣大人來責罰他！」

義州城的「鳴鳳樓」上，柳成龍和李鎰設宴致謝努爾哈赤與舒爾哈齊，並邀請了祖承訓及其他大明將領作陪。

眾人剛剛落席坐定，柳成龍便雙手擎起青銅酒爵向努爾哈赤謝道：「我朝鮮與建州僅有一江之隔，乃是至親近鄰。先前我們朝鮮咸鏡道百姓與建州女真族人有過一些不快，不承想都督兄弟二人胸襟寬闊、大器大量，捨小怨而重大義，疾馳數百里前來援我朝鮮──柳某受本國大王委託，在此向都督兄

弟和列位建州好漢致謝了！」

柳成龍說罷，將爵中美酒一飲而盡。努爾哈赤兄弟謙謝了幾句，齊齊飲酒答謝。

祖承訓也起身舉杯致謝道：「都督兄弟二人義薄雲天、千里馳援，替我大明狠狠挫了一下倭虜的凶焰，殺敵近千人，立下援朝平倭第一功，祖某很是感激！今晚祖某便要與柳大人他們聯名為都督兄弟二人擬寫請功奏章，讓皇帝陛下知曉！」

努爾哈赤哈哈一笑：「區區倭虜，自恃火銃厲害，便敢挑釁我皇皇天朝——本都督身為遼東邊臣，自然是守土有責，絕不會讓倭虜在此逞凶作惡的。朝鮮與我建州同為大明藩屏，唇齒相依、骨肉相連——目睹你們陷於危境，慘遭倭虜屠戮之災，本都督若是坐視不救，豈非禽獸不如？」

他這番話說得光明磊落、堂堂正正，柳成龍和李鎰都不禁微微頷首，心道：「這女真酋長努爾哈赤年紀輕輕，卻是豪氣逼人，實在是難能可貴啊！」一念及此，他倆都頓時斂起了先前對女真人的小覷之心，和努爾哈赤交談之際愈是謙恭起來。

努爾哈赤瞧了一眼祖承訓道：「祖將軍，依本都督之見，不如自明日起，由你發函給兵部石尚書和薊遼總督顧大人，請他們再派三萬精兵前來，我建州女真部再出一萬人馬，聯手出擊，直取平壤府、開城府和朝鮮王京漢城府，將倭虜統統趕下海去！」

「這……這……」祖承訓卻將酒杯捏在手中默默地轉了幾轉，沉沉一嘆，有些無奈地說道，「自上次平壤失利之後，祖某已是敗軍之將、戴罪之身，豈敢再次自作主張妄行征伐？顧養謙大人來了訓令，更是把祖某罵得狗血淋頭，嚴詞告曰：『堅守義州，一兵莫出，靜待朝廷發落。』祖某現在哪還膽敢妄自逞強？」

「哎呀！祖將軍，眼下倭虜在朝鮮立足未穩、根基未牢，我天朝大軍若不抓住絕佳良機而大加撻伐，」努爾哈赤有些焦急地說道，「日後必有縱虎占山之悔啊！等到倭虜穩住了陣腳，夯實了根基，我們再和他們硬碰硬打，可就有些難了！您還是得把這其中的利害得失及時告知內閣和皇帝陛下

啊！……」

祖承訓聽得連連點頭，卻只是唉聲嘆氣地不敢答應。

努爾哈赤沉吟了片刻，忽然「砰」的一下放下杯盞，扭頭對舒爾哈齊說道：「舒爾哈齊！待會兒我們吃完了酒宴，就連夜趕回建州去，和龔師傅商量一下，及時準備好貢禮——」

說到這裡，他轉臉向祖承訓、柳成龍、李鎰說道：「事不宜遲——我們要速速赴京朝貢，面見陛下，請求及時發兵蕩平倭虜！」

祖承訓和柳成龍、李鎰聽得努爾哈赤談吐行事竟是這般雷屬風行、果斷有力，不禁面面相覷！

「對了，本都督剛才一時心急說錯了——倘若本都督和舒爾哈齊都回了建州，單單留下這數千女真健兒，你們也不好管束！」努爾哈赤心念一轉，伸手拍了拍腦袋，有些不好意思地笑了一笑，對舒爾哈齊說道，「你就留下來協助祖將軍他們防守義州……本都督獨自返回建州去辦那些事兒……」

「都督兄弟如此深明大義，我等真是感激不盡！」祖承訓、柳成龍、李鎰等三人急忙謝道。

▌玉碎太閣府

名護屋的太閣府黃金室裡，豐臣秀吉召來了德川家康、前田利家、豐臣秀次、蒲生氏鄉等要臣和大名一道陪他欣賞宇喜多秀家、石田三成等人從朝鮮前線送回的捷報和戰利品。

如今的太閣府內，在石田三成被派往朝鮮擔任西征大軍總奉行之後，豐臣秀吉便讓澱姬的乳母大藏卿局之子——大野治長擔任了府中總管。而今天的戰利品觀賞會，就是由他一手主持操辦的。

大野治長看到豐臣秀吉於榻榻米上招手示意開會之後，他便向黃金室門外高聲宣道：「送進第一件戰利品供太閣大人和諸位大人欣賞。」

宣畢，八個彪形大漢抬著一口巨大的紅木箱，邁著沉滯的步伐走了進來。他們「呼呼」地喘著粗氣，短短二十餘丈的距離，竟走了半盞茶的工

夫，才將這口紅木大箱抬到黃金室當中放在了地板上。

「這是什麼戰利品啊？怎麼這麼重？」德川家康在一側看得仔細，他在心頭暗暗估算了一下：這八個彪形大漢每人應該能夠抬得起兩三百斤的東西，那麼算起來這口紅木巨箱裡裝的戰利品就應該有兩三千斤之重！他心念一動：「莫非宇喜多秀家和石田三成把朝鮮王室裡的所有金銀財寶都搬回來給豐臣秀吉當戰利品啦？」

一想到這裡，德川家康看著豐臣秀吉那副嘻嘻哈哈、得意忘形的模樣，心底便泛起了一絲莫名的嫉妒！為什麼這個「猴子」的運氣始終這麼好？擁有三千里疆域的「小中華」朝鮮國，在他的手下便如紙屋一樣不堪一擊？他只用了短短兩個月的時間就侵吞了朝鮮全國十之八九的國土 —— 這簡直不可思議！看來，豐臣秀吉這個瘋狂的「賭徒」，這一次在朝鮮又賭贏了！唉！自己的深謀遠慮、嚴謹周密，終究是勝不過他的幸運啊！念及此處，德川家康不禁微微閉上了眼：冥冥蒼天就是這般待我德川家不公 —— 難道一直要壓抑著讓我德川家永無出頭之日嗎？

當然，豐臣秀吉此刻從德川家康的表情上是看不出他心底這些想法的，而且他也無暇理會坐在下席的所有人的想法 —— 自顧自忙著向大野治長興高采烈地吩咐道：「快把這紅木箱打開！讓本太閣和在座諸位瞧一瞧他們給我們日本國送回了什麼樣的戰利品？」

大野治長極為恭敬地躬身應了一聲，揮手向那八個彪形大漢示意。那八個彪形大漢各自伸手抓住紅木箱四面的木板一拉，「咻咻」數聲，便將木箱拆了開來！

剎那間，室內諸人眼前不禁一亮：在一片炫目的燦燦金光中，一張盤龍金椅赫然而現 —— 那龍鬚、那龍爪、那龍鱗，雕鏤得精緻絕倫，當真是栩栩如生，騰舞盤卷之際顯得矯健靈動，令人嘆為觀止。

豐臣秀吉看了一眼大野治長。大野治長彎著腰，「嗨」地應了一聲，上前指著那盤龍金椅向他介紹道：「石田大人說：這張龍椅乃是朝鮮國王李昖的寶座。它完全是由純金鑄造而成，是朝鮮李氏王朝至高權威的象徵。它也是日本國西征大軍為太閣大人獻的第一份戰利品，懇請太閣大人笑納！」

「嗯……很好！很好！」豐臣秀吉得意地笑了，慢慢從榻榻米上站了起來，在兩名侍婢的攙扶下，徑直走到龍椅之前，靜靜地欣賞起來。他伸出了手緩緩地撫摩著那金椅上的龍雕，自言自語道：「朝鮮國素有『小中華』之稱，它的一切典章、制度、器物都是照著大明國的仿造的。本太閣也聽人講過，大明國皇帝的龍椅和朝鮮李昖的這張金椅一模一樣，只是大明國的龍椅更高大、更氣派罷了！……」

他一邊喃喃自語著，一邊慢慢坐了上去。在坐到這張盤龍金椅上的一刹那，豐臣秀吉的腰板驀地一挺，乾瘦的臉頰上頓時大放異彩！他的心頭隨之湧起了一股君臨天下、俯瞰四海的威嚴之感 —— 這一切，讓豐臣秀吉感到一種莫可名狀的受用！

德川家康、前田利家、蒲生氏鄉等大名看到他這般神態，一個個都不禁微微低下頭去，目光裡泛起了絲絲縷縷的敬畏。

豐臣秀吉其實就像一個抓到了一大把糖果的小孩，憋著一肚子的高興，伸手拍一拍龍椅的扶手，又摸一摸椅背上雕刻的雲紋，嘖嘖稱讚了半晌，故作莊嚴的口吻裡透出深深的滿意之情來：「從今天起，本太閣暫時就坐在這椅上處置事務了。等到攻下大明國皇宮之後，本太閣獲得大明國的龍椅時便將它換下去……」

大野治長諂媚地一笑：「屬下相信太閣大人坐不了它多久的 —— 您很快就可以換上大明國的龍椅來坐了……」

豐臣秀吉很得意地哈哈一笑，就那麼安坐在朝鮮龍椅上吩咐道：「把他們送來的第二件戰利品給本太閣和諸位大名瞧一瞧……」

大野治長聽了，臉上浮起了一片深深的笑意，緩緩說道：「屬下相信太閣大人您會對這第二件戰利品更滿意的。」

「哦？是嗎？」豐臣秀吉不由得興致大發，「何以見得？」

大野治長並不直接答話，而是向外又高呼道：「送進第二件戰利品供太閣大人與諸位大名欣賞。」

這一次奉呈戰利品的卻是兩個侍婢。一個侍婢手上端著一張香木託盤，盤上放著一頂用鐵絲箍著的被劈破了的虎頭銅盔，在窗外透射進來的陽光映

照之下顯得鋥亮鋥亮的；另一個侍婢手上也端著一張香木託盤，盤上放著一件折疊得十分整齊的大紅披風。她倆邁著輕盈的碎步，像微風中的柳枝一般婷婷嫋嫋地來到豐臣秀吉面前停下。

大野治長拿起石田三成寫來的說明書念道：「七月十七日，大明國號稱『萬人敵』的名將祖承訓率領一萬精兵，無故進入朝鮮境內，對我們日本國武士猝然不宣而戰，卑鄙至極。我日本武士在小西行長大人的指揮下，臨危不亂，奮起自衛，刀鋒所指，敵軍披靡。歷時一日一夜，一萬明兵皆被我日本武士殲滅，敵將祖承訓亦為小西君斬首而亡。現謹將祖承訓所戴之虎頭銅盔和所披之大紅披風呈給太閣大人過目，以彰顯我日本武士的無敵神威！」

聽完了石田三成寫來的說明書，豐臣秀吉臉上露出了滿意的笑容。他揮手讓侍婢將那虎頭銅盔、大紅披風送到近前細細觀看了一番，然後向豐臣秀次吩咐道：「秀次，你明天將這兩件東西送入皇宮給天皇陛下觀賞，讓他也瞧一瞧我們日本武士『天下布武』的赫赫功勳 —— 看來，大明國也不過如此！我們大日本國遷都到大明國內是指日可待了！」

「孩兒謹遵父親大人的旨意。」豐臣秀次急忙跪伏答應，同時恭恭敬敬地接下了那兩個侍婢呈送過來的虎頭銅盔和大紅披風。

「還有第三件戰利品呢？」豐臣秀吉又問。

大野治長臉上忽露為難之色，走近前去，向豐臣秀吉附身低語了幾句話。

豐臣秀吉聽罷，微一沉吟，也不回視他，目光盯向別處，開口說道：「這樣吧！等本太閣辦完了正事之後，再來觀賞這第三件戰利品吧！」

說完，他臉色一正，雙眼朝堂上諸人環視了一圈，緩緩說道：「諸君，如今我日本國已經吞併了朝鮮，下一步便是向大明國長驅直入。不知諸君此刻有何良策可以獻給本太閣呀？」

黃金室內頓時一片沉寂，無人答話。

豐臣秀吉等得有些不耐煩起來，目光似刀鋒般一閃，投向了坐在自己右側首席的德川家康。

德川家康見狀，只得開口說道：「太閣大人神機妙算、謀無不成，我等智力駑鈍、無策可獻 —— 一切謹遵太閣大人指示便是。」

　　豐臣秀吉目光盯在他臉龐上足有半盞茶的工夫，才淡淡答道：「此番西征，德川公未能順利成行，實在是一大遺憾啊！憑著德川公的智勇雙全，倘若此番能夠領兵進入朝鮮，這『俯取朝鮮、進擊大明』的頭功又豈會讓小西行長僥倖奪得？本太閣實在是為德川公感到惋惜啊！」

　　德川家康聽著豐臣秀吉如此尖刻的嘲諷和挖苦，只是暗暗捏緊了袖中的拳頭，臉上卻如古井無波、平靜至極。他俯下身恭敬地答道：「屬下何嘗不想領兵西征，為太閣大人立下『俯取朝鮮、進擊大明』第一功？只因關東暴亂實是我日本國心腹之患，屬下若不前往鎮壓，西征大軍後方必然不得安寧——小西君他們自然也難以立功於外。所以，屬下雖然認為自己領兵西征未能順利成行確是平生一大遺憾，但卻並不感到絲毫後悔！」

　　豐臣秀吉見德川家康此時仍是這般沉毅不屈、不卑不亢，倒有幾分惺惺相惜之情，便也不再拿話刺激他。於是，他微笑著點了點頭，舉手向坐在德川家康下方的豐臣秀次示意道：「近日本太閣對西征大業的下一步已經有了一個比較周全的謀劃，你且執筆記錄下來，轉呈給天皇陛下以詔書的形式發布出去。」

　　「是！」豐臣秀次拿出了書簡和毛筆準備記錄起來。

　　豐臣秀吉往朝鮮龍椅椅背上一靠，半仰著身子，兩眼看著明晃晃的黃金天花板，緩緩言道：「你開始記吧！老臣豐臣秀吉敬稟天皇陛下——如今朝鮮已成我日本之屬國，大明國亦非我日本之敵手，西征大業指日可成。」

　　「鑑於此，朝鮮、大明兩國之人事部署必須儘早展開。依老臣之見，陛下應當預為籌備，隨時便會遷都於大明國之北京，立定我日本天朝之萬年基業。同時，老臣建議：請陛下任命豐臣秀次為大明國之首位關白。」

　　「另，日本關白一職，老臣建議由西征大軍總統領宇喜多秀家擔任。朝鮮關白一職，設為正副兩位：老臣建議由石田三成任朝鮮正關白，小西行長為朝鮮副關白。」

　　「老臣愚以為，陛下應當及時頒下詔書，號召日本萬眾一心，再接再厲，為『肅清四海、總齊八荒』之大業而奉獻一切！」

　　他的話一講完，豐臣秀次筆下的記錄也幾乎同時做完。大野治長拿起了

豐臣秀次所做的記錄，遞給了豐臣秀吉審閱。

豐臣秀吉細細看了一遍，見無甚錯漏之處，便提筆在記錄書上簽下了自己的名字，然後讓大野治長把書簡拿去還給了豐臣秀次。

做完了這一切，豐臣秀吉便向大野治長做了個手勢。

大野治長會意，高聲宣道：「此次西征戰利品觀賞大會到此結束，請諸位大人各自回府！」

聽大野治長這麼一說，諸位大名明白豐臣秀吉是想獨自觀賞那第三件戰利品了，一個個抱著莫名其妙的心情，紛紛告辭。

待他們全部離開之後，豐臣秀吉向大野治長斜睨了一眼，見他仍有些傻傻地站著沒動，便開口吩咐道：「大野君，你現在就下去從石田三成送的金銀珠翠、綾羅綢緞中挑選一些極品，給澱姬送過去，讓她也高興高興。」

「是，」大野治長也知道這是豐臣秀吉在故意支開自己，便垂頭應了一聲，抬腳欲走之際，忽又想起了什麼似的，提醒豐臣秀吉道，「對了，石田君送來的說明書裡稱：這第三件戰利品有些危險，希望太閣大人在『笑納』時要千萬小心……」

豐臣秀吉凌厲的目光在他臉上一刮，慢慢道：「倘若這太閣府中現在還是石田君擔任總管，他便沒你這麼多的廢話。」

大野治長臉上一片通紅，急忙垂手退出了黃金室。

豐臣秀吉看了看那兩個婢女，又望瞭望黃金室門外，沉聲說道：「去把本太閣放在榻榻米上的『寒月彎刀』拿來！」

兩個婢女立刻應聲去了他先前坐著的那張榻榻米，抬著一柄長達五尺左右的帶鞘倭刀送到了豐臣秀吉手上。他隨手將「寒月彎刀」放在了自己的膝蓋上，然後在朝鮮龍椅上坐得筆直，靜靜地等待著第三件「戰利品」被送進來。

黃金室門外，傳來了一陣有輕有重的腳步聲，漸行漸近。

「沙」的一聲，銀絲紗門被推了開去，兩個日本忍兵一左一右挾持著一位朝鮮少女走了進來。

從看到這位朝鮮少女的第一眼起，豐臣秀吉雙眸中便燃起了烈烈欲

焰——這少女很美，而且在她清麗絕俗的美貌之中，還隱隱散發著一股始終無法磨滅的勃勃英氣，彷彿聖女一般完美無瑕。這讓淫糜成性的豐臣秀吉立刻便色心大動。

那少女看起來身上似乎沒有著什麼衣褲，渾身上下只是被一匹金亮耀眼的綢緞裹著，十餘條小拇指般粗細的紅繩束縛著她的四肢，像漁網一樣將她綁得緊緊的。紅繩深深地勒入了她的肌膚，勒得她全身曲線隱隱浮現——豐臣秀吉一瞧之下，便辨認出這是日本忍者在她身上施的極難掙脫的「漁網縛」。

兩個日本忍者將朝鮮少女攜到豐臣秀吉面前，稟道：「太閣大人，她是石田三成和小西行長大人送給您的第三件戰利品——朝鮮第一秀女宋貞娥。懇請太閣大人笑納！」

「很好！很好！」豐臣秀吉在盤龍金椅上呵呵笑了起來，「難得石田君和小西君為本太閣想得如此悉心周到——本太閣會重重賞賜你們的……把她帶近一些瞧一瞧……」

「謝謝太閣大人！」兩個忍者喜形於色地應了一聲，又挾著宋貞娥走到豐臣秀吉面前一尺之處。豐臣秀吉定睛一看，卻見此時的宋貞娥玉頰緋紅、呼吸急促，一雙星目半睜半閉，眸光蕩來漾去，便如水波一般迷離。尤其是她那櫻桃般的小嘴裡，竟是禁不住流溢出一聲聲鶯啼般婉轉的淺淺呻吟。

「她哪裡像什麼『第一秀女』？」豐臣秀吉將陰冷的目光射向了兩個忍兵，「這分明是一個『蕩婦』嘛！……」

「蕩婦」二字傳入宋貞娥耳中時，她的目光跳了幾跳，緋紅如霞的臉頰肌肉頓時不易讓人察覺地微微抽搐了一下，口中的淺唱低吟卻變得更嫵媚動人了。

「不……不是……」那兩個忍兵急忙解釋道，「太閣大人有所不知：這宋貞娥身懷武藝，非尋常女子可比，且又性情剛烈，甚是棘手……石田大人為了使太閣大人順利『笑納』她，這段時間來每天都讓我們給她灌服我們日本國的極品媚藥『櫻花散』——太閣大人，這『櫻花散』的厲害，您自然是知道的……雖然她現在的神態舉止看起來像個『蕩婦』，但她其實還是一個處女呢！……」

「那好！你們就給本太閣解開她身上的『漁網縛』。」豐臣秀吉慢慢伸出手來托起了宋貞娥那被熊熊欲火燒得一片緋紅的玉頰──宋貞娥迷離而瑩亮的眸光向他拋來了一縷深深的誘惑。他感到自己的欲望也驀地勃然而起，便微微笑道：「本太閣就在這裡『笑納』她！……」

「太閣大人！石田大人臨行之前特意吩咐過我們，為了太閣大人的安全，」那兩個忍兵囁嚅了片刻，忍不住又道，「您千萬不能解開她身上的『漁網縛』──您只要將遮住她下體的綢緞撩上來就可以……可以『笑納』她了……」

說著，兩個忍者抓住遮掩在宋貞娥下體的綢緞，輕輕往上一撩，她那兩條羊脂美玉般白潤光滑的大腿便赫然躍入了豐臣秀吉的眼簾！

豐臣秀吉見狀，呼吸驟然為之一緊，口中卻冷冷說道：「你倆退下！」

兩個忍兵不敢違令，只得將宋貞娥放倒在地板上，暗自吞了吞口水，垂手退了出去。

豐臣秀吉看了看被捆得像粽子一樣放在地板上的宋貞娥，心底暗暗好笑：石田三成也太小看本太閣了！一個年齡不過二十歲的小女子，身無兵刃，而且又因為服食了「櫻花散」而神志迷亂──本太閣就是解開了她身上的『漁網縛』，她又能拿本太閣如何？難道本太閣身為「日本戰國第一奇男子」，還會怕她嗎？

想到這裡，豐臣秀吉抓起了「寒月彎刀」，「錚」然一響，抽刀出鞘，凌空劃起了一弧鋼藍色的寒芒，直向正在地板上像脫水的魚兒般扭動著胴體的宋貞娥揮下！

「嗤嗤」數聲輕響，宋貞娥身上的紅繩和綢緞頓時寸寸斷裂──她渾身一鬆，除了反綁背後的雙手之外，其餘所有的束縛已被解開！

就在這一瞬間，宋貞娥猛地一咬舌尖，用錐心的刺痛使自己的理智從一片迷情之中急速恢復──這個機會她已等得太久了！面前這個乾瘦老頭兒就是企圖侵吞朝鮮的最大賊酋！──絕對不能放過他！

她狠狠地咬著自己的舌尖，繼續用劇痛克制著自己心頭氾濫的情欲，保持著清醒的頭腦。同時又在臉上綻放著情動若火的媚笑，扭擺著嬌軀迎向豐

臣秀吉，盡量展露自己身上每一處誘人的地方……果然，豐臣秀吉慢慢蹲下身來，鼻息變得越來越粗重——他「噹」一聲放下了那柄「寒月彎刀」，雙手緩緩地摸向了她的胸脯……

猝然之間，只聽得宋貞娥「嚶嚀」一聲嬌呼，她猛一甩頭，那一束長長的烏亮的秀髮應聲飛舞而起，「唰」的一聲，如同一條粗粗的黑色絞索一下便勒住了豐臣秀吉的脖子——他全身一僵、喉頭驟緊，幾乎喘不過氣來！……

「妳……妳……」豐臣秀吉滿臉頓時漲成了一片醬紫，從喉管裡艱難地擠出了幾個字來。他雙手在空中亂抓亂舞著，兩眼一陣翻白。

「再亂動我就勒死你！」宋貞娥一邊繼續收緊勒在豐臣秀吉脖子上的那束長髮，一邊冷冷斥道。她冰冷而剛硬的聲音，讓豐臣秀吉感到了一股沁入肌骨的寒意。

他倒抽了一口冷氣，用雙手緊緊抓著頸下那條「髮繩」，絲毫再不敢亂動。

宋貞娥就用那束長髮繼續緊緊絞住了豐臣秀吉的脖子，拉著他和自己一起慢慢站起了身，對站在一旁嚇得呆若木雞的那兩個日本侍婢用倭語說道：「這老倭狗現在在我手裡——你們馬上去喊他手下所有的使臣過來……我要他當著他們的面下一道命令……」

那兩個侍婢全身都如篩糠般亂顫著，只是怯怯地瞧向了豐臣秀吉，誰也沒敢挪步。

宋貞娥見狀，心下一急，玉頸一扭，將勒在豐臣秀吉脖子上的那束長髮驀地一下拉緊，厲聲斥道：「你們還不快去——」

就在她分心開口說話的這一瞬間，被勒得直翻白眼的豐臣秀吉亂掙亂踢之際，左腳驀地踏到了地板上一個硬硬的物事上——那是他剛才放在地板之上的那柄「寒月彎刀」！

豐臣秀吉心頭一陣狂喜，強忍住自己頸部刀割似的疼痛，屏住呼吸，一邊假裝被勒得半死不活的，一邊卻暗暗用右腳的腳尖在地板上輕輕一挑——「嚓」的一聲，一道寒電平地飛升而起，一下便將宋貞娥絞在豐臣秀吉脖子上的那束長髮削斷！

　　宋貞娥不禁一個趔趄，「撲通」一聲，仰面跌倒在了地板上！她的反應也甚是靈敏，急忙就地一滾，身形如同一條銀鯉般飛躍而起，一個箭步跨上窗臺便欲逃去！豐臣秀吉的力道剛才她已經見識過了，自己硬拚下去絕對是凶多吉少——目前，自己身在虎穴，而且還雙手反縛，也只能是先避後戰了。

　　正在這一剎那，一股沉猛至極的勁風「呼」地從窗戶一側卷掃而來——宋貞娥暗叫一聲「不好」，只覺胸腹之際如遭重錘狠狠一擊，頓時五臟六腑都似翻轉了過來！她「哇」的一聲，噴出一口鮮血，整個身軀就似斷了線的風箏倒飛而回，「嗒」的一聲，摔落在黃金室內的地板上，只是掙扎著爬不起來。

　　她抬眼向視窗一望，那裡赫然鐵塔般站著一個身材魁梧的日本武士，滿腮都是鋼針似的鬍鬚——他正是豐臣秀吉手下的侍衛長鬼目幸雄，也是日本國內數一數二的技擊高手！正是他剛才伏在窗外之下伺機而發的猝然一擊將宋貞娥打成重傷、退了回來！

　　豐臣秀吉這邊已是飛快地斜閃開去站住了身形，他乘勢一把抓住那柄被用足尖挑飛起來的「寒月彎刀」，向著宋貞娥身上一壓！

　　一聲悶哼破空而起，豐臣秀吉已是收刀而立，卻見宋貞娥整個嬌軀呈「人」字形，似折斷了雙翼的白天鵝般無力地攤開在地上，她的雙膝、雙踝處沁出了絲絲鮮血……顯然，她的腳筋已被豐臣秀吉一刀挑斷了！

　　豐臣秀吉冷冷地看著她，慢慢扯下了絞在他脖子上的那一段烏髮，丟在了宋貞娥身上，拄著「寒月彎刀」，居高臨下地逼視著她說道：「沒想到本太閣貴為太陽之子，居然差一點兒死在你這小女子手裡！其實你剛才是有機會勒死本太閣的……可惜，你卻讓它白白浪費了……」

　　宋貞娥躺在地板上，忍著雙膝、雙踝處傳來的鑽心劇痛，反綁在背後的雙拳捏得骨節發響，緊咬著紅唇，激烈地喘息著，將頭扭到一邊去，毫不理睬他的那副揚揚得意之態。

　　豐臣秀吉俯下了身，用「寒月彎刀」的刀身慢慢撥轉了她的面龐，讓她正對著自己的臉，充滿淫欲的目光在她雪塑玉雕般白潤的嬌軀上游走著，語

氣裡帶著淡淡的輕薄：「怎麼？你不甘心？呵呵……本太閤把妳傷成這樣，也有些於心不忍啊……本太閤也是怕你再亂跑嘛……」

宋貞娥雙目凜然正視著他，冷哼一聲，用倭語說道：「本姑娘原本想擒住你這老倭狗之後，逼著你給那些鷹犬下令從朝鮮撤軍，最後再殺了你……沒想到你這老倭狗竟如此陰險狡猾……」

豐臣秀吉皺著眉頭靜靜聽罷，深沉地看著她，緩緩說道：「唉……妳也算是一個巾幗英雄了！能忍世間常人之不能忍，一路忍辱負重地來到這裡暗算本太閤……朝鮮國倘若能多出幾個妳這樣的人物，我日本武士又豈能在妳國中暢行無阻，所向無敵？這樣吧！妳若自此斷了復國報仇的念頭，跟了本太閤為妾，本太閤便不計前嫌，讓妳擁有享不盡的榮華富貴 —— 妳考慮一下如何？」

「呸！」宋貞娥將一口帶血的痰猛地啐在了豐臣秀吉臉上，冷聲斥道，「我宋貞娥若貪圖榮華富貴，也不必前來日本行刺你這老倭狗了！今日本姑娘謀事不成，反遭你的毒手，亦是無話可說。你要殺便殺、要剮便剮！只求你殺死本姑娘之後，能將我的雙眼挖出來，懸在你日本國國門之上，讓本姑娘死後可以看到你們這些倭狗有朝一日從我朝鮮潰退而回的情景……」

盯著宋貞娥義形於色、堅貞不屈的神情，豐臣秀吉的臉色一瞬間變得十分鐵青僵硬，他倏地又換上了一副陰陰的詭笑：「妳真是太剛烈了 —— 本太閤怎會捨得讓妳死哪！本太閤要讓妳好好活著，好好侍奉著本太閤高高興興地一起到妳們朝鮮王宮巡幸啊……」

他正喋喋不休地說著，卻瞥見宋貞娥突然面色一寒 —— 他心念一閃，還沒反應過來，她已暗暗用反綁在背後的雙手在地板上一撐，上身陡然一挺，雪白的玉頸猛地撞在了他那柄「寒月彎刀」足可吹毛斷髮的鋒刃之上……

一股滾燙的熱血激噴而起，濺得他滿臉都是。他呆呆地看著宋貞娥，怎麼也沒料到她竟是這等剛烈 —— 只見她雪白的面頰飛出了一片燦爛的微笑，和著那紛飛的血花，一齊美得令人心碎！同時，她最後的聲音一個字一個字硬硬地敲在了他的耳膜裡，久久地震響著：「你什麼也搶不到……你永遠也搶不到……」

▌驚天之謀

　　太閤府的後院裡，大野治長帶著兩個侍婢，抬著一箱從朝鮮王宮搜掠來的上等金銀珠翠和綾羅綢緞，剛剛走到澱姬所居的「櫻香閣」簷下，便聽得她深含嗔意的聲音從裡邊傳了出來：「上一次本夫人看中的那套皇后娘娘所穿的大明國『蝶戀花』紋錦，還有葡萄牙人和西班牙人送進皇宮裡的琺瑯珍珠寶壺和西洋香水……本夫人已吩咐讓他給『櫻香閣』選購一批進來！這都已經過了這麼多天了，他還沒把這些東西呈進府裡來嗎？」

　　「奴婢奉夫人的旨意已去關白府催好幾次了……」卻聽澱姬的貼身侍婢小林鹿子有些怯怯地輕聲答道，「可是秀次大人聲稱眼下國庫財源緊縮，舉國官民都應積蓄財物向西洋各國購買火繩槍和炸藥等西征械物……所以，他希望夫人能夠再緩些提出這些要求……秀次大人還說：這也是為了太閤大人的西征大業著想，希望夫人您要帶頭做起，一切須得從簡才行……」

　　「嘩啦」一陣聲響打斷了小林鹿子的話，閣室裡彷彿有什麼杯具之物被摔碎了——澱姬的聲音一下變得高亢了許多，也尖銳了許多：「什麼？豐臣秀次真的把他自己當成豐臣家族的繼承人了嗎？他是不是想把太閤大人辛辛苦苦為國庫積儲下來的一切財寶都死死捏在手裡，等到太閤大人歸天之後再由他一個獨享？！他居然連本夫人的脂粉錢、香料錢、衣料錢和首飾錢都不撥！……」

　　聽到這裡，大野治長在閣門外輕輕地咳嗽了一聲。

　　「櫻香閣」裡一下靜了下來。過了半刻，才聽得澱姬的聲音終於恢復了平靜，徐徐傳了出來：「是大野君嗎？」

　　「在下叨擾夫人了，」大野治長在閣門外躬身應道，「夫人，太閤大人讓屬下送一箱上等的朝鮮寶物來給夫人享用。」

　　「哦？那就有勞大野君將東西送進來吧……」澱姬的聲音裡倏地又透出了幾分意外的喜悅來。

　　大野治長向後招了招手，便帶領那兩個抬著寶箱的侍婢走了進來。進了「櫻香閣」，大野治長目不旁視，趨到閣中澱姬所坐的那一方榻榻米前跪坐下

來，也不多言，直接就讓那兩名侍婢把寶箱送到澱姬面前打開。

刹那間，澱姬只覺得眼前一花，滿箱的珠寶炫得她幾乎睜不開眼來。

「好漂亮啊！」澱姬臉上笑容盡綻，抓起一串流光溢彩的瑪瑙項鍊，戴在了自己的脖子上，同時對小林鹿子吩咐道，「去把銅鏡拿來 —— 讓本夫人看一看戴上這串項鍊之後是什麼樣？！……」

小鹿林子急忙從一旁的梳粧檯上取來一面明亮異常的黃銅鏡，端到澱姬的面前照映。澱姬瞧著鏡中那個光彩照人的自己，很滿意地摸了一下頸上戴著的那串七色瑪瑙項鍊，又從寶箱裡拿出一隻晶瑩剔透的翡翠玉鐲，細細把玩起來。

大野治長用眼角餘光瞥了澱姬一眼，驚艷之情一掠而隱。他沉吟著揮了揮手，讓那兩名抬箱的婢女退了出去。然後，看著這位和他青梅竹馬一起長大的義妹和太閤夫人 —— 澱姬，他深深地嘆道：「夫人！您剛才和鹿子的話，在下在閣門外都聽到了。今後夫人若是喜歡什麼東西，不必去找秀次大人了，就直接告訴在下一聲 —— 在下就是肝腦塗地，也一定為夫人尋覓到手。」

聽到大野治長這麼說，澱姬正拿著翡翠玉鐲把玩的右手不禁微微一顫。她慢慢抬起頭來，意味深長地看了大野治長一眼，卻並不立刻答話。

沉吟了片刻之後，她才吩咐小林鹿子道：「你且出去，替本夫人將院門看好了，不許任何外人前來打擾 —— 本夫人要和大野君商議一些重要事情。」

「奴婢知道了。」小林鹿子聽罷，雙眸中的眼波暗暗一閃，俯下身去應了一聲，緩緩退了出去。她一退出「櫻香閣」，閣子裡便靜了下來。

澱姬伸手慢慢地撫摩著寶箱裡的金銀珠翠和綾羅綢緞，神色裡徐徐沁出一絲淒然來，彷彿帶著無限感慨悠悠說道：「大野哥……還是你和太閤大人對小妹好啊！如果太閤大人能夠永遠不死，那就太好了……」

她這一聲「大野哥」，讓大野治長聽得心頭一跳。多少年了，澱姬自從成為豐臣秀吉大人的夫人之後，就沒再在他面前叫過兒時所喊的「大野哥」。今天，澱姬卻似乎回到了童年，又用先前那個「義妹」的身分和他交往起來 —— 一時間，小時候他倆在一起遊玩嬉戲的一幕幕情景頓時紛紛湧現

在大野治長的腦際！

他的眼眶禁不住漸漸溼潤了，哽咽著說道：「夫……夫人，您對在下的情誼當真是深如大海。在下若無夫人的提攜與關照，今日在這太閣府中豈有一席之地？『大野哥』三個字，還請夫人快快收回，在下實不敢當。」

「大野哥太多禮了。佛經裡常講：『世事無常，諸行無常。』以前小妹僥倖得勢，承蒙太閣大人寵愛，所以還算有幾分餘力助人。大野哥自幼與小妹相伴，待小妹最是誠摯 —— 小妹焉有不提攜你上進之理？」澱姬聞言，緩緩搖了搖頭，擺手止住了他，淡淡地說道，「唉……今日是小妹幫助了大野哥，說不定將來哪一天小妹還需要大野哥說明呢！……」

「夫人……您……您何出此言啊？」大野治長聽著，額上立時驚出了密密的冷汗。

澱姬目光一轉，頗有深意地看著大野治長，說道：「大野哥，你以為小妹三番五次去找豐臣秀次討來什麼衣料錢、首飾錢和香料錢，真的只是為了一己之虛榮嗎？」

「這……」大野治長不禁語塞了起來。

澱姬瞥了瞥他，深深一笑，道：「小妹若真是想要什麼綾羅綢緞、金銀財寶，還用得著去找他豐臣秀次嗎？小妹找他討要什麼首飾錢、香料錢、衣料錢，其實只是想借此試探一下他對我這個『義母』的感情罷了……」說至此處，她悠悠嘆了一口氣，目光斜斜地投向了窗外的天空，「看來，別人的孩子，終究是不如自己親生的親切啊！倘若我那鶴松孩兒沒有夭折該多好啊……」

她口中所說的「鶴松」，便是她和豐臣秀吉所生的兒子 —— 豐臣鶴松。但這孩子還未滿三歲便身患暴病死去了。大野治長此刻聽到澱姬乍然提起了豐臣鶴松，不禁也用袖角擦了擦眼淚，人人都說澱姬集太閣大人所有恩寵於一身，在太閣府裡風光無限 —— 又有誰知曉她在夜夜笙歌散盡之後的寂寞與憂鬱呢？念至此處，大野治長更是一陣鼻酸。他咬了咬牙，忍住悲傷，勸澱姬道：「夫人，來日方長，您和太閣大人一定還會擁有自己的孩子的……」

澱姬聽了他的安慰，只是苦苦一笑，並不作答。自家的事情自家清楚：

在這三四年裡，她和豐臣秀吉想盡了千方百計，自己卻一直都未能再度懷孕。經歷了多次失望之後，他倆都已對這事兒死心了。不然，豐臣秀吉也不必交出關白之職，讓豐臣秀次這個義子來擔任豐臣家族的繼承人了。

　　然而，一旦太閣大人撒手而去，自己還能始終保持眼下這一份豪華與奢麗嗎？對這一點，澱姬是絲毫自信也沒有。

　　她心情鬱悶，也不顧大野治長在場，從一側的銀櫃中取出了一壺從西洋購進的葡萄酒，用一隻琥珀杯斟滿了，一仰脖子，一飲而盡。然後，她又斟滿了一杯，再往口中一倒……直到將自己灌得沉醉不醒、昏昏睡去而止，也便麻痺了自己，不去再多想這茫茫難測的未來。

　　「茶茶妹妹……不要太過憂慮了……任何事情都會有轉機的……」這是澱姬今天醉倒在榻榻米上之時，聽到大野治長含著淚花湊在她耳旁所說的最後一段話……「天照大神對我德川家真是不公啊！」德川家康獨自坐在德川府中的地下密室裡，望著牆壁上懸掛的「三葉葵」家紋旗，兩行淚水沿著面頰緩緩流了下來 —— 他彷彿在朝一個看不見的幽靈傾訴著自己心曲，「我德川家隱忍潛伏、鋒芒暗斂，忍常人不能忍之苦，行常人不能行之事，整整耗去了我三十年的時間，為何到目前仍毫無起色？他豐臣氏為何能如此幸運 —— 占領朝鮮、威懾大明而毫未遇挫？天照大神啊！你待豐臣氏如此之厚，卻又為何待我德川家如此之薄？家康我恨不能遺世而去，不願再見到豐臣秀吉那一副『小人得志』的嘴臉！……」

　　他正喃喃自語之際，身後的室門被人從外面「篤篤篤」輕輕叩了六下。這六聲叩響是德川府地下密室叩門的暗號 —— 它標誌著有極緊急、極機密的要事來報！

　　一瞬間，德川家康便如同變成了另一個人，立刻從剛才的鬱悶消沉轉為銅澆鐵鑄般的冷峻沉著。他慢慢拭淨了臉上的淚痕，靜了片刻，才緩緩開口說道：「進來！」

　　密室的鐵門被徐徐推開，德川家康的侍妾西鄉局、小督局、阿茶局、西郡局和德川秀忠一道走了進來。他們後面還跟著一個面罩青紗的少女，身著黑衫，垂眉低腰，小心翼翼地趨步而入。

　　德川家康身板挺得筆直，面無表情。西鄉局、小督局、阿茶局、西郡局等引著那少女在門角邊的地板上俯身行禮。德川家康彷彿沒看到她們似的，目光一閃，逕自投向了德川秀忠：「你這麼急迫地求見我，有何要事彙報？」

　　德川秀忠恭恭敬敬地說道：「父親大人，根據孩兒安排在西征大軍中的『眼線』來報，雖然宇喜多秀家、石田三成、小西行長在外面吹得天花亂墜，但實際上他們在朝鮮並沒有取得多麼驕人的戰績……」

　　「哦？」德川家康心底裡其實也隱隱有些懷疑，但表面上仍裝作吃了一驚的樣子，緊緊地盯著德川秀忠。

　　「父親大人，孩兒說的都是秀康兄送來的真實情報 —— 宇喜多秀家、石田三成、小西行長他們誇大了戰果、捏造了戰績！」德川秀忠正視著他的父親，細細地說道，「在平壤一戰中，明軍損失了不少騎兵不假，可他們只損失了三千五百多人，而絕不像石田三成他們報上來的請功文中所講的那樣消滅了一萬明兵！那個明軍將領祖承訓也沒有死！」

　　「還有，隔了幾日之後，大明國派來了一支驍勇善戰的女真援兵，一下便消滅了我日本近千名武士 —— 而這個失利的消息，卻被石田三成他們瞞著沒有上報！」

　　「原來如此……」德川家康深深地點了點頭，雙眸裡倏地掠過一絲隱隱興奮之色，「這麼說來，石田三成、小西行長他們並沒有從大明國那裡占多少便宜？」

　　「是的，」德川秀忠一臉認真地說道，「而且，根據前方『眼線』來報：大明國的西疆寧夏之亂已漸趨平定，他們最遲在八九月份就會騰出手來直插朝鮮了……」

　　「哦……」德川家康伸手撫了撫短髭，這才放鬆了心情，心底暗想：如此看來，這豐臣秀吉也得意不了多久啦！

　　「父親大人！孩兒瞧見宇喜多秀家、石田三成、小西行長他們這般自吹自擂、冒功自大就忍不住是一肚子悶氣！」德川秀忠有些恨恨地說道，「您看，我們有沒有必要在豐臣秀吉面前公開戳穿這幫『小人』的謊言？讓他們在天下諸位大名面前丟盡臉皮……」

「不！不！不要這麼做！」德川家康彷彿被無形的鋼針刺了一下般滿頰肌肉一陣輕跳，他一擺手止住了德川秀忠。然後，他身子一探，湊到德川秀忠耳旁低低地說道：「不要戳穿這些謊言，也不要告訴豐臣秀吉任何真情實況。就讓他們一直麻痺在盲目自大的狂想之中吧！……未來的現實會給他當頭一棒的……」

「父……父親大人！」德川秀忠側過頭來，看著自己父親那一對深不見底而又不容置疑的凌厲眼神，不禁怔住了。

德川家康向他吩咐完畢之後，方才轉過身來，正了正衣襟，直視向西鄉局、小督局、阿茶局她們，肅然問道：「你們也有什麼重要事情來向家康我稟告嗎？」

西鄉局是德川秀忠的母親，自然便是德川家康身邊的侍妾之首。她聽得德川家康如此問，便賠著一臉櫻花般燦爛的笑容向他說道：「大人，您還記得我們的義女小林鹿子嗎？她十二歲時便是我們德川家最出色的女死士，您還手把手地教過她刀法的……後來，您將她送進了豐臣秀吉府中潛伏下來……」

「就是她吧！」德川家康目光一轉，射在了那個蒙面少女的臉上，「鹿子姑娘，相隔十二年後的今天，妳潛回我德川家，一定會給我們帶來一個驚人的絕密消息吧！」

那少女跪伏在地板上的身子緩緩抬了起來。她慢慢揭去臉上罩著的青紗，現出了自己的真面目 —— 果然是澱姬最親近的侍婢小林鹿子。

她仰視著德川家康，面色顯得冷峻異常，透著一股刀鋒般懔人的森森寒氣，全無先前身為侍婢奴僕那種柔順媚迎之態。

德川家康臉色一正，迎著她深深一禮：「小林姑娘 —— 真是辛苦你了！多謝你為我德川家十數年如一日的默默貢獻，家康我對此沒齒不忘！」

小林鹿子臉上分明現出幾分深深的感動來 —— 她眼圈微微一紅，但馬上又緊緊凝住了神情，不顯絲毫的波動，只是用平緩的口吻說道：「主君大人，就在昨日的西征大軍戰利品觀賞會結束後沒多久，豐臣秀吉府中便發生了兩件大事！」

「你說 —— 家康我在認真聽。」德川家康說話非常簡潔。

「第一件大事是：豐臣秀吉遭到了一個朝鮮少女的行刺，」小林鹿子點了點頭，開口講道，「但她最後還是失手了，已被豐臣秀吉當場格殺。」

「怎麼會有朝鮮女子潛入太閣府中行刺？」德川家康一愕。

「這個朝鮮少女就是西征大軍送給豐臣秀吉的第三個『戰利品』，」小林鹿子繼續說道，「她行刺豐臣秀吉的具體情形，賊婢還未曾打探清楚。只是聽說豐臣秀吉似乎十分貪戀她的美貌，還曾經勸她降服，許諾納她為妾——可是那少女硬是寧死不屈，就被豐臣秀吉殺掉了。聽說他還要將她挖眼暴屍示眾呢！……」

「唉……」德川家康深深嘆了一長口氣，悠悠說道，「這朝鮮女子必是弄得豐臣秀吉顏面盡失，所以才會遭到『挖眼暴屍示眾』的酷刑！她亦堪稱一位難得的『巾幗英雄』了！可惜，她義勇有餘而智謀不足，終究未能復國報仇……」

說到這裡，他似是想起了什麼，轉頭看向西鄉局她們問道：「倘若你們將來在她那樣的境地，你們認為應該怎樣做才算是最好的出路？」

西鄉局等人囁嚅著：「妾等誓為大人盡忠！」

德川家康聽罷，臉上掠過一抹陰冷的笑意，一個字一個字彷彿是從齒縫間迸擊而出：「這樣不行。你們都死了，誰來為我們德川家報仇雪恥呢？倘若是我德川家的女人，萬一有一天落到那個朝鮮義女那樣的境地，最好的做法是要先忍辱負重活下來，無論遭到怎樣的折磨、怎樣的痛苦、怎樣的摧殘、怎樣的蹂躪，都要咬緊牙關活下來！……即使是被當作娼妓一樣奴隸群中『賣春』，也要忍著！一定要忍著！忍到時機成熟的那一天，我們再猝然出手讓我們的敵人為之付出千百倍的代價！——你們可記住了？」

「是！」西鄉局等人戰戰兢兢地應道。

德川家康雙手緊緊抓著自己的膝蓋，抬起了臉望向高高的室頂：「他們朝鮮人氏一向深受中華文化之浸潤，『重氣節而輕生死』，所以那個朝鮮女刺客寧可求死，也不願屈辱地苟活下來和豐臣秀吉周旋到底——這既是他們值得敬佩的優點，但也是他們太過執著的弱點。其實，『一死了之』是最容易的，『百忍圖成』才是最艱難的。若是像她那樣『寧可玉碎，不為瓦全』，我德川

家康早已自殺過一百多次了！可是，家康我都選擇了堅忍到底 —— 只因為家康我『獨攬天下，一統日本』的使命還沒有完成啊……」

「父親大人……」德川秀忠雙眸噙著淚光深深俯首而道，「孩兒堅信我們德川家族總有一天會『獨攬天下，一統日本』的……」

「嘿……你有這樣一份信心，為父很高興啊！」德川家康收回目光，異常欣慰地看著德川秀忠，高興地說道，「誰說為父沒有豐臣秀吉的運氣好？有了你這樣一個優秀的嗣子，我德川家族總有一天會壓倒他豐臣家族的……」

德川秀忠以頭觸地，只是重重地磕著，發出一下又一下的沉響。德川家康喝止了他，然後心神一斂，又向小林鹿子問道：「你探聽到的關於豐臣府中第二件大事是什麼？」

小林鹿子再次緩緩仰起頭來，直視著德川家康，慢慢講道：「就在昨天下午，豐臣秀吉府中的總管大野治長和澱姬夫人在『櫻香閣』內發生了苟合之事。」

「苟合？澱姬夫人竟敢背著豐臣秀吉做這樣的事？」德川家康大吃一驚，隨即蹙起眉頭陷入了深深的思索之中，同時自言自語起來，

「澱姬夫人不是犯了『失心瘋』的傻子，她應該懂得這件事兒的後果有多嚴重……可是她為什麼還要去做？除非……除非她認為這件事兒和自己的生命一樣重要……」

「大人，妾身和澱姬夫人都是女人，」西鄉局忽然開口了，「只有女人才會了解女人的心思……處於澱姬夫人那種地位和身分的女人，她和外人苟合的目的，絕不會是為了淫樂 —— 妾身懷疑她是想借著和外人私通苟合之機而懷孕生子……」

德川家康沉吟起來，將詢問的目光投向了小林鹿子，小林鹿子如同一頭乖巧的小鹿般身形一伏，無比謙恭地點了點頭。

「西鄉局真不愧是西鄉局！你一語中的，實在讓家康我刮目相看，」德川家康情不自禁地仰天大笑著，「讓我設想一下：假如澱姬懷上了豐臣秀吉的『孩子』，那麼豐臣秀吉一定會把這個『孩子』立為自己的嗣子。如果立了這個『孩子』為嗣子，豐臣秀次的一切權力和地位都將被豐臣秀吉剝奪淨

盡——每個人都是自私自利的，豐臣秀吉自然也不會例外：說到底，豐臣秀次這個義子，終究也不如他自己的『孩子』來得親。但是，豐臣秀次會甘心白白放棄眼下自己所有的一切嗎？於是，激烈的衝突將不可避免地發生了——豐臣家族的內亂，可以說是在昨天『櫻香閣』裡埋下了種子……」

他越說越興奮，不由得手舞足蹈起來：「只要豐臣家族發生內亂，我德川家族就可以『漁翁得利』了！小林姑娘，你今天送來的這個絕密消息真是天大的喜訊！」說著，他神情一定，突然便冷峻下來，向小林鹿子吩咐道：「從現在起，你要巧妙地不露痕跡地促進澱姬和大野治長私通成功。還有，你要暗中保護他們，絕對不能讓這個祕密被其他任何人知道。同時，你要認真記錄下他倆每次私通苟合的時間、地點和有關情形，及時給我送來……」

講到這裡，德川家康的目光一下便似鷹隼般銳利起來：「如果大野治長和澱姬真為豐臣秀吉生出了一個太閤府的『嗣子』，那麼他必將成為我德川家徹底摧毀豐臣家族的一柄『撒手鐧』！」

▌一諾必承

名護屋南面城牆外的寒川河河面一平如鏡，波瀾不生。在藍藍的夜幕下，河水正緩慢地無聲地流動著，宛若一塊瑩瑩的凍綠水晶，顯得無比澄淨而靜謐。

許儀坐在江畔的一塊岩石上靜靜地望著河面，似乎有些憂鬱。他的腳邊放著一隻漂亮的青花大瓷瓶。許久許久，他收回了目光，靜靜地盯在那個青花大瓷瓶上，臉上憂色變得愈來愈濃。

這幾日從朝鮮傳回來的消息令他十分難受：大明一萬騎兵竟在平壤城被倭虜盡行殲滅！那是一萬同胞啊！整整一萬同胞喪生在倭虜的刀槍之下！一想到這裡，許儀便覺得心口一陣絞痛——自己不是早在去年就讓朱均旺把倭虜企圖侵朝入明的消息送回中原了嗎？為什麼大明還會因準備不足而遭此慘敗呢？難道大明的軍力不如當年戚將軍在世時那般「威猛無敵，所向披靡」了嗎？這一切，都很讓人揪心啊！

　　然而，現在自己一個人潛伏在日本國內又能做什麼呢？許儀看著那靜水深流的寒川河，眉頭禁不住緊緊蹙了起來：難道自己也要像昨天晒臺上公示的被挖眼暴屍的那個朝鮮女刺客一樣去刺殺豐臣秀吉那老賊嗎？那個朝鮮女孩的慘狀深深地印在了許儀腦海裡——倭虜真是禽獸不如啊！人死了也不肯放過——還要對她的屍身百般凌辱！他們真的是禽獸不如！

　　一瞬間，許儀感到自己全身的血液一下都衝到了頭頂的髮梢！他把滿口鋼牙咬得「咯咯」直響，心頭暗想：一定要給倭虜一個狠狠的教訓！

　　一念及此，許儀仰起臉來，又把充滿憤怒的目光深沉地投向了那條寒川河。日本人把這條「寒川河」稱為「河」，實際上對它是太過抬舉了！與大明國的「江河」比起來，它幾乎就像一條溪流——才二三丈寬！

　　雖然這條寒川河繞著名護屋城牆而流，看起來像是一條護城河，實質上只能算是城內百姓和駐城大軍的生活用水之源。百姓和軍營的士兵們都是從這河裡取水回去淘米、煮飯、燒茶、飲用的。

　　許儀心念一定，低頭看了看腳邊的這個青花大瓷瓶，臉上湧起一種莫名的、複雜的表情來！原來，這瓶裡邊裝著「鶴頂紅」、「蛤蟆綠」、「孔雀藍」等七種最厲害的毒藥熬成的「萬毒汁」。他只要往水中滴一滴這「萬毒汁」，就能毒死四十頭壯牛和馬匹——而且寒川河水流速度極為緩慢，他若是將這整整一瓶「萬毒汁」傾倒在那河水中，三天三夜也不會將水中的毒素稀釋淡盡。那麼，凡是飲服或沾染了這投有「萬毒汁」的河水的日本人，都會患上一種近似於瘟疫的「怪病」而死——這也算是對「多行不義必自斃」的倭虜們一種「天譴」式的報復了吧！

　　想到這裡，許儀的鼻息變得粗重起來，面龐就像被仇恨之火燃著了一樣，紅彤彤的。他一咬牙，一手提起了那個青花瓷瓶，「騰」地站起了身，便欲往河邊走去。

　　就在他到了河邊準備往河水裡傾倒「萬毒汁」時，他眼前倏然一亮：從那河流的上游方向，徐徐漂下來一個個紙紮的小小燈船，火光閃閃、忽明忽暗——那是日本百姓為他們喪生在西征戰場上的親友們點燃投放的「招魂燈」……習習的夜風裡，悠悠飄來了一縷縷悲切至極的抽泣呼喚之聲，像遊

絲一般繞在星空之間，歷久不散……

利那間，許儀的腦際裡突然掠過了平時來他診局看病求醫的那些日本百姓們一個個熟悉的面影……他們已經飽受了戰國紛爭的種種痛苦，過著飢寒交迫的日子，現在卻要替豐臣秀吉等一小撮「狂徒賊酋」來承受這「萬毒腐身」的代價嗎？不錯，如果名護屋的百姓和士兵當中爆發了這場「大瘟疫」，確實會讓豐臣秀吉等人面臨天怒人怨的巨大壓力。但根本就不顧日本百姓死活的豐臣秀吉照樣會像瘋狼一樣頑固到底地繼續推進他的西征大業的！──而這些遭難的日本百姓卻是無辜的啊！

許儀一想到這兒，整個心都刺痛了──他那顫抖著的右手終於從青花瓷瓶瓶口處收了回來。他暗暗地在心底裡嘲笑自己：看來我許儀當醫生真是當得太久了，連自己當年身為「戚家軍」銳士的那股悍性煞氣都淡弱了不少……今兒個真是怪得很！莫非自己碰上「慈星照命」了？！……他就這麼坐在河邊，一邊胡亂地想著，一邊緊緊地抱著那青花瓷瓶，生怕它一失手掉進了河中。

遠處，東方升起了魚肚白。溫暖的朝霞像金鱗一般一片一片貼上了天空──新的一天又到來了！

河畔的人聲漸漸喧鬧起來，前來打水的日本百姓越來越多──只是他們永遠也不知道，由於一名大明國人的一念之仁，他們已經躲過一場巨大的劫難！

許儀慢慢走回了診所，剛一打開房門，便隱隱覺得室內的氣氛有些異樣。

「哧」的一聲，堂上一支蠟燭突然亮了，宛若黑夜中綻放了一朵燦爛的火花。那明亮的燭光旁邊，靜靜地坐著一位相貌儒雅的錦服中年文士。

「你是誰？」許儀心頭一震。他的右手不禁飛快地摸向佩在腰間的匕首。

「莫要驚慌，」那中年文士莞爾而笑，站起身來淡淡說道，「許將軍──在下乃是大明天朝琉球藩國駐倭使臣尚明哲。」

「什麼『許將軍』？什麼『尚大人』？」許儀裝出一臉的茫然，「許某不懂您在說什麼。」

尚明哲仍是淡淡地笑著，慢慢從袍袖中拿出一塊「虎頭銅牌」，向許儀

遠遠地一亮：「對了，這是你的弟子朱均旺給在下的信物 —— 他說，你見了它，就會接洽在下了。」

許儀一見，心頭一陣狂跳，上前接過一看，確是自己當日交給朱均旺的那塊「虎頭銅牌」。他有些愕然地看向尚明哲。

尚明哲又從衣襟內摸出一封信函，正視著他：「這是吳惟忠將軍寫給你的信 —— 他的字跡，你應該認得的。」

許儀打開那封信一看，果然是戰友吳惟忠的筆跡。雖然他已經和吳惟忠遠隔大海足足有二十餘年未曾通信來往了，但吳惟忠那一筆一畫恰似鋼鋒鐵鉤一般峭厲的字跡卻讓他一見之下便再無疑慮。那信上寫著：

福建游擊將軍吳惟忠再拜許兄左右：

一別二十餘年，甚為思念，幸得兄徒朱均旺見面報知兄行蹤，甚慰弟心。憶我等當年福建抗倭之激烈歲月，雄姿英發，何其壯也！不知兄孤身潛入倭國境內二十餘年，一切安好否？

朱均旺現在小弟之處，即日便將與小弟一道直赴朝鮮殲擊倭虜。持我此信者乃我大明藩屬琉球國之使臣，渠可在倭國境內暗助兄一臂之力，從而順利刺探倭情而為我軍所知，以免遭不測之變。

兄在倭國之耿耿孤忠，多曆巨險，虎口存身，氣節實與漢朝蘇武相仿，而智勇遠勝於彼矣！待到平定倭亂、肅清海疆之後，小弟再邀兄榮歸故國把酒言歡！

　　　　　　　　　　　　　　　　　　　　　　弟吳惟忠敬上

讀了這封信，許儀眸中已是淚光閃閃。隔了半晌，他才漸漸平靜下來，向尚明哲恭敬地說道：「尚大人，許某剛才有些失禮，還望見諒。」

尚明哲絲毫不以為意，微微笑道：「許將軍身處龍潭虎穴，時時警醒、處處小心也是應當的。尚某從本國大王之處聽說了您『隱身敵國，忠心不二』的事蹟，亦是對您欽佩得很啊！」

許儀長嘆一聲，眼睛充滿了憂鬱：「如今許某身處倭國民間，難以打探到

倭國侵朝入朝的重要情報，實在是有負朝廷的重托、愧對大人的謬讚啊！」

「原來許將軍是在為此事憂慮啊？」尚明哲雙眸深處似燭焰般亮了一下，「說來巧了——尚某眼下恰有一個機緣可以幫助許將軍潛入豐臣秀吉的太閣府。」

「哦？」許儀一怔，「尚大人有何機緣可以暗助許某？」

尚明哲沉吟片刻，徐徐而道：「許將軍有所不知：豐臣秀吉府中的現任總管大野治長先前曾在我們琉球國做過生意，與尚某有過『貿易合作』，唉……反正是尚某奉大王之令給了他不少好處、對他加以籠絡，所以我倆的關係一直倒也不差。」

「這幾日他卻忽然找到尚某，要求尚某給他找琉球國的醫師，須得能治婦女不孕之症，好給他夫人抓幾服草藥服食……尚某聽聞許將軍不僅武藝高強，而且醫術精湛，心底靈機一動，便想將您易容改裝之後推薦給他，借機進入太閣府去……」

「咦？日本醫師遍地皆是，他為何不去找自己國內的醫師診治，卻偏要來找你們琉球國的醫師？」許儀驚詫莫名，「這個大野治長，行事頗有幾分蹊蹺啊！」

「是啊！尚某也曾這樣問他，」尚明哲也是面有疑惑之色，「可他似有難言之隱，支支吾吾、遮遮掩掩的——依尚某之見，他大概是在外邊背著妻子養了小妾，不敢招用本地醫師，便想到琉球國來找個陌生醫師好做得隱蔽一些……」

「應該是這樣吧？」許儀沉吟著點了點頭，說道，「尚大人，那就有勞您在此事上助許某一臂之力……」

「這個自然，」尚明哲眸光亮亮的，「倭寇自恃強梁，欺侮我琉球國久矣！我等遠在海隅，常盼天朝能夠施以援手——而今天朝上國毅然對倭寇痛加撻伐，我等藩國小民焉有不肯盡心相助之理？許將軍，您在倭國潛伏刺探期間，無論有何需要，尚某都會義不容辭地為您周旋奔走的！」

許儀聽得甚是感動，緊緊握住尚明哲的雙手，久久無語。

忽然，他似又想起了什麼，臉色顯得有些覥腆：「對了！尚大人，您能否

借許某一些銀錢？」

「尚某現在只帶了一袋銀珠過來，你暫且拿去……」

許儀伸手接過他遞來的那一袋銀珠，在尚明哲微微驚疑的目光之中悠悠一嘆：「說起來這事兒要讓尚大人笑話了：許某先前曾受別人之托，要替那人照顧他母親……如今他母親因憂思成疾，病得很重，許某當下又要潛進太閣府去……也只得借您這一袋銀珠請人代為照顧了……」

尚明哲目光驀地一沉：「許將軍，您莫非是接受了一個日本人的囑託？」

許儀緩緩地、深深地點了點頭，面容凝重如鐵。

良久良久，一聲輕輕的長嘆飄過，尚明哲的聲音響了起來，充滿了感慨、詫異、敬佩：「天朝士民當真是氣度恢宏，不愧為仁人君子之邦……居然對倭國之人也如此寬仁誠信……」

第五章　運籌帷幄

當半空中的雲塊堆砌成一片「黑牆」之時，李如松面向寧夏城，深深吸了一長口氣，舉起了那隻挺直如刀的右手，往上緩緩伸去。伸到頭頂之處「呼」的一聲，他的右手猶如一柄利刃猝然破開烈烈朔風直劈而下——他身後十名騎兵見狀一齊上前，彎弓搭箭，朝著蒼穹深處同時放了一箭！

「嘶——」十支拖著長長火尾的利箭猶如騰蛇一般穿進了滾滾的烏雲，瞬間同時炸開，「啪」的一聲脆響，綻成了十朵斗大的火花，在半空中爆開！

▌祖承訓血書請罪

在那天夜裡看到顧養謙送來的兩道八百里加急軍報之後，石星焦急得整整一夜都沒睡。他連夜就叫部裡的差役將那兩份軍報直接呈進了皇宮。

然後，他也顧不得眼下還是深夜四更時分，便馬上派人召來了宋應昌到兵部議事堂，劈頭就問：「宋大人，如今朝鮮局勢急轉直下，我大明遼東三千五百名精銳騎士在平壤遇難——不知宋大人對此事有何對策？」

宋應昌這幾日一直忙於和戶部協調籌措東征大軍糧餉之事，也是累得兩眼發花。他猝然聽到這麼一個緊急消息，心頭不禁猛地一跳，全身上下的倦意一下跑了個乾乾淨淨，臉色悚然一變：「怎麼會這樣？兵部不是早就行文給顧養謙和祖承訓要『固守不動、靜以待援』，交代他們只需全力護持在義州城的朝鮮君臣而不可擅自與倭虜交戰嗎？」石星「哎呀」一聲長嘆，隨手便將顧養謙那兩份緊急軍報的複寫

件遞給了宋應昌，說道：「你快瞧瞧吧！唉！朝鮮危矣！倭虜他們甚至還把朝鮮晉州城屠了個人畜不留——這是在向我大明天朝公然示威啊！……」

「屠城？倭虜連這種令人髮指的罪行都犯下了？」宋應昌眉峰一挑，臉色驟變，急忙接過認認真真地看了起來。閱罷之後，他將訊報往膝蓋上一放，雙拳骨節不禁捏得「咯咯」作響，過了許久才凝住心神，閉目深思片刻，然後睜眼抬頭看著石星，問道：「此情此勢之下，石大人您的意見是……」

「嗯……應昌啊！本部堂今日深夜召你前來商議，就是想和你私底下通一通氣，」石星的雙眸裡一陣波光流動，「我們兵部上上下下首先應該統一認

識 —— 拿出一個『章程』來對外面有個應付……」

宋應昌聽出石星「話裡有話」，懂得他是在暗批自己先前的一些「越位進言」之舉，心底不禁微微一涼，也不接話，只聽石星繼續講下去。

「本部堂的意見是既然倭虜如此鼻猛，連我大明最精銳的遼東鐵騎都抵擋不住……」石星面色一灰，沉沉地說道，「那就乾脆讓祖承訓他們放棄朝鮮義州，帶領朝鮮君臣迅速撤回我大明境內，一如趙閣老先前所言，還是讓李昖他們『避難內附』算了……」

宋應昌直直地看著他：「石大人，您可曾想過：萬一那倭虜一見我大明天兵一敗即撤，激得他們凶性大發，又不休不止地追殺過來，直逼我遼東邊境……我大明朝又當如何善後？」

「這個……這個問題我們先前不都在御前大會上議過了嘛！……」石星的聲音頓了一下，喃喃地說道，「本部堂明早再去找趙閣老協商協商，他不是一直贊成羈縻倭虜、諭之以禮法、使其取代朝鮮稱藩納貢嗎？……」

「石大人……您……您現在還存有與倭虜講和修好之念？」宋應昌暗暗一驚，「陛下不是說了，要滿朝上下一心一意『征倭援朝』、四海臣民再勿心生歧念嗎？」

「唉……宋大人……陛下的聖諭，在先前自然是沒錯的，我們也都該照辦。但是眼下已經『時移世異』了嘛！你看，而今我大明遼東鐵騎與倭虜剛一交鋒就折損了三千五百餘人，實係陛下登基近二十年以來對外征伐未有之大敗……」石星顫聲而道，「只怕陛下也未必再如先前一般仍然一味堅持『征倭援朝』了……」

「這……」宋應昌眼中一暗，欲言又止。是啊！眼下祖承訓在平壤戰事不利，一夜之間便損了大明三千五百餘名遼東鐵騎，陛下承受得起這一次的嚴重挫折嗎？畢竟朝廷這十餘年來升平無事，陛下以三十之齡猝逢這等巨虜，可有足夠的經驗與能力化解嗎？……倘若陛下萬一也心生怯念，那我大明天朝舉國上下又該如何是好啊？……

正在這時，一名差役匆匆進了議事堂，手裡持著一封黏有白翎的信函，道：「遼東副總兵祖承訓送來緊急謝罪表……」

「這個祖承訓！自以為是、貪功冒進、損兵折將 —— 他居然還敢寫什麼謝罪表來？」石星一拍書案，厲聲斥道，「把他的謝罪表丟到廢紙簍去，讓他好好等著兵部的處分吧！」

那差役見到石星如此光火，便連聲地應承著，正欲拿著祖承訓的那封謝罪表退下去。

「且慢！」宋應昌喊了一聲，止住那差役，轉頭對石星拱袖說道，「石大人……依下官之見，暫且還是留下祖承訓的謝罪表，我們一起見過陛下後，交由陛下自行裁處吧！」

石星看了宋應昌一眼，袍袖一甩，道：「也罷！本部堂相信陛下會對平壤失利之事有所裁處的。宋大人，祖承訓這道謝罪表可是你主張遞至御前的……萬一陛下龍顏震怒而猝施辣手，大家屆時私底下可是連迴旋的機會都沒有了……」

宋應昌心頭暗暗一震，臉上迅速掠過一絲波動：倘若陛下真要問罪祖承訓，自己也只有冒死犯顏為祖承訓求情了……畢竟當前大敵外伺，祖承訓又是本朝與倭交戰之「第一人」，對倭寇情形之了解自是勝過他人，豈可輕易殺得？

就在此刻，堂門外一個尖細平和的聲音響了起來：「石星、宋應昌，接陛下的口諭！」

隨著這個聲音一起進來的，除了司禮監內侍陳矩之外，還有早晨的第一縷陽光。石星和宋應昌一見，慌忙離座屈膝跪下。

陳矩在南面正壁一站，開口宣道：「傳陛下口諭：速召石星、宋應昌進宮商議朝鮮之事。」

急匆匆趕到皇宮紫光閣，石星、宋應昌一進閣門，便看到申時行、李成梁、趙志皋、許國、張位、呂坤等人早已在御座前等候了。他們正傳閱著顧養謙送進宮來的那兩道緊急軍報。

朱翊鈞坐在龍椅上，眼圈有些發黑，看來他這一夜也沒怎麼休息。但是，他的精神卻顯得出奇得好，眉宇之際透著一股老成穩重之氣。

見到石星、宋應昌二人進來行禮完畢後在申時行、李成梁、趙志皋等人

下首立定，朱翊鈞才從龍椅上挺直了身子，緩緩開口問道：「諸位愛卿，你們看過顧養謙這兩道八百里加急軍報之後，有何話說？」

李成梁「唰」地一下從杌子上站起身來，滿臉沉鬱，垂手說道：「啟奏陛下：祖承訓係老臣家將出身，此番因貪功冒進而致損兵折將、喪威辱國，老臣願與他一同受罰！」

朱翊鈞面如止水，毫無波動。他轉眼又看了看申時行、趙志皋等人，申時行撫鬚默然不語，而趙志皋等只是搖頭嗟嘆不已。

這時，卻見宋應昌一步跨出班列，雙手捧上祖承訓寫來的謝罪表，徐徐奏道：「陛下，祖承訓今晨已向兵部遞了一份謝罪表，請陛下過目。」

石星一聽，暗暗側頭瞪了宋應昌一眼，心道：這李成梁都願意站出來與祖承訓一同領罰了，你宋應昌此刻還要把祖承訓的謝罪表呈給陛下過目——這有何用？反正祖承訓損兵折將、喪威辱國已是事實，陛下將他嚴加懲處以儆效尤是鐵板釘釘的事兒，就是他寫一百多份謝罪表也難逃罪責……你宋應昌真是「不撞南牆不知疼」的「死腦筋」啊！……

朱翊鈞望著宋應昌手上托著的那道謝罪表，半晌沒有移動。他雖然表面上似是平靜無事，心底裡卻是怒潮翻滾：好你個祖承訓！先前朕頒詔要你「固守義州，靜以待援」，你不遵朕命、貪功冒進，折損我大明三千五百餘鐵騎，現在卻來「謝罪」——你讓朕如何饒恕你？喪威辱國，這是何等的罪責？你豈可一謝了之？

他正思潮翻滾之際，卻聽申時行喟然長嘆一聲，離座奏道：「老臣啟奏陛下：祖承訓貪功冒進、喪威辱國，誠然罪不可恕。但他畢竟是我大明對倭開戰『第一將』……論起來，他總比留守瀋陽的顧養謙更了解倭情，亦是不可輕棄。老臣恭勸陛下廓然大度，且先看一看他在這份謝罪表裡是如何陳情的……」

呂坤因上一次進言討倭有功，被朱翊鈞青睞，所以今日點名要他前來參與商議平倭援朝之事。此刻他聽罷申時行之言，心下亦有所感，奏道：「微臣啟奏陛下：祖承訓當年跟隨李大帥東征西戰、抗擊胡虜，頗有功績。現在他損兵折將、喪威辱國，實係咎由自取，與李大帥無關。李大帥今日自願與家

將一同領罰，實乃磊磊落落的大將之風 —— 萬望陛下秉公裁處。」

朱翊鈞是何等聰敏之人？他立刻從申時行、呂坤的奏言之中聽出了隱隱的「弦外之音」：無論如何，自己日後恃以抗擊倭虜的「王牌」主力，只能是李成梁在遼東各州訓練起來的這支「李家軍」！自己今日真要刻意追究祖承訓的責任，只會讓李成梁當眾難堪！這樣一來，反倒會影響了朝廷和遼東「李家軍」的關係！如此做法，豈為可取？如今大敵當前，自己也只得以開明大度示之於眾，方能撫平士庶而一致對外了。於是，他沉吟了片刻，道：「誠如呂愛卿所言，甯遠伯今日自願與祖承訓一同領罰，擔負起『治下不嚴』之過，實乃大將之風……朕怎會加譴於他？甯遠伯且平身吧！」

李成梁這才噙著熱淚恭恭敬敬站了起來，退到一側。

朱翊鈞招手向陳矩示意，陳矩急忙接過宋應昌手中那封裝著祖承訓謝罪表的函袋，輕輕撕開。

不料，他剛從函袋內取出那道謝罪表一看，卻是驚得手腕一顫，險些將那奏表掉落在地：原來，那謝罪表上密密麻麻的全是用鮮血寫成的字，令人看了觸目驚心！

「血書？」閣內諸人一見，都吃了一驚。

「大膽祖承訓！」趙志皋此時再也按捺不住，舉笏出列奏道，「他竟敢用這等血腥之物污染陛下之視聽，實在罪不容赦！」

石星一見，心頭也猛地狂跳起來，他冷冷橫了一眼宋應昌 —— 你擅自越過本部堂向陛下呈這封血書謝罪表，讓龍顏受驚，只怕現在也後悔莫及了吧！

朱翊鈞靜靜地望著陳矩手中持著的那道血書謝罪表，臉色卻平靜得出奇，擺了擺手，淡淡地說道：「哦？這個祖承訓也想效仿古人『削指蘸血寫書明志』啊！呵呵呵……陳矩你且送上來讓朕瞧一瞧……」

「陛下，奴才也怕這血淋淋的謝罪表汙了您的視聽啊，」陳矩用手指捏著那道謝罪表，支支吾吾地說道，「奴才覺得應該由奴才給您重抄一遍呈上來……」

「怎麼？你以為朕和那南宋末年的庸主昏君一樣畏寇如虎、膽小如鼠而見

不得血嗎？」朱翊鈞銳利之極的目光在陳矩臉上深深一剜，「朕讓你呈上來，你就呈上來！」

「奴才遵旨。」陳矩聽得朱翊鈞話鋒來得犀利，只得雙手托著那道血寫的謝罪表呈了上來。

朱翊鈞臉色凝肅，慢慢翻開祖承訓的謝罪表，只見裡面寫道：

罪臣祖承訓誠惶誠恐泣血謝罪於陛下：

罪臣奉陛下之命，駐入朝鮮義州城，務求全力保護李昖君臣。不料倭虜自恃兵強勢眾，無視我天朝之赫赫神威，屢屢前來城下挑釁，口出狂言，謾罵不已，狀如瘋狗，不可理喻。

罪臣與諸位遼東將士深感天朝顏面受汙，義憤填膺，一怒之下興兵還擊。然而倭虜狡詐至極，遠比蒙古胡虜更為難敵──竟於平壤城內設下伏兵，誘我深入，圍而攻之。加之倭虜火銃火力凶猛，終使我大明鐵騎損兵折將，大敗而歸。

罪臣之罪大矣，喪威辱國、損兵折將，實是罪在不赦。罪臣思之忽忽如狂，常欲自刎以謝朝廷。然罪臣每一念及戴朝弁、史儒等諸位將士不惜性命全力護持罪臣脫離險境，其所思所為皆欲令罪臣突圍而將倭情稟告於陛下，以誡後來之人，或許有裨益於社稷。故而，罪臣泣血以告倭虜之情：

一、倭虜之火銃，發彈之時密集如雨，傷人無數，此乃其長。罪臣自思，我大明唯有以「三眼神銃」及「大將軍炮」等敵之，方可扼之使其不得逞凶。

二、倭虜約十五萬之多，已占朝鮮王京、平壤等城池，據險而守，實非遼東鐵騎一旅能破。罪臣細思，我大明唯有調集各地王師與當年戚繼光將軍所遺於東南抗倭之「藤牌軍」等勁旅合力，方可殄滅倭虜。

三、倭虜之兵凶悍嗜殺、倭虜之將詭計多端，實乃我大明百餘年未遇之勁敵。罪臣苦思，唯有叩求陛下速決大計、速擇良將、速備軍械，趁其威勢未成、根基未定之時，聚而殲之，永絕後患。

罪臣所以忍辱包羞，苟全性命於敗師之餘，正為喋喋進獻此三言於陛

下。而今罪臣言已盡進，自甘領罪，毫無怨言。因罪臣一時之誤，而喪戴朝弁、史儒等三千五百遼東將士，罪臣雖百死不足以贖此罪。然罪臣願以戴罪之身，做一區區小卒。倘若罪臣能戰死疆場，實乃罪臣心中之所求；倘若他日驅除倭虜、平定朝鮮而有成，罪臣返國再受天誅於闕下，亦是罪臣心中之所願。

朱翊鈞一個字一個字地看完了這道血書謝罪表，靜思了一會兒，遞給了陳矩，道：「你念給在座的諸位愛卿聽一聽！」

陳矩身子一低，應了一聲，展開謝罪表，緩緩念了起來。他一字一句念完之後，紫光閣裡竟是一片寂靜。石星悄悄游目四顧，只見立在自己身邊的宋應昌、呂坤二人俱是眸閃淚光、神色激動，似乎只是礙於朝廷禮儀才未失態失聲。他在心底卻是暗暗想道：祖承訓這一介莽夫，倒是寫得一手「情文並茂」的好文章，看來這一次他又會巧妙滑脫朝廷的追究了！然而，石星卻未必懂得：以祖承訓粗莽之性，當時削指蘸血寫書謝罪之際，哪裡還顧得上去用什麼文采不文采的來打動別人？他只是以一腔真情揮灑而寫這一篇真文罷了！所謂「情文並茂」，若無真情凝聚筆端，那文采是無論如何也「茂」不起來的！

終於，朱翊鈞的聲音緩緩打破了寂靜 —— 他轉頭問呂坤：「呂愛卿，朕聽聞你自幼博學洽聞、過目不忘。朕記得陳壽在他的《三國志》裡有評論諸葛亮的一段話，你且背誦出來給朕聽一聽……」

「微臣遵旨，」呂坤應聲出列，站在閣中，回憶了片刻，就慢慢背誦了起來，「微臣記得陳壽是這麼評論諸葛亮的 ——『諸葛亮之為相國也，撫百姓，示儀軌，約官職，從權制，開誠心，布公道；盡忠益時者雖仇必賞，犯法怠慢者雖親必罰，服罪輸情者雖重必釋，遊辭巧飾者雖輕必戮；……』」

那邊，趙志皋瞧著呂坤朗朗成誦的瀟灑，心頭暗暗翻起了種種念頭：這個刑部侍部，舉止談吐之間倒頗有幾分國士氣象啊！而今陛下如此賞識他，看來他躋身內閣輔臣之列不過是遲早的事兒罷了！唉……自己真是有些老了，在這些意氣風發的朝廷「新銳」面前，自己是不服老不行啊……他正這

麼胡思亂想著，卻聽朱翊鈞突然喝了一聲：「止！」

「好一個『服罪輸情者雖重必釋，遊辭巧飾者雖輕必戮』！」朱翊鈞右袖一擺，緩緩開口言道，「朕就恩准祖承訓仍留在東征大軍之中戴罪立功！」

「陛下如天之仁，實在令臣等欽仰不已。」聽得朱翊鈞這般決定，在場諸臣跪下稱頌。

朱翊鈞臉色顯得十分平靜，擺手止住了他們，沉吟著向趙志皋吩咐道：「趙愛卿，你下去後和內閣眾卿們商議一下，擬寫一道聖旨給朝鮮義州發去：嚴令援朝諸軍繼續扼守險要、固守待援，無論倭寇再如何挑釁，都切切不可妄啟戰端！」

「臣等領旨。」趙志皋帶著許國、張位等一齊應道。

朱翊鈞又伸手拿過那份血書謝罪表，在掌中翻了幾番，喃喃道：「這個祖承訓在謝罪表中祈求朕『速決大計、速擇良將、速備軍械，趁倭虜威勢未成、根基未定之時，聚而殲之，永絕後患』，他這段話說得好啊！然而，朕又何嘗不知應當『速決大計、速擇良將、速備軍械』？可是寧夏之亂尚未平定，李如松這樣的良將又在西疆平亂……唉！東西交困，兩面受敵 —— 朕也為難啊！」

李成梁聽了，出列奏道：「啟奏陛下：老臣出宮之後，便立即寫信，敦促犬子李如松在西疆速戰速決，儘快揮師東征！」

「甯遠伯，這倒不必了，」朱翊鈞擺了擺手，平復了心情，淡淡地說道，「朕雖是心急如焚，卻不願干擾前方將士的征戰方略。不過，倭虜近在邊疆，『速備軍械』倒是可以加緊做好的。」

他講到此處，心念一動，轉頭看了看石星，道：「朕想任命一個『備倭經略使』專管備倭之事。你們兵部以為如何？」

「這個……」石星聽了，不禁猶豫了一下，「微臣以為，及時任命一個『備倭經略使』專司備倭之責，自然是應當的。不過，微臣胸中還有一策，不知當講不當講，請陛下先恕微臣失言犯顏之罪。」

「石愛卿，你這麼說可就是『不達朕心』了！盡忠益國之言，即使是再難聽，朕亦聽得進去！」朱翊鈞目光在石星臉上緩緩掃過，「當年戶部主事

海瑞上奏進諫世宗皇帝，奏文中竟有『蓋天下之人不直陛下久矣』之語，那是何等大逆不道！而世宗皇帝之度量實如淵深海闊，居然能納而受之，下遺詔免了海瑞之罪責。朕亦別無他長，自信在度量上不會比世宗皇帝遜色多少──你有何諫言，但講無妨！」

石星這才小心翼翼地說道：「啟奏陛下：微臣以為，不戰而屈人之兵，實乃上上之策。而且徐桓所奏的平倭四策之中有一『用間以離其黨』之計，亦為陛下所嘉許。陛下可否允許微臣於泱泱中華之中訪求一位縱橫捭闔之士，如蘇秦、張儀之輩，向倭虜陳清利害、告以大勢、曉以大義，使其退出朝鮮、甘心稱藩──則這一樁『化干戈為玉帛』之美事，足以使我大明朝赫赫聲威遠播四海八荒！」

「當今之世，會有這樣的奇才能夠成就這樣的奇功？」朱翊鈞眉目間掠過一絲淡淡的笑意，「石愛卿所言雖不無道理，只怕難以施行。倭虜實屬豺狼之性，豈會因一人口舌之辯便可退兵朝鮮、甘心稱藩？」

「這……依微臣之愚見，此策仍可一試。」石星仍不死心，繼續進奏。

「啟奏陛下：老臣也深為贊同石大人此言。無論如何，我大明天朝都應該派出一位能言善辯之士前去朝鮮和倭虜交涉一番，探一探他們的底細才行……」趙志皋也出列與石星呼應道，「倭虜嘛，區區蠻夷小國而已！說不定它就是只與朝鮮有仇而欲取代朝鮮、稱藩於我……」

「趙閣老此言差矣！」呂坤聽到這裡，不禁開口說道，「倭虜所懷之狼子野心，我天朝萬萬不可等閒視之啊……」

趙志皋被呂坤這麼當眾一頂撞，頓時臉皮一紅，反唇而譏：「呂侍郎此言亦是有些『先入為主，成見太深』……你還沒和倭虜親自接觸，又怎知道他們的真情實意？……」

「罷了。戰和之議，朕先前已有定論──對倭虜，還是『宜戰不宜和、宜剛不宜柔』。」朱翊鈞大袖一拂，止住了他倆的爭議。然後，他把目光投向了申時行，問道：「申師傅，您的意見是……」

「啟奏陛下：依老臣之愚見，其實石大人所進之策，也不可不慮──自『陽予而陰取』的角度而論，它是符合『用間以離其黨』之要義的，」申時

行自然是深諳權略之術的老手，一開口就直點要害，「我大明朝派出一名熟通倭情、倭語的才辯之士前去朝鮮與倭虜先行周旋，亦無不可。他在前方盡量拖住倭寇，而我們則在後方抓緊時間積極備戰，待到時機合適，再軟硬兼施、雙管齊下，迫使倭虜束手投降！」

「好！申師傅所言甚是！」朱翊鈞伸手一拍御案，「就依照申師傅的這番建議去辦 —— 這樣吧，石愛卿，你來擔任這個『備倭經略使』，如何？」

「這個……啟奏陛下，寧夏之亂正緊，那邊的軍械糧餉也是微臣在統籌……」石星囁嚅說道，「不過，微臣亦可勉力來做……」

朱翊鈞聽了，沉默片刻，似笑非笑地注視了他好一會兒，悠悠問道：「那麼，看來你對選用才辯之士前去與倭虜交涉周旋之事應該是比較上心的了？這樁事務，你應該接得下來吧？」

石星一聽，額角冷汗涔涔冒出：「微……微臣願意接受陛下任何差遣，赴湯蹈火在所不惜。」

朱翊鈞也不瞧他，開口吩咐道：「朕下旨：一、由石星負責選用才辯之士，用間以離倭黨，力求不戰而屈人之兵；二、由宋應昌擔任大明『備倭經略使』，專管備倭之事。」

說罷，他抬起雙眼看向宋應昌，讓陳矩把祖承訓那份血書謝罪表遞給了他，道：「宋愛卿，祖承訓雖是敗軍之將，但他畢竟對倭情有些了解。你可以向他諮詢有關備倭事宜。另外，朝鮮君臣亦要擬寫倭情實錄送來，你才可以做到『知己知彼、百戰不殆』！」

「陛下聖明！」宋應昌一聽，急忙拜倒跪謝。

李如松水淹哱拜

乾燥的朔風挾著鐵粒似的黃沙，重重地敲打在明軍士兵們的臉頰上，刺得生痛。然而，他們一如往常在操練場上的情形，如同鐵人一般整整齊齊列隊而立，任由甲冑盔帽被風沙打得「啪啪」有聲。

這隊騎兵的前方，一匹雪白的駿馬背上，提督陝西討逆軍務總兵官李如

松似一尊高大銅像般佇立。漫漫風沙將他的衣襟袖角刮得獵獵作響，他卻仍是靜靜地俯瞰著高崗之下，全身一動不動、沉穩如山。

他的弟弟兼副將李如柏、李如梅，山西副總兵查大受，軍謀掾李應試等十餘騎如雁翎般左右排開，侍立在他身後。

高崗下之，是一座座軍營，連綿起伏，猶如一條巨大的鐵鍊，牢牢纏鎖住了寧夏城。每座軍營都建有高大的哨樓，每處哨樓上都飄揚著一面大旗，上面寫著殷紅如血的一個大字——「李」。而李軍大營之外，又緊挨著黃河河畔。

漫天的烏雲猶如翻滾的黑潮，彷彿就要壓到李如松等人的頭上。李如松仍是目光炯炯地俯視著寧夏城，毫不動容。

在他眼底之下的寧夏城城牆高達五六丈，到處都殘留著炮轟箭射的痕跡。從外邊望進去，城牆上靜悄悄的見不到一個人影，只有一面破爛的大旗在城樓上迎風招展著，旗上繡著一個張牙舞爪的黑色大字——「哱」。

當半空中的雲塊堆砌成一片「黑牆」之時，李如松面向寧夏城，深深吸了一長口氣，舉起了那隻挺直如刀的右手，往上緩緩伸去。伸到頭頂之處「呼」的一聲，他的右手猶如一柄利刃猝然破開烈烈朔風直劈而下——他身後十名騎兵見狀一齊上前，彎弓搭箭，朝著蒼穹深處同時放了一箭！

「嘶——」十支拖著長長火尾的利箭猶如騰蛇一般穿進了滾滾的烏雲，瞬間同時炸開，「啪」的一聲脆響，綻成了十朵斗大的火花，在半空中爆開！

頓時，李軍大營裡鼓聲四起，無數兵卒從軍營裡衝出。每一個兵卒右肩上都扛著裝滿泥土的草袋，左掌中持著厚厚的盾牌，紛紛向甯夏城下疾撲而去。

眼看著明軍們已衝近城牆，上面的城垛間忽地閃出了密集的人影，緊接著弓弦之聲大作，飛蝗般的羽箭從城牆頭上急射而出，和著天際的狂風黃沙一齊掃向明軍。

大明兵卒們用盾牌護住自己的頭和腳，咬著牙關，半弓著身子，扛著沉沉的草袋，拚命往前衝來。雖然士兵一個接一個中箭倒下，但他們中間竟無一人怯退，直至衝到隔著城牆五六丈的距離，方才紛紛拋下草袋，轉身急逃

而回。然後，他們又繼續扛上草袋，冒著敵人的箭矢，往城牆底下衝去！

李如柏、李如梅、查大受、李應試等人不覺屏住了呼吸，捏緊了拳頭，緊張萬分地看著山岡下這慘烈異常的一幕情形。只有李如松，神色鎮定自若，不鬆不緊地勒著胯下白馬，悠然遠眺著這一切。

鼓聲一陣緊似一陣，衝出軍營的步卒一隊連著一隊，而城牆上射出的羽箭也是一陣密似一陣。

漸漸地，寧夏城外多出了一道高達丈餘的由鮮血、屍體和草袋壘起的「空心城牆」，中間的地頻寬達數丈，呈現出「雙層夾峙」之狀。這道「城牆」一直通向波濤洶湧的黃河。

李如松望著那道憑空築起的「空心城牆」，滿意地點了點頭，右手「錚」地拔出了長劍，先是往上高高一舉，接著向下猛地一劈。

高崗之上，又有十道火箭射上半空，「啪」地齊齊炸了開來，火花朵朵，在陰沉沉的天幕下顯得絢爛奪目。

早已等候在黃河大堤上的將士，一見李如松發出的信號，立即點燃了引線，只聽得一聲巨響，黃河大堤被炸開了三丈有餘的缺口。頓時，洶湧的黃河之水，猶如一條奔騰咆哮的巨龍，順著那道「空心城牆」，直向寧夏城猛衝而去！

李如松凌厲的眼神一下變得如鋼針般尖利，直盯著黃河之水的去勢而不放。在他的視野中，那股黃河之水彷彿化作了一隻巨大無比的鐵拳，以迅雷不及掩耳之勢，重重地撞在了寧夏城的城牆上！

狂湧而至的河水，從城門縫裡和被「大將軍炮」轟炸殘破的城牆缺口中，以鋪天蓋地之勢闖進了城內！

饒是哱拜、哱承恩父子凶橫驍勇，也擋不住這滔滔大水！屹立西疆多年的哱拜巢穴寧夏堅城，就此大勢已去！

「恭喜李將軍——『水淹寧夏』之計大獲成功！」李應試拍馬上前向李如松抱拳祝道。

李如松臉上卻無絲毫笑意，遙望著已成一片汪洋澤國的寧夏城，深深嘆了口氣：「若非東邊朝鮮事急，如松豈會出此下策？只可憐了無辜百姓，隨著

那逆賊哱拜一道遭殃！」

說罷，他轉頭看向李如柏、李如梅二人，吩咐道：「如柏、如梅，剩下的攻城滅賊之事，就交給你倆了……對哱拜和他的黨羽一個也不要輕易放過！」

「是！」李如柏二人齊齊應了一聲，策馬馳下高崗而去。

李如松望著他倆的背影，沉吟片刻，又向李應試說道：「李先生，從現在起，你就丟下其他一切瑣務，專門幫助本將軍多多琢磨平倭援朝之戰事……」

李應試撫著頷下的鬍髯，慢慢言道：「這件事情，卑職兩個月之前就開始考慮了……」

「嗯……這樣就好！」李如松轉過頭來，深沉地注視著他，「李先生，你不知道：祖承訓那蠻夫在平壤城貪功冒進，遭了倭寇的伏擊，損失了咱們三千五百多名遼東兄弟，大大地損了我遼東『李家軍』的名頭！咱們要趕緊準備揮戈向東，把倭寇欠下的這筆血債討回來！」

「可是，李將軍……難道咱們不稍事休整就直奔朝鮮？」李應試沉吟道，「你也知道這三四個月來，咱們晝夜不停地猛攻哱拜，實在已是兵困馬乏了……」

「該休整的時候，自然是要休整的。兄弟們攻下寧夏之後，就暫時在這裡休整一兩個月吧，」李如松淡淡地說道，「不過，只怕你我卻沒有這份清福可享了！過不了幾天，本將軍就得先行返回京城面

聖領命了……家父也來信說了：寧夏城破之日，便是本將軍火速返京之時……」

▌沈惟敬論倭情

「你就是沈惟敬？」石星坐在太師椅上，慢慢端著杯盞呷著茶水，神情悠然地看著面前一個中年人，緩緩說道，「你真的通曉倭情，還會講倭語？」

那中年人身材高瘦，穿著一身寶石藍的長袍，唇角兩撇鼠鬚微微上翹，長得尖頭尖腦的，本是毫不出奇——唯有他那一對眼珠靈動生光，透著幾分

異常的精明。他聽得石星問話，急忙躬身答道：「小人正是沈惟敬。小人自幼出身浙商世家，曾赴倭國做過絲綢生意，在那裡待過兩三年——通曉倭情、會講倭語，自然是不在話下。這樣吧：大人您若是不信，小人就在這裡講幾句倭語給您聽一聽？」

「哦……那倒不用了。」石星急忙擺手將他止住，心想：本部堂又不懂倭語，你就是隨口胡扯幾句，本部堂也聽不明白啊！他上上下下又打量了沈惟敬一番，將手中茶盞放回了身旁的桌幾之上，微微搖頭，嘆了口氣：「本部堂的岳父大人推薦你有『舌燦蓮花』之能……可是，如今本部堂瞧了你這般模樣，只怕有些不甚放心……」

「石大人何出此言？三國時期，蜀中名士張松其貌不揚，出使許昌為曹操所辱，終使益州土地盡歸於劉備之手，」沈惟敬顯然不是一個普通的商賈，肚子裡還是裝了幾本書的，「似石大人這般『以貌取人』，小人自是不能苟同，就此告辭！」

「這……」石星心中一動：眼下國內通曉倭情、會講倭語的人實是十分稀缺——這個沈惟敬倘若真是通曉倭情、會講倭語之人，倒是不可輕易放走了他！他的相貌醜一點兒，大約也沒什麼干係吧！念及此處，石星只得乾咳一聲，伸出手來，急道：「且慢！本部堂還有話要問呢……」

沈惟敬原本也只是裝腔作勢而已，聽得石星一喊，便應聲轉身問道：「石大人有何話問？」

石星也曉得這沈惟敬和自己的岳父大人一直在浙江臨安府聯手做著絲綢生意，關係十分緊密，倒並不是什麼「外人」。於是，他也就不再掩飾，靜靜地抬眼看了沈惟敬半晌，緩聲說道：「既然沈先生曾經在倭國待過，那麼必是熟諳明倭兩國之內情嘍？！依你之見，這援朝東征一役，究竟是我大明朝將占上風還是他小倭國將占上風？」

沈惟敬聽了，撚著鼠鬚沉吟了一會兒，道：「依小人看來，此番東征之役中，我大明朝兵強馬壯、良將如雲，自然會占上風。然而倭虜個個嗜殺成性、彪悍之極，我大明朝縱是得勝，亦必是一場慘勝。」石星一聽，便感到此人分析時勢倒也切實，就微微點了點頭，低低說道：「慘勝？唉……慘勝自

然是免不了的。那倭虜狼子野心、咄咄逼人，我大明朝豈能示弱？該打硬仗還是得打硬仗啊！……」

「大人所言甚是。倘若倭虜已經打到了我大明朝的邊境，不要說您石大人，就是我沈惟敬也要扛上一條長槍去和那倭虜決一死戰！」沈惟敬一邊暗暗察言觀色，一邊揀著好聽的詞句說道，「可是，畢竟目前倭虜還只是龜縮在朝鮮國內，未敢侵犯我大明國尺寸之土……這一場硬仗若是打下去，小人只覺得彷彿是為了朝鮮李氏王朝而打的……這對我們那些即將在大仗中傷亡的將士們而言是有些『名不正，言不順』的……」

雖然石星從心底認同沈惟敬這番話的，但大明兵部尚書的身分讓他不可能公然附和沈惟敬。於是，他假裝沉下了臉色，慢慢說道：「當今聖上乃是華夷共主，皇皇大明乃是天朝上邦，豈容倭虜侵我屬國？」

「石大人此言極是，」沈惟敬微笑著點了點頭，又問道，「倘若倭虜亦能傾心歸順我大明天朝，俯首甘為我之屬國呢？」

「真是一派胡言！」石星冷冷一笑，心下暗想：岳父大人真是可惡！居然將本部堂這些「政見」都偷偷透露給沈惟敬了！真不知這姓沈的背地裡悄悄塞給了他多少「探路錢」！看來這姓沈的雖是商賈出身，卻似乎對朝廷開出的「封侯賜爵」之賞十分著意啊！他想到這裡，便暗一轉念，假意借別人所講的話來搪塞沈惟敬：「若是如你剛才所言，那些倭人又怎會掀起這一場刀兵之災？」

「石大人可能對倭國有些不太了解，」沈惟敬急道，「那倭國本是秦始皇時之方士徐福攜五百童男童女渡海求覓仙丹，後來滯留在一片島嶼之上，方才立基成國的。魏晉之時，倭國女王卑彌呼還遣使前來中原稱臣進貢。到了唐代，他們更是深受我中原文化浸潤，堪稱與我大明天朝『同文同種』。」

「哦？」石星微微一愕，「本部堂以為他們不過是荒島蠻夷、山野胡虜……原來他們亦懂中華禮儀？」

沈惟敬深深地點了點頭，道：「確是如此，小人聽聞近來倭虜在朝鮮平壤城擊敗祖承訓將軍之後，再未前來倡狂挑釁——這說明倭虜畢竟也不敢與我大明朝為敵。小人私下揣度，他們大概只是想取代朝鮮而成為我大明的屬

國罷了！倭虜若是存有此念，我們還是可以與之周旋交涉的。」

石星聽罷，有些訝異地看了沈惟敬一眼：此人胸中所思，居然與自己的想法「不謀而合」！看來，此人倒真非弄虛使巧的庸碌之輩 —— 可見他對倭情確是揣摩甚深！於是，他眼角帶著一絲讚賞之色，微笑著盯向了沈惟敬，認真傾聽著他繼續講下去。

沈惟敬一眼瞥到石星這時竟兩眼發亮，知道他已被自己的話打動，就侃侃而道：「當年楚漢爭霸之時，儒生酈食其能以三寸不爛之舌而勸降齊國七十餘城池。小人雖無酈生這般口才，但求石大人能給小人一個『備倭招撫使』的名分，小人便能單槍匹馬深入倭營，向倭酋陳之以大勢、示之以天威、曉之以長短利弊，自信必能說服倭虜向我大明朝稱藩臣服！」

石星一聽，並未立刻答話，只是雙目圓睜直視著他。

沈惟敬一看，也微微變了臉色，心道：壞了！自己剛才向他公然討官要官，只怕已激起他心頭莫大的反感了！

他正驚疑未定之間，那石星已是慢騰騰邁步前來，一直走近他身旁，才猛一伸掌在他肩頭上重重一拍：「好！沈先生！你要一個『備倭招撫使』的名分，這有何難！本部堂就選定你了，明日本部堂就奏明聖上，封你一個正四品的『備倭招撫使』，掛游擊將軍銜，擇日代表我大明前去勸降倭虜 —— 只希望你務必做到『不辱使命』才好！」

沈惟敬聽完，眸中光亮一閃，隨即屈膝跪謝道：「石大人『聞善即納，唯才是舉』 —— 我大明不戰而屈倭虜之兵，實是大有希望！」

石星按在他肩頭的掌上力度頓時又加重了幾分：「嗯……『聞善即納，唯才是舉』 —— 這是本部堂的職責所在。不過，你日後若真能以三寸之舌而兵不血刃地勸降倭虜，到時候卻不要忘記了本部堂今日的舉薦才好……」

努爾哈赤入京朝貢

八月初的北京城仍是驕陽似火，酷熱難當。

然而，京城的街道卻是人頭攢動，熱鬧非凡。兩邊攤鋪上賣果子、點心、涼菜、小吃的，是各色各樣，令人目不暇接：醪糟蛋、水煎包、酸梅湯、燒餅、餛飩、烤鴨、燒雞等一應俱全。還有書畫、玉器、舊書、碑帖、描本小畫、珠翠首飾、古董瓷器等，更是琳瑯滿目，擺得街道空場邊上密密麻麻。人們比肩接踵，搖著蒲扇、摺扇、團扇，在攤鋪邊挑著物件，一邊欣賞把玩，一邊討價還價，享受著這一派清平繁榮的盛世。

在京城的天街大道上，湧動的人潮當中，有一行裝束特別、騎馬而行的關外人士格外引人注目。他們中間除了一位白袍老者是漢人外，其餘五十餘人幾乎全是三十歲左右的青年，一個個剃著整齊發亮的頭，只剩頭頂上一條長長的辮子在脖子上盤了幾個圈兒，渾身上下一襲葛布長衫，舉手投足之際透著一股精悍之氣。領頭的那個青年濃眉大眼，氣度不凡，凜凜生威，跟在那白袍老者身後，並不左顧右盼，只是握著馬韁昂然緩緩前行。

他身後那些青年騎士卻有四人佩刀護持在他和白袍老者身旁，其餘的卻都在趕著那十輛裝滿了大小箱匣的馬車，隨後而來。

京城的漢人們一瞧這些人的排場，便都明白了：這恐怕又是哪一個屬國或夷族土司到皇宮裡來朝貢了！大家也都對此司空見慣了。只是這一行朝貢之客，雖然裝束奇特，眉目之際卻與漢人無異，不像上個月來的那些西夷使臣，一個個高鼻藍眸、金髮白膚的。

原來，這一行朝貢人士，正是遼東建州都督僉事努爾哈赤和他的漢人師傅龔正陸，其餘全是他從建州帶來的侍衛。

努爾哈赤帳下唯一的漢人侍衛易寒手裡拿著一張京城地圖一邊不時低頭看著，一邊又不時抬頭望去，在前邊引路。

龔正陸年輕時也曾到過北京，但他對各大部堂衙門在京都的地址也並不熟悉。他見易寒看圖尋路著實有些吃力，便拍馬上前在易寒耳旁吩咐了幾句。

易寒一聽大喜，四下裡張望了一下，喊住街邊一個看起來相貌舉止有些

老成的「老北京」漢子，遞了他一錠銀子，請他給自己這一行人當嚮導。

那漢子自然是滿口答應，便問易寒：「各位大爺，你們要先去哪個部院衙門報到呢？小人就先帶你們去。」

易寒也不甚清楚，扭頭便看龔正陸，龔正陸沉吟了片刻，說道：「我等既是入京朝貢和請旨抗倭援朝的，只怕此行的重點是禮部和兵部。你先帶我們去禮部，然後去兵部。」

那漢子應了一聲，就在前邊領路而行。努爾哈赤一行人便隨後緩緩而去。

走在中途，龔正陸心念一動，招手喚來了易寒，低聲吩咐道：「你且準備三百兩銀子給老夫。」易寒一怔，卻不多問，便往後面馬車上的木箱裡取去了。

努爾哈赤聽在耳裡，轉過頭來有些詫異地看了龔正陸一眼。

龔正陸輕輕一嘆，對他說道：「都督莫驚。待會兒，您就知道這三百兩銀子的用處了。」說罷，接過了易寒趕前遞來的那一包白銀。

不知不覺之間，努爾哈赤一行人來到了禮部大院門前。卻見禮部院門的看守差役下階問道：「你等乃是何方藩夷？訪我禮部做甚？」

龔正陸急忙下馬，賠著笑臉，趨步而前，對他說道：「稟告這位官爺：我等乃是遼東建州女真部族之人，特來進京朝貢，還望及時通稟部堂大人接見我等。」

那差役見慣了四方來使，對遼東建州女真部族卻不熟悉，恃著自己身為禮部看門護院之小小「威權」，卻板起了臉，說道：「咄！我們禮部尚書大人、侍郎大人等，豈是你這小小藩夷想見就見的？今日他們正在院中商議大事，不便接見你們。去吧，去吧，改日再來！」

龔正陸自是懂得他心頭「癥結」之所在，不得已從懷中掏出大大的一錠銀兩，塞給了那差役，附耳低聲道：「官爺莫再嚷嚷！這是我建州諸人孝敬你的一點兒心意。你且速速進去向尚書大人、侍郎大人通稟一聲，我等在此感激不盡！」

那差役只在口中支吾了片刻，也不推讓，伸手便接了，偷偷捏了捏那錠銀兩，其分量之沉實屬他前所未見，頓時心花怒放，聲音也一下軟和了

許多：「好！好！好！念在你們建州女真諸人千里迢迢進京一趟實屬不易，本大爺今日便破例進去幫你們通稟一聲。」說著，上了石階，一溜小跑進院去了。

這邊，努爾哈赤把這一幕看得清清楚楚，頓時氣得滿臉通紅，一躍下馬，來到龔正陸身旁，怒道：「龔師傅！我努爾哈赤好歹也是一個二品的都督僉事，豈容他這小小僕吏在此弄奸索賄？還勞您靦顏來做這等醜事 —— 真是太可氣了！」

龔正陸深深一嘆，心道：我的努爾哈赤都督！這天子腳下，部堂林立，官吏如雲，隨便拎哪一個人出來不是位居三四品？這差役背靠禮部院堂，接待的官兒多了去，怎會把你一個遼東建州都督僉事放在眼裡？況且，你畢竟身繫遼東女真部族中人，不是漢人 —— 在這禮部衙門，他們也只當你是「低人一等」的藩夷而已……唉，沒給你們冷臉就不錯了！……然而，這些話他自是不敢向努爾哈赤談起，便一味寬慰著他，盡量讓他消下氣來。

沒過多久，便見那差役像得了肉骨頭的狗一樣笑呵呵蹦了出來，對他們說道：「本大爺進去通稟了 —— 禮部主事趙南平趙大人願意接見你們。」

「尚書大人和侍郎大人呢？」龔正陸急忙問道。

「本大爺剛才不是說過了嘛！ —— 他們正在商議大事，不便接見你們！」那差役臉上頓時現出厭煩之色，冷冷說道，「趙南平趙大人願意接見你們，便是很大的恩典了！」

龔正陸見狀，便讓諸位女真騎士在大門外看護著那些馬車上的貢品，自己和易寒陪著努爾哈赤在那差役的帶領下向禮部大堂門裡進去。剛一邁進那門檻，差役便悄悄捏了捏龔正陸的手一下，壓低了嗓音說道：「這位老師傅 —— 您可別怪本大爺沒有提醒您，對這位趙主事的『孝敬錢』，您最好事前先準備充分一點兒……」

「這個……謝謝官爺提醒 ——」龔正陸微笑而答，伸出左手一個指頭在那差役眼前輕輕一晃，「你瞧：這個數可曾要得？」

「不行！不行！」那差役搖了搖頭，「你當他是州省一級的小官兒呢？」

龔正陸只得伸出了左手三個指頭往外一亮。那差役這才咕噥了幾句，說

道：「這也只是勉強……上次烏思藏特使前來朝貢，給趙主事送的就是一大錠黃金……罷了！罷了！他們那裡盛產黃金，你們建州女真那裡天寒地荒的，也只有將就將就了……」

禮部主事趙南平是當今首輔趙志皋的親侄兒，仗著他的叔父做靠山，最是喜歡在禮部專橫霸道、招賄攬利。今天他聽到那差役來稟報有遼東建州女真藩夷前來朝貢，頓時感到又是一個「敲竹槓」的機會落在了自己的手裡。他便整好了衣冠，支開了左右吏員，在自己的簽事房裡等著。

過了半盞茶工夫，那差役領著努爾哈赤、龔正陸、易寒等三人進了室門，做了介紹之後，就垂手退下了。

趙南平也不喊他三人落座，伸手摸了摸自己腦門兒，皮笑肉不笑地說道：「這個……這個，你們遼東建州女真部族欲來朝貢，事前也上過好幾道表章了。你們這一份誠款之心，倒是可嘉可勉的……」說到這裡，他把話鋒一轉，就暗暗打起了「套子」：「不過，一則近來內閣忙於軍國大事沒顧得上理會；二則你們建州女真不過是遼東小小一方藩夷，還有點夠不上參加朝貢的資格……

「參加朝貢的資格？」努爾哈赤聽得一怔，「咱家一心想要『面聖陳情』，貢獻自己的一切為朝廷效勞，還要憑什麼『資格』？」

「資格是一定要有的：像烏思藏、吐魯番這樣的藩邦大國，才有一等一的朝貢資格；其次是朝鮮、暹羅等這樣的屬國……你們遼東建州女真部族，地盤那麼小，人口那麼少，怎有足夠的資格參加朝貢大典呢？」趙南平摸著油光光的胖臉，冷冰冰地說道，「至於你們所說的要『面聖陳情』，那更是有點兒異想天開──我皇皇天朝的皇帝陛下乃是華夷共主、四海至尊，不要說你們建州女真藩夷，就是我等朝廷命官要想一睹他的天顏，亦是幾輩子修不到的福分啊！……這樣吧！貢品你們可以先留下，至於那個『面聖陳情』、參加朝貢嘛……我們禮部裡諸位大人還要商議商議再說……」

「趙大人，這『面聖陳情』、參加朝貢的『資格』嘛……還不就是您口裡一句話的功夫？」龔正陸一見，急忙搶在努爾哈赤前頭，上前一步將那包白銀遞到了趙南平手中，賠著微笑說道，「區區薄禮，不成敬意──還望您笑

納！……」

趙南平一把接過那包銀子，在手心裡掂了一掂，擱在書案一側，正欲答話，忽又轉念想起一事，看向龔正陸道：「嘿……你這個漢人老頭兒倒還頗懂規矩——這樣吧，你們女真部族若想儘快朝見聖上，那還是給我們禮部多送些遼東特產來，像什麼人參啊、鹿茸啊……趙某聽說這些東西蠻『養人精神』的呢……」

「好的，好的，」龔正陸滿口連聲應承著，「龔某下去之後就給列位部院大人們採辦著……只是，您還得馬上到尚書大人那兒稟告一聲，幫著引見引見，我家都督大人實有十萬火急的大事要面奏陛下……」

「想本官給你們引見尚書大人？行啊——你們先回去再準備三千兩『黃貨』來，本官去『運作』一下，儘快在三天之內讓你見到他！」趙南平伸手拍了拍面前那包白銀，開出了自己的辦事「價碼」。

「三千兩『黃貨』？」龔正陸懂得他所言的「黃貨」就是指黃金，不禁被他這「獅子大開口」嚇得全身一跳，急忙又強忍著滿腹不快，卑躬屈膝地說道，「好，好，好！您先去尚書大人那裡引見著，龔某讓人馬上給您送進來……」

說著，他拉過易寒便吩咐了下去。不料那趙南平卻往太師椅靠背上一躺，懶洋洋地說道：「好吧！趙某就在這裡先等著——俗話講：『火到豬頭爛！』你們什麼時候把東西送進來，本官什麼時候就到尚書大人面前替你們引見去……」

「趙大人！」努爾哈赤終於按捺不住，邁前一步說道，「本都督此番進京朝貢、面聖陳情，實在是刻不容緩，有十萬火急的大事要向大明皇帝陛下奏報——希望你們禮部和內閣最好能在今天或明天給出一個答覆！」

「哦？我瞧您這位藩夷大人，真正是一本正經地說得可笑！你這小小的遼東蠻夷，有什麼『十萬火急的大事』要奏報皇帝陛下的？」趙南平哼了一聲，「你們這樣的謊話，本官聽得多了！嗨！不過就是瞻仰一下我們天朝皇帝的聖顏，好回去在你們族人當中炫耀一番；再就是想向皇帝陛下討要一份恩賞嘛！……不過，後邊這一點，你們倒是應該放心！我天朝大國，乃是

『禮儀之邦』，最重禮儀的 —— 不管你們見不見得到皇帝陛下，我們天朝上邦對你們的恩賞不會少的……」

講到此處，他彷彿又想起了什麼似的，又朝龔正陸說道：「對了，龔老頭兒，你可要記得：屆時陛下萬一給你們賜了什麼『恩賞』，你們都得給我們禮部返送回來一半，這是朝廷多年來的『規矩』……你可別忘了啊！」

龔正陸聽他越說越不像話，生怕努爾哈赤聽了生氣，急忙插話道：「趙大人，這樣吧：龔某先送我們都督大人到外去等著……您要的三千兩『黃貨』，我們馬上給您送進來……」

「等？你們還要本官傻等多久？」趙南平何曾被人輕慢過，一想到努爾哈赤剛才對自己聲色俱厲的樣子，心底就大不舒服，擺了擺手說道，「你們這些女真人啊！真是『又當婊子又立牌坊』的！罷了！罷了！本官也不接你們的事兒了……你們明兒一早再找別人去幫你們『通融』吧！……」

「你……你……你這廝真是過分！」努爾哈赤勃然大怒，眸中寒光一閃，逼前一步，冷冷說道，「老實說，我努爾哈赤怎是你口口聲聲所誣衊的那般下作！並不稀罕用什麼『瞻仰天顏』去向族人炫耀，更不稀罕『討要什麼恩賞』 —— 倘若不是遼東面臨倭虜進犯之險、大明社稷岌岌可危，本都督豈會千里迢迢、晝夜不停地趕到京城『面聖陳情』？」

「哎呀！你這女真蠻子少在本官面前裝出一副大義凜然的樣子！」趙南平一聽，立刻便抓住了努爾哈赤的「辮子」，重重一拍書案，厲聲喝道，「你既不稀罕『瞻仰天顏』，又不稀罕討封要賞，那你還來這裡『朝貢面聖』幹什麼？你如此野性難馴，我們禮部決定不接受你的朝貢申請了！」

「噹啷」一聲清吟，努爾哈赤拔出鞘中寶刀如電光一閃頂在了趙南平的喉結之上，聲音冷得像一塊寒冰：「你這無恥貪官，真是狗屎不如！ —— 實在是丟我皇皇天朝的顏面！別怕，本都督不會動你半根毫毛。你稍後若不再多加反思悔改，並及時向內閣和皇帝陛下奏報我們『朝貢面聖』的請求 —— 我們第二天來便拉著你一道上金殿找陛下評理去！」

「嗶……嗶……」趙南平兩眼一陣翻白，結結巴巴說不出話來，全身哆嗦，頓時竟被嚇得尿了褲子。

努爾哈赤鄙夷地看了他一眼，把他往座椅上一推，一手拉起龔正陸、易寒二人便揚長而去。

趙南平一直呆到他們三人走遠了，仍像一攤爛泥似的癱在座椅上，目瞪口呆地哼哼著。過了半晌，他才殺豬似的號叫道：「來人！快來人啊！建州女真蠻夷要殺人啦！快救命啊！」

▌華夷之辨

「陛下，朝鮮送來捷報，聲稱那個遼東建州都督僉事愛新覺羅‧努爾哈赤十日之前，率本部人馬在義州城下殲滅倭虜近千騎，立下了抗倭援朝第一功啊！」陳矩興奮萬分地舉著一份奏章一溜煙兒似的衝進了御書房，呈給了正在伏案批閱各部、各地奏摺的朱翊鈞，「奴才真是替陛下感到高興啊！」

「哦！真的？」朱翊鈞手中握著的朱砂毛筆一下甩了開去，整個人從龍椅上一跳而起，一把便抓向了陳矩手中高舉的那份奏表，「快給朕瞧一瞧！」

說著，他搶過那份朝鮮送來的捷報奏章「唰」的一下抖開，埋下頭認真看了起來。

閱到後來，朱翊鈞已是高興得手舞足蹈，連聲道：「看來，甯遠伯舉薦得沒錯——努爾哈赤雖是建州蠻夷出身，卻有大將之才！他這一仗為我大明朝打出了赫赫天威——朕要重重褒獎他……」

他正說之際，忽聽得御書房門外傳來一陣急促的腳步聲。只見一個內侍雙手也舉著一份奏章奔了進來，跪下稟道：「啟奏陛下，禮部送來緊急奏章！」

「什麼奏章送得這麼急？」朱翊鈞自言自語了一句，吩咐陳矩道，「你且替朕接下看一看。」

陳矩應了一聲，接過那道奏章，翻開一看，立刻便變了臉色，急忙遞給朱翊鈞，顫聲說道：「這……這份奏章還是請陛下您親自過目吧！」

朱翊鈞瞧他的表情有些異樣，也不多問，拿過那奏章，只看了文中數行，頓時也是臉色一變，詫異地說道：「什麼？努爾哈赤怎麼到了京城？竟到

禮部堂院毆打朝廷命官？還出言不遜、目無綱紀？這是怎麼回事？」

陳矩跪在地上奏道：「陛下！禮部出了這麼大的事兒，只怕京城裡早已傳得沸沸揚揚。宮中北鎮撫司的錦衣衛不會坐視不顧，稍後應該便有詳情密報呈送進來……陛下若欲了解此事真相，唯有招來錦衣衛指揮使嚴豐正一問便知……」

朱翊鈞也漸漸平靜下來，默默地點了點頭，吩咐那名送來禮部急奏的內侍道：「你且帶上此奏去給嚴豐正，讓他立刻將此事真實情形查明之後給朕奏來！」

那內侍接過禮部的那封急奏，連忙應聲而去。

「唉！這個努爾哈赤！」朱翊鈞坐回到了龍椅之上，喃喃自語道，「怎麼會做出這等不成體統的事情？！」

陳矩見朱翊鈞面色已變，不敢隨口附和，只得垂手站在一旁默然不語。

大約過了一炷香的工夫，嚴豐正已是應召而來，直入御書房內，向朱翊鈞跪奏而道：「微臣啟奏陛下：昨日遼東建州都督僉事愛新覺羅·努爾哈赤毆打禮部主事趙南平一事本末已然調查清楚，請聽微臣奏來！」

朱翊鈞緩緩點頭，一臉的凝重，兩道目光更是銳利如劍，筆直地射在嚴豐正臉上：「嚴愛卿！此事關係重大，你可要據實回奏於朕，若有虛假——朕定當嚴懲不貸！」

嚴豐正聽朱翊鈞這話來得鋒芒刺人，嚇得急忙叩首答道：「微臣焉敢欺蔽聖上？此事的詳細經過是這樣的：昨日上午，努爾哈赤一行抵京，前往禮部送交朝貢申請，並懇求能儘早『面聖陳情』。然禮部主事趙南平認為努爾哈赤等人所謂『朝貢面聖』，也不過是為了多多討要聖上的封賞，便欲將此事緩上一緩。努爾哈赤不依，便與他爭執起來，方才有了『藩夷來賓毆打朝廷命官』一說……」

「真的就只是這一個情形？」朱翊鈞目光灼灼地盯著嚴豐正，聲音卻似冰刀霜劍一般凜然，「這其中就沒有什麼別的隱情？努爾哈赤就會這麼舉動輕躁？朕說不得還要宣他進宮親口做個解釋呢！……」

嚴豐正臉色大變，額上冒出了一顆顆黃豆般大的汗珠，嚇得竟不敢伸手

擦拭，隔了半晌，想一想這得罪趙閣老的危害終究沒得罪陛下的後果嚴重，才又叩頭奏道：「這個……這個……微臣還聽到這樣一種說法，但對這種說法尚未查實——聽說那個趙南平在接收努爾哈赤的朝貢申請之時，似乎還曾向他們索要過『孝敬錢』……努爾哈赤他們也是……也是給了的，而趙南平好像嫌他們給得有些少了……」

「混帳！」朱翊鈞伸手「砰」地一拍御案，鬚眉俱張，勃然大怒，「什麼『孝敬錢』？不就是索賄貪墨嗎？他趙南平好大的膽子！竟敢背著朕如此胡來！朕若不對他予以嚴懲，日後又有何顏面君臨四夷？」

「這……這……」嚴豐正慌忙叩首奏道，「這件事微臣也只是有些耳聞，並未查實……陛下不可以此為據而動雷霆之怒啊！……」

朱翊鈞揮了揮手，止住了嚴豐正，靜了片刻，才道：「傳聞之事，通常並非『空穴來風』。你們下去後再給朕徹底查實後報來。朕也記得，這個趙南平好像是趙閣老的什麼親戚，上個月吏部還報來呈文，推薦他擔任吏部文選司郎中之職……」講到這裡，他微微一頓，眉頭一蹙，「你們不必顧忌什麼，只管放手查去，朕自有裁斷。」

嚴豐正諾諾而答，不敢有異議。

朱翊鈞拈起禮部剛才送來的那道緊急奏章瞧了一瞧，又問：「對了，禮部來文狀告努爾哈赤『出言不遜、目無綱紀』，此事可否屬實？努爾哈赤究竟說了什麼『不遜之言』，你且給朕如實奏來！」

「這個……這個……」嚴豐正囁嚅了片刻，打量著朱翊鈞的神色，極為小心地奏道，「努爾哈赤有些話確也講得有些不遜：他說——他並不稀罕什麼『瞻仰天顏』，也不稀罕什麼『討要恩賞』……這便有些『大不敬』了……」

「他真的說過這樣的話？」朱翊鈞面色一凜，雙眉一皺，冷冷問道，「你此刻所奏可是屬實？」

嚴豐正急忙叩下頭去，瑟瑟而道：「微臣豈敢憑空捏造他的不遜之詞來欺蒙聖上？微臣縱有一百個腦袋也不敢犯此欺君大罪啊！」

「很好！很好！」朱翊鈞遲疑著慢慢坐到御座之上，緩緩言道，「你且退下吧！……朕有些乏了，想一個人靜一靜……」

待嚴豐正怯怯地退出去之後，御書房內頓時一片沉寂。終於，朱翊鈞輕輕揉著自己右邊的太陽穴，抬眼望著高高的房頂，問陳矩道：「陳矩……你早年也曾擔任過朕身邊的侍讀小奴，也算是喝過一些墨汁的人了……你怎麼看今天關於努爾哈赤的這兩樁事兒呢……」

「陛下：太祖高皇帝曾經留下鐵牌禁令──宦官不得干政，」陳矩身子一縮，「奴才不敢妄言。」

「你就談一談吧！朕胸中自有主見的，」朱翊鈞淡淡地說道，「你就當是一個局外之人，聽到這些事兒便隨口那麼一議……」

「這個……啟奏陛下，奴才確實不知此事本末粗細，奴才只是想到努爾哈赤這兩樁事兒中，抗倭立功屬實，出言不遜是虛──這一實一虛之間，以陛下之天縱英明是必有明斷的。」陳矩低眉彎腰答道。

「嗯……這就是你這個局外之人的看法？」朱翊鈞沉沉地說了一句，微一思忖，打了一個手勢給陳矩，「唉！……倘若是當年張師傅在世，這朝中豈容趙南平之流在下面瞞著朕作奸犯科？嚴豐正的徹查奏報送上來後，你去宣趙閣老、石星、宋應昌，還有……還有甯遠伯和申師傅來……就說朕有要事急商……」

待到李成梁、申時行、趙志皋、石星、宋應昌等人到齊之後，朱翊鈞便讓陳矩將北鎮撫司錦衣衛呈上來的關於努爾哈赤昨日與趙南平在禮部院堂發生爭執一事的情況向他們通報了。

陳矩講完事情經過之後，御書房裡頓時靜得連地板上掉下一根細針都能聽得清清楚楚。朱翊鈞看他們個個都不願先行開腔，便點名先問趙志皋道：「趙愛卿，你是內閣首輔，你認為此事應當如何處置呢？」

趙志皋滿臉漲成一片醬紫，從杌子上站起身來，垂著雙手，恭恭敬敬地答道：「啟奏陛下：老臣以為，禮部主事趙南平竟敢妄自向藩夷索賄貪墨，而且待人不恭、處事無方，以致挑起藩夷與禮部之爭執，造成極為惡劣之影響，實在是有違禮法、有損國體──老臣奏請陛下立即免去他的禮部主事之職，削籍為民，永不敘用！」

朱翊鈞一愕，沒料到趙志皋對自己侄兒的懲處建議竟是如此犀利徹底、

如此不講情面。他微微沉吟了一會兒，緩緩言道：「朕未料到趙愛卿竟有這等大義滅親、公而忘私的識量……也罷，朕就准了你的奏請，同時添上一條：刑部將趙南平送到趙愛卿府上嚴加管教，不得再有悖禮違法之舉！」

趙志皋聽到朱翊鈞如此爽利地答應了自己提出嚴懲趙南平的奏請，頓時心中驟然一空，又暗暗傷感起來：這位青年天子真是嚴刑峻法、刻薄寡恩，與他那師傅張居正一般無二，對老臣竟一點兒情面也不給！這滿朝六部堂院之中，哪有不索賄貪墨的郎官？正如這世上哪有不饞魚腥的貓兒？只不過我家趙南平是碰上了黴運，被撞個正著罷了……難道你這個天子心底就沒有數？居然對我家南平侄兒狠狠一棒打下！也太冷酷無情了！一念至此，他眉宇之際掠過了一絲隱隱的黯然之色。

申時行在旁看到趙志皋這般表情，知道剛才朱翊鈞准奏對他打擊甚大，暗暗思忖這內閣首輔今天竟被陛下如此掃了顏面，日後他們之間的關係如何融洽得起來？他心念急動，便欲開口為趙志皋轉圜幾句。不料那石星卻似吃了火藥一般搶著屬聲奏道：「陛下，趙閣老公而忘私、大義滅親之舉，臣等甚是佩服。但是，依微臣之見，努爾哈赤目無綱紀、出言不遜，亦應對他降詔加以訓誡才是！此人雖有抗倭援朝之薄勞，但亦不可姑息縱容！」

他此話一出，御書房中諸人各各都是全身一震。宋應昌當下就開口言道：「石大人，努爾哈赤近日在義州城下拚死力戰，贏得我大明抗倭援朝第一功，豈可謂之『薄勞』？您這樣講，不怕傷了前方將士的進取拚搏之心嗎？」

石星本意是為趙志皋出頭打壓努爾哈赤，為趙志皋解氣。他遭到宋應昌這麼一問，臉皮不禁微微一紅，馬上又肅然答道：「宋大人！石某今日所言，完全是持平之論！前一次努爾哈赤上奏，已有『主動請纓，抗擊倭虜』之語；這一次他在禮部大鬧，所謂要『面聖陳情』，等等，大概也是要向陛下當面請旨抗倭……本來，他有這一份拳拳報國之心，也實屬難得。然而，依微臣看來，這正是表現了他們蠻夷之人貪功嗜殺、樂亂好鬥的習性！朝廷選任將士，自有法度──豈是他們這些藩夷之人想爭便爭、想當便當的？他這一派『捨我其誰』的做法，分明是視我大明國中無人啊！」

李成梁聽得石星搬出了這些牽強生硬的理由來苛責努爾哈赤，心頭一怒，正欲插話駁斥。石星又搶著奏道：「陛下，請容微臣斗膽：倘若您不計前嫌，遂了努爾哈赤『面聖陳情』之願，他若在金鑾殿上當眾提出『主動請纓、求旨東征、抗倭護國』的奏請，您將如何處置？且將封他何職？授他何權？」

「這……」朱翊鈞頓時語塞起來。

「微臣以為，努爾哈赤此番奏請，必令陛下左右為難：授他之權太重，讓他一個建州女真部族的酋長來統領我大明朝千軍萬馬對倭交戰，豈不失了我皇皇天朝的威儀？倘若您授他之權太輕，而他則必不肯盡心用命為國所用，您又焉能望他再立新功？蠻夷之人，其性如鷹，飢則來附，飽則離去……終非我大明之純臣啊！」

「石大人！依老夫之見：這努爾哈赤不是這樣的『人面獸心』之徒，」李成梁沉沉說道，「您若懷有此念，我大明天朝藩邦屬國再無一人可用矣！」

石星聽了李成梁此語，卻是不敢硬頂，只淡淡地點了一句：「寧遠伯所言亦不無道理。只是石某也曾記得當年哮拜未反之時，亦擊退蒙古胡虜於塞外，為我大明亦曾立下過不少藩護守土之勳……朝廷特下恩詔，封賞他為從二品的寧夏副總兵之職，難道給他的授權不重？但他終究還是反了……」

他這麼一講，御書房中立刻靜如一片淵潭。

石星又道：「努爾哈赤昨日曾當著趙南平的面，說什麼他並不稀罕『瞻仰天顏』，也不稀罕『討要封賞』……無論這些話他是在何等情形之下脫口而出，都是不容忽視的！──微臣從他這些話裡，聽出了此人『野性未除，太過自負』，只怕朝廷日後難以駕馭他呀！」

李成梁見石星抓住努爾哈赤一時偶然失言之過便拚命大做文章，心裡甚是不屑，忍了幾忍，張口又欲進言。

這時，卻見石星用討好的目光瞥了一眼李成梁，臉上堆笑而道：「陛下，當日我等應允努爾哈赤前來『朝貢面聖』，本是想借他女真部族人馬為我大明之前驅而平倭援朝。而今，臣等已接到西疆捷報，目前寧夏城已被我大明雄師攻陷，逆賊哮拜畏罪自殺，所有叛兵已被盡行肅清。提督陝西討逆軍務總兵官李如松將軍已立下平逆大功，正晝夜不息趕回京城接受平倭援朝之重

任。微臣認為，此時此刻，陛下不必再給努爾哈赤絲毫非分之想，免得他再在京城瞎鬧。」

「哦？寧夏之亂已經平定了？」朱翊鈞一聽，頓時喜出望外，「這真是太好了！太好了！李如松不負朕望，朕要重重褒獎……」

「陛下，依微臣看來，此時您對李如松最大的褒獎，就是及時任命他為我大明平倭提督，統領三軍，平倭援朝！」石星為了打壓努爾哈赤，只得拚命將李如松推上前來。

「陛下，石大人所言甚是。李如松將軍既任平倭提督，那麼不妨讓努爾哈赤為他的副將，協助他一同東征倭虜！」宋應昌仍是不忘極力為遼東鐵騎「李家軍」多爭取一些援助。

這時，一直沉默不語的趙志皋驀然開口了：「老臣有一言請奏陛下：西晉初年，晉武帝司馬炎手下雖有劉淵之流的蠻夷梟將，其才其能足以掃平吳國，卻對他終是虛置不用，而倚任羊祜、杜預等中華英俊以成一統之業。陛下可以潛思晉武帝此舉之深意！」

他這句話來得又刁又準，一下便擊中了問題的要害。宋應昌、李成梁也不好反駁，只得沉思不語。朱翊鈞皺了皺眉頭，沉沉言道：「朕已經知道了，重用努爾哈赤，自有其弊；但若不用努爾哈赤，只怕亦有其弊。況且，努爾哈赤的『朝貢面聖』之請又來得如此急切，朕該當如何答覆？」

「這個好辦。陛下肯定是不能親自接見他了，」石星與趙志皋對視了一眼，轉頭向朱翊鈞奏道，「陛下可以接受他的貢品，並多多賞賜他金銀珠寶，以此寬和他的心思。您甚至可以授予他『龍虎將軍』之銜，讓他更覺榮耀一些。反正，努爾哈赤『主動請纓、抗擊倭虜』最終不就是圖一個朝廷的爵號和封賞嗎？您給他封賞，又給他爵號，他就沒有理由再發什麼牢騷了。」

「唉！朕現在也只能如石愛卿所言而行了。」朱翊鈞深深嘆了一長口氣，心中暗想：努爾哈赤……朕只怕這一生都有愧於他了！本來，此人殺伐決斷、任心而行，頗有梟雄之姿，朕亦想收用他，成全他為我大明朝一代「治世之能臣」——可惜，終究與他沒能成就漢武帝與金日磾那樣的君臣之緣……不知道這件事朕究竟做得妥當不妥當？也許只有上蒼才知道了……

國之干城

在禮部和趙南平吵了一架之後，努爾哈赤便憤然與龔正陸、易寒一道，帶著那十餘輛裝滿貢品的馬車，來到京南驛舍住下，等候朝廷的通知。

在這期間，龔正陸也曾勸努爾哈赤忍辱負重到禮部向趙南平等人道歉示好。然而努爾哈赤認為自己在禮部的所言所行都是對的，始終堅持己見，不肯前去道歉。

這樣在驛舍裡候了兩三日，禮部並無任何消息傳來。在第四天早上，努爾哈赤和龔正陸決定不再等待，主動到兵部向尚書石星面呈「請纓東征，願為平倭先鋒」的奏章。

他們收拾好了東西正欲出門，卻聽得驛舍門外忽然鑼鼓喧天、人聲鼎沸，似是熱鬧得很。努爾哈赤、龔正陸兩人正自驚疑之際，房門「砰」的一聲竟被推開，易寒滿面笑容地衝了進來，稟道：「都督大人、龔師傅，朝廷裡來了好多人，要宣你們接旨呢！」

他正在說著，身後已跟進來幾個佩刀執劍的錦衣衛，在房間裡呈「八」字排開。接著房門口處緩緩步入一名紅袍宦官，手托一卷黃絹，拖著細長的嗓音說道：「遼東建州都督僉事愛新覺羅‧努爾哈赤接旨。」

努爾哈赤覺得自己彷彿正在夢中一般有些恍惚。卻見龔正陸一步上前，伸手將他肩頭一拍，附耳輕聲說道：「都督大人，您還不趕快叩首接旨？」

努爾哈赤立刻醒轉過來，急忙率領龔正陸、易寒等人「撲通」一聲齊齊屈膝跪倒，恭恭敬敬說道：「微臣努爾哈赤恭迎聖旨。」

那宦官微微含笑，展開了黃絹，緩緩念道：「奉天承運，皇帝詔曰：遼東建州都督僉事愛新覺羅‧努爾哈赤忠勇恭順，為我大明天朝守疆抗倭頗有奇功，現又虔心赴京欲求朝貢，朕心嘉焉。特命禮部以鼓吹、笙樂，一路送爾等進宮朝貢，不得有誤。」

「又，禮部主事趙南平擅自阻撓爾等虔敬朝貢，有損國體，現已將其革職查辦，特此向爾等明示我大明朝王道蕩蕩、覆天載地、華夷一體、無偏無私之赫赫氣象，並告爾等勿生歧念。欽此。」

努爾哈赤聽罷，頓時感動得熱淚盈眶，伏在地上接連叩了幾個響頭，感激萬分地答道：「陛下聖明！陛下聖明！微臣接旨。」

他當下起身，棄馬從轎，由錦衣衛與皇宮內侍開道領路，直往紫禁城內朝貢而來。

進了午門，努爾哈赤下了大轎，站在空闊的廣場裡展望開去，一座座金碧輝煌的宮殿猶如波浪一般連綿起伏。而那座專門用以接待四夷朝貢的太和殿，就在前方用一種壓得人幾乎喘不過氣來的巍峨與莊嚴，高高在上地迎視著努爾哈赤。

努爾哈赤靜靜地仰望著它，深深地無聲地吸了一口長氣，然後定住了心神，在傳旨太監的引領之下，一步一步地邁上了晶瑩明潤的漢白玉石階，向大殿內緩緩走去。

太和殿裡，樂師和舞女在兩邊整整齊齊地侍立著，一道寬達一丈八尺的紅氈地毯像赤龍一樣長長地鋪到金陛之下。文武百官們恭恭敬敬跪伏於地，誰也不敢稍有失禮。

努爾哈赤定睛一看，面色倏地一滯：金陛丹墀上那張金光燦爛的盤龍金座之上，卻是空空如也！只有司禮監的掌印太監張誠畢恭畢敬地垂手彎腰立在寶座的左下側。

而紅氈地毯的盡頭，金陛的最前端，站著三位白髮蒼然的老臣，半躬著身，靜靜地迎視著他有些茫然地走上前來。

傳旨太監做了個手勢，帶著努爾哈赤在那三位老臣面前跪了下來，然後像影子一樣退到殿裡的角落裡去了。

張誠見努爾哈赤已是跪定在地，方才揚聲宣道：「陛下口諭：朕因身體違和，一時不便親自處理遼東建州女真部族朝貢事宜，恩准當朝太師申時行、甯遠伯李成梁、內閣首輔趙志皋主持朝貢慶典，代朕接見努爾哈赤。」

努爾哈赤聽了，不禁心頭一震，正自愕然之際，卻見趙志皋緩緩上前，臉色冷冷的，展開黃絹詔書，絲毫不帶感情地念道：「奉天承運，皇帝詔曰：遼東建州都督僉事愛新覺羅‧努爾哈赤忠勇衛國、恭謹守邊，今日虔心赴京前來朝貢，以示歸順沐化之心。朕心嘉焉，特賞賜黃金千兩，綢緞五百匹，

玉器八十八件，《永樂大典》二十部。欽此。」

努爾哈赤聽罷，隨即叩首呼道：「大明皇帝陛下恩撫華夷，澤被建州，胸襟博大——微臣與建州數十萬女真百姓叩謝天恩。」

趙志皋念完詔書，緩緩退了下去。卻見申時行也緩步上前，展開了一卷黃綾詔書，念道：「奉天承運，皇帝詔曰：朕得悉邊報，知遼東建州都督僉事愛新覺羅·努爾哈赤勇率部族百姓，奮威出擊，助我大明朝駐朝鮮義州守軍，一舉殲滅倭虜近千騎，功勳赫然。朕心甚喜，特下詔晉封爾為大明遼東建州『龍虎將軍』，授爾銀印一枚，永為大明遼東藩臣，盡忠守土，不得有懈。欽此。」

卻見申時行念罷，微一招手示意，一名內侍捧著一方紫檀木匣緩緩走到努爾哈赤面前。然後，那內侍俯下身來，就在努爾哈赤眼下打開了匣蓋：一方手掌般大小的銀印赫然而現，印紐雕成了一頭俯仰生威的猛虎，印章四邊卻刻著栩栩如生的龍紋——這便是「龍虎將軍」大印了。

努爾哈赤目光深深地在那銀印上停頓了片刻，並不伸手來接，而是抬頭望向那一直空著的盤龍寶座抱拳遙遙奏道：「微臣多謝陛下的深恩厚德。只是，微臣無功豈敢受祿？『龍虎將軍』之職，微臣愧不敢受——還望陛下下旨，命令微臣率領一支勁旅即日東征，待將那些倭寇掃蕩淨盡之後，微臣再來進京，領此恩賞！」說罷，只在地上叩頭不語。

「這……」那內侍一愕，沒想到努爾哈赤竟在太和殿上拒受「龍虎將軍」之封，一時有些手足無措起來，將求助的目光投向了申時行、李成梁。

申時行面靜如淵，只向李成梁看了一眼。李成梁會意，撫了撫頷下銀鬚，走到那內侍身旁，接過了那個紫檀木印匣，雙手托起，捧到努爾哈赤面前，神色鄭重，緩緩言道：「努爾哈赤，陛下已在詔書裡說了，要求你『盡忠守土，不得有懈』。你們建州與朝鮮咸鏡道僅有一江之隔，倭虜朝發而夕至，可謂『危在肘腋』。你若能返回建州之後固守疆土，使得倭虜『一槍一矢不能射進國門』，這已是大功一樁！況且，朝廷即將興師征伐倭虜，屆時自有起用你們建州女真壯士之處——你還憂慮無功可建、無敵可除嗎？」努爾哈赤一怔，道：「微臣可不願只是待在建州以盡守土之責——微臣懇請大

帥您轉呈陛下，讓微臣擔任征倭先鋒將軍之職，為國效犬馬之勞！」

「努爾哈赤！你以為『藩國守土』之事乃是瑣細之務嗎？深而言之，遼東一鎮豈易藩護？那漠南蒙古胡虜鐵木爾與海西女真部族酋長葉赫·納林布祿素有勾結，這一次聽聞倭寇來犯，其實隱然已有吞噬遼東之心矣！只是畏懼我天朝王師而暫未跳梁耳！你回到建州，須得認真做好戰守之備，隨時以備萬一！」李成梁目光炯炯如炬，正視著他，「努爾哈赤，朝廷用人自有規章，豈可由你任意要求？本伯祖上亦曾在朝鮮居住，但本伯歷盡多年征戰，方成一方封疆大將。努爾哈赤，你年輕驍勇、前程遠大，不必汲汲於一時。」

努爾哈赤聽李成梁此話來得如此切直，略一猶豫，只得伸出手去，接過了李成梁雙手遞來的紫檀木印匣，囁嚅道：「微……微臣叩謝陛下天恩厚賞！」

見他終於接受了冊封，申時行、趙志皋、張誠等都不禁暗暗鬆了口氣。張誠唯恐中途再生變故，急忙大聲宣道：「奏樂！啟典！」

太和殿上樂師和歌女們聽得此喚，頓時笙簫齊奏、鐃鼓俱鳴，一派雍容典雅之音在殿上響起來，令人聽了心曠神怡。

然而，努爾哈赤卻覺得自己心頭茫然、一片恍惚，彷彿一員正準備披掛上陣的戰將猝然馬失前蹄，一跤跌落在無際的荒野之中，一時竟找不到出路。

他俯頭看著紫檀木匣中那方銀光灼灼的大印，眼角掠過一絲淡淡的失落。

在太和殿舉辦歡迎努爾哈赤前來朝貢的慶典之同時，紫禁城後宮的御書房裡，朱翊鈞正在接見今晨趕回京城的李如松。

「李將軍辛苦了！」朱翊鈞見李如松一臉的風塵，不禁慨然嘆道，「你此番風餐露宿、日夜兼程趕回京城覆命，朕實是心有不忍啊！」

「陛下，平倭拯朝之事十萬火急，微臣豈敢優遊遲滯以誤大局？」李如松垂下了雙眼，恭恭敬敬地說道，「微臣乃是武生出身，年富體健，這車馬奔勞之苦算不了什麼！」

朱翊鈞伸手招一招，站在旁邊的侍女會意，端來了一張銀盤，盤上放著紫瓷蓋碗和一隻玉匙，還有幾塊細巧的糕點。他起身徑直上前，揭開那紫瓷蓋碗看了一看，竟是親自捧起，走到李如松面前，淡淡說道：「李將軍，你這一大早就進了宮來見朕，怕是還沒用過膳吧？

這碗水晶蓮子銀耳湯你且用了它 —— 再吃幾塊點心，吃飽了肚子後好和朕回話。」

陳矩在一邊聽了，甚是驚訝，稟道：「陛下，自今晨卯時起，您就一直在御書房裡等候李將軍，也還未用過早膳呢……這一份您賞了李將軍，奴才給您再拿一份兒去吧？……」

朱翊鈞彷彿沒聽到一樣，自顧自又取了幾塊點心，向李如松遞了過去，悠然說道：「不用了……不用了……看著李將軍吃早膳，朕也覺得有些飽了……」

此話一畢，御書房裡的氣氛立刻變得肅穆莊重起來。李如松推辭不過，急忙起身深深謝過了恩，也不拿那玉匙，左手端起了紫瓷蓋碗，右手拈了一塊點心，一小口一小口地喝著水晶蓮子銀耳湯，又把點心含在嘴裡輕輕地嚼，兩汪熱淚只在眼眶裡滴溜溜直轉。朱翊鈞卻是滿面含笑地看著他，神情恬和得很。

過了一會兒，李如松喝完了水晶蓮子銀耳湯，吃完了點心，拿絲帕擦淨了手，恭恭敬敬地屈膝拜倒，道：「陛下待微臣的這份深恩厚德，微臣永記於心，雖粉身碎骨亦難以為報。」

「朕這麼做呢……也談不上是什麼深恩厚德……只是代天下萬民慰勞慰勞李將軍罷了……」朱翊鈞微微搖了搖頭，凝視著李如松，聲音彷彿從幽谷之中飄出一般悠遠，「你剛剛才從寧夏平亂回來，身上鎧甲血垢未乾，頭頂盔冠征塵未淨，不及稍事休憩，卻又即將被朕派往朝鮮迎戰倭虜……外人或許以為朕這麼做有些不近人情，但是朕這護國安民的一片苦心，大概也只有你李將軍才能體會得到了……要不然，你也不會剛一結束寧夏戰事便晝夜兼程地趕來見朕……」說到後來，他竟是不知不覺間已經紅了眼眶。

李如松瞧這位年紀比自己小了十多歲的青年天子俯仰談吐之際處處流露出來的那一派溫文雍容、中情中理，實在是暗暗心折不已：這才不愧為賢師高人教導出來的英主明君呢！那一代名相張居正若在泉下能目睹朱翊鈞今日的倜儻風貌，亦是應該安然瞑目、無憾無悔了！他心下感慨之餘，卻起身離座，誠惶誠恐地叩頭謝道：「陛下！陛下！您這麼說，微臣豈能擔當得起？

為君分憂、為國排難，乃是微臣應盡之責，微臣唯有鞠躬盡瘁而已！」

他在叩首之際，胸中激情盪漾，不覺體內勁氣微微失控而溢，「砰」的一聲，那御書房的一塊青石地磚竟被他額頭磕出一縷深深的裂縫來！

朱翊鈞在龍椅上看得分明，心頭暗暗一震，一邊吩咐陳矩將李如松扶了起來，一邊帶著一絲好奇向他問道：「對了，朕聽聞李將軍早年在飽讀兵書、研習兵訣之外，曾經在五臺山、嵩山、武當山一帶拜訪過世外高人，練成了洞金貫石的內家真功……卻不知道這些傳聞是不是真的？」

李如松謙遜至極地答道：「回稟陛下！微臣多年在外奔走修練，也是想一心一意練成真才實學為國效忠！但外人傳言難免有所誇大。」

朱翊鈞微微笑道：「學成蓋世武藝為國效忠？好啊！朕很是滿意。朕聽說李將軍一手足以捏碎生鐵……這樣吧，朕的這方紫珊瑚硯臺堅逾精鋼，你且將它捏來一看！」他一邊含笑說著，一邊將案頭那塊紫珊瑚硯臺遞了過去。

李如松此刻方才明白朱翊鈞是在觀察自己的身手，當下不再推辭，伸手接過那方珊瑚硯臺，全身真氣暗運而斂，握在掌中輕輕一捏：只聽「噗」的一聲悶響過後，他手掌一張，偌大一塊珊瑚硯臺頓時散成一蓬細細的粉末飄落下來！然後，他又是躬身一禮，道：「微臣請陛下恕失禮驚駕之罪！……」

朱翊鈞滿面驚訝地看著這一幕情景，一時竟答不上話來。

「好精純的內家功力！」站在御書房一側注目靜觀的錦衣衛統領嚴豐正本也是功夫出眾的武學高手，見此情形，不由得失聲驚呼而讚！過了片刻，朱翊鈞才似回過神來，以手加額，連連嘆道：「很好！很好！朕有李將軍你這樣文武兼優的絕頂高手為『國之干城』，夫復何憂？」

「陛下過獎了！微臣這等『匹夫之勇』不足稱道──微臣只望成為我大明的『衛青』『霍去病』，親率數萬鐵騎縱橫邊塞，揚我國威於四海八荒！」李如松抱拳恭敬而答。朱翊鈞聽罷，深沉地看了他半晌，面色漸漸肅重起來，又揮手招來陳矩，讓他將御案上放著的一疊奏摺送給李如松。同時，他慢慢說道：「李將軍，你且先閱看一下這些奏摺。」

李如松應聲接過那疊奏摺，翻開其中一份閱看起來，只見裡面寫道：「左都御史臣方國華祕奏：如今天朝邊關不寧，倚重藩鎮之勢日趨分明。然，遼

東李成梁父子久攬兵權，威震一方，恐有坐大成勢之憂。陛下若不及時予以削損，則社稷難安。微臣泣血叩告，萬望陛下納之！」

一閱之下，李如松雖沉勇剛毅，泰山崩於前而色不變，但看了此奏，亦是如遭雷擊，心為之震，手為之顫，額角密密地沁出了一層冷汗。

他急忙翻開下邊一份奏摺，上面是這樣寫的：「吏部主事臣羅文英祕奏：甯遠伯李成梁滿門權貴，父子兄弟雄踞遼東，門生弟子遍布朔塞，權傾關山之北，雖有平虜靖邊之功，卻不乏貪功冒賞、濫行殺戮之舉——陛下若不及時懲抑，恐有遼東之患！微臣冒死叩請陛下聖裁！」

李如松面色煞白，又接連翻閱了好幾份奏摺，上面全是類似內容。他頓時慌得跪在地上，連連叩頭，含淚辯道：「陛下，微臣舉家上下念念只顧殺敵滅寇、護國安民，豈敢橫生逆志、貪贓枉法？還望陛下明察啊！」

朱翊鈞見他慌成這樣，急忙上前伸手親自扶起了他，溫言說道：「李氏滿門忠烈，朕豈不知？這些嫉賢妒能的不實之詞，朕一句也沒理睬！講這些話的人，朕已將他們全部貶官三級、罰俸三年以示懲戒了！朕最痛恨的就是這種自己無能卻又含沙射影中傷賢臣良將的小人！你們是朕的棟梁之臣，是國家的靖邊良將——朕賞萬金猶恨其少，又豈會橫生猜疑而自毀長城？」

李如松聽得感激涕零，頓首叩道：「陛下明辨忠奸、賞罰分明，微臣心悅誠服。微臣一介武夫，別無他途，唯有奮不顧身破虜靖邊，方能報得陛下知遇大恩之萬一！」

朱翊鈞深深點了點頭，喚過陳矩將那疊奏摺一份份撿起，對他吩咐道：「把這些廢話連篇的東西都燒了吧……今後，凡是類似這種中傷甯遠伯一家的奏表，再也不要送到朕這裡來，你直接便將它們銷毀……」

說罷，他才又轉過身來，背負雙手，舉目遙望窗外，彷彿是對李如松，又彷彿是對自己淡然言道：「朕身為天子，明察秋毫，洞見萬里，能使賢愚得所、國泰民安，這是朕的應盡之責；你身為大將，勇冠三軍，威震胡虜，能使兵精械良、四疆靖平，這是你的應盡之責。朕與你都是為了天下蒼生、社稷安危，各盡其責、各盡其誠罷了——你也談不上對朕報恩、謝恩的……朕已決定封你為平倭提督，執掌對倭征戰之三軍。你下去之後，須得和『備倭

經略使』宋應昌精誠合作，同心協力、平倭濟朝！」

「微臣遵旨！」李如松聽罷，滿面凝肅，緩緩叩下頭去，沉著有力地答道。

▌鄭貴妃巧解《推背圖》

八月十五中秋佳節之夜，一輪明月宛若玉盤一般高高懸在夜空，皎潔的銀輝漫灑而下，螢光似的鋪展在御花園的假山草卉之間閃閃爍爍。

一方典雅古樸的玉几之上，放著八碟香噴噴的各色月餅。朱翊鈞手裡端著青花玉杯盞，眉目間露出難得的輕鬆，慢慢地呷飲著。

他的身邊，右側坐著王恭妃，左側坐著鄭貴妃。王恭妃一直視力不佳，到了夜裡更是伸手難見四尺開外，便只是恭恭敬敬地端坐著，不敢亂言亂動。鄭貴妃卻在一旁談笑風生地為她夾餅送肴，和她顯得十分融洽。

朱翊鈞待到吃得差不多了，才放下玉杯，徐徐開口說道：「列位愛妃啊！直到今日中秋月圓之夜，朕的心緒才稍稍好了一些：朕已經請出了大明第一虎將李如松出任『平倭提督』。他一出馬，東疆倭虜必是指日可破的了。」

鄭貴妃一聽，便攜著王恭妃喜色盈盈地離座施禮賀道：「陛下既已選任良將出征朝鮮，臣妾等恭祝我大明天軍旗開得勝！」

朱翊鈞聞言，臉上不禁溢出濃濃的笑意來：「列位愛妃請起！朕代數萬征倭將士在此向爾等謝過了！」

說著，他抬起頭來，望向那銀亮的明月，悠悠說道：「『海上生明月，天涯共此時』 ── 朕希望在明年的中秋佳節之際，我大明四疆之處外虜盡平，舉國上下萬民同樂，六合之內升平可睹！」

鄭貴妃再次屈膝跪下，恭婉而道：「陛下這一片寬仁博愛之心，必定能感動上天為我大明降下福祉的。」

「但願如此！」朱翊鈞深深一笑，「朕會永遠記住你的祈福的。」鄭貴妃柳眉一動，身形一起，從衣袖中取出一本絹帛圖簿，小心翼翼地托在掌上，笑微微地說道：「陛下向天祈求今明兩年之間我大明四疆之處外虜盡平、舉國上下萬民同樂、六合之內升平可睹，其實早已是天從人願、立竿見影的

了！——您且瞧一瞧這篇絹冊讖文……」

「絹冊讖文？」朱翊鈞一怔，便伸手接過那冊絹帛圖簿一看，封面上「推背圖」三個朱紅大字赫然映入眼簾：傳說這是唐初貞觀年間欽天監正卿李淳風寫成的一部圖文並茂的預言書。此書之中，關於武曌建周、朱溫奪唐、蒙元稱霸、明祖平亂等讖文已然歷歷應驗，故而被世人奉為聖物。朱翊鈞將它拿在手中，正自沉吟之際，鄭貴妃又款款言道：「陛下，這是臣妾在今夜良辰美景之際給您送上的一份特殊『賀禮』。請您翻開閱看此書第四十八頁『同人』圖卦這一章的內容……」

朱翊鈞驚疑莫名地將那本《推背圖》絹冊輕輕打開，翻開了裡邊的第四十八頁「同人」圖卦一章，只見上面繪著一幅栩栩如生的龍蛇相鬥之圖：其中龍翔於天，蛇盤於地，一上一下，各占其勢，正在噴火交攻。它倆糾結相戰的情況可謂描繪得生動至極，幾乎呼之欲出。

圖案下邊是短短的一句象辭：「離下乾上，同上。」象辭之下，先是一首讖詞，寫道：「卯午之間，厥象維離；八牛牽動，雍雍熙熙。」後面又附著一首頌詞：「水火既濟人民吉，手執金戈不殺賊。五十年中一將臣，青青草自田間出。」

朱翊鈞將這些圖案、讖語反覆看了又看，沉吟著問鄭貴妃道：「怎麼？這一章的內容有何玄妙之處嗎？」

鄭貴妃深情地正視著他，雙目淚光隱現：「陛……陛下！您難道真沒參悟出這一章圖讖的玄機嗎？它所預言的，正是您這段時間苦心經營的平倭滅寇之役啊！……」

「什……什麼？愛妃你的意思是——此乃上天托《推背圖》一書在垂象示意於朕？」朱翊鈞大吃一驚，「你且解釋來聽一聽……」

鄭貴妃輕移蓮步，走到朱翊鈞的身旁，指著那絹帛頁面上的龍蛇相鬥之圖，款款而言：「臣妾近來無意中得此絹冊圖書，潛心參悟多日，稍稍勘破了一些真諦。您看這幅『龍蛇相鬥』之圖：依臣妾之愚見，其中的這條『飛天神龍』實際上是隱喻我『大明天朝』；那條盤踞於地的惡蟒，卻是隱喻那倭國凶寇……」

朱翊鈞並不多言，只道：「你繼續解析下去……」

鄭貴妃一副若有所思的模樣，纖纖玉指繼續指了下去：「您看這首讖詞：『卯午之間，厥象維離；八牛牽動，雍雍熙熙。』——『卯』者，年辰之謂也，去年不就是辛卯年嗎？『午』者，可能指的就是後年——甲午年。『卯午之間』，是指我大明與倭國的戰事自去年而始，但可能會到後年才將徹底終結。不過，今年『壬辰』年、明年『癸巳』年這兩年應該算是最為關鍵的一段時間！其實，那圖中『一龍一蛇上下交鬥』之圖，還有『厥象維離』之語，也是隱喻了敵我雙方在壬辰年、癸巳年這兩年間鬥得最是激烈！……」

「哦？後年才會徹底終結此戰？」朱翊鈞滿面沉思之色，「愛妃，你繼續說下去……」

「陛下——這圖讖中是這麼顯示的呀！也說不定恰巧就在後年的元旦那一天，這一場平倭滅寇之役就圓滿終結了呀！」鄭貴妃娓娓言道，「您看，這讖詞裡所講的『八牛牽動，雍雍熙熙』，說的不正是您嗎？『八牛』者，朱也——是指您能夠奮起天縱英明之資，帶動並集合四方士民群策群力而一舉驅除倭寇也！」

朱翊鈞雙眉一展，喜色四溢，卻又謙虛地說道：「這……這等天命之兆，朕之寡德豈敢當之？」

「陛下！這是您肩上所負的『天之重任』，您必是應該『當仁不讓』的。您再瞧這後面的頌詞：『手執金戈不殺賊』中，那『金戈』二字，不正是暗指您的聖諱『鈞』字嗎？所以，您成為大明中興之君，實乃天命所歸啊……」

朱翊鈞聽了鄭貴妃這話，縱然明知這是半真半假的逢迎之詞，他心底仍是禁不住甜滋滋的，臉上微微綻出笑意來：「愛妃可別再亂誇了——那麼，這頌詞中『五十年中一將臣，青青草自田間出』又指的是誰啊？」

「這個……依臣妾之愚見，所謂『五十年中一將臣』，應該指的就是甯遠伯李成梁一族——他自二十歲之前從軍，至今不是已有五十載的戎馬生涯了嗎？至於那『青青草自田間出』，臣妾探聞到李如松將軍的乳名就喚作『青草兒』啊……」

朱翊鈞聽罷，臉上的微笑始終是靜靜地掛著，突然冷不丁地向鄭貴妃問

道：「這本《推背圖》中的『同人』圖卦內容是呂坤推薦講解給你的吧！」

鄭貴妃一聽，立時玉容變色，慌忙跪倒在地：「陛下請恕罪……這章《推背圖》的『同人』圖卦正是呂侍郎給臣妾講解而悟的……」

「愛妃，你且平身吧！朕並沒有怪罪於你的意思，」朱翊鈞的笑容依然很純很淡，「恰恰相反，朕心底倒是歡喜得很。呂坤確實頗有宰輔經綸之大才……他讓你用這篇『推背圖』來鼓舞朕的鬥志、激勵朕的銳氣、堅定朕的信心，實在是用心良苦。朕很是感動！」

說罷，他抬眼瞧了瞧四周，低聲向鄭貴妃款款而道：「只是，愛妃你日後與呂坤他們接觸交流的時候，還是得做得更為隱祕周全一些……那些監察御史們萬一捕風捉影，亂嚼什麼『後宮擅交外臣』的話頭可不好聽啊……」

鄭貴妃小心翼翼地答道：「臣妾記住陛下的忠告了。」

朱翊鈞這才莞爾一笑，指著那《推背圖》上「同人」圖卦這一章，深深而言：「不管怎麼說，這幅圖卦都是朕這次中秋佳節收到的最好禮物……陳矩，你讓崇文閣裡的名筆畫師照著這幅圖卦原汁原味地畫大畫好、裱糊出來。朕要把它掛到御書房正壁上日日觀摩參悟……」

就在這同一輪明月映照的夜幕之下，朝鮮國王李昖與柳成龍、李鎰、權栗等元老重臣亦是一同在義州城城頭樓閣之中聚坐賞月。

「臣等恭賀大王：據傳大明皇帝陛下已急召提督陝西討逆軍務總兵官李如松將軍返京出任平倭提督一職，」柳成龍領著朝鮮群臣一齊舉杯向李昖慶祝道，「李如松乃大明國內威震遐邇的虎將，連作亂寧夏的韃靼巨虜哱拜都已被他數月之間一舉蕩平 —— 那區區倭寇，定然也非他敵手！我朝鮮全境光復之偉業，指日可待了！」

李昖默默地聽罷，蒼白而虛胖的臉頰上這才微微泛出幾絲生氣 —— 他澀澀地笑著，舉起酒杯向柳成龍等還了一禮：「本王謝過列位愛卿的慶賀了 —— 唉！本王多麼渴望這國土淪陷、臣民遭殃的苦日子馬上就能熬到頭啊……」

柳成龍望著李昖一副「底氣不足」的模樣，心頭暗暗一動，便沉吟著開口了：「大王，老臣有一件要事不得不啟奏於您：日前，倭虜偷偷派來了特

使，帶來了倭虜的軍師黑田如水的親筆密信，上面的內容是：只要我朝鮮立刻向他日本國稱藩臣服，並割讓出平壤城以南的大半朝鮮國土，他們就不再逼襲我們……大王，臣等對此是竭力反對，卻不知道您的旨意是？……」

李昖右手緊緊捏住了掌中的酒杯，靜靜地看著柳成龍，沉沉地說道：「我朝鮮背倚大明天朝，其勢自是穩若泰山 —— 本王之膝，絕不向倭虜而屈！」

「大王，『天有不測風雲』，戰場局勢變幻無窮。依老臣之愚見，大明朝亦非永遠不敗之強國……祖承訓將軍不是已在平壤城遭到倭虜狙擊而損兵折將了嗎？……您看……」柳成龍一邊故意拿話兒繼續試探著他，一邊認真地觀察著他的反應。

李昖臉色一正，緊緊地咬著自己的牙關，沉聲緩緩而道：「倭虜欺我朝鮮太甚 —— 晉州大屠殺之仇，本王心中一刻也難忘卻！哪怕我朝鮮最終戰到只剩一兵一卒、一婦一童，也要與倭虜同歸於盡！」

他這麼一表態，柳成龍心頭一塊大石頓時放下。他不禁淚流滿腮，再次領著朝鮮眾臣一齊離座跪地而奏：「大王之剛直雄烈，實乃亙古罕見！臣等願與大王同心協力，光復國土！我等君臣一心，只要努力學習當年春秋爭霸時期越王勾踐臥薪嘗膽、奮發圖強之壯舉，日後我朝鮮必定能重振聲威！」

李昖慢慢地抬起頭來，仰望著天際那一輪銀盤似的明月，喃喃地說道：「本王會牢牢記住列位愛卿的忠告 —— 倘若這時光能夠倒流回到一年之前，在本王聽到黃允吉、金誠一等兩位愛卿帶回的倭虜意欲進犯我朝鮮的消息之初，倘若本王當時就能摒棄幻想、丟掉猶豫、痛下決心、全力備戰，又怎會有今日國土淪喪、宗廟不保之大劫？本王真是追悔莫及啊！本王……本王實在是對不起列祖列宗和舉國臣民啊……」

說著，他頰邊已是淚落如雨，把自己的王袍衣襟都打溼了一大片。柳成龍、李鎰等大臣也全部跪伏在席，一個個淚流滿面，痛哭不已！

許久許久，李昖才止住哭泣，雙手高舉酒杯，向著天際明月遙遙祝道：「皇天在上，李昖在此立誓：倘若天命不厭我朝鮮李氏而降下回春之祉，本王定然光復舊物、勵精圖治、富國強民，不讓我三千里河山再遭倭寇蹂躪！」

名將論兵

京南的驛舍房間裡，努爾哈赤與龔正陸對面而坐，黯然無言。

「將軍，您還在為未能獲得征倭先鋒之職而悶悶不樂嗎？」龔正陸低低地問道，「畢竟陛下對您的赫赫戰功還是看在眼裡的 —— 這『龍虎將軍』一職，便是對您勇略的公開認可嘛……」

努爾哈赤悶悶地說道：「龔師傅，依本將軍之見，這位大明皇帝陛下既為華夷共主、四海至尊，就應胸懷天下、相容八荒，視我女真部族士眾為他的子民……他為何就不能拔擢我們女真部族的勇士直赴朝鮮『抗倭衛國』呢？難道他也和那些腐儒一樣拘泥於什麼『華夷之防』嗎？」

「噓！噤聲！」龔正陸聽了，急忙伸手掩住了他的嘴，然後站起身來，疾步走到房門口處，推門往四下裡打望了一番，見到附近並無閒雜人等，這才放下了心，坐回到他身旁勸道：「陛下春秋鼎盛、勵精圖治，實乃大明中興明主，豈會這般迂腐褊狹？他此番勇於嚴懲趙南平這樣大有來頭的貪官而毫不『護短』，便是明證。而且，身為天子，他采賢納士、擇人選將，自有他自己的權衡，實非我等臣子所能妄議。李成梁大帥也對您說了：倘若我們能返回建州、固守疆土，使得『倭虜一槍一矢不能射進國門』，這已是大功一樁！您何必非要對披掛上陣、親冒矢石、血濺沙場而念念不忘呢？」

「唉！龔師傅，本將軍是憂慮朝廷選錯了平倭將領而誤了社稷大業啊！像薊遼總督顧養謙那樣的平庸之輩，本將軍瞧著就忍不住生氣！」努爾哈赤深深嘆息一聲，「現在，本將軍也只得拋了這親冒矢石、衝鋒沙場的念頭，依李大帥所言去做了！……」他口頭上是這麼說著，心底暗暗卻想：不過，本將軍還會一直關注朝廷將派何人出掌征倭之事 —— 他們若所用非人，只怕本將軍不去主動請纓，到時他們在朝鮮吃了敗仗之後自然會再找本將軍的。

「對嘛！將軍！您這才是能進能退、能屈能伸的大丈夫所為！」龔正陸聽了，不禁稱讚不已。

「本來也是這樣嘛！我們女真部族有一句諺語說得很好：『再厚的烏雲，始終也擋不住雄鷹展翅而飛！』」努爾哈赤一時說得興奮起來，

不由得站起了身高聲呼道，「區區倭虜，海隅小賊而已 —— 我努爾哈赤豈會放在眼裡？」

「龍虎將軍說得好！說得好！」正在這時，驛舍房門處忽然響起一陣鼓掌之聲。努爾哈赤回頭循聲看去，卻是兵部侍郎宋應昌和遼東名將李如松並肩站在那裡。

「子茂兄！」努爾哈赤一見，竟是驚喜萬分，撲上前來便與李如松緊緊相擁，「你不是在寧夏城肅清哱拜之亂嗎？……怎麼也到了京城？」

李如松和努爾哈赤在遼東期間便已是莫逆之交，當下也十分親熱地答道：「哱拜那廝剛剛被愚兄給剿滅了……愚兄此番回京，是另有要事的……」

宋應昌在旁看得微微一笑，跨上一步，道：「龍虎將軍有所不知：李將軍十日前就已徹底平定了寧夏哱拜之亂，眼下他是回京領旨擔任平倭提督，準備即日再行赴朝東征呢！」

努爾哈赤在前日兵部為他舉辦的中秋賞月聚會上見過宋應昌，也識得他是一個有識之士，此刻聽了他這話，臉上神色不禁驀然一滯：「平倭提督？原來朝廷要派子茂兄去東征平倭？……」他望著李如松淡淡的笑容，話語裡頓時透出一縷莫名的失落。過了片刻，努爾哈赤終於定住自己胸中激盪不已的心緒，不動聲色地又問道：「子茂兄可是已經決定接旨東征倭虜了？」

「是啊！陛下日夜頒旨急催，朝鮮倭事甚緊，愚兄也只得『恭敬不如從命』了！」李如松一聲苦笑，在努爾哈赤面前毫不虛飾，「這不，賢弟啊，愚兄一聽到你正在赴京朝貢，今日也顧不上休息，便趕來你處叨擾了！」

努爾哈赤淡淡而笑，端過幾張椅子，先請李如松和宋應昌坐下了。龔正陸則急忙出房吩咐驛舍差人煮茶去了。

賓主落座之後，努爾哈赤才緩緩說道：「原來是子茂兄當了平倭提督，那敢情好！小弟就在此向您恭喜了！」

李如松在來驛舍探訪努爾哈赤之前就已得知了他進京意欲面聖主動請纓之事，便慨然而道：「賢弟本在朝鮮取得了『抗倭破虜第一功』，殲滅倭寇近千騎 —— 其實，這個『平倭提督』，由你擔任亦甚合適。為兄實在有些汗顏啊！」

「你說這些話幹什麼？換了別人，小弟或許會有所不服 —— 若是子茂兄出馬，小弟豈有他念？」努爾哈赤擺手笑道，「小弟而今只想求子茂兄允准小弟在你麾下擔任征倭先鋒，如何？」

李如松一聽，頓時面現為難之色，他側眼看向宋應昌，有些猶豫起來：「這……」

「龍虎將軍，您也先莫急著求李提督了，」宋應昌面含微笑看著努爾哈赤，「您的去向嘛，陛下早已替您安排好了 —— 也同樣和李提督有立功揚名的『用武之地』！」講到這裡，他臉色一肅，忽然站起身來，從袍袖中拿出一卷黃絹，道：「努爾哈赤接旨！」

努爾哈赤與李如松聽了，都急忙離座跪拜在地。宋應昌面南而立，展開聖旨，讀道：「奉天承運，皇帝詔曰：昨日薊遼總督顧養謙急奏來報，聲稱察覺漠南蒙古賊虜鐵木爾與海西女真部族酋長葉赫‧納林布祿正在暗中勾結，欲乘我大明天兵平倭濟朝之際興兵作亂。此事萬分危急，朕特命遼東建州『龍虎將軍』努爾哈赤速返領土，協助顧養謙全力防備蒙古賊虜與葉赫部族叛亂生事。欽此。」

努爾哈赤聽著，便在心底暗罵這個顧養謙實在是「膿包」一個，絲毫也鎮撫不住遼東的局面！大概納林布祿和鐵木爾正是覷破了他的平庸可欺，才敢借機「撒野」的吧！他一咬牙，只得叩下頭去：「謝主隆恩！微臣努爾哈赤接旨。」

宋應昌將詔書交到努爾哈赤手中，扶了他起來，肅然而道：「龍虎將軍 —— 這一樁重任，真是辛苦你了！」

努爾哈赤伸手托著那詔書，直視著李如松，感慨道：「子茂兄，小弟本欲提兵三萬作為你抗擊倭虜的前驅之師，現在看來是難以如願了……」

「賢弟，為兄也曾聽聞：納林布祿與鐵木爾總共擁眾十萬有餘，兵精馬良，堪稱勁敵，」李如松深深一嘆，「只怕為兄朝鮮東征之事一完，馬上便要旋師瀋陽支援你們呢！」

「嘿！你怎麼這樣說？小弟豈會勞你大駕？小弟只要幫顧總督一打退鐵木爾和納林布祿之後，也說不定馬上就要揮師入朝支援你們呢！」努爾哈赤

雙眉一揚，和李如松相視爽朗而笑。

　　二人笑罷，李如松雙拳一抱，向努爾哈赤正色道：「賢弟，你曾與倭虜當場交鋒過 —— 今日可有高見賜教愚兄嗎？」

　　努爾哈赤聽得此問，亦是一下神情鄭重，他拉著李如松對面而坐，促膝談道：「小弟也正有一些想法與子茂兄您好好談一談。實不相瞞，那次在義州城下取得殲滅倭虜近千騎的佳績，小弟實在是贏得有些僥倖。

　　「那日，小弟率領女真部族勇士與倭虜交戰之際，恰因天降暴雨，倭虜的火繩槍被雨水打溼而一時不易發彈，才被我們殺了個措手不及、落荒而逃……即便如此，在與倭虜『一對一』的肉搏戰中，我女真勇士和大明天兵都付出了犧牲數百人的代價……」

　　「這是為何？」宋應昌驚訝而問。

　　「宋大人、子茂兄，在小弟看來，這倭虜確實厲害：論火器，倭虜的火繩槍可連續發彈，傷人於數百步開外，威力奇大；論兵器，倭虜之長刀削鐵如泥，銳利異常；論身手，倭虜個個久經疆場，如狼似虎，彪悍至極……無論如何，咱們大明天兵都得聚精會神準備好打一場慘烈的硬仗了！」

　　「聽你此言，倭虜確是難以對付啊！」宋應昌皺緊了眉頭，臉上憂色重重。

　　「宋大人無須揪心！」李如松凜然言道，「倭虜氣焰如此囂張，看來也只不過是依恃這三長罷了。李某也曾聽祖承訓談起過，早對此思慮已久。來日若與倭虜對敵，李某自信亦有三長反制於他！」

　　「哦？子茂兄有何三長勝他倭虜？」努爾哈赤沉吟著問道。

　　「依李某之見：其一，倭虜倘若倚仗火繩槍衝鋒，那我大明天兵就採用迅雷銃、『三眼神銃』、虎蹲炮、大將軍炮等開路。我們的炮銃威力無比，他倭虜一槍只射一彈；我諸炮一發，萬彈齊射，銅牆鐵壁尚且應聲而倒，何況他們還是區區血肉之軀？」李如松雙目炯炯有神地看著努爾哈赤和宋應昌，侃侃說道，「其二，倭虜的長刀雖是鋒利，當年戚繼光戚大帥在浙江平倭之時，早已留下『藤牌軍』和『鴛鴦陣』之法，縱有萬柄倭刀，他們亦難逞淫威！

　　「其三，倭虜雖彪悍凶猛，我遼東鐵騎亦身經百戰，連那牛高馬大、如熊

似羆的蒙古胡虜都被我們打得抱頭鼠竄，又何懼矮若瘦猴的倭虜乎？有此三長，李某自信可以克敵制勝。」

「嗯……看來子茂兄對敵我之情早已是瞭若指掌……」努爾哈赤直盯著他，深深頷首，「這麼說來，子茂兄早已視平倭滅寇為己任而未雨綢繆了……《孫子兵法》云：『知己知彼，百戰不殆。』子茂兄胸有成竹，此番平倭濟朝定能馬到成功！」

宋應昌也是面色一松，以手撫鬚微微而笑。

「本將軍欲冒昧請問一下宋大人，」努爾哈赤話鋒一轉，問宋應昌，「朝廷此番準備調撥多少兵力與火器前去平倭濟朝？」

「這個……」宋應昌深深一嘆，「這三個月來，老夫一直在苦心籌措東征平倭的人馬和火器……到目前為止，朝廷能夠調撥出來的兵力最多不過四五萬人……」

「四五萬人？」努爾哈赤驚得雙目如銅鈴般大，「怎麼才四五萬人？」

「唉……龍虎將軍你有所不知：能夠籌到四五萬人已很不容易……」宋應昌有些無奈地搖了搖頭，慢慢道來，「首先，追隨李提督平定寧夏之亂的那些遼東鐵騎是久經淬煉的『國之利器』，朝廷只有恃仗他們作為平倭濟朝的主力——所以，朝廷決定要調集李提督麾下最精銳的一萬五千鐵騎為東征大軍的先鋒！」

「這個自然，」努爾哈赤看了一眼李如松，點頭說道，「還有呢？」

「其次，薊遼總督顧養謙雖然要用十之七八的兵力防備海西女真葉赫部族和漠南蒙古賊虜的圍擊，但還是可以抽調出一萬左右的步卒赴朝平倭……」宋應昌思忖道，「朝廷為了加強他們的實力，會給他們每人配備一支火銃，專門對付倭虜的『火槍隊』……」

「嗯……又加上了一萬步卒，現在才二萬五千士卒。」努爾哈赤掐指算了一算，仍是眉頭緊鎖。

「第三，朝廷再從宣府、大同兩鎮調撥一萬騎兵來……他們的武藝自然遠遠不及李提督麾下的遼東鐵騎……」宋應昌深深一嘆，「但是用來作為征倭雄師的後備軍，再由李提督以戰代練地調教調教，應該也是可以抵抗倭虜的……

「第四，我們將從福建調來五千『藤牌軍』，他們全是戚繼光大帥當年留下的抗倭精銳，對付倭寇很有經驗……」

「第五，就是屆時再調一兩萬蜀軍，由四川劉參將率領，在合適的時機北上入朝增援……」

說到這裡，宋應昌的語氣頓了一頓，道：「目前朝廷所能調集的，大概就是這四五萬人馬……他們都是我大明天朝雄師當中的精銳，倭虜必是難攖其鋒……」

「這四五萬人馬確是我大明天兵中的精銳之師……但是，依本將軍看來，這點兵力還是太過單薄了些……」努爾哈赤搖了搖頭，不無憂慮地說道，「宋大人難道不知倭虜在朝鮮總共屯兵二十萬，是我軍兵力的四倍有餘？而且，我們和倭虜交戰，一定做好在格鬥中時時刻刻『以一命換一命』的心理準備……他們每一個士兵都是殘忍嗜殺的猛獸……我們用這四五萬人馬能和他們二十萬倭兵拚得了多少？又拚得了多久？」

「剛才李提督說我們有虎蹲炮、迅雷銃、『三眼神銃』、大將軍炮等火器嘛……」宋應昌給自己打氣說道，「憑著它們，我們天朝大軍必能『以一當十』……不，『以一當百』！」

努爾哈赤瞥了他一眼，冷哼一聲，道：「虎蹲炮、迅雷銃、『三眼神銃』、大將軍炮等火器固然威力驚人，但是請宋大人不要忘了：倭虜已經占據了朝鮮十之八九的堅固城池，他們以逸待勞、居高臨下，會讓那些火器的威力大打折扣的……就算是殺到最後，他們退入城池巷道之中，像對付祖承訓將軍那樣展開巷戰伏擊，那時候虎蹲炮、迅雷銃、『三眼神銃』、大將軍炮等更是派不上多大用場了……」

「這……這……你努爾哈赤這分明是在故意『抬槓』嘛！」宋應昌有些不悅，袍袖一拂，扭過臉去竟不理他。其實，他何嘗不知此番東徵兵力確是不足？但石星一直口口聲聲說他尋到了一個舌辯奇才做「備倭招撫使」，定會兵不血刃地平倭濟朝，故而對宋應昌從各鎮抽調兵力始終是明攔暗阻，不想他與李如松擁兵太多、主戰之勢增大而影響了自己議和方略的實施。所以，宋應昌胸中亦是極為憋悶，卻又不好向外人明言。而努爾哈赤不知內情，還

一味地「挑刺兒」拚命刺激他，這如何令他不大為光火？

「宋大人莫要生氣。老朽也知道宋大人為籌備征倭事宜已是殫精竭慮，能做到今天這個地步已是非常不易了，」剛才進得房來一直坐著不語的龔正陸娓娓開口說道，「據老夫所知，剛剛結束的寧夏平亂之事，便已耗去了朝廷不少兵力和財力……而這一場平倭濟朝之戰比起平定寧夏之役來，必是更為艱險，而所需的投入也更為巨大！朝廷和宋大人也很是為難啊！」

「然而，老朽還是有幾句不中聽的話請您和朝廷思量：記得戰國爭霸時期，秦國大帥王翦奉命揮師伐楚，非用足六十萬兵馬而不得開戰——他此舉並非不念國困民勞，只因敵勢強大而不得不如此耳！倭虜野心勃勃、性如禽獸，亡我之心始終不死——朝廷若不痛下決心，舉全國之力將其徹底征服，老朽只怕後患無窮啊！」

聽到龔正陸講得這般深刻而懇切，宋應昌不禁悚然動容：難怪這幾年努爾哈赤能夠帶著遼東建州女真部族一路順利崛起，原來他幕府之中竟藏有這等高人啊！他正了正臉色，肅然道：「這位師傅所言極是。本侍郎一定會將您這番話轉呈內閣和陛下謹慎思量的。」

李如松也起身抱拳謝道：「李某謝過努爾哈赤賢弟和這位師傅的懇切教誨。我大明如今能從萬難之中多籌得一分兵力，便是為國為民多奪得了一線勝機。平倭濟朝，縱是敵強我弱、險不可測，我等亦唯有『迎難而上、拚死一搏』了！」

聽李如松說得如此悲壯激昂，屋內立刻便異乎尋常地肅穆沉靜起來——努爾哈赤凝望著他，重重地一點頭：「你放心——我們永遠也不會輸的！」

第五章　運籌帷幄

第六章　雄師援朝

　　滾滾雪塵如浪潮一般湧近，倏然一下便停了下來。天地間的陣陣輕震也一瞬間便停止了。雪塵漸漸散盡，一隊隊鎧甲鮮明、刀槍鋥亮的大明騎兵已來到李昖、祖承訓、柳成龍等人面前，如同樹林一般森然而立。那高高飄揚的「明」字大旗，更顯出了一派逼人的威武雄壯之氣。

　　李昖、柳成龍、李鎰、權栗等人不禁屏住了呼吸，竟有些戰慄而不敢仰視。

▌李如松出師平倭

　　大明萬曆二十年（1592）十一月八日，朱翊鈞親率文武百官來到北京城德勝門為征倭大軍啟程赴朝餞行。

　　這是朱翊鈞自登基以來第一次為朝廷大軍出外遠征而親臨送行，這種尊崇之極的待遇連當年威震薊門的大元帥戚繼光都不曾享受過。征倭大軍的統領提督薊、遼、保定、山東軍務，充防海御倭總兵官李如松，與備倭經略使宋應昌自然是感激涕零，連連拜謝，並咬破手指當著文武大臣的面，雙雙寫下了「不破倭虜誓不還」的血書軍令狀。

　　午時已過，征倭大軍早就先行開拔而去。李如松和宋應昌出得京城，策馬奔出十餘丈遠，不禁又回頭眺望。畢竟是奔赴朝鮮遠征倭虜，沙場之事吉凶難測，今天每一位衝鋒陷陣的將領都不一定會看到明天的太陽。李如松雖然身經百戰，但他每次都身先士卒，毫不例外。他回首眺望著北京城，目光中有些淡淡的感傷，更多的卻是鐵鑄一般的堅毅。北京城，這座大明帝國的心臟，被正午的太陽罩上了一層耀眼的金輝，深沉地回應著這位即將踏上征程的平倭大提督的凝望。

　　而回望城頭之上，李如松看到了登上城樓高臺正目送著自己離去的皇上朱翊鈞，看到了簇擁在他身後的文武群臣，也看到了父親李成梁站在城樓那寂寞的一角深深地注視著他。他們都顯得那麼肅穆鄭重、那麼不苟言笑，都在用最沉默的態度向他送行。

　　到了最後，他竟然依稀見到朱翊鈞猛地向他揮了揮手！就在這揮手之間，朱翊鈞彷彿把所有的囑託、所有的期盼、所有的支持都無比殷切地賜給

了在城下回望的李如松 —— 似乎李如松的駿馬賓士縱橫到哪裡，他和他這座北京城就作為李如松無比堅實的後盾一路推進到哪裡！

李如松清清楚楚地感受到了這一切，他也不管城頭上面的人們看沒看到，只是向著他們遠遠地、重重地點了點頭，便一勒韁繩，走馬向前飛馳而去，把北京城留在了自己的記憶深處。

飛奔了很久很久，李如松才回過頭來，雄偉的北京城已經消失在地平線。他眨了眨眼睛，靜靜地把幾欲奪眶而出的淚水硬生生忍了回去 —— 然後駐馬而立，陷入沉思。

「李提督……」宋應昌在他身邊，不禁喚了一聲，欲言又止。李如松聞聲轉過頭來，看了看他有些躊躇的表情，淡淡地笑著應了一下，卻不好向他主動問話。

宋應昌也回首遙望南方，慢慢吟了一句抗倭名將戚繼光的詩句：「『封侯非我意，但願海波平！』李提督，我們肩上的責任重大啊！」聽著他的話，李如松心頭不禁微微一動，在和這位文官出身的宋

經略近兩個月的交往中，他已感到了宋應昌和其他許多墨守成規的俗吏不同，一則是他做事任勞任怨、勤勤懇懇，二則是他待人接物識大體、顧大局。李如松對朱翊鈞給自己配的這位得力助手，還是感到十分滿意的。

果然，宋應昌沒把話悶在肚子裡，終於十分坦誠地問：「對了，宋某聽說李提督將自己這次寧夏平亂之役所獲的全部賞賜都捐給了國庫，充作了此番東征倭虜的軍餉 —— 請問李提督，可有此事？」

「這有什麼？」李如松淡淡地答了一句，自顧自驅馬前行，「如今征倭軍餉這般緊缺，李某身為大明臣子，理應傾囊相助嘛……」

「宋某還曾聽說，趙閣老和石尚書為了節約征倭軍餉，曾向皇上建議暫緩頒賞寧夏之役中的有功將士……」宋應昌微蹙眉頭道，「他們竟想待到此番東征結束之後再一併獎賞……」

「這個『餿主意』，李某和呂坤侍郎已經當著趙閣老和石尚書的面兒駁回去了，」一提到這事，李如松頓時忍不住動了怒氣，「依李某之見，朝廷對凡是征戰有功的將士，本應當是該賞則賞、立竿見影。宋大人，你想，弟兄們

浴血奮戰、出生入死，圖的是什麼？圖的就是名利雙收——獲名，可以光宗耀祖；獲利，可以封妻蔭子。寧夏之役既畢，國庫再緊缺，也要勒緊腰帶掏錢出來頒賞諸位將士！否則，讓你我帶著這數萬心懷不平、怨氣滿腹的將士們如何在朝鮮戰場上再接再厲、再立新功？——李某自己的賞銀可以全部都捐給國庫，寧夏之役立功將士們的賞銀卻是一文也不能少！少了一文錢，士氣就會衰悼，人心也就散了！」

「李提督薄己厚人、念念不忘賞罰公平，實乃大將之風啊！」宋應昌不禁深深讚道，「誰能當上您的士兵，那可真是有福氣了！」

李如松淡然一笑，道：「宋大人真是謬讚李某了——您不知道，就是此番李某捐財於國、散利於眾，也還有監察御史攻擊李某是在『市恩於下、居心叵測』哪！幸得當今陛下賢明無雙，李某才平安無事啊！」

「這幫捕風捉影、無事生非的烏鴉——我大明朝的國事遲早會敗在他們的手上！」宋應昌雙拳一捏，憤然道，「朝廷裡做實事的人因埋頭苦幹而反遭怨尤，講空話的人吹毛求疵而不顧大局，長久下去如何了得？宋某心中最為痛恨的就是這一時弊……」

李如松聽了他這番義憤之言，頓時生出幾分感動來，瞧著宋應昌的目光也不知不覺溫和了下來。

宋應昌抬頭望瞭望前邊如烏雲般滾滾而去的軍隊，悠悠嘆了口氣，道：「宋某原以為此番東征至少能籌足五萬兵馬，沒想到宣府、大同兩鎮只來了七千騎兵，蜀軍也只來了五千步卒，他們個個都打了折扣……唉……這四萬三千兵馬，就是我們立足朝鮮抗擊倭虜的資本啊！我們可要倍加珍惜啊！」

「哼！」李如松聽他談起此事，便禁不住沉哼一聲，「說到底，還是各鎮督撫們私心裡認為我們是在為朝鮮人白白地賠人賠錢，誰也捨不得調撥兵馬。他們真是鼠目寸光！倘若倭虜當真占據了朝鮮全境，直接跨過鴨綠江侵入遼東，到時再『亡羊補牢』，只怕也有些晚了……」

宋應昌暗暗嘆了口氣，心道：李提督啊李提督！豈止是各鎮督撫心底裡這麼想喲！就是趙閣老、石尚書他們還不是一樣對籌兵平倭之事漠然待之？雖然呂坤的那道《論平倭援朝不可怠緩疏》在各州各縣貼滿了大街小巷，但

事到臨頭，內閣輔臣和各鎮督撫還是打著自己的「小算盤」——以前沒人出面負責平倭滅寇事宜之時，他們個個又禁不住心懷憂懼；而今李提督和自己奉詔出來負責平倭滅寇事宜了，他們卻似乎個個又嫉妒起來……自己在朝廷裡和各部、各鎮交涉之際，還不時得給他們點頭哈腰地裝「孫子」才會稍稍獲得一點兒通融……自己這個「備倭經略使」當得真是艱難啊！但這些苦水，也只得自己一個人悄悄咽下，難道還能向外人傾訴嗎？就是對李提督，自己也不好明言——以他那剛正方毅的脾性，聽到這些「窩囊事兒」萬一發作起來，反倒更是損了自己暗地裡的那一番苦心綢繆之功了！於是，他也只得順著李如松剛才的話頭髮了幾句不鹹不淡的牢騷：「是啊！我大明朝兩京一十三司的督撫、總兵們倘若都能像李提督這樣公忠體國、顧全大局，皇上和朝廷可就省心多了……還是張居正太師在世時好啊！朝廷的詔令如源頭活水明澈無滯，『在京一呼而萬里之外必應』，要調多少兵就能調多少兵，要征多少餉就能征多少餉，哪個督撫膽敢稍有違逆？」

「各鎮督撫們明拖暗推、敷衍塞責，李某自是不屑一顧，」李如松若有所思地說道，「李某但求此番東征倭虜，莫要像那抗金名將岳飛岳鵬舉，到後來竟落了個被人嫉妒、處處掣肘——令李某難以大展身手呀！」

「不會！不會！」宋應昌急忙明確表態，「李提督，宋某身為備倭經略使，必定全力為你平倭滅寇、備糧備械，軍政大事任憑你自行裁斷——監察御史和無恥小人們的刻意刁難與胡言亂語，宋某也定在後方一併替你阻擋下來！你只管在前面放手去打倭虜，宋某只會替你盡心盡力，絕不會拖你後腿的！」

「難得宋大人對李某如此傾心相待！李某就代這四萬三千名平倭將士多謝您了！」李如松臉上露出了笑容，在馬背上朝著宋應昌欠身抱拳施了一禮。之後兩人仰天一陣開懷大笑，不約而同地揚起了長鞭，策馬疾馳，並轡向前方的大部隊直追而去！

▌朱翊鈞廣濟寺進香

朱翊鈞在德勝門遙遙目送著李如松和宋應昌率領東征大軍漸去漸遠，直到再也看不分明之後，才緩緩回過身來，一步一步走下了城樓。

陳矩一溜小跑地跟過來——朱翊鈞忽地停住，頭也不回，輕輕地吩咐了一句：「朕有些倦了，你傳旨下去讓眾卿都散了吧！」

陳矩應了一聲，退到後邊宣旨去了。朱翊鈞旁若無人地走下臺階，舉步踏上了在通道邊候著的大轎。那轎大得宛若一座小小的宮殿，前面有起居室，後面有臥室，兩邊有回廊，正室四角各有一名侍婢焚香揮扇，用二十二名轎夫抬杠，極是豪華壯麗。朱翊鈞走近轎子，早有宮女打開了簾子。朱翊鈞正欲邁步進去，忽然想起一事，回頭吩咐內侍統領張誠：「朕要起駕前往廣濟寺——向佛祖進香祈禱！」然後，邁步肅然而入。

一直坐在轎中沉香木榻上等著他的鄭貴妃見他進來坐下，急忙起身施了一禮，然後捧了一杯清茶遞給他。

只是朱翊鈞在埋著頭想自己的心事，竟似未曾見到她遞茶過來一般，並不伸手來接。

「陛下……」鄭貴妃輕輕柔柔地喚了一聲。

朱翊鈞像被驚醒過來似的，目光一抬，看了一眼鄭貴妃遞來的那杯清茶，幽幽說道：「朕不渴，朕只是有些乏了。唉……李如松、宋應昌和那些東征大軍們一走，朕這顆心彷彿也一下隨著他們去了……朕這心裡不知怎的，有些空落落的……」

「陛下您這是在牽掛大明朝的平倭大業哪……」鄭貴妃收好了茶杯，對朱翊鈞輕輕說道，「這樣吧！您就閉眼先在轎上養一養神吧！……」

朱翊鈞也不回答，微一點頭，就斜躺在沉香木榻上閉了雙目，似睡非睡地養起神來。

在恍恍惚惚的夢境之中，朱翊鈞彷彿看到，無邊的大海上，沸騰了一般的波濤中，猝然湧起了一條鮮紅的大蟒，渾身都滴著血珠，張開血盆大口，直朝自己狂撲過來！正在驚慌失措之際，朱翊鈞眼前倏地一亮，一條遍身金

鱗金甲的巨龍從天而降，用那燦亮奪目的利爪一下攫住了赤蟒的七寸，把它提到了半空，同時「轟」地張口噴出萬丈烈焰來……

「啊……」朱翊鈞一下睜開了眼——原來自己剛才是在做夢啊！他正暗暗回味之際，驀然覺得身體似乎在半空中一蕩，隨即又定了下來。朝軒窗外一看，他才發覺自己所乘的大轎已穩穩地停住了。鄭貴妃笑意盎然地在一旁看著他，說道：「陛下，廣濟寺已經到了！」

「唔……」朱翊鈞一個翻身坐了起來。他定了定心神，暗暗想道：剛才自己夢境中那「龍蛇相鬥」之景不正與《推背圖》上的圖卦相仿嗎？從夢境來看，還是飛天金龍占了上風嘛！龍就是龍，哪裡會被蛇打倒呢？……朱翊鈞頓時覺得自己現在心情好多了，便將手伸向了鄭貴妃，說道：「愛妃，妳陪朕一道進廣濟寺禮佛祈禱吧！」

「好的。」鄭貴妃輕輕將他扶了起來，陪在他身後，一道走下了大轎。立時只聽得鐃鈸迭響、鼓樂齊鳴，但見先來多時的張誠領著一幫內侍，和廣濟寺大小僧眾一起在山門前黑壓壓跪了一片接駕。

朱翊鈞一瞬間恢復了自己的帝王之尊，也不多言，逕自在廣濟寺方丈大師的引領下，緩步直往寺內的大雄寶殿而去。

進了殿門，朱翊鈞仰面便見到中間的佛祖巨像塑成丈六法身，垂手屈指，通體上下金光閃爍，低眸悲憫寶相巍峨！尤其令朱翊鈞幾乎驚呼失聲的是——這佛像左臂之上竟然環繞著一條飛舞而下的金龍，鬚爪高揚，活靈活現！他頓時被這一奇妙的緣分深深震撼了，全身上下不禁微微顫抖了起來！

鄭貴妃在他身後靜靜地接過了方丈大師奉來的六支上等香，分了三支，上前恭恭敬敬呈給了朱翊鈞。

朱翊鈞屏住心神，將三支赤香拈在手裡，卻不言聲，只是將目光微微向外一掃。

鄭貴妃會意，對方丈大師和其他內侍說道：「你們都退下去吧！陛下想一個人靜靜地進香禮佛。」

方丈大師和內侍們齊齊應了一聲，便連忙退到殿外。

見到他們走遠，朱翊鈞定住了心神，雙手舉起三支赤香，昂然望向那從

香案上俯視著芸芸眾生的佛像，喃喃說道：「佛祖，佛祖 —— 朕這一生拜天拜地拜父母拜張師傅，再沒對其他任何人下跪過。你是得道世尊，掌管人心教化，是該協助朕濟世安民的。今日我大明出兵東征倭虜，為的是扶危拯溺、護國保民。你若真有普度眾生的能耐，朕願屈天子之尊，拜你三拜 —— 祈求你大顯神通，佑我大明天兵旗開得勝、凱旋而歸！」

說罷，他便舉香過頂，跪在紅布蒲團之上，拜了三拜。然後，他站起身來，將三支赤香畢恭畢敬地插進了佛像香案前的大銅爐中。

他回頭一看，卻見鄭貴妃正似喜非喜似悲非悲地看著自己，眸中已溢滿了瑩瑩淚光。

「愛妃……」朱翊鈞不禁一怔。

鄭貴妃急忙拿袖角拭去眼角的淚水，微微哽咽著說道：「人們都說只有這大雄寶殿的佛祖才是心繫蒼生、慈悲為懷的。依臣妾看來，陛下仁德無雙，就是這世間活生生的佛祖！聽了您剛才那番話，哪怕佛祖離這塵世再遙遠，也會為您護國安民的這一片誠心所感動，一定會給我大明降下無窮福祚的！」

說著，她蓮步輕移，上前默默地祈禱了幾句，然後行過三拜九叩之禮，極其虔敬地給佛祖進香。

進香禮佛已畢，朱翊鈞便不在殿內久待，攜著鄭貴妃緩緩走出了殿門。

站在殿門外的白石平臺上，朱翊鈞遠遠望著天際那一輪夕陽慢慢沒入被晚霞鍍得一片金亮的茫茫雲海，像是在自言自語，又像是對鄭貴妃徐徐說道：「朕的母后當年也最是虔誠禮佛的……記得朕小時候每年四月初八佛誕日這天都要陪她一道來這廣濟寺進香禮佛……那個時候，朕還常常暗地裡笑她：貴為國母，大權在握，予取予奪，這世間還有何事不能由自己掌握，反倒要來懇求這泥塑金身的佛祖幫助……沒想到，現在朕也慢慢信了這個……年初以來的兩三百天，朕彷彿就像熬過了十幾年的時間那樣漫長而艱辛……彷彿以後十幾年裡所有的大事、要事、難事一下全堆到了這兩三百天裡，全都壓到了朕的肩上……愛妃，妳是知道的 —— 多少個夜晚，朕披衣燃燈苦思國策而久久不得休憩啊……難啊！難啊！身為這治世天子，朕實在是難啊！

就說這一次東征倭虜，朕撥給李如松才僅僅四萬三千兵馬……唉！難道朕不知道比起倭虜的十五萬大軍，這支隊伍的力量太單薄了嗎？宋應昌求爹告娘一樣在底下向各部、各鎮東挪西借的一切情景，朕在幕後看得不清楚嗎？他們一個個不知從哪裡找了那麼多冠冕堂皇的理由來軟拖硬頂！……朕本想以雷霆手段震懾之，但又顧慮著會引起朝局動盪，誤了平倭大事……朕……朕終究不是張師傅那樣的奇傑大賢啊！世事無常，風雲變幻，掣肘叢生，朕也沒有那樣的意志將自己的旨意『一以貫之』……只能是『盡人事而後聽天命』了！」

說到這裡，他仰面朝天，任由淚珠滾滾流下面頰，雙手箕張，脫口呼道：「朕自信這許多天來焦心操勞，已經做到了一位天子所應做到的極致了……朕就只差沒有像太祖高皇帝、成祖文皇帝那樣御駕親征了！老天爺啊！老天爺！佛祖啊！佛祖！你們就憐憫憐憫我朱翊鈞，賜給大明朝一個國泰民安、風調雨順、五穀豐登、四夷歸心的盛世吧！朕只求你們保佑李如松能不負眾望，給朕早送捷報……」

他此語一出，鄭貴妃立即拜倒在地，低頭嗚咽著，那聲音顯得極為沉抑，而又極為感奮。

燦爛如金的陽光從雲縫間映照下來，把朱翊鈞魁梧的身影鑄成了一座光芒奪目的金像，永遠定格在了鄭貴妃及不遠處侍立的僧人、侍衛那噙著矇矓淚光的視野裡。

招撫使沈惟敬

「什麼？」舒爾哈齊聽到自己族中親兵侍衛霍爾朗前來傳報的這個消息，不禁大感意外，「大明皇帝陛下居然拒絕了我兄長當面請求抗日援朝的要求？怎……怎麼會是這樣啊？！」

霍爾朗直視著他，毫不回避地繼續說道：「啟稟副都督僉事大人：朝廷已任命提督陝西討逆軍務總兵官李如松為『平倭提督』、兵部侍郎宋應昌為『備倭經略使』、才辯之士沈惟敬為『備倭招撫使』，發了四萬精兵，前來朝鮮征伐倭寇了……」

「那大明皇帝陛下對我們建州女真勇士是怎麼安排的？」舒爾哈齊聽著，精神不禁一振，「他要派我們來當征倭大軍的先鋒勁旅嗎？」

「這個……副都督僉事大人，據都督僉事大人，哦，龍虎將軍傳回的消息，好像是朝廷要將我女真勁旅抽調回遼東心腹要地，專門監控和對付海西女真葉赫部族的叛賊……」

「葉赫‧納林布祿？」舒爾哈齊微微一驚，「原來他也想趁倭虜進犯東疆之際『渾水摸魚』？！唉，怪不得朝廷不肯允准我兄長的請求呢……」

霍爾朗深深地向舒爾哈齊躬身一禮，道：「所以，屬下此番是專程趕到義州城來傳龍虎將軍之令，讓您率領本部人馬即刻返回遼東建州，先行堵住納林布祿的南下之路……」

舒爾哈齊並不立刻答話，而是默默站起身來，走到南牆之前，「嘩」地一下拉開了軒窗，將目光遙遙投向了平壤城所在的那個方向：「唉！……我與兄長本是一腔赤膽忠心，想助大明天朝一臂之力，把那狂悖殘暴的倭寇打下海去……如今看來，我們兄弟這番渴望是終究不能實現了！李提督、宋經略！這一份重任，就得拜託你們來接手完成了……」

他正自言自語之際，室門被人從外面輕輕敲了幾下。霍爾朗急忙前去打開，只見祖承訓眼含熱淚站在外邊，神情甚是傷感。

舒爾哈齊見狀，微微一怔，倏地便明白了過來：瞧祖承訓這般模樣，他必定也是知道了建州女真騎士即將被抽調回防遼東的消息了！

果然，祖承訓疾步跨進門來，緊緊握住舒爾哈齊的雙手，目光灼灼正視著他：「副都督，祖某臨別之際，別無他話相贈，只求日後無論你我闖蕩到何等境遇，都永遠不要忘了我們今日並肩抗倭的戰友情誼才是！」

舒爾哈齊也伸出手來與他緊緊相握，四目對視，默默地、重重地點了一下頭。

瀋陽城的總督府裡，笙歌陣陣，舞影翩翩，人聲鼎沸，喜氣洋洋。

圓頭胖腦、滿臉福態的薊遼總督顧養謙高高地舉起酒杯，直向坐在他右席的「備倭招撫使」沈惟敬敬去：「來！來！來！沈大人竟然不辭辛苦，早早地就欲趕往朝鮮了解倭情 —— 您這一份忠於王事、兢兢業業之心，本督實

是佩服！您且接了本督這一杯酒的敬意！」

「顧總督過獎！過獎了！」沈惟敬微微一笑，推辭了幾下，便與顧養謙碰了杯同飲而盡。

顧養謙仰面斜坐在虎皮帥椅之上，輕輕放下了酒杯，拿著一支象牙短籤慢慢地剔著牙縫，瞧著沈惟敬說道：「沈大人既是石星尚書身邊的『大紅人』，本督也與石星尚書一向交好，今兒在這裡就不把您當外人了 —— 說句心底話，本督對您此番深入敵境的『招撫議和』之舉，實在是深深贊同的！

「朝廷那一幫不知天高地厚的書生，像什麼呂坤、徐桓之流，天天叫嚷著要為國奮威、征倭平亂 —— 他們哪裡曉得咱們這些底下將士的辛苦？！戰事一開，兵連禍結、血流成河、伏屍百萬……本督這邊的壓力大得很！那些蒙古土蠻和海西女真又天天揀著空隙前來滋事搗亂，本督應付他們都已頭痛欲裂了 —— 哪裡還有餘力去管朝鮮屬國的境外之事喲！」

沈惟敬也深深地點了點頭：「顧總督所言甚是。能夠兵不血刃而勸退倭虜、垂拱無為而收其為藩，自然是我朝議廟謀之最佳選擇。沈某此番入朝之後，一定竭盡所能，盡量說服倭虜與我大明天朝『化干戈為玉帛』！ —— 當然，這也是趙閣老、石尚書在沈某臨行之前千叮萬囑交代的頭等要事……」

「趙閣老是本督的座師，本督對他的意見自然是恭服不已的，」顧養謙右掌一按酒桌，探過身來，斜眼瞥了瞥朝鮮所在的那個方向，壓低了聲音說道，「我天朝泱泱大國、堂堂上邦，憑什麼要為朝鮮屬國代受戰火之禍？在顧某看來，這朝鮮和倭國就是『狗咬狗，一撮毛』 —— 都是山野蠻夷之徒！為了爭那巴掌大一塊地盤鬧得雞飛狗跳的！呂坤、徐桓眾人也多事 —— 就算倭國吞併了朝鮮又能怎樣？咱們天朝發下一冊封藩詔書去，別看倭虜現在這麼狂，到時候還不照樣樂得屁顛屁顛地跑來『恭迎聖旨』！」

「好！好！說得好！」沈惟敬聽了，哈哈一笑，舉起杯來向顧養謙敬道，「顧總督果然是高見！果然是高見！真不愧為趙閣老的得意門生 —— 來，在下衷心敬您一杯！」

顧養謙正欲舉杯回應，卻見自己幕府中的一個參軍拿著一份文牘，急匆匆地跑上廳堂稟道：「啟稟總督大人：建州龍虎將軍努爾哈赤差人送來一份軍

事急函，請總督大人速做裁斷！」

「建州龍虎將軍努爾哈赤？」顧養謙胖胖的臉上浮出一絲乾笑來，

「這個努爾哈赤，拖著十幾車野人參、死鹿皮往京城裡蹦躂一圈，就輕輕巧巧地撈著個『龍虎將軍』的爵號回來，當真是划算得很！——他在那函裡面想說什麼？」

那參軍握著那封密函往四下裡看了一圈，瞧見那些舞女、僕役正到處晃來晃去，就囁嚅著道：「這個……屬下稍後還是到您的書房再細細稟報吧……」

「不用！不用！這裡都不是外人！你儘管直說！」顧養謙把手一揮，不耐煩起來，「本督讓你說，你就快說！」

那參軍無可奈何，只得稟道：「努爾哈赤將軍來函建議我等須在蒙古胡虜與海西女真叛賊尚未徹底『合流』之前，主動出擊、乘隙而動，先行集中優勢兵力，將他們各個擊破！」

「他想怎樣？」顧養謙目光忽地一閃。

「他想請求我遼東鎮速速派出精銳人馬，直沿遼河東岸北上，與他的隊伍在東津口處會合，然後一齊疾馳向東，先打納林布祿一個措手不及！」

「呵！這個努爾哈赤——他倒是一心急著想立戰功啊？！」顧養謙一副皮笑肉不笑的樣子，「得！得！得！本督也不與他爭功——他既有本事敢主動去打葉赫‧納林布祿，就任他打去！但我遼東鎮的人馬是不能給他撥出一兵一卒的……」

「這……這……恐怕……」那參軍聞言，不禁吃了一驚，「努爾哈赤自己說了，以他手下的數萬女真兵馬，要想壓制葉赫‧納林布祿並不十分困難，但他最為顧慮的就是害怕蒙古胡虜鐵木爾從他背後猝然發難、渡過遼河『猛插一刀』……畢竟，以他一州之力，同時與蒙古胡虜、海西女真叛賊兩面對敵，實在是左支右絀……」

沈惟敬在一旁聽了，覺得那參軍所言甚是，便張了張嘴，本欲插話說幾句，但又念及這是遼東鎮內部事務，他也就只有把盞飲酒緘口不語。他低下眼角悄悄瞟了一瞟四周的座客，發現他們都彷彿對顧養謙這種散漫虛浮的做

法已習以為常，一個個照樣杯來盞去吃喝玩樂，全不理會這邊的爭論。

「嗨！他若是打不贏那兩個，就讓他跑到咱們這瀋陽城裡來嘛！」顧養謙把杯中之酒往喉嚨裡一灌，乾笑著說道，「他不是自詡能征善戰嗎？他不是還敢向聖上上書主動請纓征倭嗎？他那麼厲害的角色，哪裡需要咱們去幫忙哪？罷了！罷了！就任他自己折騰去吧！反正本督也不會眼紅他的功勞……」

「這個……總督大人，茲事體大，還望您三思而行啊！」那參軍滿眼焦慮之色，仍苦苦勸道。

「下去！你這廝也不瞧一瞧這是什麼場合！」顧養謙把手中酒杯往地下「噹」地一摔，兩道濃眉好似兩柄利刀般豎了起來，「你沒瞧見本督正在忙著接待朝廷裡來的『備倭招撫使』大人嗎！……」

大明雄師入朝鮮

大明萬曆二十年十二月二十五日，朝鮮國義州城北的郊外，一座高大的紅氈帳篷前，祖承訓、柳成龍、李鎰、權栗等人穿戴得十分莊重，佇立在習習寒風中，靜靜地等待著。

過了許久，柳成龍似是按捺不住，搓了搓凍得有些發僵的雙手，哈了幾口暖氣，向祖承訓問道：「祖將軍，李提督和宋經略真的會在今天準時率軍抵達義州嗎？」

「柳大人無須懷疑，」祖承訓瞥了他一眼，淡淡地說道，「這宋經略說話算不算數，祖某並不清楚。但李提督素來『言出必行』，他來了公函說今天會率軍抵達義州，就一定會在今天準時抵達義州。我們還是耐心等一等吧！」

柳成龍點了點頭，轉臉看了看身後那座紅氈帳篷，道：「這個……這個，我們做臣子的倒是不妨，只是我們大王也在這冰天雪地裡陪著大家一起受凍……柳某實是有些於心不忍哪！」

聽了柳成龍這番話，祖承訓不禁向那個氈帳篷掃了一眼，鼻孔裡重重地

哼了一聲，板著臉不再多言。

正在這時，一陣陣巨鳴從遠處傳來，隆隆不絕，震得四周山巒間回音滾滾。祖承訓、柳成龍等循聲看去，只見前面莽莽山野之上的萬頃落雪都若沸騰了一般，凌空騰起一層層雲煙。整個大地都似在為緩緩移近的那一片浩浩蕩蕩的車鳴馬嘶而瑟瑟發抖。

「到了！到了！」祖承訓興奮得脫口而出，「我大明天兵終於到了！」

柳成龍雙眉一揚，眸中掠過一絲驚喜。他急忙一個旋身，疾步跑到身後那座紅氈帳篷門簾前，高興至極地喊道：「老臣啟稟大王：大明天朝的天兵到了！宋經略和李提督到了！」

帳篷裡靜了片刻，然後一聲似乎壓抑了許久而如今終於得到釋放的歡呼驀地響了起來！接著，只見帳篷門簾「嘩」地一掀，滿面狂喜之色的朝鮮國王李昖一下衝了出來，伸長脖子向前一個勁兒地打望著，口裡還急切地問著：「在哪裡？在哪裡？」

柳成龍上前扶住他，伸手指了指前面那片望不到邊的滾滾雪塵，道：「大王，就在那裡！他們馬上就要到了！」

李昖的神情一下變得虔敬起來，他自己動手整了整衣冠，走到迎接隊伍的最前方，畢恭畢敬地等了起來。

滾滾雪塵如浪潮一般湧近，倏然一下便停了下來。天地間的陣陣輕震也一瞬間便停止了。雪塵漸漸散盡，一隊隊鎧甲鮮明、刀槍鋥亮的大明騎兵已來到李昖、祖承訓、柳成龍等人面前，如同樹林一般森然而立。那高高飄揚的「明」字大旗，更顯出了一派逼人的威武雄壯之氣。

李昖、柳成龍、李鎰、權栗等人不禁屏住了呼吸，竟有些戰慄而不敢仰視。

只見大明軍隊的前頭，立馬駐著一位身材魁梧、威風凜凜的中年將軍，生得濃眉大眼、寬面垂耳，舉手投足之際英氣逼人。而他身畔則是一位紅袍玉帶的中年文官，手把馬韁，面帶微笑，顯得氣度儒雅、雍容不凡。

「李提督、宋經略！」祖承訓一見，急忙高呼起來，率先迎了上去。李昖、柳成龍、李鎰、權栗等朝鮮君臣也隨後跟了上去。

那中年將軍便是大明征倭提督李如松了，而那中年文官就是大明備倭經略使宋應昌。

李如松、宋應昌二人見祖承訓帶著朝鮮君臣一齊迎了過來，便下了馬，靜靜等著他們上前。

祖承訓向他倆見過禮後，按官階從小到大的順序，介紹起朝鮮君臣來：「這位是朝鮮全羅道節度使權慄將軍，這位是朝鮮三軍大元帥李鎰大人，這位是朝鮮內閣領議政柳成龍大人……」

最後，他望向李昖，恭然說道：「李提督、宋經略，這位便是朝鮮國王李昖殿下。」

李昖遠遠地看著李如松和宋應昌，站在那裡木了片刻，突然間淚如珠落，哽咽著說道：「李提督、宋經略……可把你們盼來了！天朝大軍一到，我朝鮮復國終於有望了！大明皇帝陛下扶危拯溺、存亡續絕之恩德，猶如天高地厚，小王……小王竟不知如何報答才是……」

宋應昌上前數步，伸手扶住了他，懇切地說道：「殿下莫哭。我朝陛下既已決定奮起義師為朝鮮討伐倭虜，您就放心以待吧！」

李昖也顧不得有失禮儀，用袍袖拭了拭臉頰上的淚水，然後彎腰用手往前一引，道：「小王敦請李提督、宋經略入帳再敘……」

宋應昌微微側頭看了李如松一眼。李如松輕輕搖了搖頭，向李昖緩緩說道：「前方戰事緊急，容不得我等在此優遊雍容、坐而論道。我們還是邊走邊談，先到義州城裡安頓下來好準備打仗……」

李昖一聽，沒料到這位英氣勃勃的李提督談吐做事毫不拖泥帶水，果斷迅疾，於是心念一轉，便揮手讓內侍們牽來了坐騎，和祖承訓、柳成龍、李鎰等人紛紛上馬，引著李如松和宋應昌，帶領著數萬大明雄師，往義州城方向而去。

途中，李如松彷彿是無意地淡淡談道：「本提督在大明國內曾經聽到朝鮮如今僅剩水師能戰，而且還連戰連捷，打得倭虜丟船棄艦、傷亡甚多……看來，朝鮮只要陸軍征戰得力，驅除倭虜亦非難事！」

李昖聽問，便將目光投向了李鎰。李鎰會意，連忙答道：「這個……這

個……我們朝鮮水師也只有李舜臣將軍麾下那一支隊伍打得好，其他的隊伍都已是潰不成軍了……陸軍方面，唉……倭虜兵精械良，我們一敗塗地，現在也只剩六七千人馬可用了……」

「李舜臣的威名，本提督在大明國內就已有所耳聞了，」李如松緩緩說道，「這樣的水師奇才，實在是百年難遇……他在你們朝鮮國內現任何職？」

「哦……他現在是一個從二品的全羅道水師節度使。」李鎰答道。

「這麼說，他到現在還不是朝鮮的水師元帥？」李如松悠悠一嘆，

「天生如此奇才於你朝鮮而不能盡用，實在是太可惜了！」

「這……」李鎰不敢答話，暗暗拿眼瞥了一下李昖。

李昖面上一陣發燒似的通紅，隨即又恢復成若無其事的模樣。他板起臉對柳成龍冷冷斥道：「本王已經向你們內閣說過多少次，李舜臣才堪大用，不宜再領偏師，應該執掌全國水軍才是！你們為何將本王的指令當作耳邊風？……」

柳成龍臉上掠過一絲委屈，只得漲紅了面龐，低下頭急忙應道：「是……是……是……大王訓斥得是！微臣返回義州城後便立刻擬詔任命李舜臣為全國水師元帥……」

「柳大人……」李如松聽了他這番表態，這才緩和了臉色，進言說道，「本提督希望您能在所擬的詔書中添上這樣的內容：如今天朝神兵已臨，萬望李舜臣勇率水師、奮威出擊，阻斷倭虜水路，配合大明天兵共殲倭虜！您看，這妥不妥當呢？」

「妥當！妥當！」柳成龍連聲答道，「我朝鮮上下必與天朝神兵同心協力，聯手共殲倭虜！」

李昖也鄭重地向李如松二人說道：「李提督、宋經略，自今而後我朝鮮上下每一位將臣、每一員士卒，你們均可自由調遣，小王必會全力支持、毫無異議！」

宋應昌和李如松聽罷，這才有些滿意地點了點頭。

在義州城外的明兵中軍大帳裡，李如松和宋應昌在虎皮椅上並肩而坐。征倭諸將一個個意氣昂揚，在帳下肅然而立，恭敬聽令。

　　宋應昌向李如松看了一眼，示了示意。李如松微微點了點頭。然後，宋應昌開口了：「各位征倭將士，本經略今日有言在先，就請諸位聽明白了：自我征倭大軍進入朝鮮境內起，本經略就專履備倭事宜，在今日便搬出軍中，到義州城經略府居住。本經略的全部事務，就是為諸位征倭將士備糧、備械、備餉。大家有什麼難處，儘管來找本經略，本經略絕不推搪！」

　　說到這裡，他又深切地看了李如松一眼，緩緩說道：「同時，本經略今天在這裡就當著諸位將士們公開宣布：今後東征之役中所有的軍政大事和指揮決斷之權，一併由李提督執掌。他有陛下親賜的尚方寶劍和皇命旗牌，代君征倭。諸位將士一定要與他同心協力共建奇功！」

　　「屬下明白！」帳下將領齊齊躬身應道，「提督大人代君東征，大明三軍唯命是從，屬下等自當效犬馬之勞。」

　　宋應昌這才微微笑了，轉身伸手請李如松。李如松也就當仁不讓，走上前來，肅然道：「本提督在此多謝宋大人和各位將士們的全力支持了。如今征倭事急，本提督也就不再多說什麼廢話了。現在就開始和大家商討征倭事宜。」

　　他說到這裡，轉頭向宋應昌道：「對了，宋大人，您今天回義州城時，請從朝鮮國調撥一支尚堪一戰的勁旅過來，同時要他們派來一個對倭事經驗比較豐富的將領，作為我朝此次東征先鋒大軍的助手。」

　　宋應昌微一沉吟道：「行！此事就交由本經略去辦！」

　　李如松用充滿謝意的目光看了宋應昌一眼，深深地點了點頭。然後，他朗聲吩咐道：「李參軍，您將平壤城軍事地形圖擺將上來！李如梅，你且去請朝鮮李鎰元帥移駕過來！」

　　「是！」李如松的五弟李如梅應了一聲，便出帳而去。

　　參軍李應試則動作麻利地將一幅寬大的平壤城軍事地形圖在帳中書案上平平整整地放好。

　　「李鎰元帥？提督大人請這個朝鮮人過來幹什麼？」帳下諸位明將都有些不解，不禁竊竊私語起來。

　　李如松卻恍若未聞，整了整自己的衣甲，和宋應昌一道走下來，逕自到

大帳門口處迎接李鎰。

　　過不多時，只聽得腳步聲「篤篤」而近，蒼髯銀髮、一身戎裝的李鎰由李如梅引領著，大步走了進來——一見到李如松、宋應昌等大明督帥竟在帳門口邊恭候而立，他怔了一怔，微微動容：「李提督、宋大人，您們……您們這是……」

　　「李鎰元帥您是朝鮮身經百戰的前輩，通曉朝、倭雙方之軍情，我等晚輩理應恭迎請教！」李如松真誠地說道，「請——李元帥請入內上座！」

　　李鎰有些激動地搓著雙手，急忙推辭了一番，最後實在架不住他們的恭勸，只得勉為其難地到帳中帥案右側的杌子上去坐了。

　　「李元帥，這張是平壤全城軍事地形帛圖。」李如松走到書案之前，指著那幅帛圖，向李鎰恭然而道，「李某和麾下眾將在此懇請您不吝指教，幫助我們一舉討平倭寇！」

　　「這……這如何使得？」李鎰一聽，驚得從杌子上幾乎跳了起來，「李提督您真是取笑老夫了！老夫身為敗軍之將，曾經喪師辱國、無能至極，豈敢在諸位天朝將軍面前談兵論計？」

　　「李元帥！您是朝鮮一國三軍之主帥，自是對朝鮮全境形勝要塞瞭若指掌。」李如松仍是謙恭地說道，「您就不要再推辭了——我等正等著洗耳恭聽您的高見哪！」

　　宋應昌也微微含笑而勸：「李元帥，您乃朝鮮一代名將，最是熟悉平壤城內外的地形要塞了——我大明諸將不向您來討教，卻又向誰討去？」

　　李鎰擺手搖頭地謙辭了半晌，最後慨然而道：「唉……承蒙李提督、宋大人和諸位將軍如此看重，老夫實是汗顏哪！這樣吧，老夫也就厚起臉皮將自己所知道的平壤城內外一切情形都向你們傾囊相告——屆時，你們再笑老夫的粗愚淺陋吧！」

　　說完，他身形一起，走到那書案之前，從李應試手中接過一柄細長銅尺來，指著那平壤全城軍事地形帛圖上的圖示線條，便侃侃而談：「鄙邦的平壤城坐北朝南，呈長方形，城牆高達五六丈，易守難攻，險要至極。該城共有八道城門：東面有大同、長慶二門，南面有含毬、朱雀二門，西面有大西、

小西二門，北面有七星、玄武二門。而且，它北靠牡丹峰，西枕蒼光山，東傍大同江，三面據險，委實難以硬攻……」

「那麼，它的南面呢？」李應試插問了一句進來。

李鎰聽了，臉上微微一笑，拿手中銅尺指點著那帛圖上平壤城的南面，繼續講道：「不錯，李參軍——乍一瞧這平壤城的南牆之外地勢平坦，似乎是無險可據；但南城的牆垛最厚、城門最堅，而且門外的地勢雖然看似平坦但實際上不夠開闊，根本鋪不開太多的兵馬……」

李應試近來一直在深入研究平壤的地形軍情，所以他一直對李鎰的意見聽得十分認真。他微一轉念，便又追問道：「那麼，在下請教李元帥：我們可不可以將精兵勁旅從南城繞到平壤東面去……」

「這也不妥。」李鎰深思著搖了搖頭，「平壤東城外面的地形比南城之外更為狹窄啊！更何況背後還有大同江橫截而過……而且，倭虜已在大同江上架起了三座浮橋，那裡的守備想必也定是森嚴得很！」

「哎呀！照你這麼說，平壤城既是這般固若金湯，」李如松帳下的遼東驍將查大受不禁勃然嚷道，「那你們朝鮮人怎的還把它弄丟了呢？」

李鎰的臉頰就像被人「叭」地抽了一記耳光一般頓時漲得通紅，他囁嚅著說道：「唉……當時倭寇實在是追逼得太緊，本國大王又一心想著到大明天朝『避難內附』，覺得再怎麼堅守也是枉然，便讓我們放棄了平壤城……」

「查大受！你休得無禮！」宋應昌朝查大受喝斥了一聲，然後轉過臉來向李鎰賠笑道，「李元帥，這位查將軍是個粗人，有口無心，若是衝撞了您——您可千萬莫要見怪啊！」

「哪裡！哪裡！我李鎰掌軍無能，使得國敗主辱；諸君的任何批評都是我罪有應得的！」李鎰愀然垂淚說道，「我等朝思暮想、翹首西望，就是盼著大明天軍能夠疾馳而來，救我藩邦於將亡、解我百姓於倒懸啊！」

「李元帥莫要傷心。」李如松聞言，心底不禁一陣惻然，臉上表情卻沉肅至極，「而今我東征大軍席捲而至，哪怕倭虜所占據的平壤是萬丈鐵城，也擋不住我天軍神威！」

李鎰聽罷，這才漸漸收淚而止，也抱拳奮然答道：「李提督、宋大人、諸

位大明將軍——您們但有用得著我朝鮮軍民之處，儘管開口，我們一定全力配合！」

李如松沉吟了一下，思忖著答道：「剛才李元帥您給我們講解了平壤城內外地形情況，我們很是感激。不過，古人說：『紙上得來終覺淺，絕知此事要躬行。』本提督想要請來朝鮮隨軍嚮導，帶領本提督沿著此城四周細細巡視一番，再與諸位詳細謀劃，以使攻城之事萬無一失。」

聽了李如松的話，李鎰點了點頭，笑道：「大宋名將岳飛有云：『用兵之妙，存乎一心。』李某也相信，以李提督的智勇雙全與天縱英才，這世上沒有您和大明天兵攻克不了的城池。」

李如松謙讓了一番，又道：「李某還有一事與李元帥商量——有勞您出面通知朝鮮軍民們為我大明王師多找幾條木船來，將來咱們用得著它。」

「好！」李鎰毫不猶豫地答道，「那老夫現在就回義州城辦理此事！」說罷，向在場諸人環躬一禮，便風風火火地告辭而去了。

李鎰離開之後，李如松向李應試開口講道：「李先生，如今你對平壤內外地形要塞的情形應該了解得差不多了吧？」

李應試微微點頭：「屬下下來之後一定會好好謀劃這攻取平壤之策。」

李如松這時面容一肅，將衣擺一撩，坐回帥案後面的虎皮椅，緩緩而道：「現在，本提督要開始調兵遣將，向大家分派差使了……」

他此語一出，帳下諸將立刻屏住了聲氣，凝神靜聽。

李如松拿起一支令旗，看了一眼楊元，道：「楊元聽令——本提督決定由你擔任征倭中軍主將之職，下統佟養正、鄭文彬、尹志揚、吳弘健等將共一萬三千士卒。你可要將自己麾下這一萬多名弟兄管理好、指揮好，也要保護好！」

「屬下遵命！」楊元一步跨出班列，深深躬身一禮，上前接過了李如松遞來的那支中軍令旗。

李如松伸手從插筒裡又取出一支令旗，將目光投向了自己的二弟李如柏，肅然道：「李如柏聽令——本提督決定由你擔任征倭左軍主將之職，下統李如梅、查大受、駱尚志、李甯、李有升等將共一萬五千人馬，大同、薊

鎮、遼東等三鎮騎兵和福建藤牌軍一部劃撥予你。」

他說到這裡，語氣忽然一頓，目光凜凜地逼視著李如柏，說道：「李將軍！你我『居家為兄弟，上陣遵皇命』—— 本提督在此當眾宣示：你李如柏稍有接戰不力、殺虜無能之舉，本提督必定將你軍法從事！」

帳下諸將聽得李如松說得如此嚴厲，一個個只覺一陣膽寒 —— 這李如松當真是鐵面無私啊！

「遵命！」李如柏面色凝重，肅然上前雙手接過李如松遞來的左軍令旗，方才躬身退了下去。

李如松坐在虎皮椅上，靜了片刻，又伸手抓起一支令旗，呼道：「張世爵聽令 —— 」

薊鎮副總兵張世爵一聽，急忙搶前站了一步出來，躬身抱拳肅然聽令。

「本提督決定任命你為征倭右軍主將，下統吳惟忠、王必迪、孫守廉、方慶餘等將共一萬四千人馬，福建藤牌軍及其餘各方邊鎮騎卒全都歸你統率……」李如鬆手執令旗正說之際，忽然又將目光往退立在諸將最下方的祖承訓臉上一掃，「還有，遼東原副總兵祖承訓領海州等騎兵一千名，歸你統率！」

祖承訓聽到這裡，虎目中頓時淚光四溢，上前「撲通」一聲，向李如松一頭跪倒，哽咽著說道：「多謝提督大人不以祖某為敗軍之將而有所歧視，賜予祖某為死難的弟兄們報仇雪恨的機會！」

李如松默然不語，伸手將右軍令旗遞給了張世爵，然後才轉身扶起祖承訓說道：「祖總兵，你還一心記得要為所有救你脫困的弟兄們報仇，這很好。也罷，你先驅進駐朝鮮已有五六個月，算是對倭事經驗豐富之人。待會兒下來之後你且給本提督詳細介紹一下敵我情形，如何？」

祖承訓這才收住眼淚，抱拳應道：「李提督有用得著祖某之處，儘管吩咐就是，祖某一定知無不言。」

宋應昌坐在一旁見李如松調遣將士有章有法、井井有條，正自暗暗頷首。突然，卻聽帳外一陣喧嘩，接著「嘩」的一聲，門簾掀處，竟是那個由兵部尚書石星推薦而來的「備倭招撫使」—— 沈惟敬。

　　沈惟敬雖已被朝廷封了「備倭招撫使」，官階卻是一個武四品的游擊將軍。本來，他見了李如松和宋應昌是應當屈膝下跪的。但他自恃有兵部尚書石星撐腰，並不把李如松和宋應昌放在眼裡，而是大大咧咧地上前向兩人拱了拱手，有些不悅地說道：「兩位大人逕自在中軍帳中調兵遣將、行兵布局，為何卻把沈某摒之在外？」

　　李如松冷冷地看著他，默而不答。宋應昌急忙起身笑著迎道：「沈大人，李提督在這裡部署的是行兵打仗之事，與你主管的招撫事宜無關。所以，我們就沒通知你。」

　　沈惟敬聽了，冷冷地哼了一聲，說道：「看來二位大人是把石星尚書再三強調的『招撫為先，征倭為後』『不戰而屈倭虜之兵』的訓令拋到九霄雲外了！──你們還沒讓沈某先去招撫一下倭虜，便欲貪功冒進、擅自開戰了嗎？」

　　「這個……這個……」宋應昌被他問得一時有些語塞起來，不禁猶豫著將目光投向了李如松。

　　李如松面沉似水，波瀾不驚。他沉默片刻，方才開口說道：「那麼，依沈大人之言，你準備如何前去招撫倭虜？」

　　沈惟敬伸手摸了摸自己唇角的短鬚，冷冷笑道：「如何招撫倭虜，沈某胸中自有主意。沈某只希望在未曾與倭虜交涉之前，李提督和宋經略要約束好你們麾下的將士，千萬不可貪功冒進、擅自開戰！」

　　「沈大人需要幾日方能與倭虜達成交涉？」李如松冷冷地逼上了一句。

　　沈惟敬也毫不畏怯，凝眸正視著李如松，緩緩說道：「沈某決定明日早晨便隻身單騎直赴平壤城與倭虜當面交涉！」

　　李如松未料到這個看似有些刁猾古怪的辯士竟有這等膽識，不禁心中一動，當即緩和了面色，微微笑道：「沈大人隻身單騎深入虎穴，實在是太危險了！明日早晨，本提督讓參將李有升帶領五十名親兵護送你前往平壤城招撫倭虜！」

　　他此話一出，頓時令沈惟敬、宋應昌和帳下諸將都頗感意外。李如松看到他們一個個驚愕莫名的神色，便開口說道：「兵法有云：『能和則和，不能

和則戰，不能戰則守，不能守則避，不能避則亡。』沈大人剛才說得也對，應該先去和倭虜試著交涉一下：倘若倭虜懼我天朝雄師的聲威，就此怯了，不戰而敗，這再好不過了；倘若倭虜賊心不死，一味逞凶作亂，我們就乘勢而上，將他們一舉剿除！」

聽了這番話，在場諸人個個點頭稱是。沈惟敬亦是哈哈一笑：「既是如此，沈某就此謝過李提督派人護送之恩了！想那昔日楚漢爭霸之時，布衣儒生酈食其，伏軾而弄三寸之舌，一舉連下齊國七十餘座城池——沈某自信辯才不在他之下，明日必能說得倭虜懾服投降而歸！」

李如松微微含笑答道：「那麼，本提督就在這中軍帳中靜候沈大人的佳音！」

沈惟敬聽罷，也不再多言，便得意揚揚地告辭而去。

待他出帳走遠之後，李如松喚過李有升，吩咐道：「你明日護送沈大人前去平壤與倭虜交涉，務必細心觀察對方一切舉動，回來之後要毫無遺漏地告訴本提督。」

李有升應了一聲，便也出帳挑選護送沈惟敬的士兵去了。

李如松這時才從虎皮椅上站起來，走到大帳當中的空地上，環視了諸將一圈，肅然說道：「諸位將士，本提督同意沈大人前去招撫倭虜，其實不過是借機麻痺一下倭虜罷了。倘若倭虜能因三寸之舌而一舉辯服，又何勞諸位將士千里迢迢、風塵僕僕來這朝鮮？你們心中不可存有絲毫僥倖之意——下去之後要多和朝鮮將士切磋交流，多多諮詢倭情，力求知己知彼、胸有方略，積極準備殺倭立功！」

「屬下遵命！」帳下諸將齊齊響亮地應了一聲。

真假和談

天色將明，朝陽緩緩從東方的地平線上升起，宛若一個紅彤彤的巨球。漫天的雲彩也被那朝霞映照得金紅奪目。平壤西面城樓上，日本先鋒大將小西行長和三軍總奉行石田三成二人並肩而立，俱是背負雙手，靜靜地看著這

一幕日出東方的奇觀。

「小西君，你看，天照大神是多麼垂青於我們大日本的子民啊！」石田三成伸手指著天際那一輪朝陽，有些得意地說道，「他讓太陽每一天都最先從我們的國土上升起，讓我們每一天都最先得到他靈光的照耀——我們作為他的子民，是何等的榮幸啊！」

「是啊！」小西行長附和著向石田三成點了點頭。他將目光投向了西邊大明帝國所在的方向，面色倏地微微一變。

「怎麼？有什麼事讓石田君您不高興了嗎？」小西行長敏銳地捕捉到了石田三成這一瞬間的情緒變化，不禁有些驚訝地問了一句。

「一個月前，來島君設在大明國的『眼線』傳來消息，聲稱：大明國已經平定了西部邊疆哱拜之亂——那時候，我們還有些不相信。」石田三成輕輕嘆道，「沒想到幾天前大明國的大隊人馬就已經入駐了義州城……他們可來得真快、真猛啊！而且，聽那些從義州城回來的暗探說：那個明軍主帥就是讓服部君和來島君談而色變的遼東名將李如松哪……」

講到這裡，他抬起頭來望向那頭頂半空中的紅日，深深地說道：「小西君你讀過史書吧！大明國真的不是我們日本人招惹得起的呀……九百多年前，還在大唐時期，唐將劉仁軌只率七千唐軍就把我們天皇陛下派去支援百濟國的數萬大軍打得一敗塗地！唉，三成我真害怕這一幕慘劇又即將在我們眼前重演哪！」

「唉！行長我也聽那些當年從大明江浙一帶逃回日本的浪人談起過大明軍隊尤其是『戚家軍』的厲害啊！可是，那又怎麼辦哪？太閣大人他不開口下令讓我們撤退，我們敢後退一步嗎？」小西行長說到此處，似乎想起了什麼問題，眉頭緊緊皺了一下，轉臉向石田三成囁嚅著說道，「對了，石田君……太閣大人已經來了三道緊急手令，極力要求我們火速進攻大明國……可是你和宇喜多大統領一直頂著不辦，只怕太閣大人知道了會發雷霆之怒的……」

「唉！太閣大人現在已經很難保持當年平定關東諸雄時的清醒頭腦了！聽說他連設在大明國寧波城的太閣府邸圖樣都已經讓人設計出來了……這……這讓三成我怎麼說才好呢？」石田三成伸手撓了撓腦袋，鬱悶地說道，「如

今朝鮮的義兵越殺越多，朝鮮的天氣越來越冷，我們的士兵患病的也是越來越多，糧草和軍火更是越來越緊缺……三成我一天到晚忙得團團轉，也難以安頓好這一切啊！……我們這個時候還敢主動去招惹大明國嗎？先把朝鮮的局勢盡力穩住就不錯了！」

「石田君總是把我日本國的全盤利益考慮得滴水不漏啊！在下和其他大名們都非常贊成你這樣做。即使有一天太閣大人怪罪下來，我們也會聯名上書力保你的。」小西行長感慨地說道。他講到這裡，眼珠一轉，又道：「當然，也有一些人對你這種深謀遠慮之舉是不以為然的，比如加藤清正和福島正則他們……」

「他們這群莽夫懂什麼？」石田三成冷冷地哼了一聲，面現鄙夷之色，「他們那樣一味蠻幹，只會把我們『俯取朝鮮、進擊大明』的大事越搞越糟！」

他倆正說之際，突然旁邊的哨樓上傳來瞭望兵們的一陣叫喊：「小西大將、石田大人！快看，西邊有幾十個明兵向這裡來了 —— 啊！他們打的還是寫著我們日本字的旗幟哪！」

聽到瞭望兵們的呼叫聲，石田三成和小西行長急忙探頭往城下看去。

果然，那城下駐馬立著五十餘名明朝將士裝束的漢人，其中為首的那個中年人手上還高舉著一張用倭文寫著一行大字的白布條幅：「大明安倭招撫使特來請見倭軍主將！」

石田三成和小西行長細細看罷，驚疑不定地互相對視了一眼。小西行長愕然問石田三成道：「石田君……您看，這是不是大明國將士玩弄的詭計呢？他們想見我們做什麼？」

石田三成沉吟了片刻，又向哨樓上打了個手勢，大聲向那哨兵問道：「他們後面有沒有大隊人馬跟來？」

哨兵舉目遠眺了好一陣兒，高聲答道：「沒有。」

石田三成看了一眼小西行長，說道：「不管怎麼說，這是大明國來的使臣，我們應該聽一聽他們的來意。你派一個得力的手下帶上幾十名武士出城和他們交涉交涉。」

　　小西行長點了點頭，伸手招來了日本軍中唯一一位通曉漢語的偏將來島通明和自己的心腹愛將渡邊次郎，吩咐道：「你二人帶上一百多名武士一齊出城，問一問他們的來意——他們不先要橫鬧事，你們就不要招惹他們；他們若要逞強無禮，你們就給我狠狠地教訓他們一下！」

　　來島通明和渡邊次郎齊齊應了一聲，下樓而去。

　　在一陣「吱吱呀呀」的聲響中，小西門緩緩地開啟了，一百多名倭兵騎馬執槍一擁而出，將沈惟敬、李有升等五十餘名明軍將士團團圍住。

　　「你們是大明國的什麼人？」來島通明用流利的漢語問道，「你們求見我們日本大軍的主將有什麼事？」

　　李有升一下握緊了自己手中的「三眼神銃」，冷冷地逼視著他。這時，沈惟敬卻不慌不忙地用手指了指自己剛才展開的那條白布條幅，冷冷一笑，用倭語答道：「你們不識這布幅上的倭文嗎？難怪你們日本只是海隅島夷，粗愚無知，只知一味逞強鬥狠！連我大明天朝堂堂招撫使親自駕到，你們也要上來喝三道四的！」

　　來島通明和眾倭兵聽他講得一口流利的倭語，頓時都吃了一驚。渡邊次郎有些不解地問來島通明：「來島君，這個……這個『大明招撫使』是個什麼官兒？他看起來怎麼就這麼趾高氣揚？」

　　來島通明沉吟片刻，正欲答話。沈惟敬已將渡邊次郎的問話聽在耳裡，這一次卻用漢語答道：「我們大明天朝的『安倭招撫使』是受天朝皇帝陛下所派，特來與你們倭人停戰言和的。」

　　「和我們停戰言和的？」來島通明也用漢語肅然答道，「既是這樣，還請你們在此稍等，我等返城稟明主將大人之後，自會給你們答覆的。」說罷，他留下渡邊次郎和其餘倭兵繼續窺伺著沈惟敬一行，自己打馬入城向石田三成、小西行長稟告去了。

　　過了一盞茶工夫，卻見來島通明乘馬匆匆而返，到了沈惟敬等人面前，竟是一躍而下，躬身請道：「大明國招撫使大人，我軍主將委託在下前來恭迎你們進城！」

　　「只是委託閣下前來恭迎？」沈惟敬伸手撚了撚頷下鬍鬚，目光在來島通

明臉上一掠，用漢語冷冷說道，「閣下在日本國身居何職？依我看，也不過是你們日本國一個百夫長一樣的小角色吧？！本座乃是代表大明天朝皇帝陛下的堂堂招撫使，閣下這種低微的身分恐怕不能勝任恭迎我等進城招撫之職吧！」

來島通明站在那裡，臉上青一陣白一陣，甚是難堪。他咬了咬牙，垂頭問道：「那麼，請問大人，您究竟要我們怎樣做才會進城？」

「首先，閣下須再一次返城，敬請你們主將大人親自出來迎接我們，」沈惟敬冷冷地看著他，用漢語傲然說道，「然後，你們應在城頭大放禮炮，以對待你們國中天皇和關白大人的禮儀來接待我們！否則，我們將視爾等為山野島夷、粗蠻之眾，直接向爾等天皇發文訓斥之！」

「你……你……」來島通明聽在耳內，頓時滿臉漲紅，怒形於色。渡邊次郎在一旁看得分明，伸過頭來問來島通明：「來島君，他在說什麼？」來島通明便咬著牙狠狠地將沈惟敬剛才那番話用倭語譯給他聽。

「八格！」渡邊次郎一聽大怒，伸手一按腰間刀鞘，頓時目露凶光，就要撲上前去。

來島通明一把將他扯住，道：「渡邊君休得動怒！石田大人、小西大將剛才吩咐過了，我們一定要恭敬有禮地迎接他們入城……唉！在下只得將他這兩層意思轉稟石田大人和小西大將自行裁斷了！」說罷，一躍上馬，又一溜煙兒似的進城了。

剛才見到渡邊次郎按刀欲前，李有升也握緊了手中「三眼神銃」，蓄威欲發。沈惟敬急忙擺手止住了他。待看到來島通明氣呼呼進城去了，李有升又是一驚，握銃在手，低聲問沈惟敬道：「這倭賊可是進城搬救兵去了？」

沈惟敬低聲說道：「不是，他們暫時不敢亂來的。」

果然，又隔了一盞茶工夫，只聽得平壤城門裡一陣鑼鼓喧天，「砰砰砰」十八響禮炮之後，接著一隊隊倭兵列陣而出，在兩側夾道而立。兩名倭將在來島通明引導之下，緩緩策馬而來。他倆中有一位看起來似有三十七八歲，另一位似乎年輕許多，剛滿三十歲左右的樣子。不用說，那年長一點兒的就是小西行長，那年輕一點兒的便是石田三成。

二人剛才在城樓上討論了多時，認為日本國一向最重禮儀典章，絕非不服教化的蠻夷之邦，豈能在此停戰言和之際失禮於大明天朝的使臣？日後此事傳揚出去，天皇陛下和太閣大人必會怪罪下來，顏面何存？不得已，石田三成和小西行長只得陳兵列隊，親自出馬，前來迎接沈惟敬等一行了。

沈惟敬瞧在眼裡，臉上不禁掠過一絲得意之色，駐馬而立，傲然看著石田三成和小西行長走了進來，方才在馬背上微一點頭，也不欠身行禮，只是斜睨不語。

來島通明在距他一丈開外便指著沈惟敬向石田三成和小西行長介紹道：「這位便是大明國的使臣。」

石田三成和小西行長對視了一眼，在馬背之上向他欠身行了禮。來島通明又伸手指著他二人向沈惟敬介紹道：「這兩位是我國大軍的先鋒大將小西行長大將和三軍總奉行石田三成大人。」

沈惟敬昂然端坐在馬背之上，面色肅然，用漢語緩緩說道：「本座乃是大明天朝御封的安倭招撫使沈惟敬，在此見過兩位主將大人。」石田三成見他如此倨傲自大，又聽了來島通明翻譯，心道：你這明人好大的架子！連太閣大人也從未敢對在下這般傲慢過！但他此刻也只得咬牙忍了，賠上一臉笑容，道：「久聞天朝大臣的威儀，今日在下一見，果然名不虛傳。還請大人進城落座再詳談有關事宜，如何？」

沈惟敬聽罷，神色莊重地點了點頭，便和李有升等將士在倭兵們的夾道歡迎之下入城而去。

▎三件見面禮

進了倭軍的議事堂內，石田三成、小西行長、來島通明與沈惟敬、李有升等人分賓主兩側坐下。

來島通明多年在大明國境內潛伏，深悉大明國情，急忙吩咐手下人下去煮茶待客。然後，他用漢語問沈惟敬道：「沈大人，我們日本將士遵從了您的吩咐，禮數也盡了，天朝的顏面也顧全了，您不會再有什麼不滿意了吧？」

沈惟敬只是板著臉微微點了點頭，逕自向石田三成和小西行長說道：「兩位大人，本座既奉大明皇帝陛下之命前來招撫你等，有些話便不得不說，也不得不問——而你們對這些話，亦是不得不聽，不得不答。」

他講完之後，便向來島通明示意翻譯。來島通明只得嘰嘰呱呱用倭語向石田三成、小西行長翻譯了一通。

石田三成、小西行長都沉著臉點了點頭。

沈惟敬目光一亮，冷冷問道：「爾等難道不知朝鮮國乃我大明天朝之東藩屬國，為何卻要橫生逆志、倡狂進犯？」

「這個……」石田三成聽了來島通明的翻譯，不禁躊躇了一下，道，「沈大人有所不知，朝鮮國君荒淫無道，竟對我大日本國的天皇陛下和太閣大人有所不敬，處處以島夷蠻族待我國人——所以，我大日本國不得已大興義師，前來教訓教訓他們……」

「只是教訓教訓他們嗎？」沈惟敬馬上抓住他這段話開始「鑽字眼兒」了，「如今，你們已焚毀了他們的宗廟、宮殿，將他們的金銀財寶都洗劫一空——而且還在晉州城屠殺了八萬士民……給朝鮮國的『教訓』也算是夠重的了。依本座之見，你們還是見好就收，立刻罷手，撤兵回國吧！若是如此，我大明國會既往不咎，如何？」

「這……」石田三成聽了來島通明的翻譯，不禁微微變了臉色，瞥了一眼小西行長。小西行長眸中亦是凶光一閃，面色鐵青，開口冷冷說道：「本將看沈大人似對我日本國風俗文化有所了解——您可知道我大日本國有這樣一句諺語：『狼吃了羊，又怎能吐得出來呢？』」

來島通明聽了，不禁大吃一驚，卻不得不按照小西行長所言用漢語一字不差地翻譯了過去。

沈惟敬本就懂得倭語，不用來島通明翻譯，他自己也聽得明白，當下便面色一沉，撚鬚不語。李有升聽了來島通明的翻譯之後，頓時面色大變，臉頰一下便漲得通紅，當場就要發作起來。

卻聽沈惟敬不緊不慢地用漢語開口說道：「朝鮮人稱你們倭國之人個個性如野獸，一味逞強肆凶，果然不錯。看來，你們太閣大人意欲『揚威域外、

飲馬海濱、俯取朝鮮、進擊大明』，亦當真是蓄謀多時了！——」他語氣倏地一轉，拖長了聲音說道：「不過，你們只懂得諺語是『狼吃了羊，又怎能吐得出來』？難道不明白：只要我們用一柄利刀『唰』地一下剖破了那隻狼的肚子，不就順順當當地取出那隻羊了嗎？」

他此話一出，立刻激得李有升等隨行的明軍將士一片欣然鼓掌之聲。李有升高興地說道：「沈大人說得好！這狗日的倭虜這樣罵他一通才解氣！」

來島通明聽了，面現為難之色，竟猶猶豫豫不敢翻譯。沈惟敬催了催他，見他仍是避而不譯，雙眉一豎，便自顧自用倭語將自己剛才那番話原原本本說給了石田三成和小西行長聽。

只聽「哇呀」一聲，小西行長抓起腰間的佩刀，從榻席之上跳起來就要衝到沈惟敬面前發作。石田三成雙目深處亦是寒光一閃，從後邊伸手一把拉住了小西行長，向沈惟敬冷冷問道：「沈大人好大的口氣！不過，在下倒想請教請教沈大人！不知你們手中可有那柄能夠剖開那條蒼狼之腹的利刀？」

這時候，支支吾吾的本島通明倒是把他這段話翻譯得又快捷又清楚。李有升等明軍將士聽了，一齊將目光投向了沈惟敬，看他怎麼回答。

沈惟敬並不立刻答話，而是微微含笑撚了撚自己的鬍鬚，用漢語緩緩說道：「有沒有這樣的利刀，本座待會兒便可讓石田大人和小西將軍知道這個答案。不過，在這之前，本座倒想請石田大人、小西將軍欣賞一下天朝上邦的幾件禮物。」此話一出，李有升等人臉上不禁立刻現出了一絲莫名的笑意。

「哦！」石田三成和小西行長聽了來島通明的翻譯，一怔之餘又不禁生出了濃厚的興致，卻也不形於色，只是淡淡地答道，「既是天朝上邦的禮物，想來必是難得的珍品了！我們豈敢擔受？你們還是封存好了，讓我們帶回日本獻給天皇陛下和太閤大人一同欣賞！」

沈惟敬和李有升等人聽了來島通明的翻譯，都不禁憋住了笑意相視一哂。沈惟敬輕輕咳嗽了一聲，正了正臉色，假裝肅然說道：「無妨，無妨，你們此刻對我天朝上邦的『禮物』先睹為快，也不是什麼失禮之事。況且，我們也很想和石田大人、小西將軍探討一下贈送這幾樣『禮物』合不合適。倘若它們不合適的話，我們可以再換一批更好的嘛！」

「這……這……」石田三成和小西行長心裡早就好奇極了，假意推搪了幾句，便也允了，「那好吧！就請沈大人送上一觀！」

沈惟敬聽了，微微一笑，站起身來，雙拳當胸一抱，侃侃說道：「兩位大人，本座當年在日本遊玩之時，便知道我大明國的一本小說《三國演義》在你們日本實是大受歡迎。那書裡邊，蜀帝劉備的仁德賢明、名將關羽的義薄雲天，還有勇將張飛的力敵千鈞，相信石田大人、小西將軍亦是耳熟能詳的了！」

「《三國演義》？這本書好得很啊！」石田三成和小西行長聽了，一齊脫口讚道，「劉備、關羽、張飛『桃園三兄弟』的『仁、義、勇』，我們日本人個個都很敬佩啊！天皇陛下和太閣大人都很喜歡讀《三國演義》哪！」

說著，小西行長禁不住問了一句：「你們要贈送一套《三國演義》嗎？嘿，這自然也算是一件好禮物。」

沈惟敬撚了撚鬍鬚，微微搖了搖頭。

「咦？那……那是什麼？」石田三成和小西行長都不禁一怔。

卻見沈惟敬哈哈一笑，用漢語緩緩說道：「《三國演義》裡的猛將張飛，使得一手丈八長矛，臂力驚人，運千斤之物如拈一羽──我們大明皇帝陛下擔心你們這些海隅島夷讀了《三國演義》，會認為像關羽、張飛這樣的猛將是作者羅貫中臆造出來的，便派了一位活生生的『猛張飛』，讓你們見識見識！」

來島通明聽了，不禁有些愕然，還是硬著頭皮將這番話翻譯給了石田三成和小西行長聽。石田三成和小西行長聽罷，不禁面面相覷，眼裡皆是驚駭之色。

沈惟敬見狀，卻是冷冷一笑，站起身來，雙掌凌空「啪啪」拍了數下，恭然說道：「有請駱將軍！」只見坐在李有升下首的那位四五十歲的中年漢子慢慢立起，正是福建藤牌軍游擊將軍駱尚志。他長相甚是樸實，並無絲毫驚人之處，唯獨一雙臂膀粗壯得像小水桶一般。

他站到堂前，舉目四顧，然後向沈惟敬稟道：「沈大人，這堂上沒什麼沉重之物，實在是顯不出駱某的身手。依駱某之見，唯有這行營門口那一對青

石獅子，尚可一試。」

石田三成、小西行長聽了來島通明的翻譯，頓時驚得眼珠都快彈出了眼眶──行營門口那一對青石獅子，兩人不是沒見過：每只高達七尺有餘，足有五六百斤重，三四個彪形大漢都抬不動哪！他一個人能舉得起來？

沉吟了片刻，石田三成冷冷說道：「也好！就請這位勇士讓我們領教一下『猛張飛』那樣『力能扛鼎』的傳奇故事吧！」說罷，逕自起身帶著小西行長、來島通明等人往門口而去。

沈惟敬、李有升、駱尚志等明軍將士亦是昂然而起，跟了出來。行營門口處，石田三成背負雙手，看著那兩隻崢嶸威猛的青石獅子，伸手向駱尚志一引，悠然道：「駱勇士，你請吧！」

沈惟敬淡淡一笑，向駱尚志示了示意。駱尚志點了點頭，慢慢走到右邊青石獅旁，伸出右手抓住那石獅踏著繡球的右腿，輕輕一搖，那青石獅頓時猛地一晃，移開了八寸左右。

只見駱尚志右手緊緊抓住那青石獅的右腿，猛地喝了一聲：「起！」隨著這一聲猛喝，他右臂上的肌肉立刻便如一塊塊小丘般暴凸而起，撐得右袖碎成片片！然後，但見他右臂一揚，偌大一隻青石獅頓時「轟」地離地而起──被他穩穩當當地舉在了半空中！

「好！好！好！」四下裡聚攏過來圍觀的倭兵們見了，不禁齊齊脫口失聲喝起彩來！

駱尚志右手舉著青石獅，竟是面不改色、呼吸平穩。他站了片刻，就那麼單臂舉著青石獅，一步一步緩緩走到左邊的青石獅旁，左手一伸，抓著那石獅撫著獅崽的左腿，也「呼」地凌空舉了起來！

「嘩嘩嘩！」全場頓時響起了一片雷鳴般的掌聲。

駱尚志卻像是意猶未盡，雙臂一揚，「呼呼」兩響，竟將那兩隻青石獅懸空高高拋起，在半空中翻了四五個滾兒後又伸手穩穩地接在手中！

「神力！神力！」小西行長「啪啪啪」地拍著雙掌，禁不住向站在一旁的石田三成大聲讚道。卻見石田三成眉宇之際倏地掠過了一片愁雲，只是陰沉著臉默不作聲。小西行長立刻明白了石田三成心底憂慮之所在，不由得停住了鼓

掌 —— 這樣神力驚人的猛將，若是成了我們倭人的敵手，豈非十分可怕？

他想了一陣，偷偷向石田三成湊了過去，附耳說道：「石田君勿憂！他有天生神力，我們還有火繩槍哪！」

石田三成聽了他這段話，沉吟片刻，臉上方才慢慢綻出了一片喜色，微微點了點頭。

然而，小西行長說話聲音雖低，卻被耳力敏銳的沈惟敬在一側聽得清清楚楚。他雙眉一揚，唇邊亦是隱隱掠過一絲淡淡的笑意，然後向駱尚志使了個眼色。駱尚志見狀，便將兩隻石獅輕輕放回原處，在一片喝彩聲中，緩緩退回隊中。

待得場上靜下來後，沈惟敬才向石田三成和小西行長抱拳一禮，道：「石田大人、小西將軍，我大明天朝這第一份『禮物』，你們覺得如何？」

石田三成聽了來島通明的翻譯，定了定心神，方才緩緩答道：「看來，你們天朝上邦的《三國演義》果然是絕世奇書 —— 一切都是真實的。這個活生生的『猛張飛』，實在是令我們大開眼界啊！天朝上邦、泱泱中華，果然是人才濟濟，奇才異士層出不窮啊！」

沈惟敬聽了，淡然一笑，又道：「我們還帶來了第二件『禮物』，不知石田大人、小西將軍你們可有興致繼續欣賞？」

石田三成面色微變，旋即又恢復了正常，微微含笑說道：「在下和小西君他們當然還有興致繼續欣賞。一切有勞沈大人細心安排了！」

沈惟敬微笑著點了點頭，向李有升伸手示了示意。

李有升會意，邁步上前，緩緩從腰間的牛皮筒中拔出了那支「三眼神銃」。這是一支三尺多長的火銃槍，由上等精鋼鑄造而成 —— 與眾不同的是，它前端共有三個槍管、三個槍口呈三角形圍柄而排，槍頭突出，裝有準星。李有升不動聲色，靜靜地往槍膛裡接連裝了三發開花子彈，然後他一揚手，舉起銃來對準百餘步開外的倭兵平時練槍所用的木靶，「啵」地打燃了槍柄內的燧石導火線，「砰」的開了一槍！

那木靶的紅心應聲便被打出了一個碗口般大的洞孔，嫋嫋升起了一股青煙。

　　倭人正自驚訝，還未見李有升如何換槍裝彈，李有升又是一揚手，「砰」的一聲，開了一槍！

　　那木靶的紅心上又被打出了一個窟窿！

　　緊接著，李有升再次將手一揚，「砰」地一響，竟又開了第三槍！這一下，石田三成和小西行長額角上立刻冒出了密密的冷汗——他們很清楚，目前日本國內鑄造的火繩槍只能一槍一彈，發完一彈之後須繼續裝彈，絕不能像這位明軍將領手中的火銃一樣三彈齊裝，連續發射！這等先進、厲害的武器，實在是令人瞠目結舌！

　　頓時，全場陷入了一片難熬的靜默之中！

　　過了許久，才聽到石田三成微微顫著聲音說道：「沈大人，我們且進議事堂內再談有關停戰議和的事宜吧！」

　　聽了來島通明低沉的聲音將石田三成的話翻譯過來，沈惟敬、李有升、駱尚志等人臉上都露出了一絲勝利的笑容。沈惟敬伸手一撚鬍鬚，心想：我們還有第三件「禮物」沒擺出來給你們這小小倭虜看哪！想不到你們竟已先是怯了⋯⋯

　　一念及此，沈惟敬便微微笑道：「也罷！我們來了這麼久，也該言歸正題，和石田大人、小西將軍好好商議一下有關停戰議和的事宜了。」說罷，便和石田三成、小西行長他們進了門裡。

　　接下來，在議事堂上，雙方關於停戰議和方面的交涉進行得十分順利：石田三成、小西行長等倭將決定，立刻無條件停戰，並將平壤城拱手讓給明軍接管；倭兵全部撤退到開城府，並且暫時以開城府為分界線，開城府以北的地方仍歸朝鮮掌管，開城府以南的地方由倭兵掌管，待到石田三成、小西行長稟報宇喜多秀家大統領之後，再聯名上奏給豐臣秀吉請示從朝鮮撤軍返國——豐臣秀吉同意撤兵的批復一下來，倭兵就全部撤回國內；雙方約定三日之後，於平壤城內舉行接管儀式。

　　倭虜對這些條件答應得如此爽快，倒令沈惟敬、李有升、駱尚志等人甚是驚喜。沈惟敬心想：這倭虜見我大明既有駱尚志這般的神勇之士，又有「三眼神銃」這等厲害的火器，自然是被嚇得魂飛魄散了！看來，自己效仿酈

食其「伏軾而憑三寸之舌，談笑間直下平壤之城」，果然大獲全勝！一念及此，沈惟敬心頭立時有些飄飄然起來，也不疑有他，便連忙與石田三成、小西行長等人簽了招撫協議書，然後告辭而去。

石田三成、小西行長等倭軍將士恭恭敬敬地將沈惟敬他們送出了平壤城北門。臨別之際，石田三成還向沈惟敬等一行數十名明軍將士每人贈送了一袋銀錠，笑吟吟地說道：「這是我們島夷偏邦的一點兒小小心意，還請諸位天朝將士笑納！」

李有升和駱尚志等一見，便欲拒絕。沈惟敬卻含笑勸道：「罷了！罷了！這是倭人對咱們的一點兒敬意，納了就納了吧！若是一味拂逆了他們這番心意，他們反倒認為咱們瞧不起他們，難免又生出許多事端來！把他們這些銀兩收了，回去再上交李提督、宋經略叫他們處置吧！」

聽到沈惟敬這麼一說，諸位明軍將士只得收了倭虜遞來的銀兩，沿著來路回義州城去了。

目送著明軍將士漸去漸遠，直至消失在地平線上，石田三成臉上掛的那一副笑容緩緩冷卻了下來。他駐馬靜立，滿臉愁雲直湧上來，長嘆一聲。

「石田君，莫非我們真的要拱手讓出整個朝鮮了？」小西行長終於按捺不住，驚疑未定地問道，「您答應他們的那些條件 —— 這可真是我大日本國的奇恥大辱啊！不要說太閣大人，就是宇喜多大統領也不會認可您的做法的！您剛才和他們簽訂條款的時候，行長我心頭真是恨得滴血呀！反正，到時候我小西行長是不會因為畏懼大明國便真的拱手交出平壤城的 —— 真是那樣的話，我們所有參加這場西征的武士們的血不就白流了？」

石田三成面色沉沉地聽完了他這番話，隔了半晌，才緩緩說道：「小西君，虧你還向他們大明國使臣誇耀自己讀過《三國演義》呢！難道連『兵不厭詐』這個道理都不懂？誰說條約簽了就真的停戰言和了？三成我剛才那麼屈辱地答應了他們的條件，完全是『緩兵之計』！」

「緩兵之計？」小西行長一愕。

「對，這是三成我苦心施展的緩兵之計，」石田三成冷冷說道，「雖然我們並不想主動挑釁大明國，但是大明國一旦介入這場戰爭，我們也只能毫不

退卻，迎難而上了！現在看來，大明國已經出動了精兵良將前來交戰。今天這些使臣到此和我們停戰議和，不過是他們慣用的『先禮後兵』之舉罷了！倘若我們強行拒絕，只怕明天一早他們的大隊人馬就會席捲而至！小西君，你說，三成我難道不該忍辱負重地低下頭來拖延時間嗎？」

「石田君，行長我真是錯怪您了。」小西行長帶著深深的歉意向他說道。

「沒什麼，三成我不會埋怨你的，」石田三成微微搖了搖頭，緩緩說道，「為了太閣大人的西征大業能夠順利完成，三成我赴湯蹈火亦在所不惜，犧牲這一點兒區區的顏面又算得了什麼呢？」

「小西君，今夜三成我就動身火速趕回漢城府去，向宇喜多大統領搬求援兵前來助戰！三成我順便會吩咐離你們最近的鳳山守將大友義統在最短的時間裡趕來增援你們！三成我相信以平壤城堅固異常的城池，以小西君驍勇善戰的身手，一定能夠支撐到我們前來救援的。」

「唔……那真是太感謝石田君了！」小西行長感激萬分地說道。

「為了拖延時間，三成我今晚會派一批忍者潛進義州城，把剛才和大明國使臣簽訂的那份停戰協議故意洩露給朝鮮君臣，」石田三成陰冷地說道，「如果朝鮮君臣得知協議書裡寫的是由明軍將士接管平壤城而不是他們，他們一定會認為明軍將士意欲占據他們的城池，從而對明軍將士心懷不滿，那樣便會在暗中掣肘……那樣的話，明軍將士就有可能一時得不到朝鮮本地人的通力協作，他們的攻擊力自然會大打折扣的……」

「高明！真是高明！」小西行長聽到這裡，不禁豎起了大拇指高聲稱讚道，「石田君這一招『離間之計』當真令行長我佩服得五體投地！」

石田三成聽了，也有些得意地看了他一眼，縱聲仰天狂笑起來。

▎有文事者必有武備

就在沈惟敬、李有升等人前去平壤城交涉的同時，李如松和宋應昌隨後率領大軍，離開義州行營趕赴距離平壤城有五十里之遙的肅州順安郡，並於當晚安營紮寨，進駐下來休整備戰。

在明軍中軍大帳內，粗如兒臂的蠟燭「畢畢剝剝」地燃著，將帳中映照得亮如白晝。李如松和宋應昌伏在書案之上，埋頭認真閱讀著沈惟敬帶回來的明倭停戰協議書。

靜靜地看罷明倭停戰協議書，李如松和宋應昌抬起頭來，互相對視了一眼。宋應昌沉吟著問沈惟敬道：「沈大人，依你之見，這倭虜真會吐出業已侵吞的所有朝鮮失地？他們到底會不會信守這停戰協議書的承諾？」

「這個……」沈惟敬為人十分圓滑，順口便道，「倭虜信不信守承諾，沈某實是難以判斷。但是，今日倭虜在見識了我大明駱尚志將軍的神勇和『三眼神銃』的威力之後，確已膽戰心驚，面無人色 —— 當時李有升、駱尚志將軍和其他隨行士卒都清清楚楚地將這一幕看在眼裡，他們可以為沈某做證。」

「哦？倭虜懼了我大明天兵的神勇和火器的威力了？」宋應昌臉上現出一絲喜色，不無得意地說道，「看來，他們也知道和我大明的天兵、火器硬拚不得……這份停戰協議書，他們應該是迫於形勢而不得已簽訂的……」

李如松慢慢地將目光抬了起來，正視著沈惟敬說道：「倭虜對我大明的天兵、火器懼是懼了，這一點本提督也確信無疑。但是，我們據此判斷他們會就此罷手、信守承諾，甘願從朝鮮撤軍，這卻有些站不住腳。」

「是啊！是啊！」站在帳下早就急得直跺腳的祖承訓立刻插進話來，「倭虜一向就是背信棄義、反覆無常，祖某親身領教過他們的猙獰面目和殘忍手段 —— 李提督、宋經略對他們的承諾絕不可輕信啊！」李如松聽了，默默地點了點頭，轉頭將目光投向了宋應昌。宋應昌皺起了眉頭，沉吟良久，緩緩說道：「本座自然是希望能夠『不戰而屈倭虜之兵』，將我大明朝的損失降到最低程度……唉，倘若倭虜對這一紙停戰協議書的簽訂本就毫無誠意，本座又能奈何？一切還是請李提督臨機決斷吧！」

他說到這裡，又擔心李如松會在心裡認為自己是在「踢皮球」，急忙又補充說道：「本座還是那一句話：無論李提督做出任何決斷，本座都會全力支援；無論李提督做出的決斷後果如何，本座都會與李提督共同承擔。」

聽了宋應昌這一番推心置腹之言，李如松不禁感動得嗓音也有些顫了：「宋經略，您能如此肝膽相照，李某真是不勝感激！也罷，這事兒就由李某

來全權決斷。萬一今後有了什麼閃失，朝廷追究下來，一切由李某獨力承擔——與宋經略無關！」

他斬釘截鐵地說罷，又目光灼灼地掃視了一圈帳下諸將，凜然說道：「古語有云：『能和則和，以和為上。』《司馬法》又云：『忘戰必危。』倭虜簽了這份停戰協議書，至少證明他們對我大明是深懷懼意的。當然，依本提督之見，也不能排除這是倭虜用以麻痺我們的『緩兵之計』！所以，我們絕不能坐失戰機，要隨時準備整裝待發！」

聽了李如松的話，宋應昌、沈惟敬、李有升、李如柏等人都不禁點頭稱是。

李如松緩緩說道：「本提督決定：無論倭虜是否真心停戰撤軍，我們都要隨時做好主動出擊的準備——傳令下去，按照先前的作戰部署，今夜讓將士們和馬匹都好好休息一下，明早飽餐一頓，卯時全軍出發，直取平壤城！」

「是啊！」宋應昌微微笑道，「倘若倭虜真是有心求和，見我天朝大軍從天而降，自然會收械撤軍，乖乖退出城去，那樣我們也不會為難他們；倘若倭虜本就無意求和，意欲負隅頑抗，我天朝大軍就以迅雷不及掩耳之勢直逼而至，打他們一個措手不及，將他們一舉殲滅在平壤城中！——李提督如此決斷，當是『亦和亦戰，兩手準備』，『有文事者必有武備』，倭虜無論是和是戰，必定盡落我等謀劃之中！」

李如松聽罷，卻是淡淡一笑，起身向宋應昌施了一禮，道：「另外，李某尚有一事欲求宋經略……」

「李提督所言何事，但講無妨，」宋應昌也急忙站了起來，謙謝不已，「只要本座力所能及，一定會幫你到底。」

李如松看了看身後布幕上掛著的那張朝鮮全境軍事地形圖，說道：「是這樣的，雖然朝鮮人給我們提供了這張軍事地形圖，但是其中頗有不少錯漏之處，實是不足為據。李某希望請宋經略出面，到肅州城向柳成龍大人、李鎰將軍那裡要求調撥一批熟悉平壤周圍地形的朝鮮將士來做我們大軍東征的嚮導——這樣一來，在攻打平壤城時，我們就能做到『知己知彼』，增幾分勝算。」

「原來是這件事哪……」宋應昌聽了，哈哈一笑，抱拳答道，「本座此刻便立即返回肅州城，連夜去見柳成龍大人、李鎰將軍，馬上讓他們把這事兒辦了……本座保證在明天清晨卯時之前，讓這批熟悉平壤周圍地形的朝鮮將士及時趕到為東征大軍效力！」

遙遠的東方漸漸露出了一線魚肚白。四萬明軍像一片紅雲鋪陳在順安郡郊外的雪原上，迎著颯颯的寒風，一個個肅然而立，整裝待發。

李如松騎馬站在陣前，不時抬眼望向立在一旁的日晷，卯時早已過了一兩刻鐘了——然而，作為東征嚮導的那批朝鮮將士卻一直遲遲未到。

他緊緊蹙起了眉頭，終於按捺不住，揮手招來祖承訓，冷冷說道：「祖將軍，你馬上趕往肅州城一趟，看一看宋經略把那批朝鮮將士調撥過來沒有。」

他說到此處，語氣稍稍一頓，又道：「如果你在半路上碰到他們，就說我們東征大軍只能等到辰時初便出發了。到時候，就讓他們抓緊時間從後面趕上來！」

祖承訓應了一聲，正欲撥馬而去。卻見遠遠的一騎飛馳而來，揚聲高呼：「李提督！李提督！……」

李如松定睛一看，來人正是昨夜陪同宋應昌趕去肅州城的東征參軍李應試。

李應試奔到李如松面前，看到祖承訓撥馬欲去，急忙喝住：「祖將軍哪裡去？」

「祖某奉了李提督之命前去肅州城，催促那批身負東征嚮導之責的朝鮮將士及時趕到此地和我們一齊出發呢！」祖承訓看了一眼李如松，向李應試答道。

李應試聞言，擺了擺手，喘著粗氣說道：「原來如此……祖將軍暫且莫走，卑職正是奉宋經略之命專為說明此事而來……」

「說明此事而來？」李如松聽了，暗吃一驚，正欲開口再問。李應試瞧了瞧沙場上如紅雲般森然而立的明軍將士，在馬上將手往旁邊一伸，低聲道：「李提督，卑職請借一步說話。」

李如松點了點頭，拍馬和他並轡走出二三十丈開外，方才停了下來。

李應試見離那些將士們遠了，才抱拳稟道：「李提督，宋經略昨夜趕回肅州城，馬上便召見柳成龍、李鎰等人，正欲要求他們調撥一批朝鮮將士做嚮導。唉……沒想到朝鮮大臣們拿著那份明倭停戰協議書纏著他要討什麼『說法』，一個兵兒也不肯派出……」

「怎麼會有這樣的事？」李如松心頭一跳，愕然問道，「真是怪了，他們鬧著要討什麼『說法』？」

李應試從袖中取出一份明倭停戰協議書的複寫件，急急展開，伸手指著其中一項條款，說道：「他說這一條『倭將決定，立刻無條件停戰，並將平壤城拱手讓給明軍接管』的內容錯了，鬧著要宋經略派人重新去和倭虜再簽訂一個停戰協議書，把條款改成『倭將決定，立刻無條件停戰，並將平壤城拱手交還給朝鮮將士接收』……」

「唉！……這不是一回事嘛？！」李如松伸手一拍右膝，嗟嘆不已，「我們倘若接管了平壤城，還不是馬上就轉交給他們朝鮮人自己去打理？──況且，倭虜能不能真的將平壤城拱手交出，現在還是八字沒一撇，難說得很啊！他們朝鮮人此刻反倒生了二心，生怕我大明朝占了他們什麼便宜！……」

「是啊！宋經略昨夜和他們說得口乾舌燥，可他們就是不聽！」李應試也很是氣憤地說道，「他們這是『以小人之心度君子之腹』，總是固執地認為在這份停戰協議書裡我們強占了他們朝鮮人的利益……」

「真是豈有此理！」李如松勃然大怒，當場便欲發作，轉頭看到身後諸位將士的表情，咬了咬牙忍住了，壓低了聲音對李應試說道，「李參軍，你馬上和祖承訓一同返回肅州城去，把本提督的意見當著宋經略的面告訴柳成龍、李鎰他們：一、把宋經略手頭那份停戰協議書當眾燒了，它本身就是一個虛無縹緲的東西，為了它而掀起無謂的爭執，實在是毫無用處！二、告訴柳成龍、李鎰他們，就說我大明天兵正是洞察到這份停戰協議毫不足恃，才決定厲兵秣馬，今天一大早便欲以迅雷不及掩耳之勢，趕往平壤殲滅倭虜，而不是去搞什麼『接管平壤』；三、告訴他們，由於他們的延誤，我東征大軍誤了出發時刻，眼下本提督沒有什麼耐心等待他們的朝鮮嚮導了，馬上就

會拔師出發 —— 倘若他們還不及時將那批朝鮮嚮導派出，誤了征倭大事，就休怪本提督一怒之下回過馬來斬了他們的人頭！」

「李提督……」李應試聽李如松說得這般冷毅剛猛，話語之間殺氣逼人，不由得驚出了滿頭冷汗，「您……您真要卑職把這些話帶給那些朝鮮大臣們？……」

「不錯！你要把這些話一字不漏地說給他們聽！」李如松冷冷說道，「你在結尾也可以加上這麼一句話：我李如松是『對事不對人』，他們照本提督的意見切實照辦了，本提督絕無記恨之心，一切煙消雲散，萬事皆休；倘若他們不顧大局、不明大義、不識大體，違背了本提督這番意見，那就休怪本提督手下無情、軍法從事了！」

「好！卑職和祖將軍一定把您這些話及時帶到！」李應試點了點頭，急忙撥馬轉身，喊過祖承訓，一道向著肅州城疾馳而去。

李如松伸手扶了扶頂上的鳳翅沖天黃金盔，緊了緊背後的大紅披風繫帶，正了正臉色，緩緩騎馬來到東征大軍面前，然後穩穩立定，「錚」地一響，拔出腰間的「天泉古劍」，舉到半空猛地劈了下來，高聲宣道：「全軍出發 ——」他的聲音如洪鐘長鳴，在廣闊的雪原上空遠遠傳開，在四周的山谷之中蕩起了陣陣回音，經久不絕。

第六章　雄師援朝

第七章　喋血平壤

雲霧漸漸散盡，遠處大明士兵黑壓壓一片烏雲般簇擁過來，彷彿重重波濤綿延到天際一樣，層層推進。

明朝大軍掀起的馬蹄聲、步伐聲、車輪聲，猶如滾滾巨浪，一波一波地衝擊著平壤城。平壤城就像一頭受了驚的野獸，被這一派洶洶氣勢震得瑟瑟發抖。

剛才城下雲霧彌漫，西城城頭上的倭兵看不清楚地面明軍的情形。現在霧已散盡，倭將、倭兵們將這兵山馬海一樣橫掃而至的明軍來勢看得分明，一個個都屏住了呼吸，驚悸不已。

▌緩兵之計

小西行長雖然在前日中午沈惟敬等人離去之後就對平壤城裡裡外外進行了一番嚴謹周密的軍事部署，但他還是放心不下，每天都要帶著各名家將到平壤城樓上來來回回地巡視個不停，一會兒認為這裡的兵力分配不足，一會兒又認為那裡的火械布置不夠，一路訓得那些家將們灰頭土臉的。

「對西城這邊的防守一定要注意！」小西行長走到大西門城樓上的指揮臺上停住腳步，一邊放眼往西方眺望而去，一邊向自己的侄兒兼愛將小西飛吩咐道，「只有這外面的地形比較平坦開闊，最適合他們明兵擺下大陣前來進攻！——如果我是李如松，我也會把這西城當作全軍主力的主攻方向的！我們要把這裡的兵力盡量布置得多一點兒，你稍後再從南城池田君那裡抽調四千精兵過來……」

「叔父大人您是不是有些太過慮了？」小西飛有些不以為然，「我們西城這裡有蒼光山脈作為城牆的天然基石，進出道路都很陡峭險峻，而且石田大人先前還在城外挖了那麼深、那麼寬的溝塹……明軍的騎兵即使再厲害，也總不會讓他們的馬駒憑空長上翅膀飛越過來吧……」

「啪！」他正喋喋不休地說著，只聽一聲脆響，自己的右頰竟已挨了小西行長重重一記耳光，打得他好一陣嗡嗡耳鳴！同時，小西行長還向他厲聲訓斥著：「你這蠢材懂什麼？——城外的溝塹再寬、再深，他們搭上木梯、厚

板不就可以過來了嗎？蠢材！他們在這裡部署的兵力一定很多，我們若是人手少了怎麼應付得過來？」

「是！是！是！叔父大人訓示得是！」小西飛一邊捂著紅腫起來的臉頰，一邊狼狽萬分地往南城那邊跑去給南城守將池田方平傳令了。

就在這時，「嗚——」哨樓上的瞭望兵突然吹響了法螺，接著又燃起了狼煙。淒厲的法螺聲和滾滾的狼煙在半空中擴散開來，驟然撕裂了平壤城裡那一片深潭似的沉寂！

小西行長如遭電擊般一下跳了起來，趴到牆頭之上，右手搭成涼棚朝西南方向眺望，頓時驚得頭髮直豎——不知何時那裡竟然冒出了宛若赤雲蔽日般鋪天蓋地席捲而來的一大片隊伍，旌旗飄飄、戈矛森森，逕自向平壤城撲來！

「是——大明國的軍隊！」小西行長竭力壓制住心頭的巨大震撼，用牙齒緊緊咬住下唇，慢慢平復了心情，然後「唰」地拔出了腰間的長刀，往上一舉。他身邊那數百名陪同巡視的武士們立刻懂得了這是宣布全城進入戰鬥狀態的無聲命令。他們自覺地分成四批，同時奔赴四面城門去巡視督戰了！

小西行長那在寒風中高舉過頂的倭刀微微顫抖著。他用表面上像岩石一樣冷峻的表情拚命掩飾著內心深處的強烈悸動——大腦裡幾乎一片空白，反反覆覆只是迴響著一句話：「明軍來了！明軍終於來了！……」

平壤城下，漫天的雪片紛紛揚揚地疾舞著，凜冽的朔風刺耳地狂嘯著，昂揚沉實的號角聲穿破風雪激蕩於空。數萬明軍的步伐聲、馬蹄聲、車輪聲猶如陣陣滾雷般愈來愈響、愈來愈近——震得整個平壤城都為之戰慄不已！

須臾之間，還未等小西行長回過神來，明軍大部隊已經馳到平壤城下。他們在一里之外的空地上停下了前進，然後隨著一聲炮響，由方塊狀的巨大陣列再呈彎月形一般往左右兩翼緩緩鋪展了開去——陣頭向北一直擺到了平壤城西北角的七星門，陣尾向南一直甩到了平壤城南面的含毬門，而長長的陣身則直接橫峙在大西門和小西門之前！小西行長沒有料錯：明軍果然將主力部隊放到了西城之外。

「這……這是什麼陣法？」小西行長喃喃地問道。

「啟稟大人，這是大明國的『弧月之陣』……」服部正全在一旁稟報而道，「正全當年潛伏大明國時，曾在他們的一本兵書上見到這樣的陣形！」

「小西大人，看起來，現在大明國的賊軍已經完全把我們平壤城的南、西、北三個方向都包圍封鎖了……」渡邊次郎的聲音都緊張得有些哆嗦了。

「想不到這大明國人竟是這麼狡詐，擅自撕毀了雙方共同簽訂的停戰協議，不聲不響地就跑來偷襲我們了！八格牙路！八格牙路！」望著城下明兵大軍直把平壤城圍得像鐵桶一般水泄不通，小西行長禁不住把牙齒咬得「咯咯」亂響，心頭卻暗嘆一聲：石田君苦心設下的這一條「緩兵之計」到底還是被大明國人識破了，所以他們才會以迅雷不及掩耳之勢兵臨城下、直逼而來！

「明鬼太狡猾了！」「明鬼太卑鄙了！」渡邊次郎、來島通明等人也附和著他紛紛破口叫罵起來。

可是，光靠破口大罵也無濟於事！小西行長在握拳跺腳跳罵了半晌之後，終於慢慢平靜下來。他有氣無力地喊過來島通明，低聲說道：「來島君，此刻明軍來勢洶洶，只怕他們列陣完畢之後便要前來攻城 —— 依你之見，我們應當如何應付才好？！」

來島通明其實早已懂得了小西行長話中不肯挑明的那一層意思，囁嚅了半天，才憋得滿臉通紅地說道：「屬下久聞大明國乃是中華上邦，素來講究以德服人，不似今日這些明兵狼奔豕突……屬下認為我日本既與大明國簽訂停戰協定在前，倒可據此前去與大明主將理論一番……唉……小西大將，據守鳳山大營的大友義統到現在還沒帶領援軍趕來，我們也只能拖得一時是一時了……」

「來島君！你真是大日本國第一勇士！」小西行長聽了，激動地衝上前來緊緊握著來島通明的雙手，一個勁兒地搖個不停，眼眶裡還冒出了幾星淚花，「你懂漢語，對大明國風土人情、禮儀制度也十分熟悉 —— 我想來想去，只有懇請你以本將全權代表的身分出城去和明軍將士理論一番了……」

來島通明一聽，也知道自己這一出城，便是漢人古詩裡所說的「風蕭蕭兮易水寒，壯士一去兮不復返」了，當下就紅了眼圈，囁嚅地說道：「屬下為了太閣大人『揚威域外、飲馬海濱、俯取朝鮮、進擊大明』的雄圖大業，

已經在大明國裡蟄伏了數十年……這條命早就交給太閣大人了……也罷，就讓屬下出城冒死和明軍將士理論一番，為推遲他們即刻攻城而周旋到底吧……」

李如松騎著一匹烏騅寶駒，昂然立在陣前，舉目觀察著平壤城周圍的地形，沉靜得如同一尊銅像，一副指揮若定的大將風範，令四周將士見了個個嘆服不已。

他身旁是行軍中途追趕上來的身負嚮導之責的朝鮮防禦使高彥伯。和高彥伯同來的還有數百名熟悉平壤周圍地形的朝鮮將士。他們目前都被李如松編成幾個小隊分別派到了圍住平壤城的幾個明軍方陣隊伍中去擔任嚮導了。

高彥伯有些敬畏地看著李如松，竟不敢向他囉唆什麼，只是靜靜地等著他來諮詢發問。原來，在突然接下這份明軍征倭嚮導職責之前，柳成龍大人和李鎰將軍就再三向他們叮囑：李如松提督為人剛正有威、沉毅嚴峻，是明、朝聯軍的最高統帥，對他必須畢恭畢敬，遵令而行，不得稍有違逆。而且，當時高彥伯就在肅州行營內見識了李應試、祖承訓等帶來的李如松那番意見是何等的震懾人心！其時，正在議事堂上和宋應昌喋喋不休地爭執著的柳成龍、李鎰等人，看到祖承訓遵照李如松的意見上前一步抓過那份《明倭停戰協議書》，一把丟到火爐中燒成灰燼，並且傳達了李如松的意見之後，他們才肅然噤聲。然後，柳成龍、李鎰等人便選派了以高彥伯為首的數百名熟悉平壤周圍地形的朝鮮將士，命他們立即隨同祖承訓、李應試一道趕上了李如松率領的征倭大軍，為他們積極效力。

李如松駐馬觀察了一番，抬頭瞧見緊挨北城陡峭而立的那座牡丹峰頂高高飄揚的豐臣氏「三株桐」家紋旗時，不由得暗暗蹙了一下眉頭：這座牡丹峰地勢險峻、居高臨下，與平壤城形成掎角之勢──確是大為可慮啊！

他心底深深地思忖著，臉上卻不露聲色，彷彿很是隨意地向高彥伯說道：「高將軍，你稍後下來幫本提督問一下你們的李鎰元帥：他收集到的木船情況如何？請他儘快派人把那些木船送到我軍後營中來……」

「木船？」高彥伯一愕：木船？大明天軍把這些木船收集起來有什麼用啊？在陸地上攻城掠地之際哪裡用得著木船呀？

「你以後會知道的 —— 這些木船，本提督自有妙用。」李如松看了看他的驚訝表情，一笑即止，不再多言，只是駐馬繼續靜靜觀察著平壤城頭上的動靜。

「是。」高彥伯應了一聲，雖然還是滿腹驚奇，卻也不便多問什麼。這時，大西門一處城垛上鑽出一個倭兵，似乎是一名神射手，「嗖」地一響，迎著他馬前射來了一支長箭。

那箭並不是朝著他身上射來的，「噗」的一聲，箭身沒入了他馬前七八丈開外的黑土地中 —— 箭尾上繫著一筒絹書，微微地迎風顫動著。

「哦……原來是倭人的『箭書』……」李如松明白過來，揮手讓身邊一名親兵把那支長箭拔起拿了過來。那親兵取下箭尾的那筒絹書，展開一看，稟道：「提督大人，這是倭虜用我們漢字寫的一封書信……」

「你念來聽一聽，」李如松皺了皺眉，冷冷說道，「他們究竟有何用意？」

那親兵看著倭人「箭書」上面的內容念道：「大明將軍足下：你們不守誠信，不遵明倭停戰協議，我日本將士義憤至極！我們現在特地派出使臣來島通明大人，要和那位與我們簽訂停戰協定的沈大人辯論一番，同時再度申明我們的求和之意，懇請你們及時應允。」

聽了那親兵所念的倭人「箭書」內容，李如松凝眸沉思了片刻，對那親兵說道：「你就在這封『箭書』的背面寫上『大明將軍同意爾等所言，速派倭使出城交涉』這一行字，再找個神射手把它對準那城垛射回去！」

「是！」那親兵立刻遵照李如松的意見去辦了。

「李提督！倭人最是不講信義，」高彥伯急忙提醒道，「您可千萬不要被他們的花言巧語迷惑了 —— 他們這樣做絕不是真心求和，只是在拖延時間罷了……」

「高將軍提醒得對，」李如松點了點頭，緩緩地說道，「只是我們大明天兵征伐四夷，通常都要做到『仁至義盡』，令他們心服口服，無話可說。如今我們數萬雄師以泰山壓卵之勢將他們團團包圍在平壤城中，倭虜必然已是心驚膽寒。倘若他們自知不敵，甘願出城乞降，本提督自然不能強加拒絕。倘若他

們前來狡辯使詐而拖延時間，本提督也要義正詞嚴公開申斥他們的罪行，然後大行天誅！這才是我堂堂天朝神兵『以正守之，以奇攻之』的恢宏氣象！」

高彥伯聽罷，不禁點頭稱是。

李如松靜靜地看著對面倭人城頭上的反應，心中卻另有一層意思沒向高彥伯挑明：今日東征大軍疾馳趕到平壤城下，已是極大地震懾了城中倭虜，倘若倭虜就此束手臣服，乖乖出降，這一份「不戰而勝」之功自是益處無窮。雖然此時自己並不能確保倭虜真有懼戰求和之意，但亦不可不予以試探。況且東征大軍初來乍到，尚不熟悉平壤城下周圍地形，急切之間焉能說打便打？還需細細觀察之後再行攻城啊！

他一念及此，忽然心中一動，喚來身邊一名親兵，說道：「本提督現在要和高將軍一道去巡視平壤四周地形了，你且去將沈大人喊來，讓他出面去和那個倭人使臣談判求和之事……有了結果再及時通知本提督。還有，順便傳令下去，讓後面的弟兄們開始安營紮寨。」

那親兵應了一聲，打馬去中軍陣中喊沈惟敬了。

李如松卻是一臉悠然地撥轉坐騎，在高彥伯的帶領下，緩緩繞著平壤城城牆，仔仔細細巡察。

兵臨城下

沈惟敬身為「大明備倭招撫使」，本來只負責招撫倭人之事，但因為他懂得倭文、倭語，是明朝將士中唯一可以和倭人交涉的，所以李如松便也讓他隨軍同行。

他此刻正在陣中駐馬而立，遙望著那座幾乎被大明的「兵海」淹沒了的平壤城，半晌無語。在一片莫名的沉靜之中，他心底泛起了一絲淡淡的失落：今日明倭兩軍對峙，顯然是「只能戰，難以和」，所謂「開弓沒有回頭箭」，看來這一場惡仗是難以避免了！唉……戰事一起，就證明自己盡心投入的撫倭事業徹底失敗了！也許自己今後就只能在這場征倭大戰中當一名默默無聞的「看客」了吧？要想學酈食其那樣以三寸不爛之舌在朝鮮戰場立下

不世奇功，只怕不能了！

　　一想到這裡，沈惟敬抬頭遠遠望了一下李如松乘馬而行意氣風發的高大身影，不知怎的，他心底一動，竟是隱隱掠過了一絲莫名的嫉妒——這一下，身為武將的李如松在朝鮮戰場可要大出風頭、獨領風騷了！

　　他正這樣亂想著，忽然一名親兵打馬奔到他面前，稟道：「沈大人，前方有倭人出城前來乞和，李提督請您前去招撫。」

　　「哦！到了這樣的關頭，倭人竟然還願出城乞和？」沈惟敬一愕，「這倭人當真是臉皮厚膽子大！」

　　他沉吟了片刻，一提馬韁，不急不緩地向前走了過去。

　　到得陣前，沈惟敬駐馬抬頭望向平壤城的大西門，只聽得「吱呀呀」一陣聲響，大西門緩緩打開了一條縫來，先是慢慢伸出了一面白旗，在外面虛晃了幾下。然後，從那條門縫中倏地擠出來島通明那圓滾滾的腦袋往前面張望了一番。

　　他見到四下裡無人放箭發彈射來，這才放下了心，然後便舉著那面白旗，帶著三四個倭兵，像老鼠似的飛奔而出。接著，那兩扇城門便慌不迭地在他們身後緊緊閉上了。

　　看著來島通明一行數人像喪家之犬一般惶惶然急奔而來，沈惟敬臉上笑意一現即隱，揮手讓幾名明兵騎馬將他們接到了面前。

　　一看到沈惟敬，來島通明就漲紅了臉，兩眼差點兒冒出火來，彷彿眼下平壤城被圍全是他的錯一樣。然而，此刻來島通明再生氣再憤恨，卻也懂得「人在屋簷下，不得不低頭」的道理，便忍氣吞聲地向著沈惟敬躬身一禮，道：「沈大人，您……你們天朝大軍猝然席捲而至，這究竟是何來意？」

　　沈惟敬淡淡地看了他一眼，不緊不慢地答道：「我們是在履行日前雙方簽訂的協定內容，和朝鮮代表一道前來接收平壤城啊！」

　　「沈……沈大人，那協議上注明的是請你們大後天才來接收的啊！」來島通明囁嚅道，「小人素聞大明國乃是禮儀之邦，怎……怎麼能不守承諾突然而來呢？……」

　　「哦！來島君居然認為我們大明天兵此番駕臨，是不守承諾？」沈惟敬淡

淡一笑，「如果你們是真心求和、甘願撤軍，我天朝大軍提前接收平壤和大後天來接收 —— 這有什麼區別嗎？依照那份協議，只要你們馬上退出平壤，我們並不會為難你們的。」

說至此處，沈惟敬目光一凜，冷冷地逼視著他：「倘若你們再推三阻四、遲遲不撤，我大明將士就不得不懷疑你們履行那份停戰撤軍協議的誠意了。」

「這⋯⋯這⋯⋯我日本乃是藩邦島夷，豈敢不遵與大明聖朝簽訂的協議？」來島通明變了臉色，急忙搖手說道，「我等萬萬不敢生出異心啊！一切還望沈大人明察。」

「既是如此，你亦不必多說了，就此回城，讓你們小西將軍即刻乖乖帶領全部人馬退出平壤吧！」沈惟敬眯縫著雙眼，揮了揮手，淡然說道，「我們李提督恐怕早已等得有些不耐煩了⋯⋯」

「等一等，等一等！沈大人千萬要聽小人從詳稟來⋯⋯」來島通明忍著屈辱，眼珠一轉，又緩緩說道，「沈大人有所不知，我們日本國是最注重選擇吉日做事的，這也是為求萬事亨通嘛⋯⋯」

「選擇吉日？」沈惟敬沒料到來島通明竟會生拉硬拽到這方面上來，不禁暗暗好笑，「你們選擇吉日和你我雙方簽訂停戰撤軍協議有何關係？」

「哦⋯⋯是這樣的：我們和沈大人簽訂停戰撤軍協定之時，就曾考慮到後天是正月初九，是大吉日，」來島通明賠著笑臉說道，「您也知道，我們日本國和朝鮮、大明國都是奉行同樣的年曆 —— 當時我們就想，既然眼下是正月，不如就定在初九這天，乘著大家過新年的喜慶氣氛，三方使臣先聚一堂，一齊慶祝和議成功。若能如此，這必然是本國一大盛事啊！」

「原來如此⋯⋯」沈惟敬有些悵然地望瞭望西方，悠悠說道，「近一個月來大家忙於征戰奔波，都幾乎忘了眼下正值春節佳期哪⋯⋯其實吉日也不一定就只限於正月初九，明天正月初八又何嘗不是一個吉日呢？」

「還是正月初九好，大吉大利！」來島通明仍是喋喋不休地糾纏著，「沈大人，您就允了吧！」

「呵呵！不管是今天，還是初八、初九，本座都不願和你糾纏了！」沈惟敬抬頭看了看在平壤城東門外巡行的李如松的身影，冷冷地笑了一笑，「你

們究竟什麼時候撤出平壤，還是讓我們的李提督來最終定奪吧！」

說罷，他喊過一名親兵，讓他把自己和來島通明交涉的情況，去向李如松稟報並請示其決斷意見。

隔了半晌，只聽得「嘚嘚嘚」馬蹄聲響，那名親兵飛馬而回，向沈惟敬稟道：「沈大人，李提督說了：今日我軍來得倉促，倭軍也未準備妥當，暫不進城接收，既然明日正月初八是吉日，就定在明日上午辰時正式接收平壤城。」

沈惟敬聽了，轉過頭來看了看一臉沮喪的來島通明，冷冷說道：「來島君，你聽清了——李提督既然定下了在明日辰時正式接收平壤城，你們就先回去早早收拾，及時做好撤軍移交的準備吧！李提督素來言出必行，這個，希望你們不要在此糾纏了，還是儘早回去將這一結果回復給你們石田大人和小西將軍吧！」

來島通明垂下了頭，暗暗思忖片刻，沒奈何，只得一咬牙，欠身謝道：「既是如此，小人也不多說什麼了。就請沈大人和李提督放心，明日辰時我們就會讓出平壤，歡迎天朝大軍進城接收！」

提兵星夜到江幹，為說三韓國未安。明主日懸旌節報，微臣夜釋酒杯歡。春來殺氣心猶壯，此去妖氛骨已寒。談笑敢言非勝算，夢中常憶跨征鞍！

夜幕下的大明中軍營帳內，燈火通明。李如鬆手執狼毫毛筆，躬身伏案在一張絹帛上面龍飛鳳舞地寫下了這八句詩句——他一字一詞撇捺轉折之間筆鋒猶如金鉤鐵劃、遒勁非凡，一股剛峻雄烈之氣頓時躍然紙上、噴溢而出！

「好字！好詩！好筆法！好文采！」宋應昌在一旁看得津津有味，不禁捋鬚讚嘆道，「子茂兄此詩豪氣逼人，讓人看了甚為感奮。本經略素來只知子茂兄武功卓異，卻沒想到你還是文才出眾的儒將哪！」

「此詩淺陋，讓宋經略見笑了。」李如松擱下毛筆，微笑著擺了擺手，淡淡說道，「此詩的腹稿在如松當日跨過鴨綠江時就差不多打好了，今夜方才略有閒暇潑墨揮毫而出，還請經略大人指教一二……」

　　宋應昌正在謙辭推崇之際，卻見外面李應試「呼」地一下掀開帳簾疾步而入：「啟稟提督大人，朝鮮方面今天下午已經送來了大大小小八十條木船和兩百多名搖櫓手。」

　　「很好。八十條木船、兩百名搖櫓手……屆時就可以輸送兩三千名精兵渡過大同江了！這件事兒，你下來後就馬上交給查大受和李寧他們去辦。」李如松一聽大喜，連忙用手指了指帳中高掛的那張平壤城軍事地形帛圖，「來！來！來！李參軍，你我今日曾在朝鮮將士引導下巡察了平壤城周圍的地形，不知又有何妙計進獻於本提督？」

　　李應試撫了撫頷下長鬚，正欲開口，一名親兵匆匆走進來，稟道：「啟稟提督大人，朝鮮柳成龍大人、李鎰元帥前來求見。」

　　宋應昌面現詫異之色：「夜都這麼深了，他倆還來幹什麼？」

　　「呵呵呵！」李如松一笑，悠悠說道，「依如松之見，這朝鮮人應是生怕我等會乘虛而入，搶占了他們的平壤城！……看來，今天上午我們雖然當著他們的面兒燒毀了那份明倭停戰撤軍協議，可他們終究還是不很信任我們啊！想我大明天朝，貴為上邦，若不是為了除暴安良、存亡續絕，豈會頂風冒雪、跋山涉水，千里迢迢來此偏邦藩國『拋頭顱、灑熱血』？他們這區區三千里河山，值得我們這麼大動干戈而劫之嗎？哼！可笑，可笑，真是可笑至極！」

　　說罷，他對那名親兵吩咐道：「去請他們過來吧！」

　　隔不多時，便見得柳成龍、李鎰二人氣喘吁吁而來，到李如松面前停下。「李提督……李提督……」柳成龍上前拱手作禮說道，「老夫與李元帥是奉了大王的詔令來此地，明日辰時和你們一道接收平壤城的……」

　　「哦！明日辰時正式接收平壤城的消息你們倒是知道得蠻快嘛！唔……你們趕來接收的動作也蠻快嘛！」李如松微微一笑，「李某真是有些奇怪了：柳大人、李元帥，你們既是這般消息靈通、反應迅捷，今天早上讓你們派一批朝鮮將士過來做我征倭大軍的嚮導，不知為何那般姍姍來遲呢？！」

　　柳成龍和李鎰一聽，頓時齊齊漲紅了臉，囁嚅著答不上話來。

　　「本提督待人一向坦坦蕩蕩，無私無畏，最不喜別人在背後彎彎繞繞、遮

遮掩掩，」李如松面色一斂，肅然說道，「你們朝鮮君臣心裡是怎麼想的，本提督大約還能猜出一二來。今夜在這裡本提督也就開誠布公地對你們直言了：待我大明天兵收復平壤城之後，本提督麾下一兵一卒也不會進城，就在這裡的營盤中駐紮下來；平壤就由你們朝鮮人自行進城接管，我大明天兵只是將它從倭虜手中奪回，之後完完全全歸還你們朝鮮罷了！」

「李……李提督！」柳成龍和李鎰聽了，臉上不禁露出深深的慚愧之色，噙著熱淚無限感動地說道，「你們天朝大軍『除暴安良』、『存亡續絕』的義舉，我等沒齒難忘。我們對……對你們誤……誤會了……還望李提督海涵！」

「事情說開了就行了。抗擊倭虜，我們要同心協力啊！萬萬不可各懷二心！還有，你們也不要對明日辰時能和平接收平壤抱有太大的期望，」李如松抬頭望著平壤城的方向，臉上現出了一絲淡淡的憂鬱，「倭虜會真的如他們自己所言甘心情願拱手交出平壤城嗎？本提督對此也絲毫不敢確定啊！」

「是呀！這倭虜最是不講信義，萬一他們不守承諾……」柳成龍也皺起了眉頭，不無擔憂地說道，「這……這可如何是好？」

「呵呵呵！」李如松仰面望瞭望帳外的沉沉夜色，含笑說道，「古語云：『魔高一尺，道高一丈。』本提督早已布下天羅地網，倘若倭虜不講誠信、稍有不遜，必然難逃滅頂之災！」

▋倭軍夜襲

大明萬曆二十一年（1593）正月初七亥末子初時分，滿天星斗都已被烏雲遮掩，天地之際一團漆黑。

在明軍前營柵門旁的板房暗哨裡，李如柏用力地搓著手掌，「噓噓噓」地呵著白氣，不無抱怨地說道：「李純兄，你說我大哥是不是太多慮了？居然還懷疑倭寇今天竟會乘夜前來偷襲！咱們這裡有數萬大軍壓陣，他倭寇就是吃了熊心豹子膽也不敢前來送死啊！」

被他稱為「李純兄」的那個中年人一直像一尊石像一般在地板上盤腿端

坐著一動不動，雙目似閉非閉、似睜非睜，彷彿沒有聽到他的講話一般，毫無反應。

李如柏見他並不答話，自覺沒趣，便又咕噥了一句：「咱們就是這樣一直傻傻地坐等到天亮——他們一個也不會來！」

就在這一刹那，李純那微閉的雙眸猝然一睜而開，精光四射、凌凌逼人，冷然說道：「他們已經來了！」

「什……什麼？」李如柏一怔——還沒等他醒過神來，眼前一花，那個李純已似鬼魅一般倏忽不見了。

李如柏雖然不相信自己的耳朵和眼睛，但他還是相信這個李純的。李純乃是從十六歲時起就一直追隨在甯遠伯李成梁身邊東征西戰的心腹家丁，如今已是李府家丁之首。他耳目之靈，百步之內的任何風吹草動都瞞不過他！——傳說他的武功造詣已然不在李如松之下了！只是他為人沉篤隱忍，從不顯山露水罷了！

「大哥料得果然沒錯！他奶奶的——這些倭虜當真是毫無信義、禽獸不如！」李如柏罵了一句，一拍右膝，左手將警鐘重重一敲，直接便啟動了先前制訂的截擊方案！營柵之外，雪地之中，李純和八九十名李府死士早已一字兒排開，凝然而立。他們的目光如矢如劍，一直緊盯著前面六丈開外猝然出現的一列「枯樹」，人人按刀握鏢，蓄勢待發。

一陣夜風「呼」地掠過，那一排掛滿了雪花的「枯樹」驀地動了、跳了、飛了——一瞬間齊齊現身成五十餘名玄衣蒙面的倭兵忍者！他們懷抱尖尖長長的「手甲鉤」，無聲無息而又迅疾無比地朝李純他們撲殺過來！

幾乎是同時，地下的幾個大雪堆也譁然爆開，揚起漫空碎雪，三四十名白衣蒙面的忍者靈巧如狐而又迅捷似隼地上下翻飛而出，在半空中齊齊將手一揮，「哧哧」之聲不絕如縷，萬點寒芒如蜂如雨激射而出，更是直向李純等李府死士當頭飛罩而來。

在這石破天驚、突如其來的暗器猝擊之下，李純等人已無處回避！一瞬之間，「沙」的一響，半空裡劃過一輪圓月般奪目的銀光。

倭兵忍者們那點點毒蜂般射去的鐵撒菱，立時便如飛蛾撲火一樣，全被

那一輪銀亮亮的旋渦隔空卷吸而入，「叮叮噹噹」一陣脆響，竟然紛紛散落了一地。

他們無比驚駭地定睛看去，卻見一直如木雞呆立般站著的李純已是飛躍而起，右手將長劍舞得如同風車般團團疾轉，磕得那些鐵撒菱四散而落，當真是針插不入、水潑不進！

就在他們驚愕至極的同時，斜刺裡李府的家丁死士們也紛紛躍身騰起，舉手投足之際，飛刀、毒鏢、彈石等暗器亦如驟雨一般向他們回襲而來！

只聽得「啊啊呀呀」一陣亂叫，有十餘名倭兵忍者已是中了李府死士的暗器，跟跟蹌蹌著或倒或退。而其餘的忍者也從震驚之中反應過來，一個個猶如靈猿一般躍身起來，和衝殺上前的李府死士戰成了一團。

此刻，李純已是落回地面，身形方定，卻見灰影一閃，一個身材高大的黑衣蒙面倭兵忍者如同幽靈一般竄撲而至，橫身便攔住了他的去路。

「久聞甯遠伯府中死士高手如雲，今日一見，果然名不虛傳。」那黑衣倭兵忍者沉聲而道，「閣下這一招『萬流歸宗』的絕妙劍法，已然深得武當派的劍訣真諦──委實令在下服部正全佩服不已。」

原來，這一批日本忍兵是宇喜多秀家先前派人特意從「忍者之祖」風魔小太郎門下請來的一百零八名得意弟子。這些忍者此番入朝，被撥歸服部正全麾下統管，專門從事夜襲狙擊和行刺敵軍重將的祕密任務。今天上午，小西行長見到明軍人多勢眾把平壤城三面包圍，心底暗暗驚懼，便生了僥倖行險之念，將賭注壓在了這群倭兵忍者身上，希望能夠派他們乘夜出來狙擊奇襲，潛入明營之中，一舉刺殺幾個重要的明將，好給李如松來一個下馬威！然而，他絲毫沒有料到──這一百多個倭兵忍者還沒靠近明軍前營週邊邊緣，就已經被李純他們發覺並當場阻截了下來。

李純目光凜凜地看著服部正全，聲音語調沒有絲毫起伏波動地說道：「來而不往非禮也！──倭賊，李某便回贈你幾粒『好果子』吃吧！」

說著，他右手一揚，五指向外輕輕一彈，五星蠶豆般大小的碧瑩瑩的光芒「嗖」地飛射而出，直向服部正全兜頭打去！

服部正全一見，似是十分忌憚李純的這五粒不知名的暗器，腰身一擰，

整個人向後平平一仰，任由這五星碧芒幾乎是貼著他臉上擦掠而過。

他身後一名倭兵忍者卻不知好歹，覷見那其中一星碧芒堪堪飛近，不禁動了技癢之念，意欲在大明國武士面前賣弄自己身手敏捷，就將掌中「手甲鉤」嘶地一聲疾探而出，朝那一星碧芒凌空抓去。

「別碰——」服部正全一聲急喝——然而，一切都已經晚了：那倭兵忍者掌中的「手甲鉤」剛和那星碧芒稍一碰觸，便只聽得「砰」的一聲巨響：那星碧芒有若一枚爆竹般炸了開來，綠幽幽的火花四下飛濺迸射，濺了他一頭一臉！緊接著，「轟」地一響，那火花在他身上又似澆了沸油一般烈烈燃燒起來！

「啊——」一聲慘叫，那倭兵忍者頓時被燒得焦頭爛額、痛苦不堪，一個勁兒撲打著、蹦跳著，像個火人兒似的沒命地扭身便逃！

「好厲害的奇門暗器『霹靂子』！」服部正全倒抽了一口涼氣，顫聲而道，「想不到大明國的武士們居然已將暗器煉製到了這等境界！佩服！佩服！」

「怎麼？咱倆還再玩幾招？」李純抱著長劍，臉上極為難得地笑了一下，向他悠悠地問道。

服部正全又羞又怒，臉色鐵青，舉目朝李純身後望去，更是大吃一驚：隨著剛才那「霹靂子」一聲震耳欲聾的炸響，明軍前營的一串串大紅燈籠也齊刷刷地亮了——自己和所有的倭兵忍者都如同暴露在了光天化日之下一般！而在營柵後面，可以看到無數明軍射手正把弓弦拉得滿滿的，將一支支利箭逕自瞄準了這邊！

帶領這支弓箭隊的將領，正是祖承訓。他持弩在手，站在燈影之中，眉髮俱張，厲聲喝道：「倭賊！我等奉李提督軍令，已在此設下天羅地網等候多時了！爾等還不快快束手就擒！」

驚駭之餘，有個倭兵忍者殺心暴起，不顧死活竟是提氣飛躍而起，摸出一把鐵撒菱，對準明營柵欄後的一掛燈籠便準備散射過去，想把它們一舉打熄——就在他身形方動之際，只聽得祖承訓一聲令下，接著便是「嗖嗖嗖」連聲驟響，一蓬弩箭疾射而到，頓時將他在半空中射成了一隻「刺蝟」！

服部正全一見之下，臉色一青：看來，倭軍忍者團這一番夜襲刺殺行動在明兵的嚴密監控下可以說是徹底失敗了！

眼見得同伴們在與李府死士的較量中死傷甚多，再戰下去會有全軍覆沒的危險，服部正全暗暗一咬牙，急忙囁唇怪嘯一聲，向其他忍者發出了一個撤退的信號。

眾忍者自然會意，紛紛從懷裡掏出「迷煙包」往雪地上一擲，只聽得「噗噗噗」數聲悶響，一團團氣味刺鼻的煙霧平地騰升而起，猶如一重重白色紗帳般籠罩了戰場。

在那團團煙霧之中，金刃相擊和呼喝斥罵之聲交錯響起，然後便又漸漸停息了下來。待得濃煙散盡，李府死士們背靠背圍成一個環形持刀仗劍戒懼而立，機警萬分地望著四周。但見雪地裡倒著三四十名「風魔派」忍者的屍體，而剩下的那些忍者卻已借著煙幕的掩護遁逃而去！

「呵呀！李純兄！弟兄們真是好厲害啊！」柵門開處，李如柏率著一隊親兵飛奔過來，跑到李純身邊欣喜若狂地說道，「如柏一定要向大哥為弟兄們請功！」

李純這時才放下了長劍，轉過臉來，冷冷的表情略微鬆動，朝李如柏微微一笑。這股淡淡的笑意宛若千年寒冰瞬間無聲融化，讓人從心底深處感到無比的溫暖。

李純仰天看著漆黑的夜空，只深深地說了一句話：「我想，咱們大家今晚都可以好好睡一個安穩覺了——養足了精神，明天一早起來再痛痛快快地打倭寇！」

▎李如松遣將布兵

「提督大人您真是神算啊！」李如柏和祖承訓興沖沖地拉著李純一齊奔進了中軍帳內，對坐在虎皮椅上正等待戰果的李如松稟道，「今晚有百餘名倭虜當中最厲害的忍者鬼兵乘夜前來偷襲行刺，已被李純兄他們全部打退在營門外面了！」

「很好！很好！李純你殺敵有功，本提督給你記下了。如柏、承訓，你們也辛苦了。」李如松滿意地點了點頭，然後轉身看向坐在一側的柳成龍和李鎰，緩緩說道，「柳大人、李元帥，根據倭虜今夜這等舉動來看，我們在辰時還能和平接收平壤城嗎？」

柳成龍、李鎰一齊長嘆一聲，向李如松深深躬身言道：「倭虜逞凶成性，冒犯天朝大軍，現已盡伏天誅，實乃咎由自取。一切還請李提督英明決斷，以申天討，以揚天威！我朝鮮軍民唯有盡力輔之，絕不懈怠。」

李如松微微頷首，緩緩說道：「朝鮮自我朝太祖高皇帝時起便是我大明天朝最為恭順的屬國。所以，此番倭虜入侵你國，我大明皇帝陛下極為重視，事前便已多次提醒爾等固本自備，後又調遣天兵前來助剿，可謂仁至義盡。如松在此希望柳大人、李元帥回去稟告你們大王殿下：我大明朝入朝抗倭，純係為『除暴安良』、『存亡續絕』而來，絕無染指你國疆域之心。你等須得與我大明將士一體同心、精誠團結，方才能一致對倭、光復河山啊！」

「李提督此言極是，」柳成龍、李鎰聽李如松講得如此懇切，急忙應道，「我等感銘於心。我朝鮮上下必定會與大明天兵一體同心、精誠團結、一致對倭、光復河山。」

李鎰說到這裡，更加慷慨激昂：「本帥今夜便要疾書奏章呈報大王，請他派權栗將軍率領駐守在義州城的護駕羽林軍，前去咸鏡道晉州牽制倭酋加藤清正的部隊，以阻止他們從側翼趕來支援平壤城裡的倭兵！」

李如松聽了，高興地點了點頭，說道：「李元帥既然有此美意，如松就替大明將士們謝過您了！」

「哪裡！哪裡！」李鎰急忙擺了擺手，辭謝不已，「這是我們應該做的，李提督不必言謝。」說罷，他逕自告辭回到自己寢帳去擬寫那份奏章了。

柳成龍也站起身來，雙眸淚光閃閃，慨然說道：「老夫本是殷切期盼著今日辰時真能和平接收平壤城……唉……倭虜性如禽獸，全無信義，就把他們與平壤城一同夷為平地也不可惜……只可憐城中尚有我近萬朝鮮百姓，深受倭虜欺凌迫害，如今卻難免與倭虜玉石俱焚……老夫想來便覺痛心不已……」

「柳大人過慮了！我大明天兵乃是『除暴安良』『存亡續絕』的義師，哪能眼睜睜看著朝鮮百姓遭殃呢？只是戰火乍起，槍炮無眼，難免誤傷，」李如松沉吟了片刻，向副將楊元吩咐道，「這樣吧，楊將軍，你去令人多做幾面四丈餘高的大白旗，用朝語和倭語兩種字體上書『自投此旗下者免死』，待到開戰之時便豎立在各城門外平坦安全之處。柳大人、李元帥，你們再派一隊朝鮮將士守護在此旗周圍。這樣的話，雙方交戰之時，朝鮮民眾也好，倭兵降虜也好，盡可投到此旗之下，護得性命無虞。」

「李提督為我朝鮮百姓想得真是體貼入微啊！」柳成龍高興地說道，同時作揖告辭而去，「事不宜遲，也不勞楊將軍派人動手，老夫現在就安排人去辦理此事。」

送柳成龍離開中軍帳後，李如松才慢慢坐回虎皮椅上，伸手從令籤筒裡緩緩取出一支令箭來，拈在掌中，緊緊握住，沉吟許久，肅然喝道：「諸將聽令！」

剎那間，中軍帳內諸位將領一下挺直了腰板，屏住了呼吸，齊聲昂然應道：「請提督大人頒令！」

「今日辰時之役，乃是我東征大軍入朝關鍵一戰，事關重大，不僅朝鮮上下拭目以待，便是當今聖上、內閣、兵部、百官還有天下萬民，都在拭目以待！」李如鬆手裡緊握著令箭，侃侃說道，「倭虜舉傾國之力而來，實欲奴役我中華兒女，竊取我中華衣冠，掠奪我中華寶物，誠為我中華天朝之大敵！諸位將士若能奮死力戰，將他們殲滅於國門之外，則我中華父老百姓將永世銘記每一位立下的這不世奇功！我們的父親、母親會為我們驕傲；我們的兄弟姐妹會為我們驕傲；我們的妻子、兒女也會為我們驕傲——我們的子子孫孫念及今日辰時之役，也會為我們驕傲的！後世千萬代的中華兒女都會記得我們的！」說到這裡，李如松的眼眶裡泛起了點點淚光——帳下諸將眼眶裡也泛起了朵朵淚花，在明亮的燭光的映照之下，燦爛地綻放了！

「祖承訓！」李如松向祖承訓招了招手。

「提督大人……」祖承訓跨開一步，出列而立，抱拳欠身，哽咽著說道，「祖某別無他言，唯求您賜予祖某最艱巨之任務——祖某自那日平壤戰敗以

來，心中便只記得要拚命殺盡倭虜，為殉難的弟兄們報仇雪恨！」

「你能有這個志向，便不愧為我堂堂中華的好男兒！」李如松大聲地讚道，「所以，今晚本提督才讓你和如柏前去阻擊倭虜的夜襲行刺！本提督沒有看錯你！——你終於一雪前恥，打贏了此番東征大軍入朝征倭的第一次交鋒！」

「謝……謝提督大人不念祖某先前過失，給了祖某一個戴罪立功、揚眉吐氣的機會！」祖承訓含淚謝道。

「你於本提督何謝之有？你應該謝謝你自己那一股『以血洗恥、捨身殺敵』的決心和毅力！」李如松含笑擺了擺手，「在接下來的平壤攻堅戰中，本提督還盼你憑著這一股決心和毅力再立新功哪！」

祖承訓此刻感動得像一個小孩兒一樣，抱拳伏身，只是哽咽不能成聲。

李如松站起身來，走到祖承訓身旁，撫著他的肩頭，又慨然說道：「諸位將軍！本提督今夜放手重用曾是倭虜手下敗將的祖承訓，一舉擊退了前來夜襲行刺的百餘名倭賊忍者鬼兵，就是想用他這樁事例來告訴諸位：倭虜也沒什麼可怕的，只要我們膽大心細、嚴謹周密、奮勇無畏，他們終究會像漠北的蒙古胡虜、寧夏的哱拜蠻兵一樣，被我們打得丟盔棄甲、落花流水！」

「對！一定要打他個丟盔棄甲、落花流水！」帳下諸將禁不住一齊振臂高呼，鬥志昂揚，意氣風發。

李如松見狀，臉上掠過一絲淡淡的笑意。他默默含笑立了片刻，待得大家稍稍平靜下來之後，才開始將自己胸中謀略和盤托出：「本提督現將全軍兵馬部署如下：首先，確定我征倭大軍主攻方向為平壤西城、北城；小西門、大西門、七星門三處是我大明神機營的火力切入口。楊元率兵八千猛攻小西門，配大將軍炮十門、虎蹲炮十八門、炮手一百七十六名；李如柏率兵一萬直取大西門，配大將軍炮十三門、虎蹲炮二十門、炮手一百九十三名；張世爵率兵一萬進攻七星門，配大將軍炮十門、虎蹲炮十五門、炮手一百六十五名。這西、北二城的進攻事宜，由本提督在場總攬指揮。

「第二，張世爵將軍一部要負責在前線左右策應，隨時馳援西城、北城的友軍！」

　　楊元、李如柏、張世爵聽了，都點頭應了下來。李如松的語氣頓了一頓，深深地看向了查大受、李寧二人，繼續吩咐道：「第三，查大受、李寧二將攜帶朝鮮盟軍提供的所有木船，在平壤城外西南角的樹林叢中隱蔽潛伏，待到平壤南城一被拿下，就立刻抵達大同江西岸，從江上疾渡而過，與對岸前來接應的朝鮮義軍會合，專門負責包抄倭虜在大同江東岸的退路——唯有如此，我們才能做到真正意義上的『關門打狗』、一舉殄滅倭虜於四面重圍之中！」

　　講罷，李如松環視帳下諸將，正色而問：「各位，我軍的全域部署便是如此。你們再在這裡細細思量一番，還有什麼地方可以改進的嗎？」

　　諸將聞言，一個個默默沉思著。

　　這時，一個蒼勁有力的聲音打破了沉默：「提督大人，您似乎忘記了一點——城外北面的牡丹峰守敵與平壤城中互成掎角之勢，好像是我天朝大軍進攻城池時插在後背之處的一柄『倭刀』，若不及時將它斬斷，只怕後患甚大啊！」

　　諸將循聲一看，卻見發話之人正是白髮蒼蒼的福建藤牌軍統領吳惟忠。他一臉肅然地看著李如松，靜待著他的答覆。

　　「是啊！牡丹峰地勢險要，居高臨下易，以下仰攻難——如今倭虜據守山頭營壘，盡得地利之便，」李如松微微皺了皺眉，「本提督對此亦是深感棘手呀！」

　　吳惟忠一聽，一步跨出列來，躬身請命道：「攻打地勢險峻的山寨營壘，素來便是我戚家軍之長。吳某願率三千藤牌軍，去啃牡丹峰守敵這塊『硬骨頭』！」

　　「吳將軍老當益壯，如松佩服佩服！」李如松面露喜色，雙手托起一支令箭，緩步來到吳惟忠面前，躬身遞在了他手中，慨然說道，

　　「如松思來想去，這攀嶺攻峰之役，也唯有懇請您和『戚家軍』出馬方可！您既有意前來請戰，如松甚為感激——攻打牡丹峰，就有勞您了！等到今晨拂曉大軍攻城之時，您便親率三千藤牌軍直取牡丹峰，使峰上守敵不得乘隙下山作亂！另外，如松還會讓佟養正將軍率領八百騎兵殿後，做您的接應！」

「老夫接令！」吳惟忠雙手接下李如松那支令箭，一張皺紋縱橫的老臉上溢出了一股逼人的神采，「老夫真是不曾料到：自當年隨戚大帥在江浙沿海驅除倭虜之後，一隔二十餘年，今日老夫竟又要在這朝鮮苦寒之地與倭虜再決雌雄！」

「是啊！虧得戚大帥當年歷經百戰打造出你們這一支能登山作戰的『戚家軍』來！」李如松也深深感慨地說道，「否則我遼東鐵騎縱是在平原上所向披靡，但要想攻擊牡丹峰上之守敵，也只有望峰興嘆！」他靜了片刻，彷彿又想起了什麼似的，對吳惟忠說道：「我聽說你手下有一個從倭國逃回來的青年義士，名叫朱均旺。他能講倭語、通曉倭情，你們要好好發揮他的長處，對倭兵施以攻心之策！」

「是！老夫記住李提督的指點了！」吳惟忠雙手捧著令箭，退回了列中。

「李提督！剛才祖某已經向您懇求過，希望能接手此次平壤攻堅戰中最艱巨的任務，」祖承訓見吳惟忠竟搶在自己前面接了軍令，甚是心急，便也出列言道，「可是您竟將攻打牡丹峰守敵這塊『硬骨頭』分給了吳將軍去啃……」

「承訓啊！少安毋躁，」李如松轉過身來，抬眼看著他一笑，「這平壤城東、西、南、北四面城門之中，哪一處最是難攻？你自己挑選一處出來，本提督撥兵給你統率前去攻打，如何？」

祖承訓沉吟片刻，說道：「李鎰元帥講過平壤城南面城牆最為堅固，而且南城外面地勢平闊，不宜我軍伏兵或衝鋒，所以此處極是難攻。祖某願親率一支勁旅，前去攻打城南的含毬門。」

「城南含毬門既難以強攻，便不得不智取，」李如松微微一笑，回到書案後面，抓起一支令箭，又從袖中取出一隻小小錦囊，一齊遞給了祖承訓，「這進攻南城之重任，本提督便交付祖將軍了。但本提督有言在先，這攻打南城之時，不會調撥任何火炮，只派給你兩千精兵而已！—— 祖將軍還能接受此任嗎？」

帳下諸將一聽，頓時大吃一驚：平壤南城含毬門本就最為堅固，祖承訓若無火炮重彈相助，怎能成功？這個任務，如吳惟忠率領藤牌軍攻打牡丹峰

一般，都是艱巨至極啊！

卻見祖承訓毫無怯色，雙手接過令箭、錦囊，沉著地答道：「祖某一定盡心竭力攻下南城含毬門，殺盡倭虜，報仇雪恨！」

「很好！很好！」李如松微微一笑，伸手指了指祖承訓接在手中的錦囊，意味深長地說道，「這錦囊之中，藏有本提督絞盡腦汁思忖出來的一條妙計，你下去之後，打開它好好參詳一番，自會出奇制勝！」

祖承訓一聽，緊緊握住了錦囊，誠懇地說道：「屬下多謝提督大人贈送錦囊妙計指點。」

戚家軍勇奪牡丹峰

大明萬曆二十一年正月初八寅卯之間，平壤城北面的牡丹峰上，大霧彌漫，歷久不散。

山峰半山腰上的倭兵大營帳外的瞭望臺上，牡丹峰守將前藤忠一拿著一架從葡萄牙人手中買來的千里鏡，全神貫注地望著山坡下面，卻只看到天地之間白霧茫茫，什麼也瞧不清楚。

「怎麼到了這個時候山峰下還沒動靜呢？」前藤忠一放下了千里鏡，對站在身旁的副將桃四郎說道，「昨天晚上小西大將傳來急令，聲稱今天一早明軍便會大舉攻城，要求我們在牡丹峰的所有武士隨時做好下山狙擊他們後方的準備……唉！真沒想到今天早晨的霧竟會這麼大……」

「是啊！不僅是霧大，而且這山下也顯得太安靜了，」桃四郎喃喃地說道，「靜得有些可怕啊！」

「怎麼？桃四郎有些害怕了？」前藤忠一不無嘲諷地笑了，「我們和明兵還沒開戰哪！你這樣的心態怎麼行呢？」

「前藤君，屬下倒不是害怕面對死亡，」桃四郎抬頭向東眺望了一眼，喃喃地說道，「屬下害怕的是倘若自己戰死，誰會來照顧屬下那位白髮蒼蒼的母親呢？」

「哦……桃四郎真是一位大大的孝子啊！」前藤忠一聽了，不禁肅然起

敬，「難道桃四郎在赴戰之前沒有委託別人照顧自己的母親嗎？」

「屬下委託了一位忠誠可靠的朋友，」桃四郎緩緩說道，「可是，恐怕前藤君絕對不會料到——屬下委託的這位朋友竟然會是一個來自大明國的醫生！」

「什麼？竟是大明國人？」前藤忠一頓時大吃一驚，「他若是知道了我們現在在這裡正和大明國士兵交戰，不會害了你的母親嗎？」

「許……許醫生人品那麼好，依屬下看來，他絕對不會那樣做的，」桃四郎黯然答道，「只是屬下心裡一直有愧，身為日本武士的屬下，一邊在享受著他照顧老母的大恩惠，一邊卻在朝鮮和他的同胞互相廝殺……屬下真是對不起許醫生啊！倘若沒有這場戰爭該多好啊！……」

「桃四郎，大戰在即，請你馬上摒棄這些不應該擁有的念頭吧！」前藤忠一急忙止住了他，冷冷說道，「我們是為大日本國開疆拓土，我們是將大日本國的國威播布到中土大陸的菁英武士，我們所做的一切都是在遵從天照大神、天皇陛下、太閣大人的旨意——所以，我們無須向任何人抱愧，我們也無須有任何忐忑。將來，我們如果征服了大明國，實現了『天下一家』，你所說的那位許醫生的同胞們也都成了大日本國的子民——那麼你就會為自己今天這些想法感到可笑了！」

「前藤君……」桃四郎欲開口分辯。前藤忠一卻不願再和他在這個話題上爭論下去，他「嗆」地抽出了倭刀，焦急地說道：「我們不能再在這裡死等了！要主動出擊！這樣吧！請桃四郎傳令下去，馬上集合牡丹峰上的所有武士，撲下山去，繞到明兵大本營的背後，給他們來一個『後院起火』——讓他們手忙腳亂，攻守兩難！」

桃四郎遲疑了片刻，終於一咬牙，將所有的雜念盡皆拋諸腦後，響亮地應了一聲，奔下瞭望臺喊傳令兵去了。

前藤忠一舉起了倭刀，向著大霧籠罩的山下虛劈了一刀，冷冷地自言自語道：「瞧著吧！大明國的士兵們！我們日本武士來了！你們馬上就會被我們打得一敗塗地了！」

他正自言自語之際，眼前倏地一花，一支利箭穿過層層濃霧，徑直向他

面門射來！

前藤忠一一見，頓時臉色大變，急忙將頭往後一仰，「咻」的一聲，那支利箭貼著他右頰一掠而過，犀利的箭鏃竟在他臉頰上劃出了一道深深的傷疤，鮮血立刻便冒了出來！

「有伏兵！大明伏兵來偷襲了！」前藤忠一聲嘶力竭地號叫起來，「馬上放狼煙，向平壤城裡的小西大將發信號！全軍馬上投入戰鬥，一個也不要閒著！」

隨著他的號叫，日本武士們像一群受了驚嚇的野蜂一樣紛紛從牡丹峰的土堡、地洞中湧了出來，撲到山腰通道上，和正在悄悄摸上山來的大明「藤牌軍」士卒們混戰了起來。

領軍在前的吳惟忠見倭兵們像野狼一樣「嗷嗷」亂叫著舞刀直撲上來，不慌不忙地舉起手中金背大砍刀，做了一個布陣開戰的手勢。

剎那間，只聽「沙沙沙」一陣聲響，一堵堵黑黝黝的七尺多高的「鐵牆」兀然立起，彷彿一下從地底深處冒了出來，封住了倭兵們的來勢。

衝下瞭望臺前來督戰的前藤忠一頓時一愕，仔細一看，卻見這黑黝黝的一堵堵「鐵牆」，竟似活物一般，一字兒排開，整整齊齊、不快不慢地向著自己手下的倭兵們逼近過來！

「這是什麼怪物？」前藤忠一已無暇去猜想了，他手中倭刀往前一指，厲聲喝道，「火槍隊！開槍！」

數百名倭軍槍手一齊上前，端起火繩槍，「劈劈啪啪」一陣亂響，朝著那一堵堵正在移近的「鐵牆」暴射了一通。

只聽得「乒乒乓乓」之聲大作，那些鐵彈射擊在一堵堵鐵壁上面，除了迸起點點火花之外，一絲損傷也未造成！

倭軍槍手們驚呆了，七手八腳地舉起火繩槍，又是一通亂射。然而，那一堵堵「鐵牆」仍是安然無恙，仍是勻速有力地推向前來！

就在「鐵牆」移到離倭軍槍手們有十丈左右之時，「鐵牆」們驀然一定，接著一束束寒光挾著銳風呼嘯著從「鐵牆」兩側飛射而出，向倭軍穿身而來！

「呃！」「呃！」「呃！」一聲聲低低的慘哼聲響起，不少倭兵或是扼著自己脖子，或是捂著自己胸口，或是抱著自己小腹，紛紛倒了下去！他們的喉嚨處、心口處、下腹處，都扎上了一柄柄寒光閃閃的飛刀！

「天啊！這是一支什麼樣的軍隊？！」前藤忠一望著這一幕，驚得快要脫口狂叫起來！

他不知道，這便是當年戚繼光專門留下的破倭陣法 —— 福建藤牌軍「鴛鴦陣」。那移動著的一座座低矮的「鐵牆」，實際上是明軍步卒們套在左手腕上用來護身的巨型藤牌。這種藤牌堅如鐵石，刀槍不入，且又輕便易攜，只有十餘斤重。倭兵的火繩槍彈打在藤牌之上，亦是絲毫不能損壞。

藤牌軍士卒左手持著巨型藤牌護身，右手卻持著長刀，腰間還別有十八柄飛刀。他們在作戰之時，步伐整齊地排成佇列緩緩前進，遠看之下便似一堵堵自行移動的「鐵壁」。同時，明軍步卒們在藤牌上面留有一個小口子用來觀察前方情形，到慢慢移動到距離敵人約有十丈之遠時，便投出飛刀殺傷敵人，然後再緩步靠近後撿起飛刀，再投再射。倘若敵我雙方短兵相接之時，藤牌軍們便用右手的長刀與敵人直接拚殺。這種由戚繼光設計出的陣法，整合了攻與防、刀與盾、長與短等各種兵器的優勢，是當時大明朝對付倭軍最有效的陣法之一，令倭軍一時望而生怯。

前藤忠一此刻已無法退卻，他雙手高舉倭刀，喝令道：「眾武士，衝上去拚了。」隨著他這一聲大喝，倭兵們一個個從驚恐中回過神來，紛紛揮刀舞劍，從飛刀叢中拚死闖過，跑到那一張張藤牌前面猛劈猛砍起來！

「叮叮噹噹」金刃交擊之聲驟起，藤牌軍士兵們亦是紛紛揮起右手長刀，從藤牌後面攻擊倭兵！一時間，在牡丹峰半山腰上雙方展開了一場慘烈的白刃肉搏戰！

吳惟忠揮著金背大砍刀，直奔前藤忠一而來。雖然他並不懂倭語，但他剛才看到這個倭賊在那裡一直嘰嘰哇哇，似是發號施令，便料定他是倭軍主將，於是將左手藤牌推開，提著金背大砍刀向前藤忠一殺來。

前藤忠一見這位明軍老將殺氣滿面，亦知必是勁敵，便提足了精神，雙手舉刀，一躍而起，像巨猿一樣跳到半空，「唰」的一下，劃起一道寒光，

朝著吳惟忠當頭劈下！

　　吳惟忠也掄起金背大砍刀，盡力一揮，一式「武丁開山」，挾著風雷之聲，迎上去！

　　「噹」的一響，聲如洪鐘，前藤忠一手中倭刀與吳惟忠手中金背大砍刀在半空中一交，頓時火星四迸，耀得讓人睜不開眼！前藤忠一連人帶刀竟被吳惟忠的雄渾勁力震得飛滾而起，在半空中翻了兩個筋斗，方才「嗒」地一響，結結實實跌在了地上！

　　吳惟忠大喝一聲，飛步撲上，手中金背大砍刀挾著陣陣風聲雷響，「嘩」的一聲，朝著他面門砍下！

　　前藤忠一右手握著刀柄，左手握著刀背，舉起倭刀拚盡全力往上一接！又是「噹」的一聲巨響，雙刀交擊，火花飛濺——前藤忠一隻覺雙腕酸麻，再也支撐不住，兩手舉著的倭刀被吳惟忠和那柄金背大砍刀一分一分壓得沉了下來，漸漸到了自己額門上方半尺處！

　　「快救前藤大人！」站在一旁的四五個倭兵見勢不妙，一齊端起火繩槍，對準吳惟忠便來了個當胸猛射！

　　「砰砰」數聲響過，正與前藤忠一相持的吳惟忠只覺右胸一痛，心知自己已然中彈——卻也並不閃避，更不怯退，咬緊牙關奮盡全力將金背大砍刀往下一壓！

　　「啊！」的一聲慘呼響起，吳惟忠那柄金背大砍刀「嚓」的一下，頓時將前藤忠一雙手舉著的倭刀從中間一劈而斷——那金背大砍刀餘勢猶猛，劈將下去，又是「嚓」的一聲，將前藤忠一從頭到腹斬成了兩半！

　　吳惟忠斬殺了前藤忠一，方才急忙就地一滾，伏在地上，半跪著身子起來，用手一摸左胸，只覺溼溼的、溫溫的，拿到眼下一看，掌上滿是鮮血！

　　然而，吳惟忠卻面露喜色——還是李如松提督想得周到啊！是他在出發之前所贈的這副赤金龍鱗鋼絲鐵鎖連環甲保護了自己啊！這副鎧甲穿在身上密密實實、堅韌異常，倭虜的槍彈雖是厲害，卻也只是剛剛擦破了甲片，稍稍傷了胸肌，滲了一些鮮血出來！

　　此時，大霧已然散去。跟著吳惟忠殺上山來的朱均旺一見，驚呼著撲了

過去，用手中藤牌護住了他：「吳將軍 —— 您怎麼樣了？」

「沒事！沒事！」吳惟忠微笑著擺了擺手，站起了身，若無其事地說道，「老夫這把老骨頭還硬朗得很 —— 倭虜想要老夫的命，門兒都沒有！」

「那就好！那就好！」朱均旺高興地說道，「卑職馬上給您包紮一下！」

「不必了！」吳惟忠指了指山頂那座瞭望臺，說道，「攻下了那裡，老夫再包紮傷勢也不遲嘛！」

「倭兵已被我們殺得差不多了……」朱均旺看了看四下裡的戰鬥情形，「您說得沒錯 —— 攻下了那座瞭望臺，我們就完全奪取了牡丹峰。只要在那座瞭望臺上插上我們大明的軍旗，平壤城裡的倭虜看到了，一定會更加恐慌，而山下正在攻城的大明將士們看到了，則會士氣高昂！」說罷，他右手提起一支倭兵的火繩槍，左手持著一張藤牌和一面大明軍旗，往那瞭望臺直奔而去：「卑職現在便去奪下此臺、豎起此旗！」

在高高的瞭望臺地板上，堆滿了一箱箱槍支彈藥。在這些裝滿了槍支彈藥的木箱中間，桃四郎在地板上盤膝而坐，左手舉著一支燃著烈焰的火把，右手持著一柄細長鋒利的倭刀。

他半閉著雙眼，一副老僧入定的模樣。瞭望臺下倭兵被斬殺時傳來的聲聲慘呼，使他面龐的肌肉不時地抽搐著。

「噔噔噔」一陣輕捷有力的腳步聲乍然響起，打破了瞭望臺上的沉寂。

桃四郎握著刀柄的手指一下緊了起來。他全身一瞬間布滿了勁力，猶如一隻黑豹蹲伏在地蓄勢待發。

然而，那腳步聲卻驀地在樓梯口處停住了，彷彿來人一下定在了那裡，再也沒有逼近前來！

看來，明兵雖然勇猛威武，也害怕我這時點燃臺上的彈藥箱把峰頂夷為平地啊！桃四郎在心底暗暗地想著，同時仰起臉來，緩緩抬眼望向來人。

剎那間，他也和來人一樣呆住了：「朱均旺君！你……你怎麼也在這裡？」

原來，衝上瞭望臺的正是朱均旺！然而，此刻，他全身上下卻是一襲明軍的裝束 —— 不用多問，他已經加入了征倭明軍！

「桃四郎？」朱均旺用倭語說道，「真沒想到在這裡能碰上您！」桃四郎臉上露出了帶著幾分淒然的微笑，緩緩地說道：「人生真是奇妙得很啊！在這遙遠的異國他鄉，在我桃四郎臨死之際，竟還能遇見一位故人……唉！真是令人啼笑皆非啊！」

但他很快又是臉色一變，冷冷說道：「朱均旺君，雖然你我是故人，但是此刻戰場相見 —— 你若上前一步，本人就立刻放火點燃這臺上的所有彈藥箱，讓你們陪著我們一齊下地獄！」

朱均旺笑了，緩緩說道：「桃四郎，你我今日確是戎裝相見，各為其國……朱某也不會上前逼你。只不過，你到了此時此境，居然還想為那個遠在日本名護屋作威作福、貪得無厭的豐臣秀吉做無謂的犧牲嗎？你難道還以為今日這自焚的行為是在為國捐軀？」

桃四郎盤坐在地上，面如古潭，不動聲色，鼻孔裡冷冷哼了一聲。

朱均旺正欲開口，忽然側頭瞥見數名明兵在樓梯下躡手躡腳摸將上來，便伸手悄悄打了個手勢，示意讓他們退下。然後，他也放下肩上扛著的火繩槍，和桃四郎對面盤腿坐了下來。

「桃四郎，朱某曾在你們日本生活過，熟悉你們日本的風土人情，」朱均旺緩緩地問道，「那麼，朱某請問：你們為何要遠涉重洋、甘冒矢石，前來征伐朝鮮？」

「因為我們日本人是天照大神的子孫，我們必須遵從天照大神的旨意，將日本國的國威播布到日光所及的任何地方！」桃四郎雙眼通紅，狂熱地說道。

「這是豐臣秀吉讓那些神社和寺院裡的僧人向你們灌輸的吧！依朱某看來，其實就是豐臣秀吉想把自己的野心和權力擴張到世上日光所及的任何地方！」朱均旺冷冷哼了一聲，「你們都不過是他用來實現自己野心的工具罷了！」

桃四郎冷冷瞥了他一眼，目光裡盡是不以為然。

「桃四郎不要以為朱某這番話是浮詞虛言！」朱均旺緩緩說道，「朱某再多問幾句：你們日本人既是天照大神的子孫，那麼除了這些在外征戰殺伐的武士之外，其他的日本人都應該生活在人間天堂般的樂土裡了！因為你們

是神的子孫嘛！不能享有幸福安樂的生活，就配不上『神的子孫』這一殊榮嘛……」

「可是，自從這場西征大戰爆發以來，你們日本人究竟得到了什麼？你們日本人，無論是征伐在外的武士，還是留守國內的民眾，究竟得到了什麼？你們，還有你們的父母妻兒，過上了身為『天照大神之子孫』應當享有的一切幸福生活了嗎？」

「這……」桃四郎一聽，有些遲疑了。

「桃四郎，朱某知道，你從見到朱某的第一刻起，就十分想向朱某了解你遠在名護屋的母親的情形，是吧？」朱均旺笑了，「桃四郎是個大孝子，最是關心自己的母親……」

「朱均旺君，我母親在日本國內現在怎麼樣了？」桃四郎一下抓緊了刀柄，低沉著聲音，冷冷說道，「我聽說國內不少民眾因為徵糧征餉大多家貧如洗、食不果腹……而且，還餓死了很多人……我母親她到底怎麼樣了？」

「桃四郎，日本國內的情形正是如此。但我師父既然承諾要好好照顧你母親，就不會撒手不管的，」朱均旺緩緩說道，「在你們西征大軍離開日本國土之後，豐臣秀吉的手下就隔三岔五地上門來催糧催餉，不要說普通百姓承受不起，就是我那積蓄頗豐的師父也被搜刮一空。但我師父依舊盡其所能，變賣資財分送給你母親和像你母親這樣窮苦的人……」

「對了！桃四郎，」朱均旺忽然想起了什麼似的，從懷裡取出一封信來，「你母親還托我給你帶了一封信，你瞧一瞧吧！」

「我母親的信？」桃四郎一聽，急忙跳起，伸手從朱均旺手中拿過了信，連忙拆開看了起來 —— 果然是母親的筆跡。頓時，他眼前朦朧了，隔了片刻，拭去了淚方才看清上面寫道：

四郎吾兒：

你一去半年，音信全無，為母思念不已。幸得許醫生時時救濟，為母過得還好。只是近來國內糧物異常緊缺，我們街上就餓死了多戶人家。許醫生也難以維持，準備離開日本，臨走之前他贈送不少糧錢給為母。為母

感激不盡，無以為報。思前想後，為母便寫了此信讓他帶在身上。倘若機緣巧合，你能與他遇見，便請他將此信轉呈於你 —— 為母也是將他這番恩情明明白白告訴於你，讓你永遠記得他這位大恩人。若不是他，為母早已餓斃多日了！你離國參戰之後，官府從未對為母有過半分撫恤 —— 發給你的兵餉，為母也未曾收到分文。據說它們都被太閣大人充公用來修建伏見城了。唉⋯⋯許醫生這一去之後，朝廷若是再不及時對為母撫恤發餉 —— 為母只怕再也見不到吾兒了⋯⋯

讀著讀著，桃四郎雙目淚珠滾滾而落。他讀罷之後，淒然一笑，將母親寫給他的信放到火把上點燃，靜靜地看著那信被燒成灰燼迎風飛散而去。

「太閣大人⋯⋯西征大業⋯⋯開疆拓土、澤及子孫⋯⋯」桃四郎冷冷地笑了，「是呵！說得真好聽 —— 可是連我的母親都快要在國內餓死了⋯⋯呵呵呵！⋯⋯太閣大人，請恕桃四郎不能為你盡忠了！」

說著，他緩緩放下了倭刀，熄掉了火把，閉目束手待縛。

「桃四郎！你做得很好！」朱均旺興奮至極，衝上前去，拍了拍他的肩頭，高興地說道，「我們沒能成為敵人，實在是值得高興啊！」

說罷，他大步邁上，一刀將瞭望臺上豎立著的豐臣氏的「三株桐」家紋旗劈落下來，同時將鮮紅的大明軍旗高高懸掛了上去！

那面大明軍旗在半空中迎風招展，彷彿一片躍動的火焰，在漸漸散去的晨霧中，顯得分外奪目、分外鮮亮！

圍攻平壤

到了辰時，太陽的萬道金光終於撕碎了籠罩在平壤城上空的層層迷霧，大地萬物都清晰無比地呈現在城頭倭兵們的眼皮子底下。

雲霧漸漸散盡，遠處大明士兵黑壓壓一片烏雲般簇擁過來，彷彿重重波濤綿延到天際一樣，層層推進。

明朝大軍掀起的馬蹄聲、步伐聲、車輪聲，猶如滾滾巨浪，一波一波地衝擊著平壤城。平壤城就像一頭受了驚的野獸，被這一派洶洶氣勢震得瑟瑟發抖。

剛才城下雲霧彌漫，西城城頭上的倭兵看不清楚地面明軍的情形。現在霧已散盡，倭將、倭兵們將這兵山馬海一樣橫掃而至的明軍來勢看得分明，一個個都屏住了呼吸，驚悸不已。

小西行長手按腰間所佩長長的倭刀，頭戴金箔桃形銅盔，身穿緊實至極的漆黑牛皮甲，外面罩著一層銀亮的「陣羽織」，滿面鐵青，站立在大西門城樓的指揮臺上，俯身眺望著城下明兵如怒潮般湧近 —— 他的拳頭捏得緊緊的，冷汗都擠出了一大把：哎呀！這明軍來勢洶洶，好生厲害啊！那可恨的大友義統！他的援兵怎麼還沒趕到呢？難道石田三成大人沒和他講清楚平壤城下眼前所面臨的險境？他這個蠢貨不會是因為石田三成大人給他講得太清楚了反而被嚇得丟下鳳山、不戰而逃了吧？哎呀！這可怎麼辦哪？……看來，一切都要靠自己來救自己了！

他定住了心神，緩緩轉過身來，朝著靜立在自己身邊的眾位倭將，語氣沉重地說道：「今天大敵當前，可謂『有敵無我，有我無敵』 —— 希望諸君能夠明白這是我們捨身向太閣大人盡忠的時候到了！我們今天即使流盡最後一滴血，也要守住平壤城！」

「是！」眾倭將死氣沉沉地應了一聲，「城在人在，城亡人亡！」

正在這時，哨樓上匆匆奔下一個瞭望兵，拿著一副千里鏡，喘著粗氣，跑到小西行長面前跪下，顫聲稟道：「小西大將……小西大將……牡丹……牡丹峰失守了！」

「什麼？」小西行長心頭似有一陣巨雷滾過，震得他雙耳「嗡嗡」齊鳴，「這……這怎麼可能？」他上前一步奪下那名瞭望兵手中的千里鏡，湊眼上去往牡丹峰頂一看：牡丹峰頂瞭望臺的旗桿上，飄揚著鮮紅奪目的大明軍旗！

「啊？！」小西行長心頭狂震之下，手中那副千里鏡頓時「啪」地掉在了地上，玻璃鏡面碎了一地，「明兵這麼快就占領了牡丹峰？！」

他怔了片刻，衝到一處城垛往下望去，只見明兵如潮水般逼近，一座座高大的雲梯緩緩升了起來……

在一座座越升越高的雲梯底下，明兵們三三兩兩地抬起一個個水桶般粗細的筒狀裝置，架放在一塊塊碩大的鐵墩上……

「這是什麼？」小西行長見了，覺得似乎有些眼熟，一時又記不起在哪裡見過。站在他身邊的倭兵倭將也個個搖頭不知。

這時，明兵開始往那鐵筒口裡塞進一個個大鐵球……

其實，那天沈惟敬前來平壤城裡與小西行長他們交涉停戰撤軍事宜時，就曾帶了一個這樣的大鐵球來，準備作為「第三份禮物」呈給他們見識一番的。

說時遲，那時快，那鐵筒口的火藥引線被點燃，「嗞嗞」地冒起了股股白煙……然後，平壤西城城頭上的倭兵們便聽到了也看到了一個個「晴天霹靂」從天而降，落在了他們頭上！

在震天動地的巨響中，一團團火球在城頭上炸開，無數石塊、鉛彈、鐵粒迸射開來，砸得倭兵們頭破血流、哭爹叫娘！

「是……是火炮啊！」小西行長這時才憶起自己曾在西班牙人的戰艦上見過這樣的東西，不禁失聲驚呼起來。還未等他驚呼之聲停下來，「轟」的一聲，一枚炮彈在離他二丈開外炸開，一枚棱角尖利的石塊激射而來，「噗」的一聲，擊中了他的左肩，頓時穿入肌膚，濺起了一片血花！

小西行長痛得大叫一聲，急忙臥倒在地，雙手抱頭，護住了要害 —— 所幸的是，那石塊僅僅是擊穿了他的肩肌，卻並未傷及他的骨節，否則他這條左臂就殘廢了！

大明國居然擁有西班牙、葡萄牙等西洋強國的先進武器 —— 大炮？！小西行長驚呆了。他不知道，大明國為了確保此番征倭順利，自去年倭兵剛剛入侵朝鮮時，便撥出了上百萬兩白銀從葡萄牙、西班牙等西洋列國手中購買了一百門大炮和三萬發炮彈，並將之全部投入了這場東征之中。

然而，小西行長不愧為日本一代名將，他很快便鎮靜下來，馬上揮起戰刀，召集被打蒙了的那些倭兵，喊道：「別慌！別亂！明軍的大炮雖猛，但也不是一口氣連發連炸的，我們千萬不要忘了守好各自的崗位 —— 大家先隱蔽起來！」

倭兵們立刻縮進了城樓上的各處崗亭，像烏龜躲進了龜殼一樣，小心翼翼地保護好了自己。

在明軍的虎蹲炮幾輪狂轟猛炸之下，平壤城城頭上濃煙滾滾，火焰四起，屍橫遍野。

兩刻鐘過去了，明軍虎蹲炮的連續轟擊終於停了下來。喧囂的戰場陷入了死一般的沉寂。

隨著又一聲炮響，這片沉寂再次被打破，頭戴沖天鳳翅紫金盔的李如松乘著戰馬，緩緩走到陣前，遠遠望了一下那空蕩蕩的西城城頭，然後「唰」地抽出腰間寶劍，向城頭上遙遙一指，揚聲喝道：「登城！」

隨著他這一聲令下，三路明軍在楊元、李如柏、張世爵的率領下，分別向小西門、大西門、七星門發起了猛攻。明兵們將已經高高架起的雲梯推到城牆下，然後迅速靠了上去。

就在這一剎那，城頭上法螺長鳴，「嗚嗚」之聲大作，倭兵們齊齊從城頭的崗亭、堞垛等處冒了出來，「乒乒乓乓」向城下亂射火槍，又是用鐵叉掀倒明軍的雲梯，又是四五個人一夥兒抬起鐵鍋向城下拚命傾潑沸水，又是舉起巨石、滾木猛力砸向正在攀城的明兵……

倭兵這種無所不用其極的打法，一時壓住了明軍的勢頭和銳氣——三路明軍的登城攻堅戰都陷入了膠著狀態。

看到明軍登城遇挫退下，小西行長在指揮臺上鬆了一大口氣，伸出右掌抹了一把滿是血垢和汗漬的臉，興奮地揮舞著倭刀，為武士們鼓動打氣道：「武士們！不要怕！明軍的大炮再厲害，他們也還是要攀牆登城才能攻進來……只要我們守好了城池，他們就無計可施了！等一會兒石田大人和大友義統的援軍一到，明軍就會腹背受敵了——那就是我們衝出城去報仇雪恨的時候了……」

他正興奮地說著，卻見前去南城含毬門巡視督戰的來島通明披頭散髮、滿面血污地狂奔而至。他縱身一躍上了指揮臺，定了定心神，喘了一口粗氣，急急湊到小西行長身畔，顫著聲音低低地說道：「稟告大人：明軍剛才已經攻陷南城含毬門了！屬下是殺開一條血路前來向大人報信的……」

小西行長只覺雙耳「嗡」地一陣鳴響，再也聽不清楚來島通明後面的話了，只是像被人當頭猛地打了一棒，有些呆滯地扭過頭來盯著來島通明，聲

音顫顫地問：「你……你說什麼？南……南城失守了？」

來島通明垂下了眼不敢正視他，點了點頭。

「啪！」小西行長一甩手就給了他重重一記耳光，打得來島通明的嘴角立刻沁出了幾縷鮮血！

「去！快去給我堵住！」小西行長發瘋似的大叫起來，「帶人把他們打出城去！」

正在這時，城頭上崗亭裡的倭兵們也不約而同地失聲驚叫起來：「大……大炮！好大的大炮啊！」

小西行長一聽，心頭頓時「怦怦怦」狂跳了起來，他急忙跳下指揮臺，撲到城垛口上往下一看 —— 呵！明軍陣前並排推出了十餘門比剛才虎蹲炮更粗更大的巨型火炮來：它們炮身長達五尺有餘，近千斤重，前有照星，後有照門，黑洞洞的炮口有如水缸那麼粗！

「怎麼會有這樣的大炮？」小西行長又一次驚呆了。

「這……這……」來島通明久居大明境內，對此大炮也有所耳聞，「這恐怕就是明軍最屬害的『大將軍炮』吧！聽說它的炮膛裡一次能裝十多斤的彈藥哪！」

他話猶未了，卻見那十餘門「大將軍炮」一齊對準了小西門，「轟隆隆」一陣巨響過後，十餘個粗大如缸的炮口噴出了一團團碩大的火球，猶如千斤重錘，向那座厚厚的小西門凌空砸來！

「嘭嘭嘭」一陣巨響，城頭上的倭兵覺得自己腳下的地板一陣晃悠，整個人都像懸空蕩了一下！

接著，他們的耳朵裡頓時灌滿了城下明兵那響遏行雲的歡呼聲、喝彩聲 —— 小西門被明軍的「大將軍炮」一下轟開了！炸破了！

就在平壤西城諸門遭到明軍第一輪排炮轟擊的同時，平壤城的南城含毯門卻是一片難得的靜謐。

由於平壤南城外地勢平坦寬闊，不利於敵軍隱蔽和突襲，且其城牆又堅固異常，所以倭軍並未在此投入主力部隊進行防守，而是讓倭軍副將池田方平率八百日本武士和五千名朝鮮降軍駐守在城上。

池田方平年少氣盛，聽得西城那邊炮聲連連、殺聲震天，心裡頓時癢癢得有些受不了，只想拔出倭刀奔到小西行長身旁共抗明軍，也好立下奇功獲得太閣大人的獎賞。

然而，小西行長交給他的任務就是守好南城，他也只得守株待兔一般苦苦待在這裡等著立功的機會送上門來。

這時，含毯門下的空曠野地上奔來了數千名白袍黑帽的朝鮮士兵，少數人騎著戰馬，大多數人是徒步而行。

「唉！來的怎麼是這樣一群廢物！」池田方平起初聽到城門下傳來一片喊殺聲，便如同嗅到了食物氣味的惡狼一樣立刻興奮起來，趴到城垛口向外一看，發現來犯之敵只是一支行動遲緩、笨手笨腳的朝鮮士兵，並不是傳言中的大明勁旅，他不禁深深嘆了口氣，「天照大神啊！天照大神！您怎麼這樣偏心 —— 不送幾個明兵過來讓在下斬殺一通以立下戰功哪？」

正在池田方平怨天怨地的時候，他手下朝鮮降軍的首領金順良帶著一臉諂笑湊上來用半生不熟的倭語問道：「池田君，您看我們對這些朝鮮士兵要不要出擊呢？我們恭聽您的指令！」

池田方平毫不在意地瞥了城池下那些動作笨拙的朝鮮士兵一眼，冷冷地說道：「傳令下去 —— 我們暫不出擊！」

「為……為什麼？」金順良驚得一下瞪圓了眼睛。

「這幫朝鮮兵……倘若我們現在一開槍，他們就像鞋底抹了油，溜得比誰都快……」池田方平仍是冷然說道，「還是等他們離含毯門近了，我們再乘機奮勇出擊，爭取殺他們一個片甲不留，多砍些人頭向小西大將請功吧……」

「池田君這一招『請君入甕』之計真是妙啊！」金順良急忙大拍池田方平的馬屁，「我們就是要設下圈套引他們進來，讓他們一個個有來無回！」

「對！對！就是要『請君入甕』！」池田方平突發奇想，興奮得直拍自己的膝蓋，「本將還要做得更妙一些 —— 等城下這些朝鮮兵爬到城牆半腰時，我們再眾槍齊發、萬箭俱射，讓他們無處可逃，只有乖乖受死！」

「高明！高明！池田君的計謀真是高明！」金順良向池田方平豎起了大拇指，同時屁顛屁顛地跑到城頭各處崗亭去傳令了。

　　於是，在池田方平意圖欲擒故縱的指令之下，八百倭兵和五千朝鮮降軍就眼睜睜看著那支朝鮮軍隊直奔到了南城的城牆根下。

　　這時，那些朝鮮士兵的動作突然變得異常迅捷起來，他們有的搭雲梯，有的拋繩梯，有的使索爪，爬梯的爬梯，攀繩的攀繩，一個個猶如靈猿登山一樣輕巧自如地沿著城牆掩殺上來！

　　他們在邊攀邊戰的同時，一個個把身上罩著的白袍一下扯去，露出煥然鮮明的明軍盔甲來！

　　「明兵！是明兵！」正守在城頭上準備阻擊的那些朝奸降軍一見，不由得紛紛驚呼起來，「他們是明兵！」

　　「啊！這些朝鮮人是由明兵假扮的？」池田方平跳到箭垛口往下一看，頓時傻了眼，急忙大喊，「快！快把他們打下去！」

　　「砰」的一聲，已經攀到城牆上半端的一名明兵從腰間飛快地拔出一支三眼神銃，抬手朝著他的面門就開了一槍。

　　一顆飛彈頓時應聲疾射而至，「噗」的一聲響，將池田方平頭上戴著的那頂牛角形戰笠打了一個透亮的窟窿！

　　那些朝奸降軍見狀，發一聲喊，竟是嚇得紛紛棄械而逃！

　　「八格牙路！八格牙路！」池田方平氣得暴跳如雷，衝上前去，掄起手中倭刀砍翻了幾個逃在前面的朝奸降軍，卻怎麼也止不住他們的四散潰逃！

　　城頭上的八百名日本武士雖是開槍、放箭、拋石，忙得團團亂轉，但畢竟人手不夠，轉眼之間，明兵便一個接著一個翻上了城頭，揮著大刀長劍、舉著三眼神銃，和他們混戰起來！

　　「完了！完了！」池田方平在心底無聲地叫嚷著，臉上卻不動聲色，抓起一支長矛，便要衝殺上前。

　　就在他瞥眼之際，看到驚恐萬狀的金順良也準備丟了手中長刀撒腿就逃，不禁心頭大怒，腕上勁力一運，手中長矛便脫手飛射而出，化作一道黑色的閃電，「嚓」的一聲，竟從金順良後心直貫而入，再從他前胸一穿而出！

　　金順良「啊」的一聲慘叫，垂下頭瞪眼看著自己前胸猝然冒出來的那段滴著鮮血的雪亮矛尖，像木頭人一般直挺挺倒地氣絕身亡！

池田方平又從地上抄起一支被朝奸降軍丟在地上的長戟，使得呼呼風響，「唰唰唰」一陣急響，竟有四五個明兵被他的戟刃所傷，紛紛向後退了開去！

「倭寇休得倡狂！」隨著一聲暴喝，恰在這時縱身攀上城頭的駱尚志看得分明，手中長柄鐮刀凌空一舉，「嗖」的一聲，連人帶刀竟是化作一道炫目的凜凜寒光，升到半空，以「力劈華山」之勢，朝著池田方平當頭直斬而下！

「噹」的一聲巨響，光芒散盡，只見駱尚志那支長柄鐮刀死死地壓在了池田方平的長戟之上！池田方平哪裡抵擋得住駱尚志剛才這從天而降的驚雷一擊，竟被他一下壓得屈了左膝半跪在地，雙手合力舉著長戟，只是咬緊牙關在苦苦支撐！

駱尚志那日隨沈惟敬進城議和時曾大顯身手，早已被倭兵們視為「天兵神將」！今天他們又看到素有小西行長手下第一猛將之稱的池田方平只一招便被他打趴在地，一個個頓時驚得呆若木雞，竟忘了開槍偷襲他！

此時，祖承訓也順著雲梯翻上了城頭，一步跳到地板上立定，也不多言，抬手打燃了三眼神銃的導火線！

「砰砰砰」一陣槍響，倭兵們紛紛便像倒栽蔥一樣被他這一輪射擊打翻了一大片！

「狗日的倭虜！」祖承訓一邊用三眼神銃猛烈射擊，一邊咬著牙狠狠地罵道，「祖某也要叫你們嘗嘗我大明火器的厲害！」

眼見攻上城來的明兵越來越多，池田方平心慌極了，拚盡全力用雙手將長戟往上一抬，翻身一個筋斗跳了開去！

駱尚志手中的長柄鐮刀餘勢未盡，「唰」地扎在了地面的石板之上，刀身釘入一尺餘深！

池田方平急忙從腰間摸出一柄火繩短槍，正欲開槍射擊，「砰」然一聲，他只覺胸口一震，俯首看時，自己的胸膛已被祖承訓的三眼神銃打了一個洞！

他「啊呀」一聲，仰面向後緩緩倒了下去……在他逐漸模糊的視線之

中，只看到駱尚志大喝一聲，高高揮起長柄鐮刀，向豎立在城頭之上的「三株桐」家紋戰旗旗桿一下劈了過去……那面「三株桐」家紋戰旗便像一片枯葉般慘然飄落而下……

趕來巡視督戰的來島通明遠遠地看到了這一幕情形，知南城失陷已是無可挽回，只得且戰且退，急忙往西城城樓向小西行長報信去了。

眼見那城頭上八百倭兵已被殺得所剩無幾，祖承訓躍上倭寇的指揮臺，興奮地向手下的兵丁吩咐道：「先留八百戰士馬上占據城上的崗亭，其餘的弟兄們隨祖某殺下城去，打開含毬門，放征倭大軍進城！」

駱尚志手提長柄鐮刀興沖沖地應了一聲，跟在祖承訓身後飛步而去。他和祖承訓一道並肩疾奔，邊走邊說道：「祖將軍這一招『瞞天過海』之計真是絕了！只用了一個時辰就攻占了平壤南城，立下了今天大戰的頭功，實在是太好了！」

「祖某哪有這等計謀！這一切都是提督大人密授的錦囊妙計啊！」

祖承訓笑嘻嘻地從胸口處摸出一隻小小錦囊，一邊向駱尚志眼前晃了一晃，一邊健步如飛地跑著，說道，「嘿 —— 看來，提督大人真是那些倭虜的剋星，倭虜們碰到了他，要吃大苦頭了！」

▌倭寇的絕望

北城外牡丹峰失守！南城含毬門陷落！小西門又被明軍「大將軍炮」轟開！

這一連串的噩耗擊得小西行長暈頭轉向，他呆呆地站在西城城樓指揮臺上，望著城下如狂潮般席捲過來的明軍，一時間在心頭生出了一種莫名的幻覺：天塌了、地陷了，明軍如無邊無際的大海，一下便淹沒了整座平壤城！

如果這一幕情形僅僅是一場幻覺，那就太好了！可惜，它並不是幻覺 —— 而是鐵一般的真實情景：隨著小西門被轟開，大隊明兵以風捲殘雲之勢，滾滾湧入了平壤城中！倭兵們雖拚死阻擊，困獸猶鬥，可在層層推進的明軍面前，也只有節節敗退！

小西行長面色慘然地呆望著，下意識地握緊了刀柄，不知道此時究竟是應戰還是應退，一時沉吟不決起來。

「小西大將，此刻尚未到最後關頭，」來島通明急忙勸道，「請您速速下城，不可久居險境。明軍火炮雖然厲害，但我日本武士近身肉搏作戰勇猛異常，若與他們在城中『一對一』地硬拚，倒未必就會處於下風！」

「好吧！傳令全軍：撤入城內各處土堡、崗亭，揚長避短，和明兵拚盡最後一滴鮮血！」小西行長嘆息一聲，眼見明軍彈飛如雨、箭射如蝗，待在城樓之上已無任何意義，只得隨著眾武士一齊退下城去。

這一下，倭寇兵敗如山倒 —— 大西門、七星門也先後相繼失守。

楊元率領數千明兵從剛被炮火轟開的小西門一擁而入；隨即，李如柏也指揮騎兵闖進了大西門。西城的城樓上，李純和李有升帶著六百敢死隊員攀登上來，將小西行長的指揮臺也占領了。在此情勢之下，倭軍分成了一支支小分隊，紛紛鑽進了平壤城中各個街巷的民房、土堡、崗亭內，準備負隅頑抗。

南城含毬門口這邊，祖承訓下得城樓，抓過一匹戰馬躍身而上，喊道：「大明將士們！隨我殺進城去，為先前殉難的弟兄們報仇啊！」城門外蓄勢待發的那八百遼東鐵騎齊齊應了一聲，在他帶領之下疾衝而出，向著朱雀大街上潰逃的倭虜們一路追殺下去！

頓時，倭兵們便如落水狗一般被大明騎兵追殺得「嗷嗷」直叫 —— 祖承訓衝在前面，手中大刀一口氣劈將下來，竟似砍瓜削菜一般接連放倒了十幾個倭兵！

而李如松則是親自率領著六百驍騎親兵和二百李府死士，威風凜凜地從小西門長驅進城。他一路行來，只見沿途如同枯葉殘葉一般全是倭兵的屍體和斷刀破旗，其狀慘不忍睹。李如松卻面不改色，就那樣若無其事地放馬踩踏著倭虜的殘屍緩緩向前逼去。

「提督大人小心！」正在前邊指揮作戰的楊元聞訊，急忙策馬過來提醒道，「倭兵已退入各街各巷的民房暗堡之中 —— 您千萬要當心他們的冷槍！」

　　李如松將馬韁一勒，往前放眼望去：只見那白虎大道臨街的兩邊朝鮮民房已然全被倭兵改建成了一排排的土堡、崗亭——它們的每一個視窗，幾乎都是倭虜的火力發射點；它們的每一扇門面背後，幾乎都隱藏著倭虜的狙擊手！明軍只要往街道中踏前一步，就會遭到來自各個方位兜頭兜腦的冷槍襲擊！

　　「是啊！祖承訓他們曾經就是在這些土堡、暗崗的狙擊下吃了大虧的！」李如松若有所思地自語了一句。只見那些民房暗堡上的槍眼裡猶如毒蛇吐芯一般，不時地噴射著一股股濃煙，一串串飛彈如驟雨般狂瀉出來。明兵雖然奮勇衝鋒，但在倭軍這樣猛烈的火力攻擊之下，也是難以靠前！

　　「大哥小心！」李如梅眼尖，猝然急喝一聲，從左側伸手將李如松往旁一推。李如松借勢在馬背上騰身飛躍開去！

　　「嗖嗖嗖」一串飛彈掃射而來，李如松那匹坐騎一聲嘶鳴，頓時被擊斃在地！

　　李如松飄飄躍落在地，剛一立定，李純、李有升等帶著護衛親兵已是驚呼著圍攏上來，形成一道人牆，將他遮罩在當中。

　　「提督大人！」楊元也從馬背上一躍而下，嚇得聲音都有些啞了，奔到他身前，見他毫髮無傷，這才放下了心，「您沒事吧！剛才的情形真是嚇壞楊某了！」

　　李如松卻氣定神閒，一臉悠然，微微一笑，道：「有勞各位擔心了！此刻倭虜縮進了土堡負隅頑抗，依楊將軍之見，當如何對付？」

　　「大人真乃『一身是膽』！」楊元讚了一句，沉吟片刻後說道，「對付這土堡，當然用『大將軍炮』最好。可是，這朝鮮城內街巷狹窄，『大炮軍炮』一時難以運送進來……唉……單憑將士們用三眼神銃去硬拚硬打，又是殺敵三千，自損八百……」

　　「你看，用『火鴉箭』怎麼樣？」李如松忽然插了一句，「調一批神箭手上來，朝這兩排臨街的民房暗堡上每一個『射擊口』裡都射一支『火鴉箭』進去，就夠倭虜們喝上一壺兒的了！」

　　「好！召『火鴉隊』上來！」楊元大喜，急忙傳令下去。

　　不多時，一排排身著焰色戰袍的明軍射手們齊刷刷列陣而上，然後迅速分為兩人一組行動開來：左邊的那位射手彎弓搭箭，瞄準了大街兩側民房土堡的那些視窗；右邊的那位明兵卻小心翼翼地用火折「劃」地一下替他點燃了箭桿上的火藥撚 —— 原來，這批射手們弓弩上所放置的箭矢是非常奇特的：它的箭尖粗大如矛頭，箭身長約三尺，箭桿處綁著一隻竹制火藥筒，筒內盛有火藥、砒霜、鐵屑、碎瓷片等，而筒端的火藥撚卻有中指般長短 —— 這就是自南宋時代起流傳下來的中國著名火器「火鴉箭」了！當這箭射中目標時，火藥撚線恰恰燃盡，火藥竹筒便會爆炸開來，其中的火藥、彈片、毒煙等立刻迸射而出，傷人極重！

　　此刻，那一支支「火鴉箭」的火藥撚一被點燃，負責放箭的「火鴉隊」射手們紛紛高喝一聲，奮力鬆開弓弦，隨著一片破竹裂帛般的銳嘯之聲劃空而起，千百支「火鴉箭」拖著長長的尾煙「嗖嗖嗖」地射進了倭虜民房土堡的那些門窗之內！

　　須臾之間，那些民房土堡裡面「砰砰叭叭」如同放鞭炮般響成了一片，一股股濃煙從窗戶那裡直冒了出來。緊接著，一些被「火鴉箭」上的火藥筒炸得滿頭滿臉鮮血淋淋或被嗆得滿眼流淚、劇咳不已的倭兵猶如無頭蒼蠅一般紛紛撞破門窗逃竄而出！

　　他們剛一逃到大街之上，早已在外面「恭候」多時的明軍騎兵便似秋風掃落葉一樣狂卷而上，揮刀舞槍砍殺過來！驚魂方定的倭兵們哪裡抵擋得住，稍一交手就被明軍戰馬衝得恰似雞飛狗跳一般慘號著紛紛跌到兩邊，滾地葫蘆般爬不起來 —— 大明鐵騎洶洶然橫衝直撞，那些倭寇或被馬上明兵亂刀斫殺，或被戰馬鐵蹄踏成肉泥，簡直是毫無還手之力！

　　李如松在陣後看著這幕情形，微微而笑：「看來這一招還挺靈 —— 如梅，你給北城、南城的弟兄們傳下令去：在與倭虜展開巷戰之際，先用『火鴉隊』在前開道，再用騎兵隊衝鋒清道，最後派步兵繼後收拾餘寇！」

　　「好！」李如梅朗聲而應，招來兩隊傳令兵，讓他們分頭帶話而去。

　　正在這時，李如柏也拍馬近來，向李如松稟道：「大哥，據咱們在平壤城中設下的朝鮮義民『眼線』來報，小西行長一夥兒逃到城內東北角上的『風

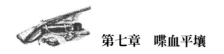

月樓』土堡裡躲起來了……」

「風月樓土堡？」李如松抬起眼來，用手往左邊一指，「是不是在那裡？」

眾人定睛望去，只見平壤城東北角上果有一座五六丈高的塔樓土堡兀然聳立——那堡底寬頂尖，外牆堅厚至極，各角分設角樓，牆面密布箭孔，瞭望窗多達四五十個，牆頭插有五色幡旗迎風獵獵招搖，看起來煞是囂張！

「不錯。那就是『風月樓』了。」跟隨李如松一道進得城來的高彥伯點頭而道。

李如松沉吟有頃，吩咐道：「這樣吧！讓北城、西城、南城等三個方面的大明將士們穩打穩扎地逐漸收緊包圍圈，把所有的倭虜殘匪都逼到『風月樓』和東城城樓一帶，使他們成為坐困一隅之疲獸，然後再乘隙一戰而殲之！」

▌光復重鎮

「為什麼援軍到現在還沒趕到？」小西行長在風月樓土堡最裡邊的那座崗臺中，像關在鐵屋裡的一頭野狼一樣急速地踱來踱去，既像是對來島通明、大村純忠等倭將說話，又像是在自言自語，「難道宇喜多大統領和石田大人居然不顧我們的死活了嗎？……」

來島通明、大村純忠等人眉頭緊皺，誰也不敢吱聲。

「稟告小西大將！」一名倭兵急匆匆奔上崗臺，滿面驚惶之色，顫聲說道，「土堡週邊的武士們、武士們……」

「他們怎麼了？」小西行長急切地問道。

「明軍用火箭射我們……又用大火燒我們……這些倒也罷了，最屬害的是他們用烈煙熏我們……」那報信的倭兵兩眼紅紅地流著淚，痛苦地說道，「濃煙熏得我們直流眼淚，眼睛腫痛得連睜都睜不開……」

「唉！這些明兵怎麼這麼刁毒？」小西行長氣得一個勁兒地跺腳，「再這樣下去，只怕不需他們來打，到時候我們的武士一個個就會難受得忍不住乖乖走出去投降了……這簡直比殺了我們還難受啊！」

「小西大將……」來島通明有些怯怯地看了小西行長一眼，猶豫著說道，「屬下心中倒有一計，卻不知當講不當講……」

「說！」小西行長皺了皺眉頭，冷冷地說道，「這都什麼時候了？你還吞吞吐吐的……無論是什麼計策，只要能轉危為安，你儘管直說，本將不會怪罪你的……」

「屬下在講出這條計策之前，先有一個請求，」來島通明仍是畏畏縮縮地說道，「屬下請求小西大將，聽了屬下這條計策之後，若是不合您的心意，請您一定不能動怒，並且務必寬恕屬下的失言之過。」

「你這麼囉唆做什麼？」小西行長有些不耐煩起來，「你若是再不說出這條計策，本將現在就砍了你的頭！」

來島通明咬了咬牙，湊上前去，附在小西行長耳邊低低地說了幾句話。

「豈有此理？」小西行長還沒聽完，就一把抓緊了倭刀大吼起來，「我們要在平壤城裡拚盡最後一滴鮮血！豈能臨陣脫逃、苟延殘喘？」

「小西大將！」來島通明「撲通」一聲跪倒在地，顫著聲音說道，「大明國有一句諺語，叫『留得青山在，不怕沒柴燒』。他們還有一句諺語，叫『君子報仇，十年不晚』──小西大將，您自己也說，再這樣下去，只怕不需他們來打，到時候我們的武士就會一個個難受得忍不住乖乖走出去投降了……為了避免無謂的死傷，我們應當忍辱負重，趕緊從土堡後門出去……好像平壤東面的城門沒有多少明軍來襲，大同江上的浮橋還控制在我們手中，我們應該能安全地突圍而出的……」

聽著來島通明近乎哀求的話，小西行長在崗臺內踱來踱去，一時拿不定主意。他轉頭掃視了一眼身邊眾武士，只見一個個傷的傷、倒得倒、爬的爬，拖著殘肢斷臂，一副驚弓之鳥的模樣，也確實是不能再挺下去了。

「唉！」小西行長深深嘆了一口氣，「嗆啷」一聲，拋下手中的倭刀，一屁股坐倒在地板上，擺了擺手，「罷了！罷了！傳令下去，讓各個土堡的武士們以攻為守，殺開血路，前往東城大門口處集中，一齊突圍出城！」

「稟報提督大人：倭兵們已陸陸續續從各處土堡中逃出，」哨騎向李如松稟道，「他們似是在向東城大門一帶集中，準備殺出城去！」

「哦？」李如松面色微微一滯，有些茫然地說道，「倭虜這麼快就放棄了抵抗？……看來他們也並不是一味硬拚硬鬥的莽夫啊！……」

「大哥！」李如柏在一旁奮然說道，「倭虜既然要逃，我們應當乘勝追擊，尾隨其後，一路掩殺過去！」

「不行！」李如松微微搖了搖頭，沉吟著說道，「我軍此刻急急前去追殺，恐怕有『多勞少功，得不償失』之憂！」

「多勞少功、得不償失？」楊元一怔。

「是啊！」李如松耐心地解釋道，「本提督也想一口就把倭虜們全部吞了！——可是，現在我們做得到嗎？我們這些攻打平壤城的大明將士們，從今天早上辰時起一直馬不停蹄地拚殺到了晚上的戌時，只吃過幾口乾糧，喝過幾口冷水，都已經很疲倦了……再去追殺這些被逼得狗急跳牆的倭兵，實在是有些力不從心了……」

「這……這……」楊元和李如柏一聽，覺得李如松所言甚是，卻又心有不甘，喃喃地說道，「難……難道就瞧著倭虜這樣大搖大擺地逃出東城大門去？」

「你們大概也忘了——本提督一直是故意放著東城大門不管，讓倭兵們以為那裡是自己突圍出城的最佳位置……」李如松淡淡地笑了，「日落時分，本提督已讓查大受和李寧率領三千騎兵和十門虎蹲炮守在東城門外隱蔽之處，一邊養精蓄銳，一邊等待倭兵逃出城後欲渡大同江時猝然使用大炮轟擊，然後乘機攔腰截殺！」

「妙啊！」楊元恍然大悟，「提督大人神機妙算，實在是高深莫測！其實，倭軍將領亦並非酒囊飯袋，他們倘若決定自東城突圍，一定會兵分數路，左右掩護。這個時候，他們左右兩翼掩護部隊的抵禦必是十分賣力的，火器、兵力的配備也必是最為精良的。如果我軍輕率隨後追襲，仍然免不了和倭虜死拚硬打，殺敵一千，自損八百。而李提督在東門之外預設伏兵，以逸待勞，等到倭軍出城之後心神懈怠、疲於奔命之時，再用火炮猝然攻擊，加之先前又派了精兵於東岸那邊迎頭截殺——他們自然是在劫難逃了！」

「唉！」李如松抬頭望著東城大門的方向喃喃自語道，「本提督計雖如

此，能不能立竿見影，我心中卻並無太大把握。但此時也唯有在心中默祈『天遂人願』了！查大受和李寧素來驍勇過人，本提督相信他們今夜一定不會辜負重托，一舉殲滅潰逃的倭兵，砍下小西行長的腦袋！」

平壤東城大同門口外的空地上，從各個土堡崗亭裡逃出來的倭兵宛若從地獄裡鑽出來的鬼魅嘍囉一般，披傷掛彩，滿面血垢，拖刀提槍，密密麻麻地擁擠在一起。他們中間不少人激動得哭了起來，互相擁抱著、跳躍著，為倖存下來而感到狂喜不已。

小西行長卻顧不上高興，派手下親兵查點人數，先前守城的三萬倭兵，確是死傷慘重，現在只剩下了九千餘人。看到這一結果，小西行長倒抽了一口冷氣，驚得手腳冰涼：天啊！太閣大人東征西討時的嫡系「王牌軍」，居然在一日之間便被明軍打掉了整整三分之二！這是多麼可怕啊！

這時，他的家將渡邊次郎從大同江邊的浮橋西橋頭那邊飛馳過來，大聲呼道：「小西大人，趁著現在夜色正濃，我們趕緊渡江東撤吧！」

小西行長聞言，當下不再耽誤，急忙糾合那些倭兵，進行兵力部署和撤退安排：面對大同江上的三條浮橋，右翼八百騎兵由他麾下悍將大村純忠、渡邊次郎率領，專門對付從平壤南城那邊過來的明軍襲擊；左翼一千騎兵由小西飛、來島通明率領，專門防禦從平壤北城那邊過來的明軍截殺；而小西行長自己則在服部正全的「忍兵團」護衛下率領剩下的倭兵分為三隊以最快的速度從三條浮橋之上疾馳而過。

左右兩翼的倭虜騎兵來回賓士警戒著，同時故意向南北兩側的暗處放槍鳴炮以做試探 —— 然而，周圍卻仍然是一片沉寂，寂靜得令人有些莫名的害怕。

小西行長策馬踏上大同江江面上那條正中的大浮橋，回首遙遙望向沐浴在明亮月光之下的像朝鮮秀女一般美麗的平壤城，狠狠地咬著牙說道：「明軍以眾欺寡、恃強凌弱，傾十萬之眾，鬥我三萬武士，實乃勝之不武！今夜我等暫且退兵，他日必將重整旗鼓，再入平壤！」

雖然倭兵們個個都清楚明軍兵力與己方相當，但是小西行長故意誇大明軍兵力來顯耀己方武士「以弱抗強、以寡擊多」的勇敢頑強，這讓倭兵聽了

心底甚是受用。於是，素以「較真兒」而出名的倭人也便不去糾正小西行長的「口誤」了，一齊歡呼叫好道：「小西大將說得對！明兵仗著人多勢眾，雖然一時僥倖獲勝 —— 待我們與宇喜多大統領的大隊人馬會合之後再殺回來報仇，他們必敗無疑！」

他們一個個正沉浸在自欺欺人的幻想之中興高采烈地胡言亂語著，只聽「轟」的一聲霹靂般的大爆響憑空而來，一下壓住了他們的喧囂呼喊之聲！

眾人慌忙回頭，只見大同江水面上騰起了三四丈高的水浪，濺開來層層浪花 —— 那些水沫「嘩」地一下將小西行長劈頭蓋臉澆了個溼淋淋！

小西行長一把揩去滿臉的水漬，放眼一看：平壤城池的南城、北城兩邊赫然各有一支明軍騎兵勁旅如同一柄利剪般快速無比地交截而至 —— 伴隨他們而來的，還有雨點般的炮彈、槍彈、火矢密密集集地瀉落在渡江倭軍的頭上！

「明軍開炮了！」「明軍在偷襲我們！」倭兵們遭此從天而降的凌厲突襲，一下就被打暈了頭，再也無法組織起整齊劃一的陣形撤退了，紛紛在浮橋上左擁右擠著，一窩蜂兒的拚命往對岸直衝過去！

「大家別慌！別亂！」小西行長竭力地呼喊著，但他自己連人帶馬也不由自主地被後面洶湧躁動的人流推得向前狂奔而行！

負責左右策應警衛的大村純忠、小西飛等倭將揮刀砍殺了幾個不顧軍令擅自亂逃的倭兵，這才終於在大同江西岸這邊穩住了局勢。大村純忠手舉長刀，向部下士卒們厲聲喝道：「大日本國的武士們！小西大人既然將斷後警衛的重要任務交給了我們，就等於將他們的生命託付給了我們 —— 我們一定要拚死頂住！絕不能因為自己的懦弱而退卻！」

「誓死為小西大人效忠！」眾倭虜騎兵齊聲高喊一聲，列成一個巨扇形的陣勢，將三條浮橋的西橋頭之處守護得嚴嚴實實的，紛紛挺戈持矛與追擊而至的祖承訓、李如梅等明軍將士展開了慘烈的戰鬥！

然而，明軍的猛烈炮火卻實在是他們無法抵擋的 —— 在他們的身後，左側的那條浮橋已經被明軍的「霹靂炮」擊個正著，立時燃起了熊熊的烈焰：倭兵們被燒得像火人似的一個個慘叫哀號著從橋邊跳下水去逃命！可是，冰

冷刺骨、湍急湧動的江水又怎會是他們避難逃命的好去處？落水的倭兵還來不及呼救一聲，就被水流沖得無影無蹤了！

大村純忠、小西飛、渡邊次郎等見了，亦是相顧駭然，眼看得明軍炮火愈來愈猛，也顧不得什麼「武士的尊嚴」了，只好且戰且退，奔上浮橋，冒著沖天火焰和槍林彈雨爭先恐後地奪路而逃。

小西行長在服部正全等倭兵忍者們的簇擁保護之下，終於打馬逃上大同江的對岸。他驚魂未定，正欲回身站在岸邊指揮手下諸將全力接應那些從對岸奔逃而來的倭兵，忽聽得斜刺裡殺聲驟起：「不要走了倭酋小西行長！」

他愕然循聲看去，卻見查大受、李寧等明將率領數千遼東鐵騎和朝鮮義軍從東岸道旁黑暗之中飛馬殺出，聲到箭到，直衝而至！

這些明兵是從哪裡冒出來的？小西行長正自驚詫莫名之際，「嗖」的一聲，一支弩箭又從他背後破空射來，在小西行長耳畔呼嘯而過！

小西行長惶然回望，卻見祖承訓領著一隊大明鐵騎似趕鴨上灘一般直驅著大村純忠、小西飛、來島通明等人從浮橋上殺到東岸而來！他慌忙撥轉了馬頭，帶著服部正全他們，一溜煙兒朝著開城府方向逃去。

「小西賊酋休逃！」祖承訓一眼望見小西行長的背影，便率著那支騎兵直突而前，如影隨形，「咬」在小西行長身後緊追不放！他一邊猛追上前，一邊揮刀大呼：「小西賊酋！你休要逃走！那日你們追殺祖某之時，可曾想到今夜也被我大明天兵追得落荒而逃？」

小西行長、大村純忠等聽不懂漢語，只是拚命打馬而逃。來島通明聽得明明白白，不禁咬牙切齒，倍感羞辱，又無可奈何，只得強忍怒意隨在小西行長後面疾馳奔逃。

到得一個三岔路口，小西行長、大村純忠等倭將停住了馬，不知該走哪條岔道。來島通明隨後趕來，聽得後面追兵蹄聲來得甚急，連忙上前在小西行長耳畔低低說了幾句。

小西行長一聽，頓時滿面露出恥辱之色，橫了他一眼，埋頭不語。隔了片刻，他終於將牙一咬，把心一橫，慢慢取下頭頂上得立桃形銅盔，托在手裡靜靜看了一下，狠了狠心把它往左邊那條岔道一丟，用以迷惑明兵；自己

和大村純忠、來島通明、服部正全等人也並不往右邊那條岔道上奔逃，而是
撥馬進了旁邊一條毫不起眼的林間小道，慌慌忙忙落荒而去。

　　一路奔逃在那林間荒道上，小西行長心底還在倍感羞辱地想著：看來，
「天道好還」這句話當真是一點兒不錯！自己今天竟也落得像當日祖承訓那般
丟盔棄甲抱頭鼠竄的境地！這一切若是讓加藤清正、福島正則知道了，不知
道會如何取笑自己呢！自己這輩子怎麼在太閣大人面前抬起頭來啊？！

▌開城慶功宴

　　大明萬曆二十一年正月，在李如松統帥的大明雄師的沉重打擊下，駐守
朝鮮北部的侵朝倭軍由四萬人馬頓損為一萬多人，平壤等朝鮮北部城池亦被
中朝聯軍次第收復。

　　倭軍首領小西行長帶領殘兵敗將逃出平壤之後，一路倉皇逃跑，丟棄了
無數糧草、輜重，連夜狂奔數百里，逃進了開城府中稍稍安頓下來。

　　他喘息未定，聞聽明軍副將李如柏又率八千騎兵追襲而至，與嚇得心悸
不已的開城守將黑田長政商議後決定：放棄開城府，率領殘餘人馬退回倭軍
大本營——朝鮮王京漢城府，打算重整旗鼓，以求東山再起。

　　在逃往漢城府的途中，小西行長得知宇喜多秀家、石田三成事前曾經急
令鳳山守將大友義統率領一萬精兵馳援平壤。不料大友義統趕到距離平壤城
外五十餘裡附近，聽得前方炮聲震天，又遙遙望見牡丹峰頂竟已插上了大明
軍旗，頓時嚇得屁滾尿流，不敢向前，馬上掉轉馬頭，帶著手下人馬不戰而
逃，還向石田三成、宇喜多秀家謊稱小西行長已全軍覆滅。

　　小西行長聽後大怒，急忙與黑田長政一道退回漢城府，面見宇喜多秀
家、石田三成、黑田如水等人陳明事情經過。宇喜多秀家、石田三成立刻就
將大友義統投進囚籠關押起來，同時發出號令，讓據守在黃海道、平安道、
京畿道、江源道等地的倭軍全部棄城而逃，儘快收縮戰線，一起趕赴漢城府
集中會合，準備與明軍決一死戰。

　　在正月十五日這天，大明軍隊順利開進開城府據守，至此朝鮮淪陷於倭

虜之手的半壁河山已被盡行收復。據統計，截至此時，倭軍已損失精兵二萬五千餘人，而明軍僅僅死傷了一千多人。

此番平壤大捷的消息一經傳開，奮鬥在朝鮮境內各州郡的義軍們更是歡欣鼓舞，紛紛起兵反抗，弄得倭軍焦頭爛額、左支右絀，只有縮在漢城府裡，不敢輕舉妄動。悲觀失敗的氣氛彌漫在倭軍各個大營內，士兵們整天提心吊膽、度日如年，生怕明軍不知在什麼時候就會橫掃過來！

開城府的府衙裡李如松和諸位明將設下了酒宴，興高采烈地歡迎前來慶功祝賀的大明備倭經略使宋應昌和朝鮮國王李昖。

只見府衙中堂之上，處處張燈結綵、紅氈鋪地，一桌桌珍饈佳餚美不勝收。宋應昌、李如松二人並肩坐在右側首席之上，李昖一人坐在左側首席之上。

但聽得一聲金鐘敲響，清音嫋嫋。李昖滿面帶笑，應聲站起身來，雙手捧著一盞金杯，躬身向李如松、宋應昌敬道：「我朝鮮慘遭倭虜入侵，國破民殘，今日終得天朝雄師大顯神威，一舉殄滅倭賊二萬五千餘人，旬日之間收復我朝鮮半壁河山，可謂功德巍巍、震古鑠今！此恩此德有若天高地厚，本王難以言謝 —— 唯有教導我朝鮮臣子世世代代永遠銘記諸位將士之英名，誓以再生父母之禮供奉之！」

聽李昖此言說得這等懇切，李如松與宋應昌急忙起身還禮謝道：「殿下言重了！『驅暴安良、存亡續絕』乃是我大明天兵的本分，何足言謝？請殿下勿憂，我等將謹遵聖意，再接再厲，一鼓作氣，徹底掃平倭虜之亂，早日光復朝鮮三千里河山！」

雙方敬酒禮畢，同時一飲而盡，然後恭然落座。隔了片刻，李昖輕咳一聲，向柳成龍微微示意。柳成龍會意，起身說道：「諸位天朝將士為我朝鮮浴血奮戰，忠勇無比，我朝鮮君臣上下不勝感激。鄙國大王決定：從王宮內帑府庫中特撥五千兩黃金，贈予諸位天朝將士，聊表謝意，還望笑納。」

說罷，柳成龍右手一抬，向候在堂門口處的朝鮮內侍們做了個手勢。

那些內侍們見狀，便兩人一組地抬著五口紅木箱子穩穩當當上了堂來，陳列在明朝將士面前。

「這……」宋應昌捋了捋鬍鬚，卻是沉吟未定，不禁轉頭看了看李如松。李如松心念一轉，哈哈一笑，亦是起身還禮謝道：「我等大明將士在此多謝殿下和朝鮮各位大人的美意了。本提督剛才已經說過了，『驅暴安良、存亡繼絕，乃是我大明天兵的本分，何足言謝？』朝鮮剛剛收復半壁河山，百廢待興，亟須錢糧——這五千兩黃金，還是請殿下收回國庫，用以復國養民吧！」

「這怎麼行？」李昖一聽，急忙和柳成龍等人勸請不已。然而李如松執意甚堅，推辭不受。賓主間來回互讓了幾番，朝鮮君臣見李如松始終不允，也只得罷了。

雙方復又坐定，卻見李如松執杯在手，站起身來，昂然說道：「剛才殿下致謝我大明天兵大舉義師前來驅暴安良，我等已是心領了。本提督此刻卻要借你們朝鮮的美酒，代表大明全體將士恭恭敬敬致上三大重謝——一是感謝我大明皇帝陛下面臨倭虜倡狂作亂之厄，處變不驚，力排眾議，乾綱獨斷，運籌帷幄，任賢使能，厲兵秣馬，奮起赫赫天威，以破倭寇之膽！」

他此語一出，李昖、柳成龍等全朝鮮君臣和各位明朝將士齊齊起立，面向西方，遙遙躬身示謝。

「這第二嘛……」李如松又執杯轉身朝向宋應昌，真摯無比地說道，「二是深深感謝我大明備倭經略使宋大人！您處處顧全大局，時時推賢讓能，委實令李某敬服不已！」說著，他又轉向朝鮮君臣和各位部下將士，激動地說道：「宋大人曾經公開宣示自己絕不插手軍中對倭作戰之事……但諸位有所不知，這一次平壤城中，我軍能夠奇招迭出、妙招橫生，打得倭虜防不勝防，完全是根據宋大人提出的『先聲以奪其氣，用間以離其黨，迎擊以挫其鋒，伏奇以躡其後』這二十四字平倭方略隨機應變的。再加上宋大人在東征之時，不辭辛勞，為我軍悉心籌備糧草，調度精銳火器、軍械，方才使得我軍此番攻克平壤勢如破竹、一舉獲勝！在此，本提督代全體將士敬您一杯以表謝意！」

「本座豈敢當此深情大禮？」宋應昌急忙舉杯辭謝道，「本座自參加東征以來，只知兢兢業業、勤勤懇懇為我大明將士殺敵制勝而拾遺補闕，別無他

念，但求不負陛下和朝廷的重托而已！本座這一切所為實乃職責所在，捫心自問，何功可以致謝？慚愧、慚愧啊！」

他二人推讓了一番，然後碰杯一飲而盡。李如松又舉起酒壺，往自己杯中斟滿了酒，舉杯在手中朝著座中的朝鮮君臣說道：「本提督這第三杯酒，要深深致謝各位與我大明天兵並肩而戰的朝鮮將士！他們與我大明天兵實乃『一體同心』、如兄如弟，履危之時能奮不顧身、護持在前，休戰之時又能推動讓賞、居功在後。可以說，沒有他們的鼎力支持，我大明天兵攻克平壤、收復開城，絕不會這般一帆風順！所以，本提督要代表大明全體將士向他們致以深切謝意！」

聽到李如松這般誇讚朝鮮將士，李昖急忙起身還禮，擺手謝道：「李提督過獎了！過獎了！我朝鮮軍士文弱成性，僅能勉力自保，又談何貢獻於大明天兵？李提督此言，我朝鮮軍士實不敢當啊！」

二人正在謙讓之際，卻聽席間一員明將站到堂中，大聲呼道：「殿下莫要推辭！你們朝鮮國中亦是不乏奇人異士，且不說那全羅道水師節度使李舜臣將軍，我祖承訓當日在平壤遭到倭虜伏擊落荒而逃之時，曾被你朝鮮國一員女將中途救下──所以，祖某這條性命亦可算是朝鮮將士所賜，祖某必定在日後拚命多殺倭虜以報答之！」

「是一員女將救了你？」李昖一聽，頓時瞪大了眼睛看著祖承訓，急切地問道，「她……她是不是姓宋？她……她現在下落何處？」

「這個……當時情勢危急，祖某來不及問她姓名，只知她長髮及腰、容貌絕美，而且身手不凡……」祖承訓沉吟片刻，緩緩說道，「此番攻克平壤、開城之後，祖某也曾向倭虜降兵打聽她的下落，終是杳然無聞……大概她已經……已經為朝鮮捐軀了吧！」

李昖聽了，只覺心頭一陣隱隱刺痛，眼圈頓時便紅了。他輕輕嘆了一聲，惘然若失，慢慢坐到了座位之上，心道：宋貞娥這般出色的巾幗英傑，如此年輕便香消玉殞，實在是可惜了……本王當時還是應該將她留在身邊啊！念及此處，他不禁又自嘲地笑了一笑：「似她這樣的英烈女子，焉能安居宮闈坐視家國淪亡而不顧呢？唉……這般為國捐軀的壯烈之舉，也許才是她

無怨無悔的真正歸宿吧……細細想來，本王這堂堂六尺鬚眉，倒是不及她這一介小女子了……」一時百感交集，只是默默咽淚無語。

正在這時，堂外忽然傳來一陣熱熱鬧鬧的鼓樂之聲。只見一名明軍親兵領著一位女真武士大步而入！

「易寒？」李如松認出了他是努爾哈赤的貼身侍衛長易寒，不禁起身離席，「龍虎將軍他可安好？你來開城府有何要事？」

易寒屈膝跪下，一臉喜色地稟道：「易寒回報李提督，努爾哈赤將軍一切安好。五日前他聽說李提督一舉攻克了平壤城，取得殲滅倭虜二萬餘人的大捷，很是高興，當即便派易寒帶了禮物前來祝賀李提督。」

「嗨！龍虎將軍真是太多禮了！派你來祝賀便是心意已到了，還帶什麼禮物啊？」李如松哈哈一笑，擺了擺手說道，「他的禮物本提督一份兒也不收！」

「龍虎將軍說了，他的這份禮物，請李提督一定要收下！」易寒微微含笑說道，「而且，他相信李提督日後在征倭大戰中也用得上這份禮物！」

「哦？」李如松面現詫異之色，「那究竟是何禮物？」

「稟告李提督，是努爾哈赤將軍麾下五百名最精銳的『神弩營』戰士！」易寒雙拳一抱，肅然稟道，「他們此刻正在府門之外等候提督大人收編調遣！」

「好！好！好！」李如松久聞建州女真部族的「神弩營」戰士箭法如神，委實是對付倭虜火槍兵的最佳助手，於是連連點頭稱好，「既是如此，本提督就破例收下龍虎將軍送來的這份重禮！」

說罷，他眉頭一皺，忽又向易寒問道：「遼東那邊，漠南蒙古胡虜和海西女真葉赫部近來可有什麼異動？」

「提督大人忙於征倭大事，想來還不知道吧？正月初二，蒙古胡虜和納林布祿各出五萬人馬，一東一西同時作亂，」易寒聽了他的問題，微微有些意外，便認真答道，「努爾哈赤將軍已率軍北上，在遼河東津口阻住了納林布祿西進之勢；雙方戰鬥雖是激烈，但依卑職之見，納林布祿在努爾哈赤將軍手下必是有敗無勝。倒是顧養謙總督那邊，應付漠南蒙古胡虜似是十分吃力啊……」

「唉……你且回去轉告努爾哈赤和顧總督，」李如松聽了，這才知道遼東那邊亦是戰事不小，不禁臉色一緊，沉吟片刻，對易寒說道，「本提督在朝鮮這裡一定力爭速戰速決，待得徹底殄滅倭虜之後，立刻班師回去馳援你們！」

捷報入京城

「咻」的一聲銳響，一束紅光似遊蛇一般射入夜空深處，然後「噗」的一聲，綻放開來，散成漫天星雨，繽紛而落。

「這爆竹可真好看！」在御花園裡仰面觀看著這一幕夜景的鄭貴妃驚喜地拍了拍掌，轉頭向坐在身旁的朱翊鈞笑著說道，「陛下，您是讓內侍們從西夷商人那裡購買的吧？」

朱翊鈞此刻正低著頭慢慢地呷著掌上杯中的清茶，神色沉滯，彷彿滿腹心事一般，竟似未曾聽到鄭貴妃的問話。鄭貴妃見了，心中一動，斂了斂神色，整了整衣襟，清咳一聲，坐近了朱翊鈞，聲音不大卻字字清晰地問道：「陛下，今夜是正月十五元宵佳節，您應當放下國事，與民同樂才是！卻又為何這般心事重重？」

「哦……」朱翊鈞這時才從自己的思緒中清醒過來，抬眼看了看鄭貴妃，臉上慢慢釋放出一些笑意來，淡淡地說道，「沒事的。朕此刻不正在與民同樂嗎？哦……對了，妳剛才好像在問這爆竹是從哪裡買來的吧？」他頓了一頓，想了片刻，才淡然答道：「朕記得不是內務府到外邊買的……是安南國進獻的春節貢禮。」

說到這裡，朱翊鈞面色一暗，有些愧疚地悠悠說道：「愛妃啊！今年春節，朕讓妳們過得有些寒酸了……往年這個時候，朕還會賞賜妳們一些金銀珠翠、綾羅綢緞……」

他的語氣又滯了一滯，半晌才又接著說道：「可是……可是今年朕沒法賞賜妳們了……昨日戶部何致用來向朕稟報，說去年平定寧夏之亂和派軍入朝平倭兩件大事已然耗去了六百多萬兩白銀。張師傅當年留下的那點兒國庫存

銀一下就用了一大半……唉，年初海西女真酋長納林布祿和漠南蒙古胡虜又在勾結作亂，侵入遼東……顧養謙那裡也在向朕催要軍餉……還有朝鮮平倭之事又急不可緩……朕，朕只得緊縮宮中開支，先來照應這些事兒了……」

「陛下……陛下……」鄭貴妃聽了，不禁噙著熱淚向他款款拜倒，懇切地說道，「見到陛下如此心繫社稷、憂國憂民，您便是賞賜臣妾一支荊釵，臣妾心裡也是高興的……若是國庫存銀不足，您就明言一聲，臣妾願將自己的金銀首飾、錦衣彩服全都捐獻出來……」

「愛妃真是深明大義啊！」朱翊鈞聽了，這才緩緩舒展了眉頭，臉上露出滿意的微笑。他慢慢抬起頭來，望向東邊天際上那點點星光，喃喃自語道：「我大明舉國上下在歡度元宵佳節之際，李如松、宋應昌他們此刻卻還在朝鮮苦寒之地浴血奮戰、力剿倭虜哪！比起他們那份辛苦來，朕和朝中大臣過幾天緊日子又算什麼呢？……只盼著他們能安然無恙、凱旋才好啊！」

「陛下勿憂，」鄭貴妃急忙勸道，「依臣妾看來，李如松英勇善戰，宋應昌心思縝密 —— 他倆聯手，我大明雄師必是所向披靡！」

朱翊鈞聽了此言，展顏微笑，道：「是啊！朕也相信他倆絕不會辜負朕的厚望的。」

他正說之際，卻見司禮監今夜的當值太監陳矩手裡舉著一份奏章，風風火火直奔御花園而來，跑得上氣不接下氣的，還沒近得朱翊鈞和鄭貴妃座前，便是雙膝跪下，雙手將那奏章托過頭頂，有些語無倫次地說道：「陛……陛下，八……八百里加急快奏……朝……朝鮮來的……是朝鮮國王李昖和……宋應昌他們聯名署發的……」

「朝鮮來的急奏？」朱翊鈞一聽，心臟立刻「咚咚咚」猛跳了起來！他微微斜倚在御座上的身子一下挺直了，雙手也立刻抓住了御座兩邊的扶手，顯得十分緊張地說道：「究竟是……是何內容？講來給朕聽聽！」

陳矩跪在地上咽了咽口水，喉頭動了幾動，緩過氣來，然後滿面喜色地奏道：「陛……陛下！是……是大喜事啊！他們在奏章中稟報：李如松正月初八一舉攻克平壤，殲滅倭虜二萬五千餘人，相繼收復咸鏡道、黃海道、開城府等朝鮮失地，而我軍僅僅損兵八百多人，堪稱『戰功赫赫，震古鑠今』啊！」

「勝……勝利了？！」朱翊鈞聽罷，卻是神色一呆，自言自語道，「我大明將士此番東征旗開得勝了？！是不是真的？」

「是真的！都是真的！」陳矩在地上把頭叩得「咚咚」直響，「這奏章上有李昖和宋應昌共同簽署的名字……請陛下放心，這一切都是真的！」

御花園中立刻便像一泓深水般候地靜了下來，靜得那夜風拂動花間枝葉的微微聲響亦是清晰可聞。

過了許久許久，朱翊鈞那沉緩平靜的聲音終於慢慢響起：「把這奏章留下……你們都退下吧……」

陳矩沒想到朱翊鈞倏然之間變得如此沉靜，感到有些不可思議，也不敢多言，只得恭恭敬敬應了一聲，膝行著上前將那份奏章放在了朱翊鈞身旁的青玉几上，然後平身倒退著和兩邊的內侍一齊出了御花園。

頓時，偌大的御花園裡，便只剩下了朱翊鈞和鄭貴妃二人。待得園門外眾內侍的腳步聲漸漸遠去之後，剛才還沉靜如山、喜怒不形於色的朱翊鈞一下轉過身來，抓起了那份奏摺，雙手激烈地顫抖著，接連翻了四五次，才將那份奏摺翻了開來！

一翻開奏摺，朱翊鈞便不顧一切地埋下頭去認認真真地閱看起來！

看了很久很久，朱翊鈞整個人就像一頭扎進了那份奏摺裡拔不出來了一樣——他好像永不知足地看了一遍又一遍。

「陛下……陛下……」鄭貴妃生怕他中了心障，急忙出聲提醒道。卻見朱翊鈞慢慢抬起頭來，痴痴地望著她，雙眸之中湧起了清亮的淚光。他的聲音顫顫的，讓鄭貴妃聽了心頭也顫顫的：「愛妃！愛妃！我們終於勝利了！我們終於勝利了！經歷了那麼多的山重水複，我們終於還是勝利了！朕……朕真是太高興了！」

說著，他忽地一頓，一下提高了聲音：「這樁天大的喜事，朕要與天下臣民共用！朕馬上就親自擬詔，褒獎李如松、宋應昌等全體東征將士，同時將此平倭佳績宣告天下，普天同慶！朕要讓各地官員從本地官庫中列支，發放魚肉大米，與天下百姓共慶三日！」

鄭貴妃一聽，似覺有些不妥：東征大軍方才收復朝鮮半壁河山，這朱翊

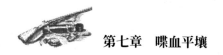

鈞便一時喜極，竟要撥出官庫錢糧與民共慶三日……且不說將來收復了朝鮮全境又當如何，單單就這各地官府撥給百姓用以慶祝三日的這些錢糧，只怕便是一筆大大開銷！皇上畢竟還是太年輕，只圖自己一時歡暢痛快，欲要與人共用其樂，全然忘了平日裡節衣縮食湊補軍餉之苦啊！

　　然而，此刻朱翊鈞正深深沉浸在東征大捷消息的極度興奮之中，她又豈敢上前出聲給他潑上這盆「冷水」？思來想去，鄭貴妃也無可奈何。

第八章　大戰碧歸館

「大帥！」查大受、李有升等愕然回首，只見李如鬆手持「天泉古劍」不知何時竟已放馬上前，迎向了立花宗茂！

在立花宗茂駭異的目光中，李如鬆手中那柄「天泉古劍」斜斜指向地面，宛若一脈活水一般流轉泛動著粼粼光波，映得他鬚眉盡碧。同時，李如松仰起臉來，那眼神便似「天泉古劍」的劍芒一般凜冽、冷峭──只聽他唇角一動，沉緩有力地吐出了四個字：「來受死吧！」

▍豐臣秀吉的悲與喜

名護屋野苑裡的櫻花自然沒有大阪城和京都的絢麗奪目、種類繁多。它們紛紛盛開在枝頭上，遠遠望去，便似漫山遍野地綴滿了朵朵嫩白粉紅的雪花。

今年名護屋的櫻花開得很早，二月初一剛過，就已是「忽如一夜春風來，千樹萬樹梨花開」了。豐臣秀吉覺得這是一樁很值得慶賀的祥瑞之兆，便在二月初二這天，帶著澱姬夫人、大野治長等自己太閣府裡的人，安安靜靜地來到了名護屋城外的雪魂山觀賞櫻花。

漫步在櫻花林中，豐臣秀吉一臉的悠然，他背負雙手，昂首向天，緩步而行。澱姬卻是踩著一路碎步，輕俯身形，緊走慢蹀，寸步不離豐臣秀吉的身畔。大野治長領著數十名侍婢，遠遠地跟在他倆身後，不敢靠近打擾。

忽然，一陣微風徐徐掠過，櫻花樹上頓時枝葉輕搖，一片淅淅細雨似的櫻花花瓣便輕輕柔柔、紛紛揚揚地飄散開來，旋轉著、飛升著、灑落著，像無數粉蝶般輕靈無比地翩翩起舞，迷離了林中諸人的視野。

「多美的櫻花啊！」豐臣秀吉深深地感慨道，「它們『瀟瀟灑灑而生，轟轟烈烈而去』，每一次借著春風盡量展現出自己獨有的風姿，都能給人們留下永不磨滅的記憶。唉……本太閣看到它們，就不禁想起了自己這波瀾壯闊的一生，也便猶如這『瀟瀟灑灑而生，轟轟烈烈而去』的櫻花……」

「太閣大人，您說錯了。」澱姬聽到這裡，立刻微微皺起了眉，面色一凜，竟是無所畏懼地打斷了豐臣秀吉的話。

「妳……」豐臣秀吉一向是唯我獨尊、傲氣沖天，從來只有他一個人發號施令，而別人只有俯首聽令、唯唯諾諾的分兒，這次竟被澱姬猝然打斷了自己的講話，頓時雙眉一豎，面色驟然變得猙獰可怕，當場便要發作起來。

卻見澱姬畢恭畢敬跪倒在林間草坪之上，柔聲說道：「太閣大人息怒。妾身認為，這櫻花雖然美豔絕倫，但它易枯易榮、盛衰不定，豈能與永遠雄踞至尊之位的太閣大人相提並論呢？依妾身看來，只有我日本國的絕頂奇峰——富士山才可以用來比擬您的巍巍功德、赫赫權威！」

「呵呵呵……」豐臣秀吉聽了，不禁轉怒為喜，臉上露出了得意的笑容，「夫人說得很對啊！本太閣建下的豐功偉業，確是有如高入雲霄的富士山，足以令任何人仰不可及！」

他倆正在對話之際，大野治長輕輕移步走近前來，小心翼翼地稟道：「啟稟太閣大人：西征大軍統領宇喜多大人、奉行石田大人，還有軍師黑田大人派了服部正全為信使，送來了朝鮮戰報。」

「哦？西征大軍的信使回來了？」豐臣秀吉臉上掠過了一絲深深的笑意，喃喃地說道，「他們此刻一定是已經攻下了大明國的遼東全境，為了呼應今年名護屋櫻花早開的祥瑞之兆，給本太閣送捷報來了吧？服部正全在哪裡？」

「他正在櫻花樹林外等候您的召見哪！」大野治長眸中閃過一絲隱隱的不安，「依卑職之見，還是請太閣大人賞完了櫻花再接見他吧！」

「沒關係，沒關係，」豐臣秀吉拿手拂了拂飄在衣衫上的櫻花花瓣，微微笑道，「大野君啊！你馬上去召一名畫師前來，將本太閣站在這櫻花樹林中聽取西征捷報的這一幕情景仔細地描繪下來——今後，這幅圖畫有可能會成為流芳百世的珍品啊！就像他們大唐國那位太宗皇帝李世民接見吐蕃使臣的《步輦圖》一樣是稀世之珍……」

「這……這……」大野治長在喉管裡嘟囔了幾句，只得垂手退出林去。

隔了片刻，聽得一陣窸窸窣窣的聲響，卻見一身素服的服部正全跪在地上，滿臉鐵青，半垂著頭，竟是膝行著慢慢從樹林外挪到豐臣秀吉和澱姬面前來。

見到服部正全這般舉動，豐臣秀吉一下便變了臉色，怔怔地站在那裡，驚詫莫名。澱姬亦感到似乎有些不妙，急忙屈身退開遠遠的，不敢多言。

「怎……怎麼回事？」豐臣秀吉待他慢慢膝行著挪近自己身前五尺開外，方才開口問話，聲音澀澀的，「到底是怎麼回事兒？」

「太……太閣大人，」服部正全不敢抬頭，只是臉朝地面，全身瑟瑟發抖，顫著嗓音說道，「大……大明國出動了四十萬精兵強將，以……以十倍之眾前來挑戰，小西君和武士們英勇奮戰了十天十夜，終於寡不敵眾，退出了平壤、開城等地……」

他按照宇喜多秀家和石田三成事先編好的內容結結巴巴地說道：「我們……我們只損失了一萬多人馬，他……他們大明國傷亡了五六萬士兵……」

豐臣秀吉仍是木然不動地站著，呆呆地聽服部正全說著，臉色變得越來越難看，突然間雙耳深處「嗡」的一陣巨鳴，只看到服部正全的嘴一張一合地還在說什麼，自己卻一時再也聽不清他的聲音了。

同時，他只覺得自己心臟驀地傳來一陣劇烈的絞痛，有如一柄匕首在裡面攪動一般，疼得他額角上頓時掉下了大顆大顆的汗珠！

他「啊」的一聲大叫，「撲通」一聲坐倒在地，大口大口地喘著粗氣，用手指著服部正全，滿臉猙獰之色，卻一時說不出話來。

聽到他這一聲大叫，澱姬慌忙跑上來將他扶住。同時，大野治長也從林外飛步而入，一見此狀，急忙上前將豐臣秀吉輕輕放平在地上，然後他扭頭喝令服部正全速速退下。

「大野君……」澱姬驚慌失措地看著大野治長道，「這……這……這可怎麼辦？」

「別慌！別慌！」大野治長伸出右掌抹了下自己額頭的密密冷汗，定了定心神，彷彿想起了什麼似的，忽又驚喜喊道，「有了！卑職馬上去請那位琉球國來的許醫生來瞧一瞧太閣大人……」

青衫布巾的許儀靜靜地盤膝坐在太閣府寢室的黃金地板上，望著臥倒在床榻上的那個面色蠟黃、乾瘦如猴的老頭兒，怎麼也不能將他和外面傳言中

那個野心勃勃、一手挑起明倭之戰的亂世梟雄 —— 豐臣秀吉連繫在一起。

就是這個一身病態的老頭兒，晚年突發狂想，傾盡日本之力，要遠征大明、稱霸天下？就是這個老頭兒，指揮自己手下人馬大肆殺戮，雙手沾滿了朝鮮民眾和大明士卒的鮮血？就是這個老頭兒，到了現在身患暴疾之時，仍在昏迷中像瘋子一般囈語著「要狠狠教訓大明國，要重重反擊大明國」等胡話。

許儀正在浮想聯翩之際，大野治長的聲音將他喚回到現實中來：「許醫生⋯⋯許醫生⋯⋯您⋯⋯您⋯⋯看太閣大人他⋯⋯」

「這⋯⋯還請總管大人讓在下近前去瞧一瞧太閣大人的病情如何？」許儀沉吟片刻，開口問道。

「當然可以！」大野治長急忙應道。

這時，一直護持在豐臣秀吉床榻邊的侍衛首領鬼目幸雄將右手一下緊緊按在了腰間的刀柄之上，他冷冷瞥了許儀一眼，毫不客氣地說道：「大野總管，這個琉球醫生為人可靠嗎？太閣大人的身邊絕不能有可疑之人接近。」

大野治長哼了一聲，冷冷說道：「許醫生是琉球國的名醫，醫術精湛。本總管多次生病都是服了他配的藥物才痊癒的。他若是對我日本國存有二心，又豈會配藥醫治本總管？況且，他終究是一個醫生，又不會什麼武功 —— 有武藝超群的日本劍道高手鬼目幸雄您保護在太閣大人身邊，誰又能傷得了太閣大人一根毫毛呢？」

鬼目幸雄沉思了片刻，冷冷盯著許儀，緩緩應道：「既然有大野總管擔保，就讓這個琉球醫生近前來為太閣大人診斷吧！」

大野治長聽了，轉身伸手向許儀做了一個恭請上前的姿勢。許儀默默地站起了身，緩緩走到了豐臣秀吉的榻床之前，凝神仔細觀看了一會兒他的面色，然後伸出右手輕輕向豐臣秀吉右腕的脈門處扣去⋯⋯

「你要幹什麼？」鬼目幸雄急忙用倭刀的刀柄擋了一下許儀伸將過去的那隻右手。看著他雙目圓睜、深懷疑慮的表情，許儀面上波瀾不驚，只是將右手停在了半空，淡淡說道：「老夫要為太閣大人把脈診斷。」

「哦⋯⋯」鬼目幸雄這才慢慢收回了倭刀刀柄，但同時他身形一動，也上

前一步緊緊靠近了許儀的身旁，如同將他無形挾持了一般，隨時提防著他的一舉一動。

當許儀的右手手指搭上豐臣秀吉的腕脈之時，豐臣秀吉便似心生感應一般，倏然睜開了雙目，竟是一下清醒過來。他目光在寢室內一轉，立刻便明白了一切。

靜靜地等著許儀為自己把脈之時，豐臣秀吉的眼神漸漸濃縮起來，聚成了兩道精光，緩緩掃向了侍立在榻前的大野治長，冷靜地說道：「沒關係。這一點兒病痛還不會將本太閣怎樣的……唉！我日本西征大軍在朝鮮慘遭挫敗，這才是本太閣心中之劇痛啊！你把宇喜多秀家、石田三成、黑田如水他們寫的呈文取給本太閣瞧一瞧……」

「是！是！是！還請太閣大人要寬心啊！」大野治長口裡答應著，卻一動不動，「太閣大人還是先保重身體再說！他們的呈文，卑職待會兒便給您取來……其實，據服部正全所言，大明國喪師四五萬，我軍才死傷一萬餘人，比較之下，我們還是算勝利了的……」

「不管他大明國折損了多少人，也不管我日本國傷亡了多少人，但是平壤、開城等朝鮮重鎮終究是被大明國的軍隊奪去了……」豐臣秀吉抬起頭來，將目光投向了高高的屋頂，斜倚在床榻之上悠悠說道，「這樣看來，我們日本國哪裡能算是勝了呢？現實中朝鮮的局勢，應該比本太閣想像中的更為棘手吧！」

這時，許儀已經把完了脈，收回了右手，垂放在自己膝蓋上，恭恭敬敬伏下身來，不敢多言。

豐臣秀吉倏地將目光投在了他身上，又看了看大野治長，神色中寫滿了問號。

「呃……這位醫生是琉球國的神醫，」大野治長急忙向豐臣秀吉介紹道，「他姓許名儀，還懂得我們日本國的語言、文字，卑職曾經患過幾次疾病，都是被他治好的。」

「那麼，就請他給本太閣診斷一下吧！本太閣的病情到底如何？」豐臣秀吉緩緩點頭說道。

「太閣大人既然這麼說，在下就獻醜了，」許儀畢恭畢敬地說道，「太閣大人剛才只是因為心情太過激動而導致心肌驟然痙動罷了，只要時時安心甯神、從容寬和，應當並無大礙的。」

「呵呵呵！本太閣自己的感覺亦是如此，」豐臣秀吉笑了一下，對許儀吩咐道，「你且先下去給本太閣開出一劑藥方來，待會兒遞給大野總管，本太閣讓他按照你配的藥方去抓藥來煎服，如何？」

「承蒙太閣大人如此不棄，在下已是感激不盡，」許儀恭恭敬敬起身退了出去，「在下現在便下去給太閣大人配藥。」

待他慢慢退去之後，豐臣秀吉望著他離去的方向，沉吟良久，忽然開口說道：「大野總管，你且吩咐下去，讓京都派幾個御醫連夜趕將過來，一齊為本太閣診斷一下病情。然後，再將這個琉球人開出的藥方給他們詳細審查一番──倘若他的藥方裡有誤診誤斷或漏診漏斷之處，立刻抓起來處死！不過，如果他的醫術真有你說得那麼精湛，本太閣便會將他留下來當本府的供奉醫師。」

「是！」大野治長急忙垂頭應道。

「好了！本太閣現在精神好多了，」豐臣秀吉緩緩說道，「你現在可以把宇喜多秀家、石田三成、黑田如水的呈文送上來給本太閣閱看一下了！朝鮮那邊的事兒一刻也耽擱不得啊！」

靜靜地斜身在榻床上，豐臣秀吉仔細地翻看著宇喜多秀家、石田三成、黑田如水寫來的呈文。他的眉頭一直緊緊地蹙著，臉色陰晴不定。

許久許久，他才放下了這三份呈文，陷入深深的思索之中。宇喜多秀家和石田三成在呈文中只是一味閃爍其詞，並未點明此番平壤、開城之敗的癥結之所在。當然，他們也談到了鳳山守將大友義統不戰而逃，致使小西行長在平壤城內孤立無援，終至一敗塗地。可是對大友義統這個人，豐臣秀吉自然也是熟悉的，大友義統並不是膽小如鼠之徒，在跟隨自己東征西戰之中，他從來就沒有臨陣脫逃之舉！相反，他在自己手下是一員頗為出名的悍將啊！然而，到了朝鮮，面對明軍的大舉進攻，這員悍將竟然望風而逃、不戰而退！這說明了什麼？這說明明軍必然是實力異常雄厚，這才極大地震懾了

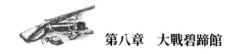

大友義統，嚇得他抱頭鼠竄！

　　想到這裡，豐臣秀吉不禁搖了搖頭，深深嘆了一口氣。他一瞬間又想起了黑田如水在呈文中寫給他的那些話。黑田如水建議自己立刻停戰撤軍，與大明國議和談判，不能再硬碰硬地頑抗下去了。他還認為，此番平壤之役中，大明國尚未動用全部國力，單是派來一個李如松，就已是厲害至極，使得西征大軍人人談而色變。倘若大明國再行增兵擴軍，源源不斷地補充實力投入未來之戰，我們日本國國貧人稀，哪裡消耗得起？

　　黑田如水的話是尖刻刺耳的，是一針見血的。他深深地刺痛了豐臣秀吉那狂熱的野心。豐臣秀吉雖然也認為他的話講得不無道理，但此刻，他已無法罷手停戰了！豐臣秀吉的邏輯是：只要堅持到最後一刻，一切勝利都將屬於自己！以前，豐臣秀吉憑著這個邏輯已經贏得了整個日本。現在，他要憑著這個邏輯去再賭一把 ── 說不定還真能贏得整個大明國哪！

　　一念及此，他便起身從床頭櫃中取出一隻水晶瓶來，雙手托在掌上，凝神端詳。這個水晶瓶裡裝滿了清澈透亮的鹽水。鹽水中間，靜靜地懸浮著兩顆黑珍珠般又大又亮的眼睛。它們閃著一種凜然不可侵犯的光芒，冷冷地正視著豐臣秀吉。

　　「宋貞娥……宋貞娥……」豐臣秀吉盯著水晶瓶中這一對眼睛，喃喃地說道，「本太閣永遠也不會讓你的眼睛看到我日本武士有朝一日從朝鮮潰退而回的情景……恰恰相反，總有一天，本太閣會讓你的眼睛看到本太閣是如何登上大明國皇帝的龍椅，會讓你的眼睛看到你們朝鮮人、他們大明國人是如何在本太閣的腳下俯首稱臣的……」

　　他喃喃自語了一會兒，然後又將那水晶瓶收起，輕輕放回床頭櫃裡。然後，他靜靜地仰身躺在榻床上，深深地思索著如何突破困境讓西征大軍重振雄風。

　　「篤篤篤」黃金室門被人輕輕敲了數下。然後，澱姬溫柔動聽的聲音緩緩傳了進來：「妾身前來向太閣大人問安。」

　　「進來吧！」豐臣秀吉支起了身，轉頭看著澱姬輕輕推開黃金室門，嫋嫋娜娜地走了進來。

　　「大人的身體可好些了嗎？」澱姬坐到他床榻邊輕聲問道。

「本太閣的身體結實著呢！」豐臣秀吉呵呵笑道，「妳以為區區一場平壤之敗便能擊倒本太閣？那是不可能的……」

「是的。妾身已經說過，太閣大人您就像富士山那樣永遠安康、堅不可摧，」澱姬在地板上恭恭敬敬地說道，「現在見到您果然還是這般精神煥發，妾身就放心了。」

「像富士山那樣永遠安康、堅不可摧？」豐臣秀吉淡淡地笑了，「本太閣也希望能如此啊！唉……古往今來，這世上哪一位霸主名將，生前叱吒風雲、風光無限，末了還不是一抔黃土黯然收場？本太閣若能建下征服大明、獨霸天下的曠古偉業，就是立刻死去，便也瞑目了……」

「太閣大人不應該把豐臣氏所有的輝煌都挑在自己一個人的肩上，」澱姬恭伏在地板上，緩緩說道，「您一個人就想將豐臣氏整個家族世世代代的繁榮昌隆全部一手打造出來，將來豐臣氏的子孫後代豈不是將會永遠遮沒在您空前絕後的大功績的陰影中無法冒出頭來？」

「哦？妳怎麼會這麼想呢？」豐臣秀吉有些詫異，「就算本太閣有生之年能夠攻下大明國，但這個世界上還有天竺國、羅剎國、西班牙、葡萄牙等很多國家，秀次他們仍然還有很多壯麗的事業去打拚哪……」

「秀次大人不能算是豐臣氏的嗣子！」澱姬突然咬緊了嘴唇，冷冷地說道，「只有太閣大人您自己的親生子女才能繼承您的輝煌與偉大……」

「澱姬！本太閣知道自從鶴松兒去世之後，你一直都很傷心……」豐臣秀吉深深嘆了口氣，緩緩說道，「你……你應該把秀次當作自己的兒子來看才行啊……我豐臣氏的偌大基業，現在不託付給他，又該託付給誰呢？」

「您的千秋人業，已經後繼有人了，」澱姬緩緩地從地板上直起身來，眉宇之際現出一片深深的喜色，「其實今天在野苑中觀賞櫻花的時候，妾身就一直想找機會告訴您的……」

「你到底在說什麼？」豐臣秀吉一臉的愕然。

「今年名護屋櫻花早開的祥瑞之兆其實已經應驗了，」澱姬面頰間泛起了一片紅霞，伸手摸了摸自己那微微隆起的小腹，眸光裡喜意揚揚，「妾身已經懷了兩三個月左右的身孕了……根據那位醫術精湛的琉球國許儀醫生把脈

判斷，妾身極有可能懷的是男孕……」

「什……什麼？……」豐臣秀吉一下睜大了雙眼，怔怔地看著澱姬，半晌方才回過神來，驚喜若狂地從床榻上一躍而起，猛地向她張開雙臂擁抱過來，「這……這可是天大的喜訊哪！這是天照大神對本太閣的眷顧！本太閣真是太高興了……」

▍倭寇增兵

「你說什麼？」德川家康在本府後院的地下密室裡「霍」地一下站起身來，目光灼灼地逼視著德川秀忠，「朝鮮那邊的真實消息根本不像宇喜多秀家、石田三成他們說的那樣嗎？」

「是的！」德川秀忠在地板上伏身向父親稟道，「朝鮮那邊真實的情形是：在平壤一役中，大明國出動了四萬餘人馬，小西行長擁兵三萬餘人與之相抗，雙方實力並不懸殊。這一場激戰下來，小西行長一日之間便損失了二萬餘武士，而大明國僅有八百多人傷亡！」

「什麼？什麼？」德川家康頓時氣得雙腳直跳，「這真是大日本國千百年來未有之大慘敗啊！這……這真是大日本國的奇恥大辱啊！小西行長枉為我日本國一代名將，敗成這般境地，實在應當切腹謝罪！」

「父親大人，看來大明國的實力果然是雄厚無比，我日本國確是難以與之爭鋒啊？」德川秀忠伏身在地，介面說道，「據前方眼線來報，他們大明國的那員主將實在是『詭計多端』『機詐無窮』，使得我軍將士處處被動挨打，毫無招架之力！」

「他叫什麼名字？」德川家康冷冷問道。

「他叫李如松，今年才四十多歲。」德川秀忠急忙答道。

「李如松？」德川家康將深深的目光投向了西方，緩緩說道，「為父會永遠記住這個名字的——如果大明國有一天整合力量大舉登陸進擊我日本國，他也許便是我日本國百年罕見之勁敵！到了那個時候，為父也只好拚盡全力與他一決雌雄了……」

「太閣大人遭此慘敗，應該會停止戰鬥撤軍回國了吧？」德川秀忠沉吟著說道，「身在朝鮮的黑田軍師已經極力向太閣大人建議與大明國停戰議和了……在日本國內，秀次大人好像近來也因為糧餉難供、軍費開支太大而開始反對太閣大人的西征大計‧……」

「秀次大人真是不識時務啊！」德川家康感慨地說道，「他現在的處境已經是岌岌可危，居然還敢跳出來忤逆太閣大人的旨意……」

「父親大人何出此言啊！」德川秀忠有些驚疑不解。

「為父剛才收到小林鹿子送來的絕密消息，她說澱姬夫人已經懷了身孕，而且經名醫把脈判斷還是男嬰……」德川家康陰沉著臉緩緩說道，「這個男嬰應該是她和大野治長私通苟合的，但現在她肯定會瞞騙豐臣秀吉，聲稱是她和豐臣秀吉的嫡子……那麼，豐臣秀吉就會收回任命豐臣秀次為豐臣氏繼承人的承諾，立自己的這個『嫡子』為繼承人……如果為父猜得沒錯的話，豐臣氏家族內部很快便有一場立嗣紛爭爆發了……」

「是啊！父親大人說得真是一針見血啊！」德川秀忠聽得連連點頭，「如今豐臣家族外面遭到平壤之役的慘敗，內部又將有激烈的立嗣紛爭，實是『禍不單行』啊！看來，天照大神已經開始厭棄他們豐臣家族了……在這樣的內外交困之下，想必豐臣秀吉一定會感到異常吃力吧！……」

「呵呵呵！我們德川家族隱忍潛伏了這麼多年，」德川家康笑了，「終於便要熬到盡頭了……豐臣氏內外交困之時，便是我德川一族乘機崛起之時啊……」

「咚咚咚！咚咚咚！」密室的鐵門在外邊被人輕輕敲了六下。

德川家康和德川秀忠一聽，都禁不住一怔：有什麼緊急大事呢？他倆互視一眼，還是德川秀忠先開了口：「進來！」

鐵門被輕輕推開，本多正信恭恭敬敬走了進來，隨手又將鐵門小心地關上了。然後，他跪伏在地板上，向德川家康稟道：「大人，太閣府來了急令，請您務必於明日上午前往太閣府商議大事。」

「商議什麼大事？」德川家康皺緊了眉頭問道，「還有哪些人和我一同赴會？」

　　「太閣府來的信使雖然沒有明說，但是根據潛伏在太閣府裡的內線傳來的消息，似乎是太閣大人要和你們商議增兵赴朝與大明國交戰的有關事情，」本多正信謹慎小心地回答，「而且，太閣大人只召了留在日本國本土境內的『四大輔政大老』和秀次大人舉行這場祕密會議……」

　　「哦……我知道了，」德川家康呼地一下站起身來，面色微變，在密室中來回迅速地疾走了幾趟，這才慢慢定住了心神，緩緩說道，「本多君，你這個消息送得很及時啊！很好！很好！我要重重獎賞你！」

　　「此乃屬下分內之事，請大人不必過獎。」本多正信急忙趴伏在地板上恭謝不已。

　　「父親大人……難道太閣大人又會有什麼異動了嗎？」德川秀忠有些不解地問。

　　「秀忠啊，你可不能什麼事情都要等著為父給你指示和點撥啊！你要學會自己開動腦筋來判斷問題……」德川家康在榻榻米上盤坐下來，向德川秀忠平靜地說道，「你來幫為父分析一下，豐臣秀吉明天召開這個祕密會議有何用心呢？」

　　「剛才本多君已經說了，是和你們『四大輔政大老』商議增兵赴朝與大明國交戰的事情……」德川秀忠不假思索地應聲答道。

　　「呵呵呵！『增兵赴朝』，『增兵赴朝』……他豐臣秀吉手上還有自己的兵源可以增撥給駐在朝鮮的西征大軍嗎？」德川家康冷森森地一笑，緩緩說道，「目前日本國內諸位大名的兵力基本上都被豐臣秀吉徵調過了，只剩下前田利家、小早川隆景、毛利輝元和我『四大輔政大老』部下的人馬未被大量調撥……」

　　他說到這裡，語氣倏地一頓，沉吟著說道：「很明顯，豐臣秀吉又想來借我們的兵馬為他的西征大業出力……前田利家手裡有七萬人馬，毛利輝元手裡有五萬人馬，小早川隆景手裡有六萬人馬，而我們德川家手裡除了去年被撥走五千武士之外，還有九萬多人馬……豐臣秀吉為了平衡各方的勢力，一定會在明天的祕密會議上，聯合其餘三位『輔政大老』，向為父施壓，硬逼為父交出一部分兵馬，給他派到朝鮮去和大明國敵軍交戰……」

「什麼？豐臣秀吉的用心竟然這麼歹毒？」德川秀忠聽了，用拳頭將地板搥得「咚咚」直響，「他真是太過分了……」

「是啊！豐臣秀吉的用心就是這麼歹毒。看來，為了削弱我們德川家族的勢力，他一直都在謀劃著、算計著我們啊！」德川家康嘆口氣，但轉瞬之間他臉上又掠過一絲喜色，「不過，秀忠我兒也無須過於擔憂。既然為父已經洞明瞭他的險惡用心，就一定不會讓他的陰謀得逞。」

「父親大人……難道您要公然違抗他的手令，拒絕參加明天的祕密會議嗎？」德川秀忠喃喃地說道，「上一次我們只派了五千武士給他，他已經十分惱火了……如果明天您又拒絕出兵，只怕豐臣秀吉絕不會善罷甘休啊！」

「哦……為父已經想出了一條萬全之策，」德川家康伸出手來緩緩撫了撫頷下的「川」字形鬍鬚，說道，「為父會讓他找不到任何藉口來發難的……」

然後，他目光一抬，投向了本多正信，吩咐道：「本多君，你馬上去給我準備一大桶冰水，我要淋浴淨身……」

「父親大人……今天這麼冷的天氣，您還用冰水淋浴淨身？」德川秀忠大吃一驚，愕然說道，「您這樣做很容易患病的……」

「為父就是要馬上患一場急病才行啊！」德川家康冷冷地瞥了他一眼，慢慢說道，「只有身患疾病、臥床不起，為父才不用參加明天那個祕密會議哪！」

晶瑩碧綠的玉几上，放著一隻鋥亮的銀碗，裡邊盛滿了墨黑的藥汁，縷縷熱氣從中騰騰而起。

豐臣秀吉的目光投在那碗藥汁上面，冷冷地問侍立在一旁的大野治長道：「這個琉球醫生開出的藥方經過京都來的御醫們嚴格審查了嗎？」

「御醫們已經仔細審查過了，一致認為許醫生開的藥方毫無瑕疵，」大野治長伏身稟道，「他們建議太閤大人可以服用！」

「很好，很好，」豐臣秀吉淡淡地說道，「可是本太閤眼下身體已無大礙，似乎用不著再喝這麼苦澀的藥汁了吧？！」

「太閤大人，大明國曾經有一句諺語說得好：『良藥苦口利於病。』」大野治長伏在地板上恭敬地勸道，「您的安危關係著我日本國的國運，還是請

服了這藥汁好好調養一番吧！」

豐臣秀吉不再多言，雙手捧起了銀碗，慢慢湊到唇邊，咬了咬牙，喝了一口藥汁。不料，這藥汁一入他的口中，初時苦澀難當，令他眉頭頓蹙、直吐舌頭；後來，他漸漸覺得口腔裡那股苦澀之味消逝淨盡，接著一縷清芬香甜的感覺從舌根處緩緩溢了出來，令人回味無窮。

「嗯！這藥汁苦中帶甜，真是好喝！」豐臣秀吉一下捧起銀碗，「咕嘟咕嘟」地將那碗藥汁一下全部喝入腹中。

喝完之後，他一邊伸手輕輕揉著自己的腹部，一邊細細地品著那藥汁中的香甜清芬之味，緩緩說道：「這個琉球醫生果然醫術高明……連這麼苦澀的草藥也能調出如此清甜爽口的美味來，真是了得啊！就將他留在太閣府中擔任供奉醫師吧！」

「是！」大野治長伏身叩頭應道。

「不過，對他開出的每一劑藥方，仍然要經過京都御醫們的嚴格審查，才能煎制成藥汁給本太閣服用，」豐臣秀吉臉色一變，冷冷吩咐道，「他畢竟不是我們日本人，不能不對他多些警惕啊！」

說著，他站起身來，整了整自己的衣冠，邁步向寢室外走去：「現在，本太閣應該去和諸位輔政大老共商西征大事了……」

「德川家康怎麼還沒趕到？」豐臣秀吉環視了一下黃金室內，前田利家、毛利輝元、小早川隆景和豐臣秀次都到齊了，唯獨德川家康沒有在場，臉色一下便沉了下來，向大野治長說道，「你再派人去催一催！」

「稟告太閣大人：今天一大早，德川府中的管家本多正信就來報告，說德川大人昨晚因偶感風寒而猝然得了一場急病，燒得厲害，頭痛得也厲害，躺在床上起不來了，」大野治長急忙答道，「所以，他今天參加不了這場會議了。」

「他病了？這個德川家康，怎麼恰巧就在這時病了？」豐臣秀吉臉色陰沉沉的，冷然說道，「是不是真的？你派人再去查一查……」

「太閣大人，卑職已經派人查過了，」大野治長款款答道，「他們回來報告說，親眼看到了德川大人真的臥病在床，還燒得直說胡話哪……」

「唉……這個德川家康！平日裡對本太閣總是恭謹有加、大獻殷勤，然而在緊要關頭他卻總是不得力啊！」豐臣秀吉拍了拍自己的膝蓋，慨然嘆道，「罷了！罷了！他不來參會也就罷了！前方西征大軍戰事正緊，本太閣一刻也不能耽擱了！」

嘆罷，他目光一轉，掃視著坐在下方的三位輔政大老和豐臣秀次，肅然說道：「昨天本太閣讓人將宇喜多秀家、石田三成、黑田如水關於平壤之敗的呈文都抄了複件送給你們看了，你們可有什麼意見？」

不料他這話一說完，黃金室內竟是死一般一團沉寂 —— 三位輔政大老和豐臣秀次都拉長著臉沉默著，誰也不吭一聲。

豐臣秀吉等了半晌，見他們仍然沒有開口發言的意思，不禁心裡有些惱怒，倏地提高了聲音問道：「平壤之役，我大日本國損兵折將兩萬餘人 —— 你們難道不感到痛心嗎？你們難道不願意奮勇而起，為我大日本國洗刷這奇恥大辱嗎？！」

他此語一出，前田利家、小早川隆景、毛利輝元和豐臣秀次等人都不禁戰戰兢兢起來，趴伏在地板上，齊聲答道：「臣等聞聽平壤之敗以來，深感失職，甚是惶恐。一切僅憑太閣大人英明決斷，臣等唯有謹遵教令、奉而行之。」

豐臣秀吉聽了，這才慢慢緩和了臉色，他心念一轉，故意挑起了一個話題，開口說道：「不過，本太閣亦非一味窮兵黷武之徒，任何意見都願意傾聽。黑田如水在寫給本太閣的呈文中建議，要求本太閣停戰撤軍與大明國議和。本太閣覺得他的話似乎也有些道理，值得考慮。你們以為呢？」

黃金室內立刻又靜默了下來，鴉雀無聲。

過了許久，豐臣秀次的聲音打破了這一片靜默：「兒臣也認為黑田軍師所言甚是。太閣大人有所不知，自從去年開戰以來，我日本國內天災頻仍、旱澇不絕，各州百姓收成極差。今年倘若再要徵兵調糧，只怕是難以為繼啊！倘若我日本國能與大明國議和停戰，自然是再好不過了。」

「秀次總在擔心軍費開支過大、糧餉難供，是吧？」豐臣秀吉淡淡地笑了，緩緩說道，「我們西征大軍完全可以『以戰養戰，因糧於敵』嘛……」

　　豐臣秀次聽了，沒有立即答話，微微低下頭來，咬緊了雙唇，沉默了半晌，終於還是一仰臉繼續說道：「太閣大人這『以戰養戰，因糧於敵』的方略，固然是非常高明。但是，這一切都應該建立在我西征大軍連戰連勝的基礎之上。倘若我們勝了，敵軍的軍械、糧食自然會為我所有……可是，倘若我們敗了呢？這一次平壤、開城等重鎮相繼失守，我軍在輜重、器械、糧食等上亦是損失慘重啊！……」

　　「不要再說了！似你這般雞毛蒜皮、婆婆媽媽，怎能光大我豐臣家族的無上榮耀？」豐臣秀吉面色大變，一聲屬斥，打斷了豐臣秀次的講話，語氣冷若寒霜地說道，「從現在起，你主持的一切政事都要移交給本太閣來最終定奪……本太閣讓大野治長擔任你的副手，你無論做任何事，都必須與他事先商議後取得一致意見才能施行！」

　　其他三位輔政大老一聽，面露難堪：豐臣秀吉此言此行，分明是在收豐臣秀次之權、拆豐臣秀次之勢了！看來，豐臣秀次在日後的仕途中實在是凶多吉少了……

　　豐臣秀次聽了，頓時如遭雷擊，全身禁不住瑟瑟發抖起來，眼眶裡淚珠兒滴溜溜直轉。他一咬牙，將幾欲奪眶而出的眼淚硬生生憋住，然後伏下身來，在地板上重重地叩了幾個響頭，顫聲答道：「兒……兒臣遵命！」

　　豐臣秀吉面無表情地點了點頭，逕自向大野治長吩咐道：「大野君，你待會兒替本太閣草擬幾道手令：一是立即免去黑田如水的西征大軍軍師之職，召他接令之後即刻返回日本國面壁思過。」

　　「二是命令宇喜多大統領將逃將大友義統遣送回國，我要親自審問，並收回他的封地，以儆效尤。」

　　「這第三嘛……」豐臣秀吉將頭轉向了小早川隆景說道，「小早川大老，您是日本國數一數二的智將，曾經打遍關西無敵手。本太閣想請你出山，帶領您手下的三萬人馬，對了，還記得要帶上那個我們日本國的『名將之花』──立花宗茂，即日動身直赴朝鮮，一舉扭轉我西征大軍的不利局面！」

　　「這……」小早川隆景一愕，急忙伏身說道，「德川大人、前田大人、毛

利大人的謀略才智均在本人之上，本人智淺才疏，此番前去朝鮮，只怕有負太閣大人的重托啊！」

「您真是太過謙了！」豐臣秀吉微笑著擺了擺手，淡淡說道，「您看，德川家康此刻身患急病，只怕一時半刻也不能治癒……前田大人和毛利大人的人馬又必須留在日本國本土護衛天皇和鎮壓民變……本太閣只有拜託您掛帥出征、克敵制勝了……」

小早川隆景聽豐臣秀吉說得這般直接而毫無迴旋餘地，目光也變得如同刀刃一般愈來愈冷，不敢再行拒絕，急忙伏身在地，恭恭敬敬叩頭答道：「是！老臣一定盡心竭力與大明國敵軍決一雌雄！但求天照大神保佑，使老臣不負太閣大人的重托與厚望！」

李如松揮師南下

開城府城樓的瞭望臺上，李如松、宋應昌和諸營將領並肩而立，遙遙望著南方，各懷心事，沉默不語。

「啟稟提督大人：據探子來報，近來各路倭軍且戰且退，都在朝著漢城府方向聚攏、集中，」李應試的聲音輕輕打破了沉寂，「如今，以開城府為分界線，北邊的朝鮮失地已完全被我軍收復；而同時倭虜也更加穩固地占據了南邊的朝鮮國土，準備憑險而守，和我們繼續對峙下去哪！」

「是啊！倭虜亦是十分狡詐啊！」宋應昌在一旁點了點頭，思忖著說道，「他們的兵力會聚愈是集中、愈是穩固，我們要想徹底打垮他們也就愈是困難、愈是麻煩……依宋某之見，我軍不如暫且歇兵開城，等待糧草、軍火、器械補給充裕之後再行出擊。在這期間，我們可以一邊派出疑兵四下布陣，一邊聯絡朝鮮南部的義軍，對倭虜進行多方干擾，而我大隊人馬則可以逸待勞、伺機而發！」

「宋大人這番謀劃，實不失為萬全之策啊！」李如松聽了，連連點頭稱是。但他心念一動，忽又蹙起了眉頭，問道：「目前我大明遼東境內正有蒙古胡虜與海西女真東西呼應、聯手作亂，兵部和顧總督他們還有餘裕的糧草、

器械及時供應過來嗎？我們就算要等候支援，但也不可坐失良機啊！我們這邊在積極籌備軍械給倭虜致命一擊，同時倭虜也在積蓄力量準備負隅頑抗啊！雙方大勢已定，交戰之時必是硬拚硬耗、互有損傷……那時候再想出奇制勝，可就沒有太大的周旋餘地了！」

「李提督說得對！」查大受一聽，頓時來了勁頭，跨步上前道，「倭虜自平壤慘敗之後，士氣受挫、人心大亂，我們完全可以一鼓作氣，及時追殺過去，乘勝揚威，把他們全都趕到大海裡餵魚去！」

「查兄，你這話可就有些武斷了……」楊元聽查大受這話說得口氣太大，不禁出聲駁道，「你憑什麼斷定倭虜就是『士氣受挫，人心大亂』？剛才李參軍說了，倭虜現在是在有計劃、有步驟地向漢城府會聚集中……如果楊某沒有猜錯的話，眼下漢城府中會聚了六萬左右的倭兵！我們就是傾盡所有人馬前去進攻，只怕也難有七成的勝算……」

「七成的勝算？」宋應昌眉宇間掠過了一絲憂色，不禁輕輕嘆道，「以四萬餘明軍正面應對六萬多倭兵，能有五成的勝算已是萬幸了！」

「還有，雖然倭虜表面上看是在一路南逃、避戰撤兵，但也不能不防他們是在佯退示弱、誘敵深入啊！」楊元沉吟著說道，「楊某還是贊成宋大人的意見，讓大軍暫且歇兵開城、以逸待勞、伺機而發！」

「哼！楊兄此言是在『長倭虜之志氣，滅我天朝之威風』哪！」查大受冷冷說道，「兵法有云：『兵貴神速，動如脫兔。』倭虜自從侵入朝鮮境內以來，一路贏得是屁顛屁顛，末了在平壤城一日之間便被我大明雄師打得落花流水、一敗塗地，哪裡還能想到『佯退示弱、誘敵深入』？這些個無知蠻夷莫非還懂《孫子兵法》不成？俺查某愣是不信！」

「查兄！你這話可就有些偏了！」祖承訓在一旁插話進來，深有感慨地說道，「倭虜陰險毒辣得很啊！他們什麼陰招都使得出來的……千萬不可小看他們啊！」

「好了！好了！」李如松伸出雙手從虛空向下一擺，止住了手下諸將的爭論。他胸有成竹地說道：「我軍大隊人馬暫且就在這開城府中繼續休整幾天，然後拔營前移到距漢城府一百六十餘裡的坡州城，對漢城府中的倭虜形成泰

山壓頂的威懾之勢，卻又蓄而不發，以逸待勞、伺機而動。同時，祖承訓、查大受和朝鮮參將高彥伯率兵三千，前往漢城府方向沿途搜索、打探，若是發現可乘之機或異常情形，火速返回報信。只要有一線勝機，我們就揮師橫掃過去，絕不能讓倭虜苟延殘喘、捲土重來！」

在漢城府朝鮮王宮的大殿之上，倭軍眾將垂手而立，肅然看著太閣大人新近任命的特使、輔政大老小早川隆景登上了點將臺。

「天皇陛下、太閣大人有令：著即將逃將大友義統逮捕回國，收回封地，以儆效尤，」小早川隆景滿面凝重，展開了那份由豐臣秀吉親筆簽發的黃絹詔令，抑揚頓挫地讀道，「另，黑田如水畏敵如虎、怯戰主和，損我大日本國國威，亂我大日本國西征大計，其罪難逃，立即免去其西征大軍軍師之職，速速回國面壁思過。同時，任命輔政大老小早川隆景接任西征大軍軍師，盡心指導各位將領，務求全殲明軍、直取中土！」

他剛一念完，臺下諸將便竊竊私語起來。只見黑田如水面色蒼白，緩緩步出行列，伏倒在地，哽聲應道：「屬下黑田如水接令。」

小早川隆景見狀，收起了黃絹詔令，走下了點將臺，伸手扶起了黑田如水，安慰道：「黑田公，你不必過於悲傷。如今朝鮮境內我軍局勢危急，你在此時竟能接到太閣大人之令抽身而去，從此不必再親冒矢石、身入險境，又何嘗不是一件幸事？」

「小早川大老真是寬厚長者，如此溫言安慰屬下，屬下心中實是感激不盡，」黑田如水微微擺了擺手，淡然說道，「唉……既然太閣大人已經讓屬下面壁思過，屬下而今也無話可說。只不過，屬下回國之後，還是會向太閣大人陳明：這『畏敵如虎』之心，屬下是一分一毫也不曾存有。倘若有機會能讓日本國真正威震天下，我黑田如水萬死不辭！」

「只是這『怯戰主和』之過，屬下倒是真要回去好好思量一番了。屬下也非常希望自己這『怯戰主和』之念是真的錯了……非常希望太閣大人的西征大業能夠一帆風順……非常希望西征大軍能夠一個早上起來便已打進了大明國的北京城……可是……唉……」

他搖了搖頭，轉過身來，向諸位日本將領長揖了一圈，道了一聲「各位

珍重」，而後腳步有些蹣跚地退出了大殿。

望著黑田如水搖搖晃晃遠去的身影，小早川隆景、宇喜多秀家、石田三成、小西行長等人都是表情複雜，嗟嘆不已。

「現在，就來商討一下迎擊明軍的有關事宜吧！」小早川隆景最先從唏噓感慨中擺脫出來，按照豐臣秀吉臨行前交代的既定方略，冷冷開口宣布道，「請諸位大人各抒己見、出謀劃策，爭取重振軍威，狠狠地給明軍一個迎頭痛擊！」

「迎頭痛擊？小早川大老，您是說我們要主動上前迎頭痛擊明軍？」石田三成一聽，頓時驚得下巴都快掉下來了，「您……您可要三思而後行啊！」

「這是太閤大人的指令，難道你敢質疑嗎？我們只能立刻完全照辦，無須為此枉自多思多慮，」小早川隆景面色如鐵，肅然說道，「先前你們這支進駐朝鮮的西征大軍此刻已經喪失了不少銳氣和鬥志，現在就暫時在漢城府中好好休整吧！本大老就直接率領自己手下的三萬精兵投入戰鬥！從明天起，由本大老的義子兼手下第一勇將立花宗茂擔任先鋒大將，率軍八千，向開城府當先進發。本大老會親率二萬人馬隨後而行，爭取在十日之內一舉拿下開城府！」

說到這裡，小早川隆景突然意氣風發，揮了揮手說道：「你們就在後方靜候著本大老和這二萬八千精銳武士攻克開城、平壤的捷報吧！」

宇喜多秀家和石田三成齊齊張了張嘴，想要講什麼，卻是欲言又止，只得互相對視一眼，目光裡憂色漸濃。

▌狹路相逢

曠野蒼莽，天穹高遠。

一團紅球般的太陽照耀著積滿厚厚雪花的驛道，慢灑而下的陽光裡卻不帶半分暖意。

祖承訓、查大受、高彥伯三人奉命率著三千騎兵，順著驛道，一路向漢城府的方向行進。

經歷了血腥戰亂的朝鮮南部，處處破敗，沿途不時可見被倭兵洗劫一空的村莊和集鎮，股股青煙在殘壁廢墟上四處飄蕩。驛道兩旁亦橫七豎八地倒著被倭軍殘忍殺害的朝鮮百姓的屍體。

一路而來，高彥伯和自己所帶的八百名朝鮮騎兵個個都是淚溼衣襟，滿面悲憤之色。祖承訓和查大受一邊勸慰著他們，一邊也為朝鮮民眾所遭到的這番劫難而感到心情沉重，胸中更是增添了許多對殘暴倭寇的切齒痛恨。

「哎呀！高將軍，我們一路上只顧著搜索殘敵，不知不覺竟已走了三個時辰，」查大受忽地想起了什麼似的，一勒馬韁，側頭問高彥伯，「這裡離貴國的王京 —— 漢城府還有多遠？」

「怎麼？查兄，我們現在離漢城府遠又如何？近又如何？」祖承訓在一旁笑著說道，「難道你真的還想殺到漢城府去？」

「你別打岔！我是認真的！」查大受與祖承訓都是李成梁家丁出身的將軍，自幼便十分熟悉，因此說話也都像兄弟一般直來直去。查大受沉吟著說道：「我們走了足足三個多時辰，至少該有一百二三十里路遠了吧！」

「哦，查將軍，您說得沒錯，我們已經進入了漢城府所轄的地界，距離漢城府城池大概還有五十里路吧！往前邊再去就是碧蹄館、小丸丘、望客峴，過了涼津河、礪石峴，便到漢城府了。」高彥伯細細想了一想，很認真地回答查大受道，「不過，我們雖然走了一百二三十里路，沿途居然不曾碰上一個倭兵 —— 看來倭虜真是被嚇破了膽，縮進漢城府城內躲起來了！」

「真的已經走了這麼遠？」祖承訓微微吃了一驚，沉吟著說道，「不管怎麼說，提督大人只是讓咱們前來偵察一下敵情，現在也看得差不多了。依祖某之見，咱們應該回營覆命，建議提督大人開拔全軍，直接推進到漢城府城下面紮營立寨、逼壓倭虜！」

說著，他一撥馬頭，便欲下令讓後面的騎兵隊轉身回馳。查大受卻伸手一攔，阻住了他：「且慢！祖兄，咱們這一路上既然沒有碰到倭兵，這就說明倭兵真是如高將軍所言被嚇破了膽，倉皇逃命尚且不及，哪裡還有餘力來施行『佯退示弱、誘敵深入』之計？說不定他們連漢城府都棄而不顧，逃往釜山乘船回國了！咱們再努力一把，深入到漢城府城下看個究竟，如何？」

「查兄！咱們可不能輕敵冒進哪！」祖承訓聽了，急忙開口勸道，「漢城府是倭軍設在朝鮮最大的一座巢穴，實在是經營已久，豈會輕易棄守？這是不用去看便可料到的！萬一遇上了倭虜的大隊人馬，咱們這三千騎兵豈能對敵？咱們還是不要冒這個險了！」

「『明知山有虎，偏向虎山行』！這才是我遼東鐵騎該有的錚錚鐵骨！」查大受哈哈一笑，一拍坐騎，往前一衝而去，他的聲音卻順著風傳了回來，「祖兄，你是『一朝被蛇咬，十年怕井繩』，太小心謹慎了吧？！我查某一定要直赴漢城府城下探明倭虜的虛實！」

祖承訓臉上微微一紅，靜了片刻，也只得策馬率軍趕了上來。高彥伯則有些擔心查大受不識朝鮮地形，誤入了歧途，更是快馬加鞭，追上前去，和他們並轡而行。

趕著趕著，前面出現了一條三十餘丈寬的河流，河流上架著一座青石板橋。不消說，這就是高彥伯口中所講的「涼津河」了，它也正是朝鮮漢江的一條支流。

「查將軍、祖將軍，過了這座青石橋，咱們就離漢城府只有十七八里的路程了！」高彥伯再一次提醒道，「您們還要繼續前行嗎？」

「這……」祖承訓一時不禁沉吟了起來。查大受卻道：「咱們等斥候們回來後問一問再說吧！」

正在這時，忽聽得前方一陣馬嘶，三名斥候急急趕回他們面前，跳下馬來稟報：「啟稟將軍：前邊六里處的『礪石峴』後面發現了大隊倭虜兵馬……」

「有倭虜？他奶奶的，終於等來這批龜孫子了！」查大受一拍右膝，滿臉放光，大喜道，「這可是老天把他們送上門來領死啊！祖兄、高將軍，咱們就此殺上前去，如何？」

「且慢！」祖承訓伸手招近那三名斥候，認真地問道，「據你們觀察，倭軍這支兵馬大概有多少人？」

「啟稟將軍，大概有兩三千名倭兵吧！」一名斥候在心底裡暗暗計算了一下，脫口答道。另外兩名斥候也點頭稱是。

「兩三千名倭兵？」祖承訓沉吟了一句，又問道，「他們後面可另有兵馬隨後趕來嗎？」

「哎呀！祖兄！兩三千名倭兵也不算很多嘛！」查大受在一旁聽得有些不耐煩，插話進來說道，「我們這三千鐵騎足可將他們一舉擊潰了！你在這個時候猶豫不定，是會貽誤戰機的！」

祖承訓並不接他的腔，只是用目光冷冷地逼視著那三名斥候，靜靜地等待著他們答話。

三名斥候互相看了一眼，其中年長的那一個站出來囁嚅道：「據屬下仔細察看，這支倭兵來勢洶洶，似乎是專門出來搶掠糧食的。屬下三人返回報信之時，他們後邊尚無後繼隊伍跟進……不過，他們也有可能是倭虜大舉北上的先鋒部隊……祖將軍若是務要切實，請容我等再去探來……」

祖承訓蹙眉思索片刻，正欲發話，卻又聽查大受沉沉說道：「哪裡還用得著再去打探？倭兵此刻只來了兩三千人馬，相對於他們駐守在漢城府的十萬大軍來說 —— 這兩三千兵馬怎麼也不像是他們大舉北上的先鋒部隊啊！若是先鋒部隊，他們這兩三千人馬就實在是少得離譜了！祖兄不要再畏首畏尾的了！這兩三千名倭兵就是專門出來搶掠糧食的……」

「可是我們離漢城府這麼近，」祖承訓皺了皺眉，「我們這是在孤軍深入啊！萬一衝上前去和倭虜交上手後卻不能速戰速決，反而被他們拖住，這後果可是不堪設想！」

「罷了！罷了！」查大受擺了擺手，冷冷說道，「祖兄你自己帶著一千人馬在此守候，查某和高將軍帶領兩千人馬先行上前戰鬥一番，若有不測，祖兄你再趕上來接應也不遲！」

「這……這怎麼行？」祖承訓臉色一紅，正欲再勸，卻見查大受一揚馬鞭，竟已帶著高彥伯五百朝軍和自己麾下的一千五百名遼東騎兵往前疾衝而去了！

「什麼？前面發現了大隊明虜騎兵正向漢城府疾馳過來？」

年過五旬的十時連久聽到斥候小卒報來的這個消息時不禁吃了一驚。他是小早川隆景手下先鋒主將立花宗茂的首席家將，今天上午奉命率了兩千多

名倭兵首先出發，向朝鮮高陽府境內開路的。此刻他驚駭之餘，心道：大明國的敵軍來得好快呀！居然來向我們的漢城大本營主動進擊了！幸好我們發現得早──我得趕緊通知後面的立花大人才行！

想得分明之後，十時連久便急忙吩咐兩名斥候小卒立刻奔回後方火速去請立花宗茂帶領大隊人馬前來支援。然後，他「錚」地拔刀出鞘，舉在手中，從馬背上轉過身來，揚聲喊道：「立花家的勇士們！前面來了大隊敵兵進犯，你們怕不怕？」

「不怕！」眾倭兵整整齊齊地高聲答道。

「那麼，現在就是我們為大日本國再立新功的時候了！我們的背後就是漢城大本營，我們現在每一個人都是守衛漢城大本營的『銅牆鐵壁』！一定要把敵人打退回去！」

倭兵們哄然大喊，叫囂起來：「殺！殺！殺！讓大明國的士兵們知道我們立花軍的厲害！」他們一個個振臂高呼，刀槍亂舞，便像一隻隻咆哮的野獸！

「我命令：全軍疾速向前方進發迎戰！」十時連久將右手倭刀向前平平一指，躍馬衝上前去。

於是，倭兵們群情振奮，狂呼亂嘯著，隨著十時連久疾趨而上。那條驛道已經擠不下他們了──他們就乾脆蹚著驛道兩側的水田窪地，爭先恐後地向前殺去。拐過了礦石峴，倭兵們眼前豁然一亮：一片開闊而平坦的荒原赫然入目！

然而，所有的倭兵在那一瞬間便駭異非常地定住了呼吸，驚慌地將目光投向了那片荒原──那裡，層層列列地排滿了身騎高頭大馬的威武勇士，他們一個個右手持著三眼神銃、左手握著韁繩，披著金光閃閃的甲冑，猶如一支從天而降的神兵突然出現在倭兵面前，這給了他們極大的震撼！這是大明國的無敵騎兵啊！倭兵們緊握著槍柄的手心裡頓時沁出了密密的冷汗！

天空那紅球般的太陽也彷彿被這騰騰的肅殺之氣映得失去了光芒──兩支大軍就在這莽莽蒼原之上狹路相逢了！

查大受站在騎兵陣列的前面，用鏗鏘至極的語調朗朗喊道：「天朝的戰

士們！我們的身後是湍急的朝鮮涼津河，我們的陣前是窮凶極惡的倭兵！現在，我們只有背水一戰、殺開一條血路，為我大明朝一揚天威！」

「背水一戰！殺開血路！一揚天威！」大明騎士們響遏行雲地呼應著，猶如發現了獵物的雄鷹一樣鬥志昂揚！

聽著他們這穿雲裂石的口號呼聲，不少倭兵被震得微微變色，兩股都禁不住戰慄起來！

查大受雙眸寒光一閃，舉起右手的寶刀「颯」地向前揮去：「衝啊！把倭虜殺個精光！」

聽得查大受這一聲令下，凝重如山的大明鐵騎猝然便如雪崩瀑流一般湧動起來 —— 他們排成前尖後寬的箭頭型陣勢，按照層層遞進的梯次序列一排接一排間隔一丈二尺的距離往前衝殺而去！手中三眼神銃在冰冷的陽光下噴吐著硝煙射向了敵軍！掌中的利刀劃破朔風挾著厲嘯劈向了敵軍！同時，他們坐騎那沉雄的馬蹄聲更是震天動地，倭虜們聽在耳裡只覺自己整個心臟都快要被踏碎了！

「快！快！快！列陣！放槍！」十時連久從震驚中醒過神來，揮舞著戰刀狂喊。

隨著他的呼喊，倭軍的火槍手急忙紛紛拉開了火繩槍，點燃了火藥撚，「砰砰砰砰」地向前狂射 —— 在他們的火力掩護下，剛剛站穩腳跟的後方騎兵也開始列成方陣，分前、中、後三隊迎上前去！

即使有不少同伴已中彈落下馬去，即使倭兵的火力的確很猛，但大明騎兵占著先機最終在片刻之間就如一根巨大的鋼錐狠狠地穿進了倭軍的「方塊陣」裡！

倭兵陣的長矛手、弓箭手、步卒被剽悍無比的明軍戰馬衝得如同波分浪裂一般向兩邊紛紛跌開、滾了一地 —— 來不及避開的許多倭卒轉眼之間便被明軍戰馬的鐵蹄踩踏而死！同時，明兵高高揮起的刀劍劃出一道道寒冷的弧光，如同砍瓜切菜般一路劈著倭兵的頭顱、肩膀、胸腰！隨著慘呼之聲掠空而起，血漿四濺，灑得荒原裡一片殷紅！

大明騎士們繼續以筆直挺進的方式從倭兵方陣中迅速貫穿而過，直接繞

到他們的陣後又突然呈「丫」字形陣法分為左右兩股人馬，旋風般折身殺回，再給倭軍們來了一個凌厲之極的「回馬槍」！

這才是神出鬼沒的一記狠招！剎那間，倭軍陣形大亂，他們的步卒根本抵擋不住，他們的弓弩手和火槍手又來不及反擊，而騎兵則混在中間被洪流般潰退的步卒裹卷著無法上前應敵——只有長矛隊還算堪堪發揮了一點兒作用：他們的長矛雖然有不少扎在了明軍的馬匹身上，卻被死命奔來的戰馬那巨大的衝擊之力撞得連人帶矛一起倒飛了出去！自然，被倭兵長矛刺中的明軍騎士亦是難以活命的了——但在臨死之際，他們仍然採用了「玉石俱焚、同歸於盡」的打法，忍著劇烈的傷痛不顧一切地用自己的軀體和坐騎借著幾乎不可遏制的慣性將敵人的陣列撞開了一道道缺口！

這樣一來，不成陣形的倭兵只得一大片一大片地朝後面滾滾而退！

大明騎兵們見狀，精神更加振奮，但這個時候手中三眼神銃槍膛中的火彈已幾乎打光——他們就順勢反手抓住三眼神銃的槍管，掄起那粗大而堅硬的鋼制槍柄，就像掄起一個個「鐵榔頭」一樣，「噹噹噹」地猛砸倭軍的腦袋！

一時間，倭軍步兵中響起了一片鬼哭狼嚎之聲！被二十斤重左右的三眼神銃砸得頭破血流，是一種難以忍受的劇痛！倭兵們一個個丟下手中的兵器，抱住了血淋淋的腦袋，慘呼著滾倒在地！

更有甚者，一些倭兵倭將為了逃命而不顧一切地狂奔亂衝，居然被逼到了涼津河邊上，「撲通」、「撲通」地紛紛掉下了河水裡去！

「衝！衝！我們都衝上去！把他們統統殺光！」眼看著己方的步兵隊和射擊隊被明軍鐵騎殺得狼狽萬狀、已呈頹勢，十時連久再也冷靜不下來了——他雙眼通紅地嘶吼著，帶著後隊的五百名騎兵猛踏著自己手下步卒的身體狂衝上去，迎向明軍！

望到敵軍將最後一支騎兵也投入了戰鬥，查大受雙目寒光一亮，揮刀向前一指，沉聲喝道：「上！」隨著他這一聲令下，他身後的八百名騎兵一齊暴喝，聲響如雷，刀光如電，狂風般掃向了倭軍！

在混戰中，十時連久衝到了查大受面前，雙手掄刀，向他拚命劈去！查

大受不甘示弱，將手中寶刀舞得虎虎生風，和他一招接一招地對砍起來！

「當當當當⋯⋯」也不知道二人究竟對劈了多少刀，他倆的意識都已狂亂，手腕也麻了，刀身也砍豁了，卻仍是彷彿永遠不知疲憊地拚力砍殺著。

正在雙方混戰得難分難解之際，聽得明軍後陣殺聲乍起，又衝出一隊騎兵過來，卻是留守青石橋頭的高彥伯乘勢率領五百朝鮮騎兵趕來增援。

遭到這一股有生力量的猝然攻擊，倭軍雖是拚了命地死戰，卻再也穩不住陣腳了，頓時猶如被一棒打昏了頭的野豬，在刺耳的號叫中迅速潰退！他們一邊拚命抵擋，一邊腳底抹油，且戰且退，往漢城方向逃去！

十時連久見自己手下人馬已是潰不成軍，心中一慌，一個失手，

「噗」的一聲，那竹片製成的胸甲竟被查大受一刀劈破，只見血光一閃，他急速勒馬一退，臉龐上頓時灑上了一片溫熱的液體 ── 那是被查大受當胸一刀劈傷後濺起的鮮血啊！

他悶哼一聲，強忍著胸前錐心般的刺痛，撥轉馬頭，拚命一夾馬腹，朝著漢城府方向狼狽逃竄而去！

查大受殺得興起，率軍猛攻，追殺過去，一路上拋下了數不清的倭軍屍體。也不知道追出了多遠，他忽然覺得心中一動，勒住戰馬，向不遠處同樣殺紅了眼的高彥伯喊道：「高將軍⋯⋯我們是不是快要殺到漢城府了？」

「哎呀⋯⋯前方是礪石峴⋯⋯離漢城府只有十多裡了⋯⋯」高彥伯一聽，這才驚醒過來，急忙抬起頭往前一望，正自說著話，突然間一個寒噤，猶如見了鬼似的怔住了 ── 就在那數里之外的被喚為「礪石峴」的土坡後面，騰起了滾滾煙塵，隱隱有一片沉沉的馬嘶人喊之聲傳來！

同時，那些慘號奔逃的倭兵們如同抓到了救命稻草一般，發出了一片興奮至極的歡呼聲！有的日本武士還一邊上下雀躍著，一邊流出了驚喜的眼淚！

十時連久胸腔的血似都流盡了一般，氣息奄奄地把頭伏在馬頭上只顧著喘息。聽到手下的武士們歡呼雀躍，他才用盡氣力抬起頭來往前一看，望見那礪石峴後面半空中慢慢升起了一面迎風招展的杏葉紋大旗！

「立⋯⋯立花主君！」十時連久已經變得有些昏花的雙眼，頓時放出了灼熱的狂喜之光，他伸手向前努力揮舞著，「您⋯⋯您終於來救我們了！」

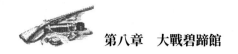

▎名將之花立花宗茂

二十八歲的柳川藩大名立花宗茂，騎著一匹雪花寶馬昂昂然從礪石峴後面的大道緩緩轉出。當他一眼看到那些丟盔棄甲潰退而來的倭兵和顯然已是身負重傷的十時連久時，他那花崗岩雕成一般英俊而冷峭的面龐上沒有任何的波動，只是隱隱透出一股異乎尋常的與他年齡不相匹配的鎮靜和沉著。

遠遠望著那支明軍在二三里外止住了追擊，立花宗茂臉色一寒，右手舉起了祖傳的鎮家之寶——「吉光寶刀」，高高往上一指！

刹那間，礪石峴山坡後面法螺號角之聲大作——漫山遍野之上驟然冒出了一隊隊的倭軍騎兵、步卒，整整齊齊地排了開來，猶如一座移動著的黑色城池，朝明軍陣前直逼過來！

剛剛打了勝仗的明軍還沒來得及高興，一下又被倭虜這一番龐大的陣勢給鎮住了！查大受面色凝重，舉起了寶刀，但對接下來是攻還是守，有些猶豫不決。

「查將軍……倭兵來得太多了，我軍不宜與之硬碰硬拚。高某倒有一計，可以暫時回避一下倭軍的鋒芒，」高彥伯神色緊張地思忖著，對查大受說道，「馬上退回青石橋那邊，往北再走三里左右有個驛館叫作『碧蹄館』，那裡的地勢頗高，我們可以據守在那裡憑藉地利之險與倭軍對陣！還有，要馬上派人喊祖將軍前來增援！」

「難道我們不可以在此退回青石橋北岸去，依託涼津河為天然屏障阻擊倭寇嗎？」查大受並不甘心就此馬上撤退。

「不行！」高彥伯肅然諫道，「這涼津河河水本來就不很深，而且沿河四五里北去就是它的上流淺灘，那裡的水深僅可沒膝……所以，涼津河根本就阻擋不了倭寇的兵馬橫渡而來！」

「好！就依高將軍你的建議辦吧！」查大受聽了，果斷地點了點頭，立刻命令全軍調頭從青石橋上緊張而又不失有序地撤退而去，飛快地朝碧蹄館方向開進。

剛到涼津河岸邊，就看見不放心他們孤軍冒進的祖承訓，率領一千騎兵

在對岸列陣接應。查大受一行過河與祖承訓回合之後，也來不及多說什麼，連忙一齊趕到碧蹄館坡上憑險而守。

「沒想到真的在這裡碰上了倭虜的大隊人馬……」望著倭兵往山坡下越聚越多，幾乎是圍得密密層層水泄不通的，查大受有些懊惱地對祖承訓說道，「先前還是該聽取祖兄的建議，不該孤軍冒進……現在害得大家都難以脫身了……真是對不住祖兄了……」

「查兄，沒關係的。古語有云：『既來之，則安之。』大敵當前，只要我們沉住了氣擇機而發，必能一舉破敵！」祖承訓心底雖是焦慮至極，但此刻怎可表露？他故作輕鬆地說道：「剛才祖某聽弟兄們說，倭虜在先前那一戰中有七八百人喪生，而咱們只損失了兩三百人……這是以一敵三的打法啊！眼下倭虜大概也來了八九千人吧？我們一個士兵殺他們三個倭虜，就能把他們剷除光了！」

查大受知道祖承訓講這番話是在給大家打氣、加油，一時間他也迅速冷靜下來，向祖承訓投去充滿感激的一瞥之後，喊來正在部署兵力列陣迎敵的高彥伯，吩咐他立刻趁倭軍尚未在碧蹄館下完成合圍之際，派出熟悉路徑的朝鮮士兵火速趕回坡州城求援。高彥伯趕緊照辦，片刻之後，二百朝鮮騎兵掩護著二十名同伴和十名明軍勇士借著夜色掩護，打馬揚鞭從倭軍包圍圈的缺口處突圍出去。然後，這二百名朝鮮騎兵復又趕回碧蹄館高地參戰。

明軍依著碧蹄館的坡勢地形，在坡頂沿半月形掘了一條寬寬的壕塹出來，砍下樹木插起了一排排攔馬樁和屏護欄，同時又搬運了許多滾木礌石，以備戰時之用。布好陣勢之後，近三千名中朝聯軍有一半下馬手持盾牌弓銃伏在壕內，另一半則匿身於後，齊齊挽住馬韁、伏鞍前傾，隨時準備聽命衝殺而出。伏在壕中的明軍，則分弓箭隊、火銃隊、滾石隊、肉搏隊四股人馬，各居其位，各司其職，緊密配合，嚴陣以待。

這時，倭軍先鋒主將立花宗茂和他手下的家臣安東幸貞、池邊永晟、小川成重、安東常久、小野鎮幸、小野成幸等率領六千大軍，浩浩蕩蕩撲到了碧蹄館高地之下。

他勒馬一停，抬頭看著在高地上占據有利地形嚴陣以待的明軍將士們，

微微吃了一驚，自言自語地說道：「真是奇怪！這些大明國的士兵見到了我們這麼多的日本武士，居然不落荒而逃，還要登上高地與我們對峙——莫非他們真的不怕死嗎？」

他手下的家臣安東幸貞聽了，也不禁沉吟著開口了：「敵有反常之舉，則必有出奇之謀。主君大人，您還是喊十時連久來問一問吧！」

「這個十時連久……據剛才足輕小卒彙報，先前那一戰他手下已有七八百名武士殉難——敗成這等模樣，他還有臉來見我嗎？」立花宗茂臉上現出了一層冰凌般的寒意，冷冷地說道，「我真想勒令他馬上切腹自盡謝罪。」

「主君大人，十時連久是剛與大明朝士兵交過戰的將領，」安東幸貞沉吟著繼續說道，「還請您暫時息怒，將他召來問明敵情之後再治罪也不遲。」

立花宗茂沒有開口回答，只是沉著臉緩緩地點了點頭。安東幸貞得令，便招手喚來一名足輕小卒，讓他速去通知十時連久前來。

過了半盞茶工夫，只見四名足輕小卒用一副擔架抬著奄奄一息的十時連久跑了過來。立花宗茂轉頭看去，十時連久躺在擔架上，胸前鮮血汩汩而流，將衣襟染得通紅。看來，他的胸膛已被明將的利刃完全劃破，顯然是活不成了。

十時連久在擔架上劇烈地咳了幾聲，伸手捂著胸口，痛苦異常地說道：「主君大人……屬下無能，損了立花大軍的威名，實……實在是罪該萬死！」

「說！敵軍的優勢在哪裡？弱勢在哪裡？」立花宗茂一臉陰沉，冰冷地說道，「倘若你能為我辨析明白——你此刻就算是死，也死得有些價值了。」

「是……主君大人……」十時連久咬著牙忍著胸口的劇痛，艱難地喘著氣說道，「敵軍的騎兵和火銃都很厲害，千萬不可和他們硬拚硬碰……當然他們也有弱點：沒有足夠的步卒作為後續力量來鞏固戰果……主君大人應該抓住這個弱點狠狠攻擊他們……這……這便是屬下的一點兒愚見了……」

「唔！我明白了，」立花宗茂聽了，若有所思地點了點頭，臉色有些緩和，吩咐那四名抬著擔架的士兵道，「把十時連久抬下去療傷吧！用最好的止血藥……」

「主君大人！……」十時連久掙扎著撐起身子打斷了他的話，懇切地說道，「謝謝您的寬恕……但是，屬下卻不能寬恕自己……」

說到這兒，他的聲音驀地提高了：「作為立花大軍初戰失利的敗軍之將，屬下最後懇求主君大人能親手賜我一死，結束屬下恥辱的餘生！」

「這真的是你心中最後的懇求和願望嗎？」立花宗茂騎馬慢慢走到他的擔架旁邊，灼灼生光的雙眸緊盯著十時連久的眼睛一眨不眨，「你不後悔？」

十時連久一言不發，滿臉肅然，只是重重地點了一下頭。

「既是如此，宗茂我就答應你的懇求，」立花宗茂面無表情，「嚓」的一聲，拔出鞘中那柄「吉光寶刀」，在半空中姿勢極其優美地挽了車輪般大小的一朵耀眼刀花，然後劃出一道亮麗的銀弧，「嚓」的一聲，刀尖深深釘入了十時連久的胸膛，穿心而過。

十時連久的粗重喘息和沉沉咳嗽等所有動作一瞬間便凍結了。他彷彿獲得了解脫一般，臉上微微一笑，頓時軟軟地垂下了頭，氣絕身亡。

「把他抬回去厚葬了吧！」立花宗茂緩緩地從十時連久的胸膛中拔出那柄「吉光寶刀」，紅亮亮的血珠沿著刀鋒飛快地遊走滑落，剎那間便滴落得乾乾淨淨 —— 刀身如明月般白亮刺目，並無一絲血跡。

立花宗茂就這樣高高舉著這柄殺人不沾血的「吉光寶刀」，直直地指向站在碧蹄館高地上的明軍將士們，同時冷冷地看著他們，用一種毒蛇般陰狠的口吻緩緩說道：「你們殺了我立花家一員大將和七八百名武士，本將發誓要用你們十個大將和七八千名士兵的人頭來償還這筆血債！」

然後，他慢慢轉過身來，朝著站在身後的諸位家臣緩緩說道：「各位，你們認為此刻我軍應該如何為十時連久和那死去的十八百名武士報仇呢？」

小野成幸聽了，立刻出列大聲稟道：「請主君大人下令，讓屬下馬上率領一支騎兵衝上坡去，把明軍全部踏成肉泥！」

「小野君真是勇猛啊！」立花宗茂淡淡地笑了一笑，「可是，我並不贊成你這種兩敗俱傷的戰法……我們大日本國的武士固然英武絕倫，但是也不可輕易浪費兵力，要記得爭取用最小的代價換取最大的勝利……」

「這……」小野成幸一時語塞起來。

安東幸貞微微笑了，躬身出列說道：「主君大人，依屬下之見，我軍目前擁有兵馬七千餘人，敵軍只有不到三千士卒。我軍在人數上是敵軍的兩倍有餘，此刻完全可以不緩不急、從容不迫地進行壓倒性打擊，先要摧折他們的銳氣，再就是動搖他們的鬥志，然後集中兵力壓上前去……這樣，他們就會一敗塗地了……」

「安東君的計謀很好，」立花宗茂沉吟了片刻，緩緩說道，「宗茂我懂得應該怎樣做了。」

「另外，屬下還要提醒主君大人一句，」安東幸貞猶豫了一下，還是將自己胸中憋了許久的一番話說了出來，「您千萬不可存有獨占首功之念，在我軍攻擊這碧蹄館坡上明兵的同時，須即刻派人將此事通知和稟報小早川大老……屬下這番話在主君大人耳中聽來一定十分刺耳，但是屬下為了提防萬一和顧全大局，還是講了出來，懇請主君大人採納！」

「現在向小早川大老通知什麼？向小早川大老稟報什麼？」立花宗茂的臉色慢慢變得鐵青難看起來，「向小早川大老通知和稟報我軍剛和明兵一交手就折損了一員大將和七八百名武士嗎？……漢城府裡的那些本來就畏懼明兵的傢伙豈不是更加驚慌失措了？罷了，罷了……等我們割下這碧蹄館山坡上最後一個明兵的腦袋時，再向小早川大老送去捷報也不遲……」

安東幸貞聽立花宗茂這般說，只得嘆了口氣，不再多言。

只見立花宗茂面色一變，雙目如同狼眼一般寒光四射。看到他這樣的表情，諸位家臣知道他要開始調兵遣將、發號施令了，於是一個個屏住了呼吸，靜聽著他發話。

立花宗茂「唰」地將手中的吉光寶刀從半空中一劈而下，同時發出了一連串命令：「池邊永晟，你率八百名火槍手立刻排到我軍的最前沿，瞄準山坡上的明兵，不斷地射擊！小川成重，你再率八百名弓箭手，也排到我軍的最前沿，用箭矢配合火槍手們的槍彈，給山坡上的明兵以最猛烈的打擊！要射得他們無處遁身！要射得他們抬不起頭來還擊！」

「另外，小野成幸，你率領一千騎兵，在弓箭隊、火槍隊後面，等到山坡上到處都插滿了我軍箭矢、到處都落滿了我軍槍彈之時，再以迅雷不及掩耳

之勢直衝上去，踏碎他們的所有防線！」

「最後，安東幸貞和安東常久，你二人共同率領兩千步卒緊跟在小野君的騎兵團後面順勢而上，用日本武士最精湛的刀法殺盡山坡上每一個明兵！」

李如松輕師馳援

坡州城距離漢城府大約有一百六十里，騎兵往來一趟也不過六個時辰左右。但是，從早上卯時到晚上申時，查大受、祖承訓、高彥伯他們居然都未回來……而且一直是音信全無。這讓李如松心底疑雲大起：到底出了什麼事兒？難道他們途中遇險了？……一念及此，李如松不禁心中一緊，面色也微微變了。

查大受、祖承訓可是我遼東鐵騎中的兩員虎將啊！倘若發生了意外，實在是損失不小啊！……李如松想到這兒，再也坐不住了，一下從中軍帳裡的虎皮椅上站了起來，埋頭沉思著緩緩踱到了帳篷門簾邊。

他輕輕嘆了一口氣，伸手慢慢拂開門簾，抬眼往外一看，不禁愣住了 —— 李如柏、李如梅、楊元、張世爵、李甯、李有升、吳惟忠、駱尚志等人正在帳門外似乎也懷著和他一樣忐忑不安的想法圍成一圈站在那裡。

一瞧這情形，李如松立刻便明白了七八分。他馬上正了正臉色，肅然問道：「你們都站在外邊幹什麼？」

諸將之中，只有吳惟忠資格最老，秉性也最耿直。他上前一步躬身稟道：「提督大人……我等正在為查大受和祖承訓兩位將軍前去漢城府近郊打探敵情一事而揪心哪……他們從早上出發到現在，去了整整七八個時辰了，居然連一個哨騎都沒回來……我等實在是有些焦慮啊……」

「是啊！是啊！」一向和查大受、祖承訓交誼甚深的遼東驍將李甯、李有升也上前來說道，「提督大人，咱們在這裡乾等也不是辦法……請您下令，讓屬下帶領一支人馬即刻出發前去接應……」

李如松聽了，眉頭微微一動，淡然說道：「查大受和祖承訓此刻尚未派兵回來報信，由此可斷定他們必然是被一股倭寇纏在半途中無法脫身了。也

罷，本將軍正欲親自深入漢城府四周察看地形和敵情，乾脆就由本將軍帶頭前去一邊接應他們，一邊觀察地形——諸位以為如何？」

「這可使不得！」吳惟忠和李有升一聽，頓時面色大變，急忙勸道，「提督大人身繫我東征大軍之安危，豈可輕涉險境？還是由卑職等人前去方可！」

「對啊！大哥！」他的弟弟李如柏、李如梅二人也上前勸道，「您是三軍主帥啊！這察看地形、接應查大受和祖承訓他們的事兒，就由我兄弟倆走一遭便行了！」

「這有什麼大驚小怪的？」李如松有些不以為然地搖了搖頭，說道，「南宋詩豪陸遊說得好：『紙上得來終覺淺，絕知此事要躬行。』

《孫子兵法》裡也講：『知己知彼，百戰不殆。』本將軍向來喜歡對巡察地形、行軍布陣、打探敵情之事親力親為，這樣才做得到胸有成竹。史書上也記載過，唐太宗李世民身為反隋義師主將之時，亦是喜歡親涉險境以求敵情——他那般出色的天縱英才，尚且不敢輕廢親巡躬察之舉，更何況兵法武略遠在他之下的我呢？」

諸將見李如松又是引經據典又是雄辯滔滔，一時倒是想不出什麼有力的理由反駁他，一個個呆在那裡面面相覷，無言以對。

「提督大人不可如此！屬下思來想去，您這樣做還是有些不妥！」副帥楊元忍不住站出來打破了沉默，漲紅了臉，急切地說道，「上次進入平壤城時您……您險遭倭虜襲擊，那已是讓我等後怕不已了！這一次，楊某是說什麼也不肯讓您冒險了！要去察看地形、打探敵情、接應查大受和祖承訓他們，就交給楊某去辦吧！」

李如松見楊元說得如此堅決而懇切，不禁在心中湧起了一陣深深的感動。他上前輕輕拍了拍楊元的肩頭，眼裡閃著晶亮的淚花，含笑說道：「楊兄……多謝你了！——呵呵呵！其實我們去應該是不會有太大危險的……」

「第一，查大受和祖承訓此刻未回，很有可能是與倭寇狹路相逢，打起了遭遇戰。而野外作戰，正是我遼東鐵騎之長。打硬仗，我們遼東鐵騎又怕過誰，蒙古胡虜不是像熊一樣凶猛嗎？韃靼土蠻不是像狼一樣陰狠嗎？還不

是都被我們打得乖乖趴下？！何況這倭虜一個個還只是身高不滿五尺的矮墩子？……」

「第二，就算他們人多勢眾，但他們的騎兵沒咱們多，攻擊力也沒咱們強——再加上野外作戰火器也發揮不了多大作用，咱們就算是身處險境，突圍而出、自保安全絕對是綽綽有餘！所以，請諸位不必過慮，本將軍此番前去漢城，絕非冒險之舉！」

他雖然說得輕鬆，大夥兒卻仍是疑慮重重、不肯放心。楊元咬了咬牙，硬頂著不讓：「既然你這麼講，且讓楊某同去又有何妨？」

張世爵也道：「張某亦願一同前往！」

李如松拗不過他倆，便吩咐道：「這樣吧：楊元，你和本提督一起率輕騎先去吧！張將軍你便留下殿後！」

張世爵張了張口，還欲再爭上一爭。李如松擺手止住了他：「反正我們到漢城府下探明了敵情、察看了地形之後也是要和倭虜開戰的……張將軍你在明日清晨寅時之際無論接沒接到本提督的消息，都要直接率大隊人馬迅速趕往漢城府與我們會合！」

「好的。屬下現在就去安排大軍明晨的開拔事宜。」張世爵躬身領命。

「大……大帥！」吳惟忠和駱尚志終於搶到了一個空隙，插話進來道，「我們藤牌軍也要和您一道去漢城！」

「吳將軍、駱將軍……你們藤牌軍大多是步卒，夜行多有不便，更何況今天夜裡還有可能會降雨雪……」李如松微微擺了擺手，說道，「你們還是明天一早隨張將軍前來，我們在漢城府下等著你們……」

聽李如松這麼說，吳惟忠、駱尚志有些失望地退開到一邊去了。

「李有升，你去點一千五百驍騎，並請來朝鮮原漢城府判尹李德馨為隨軍嚮導，即刻準備出發！」李如松吩咐道。

「是！」李有升應聲領命而去。

「如梅，你去把李純帶領的壯士都召集起來，一同隨行！」李如松繼續吩咐著。

「好！」李如梅也答應一聲，下去了。

「如柏，你去把努爾哈赤派來的那五百名『神弩營』女真騎士也都招來，」李如松驀地抬頭望著遼東建州方向看去，深深說道，「明天，便是我大明國女真族勇士的『神箭』嶄露鋒芒的時候了！」

┃ 查大受浴血奮戰

殘月如血，銳風如刀，而漫漫黑夜卻彷彿永無盡頭。

碧蹄館高坡上明軍陣前，地上像密密的亂草一樣到處插滿了倭虜射落下來的箭矢！每一波箭矢、槍彈從坡下面像疾雨般射將過來，明軍陣中隨即便會響起一片悶哼之聲，還夾雜著一絲絲的呻吟。

查大受和祖承訓在壕溝裡抬起頭來，望瞭望四周，弟兄們有不少都已掛彩，都在苦撐著。

敵人已經連續用箭矢、槍彈輪番射擊了一個時辰了！在那一輪輪鋪天蓋地而來的箭雨、彈雨的襲擊下，明軍縱有數千鐵騎，也只得躲在掩體後面，一個個自救不暇！他們被這樣密集而猛烈的攻勢壓得幾乎喘不過氣來，更談不上乘隙還擊了！

也不知過了多久，漫長而難熬的箭矢、槍彈襲擊終於停止了。坡上坡下，突然變得死一般沉寂起來。

一刻鐘過去了，倭軍還未重新發射槍彈、箭矢進行新一輪的攻擊！

然而，從山坡下的地面上，卻緩緩傳來了一片滾雷似的馬蹄之聲！

聽到這沉悶有力的馬蹄聲響，查大受和祖承訓急忙從壕溝裡探出身來，往外一看，頓時大吃一驚：一排排背後插著長條幡幟、臉上繪著獸形圖紋的倭軍騎兵，咆哮著、狂奔著、衝刺著，像無數頭從十八層地獄裡掙逃出來的妖魔鬼怪一樣，直向己方陣地疾撲而來！

「放銃！放箭！」查大受手中寶刀朝天一舉，大聲喝道。

「劈劈啪啪」一陣陣清脆的爆響在明軍陣地上破空而起，無數火彈、利箭猶如暴雨一般迎著倭軍騎兵猛射過去！

頓時，那一個個衝刺而來的倭軍騎兵紛紛跌落馬下，或死或傷，滾得滿

地都是。

然而，在小野成幸的指揮和催促之下，倭軍的騎兵們毫不退縮，紅著眼咬著牙瘋狂向前衝，哪怕自己坐騎的鐵蹄把那些跌落馬下來不及閃避的戰友們踩踏得血肉模糊，仍然不顧一切地撲上坡去！

應該說小野成幸指揮騎兵攻擊的手法是相當高明的。為了避免遭遇明軍箭矢、銃彈的打擊，他讓倭軍騎兵列成四個長隊，每一橫排僅有四騎並轡前衝，就像四柄銳利異常的尖刀，筆直地插向明軍的陣地！

他這一招「集中優勢兵力、實施重點突破」的直線式猝擊戰術，取得了很大的成效。隨著這四條巨蟒般的倭軍騎兵長隊直衝而至，明軍的前沿陣地一時難以堅守，竟在猝然之間被撕開了四道裂口……而且，隨著倭軍騎兵源源不斷前仆後繼地蜂擁上來，明軍陣地上這四道裂口變得越來越寬、越來越大……

「大家快上馬和他們拚了！」一聲令下，查大受和祖承訓急忙率領埋伏在壕溝後邊的那一半大明鐵騎，衝到前線和那些撲進明軍陣地的倭軍騎兵混戰起來！

先前伏壕溝裡阻擊的明軍且戰且退，在大隊騎兵的掩護之下，退到坡頂，紛紛躍上坐騎，齊齊高呼著衝了下來，加入了戰團之中！

這一下，明倭雙方是騎兵對騎兵，硬碰硬地交上了手！小野成幸殺紅了眼，揮舞著倭刀一個勁兒地號叫著：「殺！殺！殺！要為十時連久君和戰死在平壤城中的同胞們報仇雪恨哪！要為我們立花家武士的榮譽而戰！」

然而，儘管他叫得起勁，他手下的倭騎卻被大明騎兵殺得節節敗退——原來，倭軍騎兵中除了一些將領之外，其餘大多數人都沒有鐵制鎧甲防身。他們那些竹片製成的護甲，在明軍鐵騎尖刀利矛的攻擊之下簡直有如摧枯拉朽，「噗噗噗」金刃入肉之音和倭寇的痛呼慘叫之聲頓時交雜成一片！

見到這般情形，小野成幸急得兩眼冒火，卻又無計可施。原來，日本國在織田信長時期就在軍中大量配置了火繩槍，各地武士普遍認為鐵甲不能有效防禦鐵彈，再加上日本國內鐵礦資源貧乏，也鍛造不出足夠的鎧甲，便「濫竽充數」地改用竹甲來替代。然而，和銅盔鐵甲、裝備精良的明軍騎兵交戰，這些身著竹甲的倭騎豈能抵擋？他們縱是一個個如亡命之徒般拚死廝

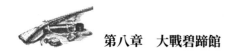

殺，還是被層層推進的明軍鐵騎壓下了山坡！

立花宗茂在碧蹄館坡地借著月光用千里鏡遠遠望見己方的騎兵漸呈頹敗之勢，頓時變了臉色，他放下千里鏡，右掌猛地一下捏緊了腰間「吉光寶刀」的刀柄，自言自語道：「安東幸貞和安東常久怎麼這般遲鈍？小野君的騎兵既然頂不住了，他們那兩千步卒中的『鐵鉤長槍隊』難道還不趕快上去鉤倒大明國騎兵的戰馬嗎？」

他正自言自語之際，卻聽站在身旁也用千里鏡望著坡上戰況的心腹愛將小野鎮幸驚喜若狂地大叫起來：「嘿！安東幸貞真是足智多謀的奇才啊！他將『鐵鉤長槍隊』埋伏在山坡兩側，待得成幸的騎兵退下來、明軍的騎兵追下來之時，才猝然攔腰殺出，一下便鉤倒了四五十匹明軍戰馬哪！……這一下，大明國的騎兵被切成了兩半，坡下的那一半被我們團團包圍了，坡上的那一半大明騎兵為了自保，又退回去了……」

「是嗎？」立花宗茂「騰」地一下舉起千里鏡往上一看，頓時滿面喜色，「真是太好了！太好了！安東幸貞這一手幹得太精彩了！明軍騎兵再也占不了多大的優勢了！他們跌下地來和我們日本武士近身肉搏，再怎麼掙扎也是難逃厄運！」

說到這裡，立花宗茂笑吟吟地放下了千里鏡，滿臉得意地向小野鎮幸說道：「小野君！交戰了這麼久，我腹中倒是有些餓了哪！你幫我找幾個香噴噴的蟹肉飯團來……我相信，我們英勇無敵的日本武士，必將會在我精心享用這幾個飯團的時間裡迅速殺盡明兵、勝利而歸！」

在碧蹄館山坡的半山腰上，本來明軍騎兵憑藉著甲堅刀利，一路衝殺下來，已是打得倭軍騎兵連連後退。然而，誰也不曾料到山坡兩側猝然殺出兩支手執鐵鉤長槍的倭兵來！

這兩支「鐵鉤長槍隊」隊員顯然是經過精心挑選的，一個個生得彪悍敦實、力大如熊，七八個人為一組，齊齊掄起鋒刃犀利的鐵鉤長槍，專鉤明軍騎兵所乘戰馬的馬腿！混戰之際，明軍騎兵所乘戰馬已有七八十匹被他們鉤倒在地，落馬明兵已被摔得滿身是傷！

而且，埋伏在暗處的近兩千倭軍步卒在安東幸貞的指揮下，紛紛跳了出

來，拚命死戰，硬生生將衝在半山腰的明軍騎兵隊伍截成了兩半！

查大受率領的八九百名騎兵被截在了山腰下面，而祖承訓和高彥伯所率的一千多名騎兵被截在了山腰上面！

「查將軍！」祖承訓和高彥伯率領騎兵從坡上拚死衝下，想把查大受他們救上來，卻始終無法突破倭軍「鐵鉤長槍隊」和近兩千步卒武士的攔截！

「嚓」的一聲，查大受一刀劈落了一名衝過來的倭軍騎兵，被那人身上的鮮血濺得臉上滿是血斑。他轉過頭來，向祖承訓他們用盡力氣遙遙喊道：「不要管我們！快快退回坡頂堅守！一定要等到李大帥他們的支援！就讓我們去和倭虜拚了！」

說著，他轉過身來，看著自己手下那八九百名騎兵，又望了一眼山坡下那黑沉沉一片烏雲般包圍上來的倭寇，大呼道：「弟兄們！衝下坡去！和他們拚了！」話音未落，查大受一馬當先，直向連連退卻的小野成幸和他的倭軍騎兵衝殺過去！

小野成幸看到這員明將如瘋虎般猛撲過來，亦是嚇得心驚膽戰，然而當著諸位手下騎士的面，他又怎敢露怯？！只得硬著頭皮，掄起長長的倭刀，迎戰上去！

「當當當當」一串鐘鳴般震耳的聲響過後，小野成幸和查大受已是硬碰硬對砍了八九招！這幾招下來，小野成幸被查大受的大刀震得雙臂酸麻，幾乎握不住手中倭刀的刀柄，只想脫手丟下。他氣喘吁吁，忍著酸痛盯著查大受卻毫不示弱。

而查大受右手虎口亦是隱隱作痛，看見小野成幸一副若無其事的樣子，心中暗驚：這倭賊看似乾瘦如猴，手勁倒是蠻大！一念及此，他繃緊了心弦，一提丹田勁氣，盡行貫注於手中寶刀刀身之中，蓄勢伺機再發。

碧蹄館山坡下，在倭軍陣地前沿觀戰的小野鎮幸從千里鏡中將這一切看得分明，他頓時臉色大變，失聲驚道：「不好！成幸弟危矣！這明將刀法過人……我得趕去救他！」

正在慢慢咀嚼蟹肉飯團而故作鎮靜的立花宗茂聽到小野鎮幸這幾句驚呼，拿著飯團的手不禁微微一顫，他面無表情，只是平靜地說道：「行！無論

怎樣，你都要記住一點：千萬不可丟我立花家族武士的臉面！」

「是！」小野鎮幸一提馬韁繩，抓起鞍後平放著的那柄長矛，舞在手上，急速向山坡上飛馳而去。

那邊，卻見查大受大喝一聲，右手寶刀破空掄出一個半圓，發出一片隱隱的風雷之聲，挾著雄渾非凡的剛勁之力，以大開大合的路數，向小野成幸攔腰斬來！

小野成幸雙手握刀，憋足了聲氣，暴吼一聲，拚盡全身力道去攔查大受的刀！

「嚓」的一聲，雙刀相撞，火星迸現。在那電光石火的一瞬間，小野成幸只覺手上陡然一輕，自己那柄直豎著向外擋擊的倭刀便似一段朽木般被查大受的寶刀橫削而斷，查大受的寶刀卻是餘勁猶猛，宛若寒星之芒，在他腰間一掠而過！

時間一下如冰凍般靜止了 —— 小野成幸坐在戰馬上，臉色僵硬，大口大口地喘著粗氣，只是木然不動。

查大受收回了寶刀，冷冷地看著他，如同看著一個死人般神色漠然。

過了片刻，小野成幸驀然呼吸一緊，腰間一股鮮血隨即向前激噴而出，濺落在雪地之上，綻開了朵朵殷紅 —— 從他自己眼中看去，便如日本家鄉立花山城的櫻花一般豔麗。可惜，自己再也看不到那真正的美麗櫻花了！他心底這個念頭剛剛一冒，眼前猝然一黑，筆直地從戰馬上跌了下去，再也沒有立起身來。

「弟弟！弟弟！」衝到山坡腳下的小野鎮幸遠遠望見這一幕情形，便如受了傷的瘋獸般哀號起來，狠狠地抽打著自己胯下的坐騎，沒命地往上追殺過來！

見到己方騎兵主將小野成幸竟在十招之內便被明將斬落馬下，倭軍們從心底裡驟然升起了一股森森寒意。他們手中的長矛、倭刀擋著明軍的去路，而實際上雙腿都已似抽筋了一般暗暗打著哆嗦！

同時，在山坡下督戰的立花宗茂也在千里鏡中望到了小野成幸被查大受一刀斬殺的情形，目光頓時變得陰冷無比。他雙眸緊緊地盯著千里鏡鏡框中

顯得氣定神閒、從容鎮靜的查大受的面孔，自言自語一般喃喃說道：「你的刀法的確不同凡響……可是，你也不要得意！用不了多久，宗茂我就會讓你用鮮血和痛苦親身體驗一下我立花家祖傳的『隱月流』刀法的厲害……」

然而，說完了這段話之後，立花宗茂馬上就意識到了自己的失誤：我立花宗茂是一位堂堂大將，豈能再似浪子武士一般與人以刀法論勝負？只要能將敵軍徹底消滅，任何手段都應該採用！必須用最快的速度、最小的代價贏得這場戰鬥！

想到這裡，他在心頭按捺住了那股想衝出去和查大受較量一番的衝動，冷冷地喚來傳令兵吩咐道：「馬上傳令下去，讓大軍盡量避免與明兵近身肉搏，集中『火槍隊』的火力，將他們統統擊斃！」

「還我弟弟命來！」小野鎮幸衝到查大受面前，口裡嘶聲號叫著，「忽」地一響，手中長矛挾著烈烈勁風直向他當臉刺將過去！

查大受也聽不懂這倭將在嘰裡呱啦地叫什麼，見他這一矛來得甚是剛猛，卻不願浪費勁力硬碰硬接，急忙拉住馬韁，往後一退！那矛尖在他臉前半尺之處一劃而過，帶起的勁風刮得他臉上肌膚微微生痛！

小野鎮幸兩眼通紅，逼向前來，揮舞手中長矛，大有欲與查大受決一死戰、同歸於盡之勢！

查大受剛才在與小野成幸一戰中已是消耗了體內大半勁氣，此刻並無把握與這小野鎮幸硬鬥下去。他只得且戰且退，暗暗調息，以圖恢復元氣之後再大戰一場。

在躲避小野鎮幸追擊之時，他抽了個空隙向山坡下望去，卻見一隊接一隊手執火繩槍的倭兵飛快地奔上坡來，漸漸逼近了己方的騎兵隊伍。他一見此狀，不禁心中暗暗一震，一片濃濃的愁雲立時湧上了眉梢：原來，他手下這些明軍騎兵的火銃彈藥大半都已打完，眼下卻將遭到這麼多倭兵「火槍隊」的四面射擊，自己手下的弟兄們到那時候豈不是一個個都成了倭寇的「活靶子」？

他心念一轉，高聲喊道：「弟兄們！快快和敵軍的騎兵纏鬥在一起，這樣就可以避開他們的火彈襲擊了！」

他一邊喊著，一邊帶領手下騎兵衝向正下山的倭軍騎兵！

小野鎮幸聽得這一聲喊，一下清醒過來，急忙扯住了馬韁，不再去追查大受，而是撥轉馬頭往山坡頂上衝去，去支援安東幸貞攻打祖承訓所率的明軍了！

▍兩軍增援碧蹄館

望著雙方的騎兵混戰在一起難分難解，已經衝到山坡下列成一字長蛇陣陣形的倭兵「火槍隊」隊員們端著火繩槍，東瞄西瞄，卻又生怕誤傷了己方的騎兵，不敢輕易放槍。

他們正在猶豫之際，又聽得傳令兵飛馬過來高聲宣道：「立花大人有令，諸位火槍手立刻全體射擊，勿存投鼠忌器之念，務求全殲敵軍！」

聽到立花宗茂下達了這麼殘酷的命令，他們無可奈何地再次端起了火繩槍，一咬牙關，點燃藥撚，「乒乒乓乓」地射擊了起來！

當倭軍的火繩槍如同炒豆般不斷響起時，正在碧蹄館山坡上激烈交鋒的明倭雙方騎兵的動作都應聲滯了一滯。

查大受驚疑未定之際，看到往自己撲來的那名倭軍騎兵右肋乍然爆開了一團血花，然後便圓瞪著雙眼側身跌下了戰馬──他竟是被山坡下倭虜的「火槍隊」開槍擊斃的！

查大受一見之下，頓時心頭大震：原來倭虜竟是這等的殘忍狠毒，居然不顧自己戰友的性命，使出了「玉石俱焚、敵我皆滅」的瘋狂打法！他深深嘆了口氣，打了一聲長長的呼哨，招呼著明軍騎兵且戰且退，向半山腰避去！

然而，倭軍騎兵們雖接二連三地被己方「火槍隊」打下馬去，卻表現出了一種莫名的偏執狂般的紀律性，就似瘋了一般，既不撥馬逃跑也不反戈嘩亂，仍然像惡狗一般死死咬著明軍騎兵，緊追上來廝殺不已！

望著這一幕可悲而又可恨的情形，查大受和明軍騎兵們只得迎著倭虜騎兵和火槍隊員的雙重猛擊而拚死力戰！

可是，只要倭兵槍隊在山坡下一直持續不斷地射擊下去，無論是倭軍一方的騎兵，還是大明遼東鐵騎，終會被他們擊斃淨盡啊！查大受蹙緊了眉頭，心中憂悶不已。同時，令他倍感煩惱的是，倭軍騎兵們一個個也都像瘋狗一樣無休無止地糾纏著 —— 也許，他們還抱著最後一絲僥倖：只要咬緊牙關拚命將眼前的明軍騎兵全部殺死，那麼山坡下「火槍隊」的射擊就會停止，而他們就會保全性命了！否則不是被明軍騎兵殺死，就是被自己的「火槍隊」戰友殺死！正是在這樣瘋狂、偏執的念頭驅動下，他們才會廝殺得如此起勁吧？

查大受抬頭望瞭望已是黎明時分卻依舊陰沉的天空，目光中盡是無奈，心中暗道：莫非我查大受一世英雄，竟真的要葬身於這異國他鄉的山坡之上？

在死亡沒有來臨之前，許多人本能地畏懼死亡；但在死亡來臨的時刻，一些人反而感到一身輕鬆，無可牽掛。

此時的查大受，已經抱著必死的信念，高聲喊道：「弟兄們！我等今日身陷重圍，不戰必死無疑，唯有拚死一戰，才有一線生機！只要我們衝到倭賊火槍隊陣中，他們的火槍就使不上了！殺一個夠本，殺兩個賺一個，弟兄們跟我衝啊！」

話音未落，他已當先縱馬衝下山坡。明軍騎兵們也都抱著拚死一搏的決心，紛紛跟隨前進，一個個猶如猛虎下山一般，衝開倭軍騎兵的攔阻和纏鬥，衝向倭兵「火槍隊」。

眼看大明鐵騎衝殺過來，倭兵大驚失色，連忙開槍射擊。

縱馬狂衝的查大受，只聽得槍聲砰砰作響，有些槍彈竟從耳邊呼嘯而過，身旁不斷有將士中槍落馬，心頭不由得怒火中燒。這完全是一場自殺式的攻擊，等大明鐵騎衝到倭兵火槍隊陣中，必然要折損三分之一以上的將士。但此時此刻，除此之外，已經別無他法！

在大批將士中彈落馬後，剩下的大明鐵騎終於向倭兵「火槍隊」陣中直撲過去！

那些倭兵的反應亦是十分敏捷，一見火繩槍在如此短的距離內，已經來不及裝彈射擊，便紛紛將火繩槍挎到了背上，換成長刀、尖矛持在手上，仗

著人多勢眾，要將查大受和他所率的數百名騎兵圍攻格殺！

就在這時，倭軍軍陣後方轟然一陣亂潮般的騷動，緊接著一片喊殺之聲響起，倭兵聞聲不禁紛紛扭頭向後面詫然望去：只見先前一直高高豎立在軍陣後邊的那面杏葉紋戰旗已然「嘩啦啦」滑落下來，跌入塵埃之中！這戰旗可是鼓舞倭兵信心的一件聖器啊！它的驟然墜落，令無數倭兵心頭頓時泛起了一股莫名的驚懼之情！

原來，就在此時，李如松率領著一千五百名援兵終於抵達了倭軍的軍陣側後！他在半途之中就接到了殺出重圍的查大受手下騎兵傳訊來報，得知查大受、祖承訓他們被困在了碧蹄館，於是當機立斷：留下楊元率領一千騎兵駐紮在惠陰嶺道口暫時休整一下，並引導張世爵大軍隨後一同前來助戰，而他則和李如柏、李如梅、李有升、李甯、李純「死士隊」、建州女真「神弩營」等將士先行趕往碧蹄館馳援！

遠遠望見碧蹄館山坡上殺聲震耳，李如松知是軍情緊急，絲毫不敢懈怠，立刻命令由李府家丁和提督親兵組成的一千名騎兵及五百名女真射手投入戰鬥，向敵軍側後發起驚雷一擊！

女真射手首領索力奇借著黎明的光亮，看到倭軍那面杏葉紋戰旗正耀武揚威地凌空招展，心念一動，立刻彎弓搭箭，在馬背上瞄得準確，「嗖」的一聲，一箭射出，該箭去勢如電，凌厲至極，竟把旗桿上繫著那面杏葉紋大旗的小指般粗細的繩索一下射斷！

正在杏葉紋大旗下督戰的立花宗茂聽得頭頂上驟然一陣異響，心知不妙，急忙一拍戰馬，向前衝出！他剛一躍離先前的位置，那面大旗便裹著呼呼風聲落將下來，摔入雪水泥濘之中，頓時一片骯髒狼藉，不堪入目。

最是看重臉面的立花宗茂一見，氣得滿臉鐵青，「唰」地拔出鞘中吉光寶刀，握在手上，轉身看去，這才發現明軍援兵驟然而至！

「去！把他們全部殺死！」他用吉光寶刀向前一指，向手下武士們命令道，「宗茂我要用他們的鮮血洗淨這面戰旗上的污垢！」

眾武士們亦是憤怒至極，齊齊一聲大喊，拍馬上去迎戰！

然而，李如鬆手下的死士豈是等閒之輩？不少日本武士衝近他們身前，

還未來得及刀劍相交，便已被他們的飛刀、飛鏢打落馬下、一命嗚呼！

同時，那些女真射手們端起連環弩，一扣扳機，頓時「嗖嗖」連響——數十名倭軍騎士應聲紛紛從馬背上倒栽了下去！

「啊呀！」立花宗茂氣得大叫一聲，揮起吉光寶刀，也朝著明兵殺了上來！他身邊的武士們見一向持重不發的主將這次竟也親自出馬，深受鼓舞，也捨生忘死地追隨著他殺向了明軍！

「李大帥的援兵到了！弟兄們一鼓作氣衝出去殺倭賊啊！」看到大明援軍殺到，片刻之間便殺得倭軍亂成一團，山坡腳下和山坡頂上被困的明軍頓時士氣大振！他們忘情地歡呼著，精神百倍，朝著倭兵衝殺過去！

正在半山腰上指揮倭兵拚命攻向坡頂的安東幸貞和小野鎮幸聽到山坡下己方陣地裡傳來的騷動、喧嘩之聲，不禁驚愕非常地轉頭循聲望去。一見之下，大吃一驚：長長的一隊明軍騎兵猶如一柄倚天長劍，筆直地劃穿黑潮般湧動的倭軍大陣，迅速地向山坡下查大受那支被困的明軍靠攏並與之會合！

「糟了！明軍的大隊援兵到了！」小野鎮幸一見，頭「嗡」地一響，腦袋猛地大了起來，「主君大人一定很危險！咱們必須停止進攻，立刻下山前去保護他！」

安東幸貞細看了片刻，忽然冷冷地說道：「小野君不要驚慌！這支明軍援兵的數量並不是很多……看起來不過才一兩千人馬吧。主君大人在山坡下布有四五千武士，對付他們是綽綽有餘的。我們還是先把坡頂的明兵消滅了之後再去援助主君大人吧！」

「不行！不行！」小野鎮幸把頭搖得像撥浪鼓似的，連聲說道，「你看，我們立花大軍的戰旗都被他們砍倒了！這證明主君大人眼下一定十分危險！不管你答不答應，在下都要帶領一半人馬趕下山去增援！」

「你……你……」安東幸貞氣得一時結結巴巴地說不出話來，卻又勸他不住，眼睜睜看著小野鎮幸拉走了一半人馬奔下山去了。

這一下，安東幸貞手頭只剩下了一千多名倭軍步卒，和坡頂祖承訓手下的明兵相比，再也占不了數量優勢了。他望著小野鎮幸和那一半人馬風風火火而去的背影，跳下馬來，不住地跺著腳仰天長嘆：「小野……小野……我若

不撥人馬給你，你會懷疑我對主君大人不忠；我現在撥了一半人馬給你，只怕戰不了多久我們就得全軍覆沒了！」

他正自語之際，只聽得坡頂上明軍喊殺之聲響遏行雲！

──祖承訓率軍以泰山壓頂之勢大舉反攻下來了！

就在碧蹄館之戰白熱化之時，留守在漢城府的日本東征大軍統領宇喜多秀家和軍師小早川隆景，聽到哨騎回來稟報說立花宗茂居然過了四五個時辰還未拿下碧蹄館高地，都不禁驚得面面相覷。

「呵呵呵，這個立花宗茂不是一向自命不凡嗎？」宇喜多秀家素來就暗暗痛恨立花宗茂的恃才自傲，便撇了撇嘴說道，「他前幾天還嘲笑小西君和大明國敵軍作戰不力、指揮失當……現在，他自己也算親自見識到明兵的厲害啦？哼！率領八千武士圍攻三千明軍，竟然打到現在還不能取勝……太閣大人還誇他是我日本國第一流的『名將之花』，看來也不過如此呀！」

宇喜多秀家如此貶責立花宗茂，小西行長心底大感解氣，淡淡笑道：「是啊！立花君年輕氣盛，又自視甚高，今天，他在明兵手中被挫了一挫銳氣，多了幾番歷練，懂得了幾分艱難，應該說對他自身的成長還是大有裨益的。」

「小西君真是大人大量，居然不再計較立花君對您的嘲諷了？」石田三成聽了，不禁嘆道，「小西君這種寬廣的胸襟和氣度真是值得我們大家學習啊！」

小早川隆景坐在榻席之上，沉著一張老臉，半晌沒有吭聲。他待到其餘諸將七嘴八舌地嘲笑完了立花宗茂之後，才捋了捋自己胸前雪白的鬍髯，緩緩說道：「這個立花宗茂，實在是太過輕狂、太過貪功了！已經和明兵糾纏激戰了四五個時辰了都還沒拿下來，真是丟臉！倘若自己實在是戰得吃力，完全可以派人回來通報一聲嘛！貽誤了戰機、耽誤了大局，這個責任他擔當得起嗎？不管他這一次在碧蹄館之役中能否取勝，本大老將來都會狠狠地訓誡他一番，讓他在今後作戰中懂得進退之宜與攻守之度！」

小早川隆景這話一出口，在場諸位倭將都停住了訕笑，不敢再說什麼了。

「那麼，現在我們應該怎麼辦？」宇喜多秀家向小早川隆景問道，「還請軍師大人示下！」

　　「這有什麼可猶豫的？馬上調兵開赴碧蹄館，」小早川隆景面色一正，肅然說道，「無論立花君先前對諸位大人有多麼不恭，都請瞧在本大老的薄面上，將那一頁都揭過去吧！如今大家都是在為太閣大人『俯取朝鮮、征服大明』的霸業而戰，在強敵面前須得不分彼此、同心勠力才是！」

　　「依老夫之見，立花君的兵力足有八九千，明軍只有兩三千，打到最終應該還是立花君會贏的。但是，他們的戰鬥時間倘若拖得太長了，只怕會『節外生枝』啊！——萬一明軍的增援部隊猝然而至，那可是難以收拾的困局哪！罷了！罷了！我們該幫他還是得幫啊！立刻派出二萬精兵，前去支援他們吧！爭取在大明國援兵趕到之前，徹底結果了在碧蹄館掙扎的殘敵，然後再給他們一個迎頭痛擊！」

　　「小早川大老這番話真是深明大義啊！」小西行長聽了，連連點頭說道，「行長我願撥五千精兵隨同您一道前去支援立花君！讓我們攜起手來，全殲在碧蹄館負隅頑抗的敵人，為在平壤為國盡忠的武士們報仇！」

　　黑田長政、加藤光泰等倭將也齊齊伏身而道：「但憑小早川大老示下，我等自當從命、共滅明賊！」

▌亂戰與激戰

　　「大帥？是大帥親自前來救援我們了！」查大受率領著四五百名騎兵奮勇殺開一條血路，遠遠望見李如松、李如柏、李如梅、李有升、李寧等明將直衝過來，不禁喜出望外，對手下鐵騎大聲喝道，「弟兄們！我們要當著大帥的面好好表現一番，多殺倭虜，將功補過啊！」

　　這時，倭軍「火槍隊」首領池邊永晟見查大受一行騎兵馬上就要衝破層層阻隔和李如松等明軍將士勝利會合了，急得雙眼青煙直冒，狠狠地將手中火繩槍一丟，抓過一柄長矛，從斜刺裡衝將過來，猛地向查大受腰間扎去！

　　卻聽「嗖」的一聲急響，憑空一支利箭飛射而至，正中池邊永晟的後心！那箭矢挾著一股足以開碑裂石般的強勁力道，一下便從他後心直穿而過，同時撞得他跟跟蹌蹌地向前直奔了四五步，方才僕倒在地，一命嗚呼！

查大受應聲看去，只見那一位留著長辮、披著獸皮的女真射手右手平端著「連環弩」，正向他微笑！

原來李大帥把建州的女真勇士也帶來作戰了！查大受心中一陣激動，充滿謝意地向那位女真射手點了點頭，急忙拍馬迎上前去！

威風凜凜的李如松在諸位明軍將士簇擁下來到了查大受面前，劈頭便冷冷問道：「祖承訓他們呢？」

查大受此刻又是驚喜又是激動又是愧疚，從馬背上下來，屈膝請罪道：「屬下等擅闖倭軍險境，連累大帥親自涉險 —— 屬下等實在是罪大莫及！」

「廢話少說！」李如松擺了擺手，冷冷問道，「祖承訓他們呢？」

「他們被倭賊困在那山坡頂上了……」查大受指向身後碧蹄館山坡坡頂，「目前他們的具體情形如何，屬下亦是無法知曉！」

李如松抬頭望了一眼坡頂，微一沉吟，喚來李如柏，吩咐道：「你率領三百死士、二百女真射手，再和查大受他們殺上山坡去，將祖承訓他們救下來！」

「是！」李如柏應了一聲，轉身和查大受便欲領兵而去。

就在這時，只聽得山坡半腰上一片殺聲傳來，卻是一隊倭兵號叫著猛撲而至！為首的倭將正是小野鎮幸和安東常久！

見到倭兵衝下山來，李如松等人都吃了一驚：難道坡頂的祖承訓他們已經遇難了？查大受與祖承訓最是兄弟情深，對自己將祖承訓拖入這場險境之中也抱有愧疚之情，一瞧小野鎮幸和安東常久等倭兵倭將撲殺下來，更是擔憂祖承訓他們已遭不測，頓時兩眼一紅，把牙齒咬得「咯咯」作響，一提寶刀，便上去迎戰！

卻聽得一片喊殺之聲驟起，斜刺裡大隊倭兵一擁而至，只見那位面目冷峻的青年倭將立花宗茂騎著一匹雪花寶馬，手持「吉光寶刀」，攔住了查大受和李如柏等人的去路！

「主君大人，您……您沒事吧？」小野鎮幸氣喘吁吁地跑到立花宗茂身旁，關切地問道，「屬下救駕來遲，請您恕罪！」

立花宗茂將「吉光寶刀」橫在自己胸前，雙目一眨不眨地盯著前面明兵

的動態，同時問小野鎮幸道：「安東幸貞呢？坡頂的明兵已經被剷除乾淨了嗎？」

「這⋯⋯這個⋯⋯」小野鎮幸一聽，頓時有些語塞起來，「安東君還在坡頂和那些明軍殘敵們激戰呢！⋯⋯用不了多久便會把他們全部殺光了！」

「嗯？你帶了這麼多人下來，他一個人在上邊還頂得住嗎？」立花宗茂一聽，臉色微變，冷冷說道，「罷了！待我們將面前這支明兵統統殺光，然後再去支援安東君吧！」

說罷，他舉起「吉光寶刀」往前一指，吩咐道：「他們居然用箭射斷了我們立花家族永立不倒的杏葉紋戰旗！這是宗茂我平生所遭到的最大恥辱！——我一定要用他們的鮮血來滌淨這份恥辱！」

正說之際，只聽「嗖」的一聲，明軍那邊的女真射手首領索力奇手中「連環弩」微微一動，一串銀光似遊電般激射而出，直向他胸腹之間射來！

「主君大人小心！」小野鎮幸驚呼一聲，急忙出手來救，卻已來不及了！

但見立花宗茂大喝一聲，手中「吉光寶刀」凌空飛出：「嘶嘶」數聲銳嘯同時響起，他手心裡竟同時閃出八道凜凜寒芒，從八個不同的方位朝著索力奇射來的那串銀光迎擊上去！

「叮叮叮叮」一片金石相擊之聲響過，那串銀光在半空中倏地一下消散了——八支弩箭竟全被立花宗茂的刀芒磕飛在地！

剎那間，全場中人見狀，不禁都為之一驚！原來這立花宗茂的刀法居然達到了這般出神入化的境界！

索力奇右手端著那個「連環弩」，更是驚得呆若木雞——自從他學會「連環弩」箭法以來，這是他第一次失手！而且，還是被對手用一柄長刀在一招之內把自己發射的弩箭全部磕落在地！

卻見立花宗茂右腕一旋，那八道刀芒倏然一斂，重又聚為一束，被他握在了手中——那柄「吉光寶刀」朝天豎立著，在朝陽之中巋然不動，不時閃射出奪目的寒光！

「隱月流刀法？」小野鎮幸欣喜若狂地喝起彩來，「主君大人的『隱月流』刀法當真是玄妙絕倫、天下無敵！」

「想不到倭虜之中竟也有這般精通刀法的高人！失敬！失敬！」素有遼東「刀王」之稱的查大受見了，面色一凜，右手一下握緊了自己寶刀的刀柄，緩緩放馬迎了上來，「查某倒是很想領教幾招！」

雖然立花宗茂聽不懂他在說什麼，但也明白了他要做什麼。立花宗茂剛才在千里鏡中已經看到了查大受一刀斬殺小野成幸的絕技，眼下和他狹路相逢，絕不會輕易放過的了。

「很好！」立花宗茂右手舉刀，雙眸深處寒光一閃，冷冷說道，「現在，你很快就會成為死在本將手中『吉光寶刀』之下的第一個明鬼了！」

查大受勁斥一聲，右手寶刀一揮而出，挾著轟隆的風雷之聲，蓄著雄渾無匹的勁道，既無繁複冗長的變招，又無華而不實的花招，就那麼平平淡淡、簡簡單單地一刀劈了出去！

他身後的諸位明將，包括李如松在內，都不禁頷首稱讚不已：查大受這一招，實乃是至陽至剛的招式，「蘊雄奇於平淡，藏萬變於一式」，堪稱精妙絕倫！

立花宗茂也微微變了臉色。他長嘯一聲，身若靈猿，從馬背上騰躍而起，凌空一翻，手中「吉光寶刀」已然出手 —— 頓時只見半空中猝然現出重重刀影，層層疊疊，虛虛實實，如山如峰，直向查大受當頭壓下！

查大受厲喝一聲，右手一抬，那柄寶刀凌空一舉，「呼」的一聲，在他手中便似舉起一柄丈八長矛一般，筆直地朝著立花宗茂不斷幻化出來的重重刀影貫穿而去！

「噹」的一響，猶如洪鐘長鳴，餘音嫋嫋，經久不絕。

立花宗茂和查大受雙刀在千重刀影中鋒芒相對，一觸即分 —— 查大受連人帶馬竟被震得倒退一丈開外，而立花宗茂身形懸空一翻，翩翩然飛起，落回自己的坐騎之上！

眾人凝眸看去，卻見查大受手中寶刀仍是當空而舉，過了片刻，那刀身竟斷裂成一段一段的，「噗噗」連響，掉落在泥濘的地上。同時，查大受左手捂著胸口，眉頭一皺，一口瘀血「哇」地直噴而出！

而立花宗茂也是神色有些頹然地跌坐在馬鞍之上，額角之際竟被查大受

的刀尖勁氣劃出了一道淺淺的傷痕，沁出粒粒晶瑩如瑪瑙的血珠來！

「查兄，你傷勢如何？」李有升急忙拍馬上前，扶住查大受，關切地問道。

「我……我不礙事！」查大受緩了緩氣，恢復了幾分力量，向他擺了擺手，微微有些疲憊地說道，「這倭賊手中那柄寶刀煞是鋒利……普通刀劍不是它的對手……」

「既是如此，本帥手中這柄『天泉古劍』大概還能與他那寶刀一爭雌雄吧？」這時，一個清清朗朗的聲音忽地在查大受身畔響起，「那麼，就讓本帥出馬一戰！」

「大帥！」查大受、李有升等愕然回首，只見李如鬆手持「天泉古劍」不知何時竟已放馬上前，迎向了立花宗茂！

在立花宗茂駭異的目光中，李如鬆手中那柄「天泉古劍」斜斜指向地面，宛若一脈活水一般流轉泛動著粼粼光波，映得他鬚眉盡碧。同時，李如松仰起臉來，那眼神便似「天泉古劍」的劍芒一般凜冽、冷峭——只聽他唇角一動，沉緩有力地吐出了四個字：「來受死吧！」

立花宗茂剛才已是身受內傷，此刻又見李如松仗劍攻來，自知一時難以爭鋒，便向小野鎮幸和安東常久二人使了個眼色。

小野鎮幸二人會意，當下拍馬從旁飛馳而出，迎向李如松。

諸位明將一見，正欲上前相助，卻見李如松在坐騎之上一聲長嘯，宛若龍吟九霄，音韻清越非凡，遠遠傳了開去，數里之外竟仍是清晰可聞！

隨著這一聲長嘯，李如松身形倏然一動，連人帶劍竟似化作了一條銀龍，夭矯靈動，盤旋飛騰，朝著小野鎮幸和安東常久攔腰橫掃過去！

「啊啊」兩聲慘呼猝然響起，漫天銀輝驟斂而回，李如鬆氣定神閒，安然端坐在馬背之上。而小野鎮幸和安東常久卻是木然僵坐於坐騎之上，呆了半晌，突然不約而同地悶哼一聲，二人手中刀槍應聲斷作數截，然後胸前衣襟各有一片鮮血沁出，齊齊跌下馬去，爬不起來！

眼看手下兩員驍將在一招之間便被李如松擊落馬下，立花宗茂又怕又驚，又惱又怒。他再也按捺不住，一聲暴喝，手中「吉光寶刀」向前疾刺而

出，「唰」地一響，化作一幕銀亮的光瀑，暴漲開來，挾著濤奔浪擊之勢，向李如松撲面狂卷而來！

這一招，是他「隱月流」刀法之中的必殺絕招——「銀河倒卷」！然而，李如松卻是巍然駐馬不動，手中「天泉古劍」緩緩當胸向外劃了一個半圓——剎那之間，他面前二丈之內，劍氣森森，猶如暗潮潛流一般彌漫湧動開來，形成一片無形的屏障，護持在他身前！

立花宗茂手中「吉光寶刀」幻化出來的萬丈銀瀑一進李如松在身前二丈方圓之內布下的劍氣密網之中，立刻便似遭到無形的束縛一般，漸漸失去了靈動與夭矯，慢慢滯重起來，猶如一條被密密繩索絞住了全身的毒蟒，翻卷著、掙扎著、盤縮著，難以挪前分毫！

就在這時，李如松雙目一睜，眸中光芒灼灼逼人！同時，他大喝一聲，雙手緊握著「天泉古劍」，猛地向前一送！

「錚」的一聲，那「天泉古劍」化作一道銀虹，橫貫而出，徑直穿入了立花宗茂的萬丈劍瀑之中！這一聲金刃交鳴過後，場中隨即靜了下來！

漫天劍光漸漸散盡，只見立花宗茂坐在馬上，雙手舉著「吉光寶刀」，面色蒼白如紙，顯得驚愕異常！他頭頂的立桃形銅盔已被李如松的劍氣一劈而開，裂成了兩半：一蓬長髮被削飛，紛紛飄落！那情形，實是狼狽至極！

一向恃才自傲的立花宗茂何曾遭到過這般奇恥大辱。他臉色一紅，恨不能當場剖腹自盡！

「主君大人！」身負重傷的小野鎮幸從泥濘中奮力爬起來，撲到他身畔急聲勸道，「您可千萬不要墮了志氣啊！我們還是趕緊收兵回漢城府向小早川大老求援吧！」

在一片死一般的靜默之中，立花宗茂的一聲輕咳乍然響起。他從喉間咳出了一口帶著縷縷血絲的痰液，面色變得十分蒼白，卻仍是挺起了「吉光寶刀」，毫不示弱！

就在這時，忽聽得斜刺裡又是殺聲大作。立花宗茂、小野鎮幸急忙循聲看去，卻是碧蹄館山坡頂上的祖承訓、高彥伯他們殺將下來了！

立花宗茂一見，心下一沉，喃喃說道：「安東幸貞呢？他……他們難

道……」

「倭虜！你們還是乖乖投降吧！」祖承訓右手一揚，將掌中提著的一顆血淋淋的頭顱遠遠地朝立花宗茂的身前一擲，高聲喝道，「否則，你們的下場便和這名倭將一樣！」

立花宗茂目光一轉，向泥濘地上那顆血肉模糊的人頭看去，頓時心頭「咚咚咚」狂震起來：原來它竟是安東幸貞的腦袋！

看來，在碧蹄館坡頂上攔擊明軍的倭兵將士們已然全都喪生了！立花宗茂和小野鎮幸無比震驚地對視了一眼，同時從對方驚恐的眼神中讀出了一個字——「逃」！不得不逃了啊！再和明軍不知進退地較量下去，這八千人馬恐怕是一個也休想活命了！

▌增兵與撤退

正當倭虜們驚慌失措、軍心大亂之際，一聲聲悠長渾厚的法螺號角之音從他們身後遠遠傳來，宛若虎嘯平原，震人耳鼓。

滿面灰白的立花宗茂臉上露出了一絲狂喜之色，他急忙將「吉光寶刀」往半空中高高一舉——那些正欲拔腿就逃的倭兵們見了他這個動作，一個個又停在了原地，持槍執刀，忍著傷痛拚命撐著。

「大家不要慌！小早川大老帶兵來救我們了！」立花宗茂高舉著「吉光寶刀」嘶聲高喊著，「我們立花一族的武士一定要和明軍戰鬥到最後一刻！只要救兵一到，我們就能洗刷前恥了！」

聽到立花宗茂的煽動之聲，他手下的武士們紛紛挺起長矛，瘋狂地號叫著，再次猛撲了上來。

李如松亦未料到倭兵竟是這般的殘忍好鬥，他眉頭微微一皺，手中「天泉古劍」向前用力一劈，向身後的騎士們下了一道無聲的衝鋒令！

剎那間，數千大明鐵騎直衝向前——馬蹄聲猶如擂得咚咚直響的戰鼓，大地在向他們身後飛逝疾退，倭兵在他們面前似被巨艦破開的潮水般往兩邊散去……無論立花宗茂怎樣激勵自己手下的武士要「體面」地奮鬥下去，都

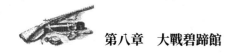

已止不住他們的潰退了！

李有升帶著一隊騎兵衝入敵陣，一路砍殺著。也不知前衝了多久，前面的日本武士漸漸稀少。「難道我們已經衝到了倭虜的陣後？」李有升心念一動，勒住了馬，正欲帶領手下騎兵們返身殺回。

陡然間，半空中「嗖嗖」亂響，一陣箭雨從天而降，他手下騎兵紛紛中箭落馬！

李有升大吃一驚，急忙扭頭一看 —— 天啊！前方曠野之上黑影幢幢，漫山遍野的全是倭兵！他們猶如從天際盡頭浩浩蕩蕩蜂擁而至，自四面八方包圍過來！

倭軍的大隊人馬到了！李有升望著這數以萬計的倭兵，不敢戀戰，撥轉馬頭，向手下喊道：「撤！快撤！趕回去向大帥報信去！」

李有升正在回馬疾馳之際，一支弩箭不知從何處暴射過來，「噗」的一聲，正中他右肋之下，透體而入！他「呀」的一聲，一伸手摀著右肋，拚命打馬奔了回去！

「有聲！你怎麼了？」正在砍殺倭兵的李如柏和祖承訓見李有升伏在馬背上倉皇而回，急忙上前接住問道。

「倭……倭虜！後……後面來了好幾萬的倭虜……」李有升右肋下箭傷處血流如注，額角也冒出了大顆大顆的汗珠，臉色蒼白，「快……快去告訴大帥……」

李如柏和祖承訓一聽，也都變了臉色，急忙傳令撤退。

正在碧蹄館山坡下駐馬督戰的李如松遠遠望見明軍騎兵呈方塊陣形一隊接一隊退了回來，正自驚疑之際，李如柏、祖承訓護持著身負箭傷、奄奄一息的李有升躍馬而至，向他稟報了前方發現大隊倭兵的情況。

前方竟有數萬倭兵？想不到漢城府中的敵軍主力今天也傾巢出動了！饒是李如松一向藝高人膽大，此刻也不禁倒吸了一口冷氣 —— 自己手中目前僅有兩三千人馬，怎能與人數多於己方近十倍的倭軍正面交鋒？

他一咬鋼牙，馬上命令所有的明軍戰士聚攏過來，背靠碧蹄館山坡，憑藉著有利地形，和大隊倭軍伺機而戰 —— 倘若實是戰之不勝，再將全體人馬

撤到山坡之上固守。

這時，倭軍如滾滾狂潮般直湧過來，片刻便列成了一座兵山，擋在了明軍的面前。他們挺矛仗刀，和明軍遙遙對峙著，卻並不前來挑戰。

立花宗茂和小野鎮幸收拾著殘兵，狼狽不堪地退回倭兵大陣之中。

接著，倭軍大陣猶如鶴翼般向兩邊緩緩展開，裡面有一位白髮如雪的倭軍老將昂然端坐著敞篷戰車慢慢駛上前來。

「小早川大老……」立花宗茂迎了上去，羞愧無比地垂下了頭，「在下作戰不力，喪師辱國，還請大老大人降罪！」

小早川隆景看到自己手下第一名將這般披頭散髮、滿身血污的狼狽樣，不禁微微皺了皺眉頭，深深嘆道：「辛苦你了，立花君！你退到後邊去好好養傷吧！待會兒，本大老便要指揮這三萬精兵殺上前去，為你們報仇雪恥！」

「請大老大人原諒屬下的不恭！」立花宗茂雙眉一挺，身形直立不動，仍是垂首說道，「這些明軍將領手段毒辣，防不勝防！屬下願負傷再戰，寸步不離大老大人身旁，全力保護您的安全。」

小早川隆景知道立花宗茂一向性子倔強，見他話說得這般斬釘截鐵，也只得由他去了，便把目光投向了前方的明軍大陣，思忖著如何進攻明軍。

「那個白髮倭將一定是倭虜的首腦人物，」李如松用手中「天泉古劍」遠遠指了一下端坐在倭軍大陣中間那敞篷戰車上的小早川隆景，

「『射人先射馬，擒賊先擒王。』你們哪一位能衝上去拎了他的首級來挫一挫倭賊的銳氣？」

查大受、李如柏、祖承訓等聞言，齊聲道：「屬下願往！」

李如松瞧了瞧查、祖二人，淡淡說道：「你們兩位和倭虜激戰了整整一夜，暫且下去好好休息一下。如柏、如梅，你們率三百死士、二百女真射手，徑去取那倭帥人頭回來！」

李如柏、李如梅齊齊應了一聲，率著那數百名死士和射手，奮馬而出，直向敵軍大陣中那輛敞篷戰車撲去！

「小早川大老，您還是避一避吧！」立花宗茂見這隊明軍不顧一切直撲過來，頓時明白了他們的來意，急忙向小早川隆景勸道，「明軍來勢凶猛，您

要千萬小心啊！」

「本大老身為主帥，豈能不戰而避！」小早川隆景臉色陰沉，舉起手中令旗向前一揮。他所乘坐的敞篷戰車兩側，立刻飛出了兩支倭軍騎兵，向李如柏、李如梅等明兵攔截過去。

看到李如柏、李如梅等人被那些倭軍纏住混戰，一時難以衝向前去，李如松眉頭一皺，一提馬韁，飛馳而出，朝著倭軍大陣直衝上去！

「哎呀！大帥要小心啊！」祖承訓在後面看見，慌忙大呼，已是阻攔不住，只好帶領身旁的騎兵跟隨李如松衝殺過去。

「放箭！放箭！」立花宗茂在那邊也看到了這一幕，急忙喊道，「這員明將厲害得很！不要和他硬拚！快快放箭將他射殺！」

小早川隆景見李如松躍馬而來、英姿颯爽，心底亦知其人非同尋常，急忙一揮令旗，下了射殺令！

剎那間，倭軍陣中萬箭突發，猶如漫天飛蝗，向著李如松全身上下射將過來！

李如松大喝一聲，手中天泉劍旋舞開來，化成了一輪銀盾般的白光，將漫天激射而來的箭矢紛紛擋落在地！

同時，他毫不停息地一直打馬向前，身下馬不停蹄，「嘚嘚」連聲，朝著倭軍大陣越衝越近 —— 小早川隆景驚得目瞪口呆！

「大老大人，快退吧！快退吧！」立花宗茂迭呼道。

「老夫身為大日本五大輔政大老之一，怎能怯退示弱於敵？」小早川隆景雙手緊緊捏住戰車兩側的護欄扶手，鐵青著臉說道，「難道我大日本國三萬武士都擋不住他一員明將的鋒芒嗎？！」

聽到他這番話，大陣兩邊的倭兵倭將們紛紛拚命吶喊著衝上前去阻擊李如松！

只見李如松連人帶馬似化作了一條夭矯無比的銀蛟，在倭軍的兵海之中奔騰著、衝殺著，一路橫衝直撞、所向披靡！他衝到哪裡，哪裡便有一片血光伴著聲聲慘號飛灑而起！

眼看距離那敞篷戰車已是不足二十丈，李如松在馬背上輕舒猿臂，倏地

從一名倭將手中奪過一柄鐵槍，握在掌中，暴喝一聲，運足了全身勁氣，急速注入鐵槍之中！

然後，他左手一揚，「唰」的一聲刺耳銳嘯破空劃起，那鐵槍化作一道黑色的閃電，脫手直射而出，朝著端坐在敞篷戰車上的小早川隆景當胸飛擊過去！

「大老大人小心！」立花宗茂見李如松脫手而出的那道黑光來得迅猛絕倫，頓時驚得面色慘白，右手抓起掛在自己馬鞍後邊的一面鋼盾，也是奮盡全力，疾擲而出，向那道黑光凌空擋去！

只見那鋼盾在半空中團團飛轉，「呼呼」作響，憑空劃出一弧銀虹，和那道黑光在半空中倏然相交。

「噗」的一聲悶響，那柄鐵槍竟似捅破了一層薄紙一般，筆直地從那面鋼盾中洞穿而過，仍是挾著尖利刺耳的呼嘯之聲，向小早川隆景迎面飛射而來！

立花宗茂見狀，急忙大喝一聲，從坐騎上翻身一躍而起，同時雙手掄起自己那副鑲金嵌銀的馬鞍，朝著飛射而至的那柄鐵槍再次橫擋過去！

「噗」的一聲輕響，那柄鐵槍當真是勁猛非凡，再次筆直貫穿了立花宗茂那副馬鞍，「嗖」地射向了小早川隆景胸前！

「大老大人！……」立花宗茂只覺眼前一黑，心神一散，身不由己地從半空中直跌了下去！

就在這一瞬間，一直端坐不動的小早川隆景猝然出手了——他微微側身，雙手掄起所配倭刀，向著鐵槍刺來的方向揮去！

「叮」的一聲脆響過後，那鐵槍被小早川隆景手中的寶刀撞向一邊，將他側後的一名親兵當胸洞穿！

小早川隆景雖然有驚無險，若無其事地含笑而坐，但他紅潤的臉色卻慢慢變了，變得越來越蒼白——一行鮮血從他嘴角沁出，一滴滴地落在胸襟之上！

倭兵倭將們滿臉駭然——原來，李如松飛擲而出的那柄鐵槍儘管被小早川隆景揮刀格擋偏離了方向，卻因為勁道巨大，將他震成內傷，痛得他半晌

緩不過氣來！

倭軍大陣立刻就像被打昏了頭的一條巨蟒死死地僵在那裡，靜了下來！倭兵倭將把無比驚駭的目光投向了那輛敞篷戰車 —— 小早川大老竟被明將擊傷了？這可怎麼得了！

「看！那是什麼？」小野鎮幸一聲走了調的驚呼打破了這一片死寂。他大瞪著兩眼突然伸手指向了正西方向，表情極為驚恐。

隨著他手指的方向，倭兵倭將們的目光齊齊向西投去，只見一面藍底赤字的大旗從碧蹄館遠處的坡地後面冉冉升起，竟是大明國的中軍旗！緊接著，密集如林、雪亮奪目的刀槍矛戟紛紛冒出了地平線，數不清的明兵震天動地地吶喊著如汪洋大海一般漫捲而來！

原來楊元會同張世爵，率領明軍大舉增援來了！

「明……明軍！明軍的增援主力部隊到了！」立花宗茂頓時驚得手腳冰涼，幾乎當場就要昏倒過去！

「快……快撤！」小早川隆景忍著胸前劇痛，用盡最後一股力氣揮了一下手中的長扇，下達了撤軍令，「全軍撤……撤退！」

望著倭虜拖旗倒戈、紛紛撤退的模樣，李如松、祖承訓、查大受、李如柏、李如梅、李寧等人駐馬而立，盡情釋放著激戰之後的疲憊，臉上洋溢著燦爛的笑容！

著名的碧蹄館大戰，便在明軍大部隊趕到之後結束了。這一場激戰中，明軍戰死一千八百餘人，負傷近千人；而倭軍則共計戰死六千餘人，負傷兩千多人。

至此，征倭明軍不僅在火器作戰方面取得了對倭軍的壓倒性優勢，而且在野戰搏殺方面大顯身手，令倭軍心灰膽寒，不敢再輕易與之爭鋒。

第九章　進擊漢城

豐臣秀吉緩緩點了點頭，「啪」的一聲，手中黑子一下摁到了棋枰一角星位之上！

德川家康亦是神色一斂，掌上白子隨即輕輕放到了那枚黑子的旁邊！

這種一開局便上來「貼身纏鬥」的打法，頓時令石田三成等人見了不禁暗暗咋舌——原來德川家康表面上謙卑至極，而在骨子裡卻是手段霹靂、剛猛絕倫！

█ 李如松進逼漢城

漢城府城牆上，宇喜多秀家、石田三成、小西行長等人在指揮臺上並肩而立，他們向城下的明軍大營遙遙望去，各自面有憂色，沉吟不語。

只見一座座明軍營帳猶如起伏的峰巒，連綿不絕，緊緊圍繞著漢城府城池駐紮，「明」字軍旗高高飄揚，甚是醒目。

「沒想到明軍在碧蹄館一戰之後，便乘勢攻到了漢城府下……」宇喜多秀家深深嘆了一長口氣，「這一下，我軍連及時撤退到南部港灣也做不到了……看來，明軍一定是想將我軍圍殲在這裡啊！」

「唉……還是加藤清正狡猾啊！他平時不是吹噓自己是多麼勇猛、多麼英武嗎？在得知我軍在碧蹄館慘敗之後，馬上便從咸鏡道日夜兼程地逃向了釜山和萊州一帶，溜得比誰都快……」小西行長撇了撇嘴，冷冷地說道，「屬下原本以為他會大義凜然前來漢城府支援我們……看來，一向以英勇無敵自詡的加藤清正也不過是一個膽小鬼罷了！」

「哼！三成我會將他這臨陣脫逃的情形稟報給太閣大人的，」石田三成咬了咬牙說道，「他到處散播謠言說我們在明軍面前是如何如何怯弱，可是一到緊要關頭，他自己卻拋下戰友逃走……三成我對此絕不能容忍！」

「石田君，如今小早川大老和立花宗茂都受了傷，他們帶來的武士們亦是銳氣大損，」宇喜多秀家臉上愁雲愈來愈濃，「明軍大隊人馬又已兵臨城下……唉！這可如何是好？」

「大統領！您不必驚慌！」石田三成沉吟著說道，「我們在漢城府中尚有

八萬勁旅，雖不足以出城擊敗明軍，但是要守住漢城府的城池恐怕還是綽綽有餘的⋯⋯我們目前也只有『以逸待勞、以靜制動』這八字兵訣可用了！」

小西行長聽了，連連點頭，說道：「是呵！大統領，我們有龍山大倉的數十萬石糧食，足夠我們全軍食用半年了，就算和明軍硬耗下去，也是不怕他們的⋯⋯」

「可是⋯⋯」宇喜多秀家將憂鬱的目光投向了北郊的那座龍山大倉，有些遲疑地說道，「如果龍山大倉不發生任何意外，那就太好了⋯⋯」

「大統領，您居然擔心龍山大倉會失守？」小西行長十分驚訝地問道，「您應該清楚，鎮守龍山大倉的可是德川家康公手下的那五千名精銳武士哪！他們的主將本多純嘉是德川家大管家本多正信的親侄兒，智勇雙全，連加藤清正都自愧不如。龍山大倉在他們手裡，您就一百個放心吧！」

「小西君，您可不要掉以輕心，」石田三成聽了宇喜多秀家的話，眉頭一皺，沉思著說道，「大統領的擔憂是有道理的：糧食可是我們數萬武士的命根子啊！絕不能把它們放在任何潛藏著隱患的地方！這樣吧，馬上再調撥三千武士和本多純嘉他們一齊鎮守龍山大倉。另外，再派出一支運糧隊伍，每天有計劃、有步驟地將龍山大倉的糧食轉運到漢城來。」

「石田君說得不錯，就照您的建議切實去辦，」宇喜多秀家點了點頭，吩咐道，「秀家我還有一個意見：在靠近龍山大倉的北門城樓上多多部署精兵良將，只要發現明軍對龍山糧倉有所異動，便立刻殺出城去護糧、搶糧⋯⋯」

「李提督，數日前的碧蹄館之戰，你可是嚇煞宋某了！」宋應昌親自押送著一批糧草趕到漢城府城下的明軍大營，一進中軍大帳，便向李如松說道，「唉！你身為三軍主將，居然親率輕騎直涉險境與倭寇數萬人馬交戰，這怎麼能行？萬一你有個什麼差池，宋某拿什麼向聖上和甯遠伯交代啊？！」

「宋大人言重了！如松此番率兵與倭虜在碧蹄館展開激戰，不正是在落實兵部『先聲以奪其勢』的方略嗎？」李如松急忙起身謝道，「一切有勞宋大人關心了！經過碧蹄館一戰之後，倭虜人人膽寒。接下來，需請求宋大人多多協助如松早日順利攻下漢城府，早日凱旋歸朝了。」

「協助李提督早日順利拿下漢城府，宋某自是責無旁貸。但是，宋某在此

也要懇請李提督保證：日後再也不得像碧蹄館之戰那般親涉險境了！」宋應昌苦口婆心地說道，「三國時期謀士虞翻曾勸說其主孫策：『白龍魚服，困於豫且；白蛇自放，劉季害之。』李提督一身關係大明三軍安危，豈可再行僥倖冒險之舉？你若是不依，宋某便要稟明聖上，請聖上降詔前來訓誡你了！」

李如松見宋應昌說得這般切直，急忙起身斂容謝道：「多謝宋大人如此關切，如松感銘於心，絕不再行僥倖冒險之舉了。只是這漢城府中倭虜人多勢眾，我軍意欲將其徹底圍殲，實是有些力不從心啊！」宋應昌聽了這話，心中亦是不禁一震：本朝東征大軍目前共計只有四萬餘人，而盤踞在漢城府內的倭虜卻足有八萬餘人，比己方兵馬整整多出了一倍！況且，這八萬餘倭兵全是退守城中的「亡命之徒」，己方縱有大將軍炮、虎蹲炮等火器助戰，他們萬一狗急跳牆，亦是難有十足的勝算！當日攻克平壤城時，李如松以四萬多明軍對付城內三萬倭兵，已是十分艱難，而今卻要面對多達八萬餘人的強大倭寇，也難怪一向神勇無雙的李如松也要連稱棘手了！

他沉吟了片刻，緩緩說道：「你們暫且將漢城府緊緊圍住，不讓倭虜乘隙逃出。本座今夜便寫急奏稟明聖上，請他速速增兵來援，一舉殲滅漢城府中的八萬倭虜！」

「宋大人先莫寫此急奏，」李如松向他擺了擺手，沉吟著說道，「待今夜我等再取一個大捷之後，您提筆再寫不遲！」

「什……什麼大捷？」宋應昌一聽，頗為驚愕，「李……李提督，你難道又要行什麼僥倖冒險之舉？不行！宋某萬萬不能答應！」

「宋大人多慮了！」李如松莞爾一笑，緩緩問道，「不知宋大人近來在朝鮮境中最為頭痛的是什麼事？」

「這還用多問？當然是為我們東征大軍籌措糧草了！」宋應昌有些無奈地說道，「我們四萬多兵馬，一個月就要吃掉三四萬石糧食和一百多萬斤草料、豆子……唉！……李提督你是沒管這一攤子事兒啊，宋某可是天天忙得團團亂轉……」

正在這時，李應試突然點了一句：「宋大人為糧草而急，難道倭寇遠來朝鮮、身在異域就不為糧草而急嗎？」

「是啊！」李如松一拍大腿，哈哈而笑，「李參軍，我們是時候該用這一招了！」

「難道你們想去偷襲倭寇的糧倉？！劫奪他們的糧草？！」宋應昌頓時也醒悟過來，卻又眉頭一皺，喃喃說道，「可是那糧倉是倭虜的命根子，必然會有重兵把守，豈是輕易偷襲得了的？」

「這幾日來如松已經派人調查清楚了：倭虜將城中大半的糧食積儲在漢城府北郊的龍山頂上大倉裡，原因嘛一半是為了防潮防澇，一半也是由於城中缺乏大型糧倉來積存……」李如松一邊思索著，一邊緩緩說道，「不過，自前日起，倭兵似乎也意識到了龍山大倉不夠安全，開始派兵運糧入城……我們一定要儘快搶在倭虜前面下手，爭取把龍山糧倉奪下來！不知宋大人以為如何？」

「不錯。倭兵雖眾，無糧不活。李提督派人前去偷襲龍山糧倉，確是宜早不宜遲、宜急不宜緩，」宋應昌聽了，連連點頭，說道，「但是，這一次偷襲行動，你可千萬不要再涉險境了。東征將士之中人才濟濟，你身為主帥，只要用人得當、指揮得宜，自然便可大功告成，又何須親自冒險以防不測？」

「宋大人勸諫是，」李如松微微笑道，「這次偷襲龍山糧倉，如松縱有意親臨指揮，只怕也難擔此任了！登山攻堅、摧城拔寨，實非我遼東鐵騎之長——這還得多多仰仗戚大帥當年調教出來的那支藤牌軍了！」

目標：龍山糧倉

漢城府的北郊外，一座雄偉壯麗的山峰巍然屹立。它便是漢城府北門的重要屏障——龍山。

龍山歷來是朝鮮王朝的儲糧重地，山頂建有十五座巨型糧倉，每倉存糧六萬餘石。倭寇占領漢城府之後，同時也將龍山大倉中先前朝鮮國的積糧據為己有。宇喜多秀家、石田三成為了進一步安排好儲糧、護糧事務，又在龍山山頂重新修建了三座糧倉，將侵朝倭軍的大半糧草運到那十八座巨型糧倉中積儲起來，作為己方繼續侵占朝鮮的堅實後盾。

　　既然龍山大倉如此重要，倭虜派來鎮守的自是精兵強將：德川家康手下的五千名武士和增派的三千精銳軍隊全被派駐到山上堅守。

　　而龍山守將本多純嘉一向心細如髮，為了提防明軍前來偷襲，他安排手下武士在通往龍山山頂大倉的各條咽喉要道兩旁設置了大大小小近百個土堡。在每個土堡內，他派出四五十名武士及火槍手居住其中，負責防守。這些土堡既隱蔽又堅固，在通往山頂的要道兩側星羅棋布、犬牙交錯，難以逾越。要想硬闖過去，實比登天還難。

　　這天晚上亥初時分，夜幕沉沉，月黑風高。一支身著緊身裝束的明軍隊伍銜枚摸黑，悄悄來到了龍山腳下。他們是李如松派來乘夜登山偷襲的明軍敢死隊。

　　這支夜襲敢死隊的首領是吳惟忠，副首領是查大受、駱尚志、高彥伯，共計三千餘人，其中有二千六百餘人是福建「藤牌軍」，另外三百人是李府中一部分家丁死士，還有幾十人是高彥伯帶來的熟悉地形的朝鮮士卒。

　　雖然明軍敢死隊人數頗多，但他們的行動卻甚是巧捷，一路潛行之下，只聽得他們腳下包著棉布的戰靴踏在草地上的微微聲響，此外再無動靜。不知不覺中，距龍山前山要道路口的倭兵哨樓只有三十丈遠近了。吳惟忠一揚手，身後的敢死隊員們立刻放輕了步伐，弓著腰緩緩向前挪動。

　　哨樓上依稀間可辨出兩三個穿戴著怪異服飾的倭兵身影，正在來回地向四下裡探望著。

　　吳惟忠又是一揚手，五六名李府死士「飆」地躍出佇列，以狸貓一般的敏捷和沉靜摸到哨樓底下，然後四肢並用著飛快地爬了上去。

　　在那幾個倭兵身影倏然消失的一刹那，吳惟忠連忙跳起身來，指揮著敢死隊員魚貫上前，往要道路口摸去。

　　然而，龍山的前山只有一條咽喉要道直通山頂大倉，兩側除了林立的倭軍土堡之外，便是險峻陡峭的懸崖。明軍敢死隊縱然輕輕巧巧便奪下了倭兵的哨樓，但若要登山而上，卻難以隱身遁形。

　　果然，片刻之後，要道上土堡中的倭兵見到路口的哨樓沒有按時發來安全信號，立即反應過來，一記號炮沖天炸響——緊接著，山道兩側燈火大

熾，倭軍的火繩槍便如爆竹一般「劈劈啪啪」急響起來，暴雨般的火彈劈頭蓋臉地投向了正在摸近山道路口的明兵敢死隊員！

「快用藤牌護體！」吳惟忠急忙下令。

刹那間，明兵敢死隊隊員們應聲從背上飛速地取下徑寬三尺的藤牌圓盾，護住了全身要害，頂著倭軍的槍林彈雨直向通山要道上衝去！

不料，只聽「噗噗」連聲輕響，一向刀槍不入、堅如鐵石的明軍藤牌盾，竟在倭兵這一輪槍彈襲擊之下，紛紛被打穿了不少透亮的窟窿！厲嘯著的子彈穿過了藤牌盾，擊在明軍敢死隊員的胸上、頭上……他們悶悶地呻吟著，一個個跌翻在地，抽搐著！

吳惟忠遠遠望見這一幕情形，頓時大吃一驚！一向堅不可摧的「藤牌軍」，此番竟也抵擋不住倭虜火槍的射擊——莫非這倭虜手中所持的火繩槍真的足以洞金貫石、無堅不摧？

原來，龍山守軍的火繩槍是近日豐臣秀吉從葡萄牙洋商手中購進的一批最精良的火器，由小早川隆景帶來交付給他們使用的。這一批火繩槍的子彈威力巨大，不僅可以打穿普通槍彈打不穿的鐵甲，而且還能連續射擊。明兵的藤牌，自然是難以有效抵擋了。

看著敢死隊員們前仆後繼地慘死在敵人密集的槍彈之下，吳惟忠把嘴唇咬得緊緊的，不住地用手拍打著膝蓋，搖頭嗟嘆不已！

「吳兄，依查某之見，不如讓人通知在北門監視倭軍動態的祖將軍，讓他們調撥幾門虎蹲炮過來，」查大受沉吟著說道，「炸掉倭虜幾個土堡之後，他們就會蔫下去了……」

「不行啊！祖將軍他們帶領火炮營盯在漢城府北門，是專門為了阻止城內倭軍前來救援龍山大倉的啊……」吳惟忠抬起眼來向漢城府北門方向望了一下，「倘若調走幾門虎蹲炮，就憑祖將軍手下那四千騎兵能擋得住數萬倭軍的衝殺？那時候，我們腹背受敵，實在是危險啊！罷了，不到最後一刻，絕不能向祖將軍他們求援，以免干擾他們！」

「可是，您瞧倭賊的火繩槍這麼厲害，」查大受急得連連跺腳，「不用虎蹲炮，怎麼轟得掉敵人的土堡？不轟掉這些土堡，我們怎能衝上山去？」

「查兄，你此刻就是搬來虎蹲炮也難以濟事啊！」吳惟忠抬頭向龍山要道望上去，滿面愁雲揮之不去，「你看，那通山要道迂迴曲折，兩邊的土堡又隱蔽得很深——把虎蹲炮搬到這裡，轟擊起來也棘手得很啊！我們還得另闢蹊徑才行啊！」

「另闢蹊徑？」高彥伯聽了，雙眉一揚，心中一動，若有所悟，向吳惟忠、查大受二人說道，「吳將軍、查將軍，依高某之見，目前從龍山的前山要道突破層層阻截，自是甚難。我們何不繞到後山去伺機偷襲？」

「高將軍……龍山的後山全是懸崖峭壁，怎麼登得上去？」吳惟忠沉吟片刻，不無憂慮地說道，「就算登上山去，頂多也只有百十個人，哪能殲滅得了山頂的倭寇？」

「吳將軍、查將軍，依高某之見，李大帥手下的那些死士，個個身懷絕技，應該是能攀得上那後山懸崖的，」高彥伯沉吟著又道，「只要上了山頂，他們再放下繩索，牽引著我們攀爬上去，便能從背後打倭寇一個措手不及！……萬一殲滅不了那麼多的倭寇，我們乘機放火燒掉那十八座糧倉，將倭寇數十萬石的糧草盡皆付之一炬，這也是奇功一樁了！」

「唔！高將軍此言甚是，」吳惟忠聽了，臉色微微一鬆，點了點頭，吩咐道，「你和駱將軍帶上李大帥手下的五百名死士和一千名藤牌軍馬上行動，悄悄繞到龍山後山攀崖奇襲而上。吳某和查將軍留在這裡邊打邊擾，把倭虜的注意力吸引到這邊來……」

悄悄摸到龍山的後山，駱尚志、高彥伯仰頭一看，一座如同刀劈斧削般的陡峭懸崖兀然而立，溜滑溜滑的，連一隻壁虎都爬不上去。

「這怎麼行？」駱尚志和高彥伯見此情形，不由驚得直吐舌頭，「誰能攀得上去啊？除非身生雙翅飛上去……」

「唉！……」現在已升為藤牌軍把總的朱均旺見了，頗不甘心地將刀往地上一插，狠狠地說道，「難道這座龍山大倉真的就攻不下來？」

卻見李府家丁死士隊的首領李純上前仔細察看了片刻，轉過臉來，對駱尚志和高彥伯說道：「駱將軍、高將軍，不管行不行，暫且讓弟兄們試一試吧！」

　　駱尚志和高彥伯只得默默點了點頭。

　　那李純走進李府死士隊中，親自挑選了三十餘名輕功拔尖兒的高手出列，打了一個手勢，他們一個個便如靈猴般縱身而出，沿著那峭壁攀爬上去。

　　他們來到峭壁之下，紛紛一揚手，無數條由鋼絲絞成的拇指粗細的「鷹爪鐵鉤索」如騰蛇一般向上飛擲而起，「嚓嚓」連聲，釘抓在峭壁岩石之中，足足深達四寸有餘。

　　然後，三十餘名輕功高手右手抓著鐵索，左手握著鋼錐，迅速地沿著峭壁攀爬而上！

　　向上爬了十餘丈之後，來到鐵索頂端處，他們將左手的鋼錐往峭壁上深深一扎，在半空中定住了身形，右手揮起「鷹爪鐵鉤索」又往上一擲。那鐵索頂端的鷹爪鐵鉤擲上去，又扣住了壁上的岩石；他們用右手拉了一拉，感到鐵鉤扣得已經扎實之後，又抽出左手鋼錐，繼續抓著右手的鋼絲鐵索攀爬上去……

　　就這樣，這三十餘名輕功高手輕捷如猱，在半個時辰內便攀上了近百丈高的懸崖壁頂。

　　到了壁頂之後，他們再將自己手中的「鷹爪鐵鉤索」一條接一條地連接起來，把繩頭緊緊捆在壁頂一棵數人合抱的參天大樹樹身上，然後將繩尾向下面拋了下來！

　　「太好了！太好了！」駱尚志和高彥伯一見，不禁大喜過望，吩咐手下敢死隊員道，「就抓著這條鋼絲鐵索，大家快爬上去！」

　　李純點了點頭，喊來數百名李府死士，讓他們先行攀爬上去。然後，他再親自護著駱尚志、高彥伯等一起攀繩而上。朱均旺在後面挑了四百名年輕精壯的「藤牌軍」士兵，跟在駱尚志、李純他們身後，抓緊了鐵索，先後也攀爬而上。

　　整整花了兩個時辰的工夫，四百名藤牌軍士兵和三百名李府死士終於全部登上了龍山後山峭壁頂上。

　　然而，到了峭壁頂上，大家的心情並沒有輕鬆多少 —— 前面到處都是荊棘叢，根本沒有現成的路徑可走，只有高高的峰頂上那一簇簇的燈火，照出

倭軍龍山糧倉所在的位置！

「不能再耽誤了！」駱尚志將大手向前一揮，率先走到前面，「快！快！登上峰頂，把敵人的龍山糧倉奪下來！」

諸位夜襲敢死隊員聞言，急忙抖擻精神，便往峰頂衝去。

就在這時，只聽得一片猶如夜梟般刺耳難聽的怪嘯之聲驟然響起，憑空裡一團團灰影翻翻滾滾飛躍而出，降落在他們面前，擋住了去路！

駱尚志、高彥伯、李純等人定睛一看，只見來人一個個懷抱長刀、身著勁服，赫然正是一群日本忍者！

那些忍者專門潛伏在後山險要之處，阻擊登上山來的明軍將士。他們原本也不曾料到明軍敢死隊竟能從那麼陡峭的後山懸崖峭壁上攀爬上來，只是剛才聽到這邊似乎有些異常動靜，方才疾奔過來察看，便與駱尚志、李純、朱均旺等明軍敢死隊狹路相逢了。

「駱將軍、高將軍，你們率領藤牌軍先行去偷襲龍山糧倉，」李純從腰間急忙抽出一柄軟劍，舞在手上，一邊指揮著李府死士迎了上去，一邊向駱尚志等人說道，「我們消滅了這批忍者後就來接應你們！」

「你們要多加保重！」駱尚志、朱均旺等人向他們微一點頭，便匆匆從斜刺裡繞了開去，一路披荊斬棘，健步如飛，奔向山頂的龍山糧倉而去！

▎龍山大火

漸漸地，那十八座如同擎天巨柱一般高聳著的糧倉赫然躍現在駱尚志、朱均旺等明朝藤牌軍將士的眼簾裡，彷彿觸手可及！

駱尚志、朱均旺等人頓時激動得心頭「怦怦」直跳，撒開了腳步，飛也似直向那十八座糧倉飛撲而去！

正在這時，衝在最前面的幾名藤牌軍將士猝然腳下一空，翻身向下摔去！後面跟來的明軍敢死隊員一時去勢甚急，剎不住腳步，也就跟著滾成一團，跌到了壕溝之中！

原來，倭軍竟然在糧倉數十丈外的那排木柵欄外側掘有一圈八尺來寬、

一丈多深的長壕，平日用草皮、浮土、薄席遮覆在表面之上以麻痺敵人。在壕溝的底部，卻密密叢叢地豎有無數削得尖尖的竹筒，跌落下去的明兵們當場便被刺得鮮血淋漓、慘呼連連！

「小心敵人的壕溝！」駱尚志見狀，急忙大呼著提醒道。

他話猶未了，只見那壕溝邊上一個個半球形的土包一下掀開了上面蓋著的草皮，原來全是倭軍在此埋設的地堡！

緊接著，「砰砰砰砰」槍聲大作，那一個個地堡的射擊口處噴出了一股股濃煙，驟雨般密集的槍彈瘋狂地掃射過來——明軍敢死隊員頓時應聲倒下了一大排！

「臥倒！快臥倒！」朱均旺急得兩眼通紅，連連揮手大呼。明軍敢死隊員們連忙伏身臥倒在地，槍彈呼嘯著貼著他們頭頂掠過，有時竟將頭皮都擦破了，沁出了一滴滴的血珠！

朱均旺從草地上爬到駱尚志身邊，焦急地問道：「駱將軍……這裡也有倭兵的地堡和火槍隊，怎麼辦？」

駱尚志緊蹙著眉，沉吟了許久，才說道：「就用先前準備好的『炸藥筒』，派精幹的弟兄爬上前去把它們炸了……現在，也只有這個辦法了……」

朱均旺微微抬頭向前看去，說道：「可是駱將軍……那條壕溝太寬太深……只怕弟兄們爬不過去啊！……」

駱尚志沉沉地嘆了一口氣，低低說道：「事到如今，爬不過去也得爬啊！」

朱均旺無奈，伸手向後邊揮了一下。十餘名藤牌兵爬到了他身旁，問道：「把總，該怎麼辦？！」

「拿好炸藥筒，用藤牌盾護住上身，爬過去把那幾個地堡炸掉！」朱均旺肅然吩咐道，「現在，咱們闖進了敵人的心腹重地，已經沒有退路了！只能是有進無退，哪怕是殺身成仁，也在所不惜！」

「是！」那十餘名藤牌軍士齊齊應了一聲，取下背上背著的藤牌，握在左手，護住了上半身，同時從背包裡拿出一捆粗粗的爆竹——這便是剛才駱尚

志所說的「炸藥筒」了，用右手抱在胸前，伏在地上，手足並用地爬向了那些地堡！

終於，他們爬到了那條壕溝邊上。一個藤牌兵一手執著藤牌擋在身前，一手抱著「炸藥筒」飛快地站起身來，向著壕溝那邊一躍而去！

不料，他剛一躍到半空，「砰砰」一排槍彈橫掃過來——剎那間，他手中藤牌被打得像蜂窩一般洞竅橫生！他只覺胸口一熱，全身力道盡失，立時眼前一黑，跌落了下去！

其餘的藤牌兵見了，不禁一齊悲呼起來。其中一個藤牌兵抓起那捆「炸藥筒」，點燃了撚線，用盡力氣朝著離他最近的一個地堡射擊口處狠狠砸去！

「轟隆」一聲巨響，那個地堡的射擊口處火光一閃，塵煙飛揚——那幾支火繩槍頓時啞了下來！

另外幾個藤牌兵也依照他剛才的做法，紛紛向距離他們最近的幾個地堡擲去了「炸藥筒」。

「轟轟」數聲爆響之後，那幾個地堡先後都啞了下來，倭兵的火繩槍幾乎都被炸得爆開了槍膛，發射不出子彈來！一瞬間，戰場上陷入了一片死一般的沉寂！

「衝啊！」駱尚志、朱均旺一見，欣喜若狂，站起身來，一齊振臂高呼！

正在這時，「砰砰砰」猝然一梭子槍彈暴射而至，將他們又壓了下去！

只見一座立在壕溝那邊糧倉峭壁下的土堡裡，伸出了一排火繩槍，向外噴射出一條條猙獰狂舞的火蛇！

爬到壕溝邊的一名藤牌兵急忙奮力擲出一捆「炸藥筒」——不料，那「炸藥筒」在距土堡五丈開外處，便無力地墜落在地，「轟」地炸響了，卻未傷及那土堡中人一分一毫。

「不行！還是得爬過壕溝那邊去才行啊！」駱尚志用拳頭狠狠地擂著身前的地面，擂出了幾個深深的小坑，咬著牙說道，「這倭虜太狡猾了！」

「駱將軍！」朱均旺在一側說道，「請讓末將上去炸掉這個土堡！」

「均旺……你……」駱尚志扭頭一怔，「你行嗎？」

朱均旺用力地點了點頭，同時向後一招手，幾個藤牌兵見狀，爬了過來。

「把你們的藤牌都給我！」朱均旺平靜地吩咐道。

那幾個藤牌兵急忙應聲取下背後的藤牌，遞給了他。

朱均旺將那幾張藤牌接下之後，又說了一句讓在場諸人十分驚詫的話：「把你們的褲腰帶也解下給我！」

雖然感到莫名驚詫，那幾個藤牌兵還是猶猶豫豫地解下腰帶，遞向了朱均旺。

朱均旺細心地將那幾張藤牌整整齊齊疊在了一起，然後用那幾條腰帶二橫二豎結結實實地把它們捆成了厚厚的一張。

然後，他就用這厚厚的一整張藤牌護住了上半身，左手抱著兩捆「炸藥筒」，手腳齊用，向壕溝邊上爬去！

敵人的槍彈有時帶著「嗦嗦」的銳嘯之聲，擦著他的頭皮飛過；有時又像從天而降的一隻隻小老鼠，「吱吱吱」地急響著，鑽入他面前的泥土之中，同時激起了層層煙塵，迷離了他的雙眼。

然而，朱均旺卻不顧一切地向前爬著、爬著。終於，他來到了壕溝邊上。他右手緊緊抓住那面厚厚的藤牌，深深吸了一長口氣，然後倏地一下跳了起來，將藤牌擋在身前，同時身形一縱，向那寬達八尺的壕溝那邊飛躍過去！

「砰砰砰」只聽到一顆顆鋼彈在身前那面藤牌上撞出了沉悶的聲響，然而卻都沒能將它打穿！

在這電光石火的一剎那間，朱均旺已是一下躍過了壕溝，滾落在了溝那邊的土地上！

但，就在他身軀落地的一瞬間，他只覺右膝一陣鑽心般的劇痛，額頭上立刻冒出了一層密密冷汗！他的右膝中彈了！膝蓋骨被打得粉碎！

來不及呻吟，來不及包紮，來不及喘息，朱均旺一手抓著藤牌，一手抱著「炸藥筒」，分秒不停地向著糧倉峭壁下那個最大的土堡急速地爬去！

土堡中的倭兵火槍手也看到朱均旺躍過了壕溝，紛紛急忙將槍口瞄準了他，彈雨瘋狂地向他傾瀉過來！

　　過了半晌，槍聲稍息，煙塵漸散。卻見朱均旺伏在地上，像一隻頑強的穿山甲，仍然不顧一切地向前爬行著！

　　敵人驚醒過來，槍彈再次如雨點般密集地向他掃射而至！

　　然而，朱均旺沒有退縮，靜了片刻，緊咬著鋼牙，又向前挪動起來，只是此刻他每挪動一步，都顯得格外艱難。他緩緩地弓起左腿，拖著疲軟無力的右腿，吃力地蹬著鬆土、碎石，上身靠著雙肘撐起，一寸一寸地向前爬著。

　　十丈、八丈、六丈、五丈……他距離土堡越來越近了。看著那半扇門般大小的射擊口處一股股向外噴射而出的濃煙，他慢慢地站了起來，先是昂起了頭，然後用右臂支起身子，左腿單跪，左手掄起了那兩捆炸藥筒，猛地朝前擲了出去！

　　「炸藥筒」在半空中劃出一道凝重的弧線，投進了那射擊口裡面──「轟轟」兩聲巨響，還夾雜著幾縷慘號，射擊口處冒出了滾滾濃煙，那一排火繩槍應聲啞了。

　　「衝啊！」駱尚志和高彥伯一躍而起，正欲指揮手下藤牌兵們衝鋒上前。

　　「啪啪啪啪」一串飛彈又從那土堡射擊口處急射而出──還有四五個火槍手沒被炸死！

　　「駱將軍小心！」高彥伯急忙一下跳到駱尚志身前，將他推倒在地！

　　「噗噗！」幾聲輕響，高彥伯胸前立刻濺開了朵朵血花，一跤跌倒在地！

　　「高兄！高兄！」駱尚志急忙從地上爬過去扶住了他，虎目含淚，痛呼不已，「你……你……」

　　「駱兄不必難過！」高彥伯緊緊握著他的手，「為救友軍而死，高某死而無憾……高某只求駱兄今後能代高某多殺幾個倭賊，便知足了……」

　　他的聲音漸漸低下來，頭頸一軟，慢慢垂下頭去，竟是安詳而逝！

　　「高兄！高兄！」駱尚志吼得連聲音都嘶啞了，卻再也喚不醒他了！

　　這時，他周圍的藤牌兵們一齊失聲驚呼起來──他急忙抬頭看去，在晶瑩的淚光中，只見朱均旺又搖搖晃晃地站了起來，雙手舉著藤牌，踉踉蹌蹌、一步一瘸地憑著最後一股力氣，向敵人土堡的那個射擊口處急撲過去，用那張藤牌和自己的身體緊緊堵住了那咆哮著、亂竄著的槍彈……從後面望

過去，只見朱均旺的背部，「噗噗噗」響起了一串悶響，一股股鮮血向四下裡噴濺而出⋯⋯而他那緊緊堵住敵人土堡射擊口處的魁梧身軀則如一座大山般巋然不動！

所有的時間，彷彿在這一刻定成永恆！

終於，駱尚志那淒厲激越的高呼之聲劃破了這一片靜謐：「弟兄們！衝上去啊！把倭賊們通通殺光！把他們的糧倉通通燒光！」

「完了！完了！完了！」站在漢城府北門城樓上用千里鏡瞭望著龍山山頂情景的宇喜多秀家突然像觸了電似的跳了起來，聲音顫抖得十分厲害，「龍山大倉⋯⋯」

小西行長、石田三成一齊循聲望去，立刻驚呆了 —— 只見那裡漫山都是大火，已經映紅了大半個夜空⋯⋯

所有在漢城府城牆上看到這一幕情景的倭兵倭將們大腦都在一瞬間變得一團渾噩 —— 他們的眼睛裡，只看到了那熾紅的峰巒、熾紅的天穹，還有那十八根一直燃上雲霄深處的巨大火柱⋯⋯

▎議和之謀

在漢城府城內倭軍大本營裡，宇喜多秀家、石田三成、小西行長、來島通明等倭兵將領一個個木然而坐，垂頭喪氣，萎靡至極。

這時，一個倭軍探子疾奔而入，顫聲稟道：「稟告大統領：昨夜龍山大倉遭襲一事已經查清，明軍狡詐無比，先在前山牽制我軍主力，然後派出敢死隊繞到後山攀崖而上，偷偷登上山頂，乘隙放火燒⋯⋯燒掉了龍山糧倉⋯⋯本多純嘉大人帶兵趕到山頂緊急救援時，一切都已經晚了⋯⋯」

「本多純嘉？本多純嘉？」宇喜多秀家靜了片刻，突然伸手一拍書案，怒吼起來，「我們把那麼重要的龍山大倉交給他守護 —— 卻沒想到最後還是讓他給弄丟了！他在哪裡？他為什麼不敢來見本統領和城中的將士們？」

「大⋯⋯大統領有所不知，」那探子緩緩垂下了頭，低聲答道，「就在龍山糧倉昨夜被焚的時候，本多純嘉自知無顏再見您和城中將士們，已經當場

切腹自盡了……龍山的所有守軍，都用自己的鮮血和生命……」

「八……八千武士全部壯烈殉難了？」石田三成在一側深深嘆道，「唉……明軍的火炮實是厲害，我們的援軍在北門口被壓得死死的，一直沒能衝過去救援他們啊！」

「大統領，龍山的地勢那麼險峻，土堡設置得那麼密集，武士們的火器又那麼精良，居然還是失守了……」小西行長滿面憂色，扼腕嘆息道，「看來，明軍實在是太難對付了！……日後，我們在漢城府城池的守護上更要加倍用心才行哪！一絲一毫的馬虎大意都不敢再有了啊！」

「你退下吧！」宇喜多秀家漸漸恢復了平靜，揮手讓那名探子退了下去。

然後，他呆呆地坐在那裡，隔了半晌，才緩緩說道：「現在，龍山大倉也丟了，我們西征大軍又折損了八千武士，城中的糧食也一下緊缺了……這個仗，諸君談一談，該怎麼打下去呢？……」

「是啊！……城中只剩下二十多萬石糧食……」石田三成眉頭緊鎖，一臉的無奈，「我們最多還能支撐兩三個月……到了那個時候，不用明軍進城前來攻打，我們也全都被餓死了……」

「衝！衝！衝出去和他們拚個魚死網破，同歸於盡！」小西行長狠狠地說道，「我們還有八萬武士，就是用兩個武士的性命換取他們一個明兵的性命，還不夠嗎？」

「說什麼大話！昨天夜裡，你在北門口帶了兩三萬武士突圍……還不是被明兵那麼猛烈的炮火給打退回來啦！」宇喜多秀家冷冷地瞥了他一眼，頗為不滿地說道，「我們就算有再多的武士，面對明軍的大炮騎兵，也是送死……」

「這……這……」小西行長窘得面色通紅，不禁慚愧地低下了頭。正在這時，營門外傳來了親兵的稟報之聲：「小早川大老請見。」

「小早川大老來了？」宇喜多秀家聽了，十分驚訝，「他……他不是還在自己的寢帳裡養傷嗎？」

他雖是訝然失色，卻仍急忙恭恭敬敬站起身來，跑下帥座，向堂門迎去。

石田三成目光一閃，似有所思，也連忙起身跟了出去。

只見兩名侍衛一左一右攙扶著顫巍巍的小早川隆景一步一步緩緩走了進來。自從碧蹄館一戰中被李如松擲來的一根鐵槍震成內傷之後，他先前保養得紅潤如丹的面頰而今已變得灰白晦暗，眉宇間亦掩不住隱隱的痛苦之色，彷彿自己正在承受著煉獄般的傷痛煎熬。

「小早川大老……」宇喜多秀家快步上前扶住了小早川隆景，感慨著說道，「您有什麼事就傳喚晚輩到您的寢營聽命便是了，又何須勞您大駕親臨呢？」

小早川隆景也不答話，任由宇喜多秀家將他扶上帥座坐定之後，方才喘了一長口氣，靜了靜神，緩緩說道：「老夫清晨聽得龍山大倉被明軍偷襲焚毀的消息後，焦慮萬狀……所以，老夫也就顧不得『敗軍之將，何敢言勇』了，靦顏冒昧前來，與諸君共商抗敵大計……」

「大老您有什麼抗敵大計嗎？這太好了！」宇喜多秀家一聽，緊皺的眉頭一下舒展開來，喜道，「我們剛才正在商議這事……只是，大家都深感束手無策……大老您有何錦囊妙計？我們洗耳恭聽！」

小早川隆景聽了，哭笑不得，一張老臉漲得通紅，低聲嘆道：「老夫在碧蹄館一戰中以三萬武士之眾，竟困不住明軍五千兵卒，已是敗得無話可說 —— 此刻焉有錦囊妙計反敗為勝？倘若諸君亦是無計可施，只怕我小早川隆景這把老骨頭就要葬身在朝鮮這異國他鄉之地了！」

「這……這……這可如何是好？」宇喜多秀家頓時也驚住了，喃喃說道，「是啊！難道我們這八萬武士真的竟要被明軍困死在這漢城府中？」

場中一下靜了下來，靜得連眾人的「怦怦」心跳之聲都可聽得清清楚楚。

良久，只見石田三成雙眉一動，眸中精芒一閃，躬身上前道：「大統領、小早川大老，這段日子裡，在下苦思冥想，胸中倒想出了一條拙計……只是，這條拙計太過鄙陋粗糙，實在令在下也覺得難以啟齒啊！」

「唉呀！……這個時候還管什麼鄙陋不鄙陋、粗糙不粗糙，只要能擋住明軍的攻勢，什麼計策都行！」宇喜多秀家一聽，不禁大聲嚷了起來，「石田君，你既有計策，就開口直說嘛！不管你出的是什麼『點子』，秀家我和小早川大老都不會怪罪你的。」

　　小早川隆景捂著胸口，輕輕咳了幾聲，也附和著宇喜多秀家，連連點頭。

　　石田三成聽了，這才直起腰來，沉吟道：「既然大統領和大老大人都不怪罪，在下也就直說了：如今明軍依恃著強大火器，圍堵在漢城府四門之外，把我們困得如在鐵桶一般，形勢十分危急啊！……眼下，除了立刻請求太閣大人從日本國內增兵二十萬前來支援解圍之外，我們已別無他法！」

　　「請求太閣大人發兵二十萬前來增援？」宇喜多秀家一怔，「太閣大人手中還有這麼多的武士可用嗎？」

　　「是啊……如果太閣大人派不出這二十萬援兵……」石田三成的聲音驀地一頓，窒了許久，才囁嚅地說道，「那麼，退而求其次，我們也只能請求太閣大人鄭重考慮先前由黑田軍師提出的那個『撤軍議和』的方案了……再不然，大家就只得堅守在漢城府裡，全部殺身成仁，為天皇陛下和太閣大人盡忠到最後一刻……」

　　「黑田軍師先前提出的『撤軍議和』方案？……」小早川隆景沉吟了許久，方才喃喃說道，「想那一個月前，本大老率領三萬精兵從日本國內啟程趕來朝鮮之時，還禁不住有些嘲笑一向深謀遠慮、聰明睿智的黑田如水為何會提出這等建議……沒想到和明軍硬碰硬鬥之下，才覺得黑田軍師所獻之策，當真是正確無誤。唉……宇喜多大統領，您看呢？」

　　宇喜多秀家臉上一紅，吞吞吐吐地說道：「大老大人，當初黑田軍師就是因為請求要和明軍『撤兵議和』才被太閣大人召回日本面壁思過的……我們再向太閣大人提起『撤兵議和』之事，只怕他盛怒之下……」

　　「宇喜多大統領真是太年輕了！你以為太閣大人真的是只知一味地固執己見而不會從善如流嗎？」小早川隆景又捂住胸口激烈地咳嗽了幾聲，緩緩說道，「這樣吧！有勞石田君草擬一份稟文，由大統領和本大老聯名簽署，先把碧蹄館之役中我軍死傷八千人、立花宗茂受傷、昨晚龍山大倉被焚、本多純嘉自殺等情況詳詳細細、毫不隱瞞地寫給太閣大人知道；然後，再在後面提出我們請求增兵二十萬前來支援的意見……如果太閣大人實在抽不出這二十萬兵力前來增援，我們就必須向他講明兩點：一是只能向大明國『撤兵議和』，這樣才可以保全實力，以圖東山再起；二是全軍只得堅守城池，與

漢城府共存亡了！一切就請太閣大人自行裁斷了！」

「小早川大老真的是鐵骨錚錚，竟不懼太閣大人的雷霆之怒而犯顏直諫，」宇喜多秀家聽罷，不禁慨然說道，「秀家我實是愧不能及啊！您的建議很好，秀家我和石田君一定照辦！」

小早川隆景微微點了點頭，忽又目光一抬，看向石田三成，緩緩說道：「還有，本大老知道石田君一向善於揣摩太閣大人的心意而隨機應變……而且，太閣大人對石田君的建議和意見素來也是有納無拒的……我們的這份稟文，就交給您親自帶回名護屋向太閣大人當面解釋……一切拜託您了！」

「唔！謝謝大老大人的信任了！」石田三成急忙俯下身去，恭敬一拜，「既然您這樣吩咐了，在下遵命就是。在下一定盡心盡力，求得一個圓滿的結果來。」

「行！秀家我馬上安排一下，讓服部君帶領五百名出色的忍者，」宇喜多秀家也在旁邊說道，「今晚就保護著石田君連夜出城趕回名護屋去……」

「這一次，本帥要和宋大人聯名呈奏陛下為藤牌軍攻下龍山大倉請功！」李如松聲如洪鐘地宣布道，「對把總朱均旺捨身堵住地堡的壯舉，本帥也要向陛下行文稟明！請求朝廷為他樹碑立傳，表彰他的赫赫義節！」

他此言一出，帳下諸將立刻響起一片鼓掌喝彩之聲。

宋應昌坐在他右手一側，聽得這話，也點頭說道：「朝鮮君臣已經商定，過幾日將派一批能工巧匠過來，在龍山山頂上豎立一塊『大明義士碑』，專門表彰在征倭大戰中捐軀的各位義士們……」

帳下諸將聽了，又是一陣激奮。祖承訓、查大受、吳惟忠和駱尚志雙眼噙著淚花，哽咽著說不出話來。

李如松和宋應昌見狀，不禁靜默了片刻，待大家情緒漸漸平靜下來之後，李如松才開口說道：「諸位將士在朝鮮國內浴血奮戰，所有的功勳，聖上和朝鮮君民都會永遠銘於心的。現在，倭賊的龍山大倉被焚，漢城府被我大軍團團圍住，其勢已成釜底之魚，只要我們再接再厲、堅持不懈，扼守住漢城府的四方出口，必能將他們困死在孤城之中！」

諸將聽得群情激昂，一個個摩拳擦掌，準備大戰一場。

「既然大家這麼振奮，你們便暫且各歸本位，認真守好自己的陣地，」李如松凜然說道，「只要倭賊膽敢開門出來應戰，就把他們當場殲滅！」

「是！」諸將齊齊應了一聲，退出中軍帳。

待諸將退盡之後，宋應昌方才轉過身來向李如松抱拳賀道：「李大帥，你實是用兵如神、無人能敵啊！此番奇襲龍山，倭賊數十萬石糧食被焚，八千名武士被殲，他們已然膽破心寒，只得龜縮於漢城府中奄奄待斃！看來東征大軍全勝回國之期，已指日可待了！……宋某在此恭賀李大帥連戰連勝、光復朝鮮！」

「宋大人過獎了，」李如松急忙還禮謝過，他沉吟了一會兒，眉宇之際現出一抹隱隱的憂色，緩緩說道，「如今，我軍雖是燒掉了倭賊積儲在龍山大倉的糧草，也殲滅了他們三四萬人馬，但倭賊主力猶存，漢城府中還盤踞著八萬倭兵……這可是一頭可怕的困獸啊！……要想大獲全勝、驅盡倭虜、光復朝鮮，我們還得請求陛下再行增調數萬人馬前來支援才行啊！」

「是啊！是啊！我軍以四萬餘人馬，欲求一舉驅除倭虜八萬餘悍兵，也實是難為李大帥了！」宋應昌撫著鬚髯，皺著眉頭，緩緩沉吟道，「宋某待會兒便擬寫奏章，向陛下陳清此時的敵我大勢，懇請陛下發兵增援！」

「如此甚好！」李如松一聽，面露喜色，高興地說道，「如松願和宋大人聯名簽發這道奏章！陛下派出的援兵來得越快，我們攻克漢城府、殲滅城中倭虜之事也就做得越快！」

▌梟雄對弈

三隻青亮晶瑩的玉杯放在五彩花紋石桌幾之上，碧如翡翠的茶水上面，縷縷白色的熱氣悠然嫋嫋升起，隨風飄遊，在半空中變幻出鳥獸蟲魚等各種輕靈姿態，令人嘆為觀止。

豐臣秀吉端坐在榻榻米上，靜靜地觀看著那縷縷白氣在半空中飄蕩、散漫、淡去，一直不聲不語，神色卻是有些茫然。

「太閣大人……」大野治長終於忍不住出聲提醒道，「您的茶已經涼

了……」

「哦……是啊！這熱氣漸漸散盡之時，便是茶水漸漸變涼之時啊……」豐臣秀吉被他一喚，這才一下清醒過來，淡淡笑道，「其實，剛才本太閣看著這茶水熱氣在半空中變幻多姿，不由得也想到了人生在世的變幻無常啊……每個人終歸是要死的，本太閣也是要死的……可是，倘若我們能在臨死之前揮盡全力留下一篇精彩紛呈的『佳作』，讓後人為之瞻仰、感嘆，那也算是不枉此生了……」

「是啊！是啊！人人都稱讚太閣大人的英明神武天下無雙，」大野治長近乎諂媚地讚道，「可是他們也許並不知道，太閣大人在茶藝、茶道、茶理方面也是天下第一……觀賞您的茶藝，總能讓人心生靈機，感悟到無窮無盡的哲理……」

「呵呵呵……」豐臣秀吉聽了，只是向大野治長乾笑了幾聲，微微搖頭，緩緩說道，「大野君啊！難道你除了在本太閣面前大唱讚歌、大拍馬屁之外，就沒有別的什麼話可說了嗎？再動人的吹捧之詞，本太閣聽久了，也會索然無味的呀……你啊！還是得多多向石田君學習啊！倘若石田君剛才聽到本太閣的那番話，就不會像你這樣只會附和、吹吹拍拍……他也許還能巧妙地指出本太閣那番感悟中的不當之處，同時將它引申發揮開去，更明晰地點出本太閣心底的深意……」

「是……在下德薄才淺、資性駑鈍，實在不能和石田大人相比，」大野治長急忙伏身跪倒，誠惶誠恐地說道，「一切還請太閣大人諒解。」

豐臣秀吉淡淡一笑，也不理他，伸出右手，慢慢端起了一隻茶杯，輕輕送到自己的唇邊，品呷了起來。

正在這時，茶室的門被人輕輕敲了幾下。

豐臣秀吉彷彿什麼都沒有聽到一般，眼神靜靜地垂落在杯中茶水表面之上，一動不動。

大野治長倒退著來到茶室門邊，無聲地拉開門縫一角，一位侍女探進頭來，附在他耳畔低低說了幾句。

聽罷之後，他的臉色便微微變了，急忙匍匐著爬了進來，趁著豐臣秀吉

慢慢放下茶杯的空當，輕輕稟報道：「太閣大人，石田君從朝鮮趕回來了，眼下正在茶室外面等著您召見哪！」

他雖然說得很輕很輕，但在豐臣秀吉聽來，恰似一陣巨雷滾過，全身頓時微微一震，手中握著的茶杯也驀地顫了幾顫。

豐臣秀吉靜了半晌，才緩緩開口說道：「讓他進來吧！」

「是！」大野治長恭恭敬敬地應了一聲，倒退回去，將茶室的門向左側輕輕推開——只見衣衫襤褸的石田三成滿臉憔悴地站在那裡，顯得十分狼狽。

「石……石田君！」大野治長失聲驚呼道，「您……您怎麼成了這般模樣？！」

石田三成並不回答，他進得茶室裡來，膝行到豐臣秀吉面前一丈開外處，「撲通」一聲，跪地叩頭道：「太……太閣大人！屬下今日還能目睹到太閣大人的蓋世風采，實是托了天照大神的福了……」說著，他的聲音便哽咽了起來。

「你很久沒有喝到過本太閣親手沏的清茶了吧？」豐臣秀吉面無表情，伸手指了一指自己面前花紋石桌上放著的一隻茶杯，淡淡地說道，「你先喝了它解解渴吧！」

「不，不，不……太閣大人的茶不是用來給人解渴的，而是用來讓人澄心淨慮的……」石田三成急忙搖了搖頭，然後伸出雙手畢恭畢敬地將那杯清茶捧在掌上，仰頭慢慢飲入腹中，輕輕放下茶杯，讓自己的面色漸漸歸於平靜，緩緩說道，「喝了太閣大人的茶，在下頓感神清氣爽，定力也大大增強了。」

「很好，石田君不愧是石田君，年紀輕輕便能收放自如——本太閣很是欣賞啊！」豐臣秀吉也將手中握著的茶杯慢慢放到了石幾之上，悠悠說道，「唉……可惜！世事無常啊！本太閣一心盼望的事情總是難以實現，而本太閣一直擔憂的事情卻總是難以避免啊！……你今天急急趕回，只怕又沒什麼好事……一切還是請你直說了吧！本太閣不會亂了方寸的。」

「這……這是宇喜多大統領和小早川大老聯名寫給您的朝鮮戰況稟文……」石田三成猶豫著從胸衣處摸出一封絹折，極為恭敬鄭重地將它捧在

手上，獻了上來，囁嚅地說道，「太閣大人看完了它，一切也都明白了……」

豐臣秀吉的臉色開始沉了下來，他伸手接過了那份絹折，緩緩打開，默默閱看。

那封稟文的內容其實並不太長，但豐臣秀吉靜靜地拿著它，卻翻來覆去地看了很久很久，時間簡直長得可以連續煮沸十幾壺茶水了。

而石田三成雙拳也暗暗捏了兩把冷汗，無比緊張地注視著豐臣秀吉臉上表情的一切細微變化。

然而，豐臣秀吉的面色卻始終深如古潭，不生一絲波瀾。他慢慢放下了手中絹折，眼神凝注在面前那個空空的青玉茶杯之中，久久不動。

終於，他臉上表情一陣抽搐，緩緩開口了：「大野治長……快……快去喊那位琉球醫生來……本太閣的心口有些絞痛……」說著，他的身軀慢慢倒了下來。

「太……太閣大人！」石田三成驚得手足無措，一迭聲地呼道，「您……您千萬不要動怒啊！屬下等都已經知罪了……請您下令責罰吧……」

而大野治長慌忙起身，一溜煙跑到後院喊許儀去了。

「你們不是需要二十萬援兵嗎？」豐臣秀吉臥倒在榻榻米上，重重地喘了一口氣，伸手捂著胸口，一字一句慢慢地從牙齒縫裡擠出沉勁有力的話來，「本太閣明天就去給你們調撥過來……」

面對豐臣秀吉一大早便突然造訪，德川家康顯得甚為驚訝。但他一向鎮靜沉著，那一副驚訝之色在他臉上也是一顯即隱，轉瞬間便消失得無影無蹤。

他急忙賠著笑臉高高興興地將豐臣秀吉一行人迎進了自己府中的會客廳坐下，然後讓自己的侍妾們親自去後院沏好清茶奉上來招待他們。

豐臣秀吉在客廳中的首位坐定，儘管他故作高聲大語以顯威勢，但眉宇之間仍掩不住一絲疲憊。他呵呵笑道：「本太閣一向忙於西征大業，有時候竟疏怠了德川公……還望德川公不要多心才是啊！」

「哪裡！哪裡！太閣大人尊駕光臨寒舍，在下只覺蓬蓽生輝、榮幸之至，豈敢心存他念？」德川家康遜謝不已，在地板上伏身答道，「在下只怕自己才疏學淺，當不起太閣大人您的恩寵和信任哪！」

豐臣秀吉哈哈一笑，淡淡地說道：「如果德川公的忠誠和睿智都不值得本太閣傾心信任的話，那麼還有誰可以讓本太閣放心呢？本太閣今日前來，就是準備託付給您一個輝煌的大任……這個重任，除了德川公，誰也擔當不起！」

德川家康急忙起身離開榻席，在地板上謙恭至極地伏下身來，面帶驚慌之色，說道：「太閣大人此言，真是折殺在下了！……在下才疏學淺，真的承擔不起太閣大人的信任和厚愛呀……」

跟隨著豐臣秀吉一道前來的石田三成見德川家康到了此時仍是這般圓滑，不禁在一旁冷冷哼了一聲，便欲開口發話。卻見豐臣秀吉雙眉一揚，目光一閃，止住了他。

然後，豐臣秀吉緩緩說道：「哦……本太閣想起來了 —— 德川公也許還不知道吧！你派到朝鮮的手下愛將本多純嘉和五千武士在堅守漢城府外龍山大倉時已經全部壯烈殉國了！」

「什麼？」德川家康彷彿剛剛才聽到這個悲慘的消息，伏在地板上的身軀如遭電擊般一陣劇顫，同時他的眼角緩緩地流下了兩行淚水，一滴一滴墜落在衣襟之上，「本多君和手下五千武士既是為國捐軀，家康我唯有深深祈禱他們順利登入天堂安息、永樂……」

客廳裡頓時靜了下來，半晌沒有絲毫響動。

終於，豐臣秀吉澀澀的聲音打破了這一片沉寂，慢慢說道：「德川公手下的武士一向都十分英勇、十分頑強哪！本太閣記得二十年前，德川公率領一萬武士和『戰神』武田信玄親自統領的四萬五千人馬在三方原展開了一場慘烈無比的激戰。」

「這場激戰歷時一天一夜，德川公手下武士犧牲了二千餘人，而武田信玄手下折損了六千人馬。雖然你不得已退回了濱松城，但你能以寡勝眾，贏得了『海道一雄』的殊譽。」

「事後，武田信玄的猛將馬場信秀在觀察了激戰現場之後，對武田信玄稟道：『看了德川軍留在戰場的屍體，屬下深感震驚：面朝我軍倒下的屍體都是俯面朝下，朝向濱松的屍體都是仰臉朝上 —— 說明這些武士都是向前衝殺

時全力戰死的，由於企圖逃跑而被處斬的逃兵一個也沒有。』德川公手下武士的驍勇善戰，由此可見不一般哪！」

「唉……那都是二十年前的往事了……」德川家康伏在地板上雙眸噙著淚嘆道，「二十年來，在下也年老力衰了，手下的武士們也是『青黃不接』……再也沒了當年的那份驍猛與勇敢了……」

「可是，面對本多純嘉和手下五千武士悉數殉難於朝鮮的悲劇，」豐臣秀吉臉色微微一變，冷冷說道，「德川公似乎應該有所舉動，為他們報仇雪恥吧？」

「這……這一切還望太閣大人奮起神威、大舉義師為我德川軍洗刷恥辱啊！」德川家康又是深深一叩首，極為謙卑地說道，「一切仰仗太閣大人您了！」

豐臣秀吉發覺今天自己再怎麼「舌燦蓮花」地「套」他，也牽不住他的「鼻子」、打不中他的重心，不由得面色一僵，終於「圖窮匕見」地逼上前說道：「德川公手下還有十餘萬精兵強將，是我大日本國最威猛的一支力量。目前，大明國和我日本國的軍隊在朝鮮已經到了『成敗在此一舉』的關鍵時刻……本太閣想封你為西征首席大統領，率領手下十萬武士及時開赴朝鮮，一舉擊潰明軍，為我日本國爭光揚威，如何？」

「這……這……」德川家康遲疑了一下，緩緩說道，「太閣大人有所不知，數日前秀次大人奉了天皇陛下的詔書，從在下這裡抽調了四五萬名武士去鎮守京都了……」

「豈有此理！」豐臣秀吉頓時勃然大怒，一掌狠狠拍擊在客廳茶几之上，震得茶杯跳落在地，茶水飛濺而出，「豐臣秀次、天皇陛下的那些話，你統統都不必去理睬它們！——眼下，立刻發兵，增援宇喜多秀家、小早川隆景他們才是頭等大事！——本太閣希望德川公此時能夠真正掂清孰輕孰重、孰緩孰急！」

「太閣大人的命令自然是一言九鼎，無人膽敢違逆的，」德川家康急忙驚慌地伏倒在地板上連連叩頭，顫聲說道，「可是……可是，秀次大人和天皇陛下非常擔憂大明國的水師猝然渡海登陸攻擊我日本群島……一直強調由在

下這十餘萬武士專門負責守土之責，不可妄動……這一切，還請太閣大人去向秀次大人和天皇陛下說明理由之後，再來調撥在下的人馬吧！屆時，在下這十餘萬武士就可以任憑太閣大人隨意調遣了……」

「呵呵呵……要調遣你德川家康的人馬，本太閣還用得著去和豐臣秀次與天皇陛下多費唇舌嗎？」豐臣秀吉冷冷笑了一笑，右手一揮，肅然說道，「這樣吧！久聞德川公棋藝高超，本太閣一直未有閒暇與你切磋一番……今日本太閣特意帶了棋枰過來，就以對弈來賭上一場：若是你輸了，你便要遵從本太閣的指令，擔任西征首席大統領，親率手下十萬武士直赴朝鮮，一舉蕩平明軍；若是本太閣輸了，本太閣便收回成命，不再調撥你一兵一卒 —— 德川公，你意下如何？」

「哎呀！……久仰太閣大人棋藝冠絕天下，在下這顆米粒之珠，焉敢與日月爭輝？」德川家康伏地不起，口中謙遜不已，「您就高抬貴手，放過在下吧！」

豐臣秀吉也不答話，只是一擺手，兩名侍衛上前，將一缽黑子、一缽白子和一方棋枰放到了客廳一張桌幾之上。他慢慢過去坐下，伸手從缽中緩緩拿出一枚黑子，拈在指間，面寒如鐵，目光森然，只是盯著那一片空白的棋枰，冷冷說道：「執棋吧！」

「這……這……在下就恭敬不如從命了……」德川家康臉上露出一種勉為其難的表情，膝行著爬到桌幾對面，顫抖著手從缽中拈起一枚白子，輕輕說道：「請太閣大人執黑先行……」

豐臣秀吉緩緩點了點頭，「啪」的一聲，手中黑子一下摁到了棋枰一角星位之上！

德川家康亦是神色一斂，掌上白子隨即輕輕放到了那枚黑子的旁邊！這種一開局便上來「貼身纏鬥」的打法，頓時令石田三成等人見了不禁暗暗咋舌 —— 原來德川家康表面上謙卑至極，而在骨子裡卻是手段霹靂、剛猛絕倫！

豐臣秀吉俯視著棋局，隔了半晌，方才冷冷一笑，繼續發招、接招，和他對弈起來。

在對弈的過程之中，豐臣秀吉的目光始終盯在棋枰之上，而德川家康的目光卻始終凝注在豐臣秀吉的臉龐之上。豐臣秀吉每走一步棋走得便如山一般凝重，而德川家康每應一步棋便應得恰似水一般靈動。豐臣秀吉的頭漸漸變得越埋越深，而德川家康臉上的笑容卻始終很淺很淺。

日影在他們身畔悄悄移開，微風在他們耳邊靜靜拂過。棋枰之上，黑子之勢威猛如龍，翻翻卷卷，氣吞山河；白子之勢靈動如蛇，屈伸自如，機變無窮。黑子勁氣內斂，凝重沉毅；白子氣韻鮮活，四通八達。在這一張漸漸模糊了黑白二色的棋枰之上，處處殺機潛伏，時時兵刃爭鋒，令人看得眼花繚亂。

終於，到了決戰的時刻了。豐臣秀吉拈起了關鍵的一子，準備投落在關鍵的那個「眼」上。他的目光似蛇一般在黑白縱橫的棋枰上遊移著，然而過了許久許久，他也未曾找到那一個「眼」來。看到那棋枰之上自己的黑子雖然氣勢洶洶，卻被白子層層包圍，左衝右突也難占上風，他的心倏地一下收緊了，枯瘦的面龐隱隱湧起了紅潮。

德川家康此刻卻像一尊石像一般在他對面盤膝而坐，雙目微垂，面色如枯井無波，讓人看不出絲毫表情變動來。

豐臣秀吉在努力地思索著，他漸漸感到那一枚拈在右手指縫間的黑子似有千鈞之重，心中只想把它放下，放到那決定勝負的關鍵的那一「眼」上去。他凝神定睛，繼續拚命地尋找著棋枰上的那個「眼」，額上緩緩沁出了密密的一層細汗。

石田三成見狀，急忙上前扶住豐臣秀吉，勸道：「棋弈小道，太閣大人不必太過勞神，請以尊體為重。」豐臣秀吉不答，仍是默默地拈著那枚黑子，便似死了一般靜靜坐著。

良久，終於見得豐臣秀吉眸中乍然一亮：終於找到那個「眼」了！他右手一動，便欲將黑子投落而下！

然而，他的手剛一伸到半途，就驀地僵住了：原來在那一團棋勢之中，黑子和白子雙方已然形成了「共生共活」之局！他若先是填上這一「眼」，便會被德川家康所乘而順勢提盡黑子；反過來，德川家康若是先行填上那一

「眼」，也會被自己所乘而順勢提盡白子……也就是說，那個「眼」其實是一個極為巧妙的「陷阱」，誰都不敢先行落子去填它……自然，只要對方不先填那個「眼」，誰也就吃不了對方的棋子……

場中靜了許久許久，豐臣秀吉終於慢慢收回了右手，將那枚黑子「噗」地投回了自己的缽中。然後，他仰起臉來，看著德川家康，緩緩說道：「真沒想到……本太閣和德川公在今天居然下成了一場『平局』……『自古圍棋無平局』的諺語，居然被我們打破了……」

「慚愧！慚愧！在下絞盡腦汁，能夠在太閣大人棋枰上的種種奇襲之下勉力自保，已是萬幸了……」德川家康深深伏倒在地板之上，不敢抬頭，「一切須得感激太閣大人手下留情之恩……」

豐臣秀吉慢慢站起身來，任由從窗戶斜照進來的夕陽餘暉將自己鍍得一片金紅，在身後拖著一條長長的背影，一步一步默默無聲地走向了客廳門口。

石田三成和其他太閣府中的侍從們隨後跟了上去，急忙伸手前來攙扶他。卻見豐臣秀吉鐵青著臉，雙袖一揮，甩開了石田三成和侍從們伸來攙扶的手，獨自一個人走在最前面，離開了客廳。

「在下恭送太閣大人尊駕離府……」在他身後，德川家康那仍是顯得謙恭至極的聲音緩緩送了出來，卻被廳門外掠過的晚風一吹，便散得再也聽不清了……

▌豐臣秀吉的議和書

「這個德川家康！竟敢藐視太閣大人的權威，推來拖去就是不想出兵襄助西征大業！」一回到太閣府中，石田三成就禁不住狠狠地嚷道，「他真是太狡猾了……太閣大人，您千萬不要輕易放過他……」

豐臣秀吉坐回到床榻之上，疲態盡露地半倚著高枕，隔了半晌，才冷冷說道：「今日之德川家康，已非昔日之德川家康了！他既然敢硬頂本太閣的命令，就自有他膽敢硬頂的底氣……本太閣如今能奈他何？眼下就是派出前田利家的七萬人馬和毛利輝元的五萬人馬聯合起來討伐他德川氏，也未必能占

他們的上風啊！更何況這一場大戰之後，本太閣哪裡還有餘力去深入大明一統四海呢？」

「太……太閣大人！您可千萬不要對這個德川家康掉以輕心啊！」石田三成喃喃地說道，「直到今天，屬下才發覺他是一個多麼陰險、多麼可怕的敵人啊！」

「唉！石田君！你太過慮了！只要本太閣在世一日，他德川家康就不能不向我豐臣氏俯首稱臣一日……他也是五十多歲了，終歸是會和本太閣一道並肩走入黃泉的……你們還年輕，來日方長，不必太過擔憂他會坐大成勢……」豐臣秀吉道，「本太閣眼下最憂慮的，倒還不是他……大野治長，豐臣秀次近來在忙些什麼？他近段時間為西征大軍籌到了多少糧食？」

「關於秀次大人的事，屬下正欲向您稟報哪……」大野治長聽見豐臣秀吉問話，急忙膝行上前稟道，「近來秀次大人全無心思料理西征大軍後勤事務，常常派人四處招攬浪人、忍者和遊士……他似乎在祕密組建只聽命於他一個人的『死士團』……這一切舉動，都顯得十分異常啊！」

「哦？他真的在這麼做？」豐臣秀吉目光如電，冷冷地看著大野治長逼問道。

「千真萬確！太閣大人若是不相信屬下，屬下情願切腹明志！」大野治長正視著豐臣秀吉，慨然答道。

豐臣秀吉沒有再問他什麼，卻是緩緩俯身倒在床榻之上，面龐一陣劇烈抽搐，他伸手緊緊捂住了胸口，大口大口喘著粗氣，半晌說不出話來。

「太……太閣大人！您……您怎麼了？」石田三成和大野治長急忙撲上前去抱住他失聲痛哭起來，「您……您千萬不要動怒傷了貴體啊……」

許久，才見豐臣秀吉勉力睜開了雙眼，黯然無神地看著兩人，沉聲吩咐道：「不要慌！去請西笑承兌大師前來，本太閣有事交給他去辦……另外，讓那個琉球醫生熬一碗藥汁端來……」

「是！是……」石田三成和大野治長齊齊應了一聲，抹著眼淚站起身來，各自分頭去叫西笑大師和許儀去了。

待他倆走出室外，豐臣秀吉又休息了半晌，稍覺心頭絞痛略略有些平復

之後，方才從榻邊床頭櫃中摸出那個裝著宋貞娥眼珠的水晶瓶來，端在自己眼前靜靜地看了許久，喃喃自語道：「宋貞娥！你所希望的事情終於降臨了！大明國的李如松把我日本國的八萬武士重重圍困在漢城府中……他們徹底地掌控了朝鮮的局勢……也許，我們日本國的武士們真的會如你所言，用不了多久就會丟盔棄甲、狼狽不堪地潰退回來……」

「可是……本太閣雖然難以阻止這種局面出現，但也絕不會讓你這雙眼睛看到這一幕情景的……」

說到此處，他突然提高了聲音喚道：「來人！」

一個侍婢急忙應聲趨近前來，在他床榻旁垂手而立。

豐臣秀吉將那個水晶瓶塞在了她懷裡，冷冷吩咐道：「你把它帶出府去，趕往海邊，乘船駛到海面數十里外，再把它丟進大海之中……永遠讓它沉入海底深處……永遠讓它不見天日……」

看著許儀端上來的那碗藥汁，豐臣秀吉微微皺了皺眉，冷冷說道：「這藥汁看起來有些涼了……你要將它再熱一熱才行！」

「是，」許儀端起藥碗，便欲起身退出，「小人再到後院去將它熱好了端來……」

「不用再回到後院去了，」豐臣秀吉抬頭望向黃金室外，沉吟著說道，「葡萄牙商人送來了一套銀制酒精燃具，就擱在室外的走廊下呢……你到那裡去熱吧，一會兒就會熱好的。」

許儀點了點頭，小心翼翼地端著藥碗，躬身退了出去。

就在他退到室門門邊之時，石田三成恰巧帶著西笑大師走進室內，和他擦肩而過。

石田三成目光一瞥，見這名醫生面目甚是陌生，顯然是新近才進府來的，不由得心頭微微一動，一絲疑雲一掠而過，卻也不及細想，便急著帶領西笑大師去向豐臣秀吉覆命了。

豐臣秀吉從榻床上撐起身來，迎著西笑大師呵呵笑道：「深夜請大師來相見，勞您大駕，本太閣失禮了。」

「不妨，不妨。太閣大人此言，倒令老衲手足無措了，」西笑大師急忙

盤坐在他面前，極謙恭也極小心地問道，「不知太閣大人深夜相召，有何要事？」

「打擾西笑大師深夜清修，本太閣實是有所不忍，」豐臣秀吉臉上微微帶笑，說道，「只是本太閣這事，細細思量之下，唯有請您前來方可勝任……也就顧不得那許多了……一切還請大師原諒！」

「太閣大人無論有何事情，只要老衲力所能及，絕不推辭。」西笑大師躬身答道。

「很好。本太閣久聞大師精通漢文，我日本國中無人能及，」豐臣秀吉緩緩說道，「本太閣想請您親自執筆用漢文擬寫一篇文章……」

「用漢文擬寫什麼文章？」西笑大師一愕。

剎那間，豐臣秀吉滿臉漲成了豬肝色，支支吾吾地半晌說不出一整句囫圇話來。

西笑大師沒有聽清他在說什麼，石田三成倒是聽懂了他在支吾什麼。石田三成急忙伏身在地板上說道：「太閣大人，您決定採納宇喜多大統領、小早川大老、黑田軍師所獻的撤軍議和之策了嗎？」

豐臣秀吉漲紅著臉，一言不發，只是緩緩點了一下頭。

「太閣大人能夠洞明時勢，察納諍言，從善如流，實在是英明無比，」石田三成伏地深深讚道，「您既有心撤軍議和，則漢城府中被困的八萬日本將士終於有救了！」

「阿彌陀佛！」西笑大師雙手合十，低低宣了一聲佛號，說道，「太閣大人能幡然轉念，化干戈為玉帛，實乃大明和日本兩國百姓之福啊！太閣大人此舉，真是功德無量！」

豐臣秀吉聽了他們的話，半晌沒有吭聲——說實話，他哪裡情願和大明國撤軍議和？倘若不是眼下自己國內無兵可調，而且德川家康心懷異志，豐臣秀次又在暗地裡處心積慮、蓄養死士準備製造「蕭牆之變」，他會自甘示弱，與大明國撤軍議和嗎？欲征外，必先安內啊！這才是豐臣秀吉內心深處最真實的想法。但是，此情此念，他又豈能向石田三成和西笑大師等外人明言？

過了好一陣兒，他才乾巴巴地在臉上擠出一絲笑容來，揮了揮手，吩咐手下侍婢道：「去拿一張上好的絹紙來，給西笑大師，本太閣要向他口述『議和書』的內容！」

在侍婢應聲離去的空當，豐臣秀吉半躺在床榻上，抬著頭望向自己黃金室那高高的屋頂，陷入了深深的思索之中。

西笑大師和石田三成見到豐臣秀吉臉上陰晴不定，也漸漸明白過來：這位太閣大人哪裡是想「化干戈為玉帛」？分明是假意求和以拖延時間……念及此處，兩人都不禁在心底暗暗一嘆，滿腔興奮頓時化為烏有。

待到侍婢將那絹紙和筆墨端硯呈上來後，豐臣秀吉才向西笑大師招了招手，請他在自己榻邊桌幾前坐下。

西笑大師在桌幾上輕輕鋪展開絹紙來，提起狼毫玉筆，靜待著他口述「議和書」的具體內容。

豐臣秀吉喃喃說道：「本太閣記得一千年前，日本國的聖德太子告誡我們日本人與中土交涉之時，要堅持三個原則：『言必順，貌必恭，禮必謙。』唉！今天，本太閣平生第一次要低聲下氣地向別人乞和，向大明國的皇帝乞和——這真是本太閣的奇恥大辱啊！……」說著，他忍不住揮起拳頭重重捶了幾下床頭！

「太閣大人……我們是在和大明國平等地議和啊！」石田三成急忙插話進來說道，「我們這麼做，怎麼能算是在向他們卑躬屈膝地乞和呢？」

「石田君不要再用這些空洞的辭藻來安慰本太閣了……想我大日本國八萬武士在漢城府被明軍團團圍困而無法脫身、坐以待斃……在這樣的背景之下，我們才提出要和大明國議和，這不算是乞和還是什麼？」豐臣秀吉緊緊地咬住了雙唇，咬得唇角鮮血直流，然後沉沉說道，「唉！……我們這是被明軍拿著刀子架在脖子上逼著來求和啊！罷了！罷了！這議和書，也只得『言必順，貌必恭，禮必謙』了……」

說罷，他才緩緩撐起了身，慢慢字斟句酌地說道：「西笑大師，您就這樣寫——日本國太閣豐臣秀吉謹致大明天朝皇帝陛下：茲因去年以來，朝鮮辱我日本君臣，本國不得已發兵而誡之。不料，事後本國方知：朝鮮竟係大明

天朝之屬國。本國妄動刀兵，失禮之至。如今天朝神兵威臨，本國自知誠然不可與之交鋒，且也不敢與天朝上邦相抗，經過深思熟慮，甘願撤軍求和。朝神兵若解漢城府我日本將士之圍而放其生路，則本國在朝人馬即日盡行撤回國內，絕不稍有滯留觀望。撤兵之後，本國將會奉上各項款物，作為賠償朝鮮與大明天朝的損失，並從此之後永不妄生異志、永不侵入朝鮮。」

他一字一句念完之後，彷彿耗盡了全身的精力，一下便如虛脫了似的，臥倒在床榻之上，雙眸黯然失神，半晌緩不過氣來！

西笑大師筆走龍蛇，已是將他這份《稱藩求和書》稿子一揮而就，然後呈給他審閱。

豐臣秀吉哪裡識得什麼漢字？略略掃了一眼，隨手接過西笑大師遞過來的狼毫玉筆，在文稿結尾處，有氣無力地簽下了自己的名字，然後將筆往桌幾上一丟，揮手讓石田三成恭送西笑大師回去。

待石田三成返回之後，豐臣秀吉悠悠說道：「石田君！……本太閣可是聽取了宇喜多秀家、小早川隆景等人的勸諫才寫下這份《稱藩求和書》的……這也算是本太閣為困守在漢城府的八萬將士們順利脫險所能盡到的最後一片苦心了……倘若大明國收到了我們的《稱藩求和書》之後，仍是不肯停戰，本太閣那時候亦是愛莫能助了……」

石田三成雙眸淚光閃閃，捧起了那份《稱藩求和書》，放在眼前看了又看，泣道：「太閣大人深明大義、顧全大局，在下實是欽佩至極！倘若大明國不予接納《稱藩求和書》而仍要兵戎相見，漢城府中的八萬日本將士必是寧死不屈，願為太閣大人的西征大業奮鬥到最後一息！」

「好了……你把這《稱藩求和書》收好吧……明天帶到京都去，請出天皇陛下的聖璽蓋過章後再交由服部正全攜回朝鮮……讓宇喜多秀家、小西行長他們去和明軍談這件事吧！」豐臣秀吉微微點頭，繼續吩咐道，「石田君，你不用再回朝鮮了，就留在本太閣身邊打理政事……」

「太閣大人……不是還有秀次大人協助您打理政事嗎？」石田三成愕然道，「您真的不再信任他了？」

豐臣秀吉並沒有直接回答他，又伸手招來大野治長，冷冷向他吩咐道：

「從現在起，你要派人不分晝夜地監視豐臣秀次——慢慢找機會將他的黨羽悄悄剪除掉……還有，到處散播他荒淫無道、殘暴凶狠、執政無方的流言，要讓他在國內各州郡中聲譽敗壞……記住，除掉了豐臣秀次，才能確保本太閣和澱姬夫人的嗣子順利登位，才能確保本太閣的雄圖大業真正後繼有人……這件事情，比打下一個朝鮮要重要得多……」

「在下謹遵太閣大人指令！」大野治長急忙伏地叩頭答道。

「哦……對了，那個琉球醫生怎麼還沒把藥汁熱好送過來呢？」豐臣秀吉安排完了這些事後，方才靜下心來，躺在床榻上休息了沒多久，忽又想起了什麼似的，轉身向大野治長問道，「你去外邊走廊下催一催他……」

「是！」大野治長急忙垂著雙手，躬身退了出去。

「太閣大人……這個琉球醫生是新近招進府裡來的吧？」石田三成沉吟了許久，還是忍不住開口問道，「他究竟可不可靠……」

「他是大野君介紹進來的，醫術還行……」豐臣秀吉斜倚在榻榻米之上，懶懶地說道，「本太閣也派鬼目幸雄暗中調查過他，似乎還是靠得住的……」

二人正說之際，只見大野治長領著手捧藥碗的許儀恭恭敬敬地走了進來。大野治長上前稟道：「許大夫說，他剛才把藥汁熱好了送到室門外來，聽到太閣大人正在議事，不敢打擾，所以一直在走廊外等著哪……現在這藥汁熱得不溫不燙，正是熬到了最佳火候的地步，請太閣大人服用吧！」

許儀一聲不響，只是雙手捧著盛滿藥汁的銀碗奉到了豐臣秀吉面前。

「且慢！」石田三成突然冷冷開口了，「為了太閣大人的安全著想，為了證明這藥汁確是用來治療太閣大人心疼之症的，許大夫，你先用銀勺自己喝幾口吧……」

「石田君！」大野治長聽了，不禁面露嗔色，「你怎麼能對許大夫說出這麼失敬的話來？」

「沒關係的，石田大人說得對。許某應該自己先用銀勺喝幾口之後，再呈送太閣大人服用的。」許儀神色淡然，拿起銀勺，連盛三勺，全都喝進了腹中。

隔了半晌，石田三成見許儀安然無事，這才點了點頭，讓他端上藥汁給豐臣秀吉飲下。

看著許儀膝行著爬近床榻為豐臣秀吉把脈聽診的背影，石田三成的目光始終是陰寒至極，含著深深的疑慮……

▌許儀殉難

名護屋河畔的一間木屋裡，許儀和尚明哲對面而坐，秉燭而談。

「許兄，你說豐臣秀吉近段日子內外交困、左支右絀，正是他平生以來最為虛弱的時候，究竟有何憑證？」尚明哲臉色凝重，緩緩問道，「眼下日本國到處都在吹噓他們的武士是如何驍勇善戰、是如何威猛無敵，一個多月前就在碧蹄館一戰中殲滅了明軍八萬哪！」

「呵呵呵……尚大人，這些撐破了天的牛皮話您也會信？」許儀淡淡一笑，悠然說道，「根據許某在太閣府內刺探到的準確消息：倭軍足有六千餘人喪生於碧蹄館之戰，而明軍則僅僅折損了一千八百人；龍山阻擊戰中，倭軍數十萬石糧草被焚，八千武士被殲；而駐有八萬倭兵的漢城府現在也被明軍團團包圍！」

「這是真的嗎？真是太好了！大明天朝果然是赫赫神威啊！」尚明哲聽了，禁不住站起身來，興奮地說道，「這一下，豐臣秀吉只怕是急得像熱鍋上的螞蟻團團亂轉了！……哎呀！他會不會發兵增援自己的西征大軍呢？」

「在許某看來，此刻豐臣秀吉也抽調不出什麼精銳人馬前往朝鮮增援了……」許儀沉吟著緩緩說道，「在日本國內，許多強有力的大名並不想把自己手下的武士派到朝鮮去白白送死……比如關東梟雄德川家康就一直不願派兵赴朝……豐臣秀吉現在好像也拿他無可奈何……」

「這麼說來，豐臣秀吉那八萬被圍困在漢城府的將士們就只得孤立無援地苦守等死了？」尚明哲若有所思，忽又問道，「難道豐臣秀吉就眼睜睜地看著自己這支西征大軍覆沒在朝鮮？他就真是一籌莫展？」

「哦……這正是許某今夜冒險前來與您聯絡的原因！」許儀俯身過去，低聲說道，「豐臣秀吉眼下想出了一個『以拖待變』的辦法：表面上準備和大明朝撤軍乞和，骨子裡卻想保存實力以圖東山再起！」

「豐臣秀吉想和大明天朝撤軍乞和？」尚明哲一驚，「他那麼狂妄自大，竟也會低聲下氣地向大明天朝乞和？」

「是呵！他再狂妄自大，卻也懂得『形勢比人強』的道理啊……現在，他既無實力也無膽量再敢公然挑戰大明朝，自然只有低聲下氣地向大明天朝乞和了……不過，這所謂的撤軍乞和，其實是他用來拖延時間、保存實力的幌子罷了……」許儀沉靜地說道，「豐臣秀吉此刻內憂外患交逼而至，對我大明朝來說，這正是應該一鼓作氣、再接再厲地將他和他的西征大軍一舉殲滅的最佳時機！」

「他究竟有什麼內憂外患交逼而至？」尚明哲有些驚疑不定地說道，「許兄，還請您詳細講來，尚某也好回去向本國大王和天朝皇帝陛下稟明……」

「尚大人，豐臣秀吉的內憂有三：其一，是他自己所掌控的嫡系人馬全部都投入了朝鮮之戰，這使得他自己在日本國內極為孤立。除了前田利家和毛利輝元兩個大名還願為他在國內效忠之外，他已無力制衡以德川家康為首的異己勢力了。」

「其二，他為了使自己的親生兒子順利繼承自己的權位，開始收回成命，削弱自己先前指定的豐臣氏繼承者、外甥——豐臣秀次的勢力。這場立嗣之爭，必將導致豐臣氏不可避免的內亂，從而步入分崩離析的局面！」

說到這兒，許儀忽然眉頭一蹙，向尚明哲附耳說道：「尚大人有所不知，這第三個內憂便是：豐臣秀吉身患心肌絞痛之症，體質虛弱至極，經不起接二連三的嚴重刺激和挫折。依許某之見，以他這般身患隱疾之身，倘若再次遭到外來的沉重打擊，必會因心悸、心痛雙重病發而死！」

「豐臣秀吉患有心肌絞痛之症？」尚明哲不禁有些意外，「難道他自己還不知道？他沒有請日本國最好的醫生來診治他嗎？」

「呵呵呵……豐臣秀吉這種心肌絞痛之症只有在自己的身心遭到重大打擊之時才會猝然發作，平時根本就查不出來，」許儀緩緩說道，

「況且，治療這種心肌絞痛之症，其前提就是要求豐臣秀吉始終心如止水、平靜自若……但他對西征朝鮮、大明傾注了太多的精力和心力，怎麼可能做得到『看淡看輕，波瀾不驚』呢？……所以，這個心肌絞痛之症對他來

說，幾乎就是『不治之症』……除非他對西征朝鮮、大明之事徹底放棄、徹底淡漠，否則他永無治癒此疾之日！」

許儀抬頭看著尚明哲，緩緩說道：「豐臣秀吉既有這三大內憂，那麼我們大明朝天兵的重重威逼和德川家康等異己大名的明爭暗鬥，都會導致他病發身亡！尤其是，倘若豐臣秀吉的十多萬嫡系兵馬在朝鮮南部被我大明天兵一舉全殲的話，不僅豐臣秀吉的勢力將會土崩瓦解，而且所有日本國先前意圖對我大明朝蠢蠢欲動的大名們都會為之震懾不已，自此之後必不敢再睨目西伺矣！」

「可是，對那十多萬倭兵……大明朝有這個實力一舉全殲嗎？」尚明哲不禁猶豫了一下，半信半疑地問道。

「目前，大明李如松大帥率領天朝大軍將八萬倭兵團團圍困在漢城府中，他們除了坐以待斃之外，已是別無他途，」許儀沉吟了片刻，緩緩說道，「只要大明朝將士奮起神威，鼓足士氣，再接再厲，就一定能在朝鮮將那十多萬倭兵悉數殲滅，取得征倭之役的最後勝利！」

「正是！」尚明哲連連點頭。

「可是，許某擔心大明朝中一些畏戰主和的大臣難免會為豐臣秀吉為求苟延殘喘而不惜奴顏婢膝地獻出的《稱藩求和書》所惑，聽信倭虜的花言巧語，終究不能斬草除根、蕩盡倭兵……」許儀面露憂色，喃喃說道，「倘若大明天兵只差對倭虜的最後一擊而致功虧一簣，那可真是太遺憾、太可惜了！」

「許兄，尚某明白了，您可是要委託尚某將這一切真實情況及時報告給大明聖朝，讓大明朝的皇帝陛下抓住豐臣秀吉目前內外交困、心力交瘁的機遇，不為他的搖尾乞憐所惑，給予他最後一擊，使他徹底崩潰？」尚明哲若有所悟，點頭說道，「這等滅虜清寇、永絕倭患、靖平四海的大事，尚某必會捨生忘死而為許兄助一臂之力，不負許兄的重托！」

許儀緩緩站起了身，伸出手來，緊緊握住尚明哲的雙手，慨然說道：「尚兄！茲事體大！一切拜託您了！」說罷，他從胸襟處取出一封信函，道：「這是許某特意寫給本朝朝廷的一封急函，裡邊寫清了倭虜目前的一切真實情況——還望尚兄想方設法速速將它送回大明朝廷，稟呈給皇帝陛下知曉！」

他正說之際，忽然聽得木屋外傳來一陣細微的響動，不禁警覺地說道：「不好！有倭賊來了！」然後急忙將那信函一下塞到尚明哲手中，同時用右足足尖在木地板上輕輕一點——那塊地板立刻移到一邊去，現出一個缸口大小的地洞來。

「尚兄，你速速從這地道逃走……」許儀急忙伸手將尚明哲推進了那個地道口裡，對他說道，「許某留下來和這些倭賊周旋一番，脫險之後自會前來尋你……你一定要將這信函千方百計送回大明國去……拜託，拜託了！」

「許兄！許兄！您……」尚明哲不禁懇切地說道，「您還是和尚某一道逃離日本吧……」

「許某若是逃離日本，必會引起太大的動靜，只怕豐臣秀吉也會有所警覺，反而對你送出那封信有所不利……」許儀急忙講道，「尚兄你還未曾暴露，而許某怕是在劫難逃……待會兒許某自會將一切事情攬上身來……你便可安然離去，奔回大明國內送信了……」

「許兄……您……」尚明哲一聽，不禁哽咽失聲，在地道口抽泣起來。

許儀站在地面上向他微微一笑，右足一劃，那塊木地板倏地移了回來，在上面緊緊地蓋住了地道口，也遮斷了尚明哲那泫然的目光……

「哐」的一聲巨響，木屋的那扇門被人一腳踢開，脫框而飛，直向許儀迎面撞擊而來！

許儀靜靜地端坐在屋中的那張木椅之上，待到那扇飛撞而來的木門距離自己面前約三尺之遙時，方才電光石火般拔劍出鞘，揮起一弧寒芒，向它直劈過去！

「嚓」的一聲，那扇木門被他手中利劍劈成兩片，朝著左右兩側斜飛開去！

接著，只聽得門口處「啪啪啪」響起了幾下拍掌之聲，灰影一閃，身著玄色勁服的石田三成、服部正全和鬼目幸雄魚貫而入。

「想不到醫術非凡的許大夫居然還是一位深藏不露的劍道高手，」石田三成滿面含笑，走近前來，故作驚嘆地說道，「在下真是失敬、失敬！……不過，您的劍法似乎絲毫不同於我日本國各大流派的招式啊……」

許儀仍是靜靜地坐在那裡，不起身迎接，也不刻意諂媚，淡淡地說道：「生此亂世，許某研習劍道，僅僅是為了防身自保罷了⋯⋯談不上流派，也談不上招式⋯⋯粗拙淺陋得很，讓石田大人見笑了！」

石田三成轉頭望向服部正全，冷冷笑道：「服部君多年周遊天下，於四方劍道多有涉獵，可曾識得許大夫的劍術淵源嗎！」

「許大夫劍術精妙，令在下嘆為觀止，」服部正全緩緩說道，「不過，在下雖孤陋寡聞，亦曾在大明國武夷山一派見有人使過幾招與許大夫剛才劍式相仿的劍招⋯⋯依在下之見，恐怕許大夫也並不像您一直所說的那樣是『始終身居琉球閉關習醫』吧？」

許儀只是平靜地看著他們，並不搭話。

「原來如此⋯⋯」石田三成笑容一斂，話鋒一轉，緩緩說道，「許大夫既有這等高妙的劍術，卻為何不願效仿朝鮮秀女宋貞娥刺殺太閣大人呢？而且，您還可以利用擔任太閣府藥膳供奉之便投毒暗害太閣大人啊⋯⋯您有許多可以置太閣大人於死地的機會，為何卻一一放棄了？這讓在下心底很是不解啊⋯⋯」

許儀的目光靜靜地凝注在自己手中利劍的鋒刃之上，看著那明亮如鏡的劍刃映出了自己溫文儒雅的面影，對著它淡淡地說道：「宋貞娥女俠為國捐軀、慷慨赴死，許某一直敬佩得很。但是，像她那樣以為只要刺殺了豐臣秀吉，就能一舉收復朝鮮三千里河山的想法，許某卻不敢苟同。許某認為，只有像大明朝李如松大帥那樣，統領我大明朝數萬健兒，浴血沙場，親冒矢石，打得你們倭虜哭爹叫娘、失魂落魄，從此不敢再萌惡念，這才是斬草除根、永絕後患的絕佳妙策！所以，許某終是不屑於學習荊軻刺秦王般的淺浮粗疏！要讓你們日本國世世代代不敢橫生逆志，這便是許某畢生的企盼和終生的使命！」

「呵呵呵⋯⋯我大日本國乃是天照大神之驕子，豈會始終俯首臣服在你們大明國之下？」石田三成仰天而笑，「你們可以贏得了我們一時，但是，只要你們沒有屠盡我們最後一個男孩，總有一天，我們還會捲土重來、吞滅中華！」

「既然你們這些日本人甘願世世代代為盜做賊，那我們中華男兒也自會毫不手軟；來一個，殺一個；來十個，殺十個；來百個，殺百個；來千個，殺千個；來萬個，殺萬個！」許儀也是哈哈一笑，「許某相信，我中華將士總有一天會讓你們這些倭賊望而生畏、退避三舍的！」

「那好吧！在下便請許大夫先行一步，到地獄裡去等著觀看永遠不會成為現實的這一天吧！」

石田三成面色頓時一沉，右手一揮，向服部正全、鬼目幸雄做了個手勢。服部正全、鬼目幸雄會過意來，掄刀在手，一聲厲號，朝著許儀便當頭劈去……

第十章　大明班師

這條「甬道」的盡頭，迎面而來的是鎧甲鮮明的李如松，他猶如一尊威武絕倫的天神般乘著高頭戰馬凜然而立。他的身側，站著同樣意氣風發的宋應昌、李如柏、李如梅、祖承訓、查大受、李寧、吳惟忠、駱尚志等明將。

李如松望過去，走在倭軍前列的倭將、大名們一個個灰溜溜的如喪考妣 —— 在他凌厲如刀的目光一掃之下，每個倭將都不自覺地在馬背上低下頭，彷彿一片亂草被無形的利刃憑空割過！

▎申時行告病還鄉

碧空萬里，彤日高懸。

暖洋洋的陽光照射在落滿積雪的竹亭頂上，融出一顆顆晶瑩的水珠，從簷角滴滴而下，在光滑的石階上敲起「叮叮咚咚」的悅耳聲響。

鬚髯蒼蒼的申時行倚坐在亭中的一張太師椅上，腰部以下覆蓋著一塊由朱翊鈞欽賜的貂皮毛毯，左手執一卷書冊，歪頭眺望著亭外那漸濃的春色，輕輕吟著元代名臣張養浩所作的散曲《喜春來·探春》：「梅花已有飄零意，楊柳將垂嫋娜枝，杏桃彷彿露胭脂。殘照底，青出的草芽齊。」

「哎呀！申太傅果然好雅興！」李成梁洪鐘一般響亮的聲音從園門外傳入，「不像是外面傳說您身染微恙的樣子嘛！」

申時行一聽，臉上的笑意頓時泛了開來，欣然望著他走進亭來，十分親切地指了指自己身側一個檀香木太師椅，道：「寧遠伯請坐吧！請恕老夫身染風痺之症，不能起身相迎了。」

李成梁一怔：「申太傅 —— 你真的病了？」

申時行一笑：「外面不是有不少人在譏諷老夫是退而不休、僵而不死的『老臭蟲』嗎？呵呵呵……讓他們說對了，今年的這個寒冬老夫硬是沒有熬過去 —— 這一次真的是雙足風痺、起臥兩難了……」

「申太傅……」李成梁朝著申時行靜靜地看了片刻，眼眶裡頓時滾出了大顆大顆的淚珠兒，「平倭之役剛剛告捷，您卻……李某認得幾位嵩山少林高僧精通針灸之術，明兒就派人去請他們來給您診治診治……」

　　「多謝甯遠伯的厚愛了。這事兒以後再說吧！」申時行一擺手止住了他，恬然而道，「甯遠伯，這次老夫邀您前來一敘是有要事面談的 —— 不瞞您說，此番平倭之役勝局已定，老夫亦已如釋重負，準備告病歸鄉的了……」

　　「申……申太傅！這朝中如何須臾離得開您啊？」李成梁說道，「前幾天御史鄒德泳、給事中羅大紘胡亂行文彈劾您什麼『戀位不去』、『內交宮闈』、『不明建儲大義』，那都是些風言風語，您可不能就此拂袖而去啊！」

　　他這麼勸說申時行是有緣故的：這一兩年間，申時行臥居京師，退而不休，大部分的時間和精力都投在了平倭援朝之役的後勤保障供應上面了。他也目睹了申時行在幕後不知為此番平倭之役費了多少心思。在這一兩年來，陝西、山西、山東、河南、湖廣等那些封疆督撫們，若不是瞧在申時行以當年的薦主宗師之身分寫信前來銜接溝通的面子上，就憑何致用以一介區區戶部尚書之力能夠一直源源不斷地籌措得到那麼多的精良炮械和兵馬糧草？倘若申時行在此刻拂袖而去，則平倭援朝之役後事堪憂啊！

　　「離得開的 —— 老夫自然是離得開的。這大明一朝，可以沒有我申時行這樣的一介老朽，卻萬萬不能沒您甯遠伯一家的滿門忠烈啊！如今平倭之役已到全域收官之際，那邊萬事無虞！老夫在此希望您能多多鼓勵如松、如柏、如梅等賢姪，再接再厲，乘勝追擊，除倭務盡，為我大明朝建下萬世不朽之奇功！」申時行含笑看著李成梁，「老夫相信他們一定會不負眾望的！」

　　「申太傅！您……您真是過譽了……」李成梁也是性情中人，聽到申時行如此真摯的話語，不禁又紅了眼圈，「我遼東李氏一族這些年來若是沒有您申太傅暗助蔭護，怎會這般順利沐數十年皇恩？……申太傅您的悉心呵護之恩，我遼東李氏沒齒不忘……」

　　「老夫之所作所為，全是為我大明國事考慮，哪裡算得上對你們李家有所蔭助？還是當今陛下英明仁厚，不為宵小讒言所惑，對你們李家蔭庇有方 —— 老夫於你們李家何恩之有？」申時行微笑著向他搖了搖頭，「古人講：『見人之善如在己，成人之美若不及。』老夫也僅是在陛下面前為國護賢罷了……」

　　說罷，他微一皺眉，彷彿又想起了什麼，慢慢沉吟起來：「甯遠伯，您察

覺沒有——近來朝中不少官員因為平倭之役已趨底定之機，似乎都隱隱萌生了懈怠鬆弛之意……這個苗頭很不好啊！所以，前些日子，老夫專門讓人將陸遊寫的那首《書憤》傳了出去，卻不知道對這些人有所觸動沒有……」

「『早歲那知世事艱，中原北望氣如山。樓船夜雪瓜洲渡，鐵馬秋風大散關。塞上長城空自許，鏡中衰鬢已先斑。出師一表真名世，千載誰堪伯仲間？』老夫讀來就忍不住滿腔裡湧起一股激越蒼涼的情懷……」李成梁講到這裡，心念暗自一動，「唔……老夫懂得了：當年陸遊就是用這首詩來暗諷南宋那些偏安投降派們的——申太傅您是想用這首詩來激勵朝臣不破倭虜誓不還嗎？」

申時行緩緩點了點頭，道：「我恐大明之憂，不在倭寇，而在朝廷之內啊！老夫真希望朝廷重臣都能夠借古鑑今，能夠明白『內和方能攘外，攘外方能揚威，揚威方能固國』的道理啊……希望他們不要再為了官位私利而你爭我鬥，置國事於不顧啊！否則，縱有今日平倭滅寇之勝，亦是難保他日國泰民安啊！」

「可……可是，您這一走……」李成梁還是覺得申時行不該如此倉促而去，便又囁嚅著勸道。

「可是什麼？甯遠伯您日後若是想念老夫了，就請到老夫在浙東長洲縣的老屋茅舍裡來把盞言歡吧！老夫定當掃灑以待，」申時行瞧著他莞爾一笑，「您沒聽到老夫剛才吟的那一句——『殘照底，青出的草芽齊』？老夫已成『殘照』，自然是該走的。不過你放心：後邊會有『青出的草芽』接將上來的……」

「陛下，您這一個上午已經拿著宋經略和李提督聯名發來的捷報看了四五十遍了！」鄭貴妃看到朱翊鈞又握著那份捷報倚在御案邊翻來覆去地閱覽，不禁有些嬌嗔地笑道，「依臣妾看，這份捷報您是捏在手裡當百年難遇的寶貝在欣賞哪！」

「呵呵呵……什麼寶貝能換得來這份捷報？」朱翊鈞淡淡一笑，將宋、李二人的捷報小心翼翼地放在了御案之上，轉頭向鄭貴妃說道，「愛妃呀！看到了這份捷報，朕今夜可得好好睡上一個安穩覺了……」

「臣妾恭賀陛下乾綱獨斷、運籌帷幄、知人善任，終於取得征倭大捷！」鄭貴妃欠身施了一禮，滿面喜色地祝道，「臣妾相信，我大明天朝自此必將威震四海，雄踞華夷共主、天下至尊之位而巍然於世！」

「愛妃真是過譽了！李如松和我朝大軍如今只是將八萬倭虜團團圍困在漢城府中，還差對他們的最後一擊⋯⋯在這緊要關頭，朕不能功虧一簣啊⋯⋯」朱翊鈞有些不以為然地擺了擺手，喃喃地說道，「朕已經讓人去請申師傅、趙閣老、許國、張位等內閣輔臣們前來共議如何再接再厲、徹底了結倭虜之事了⋯⋯」

朱翊鈞又想起了什麼似的，感慨萬分地說道：「這一次在碧蹄館之戰和奇襲倭虜龍山大倉之役中，我大明將士當真是打出了錚錚鐵骨，打出了赫赫國威！聽李如松和宋應昌在奏報中說，一名把總為了使同伴們順利發起衝鋒突擊，居然奮不顧身用自己的胸膛堵住了倭虜火繩槍的槍眼⋯⋯這真是義薄雲天的忠勇健兒哪！朕要在御前會議上決定給他立傳樹碑、旌揚殊譽⋯⋯」

鄭貴妃聽了，亦是噙淚感嘆不已。

朱翊鈞平靜下來之後，雙眉一揚，不禁將目光投向了紫光閣門外，輕輕自語道：「申師傅他們這時候也該到了啊⋯⋯」

正在這時，卻見陳矩躬著身子小心翼翼地走進閣門裡來，輕聲說道：「陛下，申太傅剛才讓他的兒子申用懋送來了謝恩告病折，要⋯⋯要告病還鄉了⋯⋯」

「什麼？」朱翊鈞的頭「嗡」地變大了，幾乎以為自己聽錯了，「申太傅的風痹之疾嚴重了嗎？怎麼去得如此之急？朕可以派御醫去他府中為他診治哪！」

鄭貴妃卻是曉得中時行其實是被近來一些言官以「戀位不去」、「內交宮闈」、「不明建儲大義」等莫須有的「罪名」給困擾得寢食難安而毅然抽身而去的。她一念至此，心下不禁暗暗一酸，眼眶一下就溼了，只是礙於朱翊鈞在場不好宣洩出來。近日裡朝廷上下暗暗有不少風言風語，亂說她與皇三子朱常洵陰有奪嫡之慮，這也讓她很是為難——如果自己向皇上說明這些挽留申時行，豈不坐實了那些言官們的中傷之詞？

「這……這……朕一定要下旨慰留申師傅！」朱翊鈞沉吟了一會兒，還是萬分不捨，「平倭之役勝局方定，朕還沒給申師傅論功行賞哪……」

陳矩也是噙淚而答：「陛下……申太傅讓申用懋轉達謝恩辭賞之意了，懇請陛下降恩相捨……他說他自己也不好前來面辭，免得陛下傷感……他還說他把自己所有最重要的話都留在這一封謝恩告病折裡了，請陛下垂意審覽……」他說到這裡，先是從衣袖中取出一封緞面奏摺來，然後又呈上一張絹帛字幅，繼續講道：「申太傅還親筆寫了宋人朱敦儒的一篇名詞《好事近·漁父詞》奉給陛下作為慶賀平倭援朝之役勝局已定的禮物……」

「《好事近·漁父詞》？」朱翊鈞極為小心地接過了那封緞面奏摺和那張絹帛字幅，放在手中久久沉吟。卻見鄭貴妃款步上前，將目光投注在那絹帛字幅之上，把申時行以方正遒勁的筆法寫成的那篇《好事近·漁父詞》輕輕誦了出來：

搖首出紅塵，醒醉更無時節。活計綠蓑青笠，慣披霜沖雪。

晚來風定釣絲閒，上下是新月。千里水天一色，看孤鴻明滅！

朱翊鈞靜靜地聽著，眼中浮起一絲淡淡的惘然：「申師傅，您這一去……朕的『好事』真的是已經近了嗎？」

他喃喃自語之間，卻沒見到鄭貴妃已在一旁暗暗潸然淚下……

▌趙志皋深夜訪石星

石星從兵部辦完公事之後，回到自己府中已是深夜二更了。他和衣躺在床榻之上，讓自己從這段時間裡紛繁複雜的事情中「跳」了出來，靜心潛思。

一代賢相申時行告病還鄉了！這位為官行事素來頗具「鎮之以靜，慮之以密，持之以正」之長的三朝元老，如今猝然離京而去，必然會使朝中政局出現某種傾斜與失衡，從而觸發一場難以避免的政治地震。可是，這場政治地震會給自己帶來什麼樣的益處呢？石星此刻亦是模模糊糊地看不清楚。

論資歷，應該是現任內閣首輔趙志皋取代申時行在皇上心目中的位置

了吧？然而，趙志皋一味優柔寡斷、好靜怕亂，似乎又不太為皇上所喜啊！……自己身為軍權在手的兵部尚書，究竟又應該投在誰家門下方能求得片刻安穩呢？石星感到自己一時掉進了這個問題裡爬不出來了。

這時，管家石平在臥室門上輕輕一敲，站在門外稟道：「老爺，趙閣老現在府外求見，稱有要事相商。」

聽到石平的稟告，石星不由得一愕：趙志皋身為內閣首輔，位階在己之上，今夜竟然親自屈尊登門來訪，倒是令人意外得很！他急忙從床榻上坐起身來，微一沉吟，推門出去，對石平道：「請他到書房內相見。」說罷，便整了整衣冠，逕自先行到書房門口去迎接了。

按照禮法，石星應到客廳會見趙志皋，但為了表示尊崇與親近，他就把會客的地方定在了帶有私密性質的書房。而做出這個決定時，石星便有一種特殊的直覺，感到趙志皋今夜所來面談之事必是非同尋常，似乎應以保密、安全為佳。那麼，在這尚書府裡，就沒有比他的書房更為安全、保密的地方了。

片刻之後，年近古稀、鬚髮蒼白的趙志皋拄著皇上欽賜的龍頭杖，有些蹣跚地走到石星面前，枯瘦的臉上掛著一絲微笑，寒暄道：「這麼晚了才辦完兵部的雜務回府，想必石大人也有些疲乏了吧？請恕老朽冒昧，打擾石大人了！石大人竟在書房內室迎見老朽，足見石大人視老朽如家人，老朽多謝了。」

石星連忙上前攙扶著趙志皋進了書房坐下，口中說道：「趙閣老以首輔之尊、古稀之齡親臨寒舍指教，石星受寵若驚，豈敢失禮？閣老其實不必親勞大駕，只需喊個下人前來召喚一聲，石星自當上門受教。」說著，又奉上一杯清茶，送到趙志皋手中。

趙志皋坐定之後，咳嗽數聲，調息片刻，方才開口說道：「事關重大，老朽豈能坐等石大人上門商議？」石星聽他說得這般鄭重，肅然問道：「何事竟勞煩閣老大駕親臨？望閣老明示。」

趙志皋慢慢呷了一口清茶，定了定心神，才緩緩說道：「老朽今夜實是為了維護朝廷綱紀而來！」

石星一聽，不禁驚詫莫名：「維護朝廷綱紀？……」

「是呵！維護朝廷綱紀！」趙志皋慢慢將手上茶杯放回到桌幾之上，臉色一變，瞥了一眼石星，冷冷地說道，「怎麼？石大人你在心頭懷疑老朽維護朝廷綱紀的誠意？哼！想老朽那不成器的侄兒趙南平去年向藩夷索賄貪墨，舉止失禮，損了朝廷綱紀——老朽不也是不徇私情、大義滅親，親自奏請陛下將他削籍治罪？這一切，當時石大人可應是歷歷在目喲……」

「是啊！是啊！」石星聽了，急忙連連點頭說道，「趙閣老遵奉綱紀、公而忘私，堪稱本朝百官楷模，在下也一向對此欽仰得很呀！卻不知眼下何人損壞了朝廷綱紀，竟然要勞煩您親自出面前去維護？」

趙志皋聽了他這麼犀利的一問，不禁面色一滯，怔了半晌，方才開口，澀然說道：「石大人，請您深思一下：這世上誰人損了朝廷綱紀，才會令老朽如此大傷腦筋？您且猜一猜看。」

「這……」石星頓時語塞起來，他乾笑了片刻，搖了搖頭說道，「石某可猜不出來……」

趙志皋也不言聲，左手扶著龍頭杖，右手伸出手指朝半空中指了一指。

「聖……聖上……」石星見狀大驚，「趙閣老要學當年的海瑞去諫正聖上？」

「今日傍晚，聖上將老朽一人單獨留了下來，和老朽議了幾件事，」趙志皋並不答他，右手一收，垂放到了膝上，抬眼正視著石星，悠悠說道，「說來這幾件事中都有些與你石大人所轄的兵部和這段時間的平倭之役有關……石大人呀！只怕這一次你也難以置身事外……」

「哦？何事竟與在下有關？」石星一聽，心臟頓時為之一窒，轉瞬間又突突地狂跳了起來！

「石大人……依你之見，眼下的援朝平倭之役結局當是如何？」趙志皋淡淡說道，「或許，老朽還可以直白地再問一句：如果本朝一如既往地堅持下去，用多長時間才能徹底了結這場援朝平倭之役？」

「如今八萬倭虜已被李如松、宋應昌所率的東征大軍團團圍困堵在朝鮮漢城府中，而且倭虜的屯糧重地龍山大倉又被奇兵一炬焚之——他們已成困獸

之境，唯有坐以待斃而已！」石星一邊沉吟著，一邊思索著答道，「倘若聖上能再舉義師、增兵赴援，只需五六十日，本朝便能一舉全殲漢城府中的八萬倭虜了。即使陛下不願再次興師勞眾，只要能將火器、糧草及時供應到東征大軍營中，他們亦能在三四個月之後徹底困死那些倭賊……總而言之，快則用時兩個月，慢則用時四個月，本朝東征大軍便能徹底掃平倭虜，光復整個朝鮮了！」

「唔……快則用時兩個月，慢則用時四個月？」趙志皋自言自語了一句，拄著左手龍頭杖站起了身，在書房中緩緩走了幾圈，驀地身形一定，咄咄逼人的目光倏然射向了石星，語氣寒如堅冰地說道，「只不過，石大人有沒有想過：待得李如松、宋應昌他們率領東征大軍一舉掃平倭虜、收復朝鮮全境之後，你石大人又該何去何從呢？」

「何去何從？」石星滿面愕然，微顫著聲音說道，「在下不懂趙閣老此話是何意思……」

「呵呵呵……石大人只顧著埋頭一心為國憂勞，卻不知自己目前正面臨著莫大的危機啊！」趙志皋冷冷一笑，悠然說道，「有些事你現在聽了，可不要出去亂傳：今天傍晚聖上在御書房裡單獨召見老朽，所議之事便有一件是申老太傅在告病離京之前曾留下一份密折，是他的兒子專程送進宮來的……呵呵呵……石大人，你能猜到他這份密折裡寫了什麼嗎？」

雖然明知道趙志皋是在故意「賣關子」，石星心底裡急得貓抓猴撓似的，臉上卻不得不賠著一片笑容，恭恭敬敬地說道：「在下愚鈍，還望趙閣老不吝相告……」

「申太傅在他的密折裡進言給聖上，聲稱待援朝平倭之役大獲全勝之後，便要請聖上及時論功行賞……」趙志皋緩緩說道，「他建議聖上：第一，要擢升宋應昌進入內閣輔臣之列；第二，要提拔那個寫了《諫疾伐倭虜以定安國疏》的刑部侍郎呂坤接替即將離任的內閣次輔許國之位；第三嘛……」他話音一頓，瞧了瞧石星緊張得滿頭冷汗的樣子，微微笑道：「他還建議聖上不僅要封賜李如松為『平倭伯』，還要讓他擔任兵部尚書之職，執掌天下軍權！而你，唉……」

　　石星一聽，只覺雙耳內「咣」地一響，一陣眩暈，自己全身晃了幾晃，幾乎站立不穩，險些便要摔倒。他用牙齒緊緊咬住嘴唇，全身顫抖著坐倒在房中的檀香木椅上，臉色頓時憔悴下來。

　　事前他已不止一次聽到和看到聖上對李如松、宋應昌的青睞和激賞，他也隱隱覺得聖上對這二人大有擢升重用之意，他也知道由於自己在去年倭兵入朝初期畏寇怯戰消極回避而一直為聖上和申時行所不喜，但今夜聽到趙志皋說自己將被免職閒置之時，他還是禁不住心頭狂震、茫然失神！

　　過了許久，石星才勉強在座椅上撐起身來，黯然說道：「古語有云：『雷霆雨露，皆是君恩。』在下才疏學淺，難當其職，辜負了聖上的信任和厚愛……李如松、宋應昌率師征倭、功勳卓著……在下亦有退位讓賢之意……唉！也不須聖上和內閣明示，在下擇日便辭官告老了吧……」

　　卻見趙志皋坐在那裡，半晌沒有言聲。他又緩緩端起了桌幾上那杯有些微涼的清茶，慢慢放到唇邊呷了一口，眯縫著雙眼，捋著自己垂在胸前的鬚髯，悠悠說道：「石大人過慮了……申老太傅的密折，固然在聖上心裡頗有分量，但本閣的進言聖上一向也還聽得進去……這朝中要吏任免升降之事，倒也未必是申太傅一份密折便能左右得了的……」

　　「趙……趙閣老！您……」石星將驚愕的目光投向了趙志皋，一副半信半疑、猶豫莫名的樣子。

　　「當年太祖高皇帝於開國之初，便留下了『武官不得執掌兵部』的祖訓……申時行竟然建議聖上將李如松從武官之職升任兵部尚書，分明是和當年的逆相張居正一樣，公然損毀朝綱祖制……」趙志皋情緒愈來愈激動，一時說得心頭火起，將茶杯往桌上一放，狠狠地說道，「他李成梁、李如松一家父子、兄弟同朝並肩封伯拜爵，滿門榮貴，權傾四方，一時隆盛無比……哼！這全天下的大名大利豈能讓他李氏一門占盡？長此以往，只怕昔日桓溫專權、劉裕代晉之事，於今亦將重演！本閣深為大明社稷而憂心如焚哪！」

　　「趙閣老……您……」石星聽了趙志皋這番話，大是驚喜，心念一轉，又道，「您可真是秉公不阿、守道不移的社稷柱石啊！……但聖上若是聽信了申……申時行的讒言，一意要將李如松、宋應昌、呂坤等人借著平倭之功破

格擢升上來……您看又當如何？」

「呵呵呵……石大人真是實心眼！這平倭之功豈是李如松、宋應昌二人能夠獨力建立的！沒有老朽的內閣居中統籌主持、你石大人的兵部和何致用的戶部在後方為他們籌兵籌糧，他們又濟得何事？」趙志皋陰陰一笑，冷冷說道，「反正，此刻倭虜已是強弩之末，不能危及我大明了……我們倒是可以好好琢磨一下，如何才能讓李如松、宋應昌無法獨占平倭全勝之功而回？」

說著，他伸出右掌，輕輕拍了一拍石星的後背，笑道：「李如松、宋應昌二人若是無甚大功而返，聖上即使有心破格擢升他們，亦是拿不出理由來說服內閣和群臣啊……他倆既是擢升不了，便只得待在原位不動，你石大人的兵部尚書之位豈不就穩如泰山了嗎？」

倭寇求和

且說這二三十日來，漢城府被四萬明軍困得水泄不通，不要說明廷君臣心中有數，便是朝鮮國普通老百姓亦知倭虜大勢已去、奄奄待斃。於是，在漢城府外明軍行營周圍，前來送糧送水以表感謝的朝鮮士民和放牧采樵恢復正常生活的朝鮮百姓，絡繹不絕，成了明倭兩軍對壘陣前的一道異景。

這日傍晚，大明「備倭招撫使」沈惟敬獨自一人背負雙手，踱出行營轅門之外，抬頭望著對面漢城府城頭上歪歪斜斜地懸在空中亂舞的豐臣氏「三葉桐」家紋戰旗，不禁嘆息著自語道：「你們這些倭虜！想當日沈某冒險進入平壤苦口婆心勸說你們棄械降服，可你們不知好歹，視沈某剖明利害之言為浮談空論……這下好了，全被我大明雄師團團包圍，成了甕中之鱉……唉！誰叫你們那麼不識時務，落到今日這般境地，實屬咎由自取……」

他說到此處，忍不住又搖了搖頭，轉過身來，一邊沉吟著，一邊嘆息著，慢步踱回了自己的寢帳之中。

他剛在帳中木床上坐下，卻聽得寢帳一角一個低沉的聲音緩緩響起：「沈大人，別來無恙？小人等這廂有禮了。」

沈惟敬聽到聲音，頓時嚇了一跳，急忙扭頭看去，只見一高一矮兩個人

影從那角落裡閃了出來！——二人均是一身明兵裝束，一直走到沈惟敬近前才抬臉向他正視過來！

一見之下，沈惟敬幾乎要驚呼失聲：這二人是喬裝打扮成明兵模樣的來島通明與服部正全！

「你……你們……」沈惟敬一愕，立刻伸手一下握緊了自己腰間的佩刀，穩住了心神，驚疑地看著他倆問道，「你們竟敢潛入寢帳意欲行刺本官！真是膽大包天！」

「豈敢！豈敢！沈大人多慮了，」來島通明臉上笑容可掬，躬身行禮道，「小人等今日雖來得唐突，卻絕無謀害沈大人之心。請沈大人寬恕小人等不請自來之罪！」

沈惟敬不愧是多年行走江湖的老手，加之自己又身處明軍行營腹地，自忖一呼之下帳外隨時有人可來救應，便放下心來，穩穩地坐在木床上，冷冷地拿眼瞥著這兩個倭人，緩緩道：「古語有云：『無事獻殷勤，非奸即盜。』你這倭賊，偷偷摸摸進入我寢帳，卻又是何居心？還不從實講來？」

來島通明也不回答，只是眨了眨眼，向服部正全略一示意。服部正全立時會意，身形如電，一下閃到寢帳門口邊上，握刀側身從門縫處向外觀察著，一副守門把風的模樣。

沈惟敬見此情形，正自驚疑不定，卻見來島通明雙拳一抱，向他面前「撲通」一聲跪倒下來，雙目淚光盈然，叩頭說道：「沈大人，我們倭人冒犯了天朝雄師的神威，昧於大勢、察事不明，妄自逞強，不聽您的苦心勸告，終致今日四面楚歌、在劫難逃。細細想來，小人等實是無顏再見沈大人您啊！」

沈惟敬沒料到來島通明一上來便是跪地哀號道歉，不禁心頭一震，片刻間即恢復平靜，撫著頷下短鬚，冷冷道：「你這倭賊，當時不知進退、一味逞強肆凶，而今見到大勢已去，方才回心轉意、自甘求饒……晚啦！一切都晚啦！如今我朝數萬天兵已將你們圍得插翅難飛……你們此刻除了乖乖出城繳械受死之外，豈有他途？」

來島通明聽了，垂著頭不敢應聲，隔了半晌工夫，才又仰起臉來，看著沈惟敬，哀哀說道：「沈大人……只怕我們此刻便是想要乖乖出城繳械投降，

你們大明國的李提督和宋經略也不會答應的⋯⋯他們一心要取我們的項上人頭到你們大明國的皇帝陛下那裡論功領賞哪⋯⋯」

沈惟敬聽到此處，全身便似遭了電擊一般微微一顫，臉色也頓時變得有些鐵青難看了。

來島通明把這一切看在眼裡，心下歡喜，卻是不動聲色，繼續說道：「李提督、宋經略自恃兵強械精，只想著將我們這十多萬倭人斬盡殺絕⋯⋯他們將我們倭人殺得越多，自然所立的戰功也就越大⋯⋯不過，請沈大人恕小人多嘴：在旁人看來，這一番貴國天兵入朝，李提督、宋經略必會名利雙收、滿載而歸；而您沈大人，雖身為『備倭招撫使』，也在這場大戰之中傾盡了血汗、費盡了苦心，只怕最終卻將無功而返、為人所笑啊！」

沈惟敬是何等聰明之人，豈能不知這日本人滿口花言巧語是挑撥離間之意？他靜住了心神，壓下了滿腹雜念，冷冷一哼，道：「那日本官前往平壤城中，已是向爾等陳明大勢、剖清利害得失，爾等冥頑不靈，置本官的苦心招撫於不顧，悍然逞強，自取其禍，而今又怨得了何人？罷、罷、罷，爾等今晚也休要來此巧詞遊說，自行回去乖乖束手受死吧！本官寧願寸功不立，也不想和爾等多談什麼⋯⋯」

「沈大人⋯⋯沈大人⋯⋯請恕小人多言之過，」來島通明聽沈惟敬說得這般直截了當，不禁一時慌了神，急忙垂頭哀哀泣道，「您有所不知，現在我漢城府中八萬倭人，個個都在為當日拒絕了您的苦心勸降而後悔莫及啊！⋯⋯無論是宇喜多大統領，還是小早川大老，他們都說：早知今日遭到這般慘敗，還不如當時便接受了您的招撫。現在追想起來，還是沈大人所言不虛，字字句句都是為了我們倭人的大局著想啊⋯⋯此刻，大家知道再後悔也是晚了，故而也不敢奢求什麼⋯⋯」

「不過，我們倭人最是知恩圖報，既然明白了沈大人您當日的苦心招撫確是為了我們好，便將您的大恩大德銘記於心——此番小人前來，就是奉了宇喜多大統領、小早川大老、小西行長大將等人的重托，向您道歉來了⋯⋯」

說著，他從自己胸衣處摸出一個錦袋，捧在手中，恭恭敬敬遞到了沈惟敬面前，道：「這袋子裡有二十四顆我們日本國的極品珍珠，最小的一顆也足

有鴿蛋大小……它們全是我們倭人敬奉上來感謝沈大人不吝招撫的一點兒微薄心意……懇請沈大人笑納！」

然而，沈惟敬並沒有伸手來接，而是冷冷地看著他，坐在木床邊一動不動：「你這倭虜居然想用這二十四顆珍珠收買本官？」

「哪裡！哪裡！」來島通明仍是伸手捧著那袋珍珠，訕訕地說道，「沈大人高風亮節、才識過人，豈是在下一袋珍珠所能收買的？您若是生氣，小人立刻便與服部君辭別而去。只是您對我們倭人的恩德，小人等自會銘記一生的。」

他說了這番話後，見沈惟敬仍是不為所動，只得回過身去，便欲招呼服部正全一道向沈惟敬告辭而去。

這時，卻聽沈惟敬的聲音在他身後緩緩響起：「且慢！」

聽到他這一聲低呼，來島通明急忙轉過了身，一臉驚喜之色，聲音微顫著問道：「沈大人有何吩咐？」

沈惟敬慢慢從木床上站起身來，背負著雙手，在寢帳內靜靜地踱了七八步，也不抬頭看他二人，目光凝注在帳中一個角落處，彷彿是在自言自語地說道：「來島通明，看來你們倭人此番甘願求饒降服，確是毫無疑問的了。只是，在目前你我雙方所處局勢之下，你們有何理由能夠讓本官回去說服我大明國的皇帝陛下和內閣重臣們接受你們的求饒呢？」

來島通明站在原地，蹙眉凝眸沉吟了許久，方才緩緩答道：「沈大人，請恕小人直言：依小人之見，雖然如今我八萬武士盡被你們天朝雄師團團圍困，但你們若要決意將我等全力殄滅，其實亦有『三難』之憂；反之，你們若是乘機接受了我等的告饒求和，則必有『三利』之喜！就憑這『三難三利』之言，沈大人便可拿去說服貴國的皇帝陛下和內閣重臣們了。」

「呵呵呵！你這倭虜倒是頗饒舌啊！」沈惟敬笑了一笑，逼近前來，半諷半嘲地問道，「有何『三難』之憂？又有何『三利』之喜？你且從實道來。」

來島通明仍是神情肅然，沉吟少頃，答道：「既然沈大人允了小人直言，小人也就直言無忌了：第一個難處，是你們明兵僅四萬有餘，而我倭人則有你們兩倍之多。攻進城中白刃相接之時，眾寡懸殊，明兵便是要將我們斬盡

殺絕，只怕亦是『殺敵一千，自損八百』，於己於人均為不利！沈大人以為然否？」

沈惟敬聽了他這一句反問之語，不禁微微一怔，答道：「我天朝大軍本就無意與爾等做此兩敗俱傷的困獸之鬥，待得困到爾等彈盡糧絕之時，自能將爾等輕輕巧巧一網打盡！」

「呵呵呵……此策倒是甚妙，」來島通明微一點頭，話鋒一轉，又道，「但是，你們便會碰到第二個難處了：我們在漢城府中尚有積糧數十萬石，可以支撐三四個月的時間。在這三四個月裡，我們八萬武士自會千方百計以求突圍……你們四萬人馬，縱是晝夜不息連續奮戰，也難免會有左支右絀之時啊！……」

「這有何難？我天朝皇帝陛下和內閣豈會容忍爾等苟延殘喘？不須費時半月，便會有各路援軍源源不斷開赴漢城府下，」沈惟敬冷冷一笑，說道，「等到天兵雲集之時，爾等自是無人能逃，唯有束手待斃！」

「天兵既能自四方雲集而來，」來島通明針鋒相對地說道，「而我倭國上下又豈會坐視八萬同胞悉數葬身於朝鮮漢城？實不相瞞，本國太閣大人如今便已集結了三十萬武士，個個整裝待發，隨時準備渡海直入朝鮮，與大明天兵決一死戰！——這便是你們將要碰到的第三個難處。」

「三十萬武士？你們太閣大人手下倘若真有三十萬武士隨時可以赴朝增援，」沈惟敬冷冷笑道，「那麼你們又何必深夜冒險來此告饒求和？以爾等詭詐多變、反覆無常之心性，來島通明，你又何必在本官面前滿口大話、虛言壯膽？」

來島通明臉上微微一紅，緩緩說道：「小人此言是虛是實，日後沈大人自能明瞭。不過，你們在與我漢城府中八萬武士一直對峙下去的三四個月裡，一切意外之變均有可能發生……這一點小人相信沈大人心底也是清楚得很。」

「若是大明天兵真能順應時勢，與我等撤軍罷戰，放了我八萬武士一條生路，則實有『三利』：第一大利便是雙方握手言和，再無士卒傷亡，實係兩國百姓之福；第二大利則是顯出了大明天朝的恢宏氣度與恩威並施的高明方略，一舉便能收服我等海島國民之心；第三大利則是我等倭人從此便對大明

天朝感恩戴德，甘願臣服為天朝上邦的東藩屬國，世世代代永不言叛！」

「而沈大人若能以此『三難』『三利』之言說服了大明皇帝陛下接受我等告饒求和，則您必會立下曠世奇功，為明倭兩國士民萬世稱頌！」

「這……」沈惟敬聽了來島通明之言，不禁有些動容，低低念了一句「曠世奇功、流芳史冊」，過了良久，道，「倘若你等真有告饒求和之心，本官也不是不能將你等此番心意呈達本朝兵部和皇帝陛下知曉……只是，這告饒求和之舉，假若單是你等漢城府中將士之意，兵部和聖上也不過將其視為『窮寇瀕死哀告之語』，恐怕不會採納吧……」

「沈大人，您有所不知，」來島通明急忙又從胸衣處取出一本絹綢摺子，恭恭敬敬捧在手上，躬身說道，「向大明國臣服求和，並非單是我漢城府中守軍將士之意，而是取得了天皇陛下和太閣大人同意了的。唔……這絹折便是我日本國獻給大明皇帝陛下的《稱藩臣服書》……沈大人將它呈給大明皇帝陛下，必是大功一件啊！」

「由你們天皇陛下和太閣大人親自簽印同意進獻我朝的《稱藩臣服書》？」沈惟敬一聽，不禁大喜過望，急忙伸手接了過來，一邊翻閱一邊感慨著說道，「有了這份《稱藩臣服書》，才能證明你們舉國上下甘願臣服為藩的誠意嘛……」

▌沈惟敬的陰謀

一隻隻黃鸝在明媚的陽光中飛來飛去，不時從柳枝垂縫間穿過，發出婉轉動人的鳴叫。

開城府朝鮮行宮的後院裡，李昖神情悠閒地在林蔭小道上漫步。柳成龍、柳夢鼎、鄭昆龍等朝鮮文臣們亦步亦趨地跟在他身後，臉上都掛滿了難得的笑容。

如今，漢城府八萬倭寇被李如松、宋應昌率領的東征大軍團團包圍在孤城之中無處可逃，已成釜底之魚 —— 朝鮮全境河山光復、妖氛滌淨之時，已是指日可待矣！且不說李鎰、權栗他們已是到處在組織義軍進行大反攻，就是

柳成龍、柳夢鼎等文官們也已經在私底下裡暗暗謀劃戰後重建等具體事宜了。

身為朝鮮國君的李昖，自然比任何人都顯得開心 —— 自己歷盡劫難，終於快要重返漢城王宮了！

他正在暗暗思忖之際，一個內侍趨步上前，在他身邊垂手稟道：「啟稟大王，大明備倭招撫使沈惟敬大人前來求見。」

「沈大人？」李昖心中微微一動：這沈惟敬近幾個月來一直退隱在後方幕府之中寂寂無聞，幾乎都快要被人忘記了。不知他今日所為何來。然而，李昖本人也從自己派駐大明朝北京的朝鮮使者送回來的訊報中得知沈惟敬和大明兵部尚書石星一家關係親密，來頭甚大，也是怠慢不得的。於是，李昖便向那內侍開口吩咐道：「請他進來！」

不多時，只見沈惟敬身著一襲紅綢長衫，昂首闊步而來。李昖帶著柳成龍等人急忙滿臉堆笑，遠遠地便迎了上去。

「殿下，沈某在此祝賀您社稷光復可期了！」沈惟敬一上來就向李昖抱拳道。

「哪裡！哪裡！朝鮮此番能取得全境光復、妖氛滌淨之偉績，皆因大明皇帝陛下授任有方、大明將士浴血奮戰！」李昖急忙恭聲而答。沈惟敬一邊寒暄著，一邊暗暗朝他看去。李昖雖然不知究竟，卻也只得揮了揮手，讓陪侍諸臣們退了出去：「本王有要事與沈大人相商 —— 爾等暫且退下。」

待得這行宮後院只剩下李昖和自己兩個人之時，沈惟敬才將笑容一斂，換上一副森寒如冰的表情，冷冷道：「大王殿下，您可知道您自己眼下的情形是吉凶齊來、禍福雙至嗎？可謂『既有大吉，又有大凶』，『既有大喜，又有大憂』？」

「唔……沈大人此話怎講？」李昖如遭當頭一棒，心弦驀地一緊，面色大變。

「您的大吉，在於朝鮮即將全境光復、倭寇盡驅；您的大凶，亦是在於朝鮮即將全境光復、倭寇盡驅！引申而言之，您的大喜，實在於此；您的大憂，亦在於此！」

李昖頓時瞠目結舌：「沈……沈大人，您……您何出此言啊？朝鮮即將

全境光復、倭虜盡驅，這對於本王而言，有百吉而無一凶、有百喜而無一憂——您只怕有些講錯了……」

沈惟敬斜眼瞧了瞧他，緩緩搖了搖頭：「大王殿下真是實心眼的大好人！如今您早已立於危岩之下、臥於睡虎之側，可謂大禍臨頭呀！」

李昖面露難堪：「沈大人如此隱隱晦晦、危言聳聽，本王實在是聽不明白。」

沈惟敬雙目倏地掠過一道光芒，探身湊上前來，放低了嗓音對李昖道：「大王殿下可還記得前年您第一次派使臣到我大明皇宮告急求助之際，大明朝廷便有一種聲音是要求派遣監軍護藩大臣入駐朝鮮統領軍政的。」

「這個……本王倒是不很清楚。」李昖其實心底似明鏡一般，但這時候當著沈惟敬的面也只有假裝糊塗了。

「那大王殿下又記得去年你第二次在倭虜興師入侵之後派柳夢鼎、鄭昆龍二人再赴我大明皇宮泣血求援之際，大明朝廷又有一種聲音要求將朝鮮先行納入我大明版圖之內再以『護境安民』的理由出兵相助嗎？而且，沈某好像聽內閣輔臣張位大人公然提出過這種意見的……」

李昖這時不好回避了，只得囁嚅著說道：「這種說法，本王倒也略略有些聽聞……張大人在去年祖承訓將軍兵敗平壤之後就再沒提過這樣的意見了……大明天朝皇恩浩蕩、仁蓋八荒，待我朝鮮以偏邦藩國之禮始終未變……」

「可是你知不知道：就在七天之前，我大明朝又有言官上書請陛下準備待到漢城府倭虜被東征大軍一舉蕩除之後，便立即把朝鮮全境收為我大明朝版圖之內的第十四個布政使司！而李如松、宋應昌二人就是這個朝鮮布政使司的第一任總督和巡撫！」

「怎……怎麼會這樣？」李昖一聽，頓時驚得滿臉煞白，「那……那天朝上邦對我們這些藩國臣屬又……又當如何措置呢？」

沈惟敬淡然說道：「這有什麼『如何措置』的？大明朝廷屆時一紙詔令下來，您和您的朝鮮藩國臣屬便自當免去一切軍政之職，轉為『食邑享祿，虛位以尊』的藩王和幕府臣僚罷了……」

「不！不！不可能！大明皇帝陛下絕對不會如此行事的！」李昖連連搖頭，「沈大人，您莫要再拿此事戲弄本王了……」

沈惟敬的聲音一下變得冰冷刺骨：「大王殿下，您認為沈某會拿偌大的一個事件來戲弄您嗎？若不是平日裡大王殿下您與沈某多有交情，沈某感念您的禮遇之恩，沈某豈會如此甘冒奇險而來向您告知？」李昖聽了，全身頓時如墜冰窟，面色慘白：「這……這……這如何是好？天……天朝不是一直宣稱此役乃是為了除暴安良、存亡續絕而來嗎？本……本王要到北京去……去親自懇求大明皇帝陛下高……高抬貴手！」

「懇求大明陛下高抬貴手？！」沈惟敬冷冷一笑，「您還是先掂一掂您自己到底有什麼資格，去求得了別人把辛辛苦苦死傷數千將士、耗費無數錢糧從倭寇手中硬奪回來的三千里河山白白送給您吧！」

「這……這……大明天朝不……不能這樣言而無信啊！這會有損四海觀瞻的！」李昖猛跺著腳幾乎像瘋了似的失聲吼道，「我……我朝鮮寧可將每年全境州縣所收的稅賦一半進貢給大明天朝，作為償謝之資，也……也不能被大明天朝納為第十四個布政使司啊！」

沈惟敬見他確是被嚇得有些急了，眼珠一轉，上前向他溫聲寬慰道：「殿下莫急莫躁！莫急莫躁！沈某和石尚書都同情您和你們國家的遭遇……俗話講：『天無絕人之路。』只要有心，萬事皆有轉圜之餘地的……」

李昖一聽，不覺精神一振，就如溺水之人突然抓到了一根救命稻草一般，一把拉住沈惟敬的袖角，含淚哭道：「沈……沈大人，本王知道您和石尚書一向交好，您……您可得托石尚書等大人務必在大明皇帝陛下面前為本王和朝鮮多多美言幾句……本王和朝鮮一定會有重謝的！」

沈惟敬笑道：「是啊！是啊！沈某和石尚書他們都是不忍坐視您和朝鮮遭此厄運的……只是，像李提督、宋經略等人為了貪戀做這朝鮮布政使司第一任總督和巡撫，他們的想法就有些難說了……」

「李提督？宋經略？」李昖聞言，把頭搖了又搖，「他們不是這種貪功謀私的人！……對了，本王也要向他們求一求去……」

「您可千萬別去亂求他們！」沈惟敬雙眸之中寒光一閃，「他們縱是不貪

做這朝鮮布政使司的第一任督撫之位，但畢竟是死命效忠於大明皇帝陛下的大臣……萬一大明皇帝下了詔書令他們將漢城府中的倭虜剷除淨盡，抽過身來再收拾你們怎麼辦？他們還會為你們而抗旨嗎？……」

「這……這……」李昖頓時有些結巴起來。

「所以，依沈某之見，您現在要做的，就是盡量拖延李如松、宋應昌他倆剷除漢城俘虜……您一定要明白這一點：倭虜一旦被他們順利剷除淨盡，就是他們前來收納朝鮮之時了！」

「阻止他們剷除漢城倭虜？」李昖滿臉淚光地哭道，「這……這不是逼著本王去幫助肆意屠殺我朝鮮軍民的倭寇脫險嗎？」

「這個時候您只能延緩和阻擋李如松、宋應昌他們取得平倭之役的徹底勝利！」沈惟敬的目光陰冷得就像兩道毒蛇的芯子，「沈某不是叫您如何幫助倭寇從漢城府中逃命脫險，是為了保住你們朝鮮藩國……你們可以向大明朝廷呈上一道《請大明收兵罷戰表》，便可讓李如松、宋應昌再無盤踞朝鮮本土的理由，直逼他們班師回朝！」

「沈……沈大人您這樣講，固然是為了我們朝鮮著想，但……但是，倭虜緩過氣來之後又逞凶反撲過來怎麼辦？倭虜是一條永遠也餵不飽的大瘋狗啊！咱……咱們不能作繭自縛啊！」李昖畢竟是吃過倭寇的大苦頭的，對他們仍是心有餘悸。

「這個……大王殿下您不用擔心！倭虜他們早被我大明天軍收拾得服服帖帖、跪地求饒了……您有所不知，那個不可一世的日本關白豐臣秀吉已經向我大明呈遞了充滿奴顏婢膝之詞的《稱藩求和書》，自願稱藩歸順我大明！」沈惟敬微笑著道，「若是沒有他這份《稱藩求和書》做保障，我沈惟敬也不敢來和您商量這些事兒啊！……我沈惟敬就是感激您的一番禮遇之恩，這才冒險前來相助的……」

李昖兩眼哭得紅紅的，上前一把抓住沈惟敬的雙手，哽聲說道：「本王在此多謝沈大人您的大恩大德了，本王會照著您的建議切實去做的！只要能讓我朝鮮國存在下去，本王也顧不了那麼多了……」

石星的抉擇

這日收到沈惟敬呈來的日本國《稱藩求和書》和朝鮮國王李昖的《請大明收兵罷戰表》之後，石星如獲至寶，一把捏在手裡，便要立刻去見趙志皋，共商與倭虜議和退兵之事。

他正欲出衙，卻聽下人來報：「琉球國使臣尚明哲聲稱有抗倭要事前來求見。」

這琉球國君臣是大明朝在日本國附近監視倭寇動態的第一道「眼線」。他們長期負責向兵部提供倭國情報，倒是不可小覷。石星縱是一心急著要去拜訪趙志皋，此刻也只得按捺住性子，讓下人宣尚明哲進入兵部議事堂中稟明倭情。

只見尚明哲一身素服，面色有些戚然，緩緩進了堂中，向石星躬身行禮道：「在下尚明哲，奉本國大王之命及大明游擊將軍許儀大人之重托，特來石大人處稟報倭國要情。」

「許……許儀？」石星不禁遲疑了一下，拍著腦袋半晌方才想了起來，「哦……哦……一年多前送信給趙大人和本座要提防倭虜入侵的那位蟄居倭國的福建游擊將軍？……這一次，你們和他又探得了什麼倭情前來稟告？」

尚明哲雙手一拱，正欲稟告，卻見石星右掌一抬止住了自己，似乎有些得意地說道：「且慢！先讓本座猜一下你們今日所欲稟報的倭情吧——如果不出本座所料，你們今日應該是來向我朝稟報倭國上下意欲臣服大明、告饒求和之事的！對不對？」

「怎麼？倭國已經來使告饒求和了？」尚明哲聽了，心頭一震，不由得失聲驚道，「他們可真是神速啊！……」

「是啊！倭國的國君和太閣大人聯名簽署了《稱藩求和書》已於近日進呈給我天朝了，」石星哈哈笑道，「本座派往朝鮮的『備倭招撫使』沈惟敬當真是不辱使命，『不戰而屈倭之兵』，居功甚偉啊！當然，你們琉球國君臣一心呼應我天朝，為我天朝多方刺探倭情，功勞也是不小！本座自會啟稟聖上，對你們琉球國給予褒獎與賞賜的……」

「石大人！」尚明哲心中一急，也顧不得失禮，開口打斷了石星滔滔不絕的講話，「這倭國派人前來遞交《稱藩求和書》是假，拖延時機、潛伏待變、保存實力、再謀出擊是真！您千萬不可為他們的花言巧語所騙哪！卑職此番火速進京，便是要告訴您這一真相啊！」

石星呆了半晌，方才反應過來，驀地向外一揮手，堂中侍立的郎官和下人們見狀，紛紛會意退了下去。議事堂內便只剩下了他和尚明哲二人。

「你們這麼說可曾有什麼證據？」石星冷冷說道，「我天朝內閣對倭國國君和太閣大人所呈獻的這份《稱藩求和書》非常重視，正準備根據它和倭國進行談判……你們在此刻卻送來倭國『假求和、真備戰』的情報，一定要慎之又慎哪！」

「石大人！卑職冒險前來北京送此情報，焉敢有假？」尚明哲慨然說道，「您可以不相信卑職，但許將軍送來的情報您應該會相信吧！更何況，您有所不知：許將軍為了掩護卑職將這個情報順利送到大明，已經壯烈犧牲在倭賊屠刀之下了！」說到後來，他已是滿面流淚，哽咽著說不出話來。

「許儀已經犧牲了？」石星面色一黯，坐倒在堂上圓椅之上，喃喃自語道，「他真乃我大明朝彪炳千秋的忠臣義士哪……數十年隱居海外默默為國效力，始終無怨無悔、不求回報……難得！難得啊！」

「這是許將軍遇難之前託付卑職帶給您和朝廷的倭情訊報……」尚明哲從衣襟處取出一封信函，捧在手中，含淚呈了上來，哽咽著說道，「那日在名護屋的木房之中，卑職藏身在地道之中，聽到地板上許將軍和倭賊們激戰到力盡身亡，始終沒有呻吟一聲，沒洩露半分機密……所以，他們一直還以為許將軍只是一個刺客……」

石星面色凝重，用雙手接過了那封信函，慢慢拆開，細細閱看起來。過了許久許久，石星目光才從信箋紙上移開，投注在尚明哲的臉上，緩緩說道：「他在這信函中說：倭國境內如今已是人人厭戰、兵疲糧竭，連三萬人馬都徵召不上來，而且又有德川氏等強藩懷有二心，豐臣秀吉自己也陷入了身後立嗣紛爭之中，根本無力向外增兵征戰……倘若我天朝大軍能在漢城府下一鼓作氣、再接再厲，必能『畢其功於一役』，打得倭國自此元氣大傷……

他這些情報可都是真的？」

「許將軍所言句句是實，毫無謬語，」尚明哲深深地點了點頭，肅然說，「許將軍還刺探出豐臣秀吉已經身患沉屙、其命不久，一定承受不了此番漢城之敗……他若受此刺激而暴病身亡，則倭國必將再度陷入分崩離析之中……大明天朝雄師甚至可以渡海長驅直入，一舉將日本納入天朝版圖……」

石星聽了，臉色微微一動，卻立刻又沉了下來，心底暗道：看來，倭國確實已成了強弩之末，苟延殘喘……也許我大明雄師在漢城府下再加最後一把勁，便真能「畢其功於一役」……唉！……若是如此，那可真是太便宜李如松、宋應昌二人了……他倆輕輕巧巧便摘得了這曠世奇功……真是羨煞老夫了……

一念及此，石星心神一蕩，忽又在腦際浮現出了趙志皋那陰沉、詭異的面影和他那一張一合喋喋不休的嘴……他的那些話一瞬間回蕩在腦海裡：「……他李成梁、李如松一家父子、兄弟同朝並肩封伯拜爵，滿門榮貴，權傾四方，一時隆盛無比……哼！這全天下的大名大利豈能讓他李氏一門占盡？……」

「石大人……石大人……」尚明哲的聲音彷彿從遙遠的天際飄來，終於將石星從自己的胡思亂想中喚回到現實裡來，「您……您怎麼了？」

石星猛地一咬嘴唇，讓劇烈的疼痛迫使自己定下心來。他慢慢收起了那封信函，臉上表情漸漸恢復了平靜，然後面向尚明哲沉沉說道：「多謝尚大人和許儀將軍的這些倭情訊報了。本座一定會火速將它們親自帶入宮裡轉呈聖上知曉。大概用不了多久，內閣和聖上便會決定增兵朝鮮，一如你們所言，『力求畢其功於一役』，徹底蕩清倭虜之患！」

「對！對！對！」尚明哲聽得連連點頭，喜道，「石大人和大明皇帝陛下若能如此重視卑職和許將軍進獻的這些倭情訊報，則許將軍泉下有知，也必是毫無遺憾了！」

「另外，本座還有一個不情之請，」石星忽然面容一肅，正色道，「依本座之見，我天朝此番必會大興義師，對倭國大加撻伐。故我天朝極有可能會及時調遣福建、浙江、山東等各省水師數路齊進，直取日本本土……但這

一切還須得有請貴國作為我天朝水師的先導，一路引導著我們打到日本島上去……所以，尚大人也不必在此久留，應當儘早返回貴國，稟報給貴國大王知曉，事先做好各種準備 —— 你意下如何？」

「石大人所言極是！我琉球國本就是天朝上邦的藩國，自當為天朝雄師平倭靖虜盡綿薄之力，豈敢推辭？」尚明哲一聽，急忙躬身敬禮答道，「卑職今日便立刻啟程趕回本國，將您這番意見稟明本國國王，為日後協助天朝水師渡海征倭早做準備！我們將在臺灣東北之釣魚嶼設立燈哨，以備日後指引天朝水師北上平倭！」

說罷，尚明哲也不再滯留，真的便起身告辭了，匆匆往驛舍趕回，收拾行裝去了。

石星也滿面堆笑，一直將他送出兵部大院門外，親眼目送著他上馬遠去之後，方才轉身回了議事堂。

坐在議事堂上，石星靜靜沉思了足有一炷香的工夫，然後，他喚進了自己的貼身心腹郎官崔達，低聲附耳吩咐道：「你下去偷偷買通幾個漕幫的水賊，讓他們一路跟著這剛出院去的尚明哲。待他乘舟離開我大明國境之後，在海路上覷個機會，把他不留痕跡地除了……切記！切記！要製造出海盜殺人劫物的跡象！不得留下絲毫的把柄和紕漏……」

▋ 朱翊鈞坐困紫禁城

「愛妃……妳瞧此番倭國呈進來的這份《稱藩求和書》是出於真心還是假意為之呢？」朱翊鈞坐在寢宮中的龍椅上，沉吟著問侍立在自己身旁的鄭貴妃道，「近來朕看內閣和兵部的意思，他們似乎對這份《稱藩求和書》有些信以為真哪……」

鄭貴妃靜靜地站在那裡，半晌沒有答話。她的反常神態引起了朱翊鈞的注意。朱翊鈞心底微微一驚：鄭貴妃若是在平時遇到自己問這樣的事兒，一定會慷慨陳詞、直抒己見，今日卻不知為何竟變得沉默不語了。他念及此處，便緩緩站起身來，捧住了鄭貴妃那一雙晶瑩得如同象牙雕刻出來的手，

凝視著她，支吾了片刻，緩緩問道：「愛妃，妳這幾日怎麼了？朕覺得你近來似乎心事重重的，話也少了許多……」

鄭貴妃靜靜地聽著，忽然便哽咽了，兩串晶瑩的淚珠兒立刻滾落下來，濺在衣襟上像珠花兒般綻了開去，她也不抽回自己的雙手，哽咽抽泣了好一會兒，才慢慢恢復了平靜，柔聲道：「陛下……臣妾沒什麼事兒的，其實倭國此番呈進《稱藩求和書》，無論是真心還是假意，至少都已證明了我天朝大軍確是穩操勝券。記得一年多前，那豐臣秀吉寫給朝鮮國王李昖的《逼降示威書》的言辭是何等的傲慢與狂妄……如今他們寫來的《稱藩求和書》又是何等的恭敬和卑順……說到底，還是陛下用人有方、指揮得當，將倭虜的銳氣打掉了啊……」

「那麼，目前應當如何處置倭國的這份《稱藩求和書》呢？」朱翊鈞沉吟了一下問道，「要接受他們的求和稱藩之舉還是繼續一鼓作氣將它們殲滅乾淨呢？朕現在也很猶豫啊……愛妃妳意下如何？」

「這……這……」鄭貴妃玉頰一紅，竟沒了先前那般慷慨直言的英氣，囁嚅了半晌，才悠悠答道，「世祖一朝之時，太師徐階有言：『以威福還主上，以政務還諸司，以用捨刑賞還公論。』能與陛下坐而論道者，內閣與六部也；能為陛下起而行道者，內閣與六部也。陛下須多多與內閣、六部商議才行。」

「愛妃！妳……你好像有些變了……」朱翊鈞沒料到鄭貴妃今日竟會說出這般言語來，正自驚疑之際，卻見一直侍候在御書房門口的司禮監秉筆太監陳矩雙目含淚，從懷中掏出一本薄薄的書卷來，膝行上前，把書舉過頭頂，呈到了自己面前，哽咽著說道：「請陛下不要對娘娘多心了，您先看一看這個吧！」

朱翊鈞接過這本用新紙印刷的書卷，凝眸一看，見到瓦藍色的封面上，赫然寫著兩個魏碑體的大字——《女誡》。

「《女誡》？」朱翊鈞一愕，不禁脫口念了出來。這《女誡》是太祖高皇帝開國之初就讓人修的一本書，旨在訓誡所有後宮嬪妃眷屬只能謹守女人本分，不得干政。違令者輕則打入冷宮，重則處以極刑。而這本書也就成了本朝後宮女子的圭臬，誰也不敢輕易違逆。朱翊鈞見此刻陳矩當著鄭貴妃的面

呈上《女誡》，不禁失聲問道：「陳矩，你呈上這本書是何居心？大膽奴才，你竟敢用這書來影射朕倚若龜蓍的愛妃……」

「奴才豈敢？奴才豈敢？貴妃娘娘賢德無雙，奴才恭服至極，豈敢生此邪心？」陳矩連忙俯下身子，誠惶誠恐地答道，「啟稟萬歲，奴才所呈上的這本書，是來自御史臺的。」

「來自御史臺？」朱翊鈞看了看滿面委屈的鄭貴妃，拿起來揚了一揚，詫異地說道，「依朕看來，這本書還是新版的。」

「萬歲所言極是，這書確是新版的，」陳矩從地下抬起頭來看了一眼朱翊鈞，繼續說道，「自從申太傅告病離京之後，京城內彩石軒書坊一連幾天趕印了三千本，兩天內搶購一空，買者多半是京城官員，聽說御史臺的官員是人手一冊。」

「這彩石軒有何背景？你這奴才沒派錦衣衛去查一查嗎？」

「奴才派人去查了……」陳矩迎視著朱翊鈞凌厲的目光，猶豫了片刻，才緩緩答道，「奴才查出，這個彩石軒的主人李偉儀和國舅爺李高、御史臺諸位言官過從甚密……」

「李高？哼！他還在記恨當日鄭貴妃勸朕斷了他大撈『黑心錢』的財路嗎？」朱翊鈞咬著鋼牙，面色一凜，站起身來將那本《女誡》往地上一摔，憤然說道，「想不到申師傅這位朝廷廟堂的『鎮妖巨石』剛一告病離京，什麼蛇蠍鬼魅都跳了出來……太祖高皇帝在世時還有孝慈高皇后輔佐理政哪……鄭貴妃於朕可謂裨益甚大，豈是這些宵小之徒抹黑得了的？！」

鄭貴妃跪倒在地，悲不自勝，哀哀泣道：「有陛下這般體貼之語，臣妾便已感激不盡。如今倭虜大勢已去，朝鮮戰局已定，臣妾這一兩年焦心苦思，也已經太累了……日後臣妾只想待在後宮靜心照撫一下常洵我兒，朝政大事還請陛下自行與內閣、六部議決而行……臣妾相信以陛下之英明睿智、獨立不撓，必能開創我大明煌煌盛世的……」

「愛妃……」朱翊鈞心頭一酸，竟也跪在她面前，與她握手而泣，「妳為朕和大明社稷嘔心瀝血、殫精竭慮、任勞任怨，朕和大明朝卻一直難以給妳一個母儀天下、布澤四海的『名分』，朕是有愧於妳呀……」

蟬蟲在紫光閣外的綠蔭叢中忽長忽短、忽揚忽抑地鳴叫著，一聲接一聲，吵得閣中議事的大明君臣個個心頭生煩。

朱翊鈞坐在龍椅上，額角沁出了密密的油汗，雖然陳矩一直侍立在他身旁拿著團扇為他拂風吹涼，但他臉上的煩躁難耐之色卻始終揮之不去。

趙志皋、張位、石星、何致用等人賜了座，正商議著抗倭大事。

「哦……這倭賊也忒狡猾了，現在一見形勢不妙，自己全軍困守孤城，便想前來示弱乞和！」張位憤憤地說道，「這世上竟有這等幹盡了壞事還來討便宜的勾當？依微臣之見，還是須得按照李如松、宋應昌所呈奏章之言，積極從各方籌兵籌械，再行撻伐，將倭虜一舉殲滅於漢城府中，不留任何後患！」

朱翊鈞聽了，緩緩點了點頭，說道：「張愛卿所言甚是。趙閣老、石愛卿、何愛卿，爾等有何高見？」

趙志皋面無表情，只是輕輕咳了一聲，向石星偷偷使了個眼色。石星會意，拿起倭國的《稱藩求和書》，稟道：「陛下，倭國此番歷經平壤之敗、碧蹄館之敗、龍山大倉失守等一系列慘敗之後，已然惶惶不可終日，只得送來了這份《稱藩求和書》。看來，他們確係膽破心灰，不敢再與我天朝大軍負隅頑抗。所以，這次他們前來稱藩乞和，實在是形格勢禁，別無他途啊！」

看到朱翊鈞也在點頭贊同，石星大起膽子，又道：「目前，此情此景之下，十多萬倭虜的性命，均是繫於陛下一念之間耳！陛下若要效行漢武帝那般開疆拓土、武功彪炳的雄主，便可大舉征伐，一舉蕩平倭虜，並乘機將倭國土地納入我大明版圖；陛下若要效行周文王那般懷柔四夷、文治赫然的仁君，便可以德服人，接受倭虜的哀告乞和，收服他們為東藩屬國——一切還望陛下自行決斷！」

朱翊鈞聽了，覺得石星這一番話彎來繞去的，仍然沒有切中要害，便開口點明道：「朕無論是效行漢武也罷，效行周文王也罷，都不可能僅憑這一紙乞和空文便撤軍罷戰的！他們若是真要求降乞和，何不逕自在李如松、宋應昌陣壘之前繳械面縛、負荊請罪？」

「陛下，倭人乃是荒島蠻夷，不識禮法，不通文理，蒙昧得很！他們只怕

在李如松、宋應昌陣前繳械投降會被我天朝大軍一舉屠之……所以，只得輾轉千里送書上呈御前，乞求陛下格外開恩……」石星微微沉吟著，又道，「此情此景，還須陛下洞察。」

朱翊鈞坐在龍椅上，沉下了臉，半晌不答。

石星瞥了瞥趙志皋，向他丟了個眼色。趙志皋見狀，咳嗽一聲，捋了捋鬚髯，不緊不慢地開口說道：「陛下，老臣也贊成將倭虜一個不剩地盡行驅除。不過，請恕老臣直言：近來，漠南蒙古胡虜鐵木爾與海西女真納林布祿在遼東大肆逞凶，顧養謙勉力自保之餘仍是十分吃緊 —— 他那告急求援的公函，已經在老臣的案頭擺了足足有半人高了！看來，只怕尚未待到朝鮮倭虜蕩盡，遼東已呈岌岌可危之勢矣……」

「這紫光閣外的蟬蟲真是吵得太厲害了！」朱翊鈞面色漲得通紅，陡然開口打斷了趙志皋的話，厲聲向陳矩呵斥道，「陳矩，你派幾個奴婢去外邊的樹蔭叢裡，把那些只知道聒噪不停的蟬蟲們統統趕得遠遠的……」

陳矩從未見到朱翊鈞這般聲色俱厲過，頓時嚇得連連躬身垂手答道：「是！是！是！奴才這就帶人到閣外樹蔭叢裡驅蟬。」一邊忙不迭地應著，一邊倒退著出閣而去。

趙志皋見朱翊鈞面色如此不善，頓時急忙噤住了口，臉上露出了一絲乾澀的笑容，不敢再多說什麼。

朱翊鈞目光一抬，冷冷地望向何致用，緩緩問道：「何愛卿，你又有何意見？」

「這……這個……」何致用咬了咬牙，猶豫了許久，還是硬著頭皮答道，「陛下有所不知，自從去年年底以來，西北各地連續數月大旱無雨，災區百姓苦不堪言……他們也需要朝廷及時開倉賑災啊……這樣一來，我們戶部籌給東征大軍的糧草，便得憑空縮減一半……無論前方是戰是和，微臣心裡只有一個念頭，就是盼著這場東征之役能早日順利結束 —— 這於國於民，都是再好不過了……」

朱翊鈞靜靜地聽完了他的話，默然端坐在龍椅上，面色沉沉，也不開口說話。

隔了許久，他才長長地籲出一口氣來，慢慢站起身來，背負雙手緩緩踱到紫光閣窗前，將目光投向了遙遠的西方，徐徐講道：「只要倭虜一刻不繳械面縛出城投降，這東征之役就一刻不能停！遼東的兵馬既然暫時不能抽調，那就傳旨給四川巡撫王繼光，讓他在一個月內聚齊五萬川軍急速趕赴朝鮮支援李如松和宋應昌他們……石愛卿擬旨回復給倭國使臣，就說朕的意思是：讓他們要麼束手就擒，乖乖出城繳械投降，一切聽候天朝發落，朕自當寬大處理；要麼負隅頑抗，那便是自取滅亡，死無葬身之處！」

趙志皋和石星互相對視了一眼，半晌方才懶懶地應道：「臣等明白。」

努爾哈赤的誓言

正午的陽光落在遼東鐵嶺衛北城城樓上，刀鋒一般在堅硬的牆面上割開了交錯縱橫的傷口。朔方特有的雪白熾光如同黏稠的濃液，淌在插滿了箭鏃和斷刃的寬石板上。一雙厚底高幫的牛皮戰靴便踏在這如水的陽光裡，濺起一串「噔噔噔」的清脆聲響。

努爾哈赤就在城樓甬道上這麼踱來踱去，不時地往牆垛外看去，雙眉幾乎擰成了一團。他身邊那一排戰旗「呼啦啦」地隨風擺著，像一面面在半空中砍鑿的卷刀，卻撕不開那厚重的凜凜秋風。

「咻咻咻」一陣銳響，正在此時，城樓下一蓬利箭似潑雨一般疾射上來！

「將軍小心！」易寒從他身後一躍而起，手中鋼刀立時舞成了一團銀光，擋在了他身側！

「當當當」一串脆響過後，易寒已將那些箭矢打落了一地。他回頭一看，卻見努爾哈赤正安然而立，微微側著頭，口裡不知何時竟已緊緊叼住了一支幾乎是擦面射來的箭矢！

「將軍，這裡太危險了 —— 您還是到指揮臺後棚去避一避吧！」易寒十分緊張而急切地向他喊道。

「呸！」努爾哈赤把口一張，將那支箭矢吐落在地，冷冷地向城牆下看了一眼，「納林布祿手下那些射手的身手就這麼差勁？ —— 連一支箭都射不

準！真是辱沒了我女真人的赫赫威名！」

他話雖是這麼說著，但還是轉過身來走向了城樓指揮臺的大棚那裡。易寒手裡緊握利刀，寸步不離地貼身保護著他一路行去。

大棚門口處，薊遼總督顧養謙和遼東總兵方德澤正在那裡扶著臺柱翹著腦袋四下張望。見到努爾哈赤緩緩走近，顧養謙禁不住將袍角一提，一溜小跑地奔了過來：「龍虎將軍！龍虎將軍！您……您剛才在城樓甬道上看到我大明援軍殺來了嗎？」

努爾哈赤聽了，不由得冷哼一聲，正色說道：「顧總督，本將軍才沒那工夫去理會這些事情！俗話說：『求人不如求己，求援不如自強。』本將軍剛才是到城樓那邊巡察敵人的軍情去了……」

「嘿！你說得倒是輕鬆，不求援？不向外求援行嗎？我們城中兵馬只有兩萬，外面的敵人多達十萬！那些蒙古胡虜又那麼剽悍凶猛……」顧養謙橫了努爾哈赤一眼，臉上的表情說有多難看就有多難看，「這都怪李如松和宋應昌那兩個傢伙，把我們遼東軍中的『霹靂炮』『虎蹲炮』『大將軍炮』都拉到朝鮮戰場上去了……弄得我們如今對付如此強悍的蒙古胡虜和女真叛賊，實在是一籌莫展！」

「顧總督這麼講，可就有些不妥了！宋經略、李提督他們拉走『霹靂炮』、『大將軍炮』等亦是迫不得已嘛！」努爾哈赤語氣裡帶出了一絲嘲諷，「這外面的蒙古胡虜、女真叛賊，既沒有倭寇手中那樣的『火繩槍』，又沒有倭寇那樣銳利的『狼牙刀』，我們現在殺出去近身肉搏還會懼了他們？想當年甯遠伯李成梁大帥坐鎮遼東的時候，何曾動用過一槍一炮與蒙古胡虜、女真叛賊較量過？照樣是一刀一矛殺得他們鬼哭狼嚎、抱頭鼠竄！」

顧養謙一聽努爾哈赤當著他的面如此稱讚李成梁，便不禁立刻拉長了一張胖臉，道：「本督也自知不及甯遠伯父子之英勇果決……你努爾哈赤既是如此思念甯遠伯父子，不如乾脆給聖上呈去一道奏摺，建議朝廷把本督免了，把甯遠伯重新召回瀋陽坐鎮，這樣你就滿意了吧？」

「顧總督您怎能這樣說呢？」努爾哈赤聽了，沒想到他的器量竟如此褊狹，毫無追善止過之襟度，便雙目炯炯放光地正視著他，「本將軍講這些話，

是希望您能辨清時務、奮發圖強，帶領我等一道打開局面、殺出重圍啊！本將軍可沒有頂撞冒犯您的意思，您可不要想偏了！」

顧養謙被他噎得暗暗吞了一口悶氣，拿眼直瞪著他。方德澤卻是李成梁當年的幕僚出身，素來熟知努爾哈赤耿直磊落的性格，急忙出來轉圜道：「顧總督、龍虎將軍，大家都是為了國事嘛！何必壞了彼此的私交友誼哪。顧總督，龍虎將軍他就是這麼一副脾氣，也是出於一片好心……你大人有大量，就莫再計較了……」

顧養謙聽方德澤這麼說，心頭暗想，你這方德澤是遼東派系出身，當然要為努爾哈赤講好話啦！若不是他一上來就對本督含譏帶笑、指手畫腳，本督才懶得和他這個不懂禮儀的女真酋長「計較」什麼呢！但他也不好再和努爾哈赤僵持下去——雖然這個女真小酋長脾氣太衝了，可他卻是目前三軍之中最能打硬仗的一把好手，自己真要是把他氣走了，後果可就嚴重了！於是，他緩和了語氣，慢慢地說道：「本督剛才也是一時氣話……龍虎將軍你也包涵著點兒。龍虎將軍，您剛才不是到城樓上去巡察敵情了嗎？您莫非已經想出了破敵之策？」

「破敵之策嘛，本將軍暫時還沒想出來。但是突圍之計，本將軍倒想出了一條，」努爾哈赤毫不理會顧養謙話中的暗諷意味，照著自己近日來苦心謀劃好的思路講道，「顧總督、方總兵，您只要撥給本將軍五千鐵騎，再加上本將軍麾下原有的五千女真騎士，本將軍就能從敵人力量最為薄弱的北門突圍而出……」

說著，他伸手一指城北，繼續侃侃而道：「這北門外的女真叛賊最是麻痺大意的——本將軍突圍之後，就和一直在瀋陽城週邊負責游擊擾敵的舒爾哈齊他們迅速會合。然後，我們再配合城中大軍，裡應外合，形成對敵軍的『腹背夾擊』之勢，如此一來鐵嶺之圍可不攻而自解！」

顧養謙一聽，連忙說道：「龍虎將軍！你這是在準備拋棄本督逃出城外自謀出路了嗎？……如今大敵當前，你可不能丟下本督不管啊！」

努爾哈赤哭笑不得：「顧總督怎會這樣想？本將軍若是有心逃走，還會待到今日嗎？還會在這裡一直陪著您和蒙古賊軍、女真叛賊沒日沒夜地並肩戰

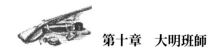

鬥這麼多天嗎？」

「不行！你的突圍之計，本督不能採用！我們還是耐心地待在這鐵嶺城內吧！朝廷一定會派人來救我們的……」

「誰會來救？」努爾哈赤一怔。

「李如松啊！」

「可是李提督正準備在漢城府對倭虜發起最後的致命一擊啊！朝廷怎會讓他來救？這會干擾我大明的平倭大計的……」努爾哈赤一聽，急了。

顧養謙滿不在乎地斜了他一眼：「那可由不得他了！趙閣老他們一定會讓他來救援我們的！你放心，本督是趙閣老座下最得意的門生，他是不會見死不救的……還有，他李如松不是口口聲聲宣稱自己是多麼的『忠君愛國』嗎？遼東和朝鮮孰輕孰重，恐怕他還是能分得清楚吧！」

努爾哈赤聽了這些話一時呆住了，瞧著顧養謙那一張恬不知恥的嘴臉，恨不能一拳砸將上去！

隔了半晌，他才慢慢平復了心情，在沉默的壓抑之中，面無表情地走下了城樓臺階。

方德澤看著努爾哈赤的背影，憂心忡忡地對顧養謙說道：「顧總督……其實龍虎將軍的那條『突圍之計』也並非一無可取之處！」

顧養謙將目光冷冰冰地掃向他：「本督是這裡的三軍主帥，本督說怎麼辦就得怎麼辦！他努爾哈赤情願去頭撞南牆，就任他撞去！你還是和本督一起聯名再寫一道八百里加急求援奏章給聖上吧！」

方德澤見他臉色大是不善，只得一縮頭，道：「是……屬下遵命！」

那邊，易寒疾步緊隨上來，向努爾哈赤貼身低聲問道：「將軍，我們應該怎麼辦？」

「你立即下去集結我們所有的女真兒郎，隨時做好突圍的準備。」努爾哈赤一邊往前走著，一邊吩咐道。

「這……這……顧總督和方總兵那裡……」

「我們女真兒郎才不會像顧養謙、方德澤這樣的蠢材那樣，非要把脫險的希望寄託在別人身上不可！」努爾哈赤的聲音堅硬如鐵，「那區區十萬蒙古

胡虜、女真叛賊豈能困得住我努爾哈赤？」

同時，他抬起頭來，望著天空，在心底暗暗立誓：我努爾哈赤發誓，在這一生當中，絕不會讓任何庸人與蠢材凌駕於我的頭頂之上胡作非為、發號施令！我一定要建立起屬於我自己的誰也打不破的威權！

易寒在旁邊略一遲疑，又囁嚅道：「將軍，我們『女真軍』突圍出城自然不是問題。但您真的要把顧養謙、方德澤他們撇下不管？」

努爾哈赤沉吟了好一會兒，暗想：自己帶著「女真軍」突出城外，但顧養謙、方德澤仍會故意守城不出給李如松施加壓力逼他分兵來救，如此一來朝鮮平倭之事必將被掣肘拖亂！可惜那麼多大明將士捐軀疆場才換來的赫赫戰功，怎可被這些懦弱小人毀於一旦？不行，我定要想出辦法，破解這個僵局！

於是，他心念頓定，把大手一揮：「易寒，我們還是先突圍出去再說，在外邊就有辦法變被動為主動了！」

下詔班師

「如此精到深刻而又耐人尋味的語錄文章，怎麼會起了《呻吟語》這麼個名字呢？」朱翊鈞坐在御花園裡一座嵯峨峻挺的太湖石假山旁，翻看著手裡一冊瓦藍色封面的書籍，悠悠地說道，「呂愛卿，你可否將此中含義解釋給朕聽一聽？」

呂坤穿著一身粗布藍袍，整個人乾淨得彷彿剛用幽泉清水洗滌過一般。他聽得朱翊鈞如此問道，應聲欠身款款而答：「啟奏陛下，微臣寫這本《呻吟語》，全是平素病中所作，別無所長。呻吟者，病聲也。呻吟語者，病時之語也。病中疾痛，唯患病者自知之，只能體驗在心，而難以啟齒與他人詳言也。常人之病一癒，便旋即忘了初時之病痛，而唯有微臣常是欲忘而不能。微臣多年來一直體弱多病，病時呻吟不已，便將病中呻吟之語一一記在簿冊，引以為戒，但求不復再生此病。不料，時間一長，微臣所患之病癒多，所記呻吟之語亦愈多，不知不覺之際，便集成了這本書冊……」

「原來如此……朕也瞧你這書中『呻吟之語』，或為體病而發，或為心病而發，皆是切身體悟……」朱翊鈞微微笑著，輕輕點了點頭，又饒有興趣地問道，「本來，你一身之呻吟，你自己一人聽之聞之即可 —— 為何卻又讓書坊將它刊印出來流傳於世呢？」

「微臣之所以刊印流傳此書，其目的正是為了讓世人警醒：世人患病呻吟之語，源於恐懼之真心，發於戰戰兢兢之真情，顯於悔吝吉凶之真意，而隨時隨處不可疏忽遺忘，」呂坤說道，「否則，待到日後再有惡疾猝襲，縱是呻吟之聲不絕於天，只怕也追悔莫及！」

「是呵……是呵……與其追悔莫及於後，何如恐懼修省於前？與其縱欲種禍於後，何如約己自持於前？多少人又何嘗不是如你所言在大病初癒之際便忘了自己先前病中的呻吟自悔之語了？」朱翊鈞的聲音慢慢低了下來，「他們都忘了……都忘了……只有朕，只有朕還記得……可是，他們都以為朕一個人所記的呻吟之語似乎只是一場無人傾聽的囈語罷了……」

呂坤靜靜地聽著朱翊鈞的這些話，兩行清淚沿著他的雙頰無聲地流了下來。

「呂愛卿，且不論你這本著作中的一句句格言銘訓是何等精深淳正，便是你這番著書立言之旨，亦堪稱高瞻遠矚了！朕同意你將它刊印出來廣布於世 —— 刊印之費，朕讓內務府給你出了！」朱翊鈞忽地開口轉換了話題，慢慢翻開了《呻吟語》，挑了幾句格言出來，緩緩吟道，「你書中這句『有憂世之實心，泫然欲淚；有濟世之實才，施處輒宜。斯人也，我願為曳履執鞭』，真是深得朕心啊！—— 不知道在呂愛卿心目之中，朕可算得上是這『斯人』中之一嗎？」

「陛下乃是天縱英君、曠世雄才，有涵天覆地之偉才，西蕩寧夏哱拜之亂，北驅蒙古胡虜之患，東遏倭寇以安朝鮮藩國 —— 這等震古鑠今的奇功大業，雖秦皇漢武亦難望其項背……」呂坤說完，容色一正，深深拜倒在地，恭然又道，「微臣能在陛下面前效忠勁力，已是三生有幸、極感榮寵，又豈是『曳履執鞭』一詞可道盡微臣衷心欽服之意的？」

「哦？『西蕩寧夏哱拜之亂，北驅蒙古胡虜之患，東遏倭虜以安朝鮮藩

國』……石愛卿，你錯了，這些震古鑠今的奇功偉業，豈是朕一人所建立得下來的？是我大明李如松、宋應昌那樣的公忠體國之臣與朕同心協力建立起來的……」朱翊鈞說到這裡，眼圈一紅，竟是淚落如珠，他隔了半晌，方才定了心神，悠悠然說道，「呂愛卿，你剛才話中的遣詞造句當是實事求是、恰如其分啊——『東遏倭寇以安朝鮮藩國』，一個『遏』字，絲毫不為朕所虛飾，絲毫不給朕臉上貼金。換了趙志皋、石星他們，必會頌揚朕是『東平倭寇以安朝鮮藩國』……看來，申太傅沒有薦錯你，你的確和他們這班尸位素餐、粉飾太平的『滑頭』不同啊……」

「陛下，微臣剛才所言失禮了……」呂坤急忙謝道。

朱翊鈞徐徐擺了擺手，止住了呂坤，淡淡地說道：「你這番直言之評，朕自信還能容之。唉，你有所不知：朕何嘗不想『東平倭寇以靖海隅』？倭寇殺我將士、耗我糧餉、壞我器械，朕豈甘為他們的花言巧語所惑而縱虎歸山？不是朕想一舉靖平，而是天不助朕啊……」

「朕何嘗不懂如果就此放走倭軍，他們明年必當再次入侵，當使倭軍片甲不還。那日在紫光閣中與內閣、兵部、戶部商議平倭之事時，朕已下定決心調遣五萬川軍赴朝平倭。不料天災驟降，四川多處遭災，更可恨那播州土司楊應龍，圖謀不軌，致使川軍不能大部抽調入朝。朕不得已，只有下詔給四川巡撫王繼光，讓他救助受災各州百姓，並率兵進剿楊應龍。」

講到這裡，朱翊鈞驀然站了起來，目光灼灼地盯著呂坤，情緒一下顯得異常激動起來：「然而，即使是在這樣艱難的情形下，朕還是沒有放棄全力支持李如松、宋應昌的東征大軍在前方徹底掃平倭寇

——朕已調出四川參將劉綎率軍五千開赴朝鮮，並決定要動用陝西駐軍和京畿禁軍營的五萬精兵陸續入朝……」他伸手從太湖石假山旁的那張香幾上拿起一封黃絹奏摺，拋給了呂坤，沉聲而道：「喏，就在這時，朝鮮藩王李昖送了一份八百里加急快奏上來，並且還派了柳夢鼎、鄭昆龍那兩個『多哭星』使臣一同前來……你且瞧一瞧他在這上面說了什麼？！」

呂坤伸手接過，翻開那封黃絹奏摺，一閱之下，頓時雙頰通紅，接著往下越看便越氣憤，讀到最後，不禁將奏摺「啪」地合上，激憤異常地叱道：

「這個李昖！他居然也來苦苦懇求我天朝答應倭國臣服乞和之事，儘快收兵罷戰，讓他早早返回漢城府重整河山……難道倭虜焚他宗廟、毀他宮殿、掠他財寶、殺他臣民的種種深仇大恨，他自己都不想報了嗎？！」

「呵呵呵，呂愛卿，你有所不知啊：朕算是把他的『潛臺詞』讀透了——他這麼急著催我們大明與倭國罷戰撤軍，是擔憂朕在蕩平倭虜之後吞併了他那三千里河山罷了……」朱翊鈞冷冷一哼，搖了搖頭，深沉地說道，「他這真是以小人之心度君子之腹啊！朕若是貪圖他這三千里河山，又與倭虜何異？朕若真要起意攫奪他這三千里河山，他又擋得住嗎？真是可笑可嘆之極！」

「不過……既然朝鮮自己提出請求明倭雙方息戰議和，趙志皋、石星他們頓時來了精神，忘了當日病痛之時的『呻吟之語』了，高興得像什麼似的，天天不是上書就是面奏，直說當初本為朝鮮遭難而出兵征伐，而今亦可因朝鮮的請求而罷兵歸國……所以，對於倭虜提出的臣服退兵之請，朕也只得允了……罷了，罷了，朕願一肩挑下後世的這個『靖倭不淨』的罵名……」

「陛下，陛下！」呂坤伏身把頭重重叩響，淚流滿面，哽咽著說道，「微臣以為，陛下寬仁博愛、視臣如子、恩澤六合，縱有驅淨倭虜之功，不及您恩撫萬民之德也！我天朝發兵征倭所為何事？正為保民護國也！我天朝息戈撫倭又是為何？無非為天下蒼生也！陛下此舉，屈萬乘之威而伸聖佛之志，可鑑日月，可垂萬世也……」

「哪裡，哪裡……呂愛卿你這番話就是謬讚了。這一年多來，朕也有些累了……朕這一年多來所歷之事，足有常人二三十年所歷之事那樣的艱險複雜、坎坷曲折……不瞞呂愛卿，朕雖是才過而立之年，卻覺得自己一下彷彿老了二三十歲，」朱翊鈞慢慢地抬起頭來，望向天際那一縷浮雲飄飄掠過，口吻變得悠長而又深遠，「朕也是想在有生之年為天下子民拚盡全力掙得一個太平盛世罷了。」

「倭國上下既已稱藩謝罪、投書乞降，朕以華夷共主、四海至尊，自當以頑童稚子視之，不復窮究其責，但令其撤軍歸島，永不再侵朝鮮、永為天朝東藩屬國，」陳矩略顯尖細的聲音在東征大軍帥帳中回蕩著，他正抑揚頓挫

地宣著聖旨，「李如松、宋應昌可撤去漢城重圍一角，放其一條生路，任其歸島而去。不得有誤。欽此。」

不料，他念罷之後，帥帳之中卻是一片沉寂，連空氣似乎都凝結了。李如松、宋應昌和東征諸將跪在地下，面現悲憤之色，個個只是咬著唇，沉默不語。

「李如松、宋應昌接旨。」陳矩又揚聲宣道。

李如松和宋應昌如兩尊銅像一般跪在地下一動不動，彷彿沒有聽到他的話一樣。

「這個旨不能接！」祖承訓再也按捺不住，一邊抹著眼淚，一邊大聲嚷嚷起來，「我們在朝鮮風餐露宿、拚死拚活，好不容易快要打下漢城、全殲倭賊了，豈能眼睜睜地看著這幫畜生就此脫身逃去？就是我們在場的諸位將士想要答應，只怕也還得問一問長眠在朝鮮土地上的史儒、戴朝弁、李有升、朱均旺等弟兄們肯不肯答應哪！」

「放肆！」陳矩臉色一凜，冷冷叱道，「祖承訓！你一介武夫怎會懂得聖上的良苦用心？所謂『恩威當使有餘，不可窮也』。你明白了嗎？」

祖承訓仍是毫不示怯，梗著脖子，嘀咕著：「祖某不懂得什麼有餘，只知道對付這狗日的倭賊，就得除惡務盡。」

陳矩知他脾性固執，也不與他爭辯，走近李如松、宋應昌身旁，俯身伸手，將他倆雙雙拉了起來，輕輕道：「請李大帥、宋大人借一步說話，可否？」

宋應昌拿眼瞥了一下李如松。李如松站著並不動身，淡淡說道：「請陳公公就在此處講話。」

陳矩臉上紅了一紅，便肅然回道：「呂坤大人寫給您二位的密函想必收到了吧？」

「收到了。」李如松和宋應昌齊齊應道。

「既是如此，你們自然也懂他這封密函的意思，」陳矩將那卷黃綾聖旨一舉，遞到了二人眼前，「那為何還不接旨？」

「李某不再請求多派一兵一卒，只希望他能再給我東征軍兩個月的時

間，」李如松緩緩地說道，「否則，我李某就此罷兵議和，實是心有不甘哪！一切還求陳公公轉告聖上，成全了我們東征大軍『不破倭虜誓不還』的壯志吧！」

「李如松，倭虜已破，窮寇勿追，」陳矩正視著他，一字一句地說道，「再者，顧總督他們在鐵嶺衛也被十萬蒙古胡虜、海西女真困在了城裡！聖上若是再給你兩個月時間，只怕這漢城得手之日便是遼東失陷之時！你讓聖上如何取捨？」

「唉！」李如松和宋應昌嘆了一聲，眸中清淚奪眶而出。

陳矩也不多言，將那卷黃絹聖旨輕輕放在了帳中書案之上，又從懷中取出一卷黃綾詔書，面向跪伏在營帳中另一側的朝鮮國王李昖及柳成龍、李鎰等群臣念道：「朝鮮李昖等接旨！」

「臣等接旨。」李昖、柳成龍、李鎰等急忙叩頭應道。

「奉天承運，皇帝詔曰：爾國雖介海中，傳祚最久，一切皆因傾慕中華所成。近者倭奴一入，而王城不守，原野暴骨，廟社為墟。追思喪敗之因，豈盡適然之故！或言王偷玩細娛，信惑弱小，不恤民命，不修軍實，啟侮誨盜，已非一朝，而臣下未有言者。前車既覆，後車可不戒哉？惠檄福於爾祖，及我師戰勝之威，俾王之君臣父子相保，豈不甚幸？第不知爾新從播越之餘，歸見黍離之故宮、燒殘之丘隴，與素服郊迎之士眾，噬臍疾首，何以為心？改弦易轍，何以為計？」陳矩字正腔圓，慢慢讀來，「朕之視王，雖稱外藩，然朝聘禮文之外，原無煩爾一兵一役。今日之事，止以大義發憤，哀存式微，固非爾之責德於朕也。大兵將撤，王今自還都而治之，尺寸之土，朕無與焉。其可更以越國救援為常事，使爾國恃之而不設備，則處堂厝火，行復自及。猝有他變，朕不能為王謀矣。欽此。」

「臣等謝天朝隆恩，」李昖領著朝鮮諸臣將頭在地上叩得砰砰作響，淚光滿面地謝道，「天朝此番拯危濟困、再造河山之恩，我朝鮮臣民將勒石刻碑、世世代代永銘於心！」

四月十八日晨，長長的兩排虎蹲炮、霹靂炮、大將軍炮等在漢城府南門左右兩側綿延而列。一尊尊重炮後面，是一隊隊如同鐵塔一般聳然駐立的大

明遼東騎士，一個個挺搶執矛、劍拔弩張，威風凜凜地逼視著從城門裡告降而出的倭虜。

在這兩邊重炮、騎兵夾列而成的那條狹長的「甬道」上，倭兵倭將們正一隊接著一隊如同打了蔫的公雞一般垂頭喪氣地從漢城府南門撤退而出。

這條「甬道」的盡頭，迎面而來的是鎧甲鮮明的李如松，他猶如一尊威武絕倫的天神般乘著高頭戰馬凜然而立。他的身側，站著同樣意氣風發的宋應昌、李如柏、李如梅、祖承訓、查大受、李寧、吳惟忠、駱尚志等明將。

李如松望過去，走在倭軍前列的倭將、大名們一個個灰溜溜的如喪考妣——在他凌厲如刀的目光一掃之下，每個倭將都不自覺地在馬背上低下頭，彷彿一片亂草被無形的利刃憑空割過！

小早川隆景依舊捂著自己的胸口在犢車上有氣無力地咳喘著，瞧他那模樣回到日本也活不了多久了；立花宗茂依舊僵硬地板著一張冷臉，眉宇間那一派因在李如鬆手下慘敗而帶來的羞辱之色似乎永遠也抹之不去；小西行長卻縮著腦袋，彷彿一直到現在還對平壤之敗心有餘悸，幾乎不敢拿正眼來迎視他們。只有宇喜多秀家無法逃避：作為三軍統領的他，臉色慘青地滾下馬來，半躬著身，雙手托起一柄雪亮的戰刀，低垂著頭，拖著沉重的步伐緩緩而行，一直走到李如松的馬前，才「撲通」一聲單膝跪地，將手中倭刀敬呈上來，用剛剛學會的那句漢語結結巴巴地說道：「大……大明將軍……閣下！我……們認……認輸了！」

他此話一出，大明將士陣中頓時爆發出一陣海嘯般的歡呼之聲——這歡呼沖霄而起，響遏行雲！

李如松卻依然似大山一般威嚴凝重、不苟言笑。他伸手一把抓起宇喜多秀家的獻降之刀，在半空中高高一舉，氣吞萬里地冷聲喝道：

「你們既然親口認輸了，那就要永遠記住今天的這個慘痛教訓才行！」聽了來島通明的翻譯，宇喜多秀家和他身後倭將們的臉色不禁變得一片灰白，宇喜多秀家哆嗦著嘴唇，應了一聲：「嗨！」

「另外，你們帶上我大明天朝的兩句銘訓回去給你們那位太閣大人——『犯我中華者，雖遠必誅』！『膽敢跳梁者，雖強必戮』！」李如松右手一

揮，將那柄倭刀「嗖」地釘射在宇喜多秀家腳邊的荒草地上直沒至柄，同時他一字一句從胸腔深處如同鋼敲鐵擊一般鏗鏘有力地迸響而出，「你們可記住了？！」

倭將們心頭俱是大震，紛紛垂下頭去，囁嚅地答道：「記……記得了。」

然後，李如松將胯下戰馬一撥，斜身讓開到了右邊，盯視著倭虜將士們猶如喪家之犬一般惶惶然奪路南奔而逃……

在「嘩嘩啦啦」一片旗矛拖地之聲中，倭軍一直向南抱頭竄出四十里外，這才終於緩得了一口氣，就地歇了下來。

然而，大明雄師果然是信守承諾，並沒有尾隨追襲而來。

那加藤清正停下來後越想越是慚怒，「啊」的一聲，從馬背上飛躍而下，凌空一刀直劈而出，正中一塊岩石的棱角。

「噹」的一響，那岩石被他劈得火星四濺、石屑橫飛！然後，他猛地提著刀柄轉過身來，向眾倭將勃然怒道：「今日我等受到李如松他們如此羞辱，難道諸君很甘心嗎？秀家大統領、小早川大佬，請恕我清正直言：你們真是太軟弱了！即便真要向大明求和，我們也不能吐出漢城府這塊肥肉啊！」

宇喜多秀家的臉色早已如同煮蝦似的氣成了醬紫色：「虎之助，你別說了……」

小西行長卻「嗤」地從鼻孔裡哼了一聲出來，怪聲怪氣地說道：「加藤君你也只知道在背地裡發一發牢騷罷了！有本事你敢再去和大明軍鬥一鬥嗎？」

「鬥就鬥！我『虎加藤』還怕你這『小行長』的激將不成？」加藤清正把倭刀掄圓一舞，險險劈到了小西行長的鼻尖上。」

「加藤住手！行長住口！都不要再鬧了！」小早川隆景在車輦上爆吼一聲，似晴天霹靂般著實震住了他倆。然後，小早川隆景把雙手伸在虛空中重重一按，下令道：「退兵求和，是太閤大人的旨意，難道你們想違抗嗎？龍山大倉被燒，糧源已竭，我等再留在漢城府裡傻乎乎等死嗎？只有借著求和的名義，我等才能從大明諸軍的重重包圍中全身而退啊！」

「現在誰都不要再吵了！我軍即刻採用『分番迭休』撤兵之法，先用一支

勁旅原地殿後防護，主力部隊依序向前行；行進二十里後，再另設一支勁旅殿後，讓先前殿後部隊跟上大軍主力同行。如此交替撤退而南，儘管我軍行軍速度會稍顯遲緩，卻是最穩妥的半攻半守之道，總不致被明國追兵躡襲而亂了陣腳！」

他這位大老前輩站出來發言訓話了，加藤清正和小西行長也就只得不再鬥嘴下去了。小西行長轉身自去安排部署自己旗下的兵馬。加藤清正卻一動不動站在原地，悶了片刻，冷冷地冒出了一句：「我清正的人馬，就一直全程參與殿後防護吧——別的部隊落在後面，我不放心！」

鳥嶺退敵

太陽就要落山了，滿目的山河都被餘暉包裹著，紅彤彤如血如火，映得李如松眉髮盡赤。

他坐在城頭之上，望著城中震天動地的歡呼聲、鑼鼓聲、口號聲，又望著一排排殘破不堪的民房，神色陰晴不定，感慨之情也是滿腹盈蕩，抑之不止。

「如松你在這裡坐著想什麼呢？」宋應昌滿面笑容，背負雙手踱了上來，「漢城府的老百姓到處在尋覓著你這位拯救他們於倭寇魔掌之中的『李大帥』吶！你卻一個人躲到了這裡來……」

「我在看這北城下的『殺人壩』——宋大人，您沒發覺城牆下這塊地壩的泥土紅得十分厲害嗎？」

宋應昌往下面瞧了一瞧：「是啊！這朝鮮的土質大都是黑乎乎的，這麼大一塊地壩怎麼卻是暗紅得如同……」

「暗紅得如同瘀血是吧？」李如松深深然而道，「它是大有來歷的——聽漢城的一些殘丁給本將軍談起，那一日倭虜在碧蹄館兵敗之後，宇喜多秀家、加藤清正、立花宗茂為了洩憤，便將漢城府中無辜百姓押出四萬八千人在這地壩上集中起來，列成一條『長龍』。然後由加藤清正、立花宗茂等帶領兩千多個倭兵，揮刀一一斬殺過去。可嘆那麼多朝鮮士民，竟是一個個引

頸受戮，無人膽敢起身逃遁！這俘虜一路殺得是比宰豬屠羊還順手……朝鮮百姓屍體的鮮血流了一天一夜，直染得這土壤血紅血紅。」

「真是豈有此理！四萬八千士民！當時若是群起而抗之，兩千倭虜縱有火銃長刀，又能斬得了多少？想不到朝鮮素為仁義之邦，治下士民竟是『個個皆作活死人，人人俱無丈夫氣』！」宋應昌憤然而道，「怪不得朝鮮旬月之間舉國盡喪！」

李如松悠悠而嘆：「李某在想，倘若有一日倭寇大舉侵入我中華腹地，我中華兒女亦會似這些束手待屠的朝鮮士民一樣鬱鬱受死而不憤不起否？」

「這……這……」宋應昌沉吟著講道，「宋某也不好回答你這個問題──但只要有子茂你們這樣的『國之干城』，我中華兒女就絕不會淪落到他們這樣的地步的！」

李如松苦笑了一下：「那個朝鮮國王李昖當日西遁義州之時有一首感懷詩寫得很好──『國事倉皇日，誰能李郭忠？去邠存大計，恢復仗諸公！痛哭關山月，傷心鴨水風。朝臣今日後，寧復更西東？』真希望我大明朝永遠不蹈朝鮮之覆轍，永遠莫因爭權分黨內訌不息而招來外侮啊！」

宋應昌知道他是在為自己遼東軍因平倭功高、木秀於林而被一些廷臣妄加攻斥而感嘆不已，於是便安慰他道：「你記李昖的這些亡國喪氣之詩做什麼？近來朝鮮上下都在傳誦這樣一首七絕：『扶桑盡敗服中華，大好河山歸我王。喜氣頓消塞外雪，乾坤再造永不忘。』我大明平倭拯朝的豐功偉績，被他們編成了詩歌在四處傳唱吶！你應該感到高興才是啊！」

「高興！高興！李某當然是高興啊！」李如松拍了拍手掌，站起了身子向宋應昌緩聲說道，「宋大人，李某此番入朝平倭諸役之中，因為滅賊心切，所以不免在言語之間對你有所不敬，還請您多加原諒！」說著，「撲通」一聲，雙拳一抱，竟朝他單膝跪下施了一禮！

宋應昌急忙上前把他扶了起來：「如松，你這是幹什麼？你我滅寇同心，怎會計較這區區小節，宋某把過去一切的不愉快都忘得一乾二淨了！」

就在這時，城樓下忽然響起了一陣陣喧嘩之聲：「哎呀！這是哪裡來的鬼兵鬼將啊？」

「是暹邏兵！肯定是暹邏兵！身上的衣服好奇怪啊！」

「緬兵！緬兵！我見過緬甸人就是這樣的。」

……

宋應昌和李如松相顧愕然，急忙下樓來看，只見一隊隊膚色黝黑的蠻兵列陳而來，他們頭纏紅帕巾，腰繫青布帶，身背毒矢筒，手持長彎刀，顯得煞是古怪。而領頭的那個將領更是生得豹頭虎睛、濃眉大嘴，身軀壯實如鐵人，手上那長達七尺的金背九環大砍刀看起來寒光灼灼，刺人雙目。

「哎呀！是『劉大刀』！」李如松一見之下，脫口叫了出來。宋應昌也急忙迎了上去：「劉綎將軍，原來是您來了……」

來者正是奉命入朝支援平倭大計的五軍三營副總兵劉綎。他是巴蜀一境最為驍猛的大將，所率川軍亦是勇冠西南。見到宋應昌迎前而至，他把大刀往地上一拄，「鏘」的一響，聲震耳鼓：「倭寇呢？倭寇在哪裡？經略大人，我們要馬上前去殺敵！」

宋應昌在這裡不好拂了他的一腔鬥志，只一迭連聲道：「好好好！您且帶上您的川兵兄弟們先下去歇息。」

李如松卻一聲長嘆送了上去：「哪裡還用得著歇息？劉綎將軍，我們一道原地轉身班師回朝罷……」

「班師回朝？」劉綎雙眼圓睜，驚詫莫名，「劉某與眾兄弟遠道而來，便是為了剿滅倭寇建功獲賞，豈可一矢不交、一刀不接便班師回朝也？」

宋應昌急忙過來直拉李如松的衣角。李如松卻不管他，直言而道：「聖上已下旨接受倭寇的乞降，我們此刻不走，更待何時？」

「倭寇會真的乞降？那老母豬都會上樹了！這分明是他們的緩兵之計嘛！宋經略、李將軍，你們可不能大意！」

宋應昌只得正面回應道：「真的。我們已經燒了他們的龍山大倉，倭寇總不能在這裡等著被我軍白白困死吧！除了乞降求活，他們還有別的路可選嗎？」

「就該把他們這群禽獸白白困死！」劉綎滿腔義憤地講道：「劉某從鴨綠江一路走過來，沿途只見處處喋血、屍橫遍野……唉，朝鮮人被他們害得真慘！」

「我們也是無可奈何啊！」宋應昌苦苦而言，「聖上讓我們接受倭寇乞降，而且鐵嶺衛顧總督那裡又催著如松他們過去解圍……」

劉綎遙望著被晚霞燒得一片通紅的南邊天空，沉吟著說道：「宋經略莫非真以為倭寇會乖乖地退回釜山？他們目前只是退出了漢城府，朝鮮南部四道還在他們的魔爪之中……我大明雄師總要一步一步躡隨在他們後面去全盤接收那些陷落的城邑才行啊！」

聽他這麼一講，李如松的臉色也凝重了起來：「省吾將軍（劉綎字「省吾」）說得不錯！我們不能以為只要收復了漢城府就萬事大吉了！一直要把倭寇趕回日本才是關鍵！」

「可……可是顧總督那裡正催著你和遼東軍回去解圍救命哪！」宋應昌黯然言道，「他這個人……心胸狹窄、睚眥必報，難纏得很啊……」

「這……這……」李如松不禁面露為難之色，一時躊躇難決。

劉綎亦是無可奈何：他帶來的這五千兵馬是奉旨平倭而來的，轉挪到鐵嶺衛那邊去使用恐怕也不妥。

漢城樓上立時陷入了一團令人窒息的沉悶中，似枯井一般令人難以闖破。

驀然之際，遠遠的一騎飛馳而到，在城牆道邊朗聲呼道：「李將軍、宋經略，我家將軍有喜訊稟報！」

劉綎眯起了眼睛應聲看去：「他是誰？」

「他是建州衛龍虎將軍努爾哈赤的貼身侍衛易寒。」李如松全身一震，連忙大步迎了上去。

那易寒一個騰躍下了馬來，顧不得去擦拭額頭上的豆大汗珠，趨步近前，抱拳稟道：「李將軍、宋經略，我家將軍數日前率部下『女真軍』已突破鐵嶺衛，然後他與舒爾哈齊大人一道以虛張聲勢、攻其不備之計策，揚言佯攻納林布祿在海西的老巢──葉赫東城！這一招逼得納林布祿進退失據，只得邀了五萬蒙古胡虜倉皇回防葉赫東城。如今還只剩五萬蒙古胡虜圍在鐵嶺衛外，顧總督那裡應該再無大患了……」

講到這裡，他胸中氣息高高一提，雖把臉龐漲得血紅，話聲卻說得十分響亮而流利：「我家將軍奮不顧身誘敵而去，就是希望李將軍、宋經略能夠全

力平倭而不必再分心西顧！」

「真的？真是……真是……」李如松一下衝上前緊緊抱住了易寒的雙臂，只覺眼眶一熱，淚光一湧而出，「龍虎將軍真乃世所罕見的忠勇之將也！為了平倭，他當真是奉獻太多了！」

宋應昌也喜得連連歡呼：「這……這真是太好了……真是太好了……」

劉綎呵呵一笑：「待這邊朝鮮之事了結，劉某定去建州衛尋你家龍虎將軍好好痛飲幾壇老酒！」

李如松倏地一個旋身，振聲吩咐道：「李如柏、李如梅你們率領兩萬八千遼東軍立刻動身回援鐵嶺衛！本將軍在此漢城府居中坐鎮，西事危則援西，東事危則援東！查大受、祖承訓，你們率七千遼東軍，隨劉綎將軍前去追躡倭寇，直到把他們逼回日本！」

「是！」劉綎和諸位遼東將領齊齊高聲而應。

李如松又喚過宋應昌來：「宋經略，勞請您稍後去和柳成龍他們協調一下，讓朝鮮水師名將李舜臣率領他的龜甲船隊，立刻趕往釜山海口一帶巡邏，以便隨時切斷倭寇的海上運糧通道，呼應我們的南下躡逼倭寇之大計！」

濃濃的碧蔭籠罩之下，朝鮮忠州的鳥嶺關寨位於兩堵高高聳立的峭壁擁夾之間，恰似一道巨閘平空落下，緊緊鎖住了明軍的南進之路。

而且，這寨門前地勢狹窄，滿地尖角棱石，到處都是荊棘灌木，既鋪不開大隊人馬，又絆手絆腳地令人行動遲滯。

劉綎、查大受、祖承訓等率領眾明軍追到此處時，都不得暗暗抽了一口涼氣：這等險要的關寨，叫人如何輕易攻克得了？他們再往前一望，又都脫叫了一聲「苦也」！——卻見那寨樓頂上高高地飄揚著兩面大旗，一面大旗上只用朱砂寫著「南無妙法蓮花經」七個血紅的大字；另一面大旗上則繡著兩串粗黑的桔梗，而桔梗底端則又各是一隻凶光畢露的蛇眼！很顯然，這寨樓裡還駐紮著不肯向南退去的倭寇！看來，倭賊的狡逞之心不死，今日要想讓他們乖乖移交出關寨，只怕是不易善了了。

劉綎認不得那面古古怪怪的「桔梗蛇目家紋旗」，卻識得另一面寫有

「南無妙法蓮花經」的血字大旗，詭異地向隨行而來的朝鮮忠清道巡察使許項問道：「倭虜掛起這面佛旗做什麼？他們打仗時莫非還要乞求佛祖的保佑？」

「這個是被我們朝鮮軍民罵為『餓虎之王』的倭酋加藤清正的軍旗！」許項盯著那面怪旗，把牙齒咬得「咯咯」作響。

「『餓虎之王』？他很厲害嗎？」劉綎冷笑了一下。

「嗯—— 他就像一頭餓虎一樣，不，是一頭瘋虎，見人就殺、見財就搶、見屋就燒，最是鼻狼凶殘……」

「哼！倭虜真是虛偽至極啊！一方面假裝成吃齋念佛的大和尚，另一方面卻殺人如麻、禽獸不如！」劉綎把手中大砍刀凌空一舞，虎虎生風，「你們前去罵戰，引這倭酋出來，讓我『劉大刀』替你們報仇！」

許項應了一聲，拍馬而前，帶了百十名朝鮮士兵到了寨樓門下，扯起嗓門大呼起來：「兀那倭狗，大明天軍駕到，快快開門出迎！」

片刻過後，只聽得螺號嗚嗚長鳴震耳欲聾，緊接著鳥嶺關寨大門洞開，那加藤清正身披玄鐵重鎧，頭戴蛇目紋長烏紗帽頭盔，手持一柄長長的片鐮槍，身騎栗紅高馬，率領兩千餘名日軍，洶洶然直撲而出。

原來，加藤清正率本部人馬殿後退到這鳥嶺關寨之時，深感此地險要之極，頗有「一夫當關萬夫莫開」之勢，便向小早川隆景、宇喜多秀家建議守住此關與明軍再做一番周旋，力圖借此保住南部各道而向明朝「討價還價」。小早川隆景、宇喜多家秀對他這個建議半推半就，最後商定留下他這支隊伍在此固守並試探明軍的底細，而他倆仍然帶著倭軍全力往南撤到大邱城以謀後舉、伺機而動。

許項自然是不知道倭虜竟然懷有如此不可告人的陰謀，打馬迎前，朝加藤清正痛斥而道：「倭賊，你們都已在王京公開投降了，為何還要占據這鳥嶺關寨不肯退卻？若再稍緩，小心天軍取爾性命！」

加藤清正兩眼往上翻到了腦門頂上，完全是一副「死豬不怕開水燙」的模樣，故作姿態地說道：「我就是要留下來欣賞你們朝鮮美麗的風景，這又如何？我清正可不像他們那樣毫無雅興，我實在是太喜歡你們這裡的山山水水了……所以，請你們耐心一些，等我看飽了後自然會走的。」

「你……你……」許頊沒有想到他的臉皮居然厚到了這種地步，一時竟被氣得說不出話來。

劉綎在後面瞧不下去了，「呔」的一聲大喝，提著金背九環大砍刀策馬上前，凜然說道：「你若要觀看風景很好，那你先把武器繳出來，朝鮮的風光任你看個遍！」

聽了通事官的翻譯，加藤清正雙目斜睨，上上下下打量了他一番，忽然兩腿一夾馬背，「嘚嘚嘚」衝到旁邊一棵雙人合抱的大樹前，「呼」地一槍刺去——「篤」的一響，竟將那樹身筆直地貫穿而過，刺出了一個透亮的窟窿來！

然後，他轉過臉來望向劉綎等人，陰陰地笑道：「這樣吧，你們有本事來把我手上這桿片鐮槍繳去就是！」

查大受、祖承訓見狀，心底都是一陣劇震：這倭虜酋好生凶猛！只怕硬拚硬鬥也難有敵手！

劉綎卻連眉梢都沒有晃動一下，神色鎮靜如常，拍了拍胯下戰馬，從容不迫地走到那棵大樹前，「呀」地一聲勁喝，金光一閃，揚手之際揮起一片罡風，把那大刀平平橫削過去。

「嚓」的一響，那棵大樹竟被他一刀攔腰削斷——樹身的上半截頓時「轟隆隆」地倒了下去，激得塵土飛揚！

加藤清正一見，不由得心弦暗震，瞳孔立時緊緊一縮：想不到大明國將士之中竟也有如此厲害的猛士！

但他卻並不膽怯，反而似嗜血成性的野狼一般眯起了雙眼，用生硬的漢語說道：「這位將軍，你可敢來和我清正切磋切磋？」

劉綎聽罷，氣沖斗牛地喝道：「誰怕誰啊？這可是你約戰在先的喲！」說著，便欲提刀上前。

「且慢！劉將軍勿要衝動！」查大受急忙趕來將他的馬韁一把拉住：「陛下既已經接受了他們的乞和，你此刻若是與他們再戰，豈不是授給了後方那些御史們攻擊你的口實？挑起戰端這個咎責，可是你承受得起的？暫且隱忍一下吧！」

「我劉某可不怕擔責！」劉綎硬聲硬氣地說道，「將領在外，應當隨機應變，君命有所不受！況且，這倭酋分明是擺出了架勢要擋我們的南下之路！就是你們李大帥今天到了這裡，也應該是和我一樣對他們迎頭反擊！」

「反擊當然是要反擊的，但也要量力而行嘛！」祖承訓瞧了一眼加藤清正那凶神惡煞的模樣，附在劉綎耳邊低聲說道：「劉老哥，你有所不知，這加藤清正實乃倭虜中的第一猛將，而且他又占據了鳥嶺關寨的地利之便，你我在這裡怎麼占得了他的上風？」

劉綎聽罷，把大砍刀往下一劈：「難道我等就在這裡白白看著他耀武揚威不成？這口氣，你讓劉某如何咽得下去？！」

他倆正說之間，加藤清正已在對面將片鐮槍狠狠一揮，舞出「颯」的一聲厲嘯，揚聲吼道：「兀那明豬，在那邊嘀咕什麼？快快放馬過來與我一戰！」

一聽他這怪叫，劉綎面色一凜，掄起大砍刀又要衝上，卻被祖承訓緊緊拉住不得向前。

查大受也毫無懼色地拍馬過去，答道：「倭酋！你少來張狂！大爺們今天走得累了，沒心情陪你發瘋！等我們下去歇息好了明早再來找你算帳！」

他身邊的朝鮮通事員嘰裡呱啦把他的話翻譯成倭語講給了加藤清正。加藤清正雙眉一揚，冷傲之極地橫削了他一眼，然後不言不語地帶著倭兵退回了寨中。

「你……你怎麼放他們回去啦？」劉綎好不容易掙脫了祖承訓的拉拽，衝得前來，卻不料倭賊又盡行退回去了！他氣得直吹鬍子，對查大受嚷了起來。

「劉將軍不要動怒。待我問過他們朝鮮人來。」查大受神色平靜，喊過許頊，認真問道：「你們確實就只有鳥嶺山道這一條路徑通往南部各道嗎？我們能從其他途徑繞過去嗎？」

許頊想了一會兒，搖了搖頭：「在忠州這一帶，也就只有鳥嶺山道這唯一的一條路徑了，再往西去就是清州了……」

劉綎還沒有聽完，已是怒斥了起來：「我們面對倭虜不戰而避、繞道而行，豈不讓他們看得更輕更賤了嗎？要繞道你們繞去！我劉綎定是不幹的！」

祖承訓重重一嘆：「哎呀！劉老哥你誤會查兄的意思了：他是準備以一支騎兵繞到倭賊他們的後面，配合你劉老哥施以腹背夾擊之計！屆時，倭虜必會束手就擒！」

劉綎心想：這還差不多！便閉了嘴不再亂嚷了。

這時，許頊若有所憶，進言而道：「啟稟三位將軍：繞道清州那邊確實太遠了，且又難說那裡有沒有倭虜守候，去了反而更加誤事。不過，據許某在這忠清道駐守多年所知，與這鳥嶺往南相距一百五十里外的槐山玉華溪穀內有一個『仙遊洞』，洞口從山腹中間直穿而過，可以從它裡面繞出轉到鳥嶺的背後……」

「真有這樣的妙洞？」劉綎和祖承訓一聽，都驚喜得險些跳了起來。

「嗯。」許頊用力地點了點頭。

查大受一擺手，半吞半吐地說道：「真有此洞，也要以防萬一：就怕倭虜也會對它有所知曉而事先兵占據了！」

許頊思忖著回答：「許某是這樣想的：倭虜扼住鳥嶺關寨這樣公開而明顯的要塞是可以理解的，但對『仙遊洞』這樣的偏僻山洞就未必十分上心了。」

「你說得也是。不管這些了，總要去實地偵察一下才行的。」祖承訓沒有查大受那麼多的牽絆猶豫，逕自便問，「那『仙遊洞』內寬不寬大？我們這些騎兵、火器通行得過去嗎？」

「『仙遊洞』的洞口、洞腹都寬大得很，五匹大馬可以並列而進，天朝王師在洞內完全能夠暢通而行。」

聽了許頊的回答，查大受、祖承訓和劉綎都把腦袋湊成了一圈商量起來。劉綎搶先講道：「你兩位率遼東軍先去那邊去試一下，若是果能繞將過去，這是天佑之幸，一切就不必多說了；若是發生了意外，你們還是回來和我會合，我們到那時候也只有『狹路相逢勇者勝』了！」

查大受和祖承訓曉得他是八頭大牛都拉不轉的強脾氣，只得任他而為了。查大受眨了眨眼睛：「劉老哥，你非要留在這裡和倭賊死磕到底也行！只是，你要做一點兒犧牲、受一點皮肉之苦了！」

「什……什麼皮肉之苦？」劉綎是丈二金剛摸不著頭腦。

祖承訓拍了拍他的肩膀：「這樣說吧：祖某和查兄假裝和劉老哥你發生不快之事，然後我們一怒之下棄你不顧而去，把你撂在這裡來迷惑和麻痺這些寨子裡的倭賊。待我們遼東軍退出數十里後，觀察後面確無倭虜跟蹤刺探，再往南斜折入槐山玉華溪穀，找到那個『仙遊洞』疾通而過，最後繞回來和劉老哥你腹背夾擊這群不知死活的倭虜！」

劉綖聽完，哈哈笑道：「你兩個的鬼點子真多！」

「唉！我們這些鬼點子啊，都是被倭虜逼出來的⋯⋯我們要比他們更狡猾才能鬥得過他們啊⋯⋯」祖承訓也苦笑著說道。

那邊，查大受身形一動，卻將缽盂般大的拳頭提了起來，「呼」地一下就朝劉綖面門上打了過來，同時沉沉說道：「劉老哥，對不起了 —— 你該挨的皮肉之苦可來了喲！」

「好消息！好消息！主君大人！」

足輕小卒犬半助一溜兒煙似的跑到加藤清正面前，興奮得臉龐的肌肉都扭變了形：「明軍退了！明軍退了！」

加藤清正「哦」了一聲，急忙搶身從寨樓的瞭望口望出去，只見一隊隊明軍騎兵卷起了旗幟、收起了帳篷，果然往北撤了回去。

「怎麼回事？」加藤清正暴吃一驚，「明軍怎麼會不戰而退？還有，他們又留在這裡做什麼？」

他伸出手指向了高高飄揚著的「劉」軍大旗之下的那些川軍營壘。一部分川軍像看熱鬧似的怪嘯尖笑著目送遼東軍的撤離。

「聽我們派出去的朝狗（指投降日軍的朝鮮奸細）回來稟報，查大受、祖承訓等遼東軍將領見主君大人您守住了鳥嶺關寨，自知不是您的對手，便萌生了退避返回之意。然而劉綖不願意，罵了他倆是『懦夫、軟蛋』 —— 雙方一來二去就拉扯扭打起來：劉綖的鼻梁幾乎被打歪了，查大受的頭頂被擂出了一個大包，而祖承訓的臉也破了幾條口子⋯⋯於是，明國的遼東騎兵們盛怒之下就丟下了劉綖和他的手下們自顧自撤走了⋯⋯」

加藤清正聽罷，撇了撇嘴：「也怪不得劉綖瞧不起他們 —— 他們可真是『懦夫』『軟蛋』！任他們滾了也好！這個劉老頭願意死守在這裡和我清正死

礚，我清正就『奉陪到底』！—— 另外，你讓人送信去給宇喜多大統領說：我虎加藤會把明軍阻擋在鳥嶺關寨以北，真的就不用回大邱和他們會合了！希望他們在趁我擋住明軍的這段時間裡趕緊拓定南部各道，穩固根據地以謀後圖！」

過了三四日，劉綎養好了臉傷，於是率領著手下的數千川兵徑直來到了鳥嶺關寨前，一邊偵察地形，一邊尋找可乘之機。

許頊陪查大受、祖承訓他們去了玉華溪谷「仙遊洞」，留下了自己的侄兒許良當劉綎的通事官兼嚮導。劉綎把鳥嶺四周的地勢仔仔細細打量了很久，不無詫異地問許良道：「這鳥嶺的地形是『兩山夾一穀，道狹如羊腸』，如此易守難攻，真不知道倭虜當初是怎樣攻下來的？」

許良被他這一問，窒得滿臉通紅，囁嚅著羞愧而答：「劉將軍，當初倭虜來攻，我國守將申砬、金汝岉二人商議對敵之策，也頗費了一番腦筋。金汝岉講道：『倭虜來勢洶洶，難以攖鋒。鳥嶺實為天險也。若不固守，則為彼所據矣。不如發兵速速進至鳥嶺，伏兵峽中，等待倭賊入穀，然後我軍據兩邊峭壁乘高射之，蔑不濟矣！即便不能當其鋒，再退衛京師未晚也。』但申砬卻自負地答道：『敵乃步卒，我乃騎兵，無鳥嶺天險亦可勝之。仗鳥嶺天險，勝之而不武！不足以揚我之國威！不如撤至鳥嶺外彈琴臺，背水而陳，待倭賊出穀之後再一舉放馬踏殺之。』就這樣，他們把鳥嶺天險拱手讓給了倭虜……」

劉綎聽得大吃一驚，脫口叫道：「老子見過蠢得白白送錢給人的，直到今天才聽見蠢得白白送命給人的事情，真是大長見識了！」

許良漲紅了臉，側了過去，為自己的同胞之有勇無謀而深感羞愧難當。

劉綎笑罷之後，招手喚過自己的蠻兵侍衛張木兒，肅然吩咐道：「我們在這兒也不能乾等查將軍、祖將軍他們了！你是我劉某人手下輕功最好的，先露一手到那峭壁頂上去給大家鼓一鼓勁兒！」

張木兒默然地點了點頭，把手中彎刀銜在嘴裡緊緊咬住，然後走到崖壁之下，抓住一根垂下地來的粗實藤蔓扯了一扯，忽地一聲呼哨，身形一起，和著那藤蔓凌空蕩了上去！

他蕩到了半空之際，放開藤蔓，又是往上一縱，跳到一根從壁腰處伸出來的松樹冠上一彈，借力而升，竟似猿猴一般攀枝附岩、走石竄壁，八九個起落之後已然躍到了鳥嶺關寨的西崖之上！

許良在劉綎身邊看得眼神都直成了一條線，嘖嘖咋舌：「這簡直是『飛人』下凡啊！劉將軍您手下既有這等能人異士，還怕什麼鳥嶺天險啊！」

「我帳下像這樣的好漢子還有七八十個哪。」劉綎煞是得意地說道：「若是再過兩日查將軍、祖將軍他們那邊還沒有消息傳來，本將軍就要動用他們這支『飛人奇兵』偷襲鳥嶺關寨了！」

他正說之間，驟聞鳥嶺關寨背後憑空響起了「乒」的一聲脆響！接著「劈劈啪啪」爆豆似的火銃聲和震山動嶽的喊殺聲狂湧而起，把鳥嶺關寨一下淹沒了！

劉綎一下勒緊了馬韁，振臂高呼起來：「聽啊！這是查將軍、祖將軍他們繞到倭虜背後在發起猛攻了！眾兒郎們！做好一切準備，分頭出擊了！」

原來，在這兩日內，查大受、祖承訓率數千明軍在許項帶路下迅速迂迴穿插進了槐山玉華溪穀。在初到「仙遊洞」外面的時候，他們隱隱聽到了裡面傳出嘈雜的人聲馬鳴和兵器「叮噹」之音。

難道倭虜把這個巨洞也占領了？所有人的心弦一下子猝然繃緊了。在這個關頭上，查大受卻顯出極難得的冷靜沉著來：「狹路相逢勇者勝！現在只能是拚了！」

當遼東精兵們準備充足後突然殺將出去時，卻發現守在洞門的竟是朝鮮一支軍隊！幸虧有許項同行，方才辨認出了他們是朝鮮義軍——他們把這險要偏僻的「仙遊洞」建成了敵後游擊的根據地。

於是在這不期而至的幸運推助之下，數千遼東軍終於順利通過了「仙遊洞」，繞到了鳥嶺背後，立刻斜折北上，趕赴鳥嶺關寨背面實施了猛烈的狙擊！

「轟」的一響，一支明軍的「火蛇箭」飛射而至，深深地釘在了鳥嶺關寨樓頂的桔梗蛇目家紋旗旗桿之上——熾烈的火舌沿著旗桿疾卷而上，須臾間便將那面旗幟燒成了一蓬飛灰！

加藤清正望著四面八方的山林叢中到處都招展飄舞著大明的軍旗，又看

了看自己那些被嚇得雙腿發軟戰戰兢兢的家兵們，萬般無奈地將手中片鐮槍在地板上重重一頓，仰天慨然長嘆：「看來，這一次朝鮮之戰，我們真的是失敗了——唉！明軍真狡猾、真厲害啊！罷了，大家都撤了吧！」

事實亦是如此：他們再撐下去，就要在鳥嶺這裡被劉綎的川軍和查大受、祖承訓的遼東軍腹背夾擊之下「包餃子」了。

聽到不可一世的加藤首領也說出了這樣的話，他手下的倭兵們頓時如釋重負，一哄而逃！

退守在大邱城的宇喜多秀家、小早川隆景、小西行長等日本將領在接到加藤清正據守的鳥嶺關寨失陷的消息後，第一時間內慌不迭地全軍撤出大邱城，逃到了朝鮮最南端的釜山西生浦，只等豐臣秀吉派船隊渡海過來接送回國。

而且，他們還火速交出了先前俘獲的朝鮮王子臨海君、順和君，朝鮮陪臣金貴榮、黃廷彧、黃赫等人質，由沈惟敬送回漢城府，表示出了真正的求降姿態。

來到釜山倭城之下，目睹著倭軍在那些城頭上高高掛起了醒目的白旗，宋應昌才禁不住發出深深一聲慨嘆，彷彿是在問自己，又彷彿是在問別人：「這些倭虜今日是被打得抱頭鼠竄、認輸不迭了，卻不知以後他們真的會將這些慘痛教訓永銘於心、永不再犯否？」

「他們記不得又怎樣？」李如松擲地有聲地道，「倘若他們膽敢再犯，只要我李如松尚有一口氣在，就會請命聖上，與諸位再度出征平倭！他們來多少次，我們就毫不手軟地打多少次——直到把他們徹底打趴下為止！」

宋應昌卻依舊滿面愁容，遠望天邊飛動的流雲，緩緩說道：「有李提督和諸位將軍在，自可震懾倭寇，保我大明太平。但宋某卻擔心，我等百年之後，倭寇終為子孫憂啊！」

李如松虎目一睜，一臉堅毅，大聲說道：「只要倭寇賊心不死，來犯一次，打他一次；來犯十次，打他十次；來犯百次，打他百次！今日，有我等東征平倭；二十年後，有我等子輩平倭；五十年後，又有我等孫輩平倭！子子孫孫無窮匱也，有何憂哉！」

聽了此言，連一向愁眉緊鎖的宋應昌，也不覺展顏而笑。李如松、劉

綎、祖承訓、查大受、李如柏、李如梅、吳惟忠、駱尚志等人更是豪情頓生，縱聲大笑。那朗朗笑聲竟似升入天際，在大地上空回蕩，經久不息。

尾聲：跳梁者，雖強必戮

大明萬曆二十一年（1593）四月十八日，迫於中朝聯軍的威勢，侵朝日軍被迫從漢城直退到朝鮮南端釜山港，並陸續分批撤回日本本土。

至此，李如松統率的大明東征大軍用了不到四個月的時間，在朝鮮軍民的配合下，一舉光復了朝鮮國土。朝鮮國王李昖時隔一年返回王京主政，萬曆援朝平倭戰爭告一段落。

此後，明朝兵部尚書石星等人極力主和，李如松統率東征大軍於年底十二月勝利班師，只留劉綎、駱尚志率軍留駐朝鮮。

李如松歸國後，萬曆皇帝加封他為太子太保，賞賜頗豐。萬曆二十五年（1597）冬，遼東總兵一職空缺，萬曆皇帝起用李如松赴任。次年四月，李如松率軍追擊敵軍，孤軍深入，陷入重圍，力戰而死，實現了他「馬革裹屍」的豪情壯志。萬曆皇帝對此痛悼不已，下令歸葬李如松，贈少保、甯遠伯，為他建立忠烈祠，以供後人瞻仰。

宋應昌回國後升任右都御史，原兵部侍郎的職務，由顧養謙接替。但宋應昌已經厭倦了朝廷的明爭暗鬥，以致心灰意冷，不久即請旨回到故鄉杭州，隱居孤山。

豐臣秀吉在日軍大部分撤回本土之後，也終於得到了澱姬所生的幼子豐臣秀賴。他為了讓豐臣秀賴成為豐臣家嗣子，日後順利接掌政權，逐步疏遠了養子豐臣秀次，並在兩年之後派石田三成逼令豐臣秀次自殺，並將其全家屠滅淨盡。

萬曆二十五年正月，豐臣秀吉再度野心勃發，發兵十六萬侵入朝鮮。萬曆皇帝深感除惡未盡之弊，立即罷免怯戰誤國的兵部尚書石星，處死一心瞞上講和的沈惟敬，陸續調派八萬大軍救援朝鮮，很快便取得戰場優勢，將日軍壓制到朝鮮南端。

　　這一戰局一直持續到萬曆二十六年八月十八日，以致豐臣秀吉在內外交困中暴病身亡。石田三成、小西行長等人擁立豐臣秀賴接任關白。隨後，以石田三成為首的五奉行知會以德川家康為首的五大老，下令給侵略朝鮮的日軍將士，命其火速撤回日本。

　　中朝聯軍抓住戰機，水路並進，全面出擊，力爭除惡務盡、全殲日軍。在露梁海戰中，明軍水師副將鄧子龍偕同朝鮮名將李舜臣，重創日軍，但鄧子龍與李舜臣也在這一戰中雙雙陣亡。最終，十六萬日軍經過拚命死戰，只剩一半殘兵敗將逃回了日本。

　　大明萬曆二十七年四月，明軍班師回國，萬曆皇帝在紫禁城午門受俘。次月，頒《平倭詔》詔告天下，其中有兩句話恰如其分地概括了這場戰爭：「我國家仁恩浩蕩，恭順者，無困不援；義武奮揚，跳梁者，雖強必戮！」

　　日本在豐臣秀吉死後，再度陷入內亂。1600 年，石田三成聯合小西行長等忠於豐臣氏的大名，與德川家康聯軍展開關原之戰。德川家康獲得勝利，隨後處死了石田三成、小西行長等人，從此逐步掌握了日本的最高權力。1603 年，德川家康任征夷大將軍，開創了統治日本二百多年的江戶幕府時代。1615 年，大阪之戰爆發，德川家康徹底殲滅豐臣家，將豐臣家男丁不分老幼全部處死。

　　德川家康臨終時留下遺命，嚴令自己的子孫繼位掌權之後，永遠不得妄自挑釁大海彼岸的中國，只需固守本島以自保，以免重蹈當年一代狂梟豐臣秀吉夜郎自大跳梁猖獗挑戰大明，而致損兵折將、身死族滅的覆轍。

第十章 大明班師

為了那些遠逝的輝煌
——《大明帝國的榮光》創作談

　　三十歲的時候，你在做什麼？我手頭有一份一些商界名流們在他三十歲時候的履歷：三十歲的時候，從校園裡退學的比爾蓋茲正當著一個毫不起眼的「個體戶」，在為 IBM 寫程式；三十歲的時候，李嘉誠正在香港店鋪裡做著一個小小的「塑膠花」經銷商；三十歲的時候，美國「脫口秀」女王、哈波製作公司董事長歐普拉正剛剛找到人生的轉捩點，進了芝加哥電視臺擔任「名人訪談」節目的主持人……

　　「三十而立」，他們已然頭角嶄露。

　　那麼，最先提出「三十而立」說法的那位孔夫子他自己在三十歲時又是何等狀態呢？我查了一下孔子的年譜，他三十歲時正是西元前 523 年，年號是周景王二十三年，魯昭公二十年。在這一年裡，他拿得出來的成就似乎就是開辦了私學塾堂、實施了平民教育、招收了顏路（顏回的父親）、曾點（曾參的父親）、子路等人為首批弟子。但既然能夠自立門戶對外傳道授業解惑，這也足以證明孔子是「學有其餘，德有其餘，才有其餘」，可以溢澤於人了。而在我個人的理解中，孔子口中的「三十而立」，大概就是指在三十歲這個時候該當「自盡其性，自展其才」而為世所用，而不是像當代人所曲解的那樣單純地把「購房買車、升官發財」當作唯一的標誌。

　　我又將目光投向了蒙塵的史籍：那麼，在「三十而立」這個人生階段性的分水嶺上，那些曾經名耀汗青的歷代王朝中興之君在自己的三十歲那一年裡，又做出了什麼「自盡其性，自展其才」的事業呢？就讓我們翻開史書來看一看吧！

　　西漢孝武帝劉徹在他三十歲（前 127）時，也就是西漢元朔二年那一年裡，接受了中大夫主父偃的上書，決定實施《推恩令》，在內政上進一步鞏固了西漢王朝的中央集權制；同時，他不拘一格而任命奴隸出身的衛青為車騎將軍，在對外作戰上屢建奇功，盡逐匈奴白羊、樓煩等部眾，一舉收復河

朝之地，置立朔方、五原等郡，自此京都長安再無烽火甘泉之警矣。

　　大唐玄宗李隆基在他三十歲時（714）時，也就是唐朝開元二年那一年裡，推行「崇本抑末」之政，沙汰僧尼二萬餘人，又於各州各郡廣建「常平倉」，以救災民之急；同時，他任命周玄慶為安南市舶使，開通了中國歷史上第一道海關，開啟了「開元盛世」的海運對外貿易之門。

　　清高宗愛新覺羅‧弘曆在他三十歲（1740）時，也就是清代乾隆五年那一年，他嚴懲貪腐，御史褚泰、福州將軍隆升等因貪汙受賄而被他革職權問罪，展現了一位新君力圖刷新吏治的朝氣和魄力；同時，他任命張廣泗為主帥，徹底平定了廣西、湖南兩省的苗人之亂。

　　……

　　看著他們的豐功偉績，我除了滿心的欽仰之外，還是滿心的欽仰！最後，我的手攔在了《明史》的封面上──我有些猶豫了：在這個曾被康熙讚為「遠邁漢唐、治隆古今」的大明王朝，她的中興之君又該是誰呢？這位中興之君在他三十歲時又做出了什麼樣的輝煌事業呢？

　　翻閱了許久，我的手指在大明萬曆二十年（西元1592）這一頁上停了下來：明神宗朱翊鈞那張被歷史的塵埃層層遮掩的面孔，終於從史書中浮凸而出──那一年，他正是三十歲；那一年他所做的事業，已然足以使他當之無愧地榮升為大明中興明君的最佳人選。

　　關於朱翊鈞究竟是不是如同某些史書、人物所描述的那樣「昏庸懶惰」、「不上朝、不批表、不辦公」等等，這個問題可能現在看來已經是一個比較可笑的「偽命題」了。依我之見，恰恰是在他的祖父嘉靖皇帝和他的這一代裡實現了某種真正意義上的「垂拱無為、君相分權共治」的政治制度格局。明末學者陸應暘在他那本被清代統治者下令禁毀的《樵史演義》一書裡是這麼描繪當年朱翊鈞和他的大臣們開創的那個「萬曆盛世」的：

　　「且說明朝洪武皇帝定鼎南京，永樂皇帝遷都北京，四海賓服，五方雍熙，真個是極樂世界，說什麼神農堯舜稷契皋夔。」

　　「傳至萬曆，不要說別的好處，只說柴米油鹽雞鵝魚肉諸般食用之類，哪一件不賤？假如數口之家，每日大魚大肉，所費不過二三錢，這是極算豐

富的了。還有那小戶人家，肩挑步擔的，每日賺得二三十文，就可過得一日了。到晚還要吃些酒，醉醺醺說笑話，唱吳歌，聽說書，冬天烘火夏乘涼，百般玩耍。那時節大家小戶好不快活，南北兩京十三省皆然。」

「皇帝不常常坐朝，大小官員都上本激聒，也不震怒。人都說神宗皇帝，真是個堯舜了。一時賢相如張居正，去位後有申時行、王錫爵，一班兒肯做事又不生事，有權柄又不弄權柄的，坐鎮太平。至今父老說到那時節，好不感嘆思慕。」

這樣的場景，恐怕到了今天，還是很讓我們這些升斗小民羨慕不已的 —— 且不說在他治下，更是群星璀璨：偉大的醫學家李時珍、偉大的小說家吳承恩、偉大的劇作家湯顯祖（堪比西方的莎士比亞）、偉大的思想家呂坤，還有偉大的數學家農學家兼文學家徐光啟等等！這樣的成就可以與清代對比 —— 有清一代近三百年歷史，似乎人才之盛遠不及此。然而，這一切都是在曾經被批評得體無完膚的朱翊鈞和他的內閣治理之下取得的。

還是回到朱翊鈞的三十歲時來吧 —— 在那一年裡，他所面臨的難題和困境，比起漢武帝、唐玄宗、清高宗來，實在不知是驚險了多少倍、嚴峻了多少倍！

在他三十歲時，也就是萬曆二十年（1592）時，他從進入陽春三月起，就再也沒有消停過：三月戊辰日，寧夏鎮副總兵、韃靼族出身的哱拜擅殺巡撫党馨，據城擁兵而反；五月，日本太閤豐臣秀吉發兵渡海登陸而侵朝鮮，並欲以朝鮮為跳板，要進犯大明！一時之間，朱翊鈞面臨著「東西交困，兩面作戰」的絕大困境：西邊是經營日久、蓄謀作亂的韃靼叛軍，東邊是日本傾舉國之力孤注一擲、咆哮而來的二十萬倭兵，壓力之大不知比漢武帝所面臨的匈奴鐵騎、清高宗所面臨的苗族叛軍嚴重了多少倍！更何況他的對手是日本戰國時代的「第一霸主」豐臣秀吉啊！日本人至今仍在到處鼓吹：豐臣秀吉之於日本，就如曹操之於中國！

然而，朱翊鈞沒有慌也沒有亂 —— 沒有像唐德宗一樣倉皇失措，也沒有像宋欽宗一樣畏縮自閉，而是毅然挺身而起，用自己那還似乎稍顯稚弱的肩膀扛下了這如同須彌山一般壓將下來的「天降大任」！並且，在他的鼎力支

持之下，前方將士浴血奮戰，最終在一年之後就打得倭寇損兵折將、丟盔棄甲、乖乖認輸！

朱翊鈞用自己的實際行動詮釋了這樣一個真諦：真英雄、真豪傑，能夠超越常人一躍而起的關鍵一點，就是「敢擔敢當、敢作敢為」，在歷史和百姓最需要你的時候做了你最應該做的事。也就是憑著這一點，朱翊鈞已可當之無愧地躋身於中國歷代中興明君之列。這也是後來的清朝統治者和腐儒們始終抹殺不了的。

但是，英主明君並不是「無所不知，無所不能」的一代完人。朱翊鈞也是有缺點的：他有馭人之術，卻乏治國之能；他不喜歡自己手下再次出現第二個「張居正」式的權臣，自己卻又無法做到朱元璋、朱棣一樣高效廉政。所以，不可避免的，他只能在大多數的時候依靠明朝官僚集團來維持他的統治。在平倭滅寇之役中，他就是拚命地用共同的外患危機來驅動明朝官僚集團奮起出擊。這裡面的菁英分子，如李如松、宋應昌、呂坤等自然是竭力回應的。像趙志皋、石星他們開始也是大力支持的。然而，中國人「好內耗、好折騰」的劣根性，很快就發作了出來──自然，一般是在戰役將近結束、論功行賞之際發作的。這是一個不斷循環上演的悲劇。真希望我們中華民族有一天能夠最終走出這個悲劇的「循環」。

當然，從另一個角度來看，朱翊鈞、李如松、宋應昌未能在平倭之役中底定功成，其實也是遭到了龐大的官僚既得利益集團的牽絆和掣肘的。我在這部作品裡就是這樣揭露的：顧養謙是明廷昏官庸吏的代表，趙志皋、石星等是奸官猾吏的代表，李高則是最腐朽的貪官汙吏的代表。我認為，他們是蛀空了大明王朝根基的蠹蟲，也是阻礙大明王朝駛向永續盛世的「三大暗礁」。

在我和朋友們交流這些想法時，一個朋友指出我這本書中充滿了巧妙的寓言，他說：你連命學奇書《推背圖》的卦象、圖讖都搬到你的小說了，你還沒有寫入寓言？我只是向他哂笑：「仁者見仁，智者見智」──他舉了一個例子，他認為努爾哈赤所代表的就是一股新興勢力。朱翊鈞沒有回應這股新興勢力要求「革弊圖強」的呼籲，迴避了他們的懇求，所以才最終導致了

「萬曆盛世」的曇花一現。我想，這位朋友能夠看出這一點，實在是遠遠超出了我當初寫這本書的構思和立意——然而，可能這就是紀實體小說的好處：它能留給讀者們無限的想像和推理的空間。

因為這本書中的另一個主要涉及方是我們千百年來一衣帶水的近鄰日本，我不得不在這裡談上幾句。普通人對日本的文化底蘊一直是有些不太了解的：中國有萬世景仰的大教育家孔子；英國有文筆流利的大哲學家休謨；法國有巨筆如椽的大文學家司湯達；德國有思維深刻的大哲學家黑格爾；俄羅斯有鴻篇蓋世的大文學家托爾斯泰，那麼日本有什麼？其實，日本還是有它獨具一格的文化特色。《源氏物語》朗朗上口、《名偵探柯南》引人入勝、《聖鬥士星矢》讓人熱血澎湃……這些都是日本奉獻給世界的文化財富，我們應該給予尊重。

同樣，關於中日關係的問題，我相信中日之間的關係改善，會隨著雙方綜合國力對比資料的改變而改變的。所以，面對任何來自外部刻意的挑釁和惡性的刺激，我們都要冷靜沉著、從容淡定、穩步加固自身經濟基礎，進一步提高人民的向心力、凝聚力、戰鬥力、忍耐力，為中華之崛起而築牢深固之基。

而在目前現實的條件之下，我們和日本保持這樣一種關係狀態：你不犯我，我不犯你，客觀行事，理智從事，如同兩條「平行線」，該和我交往就得正正常常進行交往，該和我競爭就得正正當當進行競爭，不發生嚴峻的惡性衝突與排斥，但在涉及中華民族的核心利益問題上卻要「寸土必爭」，毫不示弱！

當然，中日之間的關係其實還夾雜著許多外部因素，十分錯綜複雜。但我們應當始終堅持用最大的耐心和充足的時間來化解其中的破壞性因素。古人說得好：「情愈迫者，從事愈舒；志愈專者，咨謀愈廣；名愈正者，愈盡其實；斷愈堅者，愈周其慮。大有為之君相，務此而已矣。」我相信日本大多數民眾也是不願和中國敵對的。畢竟，第二次世界大戰的傷痛都在我們雙方的記憶深處打下了深深的烙印。我們始終如一地堅持和平發展道路，願與日本人民一道攜手共創「和諧亞洲」！也許，亞洲人的事由亞洲人自行協商解

決，才是唯一正確的道路。我們應該有信心、有能力成功地化解中日關係惡化之難題，使中日兩國友誼世代傳承！

在寫作和修改這本書的過程中，我非常感激各位網友、編輯和學者老師們。尤其是曾經寫出《劉備不是傳說》的「劍眉枉凝」網友，他就我稿件中的地名、官名、事件背景、故事情節設置等不少細節性問題與我進行了認真細緻的梳理與交流 ── 用他的話講，是站在一個超脫於中、朝、韓、日四方主體之上的外人立場上來純粹客觀地看待這本書的是非正誤。我面對他嚴肅而到位的指正，本著面對一位歷史大法官的惶恐誠敬的心態來反省、修改。相信這本書的品質和價值經得起讀者和時間的檢驗。

最後，我要說的是：站在三十歲左右這個年齡階段的我們，其實還是可以在埋首柴米油鹽、歌舞遊娛之外，放空自己心境仰望一下那燦爛的星空！每一顆星都閃著屬於自己的光芒，而我就是其中的一顆；我是在充實地燃燒著自己、放射著自己特有的光芒！就這樣時不時仰望一下、自信一下，也許將來在某一天沉沉夜幕如崩如傾一般蓋將下來之際，我們就能找到自己的正確位置並迸射出光和熱，構建成一條銀河劃破那一團黑暗！

所以，為了他們，也是為了我們自己，我們都不應該忘卻那些遠逝的輝煌 ── 它們正是激勵我們走向豐富自我、完善自我、昇華自我的根本動力！

大明帝國的榮光：血沃朝鮮半島

作　　者：李浩白

發 行 人：黃振庭

出 版 者：崧燁文化事業有限公司

發 行 者：崧燁文化事業有限公司

E-mail：sonbookservice@gmail.com

粉 絲 頁：https://www.facebook.com/
　　　　　sonbookss/

網　　址：https://sonbook.net/

地　　址：台北市中正區重慶南路一段六十一號八
　　　　　樓 815 室

Rm. 815, 8F., No.61, Sec. 1, Chongqing S. Rd.,
Zhongzheng Dist., Taipei City 100, Taiwan

電　　話：(02)2370-3310

傳　　真：(02)2388-1990

印　　刷：京峯彩色印刷有限公司（京峰數位）

律師顧問：廣華律師事務所 張珮琦律師

國家圖書館出版品預行編目資料

大明帝國的榮光：血沃朝鮮半島 /
李浩白 著 . -- 第一版 . -- 臺北市：
崧燁文化事業有限公司 , 2023.05
面；　公分
POD 版
ISBN 978-626-357-340-6(平裝)
857.7　　112005982

定　　價：650 元

發行日期：2023 年 05 月第一版

◎本書以 POD 印製

電子書購買

臉書